Caroline Flüh

DRAMA
AN DER HOFOPER

Mit Illustrationen von
Anne Bernhardi

colonie verlag

POTSDAM

WAS BISHER GESCHAH

Dieses Buch ist der dritte Band einer historischen Roman-Trilogie

EIN GEHEIMNISVOLLER RING UND EIN RETTENDER *DIEBSTAHL IM WAISENHAUS*

Mitten im Gespräch mit der netten alten Madame R. finden sich Emma und Leonie aus dem heutigen Potsdam plötzlich im 18. Jahrhundert wieder. Sie sind auf Miniaturgröße geschrumpft und erkunden die Welt des Potsdamer Militärwaisenhauses. Dort treffen sie die Waisen Johann und Georg. Die Jungen schützen die Besucherinnen vor den Gefahren des Alltags. Die vier freunden sich an. Mit einem magischen Ring von Madame R. können Emma und Leonie Gegenstände vergrößern und verkleinern. Mit Hilfe des Rings stellen sie das Leben im Waisenhaus auf den Kopf und retten Johanns todkranke Schwester Wilhelmine durch einen gewagten Medikamentendiebstahl.

UNTER EINER TARNKAPPE *GEHEIMNISSE AM HOF* AUFDECKEN

Wieder reisen Emma und Leonie in das Potsdam des 18. Jahrhunderts und treffen auf Georg, inzwischen Bursche von Hauptmann Wichard von Kaldenberg, einem Leibgardeoffizier König Friedrichs II. Die Mädchen können sich unter einer Tarnkappe unsichtbar machen. Johann hat als Lehrling in einer Textilwerkstatt Arbeit gefunden. Die Vorbereitungen für das größte Fest am Königlichen Hof laufen auf Hochtouren. Hauptmann Kaldenberg wird an einem Reiterspektakel (Carrousel) teilnehmen. Sein Jugendfreund Henning von Göhrden, auch Leibgardeoffizier, ist als Ersatzmann an den Reiterproben beteiligt.

Unter der Tarnkappe erfahren Emma und Leonie, dass Georg nicht – wie immer angenommen – als Halbwaise aufwächst, sondern Henning von Göhrden sein Vater ist. Allerdings weigert sich Kaldenbergs Jugendfreund, sich um seinen Sohn zu kümmern.

Hauptmann Kaldenberg wird von der ehrgeizigen Verlobten des Henning von Göhrden vergiftet. Die Baronesse Sophie von Blanckendorff will den Ruhm, den die Teilnahme am Carrousel mit sich bringt, für sich und ihren Verlobten beanspruchen. Kaldenberg kann jedoch durch die medizinische Hilfe einer geheimnisvollen Dame, seiner großen Liebe, rechtzeitig geheilt werden. Georg begleitet seinen Herrn zu den höfischen Festlichkeiten nach Berlin; Emma und Leonie nimmt er mit. Als sie sich von Johann in Potsdam verabschieden, schenkt dieser ihnen jeweils ein Monogramm aus Silberdraht.

Während des Reiterspektakels, das Emma und Leonie unsichtbar auf der Adelstribüne erleben, entdecken sie die geheimnisvolle Dame an der Seite der Prinzessin Amalie, König Friedrichs Schwester. Sie erfahren, dass sie die Hofdame der Prinzessin ist und den Namen von Rathen trägt. Bei der Preisverleihung geraten Emma und Leonie in große Gefahr. Sie werden von der Hofdame von Rathen gerettet, verlassen jedoch das damalige Berlin, ohne Georg noch einmal wiedersehen zu können.

INHALT

Berlin, um 1750

KÜNSTLERWELT

1. Kapitel

Johann geht durch das verschneite Berlin, der kalte Ostwind bläst ihm ins Gesicht. Langsam wird es dunkel. Viele Menschen sind auf den Straßen unterwegs. Um seinen Kopf ist ein Tuch gewickelt, das von einem alten Filzhut festgehalten wird. Seine Hände sind klamm vor Kälte; die linke hält er schützend vor seinen bloßen Hals, mit der rechten trägt er eine große Holzschachtel. Immer wieder rutscht der Umhang von seinen Schultern. Trotz wollener Strümpfe dringt die Kälte in seine Lederschuhe ein. Johann ist dennoch bester Laune.

Alles hatte im Spätherbst mit einem Botengang von Potsdam nach Berlin begonnen. Der Posamentiermeister[1] hatte ihn beauftragt, ein wertvolles Kostüm bei einem Sänger der Königlichen Hofoper abzuliefern. Früh morgens hatte ihn sein Meister zur Postkutsche begleitet, den Kutscher gebeten, ein Auge auf Johann und die ungewöhnliche Fracht zu haben und Johann nochmals aufgefordert, die genaue Wegbeschreibung zur Wohnung des Sängers in der Friedrichstadt zu wiederholen. Aufgeregt war Johann losgefahren. Den klangvollen Namen des Hofsängers, Paolo Bedeschi [sprich: Bedeski], hatte er unterwegs oft wiederholt, um ihn nicht zu vergessen. In Gedanken war Johann den Ablauf des Treffens, die Ankunft, eine zügige Übergabe des Kostüms und die Verabschiedung durchgegangen. Würde der berühmte Hofsänger ihn überhaupt wahrnehmen? Wie nervös war Johann doch gewesen!

Seine Begegnung mit Paolo Bedeschi war jedoch ganz anders verlaufen, als er erwartet hatte. Nie würde er die herzliche und überschwäng-

[1] Damaliger Meister des Textilhandwerks für die Gold- und Silberverzierungen an Stoffen (z.B. Kleidung, Uniformen, Inneneinrichtungen)

liche Begrüßung in dem fremdartigen Akzent vergessen! Der Sänger hatte sich gleich erkundigt, wie er hieße, ob er handwerklich bewandert sei und zur Fertigstellung des Kostüms beigetragen habe. Als Johann letzteres bejahte, hatte Paolo Bedeschi begeistert verkündet, er wolle eine Anprobe vornehmen, dann könnten kleine Änderungen gleich ausgeführt werden. Ob er denn das nötige Handwerkszeug bei sich trage? Schüchtern hatte Johann geantwortet, er habe nur Nadel und Faden mitgebracht. Da hatte sich Paolo Bedeschi theatralisch an die Stirn gefasst und gelacht: Ja, der Posamentiermeister könne ihn wohl kaum mit einer Auswahl von Gold- und Silberfäden nach Berlin geschickt haben – dann sei er nur ein gefundenes Fressen für Räuberbanden!

Paolo Bedeschi hatte Johann einen Brief für den Posamentiermeister mitgegeben, der für große Aufregung sorgte. Er enthielt ein Angebot des Hofsängers, Johann gegen Logis[2] und ein kleines Gehalt als Ankleider aufzunehmen. Zunächst hatte sich der Posamentiermeister strikt geweigert: Er könne unmöglich seinen besten Lehrling abgeben! Allerdings war es Johann mit Hilfe von Georg gelungen, Hauptmann Kaldenberg für Johanns neue Chance zu gewinnen. Der hatte den Handwerksmeister von einem Kompromiss überzeugen können: Johann würde dem Hofsänger im Januar durchgehend für die Aufführungen der neuen Oper *Montezuma* an der Königlichen Hofoper zur Verfügung stehen. Am 6. Januar sollte die Premiere stattfinden, bis Ende Januar waren weitere sechs Aufführungen geplant. Hauptmann Kaldenberg hatte argumentiert, dass Johanns handwerkliche Fertigkeiten den guten Ruf der Werkstatt fördern würden. Diesen exklusiven Zugang zur Königlichen Hofoper müsse man sich unweigerlich zu Nutzen machen! So hatte es Johann von Georg erfahren, der das Gespräch zwischen Hauptmann Kaldenberg und dem Posamentiermeister belauscht hatte.

Johann ist stolz auf seinen Freund. Er und Georg gingen füreinander durchs Feuer, daran bestand kein Zweifel! Auch Georg würde bei den Aufführungen von *Montezuma* in der Königlichen Hofoper anwesend sein. Hauptmann Kaldenbergs Bataillons-Soldaten der Königlichen

2 Kostenlose Unterkunft

Leibgarde waren als Komparsen bestellt worden. Georg sollte als einer der vielen Komparsen auftreten. Wie gerne würde er Georg in seiner Verkleidung auf der Bühne erleben! Johann besinnt sich. Als Ankleider des bekannten Hofsängers Paolo Bedeschi würde er viel zu beschäftigt sein!

Seit Johanns Ankunft in Berlin vor wenigen Tagen hat der Hofsänger kaum eine Gelegenheit ausgelassen, Johann in seine Welt einzuführen. Paolo Bedeschi hatte ihn gleich zu einer Probe in die Königliche Hofoper mitgenommen; die Garderobe der berühmten Sängerin Astrua war dafür beheizt worden. Während der Probe sollte Johann die wichtigsten Wege um die Bühne kennenlernen. Staunend war er Wilhelm, dem leitenden Bühnenmaschinisten, einem stämmigen, wortkargen Mann, unter die Bühne, durch die Seitengänge und auf den hohen Schnürboden über der Bühne gefolgt. Wilhelm hatte ihm vieles erklärt. Die Gänge waren eng und ziemlich dunkel gewesen. Überall hatte Johann Seile, Schnüre und Konstruktionen aus Holz entdeckt. Das sei die Maschinerie, die zu den Aufführungen in Gang käme, hatte Wilhelm abschließend erklärt und zum ersten Mal gelächelt. Dann sei hier alles in Bewegung für das Spektakel auf der Bühne. Dann tobe hier das Leben! In dem Moment hatte sich Johann das nur sehr schwer vorstellen können.

Nach der Probe hatte ihm Paolo Bedeschi seine Garderobe in der ersten Etage gezeigt. Johann erinnert sich an den Frisiertisch mit Spiegel, die Kleider- und Notenständer, an zwei Holzstühle und die Eiseskälte, die den Raum erfüllte. Von dort waren sie zu all den Stellen gegangen, von denen der Hofsänger die Bühne betreten sollte. Johann war nervös geworden, als er an die Auftritte dachte. Würde er sich alle Orte merken können?

»*Non ti preoccupare*! Alles wird klappen, Gianni! Du scheinst ein kluger Junge zu sein!« Er hatte seinen Arm um Johanns Schultern gelegt. »Gianni, für mich klingt das besser als Johann! Also, ab jetzt bin ich für dich Paolino! ... Alle nennen mich Paolino, so auch du, mein

Freund, *mio caro*! Und: bitte keine förmlichen Anreden, sondern nur das ›Du‹.«

Johann war überwältigt! Noch nie hatte ein erwachsener Mann ihn wie einen jugendlichen Freund angeredet. Stumm hatte Johann genickt und Paolino angelächelt. Als sie das Opernhaus über die Künstlerpforte verließen, hatten vor dem Bühneneingang große Lastschlitten mit Pferden gestanden. Von dort balancierten die Bühnenarbeiter verpackte Kulissen über eine Rampe in das Opernhaus. Der eisige Wind hätte sie fast hinuntergeblasen.

Johann ist aufgeregt, wenn er sich in seiner neuen Rolle vorstellt. In nur wenigen Tagen wird die Premiere stattfinden. Er wünscht sich so sehr, allen Anforderungen gerecht werden zu können. Die Holzschachtel wird Johann schwer, am liebsten würde er sie kurz absetzen. Aber er hat dem Perückenmacher sein Wort gegeben, sie wie seinen Augapfel zu hüten. In der Schachtel befindet sich die Perücke, die Paolo Bedeschi zur Aufführung tragen wird. Johann hat sie noch nicht gesehen.

»Willst du nicht zur Seite gehen und mir endlich Platz machen, du Hundsfott! Lass mich doch vorbei! Oder stellst du dich etwa taub?«, brüllt jemand in Johanns Ohr. Gewaltsam wird Johann zur Seite geschoben und ein kräftiger Mann überholt ihn. Auf dem Rücken trägt er einen schweren Sack.

»Verzeiht, mein Herr…«, stammelt Johann, doch der Passant beachtet ihn nicht mehr.

Johann läuft weiter. Er blickt über die Straße und beobachtet eine schnell heranfahrende Kutsche mit zwei stattlichen Pferden. Plötzlich rutscht eines der Pferde aus, strauchelt und stürzt. Während das Tier vergeblich versucht, sich wieder aufzurichten, wird es durch die Geschwindigkeit der Kutsche auf der Straße weitergeschoben. Nur mit Mühe gelingt es dem Kutscher, die schlingernde Kutsche zu kontrollieren, bevor sie in Johanns Nähe zum Stehen kommt. Schockiert hält Johann an. Das verletzte Pferd bleibt jedoch liegen, auch als der Kutscher absteigt, um das Tier zum Aufstehen zu bewegen.

Um Johann drängen sich Menschen, so dass er beschließt, die Holzschachtel nun mit beiden Händen festzuhalten. Ein Raunen geht durch die Schaulustigen. Der sichtlich besorgte Kutscher untersucht die Verletzung. Johann bemerkt, wie die Vorhänge hinter den Fenstern der Kutsche eilig zugezogen werden. Zu gerne würde er wissen, wer in dieser prächtigen Kutsche sitzt! Doch nichts rührt sich. Enttäuscht zwängt er sich nach einiger Zeit aus der Menschenmenge heraus, um seinen Botengang gewissenhaft zu Ende zu bringen.

2. Kapitel

Johann betritt die Wohnung Paolinos. Erleichtert stellt er die Holzschachtel ab. Er wird von Paolinos Stimme und den begleitenden Klängen eines Tasteninstruments empfangen; die Tür zum Salon ist geschlossen. Leise entledigt er sich seiner Schuhe, des Umhangs und der vielschichtigen Kopfbedeckung. Seine Hände und Füße schmerzen, als sie anfangen, warm zu werden. Mit den Händen klopft er auf seine Wangen. Dabei entdeckt er auf der Kommode des Empfangs einen leeren Perückenkopf. Das war sicherlich die Aufforderung Paolinos, die Perücke sofort aus der Holzschachtel zu nehmen!

Vorsichtig öffnet Johann den Lederriemen, der die Holzschachtel geschlossen hält, und zieht den Deckel hoch. Sein Blick fällt auf viele silbern glänzende Federn. Er setzt das Kunstwerk auf den Perückenkopf. Nun kann er erkennen, dass die Federn an einem prächtigen goldenen Kopfschmuck befestigt sind.

»Wie eine Krone aus Federn!« Johann traut seinen Augen kaum.

Ähnliche Federn schmücken Paolinos Kostüm: Johann hatte sie unzählige Male am Gürtel festgenäht, eine Federkette geknotet und Bänder für die Oberarme mit Federn besetzt. Das langärmelige Gewand ist aus beigem Samt, liegt eng am Oberkörper an und endet in einem knielangen, abstehenden Rock. Paolino würde als kaiserlicher General aus einem fernen Land auftreten, in dem es immer warm war. Das

Kostüm suggerierte, dass die Federn einen fast bloßen Oberkörper schmückten, der durch ein goldenes Wams[3] geschützt wurde. Dazu sollte Paolino Sandalen tragen! Nun, der kaiserliche General kam zwar aus einem warmen Land, doch hier herrschten winterliche Temperaturen! Würde Paolino nicht frieren?

Johann schaut sich um: Hier, in Paolinos Wohnung, fühlt er sich wohl. Wenn Emma nur wüsste, wie gut er es hier getroffen hat. Oft denkt er an die gemeinsamen Erlebnisse zurück. Emma hat einen besonderen Platz in seinem Herzen.

Paolino wohnt in einem neuen Haus, die Decken erscheinen ihm hoch und die Holzböden edel. Johann gefallen die warmen, hellen Farben der getünchten Wände. Im Salon wird musiziert und gespeist; dort stehen auch Paolinos übervoller Sekretär und sein Tasteninstrument. Paolino hatte Spinett dazu gesagt. Eine der Wände ist mit einer Peking-Tapete dekoriert, an deren Blumen, Vögel und Verzierungen sich Johann nicht sattsehen kann. Im geräumigen Schlafsalon sind ein Himmelbett und ein großer Schrank aufgestellt. Das Himmelbett ist aus grün lackiertem Holz; auf dem glänzenden Bettüberzug sind viele Kissen drapiert. Wie edel Paolinos Nachtstuhl doch war! Der Sitz über dem kupfernen Nachttopf war mit Leder gepolstert – so etwas hatte er noch nie gesehen! Paolino besaß eine Waschschüssel und einen Krug aus hellgrünem Porzellan. Johann war schon oft versucht gewesen, an der Seife zu riechen. Vom Empfang geht noch eine kleine Kammer ab, in der viel verstaut ist. Dort liegt Johanns Strohmatratze auf dem Boden zwischen Reisekoffern, Kerzenvorrat und Putzkübeln.

Eine Bedienstete ist für die Reinigung der Wohnung zuständig; sie kommt mehrmals in der Woche. Die Wäsche erledigt die Wirtin des Hauses. Auf Anfrage kocht sie Paolino einfache, herzhafte Mahlzeiten. Allerdings betrübt Paolino, dass sie kein Interesse an den Gaumenfreuden der geliebten Küche seiner Heimat, Bologna, zeigt.

»*Pasta, maccheroni, risotto, mozzarella*«, hatte Paolino ihm vorgeschwärmt. »Wie kann sie das verschmähen? Unglaublich! Dann lieber

3 Brustpanzer

Eintopf, Schmorfleisch und Kohl, Hirse und Hafergrütze ... *che peccato*! Wie schade! Sie tut mir leid, *poverina*!«

Die Wirtin hatte Johann spröde und zurückhaltend begrüßt. Johann stellt sich an die Salontür und lauscht. Er staunt über Paolinos hohe, durchdringende und vor allem laute Stimme. Immer wieder übt er dieselbe Stelle, eine schnelle Tonfolge mit vielen Notensprüngen. Den Text versteht Johann nicht. Er bemerkt verwundert, dass Paolino niemals Luft holen muss. Wie schaffte er das? Das war doch gar nicht möglich! Ihn fasziniert die Leichtigkeit, mit der Paolino die schwierige und lange Tonfolge singt. Manchmal wiederholt er einzelne Worte oder sogar nur einen Ton, den er mit verschiedenen Trillern verziert.

Plötzlich beendet Paolino die Tonfolge sehr leise; auf dem letzten Ton steigert er sich langsam bis zu einem so lauten Klang, dass sich Johann an eine Trompete im Hof des Waisenhauses erinnert fühlt. Jetzt müsste Paolino doch vor Atemnot umfallen! Doch nichts dergleichen geschieht. Spielerisch reduziert der Sänger die Lautstärke; zum Schluss schwebt der Ton als leises Echo davon.

»*Basta così, facciamo una pausa*! Wo bleibt der gute Gianni? Ah, *la mia parrucca* ...«

Singend öffnet Paolino die Tür.

»... *fu sem-pre il dif-fi-dar*!«

Johann erkennt die Worte der Tonfolge wieder. Ehrfürchtig geht er einige Schritte zurück und sieht an Paolino hoch, der ihn um einen Kopf überragt. Paolino ist schlank und hat erstaunlich lange Arme und Beine. Johann bewundert seine stilvolle Kleidung; der Rock fällt durch bunte Blumenmuster auf. Paolino strahlt und breitet seine Arme aus.

»*Ciao*, Gianni! Ich sehe, du hast dem scheußlichen Winterwetter getrotzt und die Perücke hierher gebracht! *Bravo*! Die Perücke sieht wundervoll aus ... wundervoll und fremd, wie das ferne Land Mexiko, in dem ich, der General Pilpatoé [sprich: Pilpatoee], lebe, um Kaiser Montezuma zu dienen. Der mächtige und junge Montezuma will seinen Hochzeitstag feiern. Endlich soll die große Liebe zwischen ihm und der schönen Königin Eupaforice besiegelt werden!«

Galant dreht Paolino seine Hände nach oben auf und führt Daumen und Zeigefinger zueinander.

»Montezuma ist ganz erfüllt von Liebe, von Freude, und sein Herz fließt über ... er ist beseelt, schwebt mit seinen Gefühlen über der Erde. *Però* ...«

Mahnend richtet jetzt Paolino die rechte Hand auf und hebt den Zeigefinger.

»Gefahr droht! Fremde Eindringlinge mit großen Schiffen und unbekannten Waffen stehen an der Grenze des Kaiserreichs. Pilpatoé ist tief beunruhigt und mahnt Montezuma.«

Johann lauscht gebannt. Paolino schien sich so in seine Rolle hineinzuversetzen, dass er sie richtig lebte!

»Den Kaiser bekümmert das nicht. Voller Güte verkündet er, den Anführer der Fremden – das sind die Spanier – kennenlernen zu wollen, um ihn sogar zu seiner Hochzeit einzuladen. Pilpatoé ist in großer Sorge. Er traut den Fremden nicht. Er sieht sie als Menschen ohne Skrupel und voller Habgier.«

Singend fährt er fort:

»Fu *sem-pre il dif-fi-dar!*«

Paolino beugt sich zu Johann.

»Stets misstrauisch sein, heißt das.«

Dann richtet er sich wieder auf.

»Ah, ich liebe meine Arie! Sie ist wundervoll komponiert von Carl Heinrich, *il genio*. Mit einer leichten, fließenden Kantilene, also einer Melodie, möchte ich Montezuma erklären, dass Güte oft hintergangen und ein edles Herz betrogen wird. Plötzlich spielt das Orchester in schnellem Tempo weiter, denn ...«,

Paolino mahnt mit dem erhobenen Zeigefinger, »... nun folgt mein Appell zum Misstrauen. *Dif-fi-dar*, Misstrauen ... in meinem *belcanto*[4] werde ich dieses Schlüsselwort frei, ganz frei improvisieren! Das Publikum soll spüren, wie sehr ich Montezuma vor Gefahren und Unglück bewahren will! Mein Appell muss die Herzen der Zuschauer erreichen,

4 »Bel canto« heißt »schöner Gesang«. Bevorzugte Technik für den Gesang in der europäischen Oper (von Beginn des 17. Jh. bis ca. 1840)

verstehst du, Gianni? Das ist das Wahrhaftige, das Schöne am *belcanto*, ja, an der ganzen Musik!«

Johann ist überwältigt.

»Ich sehe das Glänzen in deinen Augen, Gianni! Habe ich dich schon ein wenig infiziert?«

Paolino schmunzelt und legt kurz seinen Arm um Johann. Gemeinsam schauen sie die Perücke an.

»So viele schillernde Federn hatte ich noch nie an meinem Kostüm! Kopfschmuck, Kette, Armbänder ... wie wird das im Schein der Bühnenlichter leuchten!«, stellt sich Paolino begeistert vor.

»Wie geht die Geschichte weiter, Paolino?«, fragt Johann zaghaft. »Hört Montezuma denn auf dich?«

Paolino lacht auf, packt Johann liebevoll an den Schultern und schaut ihm in die Augen.

»Ja, ich sehe! Dich habe ich schon infiziert, *Giovannino caro*! Nun ...«, Paolino zieht die Augenbrauen weit nach oben, »nun, ich muss mir erst einmal überlegen, ob ich dir die Geschichte überhaupt verraten darf!«

»Bitte, Paolino, fahre fort!«

Paolino lächelt verschmitzt. Dann holt er tief Luft.

»*Va bene, perché sei tu*[5] ... für dich begebe ich mich in die schreckliche Gefahr, Premieren-Geheimnisse zu verraten! Das steht hier in Preußen unter Todesstrafe!«

Johann reißt entsetzt die Augen auf. Paolino zwinkert Johann zu.

»Aber nur in sehr seltenen Fällen! Ehrlich gesagt, in gar keinen Fällen! Sei unbesorgt, Gianni! Niemand wird mich umbringen, denn, *per l'amor del cielo*[6], wer würde dann die Rolle des Pilpatoé singen? Hofsänger wie mich gibt es hier im kalten Norden Europas nicht wie Sand am Meer der Adria!«

Paolino hält den Zeigefinger an seine Lippen.

»Also: Hört Montezuma auf mich?« Paolino seufzt. »Ich wünschte, er würde es! Die Lage ist dramatisch! Eupaforice, die Königin, hat jedoch

5 Na gut! Weil du es bist.
6 Um des Himmels Willen

begriffen, wie gefährlich die Fremden sind. Sie hört mir zu, wenn ich die stolze, kühne, verwegene Art der Spanier, ihre Schiffe und Waffen beschreibe. Sie warnt Montezuma, die Ankömmlinge nicht nach Mexiko zu lassen. Ich, Pilpatoé, rate ihm zur List. Doch vergeblich. Montezuma weist alle Bedenken und Ratschläge zurück.«

Paolino hält inne.

»Die dramatische Lage, Gianni«, fährt er eindringlich fort, »entwickelt sich nun zu einer Tragödie! Das Publikum wird weinen, das ist so sicher wie das Amen in der Kirche, *senza dubbio*! Wie geht es weiter? *Allora*, also: In der Stadt trifft Montezuma den Anführer der Spanier, Ferdinando Cortés, und seinen Hauptmann und lädt die beiden aus Güte und Großzügigkeit zur Hochzeit ein.«

Abfällig schnalzt Paolino mit der Zunge und schüttelt den Kopf.

»Güte und Großzügigkeit! Nein, Dummheit und Naivität ist es! Als kaiserlicher General bin ich zutiefst betroffen, dass es mir nicht gelungen ist, Montezuma davon abzuhalten!«

Johann nickt stumm.

»Die überlegenen spanischen Soldaten greifen die Palastwache Montezumas an. Cortés und sein Adjutant dringen in die kaiserlichen Gemächer vor und treffen auf Montezuma, der erst dann erkennt, dass er überrumpelt worden ist. Der listige Cortés provoziert Montezuma, bis dieser den Spanier beleidigt und bedroht. Da lässt Cortés den Kaiser festnehmen und abführen. *Così, di colpo!*[7]«

Johann schweigt gespannt.

»Nun wird es grausam: Cortés will Eupaforice ehelichen, um die Gunst des Volkes zu erlangen, doch Eupaforice verweigert sich. Sie bringt Cortés nur Verachtung entgegen. Mit meiner Hilfe bereitet Eupaforice einen Volksaufstand gegen die Spanier vor. Ein letztes Mal treffen sich Montezuma und Eupaforice im Kerker, wo sie sich ewige Liebe schwören. Der Volksaufstand wird verraten, Montezuma wird hingerichtet, Eupaforice lässt die Stadt anzünden und erdolcht sich vor Cortés Augen. Der wütende Cortés lässt das Volk niedermetzeln.«

»Und was ist mit dir?«, fragt Johann.

7 Plötzlich, einfach so

»Pilpatoé wird zusammen mit Montezuma hingerichtet.«

»Wie schrecklich!«, murmelt Johann.

»Ja, mein Lieber, es ist eine Tragödie! Doch keine Sorge, Gianni! Auch nach der Aufführung werde ich noch leben, und auf der Bühne wird die Hinrichtung einfach ausgelassen! So eine Szene passt nicht auf die Bühne der Königlichen Hofoper! *No, no!* ... Oh, sehe ich da etwa eine Träne in deinen Augen? Nein ...« Paolino legt seine Stirn in Falten.

Ein Lächeln huscht über sein Gesicht.

Da klopft es an der Wohnungstür. Paolino öffnet, vor ihm steht die Wirtin.

»Ein Bote wünscht, etwas für Euch abzugeben, mein Herr.« Die Wirtin sieht Paolino nur kurz an, danach senkt sie ihren Blick.

»Oh, seid bedankt, verehrte Frau Wirtin! Das klingt vielversprechend ... Gianni, würdest du bitte nach unten gehen wollen?«

Schnell hat Johann seine Schuhe wieder angezogen und stürzt die Treppe hinunter. Staunend steht er vor einem edel gekleideten Boten, der ihm mit einer Verbeugung ein kunstvoll verschnürtes Stoffpaket überreicht.

»Bitte, zu den Händen des verehrten Hofsängers Paolo Bedeschi«, ist alles, was über seine Lippen kommt. Als Johann das Paket in den Händen hält, weicht der Bote einige Schritte zurück, verbeugt sich wieder und geht davon. Johann ist seltsam berührt. Vorsichtig steigt er die Treppenstufen hoch zu Paolinos Wohnung und schiebt mit seiner Schulter die angelehnte Wohnungstür auf. Die Wirtin schien sich zurückgezogen zu haben.

»Gianni! Mein Lieber, du findest mich im Salon!«, ruft Paolino. »Welche Überraschungen bringst du ins Haus? *Vieni qua*[8]!«

Johann streift seine Schuhe ab und betritt den Salon.

»Ein Paket und ein Brief sind abgegeben worden. Der Bote war zurückhaltend, nannte keine Namen und ging schnell wieder weiter.«

8 Komm herein!

»*Che scortesia*[9]! Also nein!« Sorgsam sammelt Paolino Notenblätter zusammen und schließt das Spinett. »Oh, was für ein auffälliges Präsent ... *très enchanté*! Das muss sofort geöffnet werden!«

Paolino trägt es zum Esstisch; seine Hände befühlen den Stoff.

»Seide ... ein Blumenmuster ... mit Spitzen zusammengebunden. Wie entzückend! In der Schleife ist etwas versteckt ... ah, ein rosa Herz und eine Rosenknospe ... aus Marzipan! Eine Delikatesse! Welch' hinreißende Idee!« Geschickt öffnet Paolino das Stoffpaket.

Johann bleibt unsicher an der Tür stehen.

»*Vieni*, Gianni!« Paolino winkt ihn zu sich. »Wir werden das Geheimnis gemeinsam lüften!«

Galant lässt Paolino den Stoff auf den Tisch fallen, in der Hand hält er ein kleines Fläschchen aus fein geschliffenem Glas mit einem silbernen Verschluss. Johann gehen die Augen über. Auf dem Verschluss ist eine Perle eingesetzt.

»Ein Flakon! Es ist gefüllt – bis an den Rand! Gianni!« Paolino blickt ihn bedeutungsvoll an. »Etwas für unsere Sinnlichkeit! Dem müssen wir auf den Grund gehen!«

Paolino öffnet den Flakon und riecht daran.

»Ah, alle Düfte des Lustgartens – Rose, Pfirsich und Mandel ...«, Paolino riecht wieder, »... Düfte der Koketterie[10] – Jasmin, vielleicht ... mmh, ich tippe auch auf Nelke, Zimt, wer weiß ...«

Johann wundert sich.

»Gianni, sieh' mich nicht so skeptisch an! Überzeuge dich selbst!«

Paolino hält Johann den Flakon unter die Nase. »Der Duft entführt dich in das Reich der Fantasie, in die Poesie, mein Lieber!«

Johann schnuppert vorsichtig.

Paolino bricht das Siegel und öffnet den Brief. Sein Gesicht zeigt keinerlei Regung; ruhig gleiten seine Augen über die Zeilen.

»Welche Anmut und Liebreiz ...«, Paolino flüstert fast. »Eine Verehrerin schreibt, mein *belcanto* löse unaussprechliche Zärtlichkeit und, oh, wollüstiges Entzücken in ihr aus; hier steht, sie empfinde grenzen-

9 Welche Unhöflichkeit!
10 Eitelkeit, Gefallsucht

loses Verlangen, sie verzehre sich nach meinem Auftritt als kaiserlicher General. Sie habe das Theaterheft zu *Montezuma* schon sehr genau studiert.«

Paolino hält kurz den Brief an sein Herz und schaut auf. Johann weicht seinem Blick aus; so heftige Worte der Zuneigung! Eigentlich will er diese Sätze gar nicht hören, zudem sie auch nicht an ihn gerichtet sind. Dennoch ist Johann fasziniert.

»Solche Briefe und Geschenke, kommen diese des Öfteren?«, überwindet sich Johann zu fragen.

Mit einer ausladenden Geste zeigt Paolino auf seinen Sekretär.

»Ja, mein Lieber. Jeder Brief ist ein Geschenk, das ich sehr schätze.«

Viele Stapel von Briefen sind über die Oberfläche des Sekretärs verteilt; es gibt kaum noch Platz zum Schreiben.

»Es schreiben mehr Damen als Herren.« Paolino lächelt. »Das liegt vielleicht in der Natur der Sache … nein, nein, auch die Herren verleihen ihrem Glück über meine Musik stürmisch Ausdruck! Warum auch nicht? Sollte da ein Unterschied sein? *Non per me*!«

Paolino legt den Brief zu der übrigen Korrespondenz, öffnet den Flakon und tupft mit einem Zeigefinger etwas Parfum an seinen Hals.

»Gianni, da ich bester Laune bin, werden wir uns vergnügen! Wir verlassen das Haus, lassen das Abendessen der verehrten Wirtin hinter uns, um uns in die Welten der Kaffeehäuser, Clubs, Assemblés[11] und der Tabagien[12] zu stürzen! Das darf dir nicht entgehen, Gianni, denn sonst hast du niemals gelebt! Und ich würde mir unendliche Vorwürfe machen, wenn ich es unterließe, dir das wahre Leben näher zu bringen!«

3. Kapitel

»Paolino, seid willkommen! Welche Freude, Euch hier zu sehen!«

»Monsieur von Eckenberg, es ist mir ein Vergnügen! Einen Tisch für

11 Gehobene, gepflegte Gaststätte
12 Tabakshäuser, wo man sich zum Rauchen traf

meinen Begleiter und mich, etwas *séparé*, eine Portion Kaffee, eine Portion Schokolade.«

Paolino gibt seinen Umhang ab und bedeutet Johann, ihm zu folgen. Die Assemblé ist gut besucht, Paolinos Ankunft wird von vielen Gästen offensichtlich wahrgenommen. Paolino nickt einigen zu. Die Gäste lesen Zeitung, spielen Karten und unterhalten sich lebhaft. Paolino und Johann setzen sich auf eine bequeme Polsterecke an einen Tisch im hinteren Teil der Assemblé. Paolino zieht seine Pelzmütze und Handschuhe aus und legt sie neben sich auf das Polster.

»Hier sind wir etwas unter uns. Nicht wie auf der Bühne – obwohl ich den Zauber auf der Bühne liebe! Überraschungen, Effekte, die »Ohs« und »Ahs« im Publikum beim schnellen Szenenwechsel. Gianni, die Maschinerie der Bühne ist ein Wunder!« Paolinos Augen leuchten.

»Stelle dir vor: vom Palmengarten des Kaiser Montezuma gleich in die Gemächer der Königin, von dort an einen Platz am Flussufer, dann in den Gefängniskerker und schließlich in den kaiserlicher Säulenhof mit der Stadt Mexiko im Hintergrund!«

»Von der Maschinerie schwärmte auch der Bühnenarbeiter ...«, erinnert sich Johann angeregt.

»Ah, Wilhelm, ja, er ist ein stiller Seemann, der sich vom Meer weg nach Berlin verirrt hat ... zum Glück der Königlichen Hofoper! Denn er kennt alle Seile, Leinen und Konstruktionen rings um die Bühne herum! Er ist der Maestro der Bühnenarbeiter!«

Paolino klatscht in die Hände.

»Ja, das ist er! Daher habe ich ihn gebeten, dich herumzuführen. Eine gute Seele, die nie die Ruhe verliert ... das ist das Wichtigste, wenn die Maschinerie in Gang ist!«

»Alles lag so still da, als ich mit Wilhelm unterwegs war. Wie wechseln die Szenen auf der Bühne?«, fragt Johann neugierig.

»*Allora:* Die Geheimnisse des Szenenwechsels sind für die Zuschauer niemals sichtbar, denn sie befinden sich unter, neben, hinter und über der Bühne. Unterhalb der Bühne werden die Kulissenwagen bewegt, die jeweils von der Seitenbühne aus mit neuen Kulissen bestückt werden. Am Ende der Bühne ist der großflächige und schwere Prospekt.

Um diesen auszutauschen, betätigen die Bühnenarbeiter hinter der Bühne Seile, die mit schweren Gegengewichten verbunden sind. *Sì, sì* … und über der Bühne müssen zum Szenenwechsel der Bühnenhimmel, die Soffitten, ausgetauscht werden.«

Paolino sieht Johann eindringlich an.

»Und weißt du, warum es so wichtig ist, dass Wilhelm niemals die Ruhe verliert?«

Johann schüttelt den Kopf.

»Alle Bewegungen – unter, neben, hinter und über der Bühne – müssen genau gleichzeitig, synchron passieren«, beschreibt Paolino begeistert. »Auf die Sekunde genau! Nur dann ist die Zauberei für die Zuschauer perfekt … und der König zufrieden! Aber …«, Paolino hält kurz inne, »beim Kulissenwechsel rumpelt es in der ganzen Bühnenmaschinerie. Deshalb muss das Orchester lauter spielen. Das Publikum darf die Geräusche auf keinen Fall hören! … Ah, da kommen *caffè e cioccolato*! Wunderbar! Seid bedankt!«

Johann ist elektrisiert: Zum ersten Mal in seinem Leben trinkt er Schokolade! Er traut seinen Augen kaum, seine Schokolade wird in einer Tasse serviert! Er denkt an den angeschlagenen Tonbecher, aus dem er sonst trinkt. Ein betörend süßer Duft steigt in seine Nase. Er atmet ihn tief ein. Langsam rührt er die Schokolade um, dann nimmt er einen ersten Schluck und schließt unwillkürlich die Augen. Paolino beobachtet ihn schmunzelnd.

»Paolino, warum musst du beim Singen keine Luft holen?«, fragt Johann nach einer kleinen Genusspause.

»Verzeih, ich habe an der Salontür gelauscht. Manchmal klang deine Stimme so blechern wie eine Trompete und noch nie habe ich jemanden so laut singen hören.«

»Für das Lauschen an der Türe ist keine Entschuldigung nötig, du hättest mich überall in der Wohnung gehört!«

Paolino lächelt.

»Meine Kindheit in Italien war voller Gesang: Mit meinen Geschwistern sang ich im Kirchenchor; unser strenger Kantor hörte sofort jeden falschen Ton, also sang ich einfach nicht mehr falsch. Im Gegensatz zu vielen anderen fiel mir das leicht, so dass ich viele Soli singen durfte …«

»Was sind Soli?«

»Alleine sang ich; dafür stand ich vor dem Chor, der manchmal schwieg oder mich begleitete.«

»Oh, das hätte ich mich nie getraut!«, erwidert Johann sofort.

»Zu Beginn war ich aufgeregt, ich erinnere mich genau. Doch dann genoss ich es, vor allem, wenn der Chor mitsang; es fühlte sich so an, als ob der Gesang des Chors mich umspülte.«

Mit seinen Händen ahmt Paolino die Bewegung von Wellen nach.

»Meine Eltern waren stolz auf mich. Wir waren sehr arm und mussten oft hungern. Der strenge Kantor setzte sich dafür ein, dass ich an dem *conservatorio* in Bologna aufgenommen wurde.« Paolino hält inne. »Ein Fragezeichen in deinen Augen? Ah, Konservatorien, das sind eigentlich Waisenhäuser, an denen aber auch Musik unterrichtet wird. Aus Familien wurden nur begabte, handverlesene Kinder nach einer Prüfung zugelassen. Meine Eltern setzten große Hoffnungen auf mich; bald sollte ich als Musiker, als Sänger die Familie miternähren.«

»Wohntest du dann auch in einem Waisenhaus, so wie ich und mein Freund Georg?«

»Ja, ich zog von zu Hause weg. Es fiel mir schwer, meine Familie zu verlassen; ich liebe meine Geschwister und Eltern. Doch im *conservatorio* lebte ich – so wie du mit Georg – mit anderen zusammen. Wir Sänger wurden angehalten, unablässig zu studieren, tagein, tagaus bis spät in die Nacht. Ich trauerte dem strengen Kirchenkantor nach, denn im *conservatorio* verlangten die Lehrer unendlich viel mehr.«

»Studieren … was macht man da? Vorstellen kann ich mir darunter wenig, außer dass du viel gelesen und vielleicht auch gerechnet hast.«

»Alles drehte sich um die Musik, den Gesang, Gianni!«

»Da hast du gelernt zu singen, ohne dabei Atem holen zu müssen!?«

»Ja.« Paolino sieht Johann keck an.

»Wirklich? Wie soll das gehen?« Johann ist perplex.

»In Italien singen alle ausgebildeten Sänger, ohne Atem holen zu müssen, mein lieber Gianni!«

»Nein!« Johann schüttelt vehement den Kopf. »Alle im Chor des Militärwaisenhauses in Potsdam mussten immer Atem holen! Da gab es keinen …«

»Gianni, auf diesen Schock, auf diese schreckliche Entdeckung, biete ich dir etwas von meinem *caffè* an!«

»Wirklich? Ja, gerne! Von der Schokolade kann ich gar nicht genug bekommen, wie muss es dann mit dem Kaffee sein?«

»Überzeuge dich selbst! Du wirst es nicht bereuen.«

Paolino reicht Johann seine Tasse. Johann überrascht der starke, etwas bittere Geschmack. Er überlegt und sagt dann:

»Hm. Schokolade sagt mir mehr zu. Danke, Paolino.«

Er gibt dem erstaunten Paolino die Tasse zurück.

»So scheinst du eher dem Süßen zugeneigt zu sein?«

»Ja. So habe ich's empfunden. Aber Paolino: Wie singt man, ohne dabei Atem holen zu müssen?« Johann sieht Paolino herausfordernd an.

Paolino lacht auf.

»Das gefällt mir, Gianni, du kommst in Fahrt heute Abend! Du bist hartnäckig und gehst den Dingen auf den Grund!«

Er beugt sich Johann zu.

»Ganz recht: Glaube dem Spaßvogel Paolino nicht alles!«

Paolino lehnt sich gewichtig zurück.

»Nein, lieber Gianni, natürlich muss ich beim Singen Atem holen! Es ist die Atemtechnik, durch die es mir gelingt, so Atem zu holen, dass man es kaum hört und schon gar nicht sieht. Viel üben musste ich, bis ich es beherrschte; zu Beginn bin ich fast daran verzweifelt, denn es ist schwer, und meine Lehrer waren unerbittlich, *inflessibili*.«

»Wie war es in deinem Waisenhaus, also im *conservatorio*?«, will Johann wissen.

»Meine Zeit als Student im *conservatorio* ist meine Schatztruhe für mein Leben als Sänger. Dort habe ich alles gelernt, was mich heute als Hofsänger ausmacht, Gianni. Eine vielseitige Ausbildung, ich sagte ja schon, fordernd und streng mit unnachgiebigen Lehrern. Vorrangig der Gesang, nicht nur die Technik, sondern, genauso wichtig, die Gesangskunst.«

Paolino setzt sich kerzengerade auf.

»Die Gesangstechnik, das Singen von Tonleitern, Intervallen, also Notensprüngen, der korrekten Intonation, das ist die Tonhöhe. Das Beherrschen aller Arten von Trillern und Vorschlägen. Eine makellose Aussprache und Betonung. Das Atmen – oder es eben bleiben zu lassen! Ganz wichtig: die korrekte Leibes- und Gesichtsstellung, vor allem von Mund und Lippen. Das Erlernen der Bruststimme, *voce di petto*, und der Kopfstimme, *voce di testa*.«

Paolinos Worte klingen sachlich. Dann hebt er langsam seine Unterarme von der Tischplatte, öffnet seine Hände und sagt inbrünstig:

»Die Gesangs*kunst*, *l'arte del canto*, beinhaltet die Art des Vortragens, das Schauspiel, die Gestik und – natürlich – die Kunst der gesanglichen Improvisation. Nach außen: meine Präsenz auf der Bühne. Wie nehme ich das Publikum für mich ein? Nach innen: …«, Paolino berührt seinen Rumpf und Kopf, »… wie spüre ich meine Stimme in meinem Körper? Einer meiner Lehrer rief mir oft zu: Werde eins mit deiner Stimme! Zuerst dachte ich, der Lehrer sei *pazzo*[13]! Doch inzwischen habe ich begriffen, was er meinte.«

Paolino spielt mit seinen Fingern am Rande der Tischplatte.

»Dann lernte ich das Cembalo zu spielen. Hierfür hatte ich einen sehr pedantischen Lehrer, *mamma mia*! Nicht zu vergessen der Kompositionsunterricht – ohne Komposition ist keine gute Improvisation möglich, mein lieber Gianni. Ohne die Kunst der Improvisation ist der Sänger ein Nichts! *Niente*!«

»Dann denkst du dir die Musik aus?« Johann staunt.

Paolino schmunzelt belustigt.

»Ja, ich denke mir die Musik aus, das stimmt! Arien – das sind großartige Lieder, die ich alleine in Begleitung des Hoforchesters singe – haben oft Wiederholungen. Sollen alle Wiederholungen gleich sein? Oh Gott, wie langweilig! Natürlich nicht! Es ist die Freiheit jeden Sängers, bei Wiederholungen zu improvisieren, mit Ideen und technischen Fähigkeiten zu brillieren und damit das Publikum zu begeistern. Es ist eine Freude, wenn das gelingt, Gianni! Es gehört zu meinem

13 Verrückt

Lebenselixier! Es ist berauschend und beglückend! Kannst du das verstehen, mein Lieber?«

»Vielleicht ein wenig, ich versuche es …«, Johann ist fasziniert von Paolinos Intensität und Vehemenz.

»Ah, versuche es weiter! Warte bis zur Premiere, dann wird es dir leichter fallen, mich zu verstehen.«

Paolino lehnt sich zurück, verschränkt seine Arme vor der Brust und blickt wohlwollend auf Johann.

»Woran denkst du, Gianni? Etwas geht in deinem Kopf herum, nicht wahr?«

Johann ist berührt. Wann hatte ein Erwachsener ihn jemals danach gefragt, was ihn beschäftigte?

»An den Chor, an uns Sänger im Chor des Militärwaisenhauses, denke ich. Unsere Stimmen waren so viel leiser und dünner als deine, du hättest uns um ein Vielfaches übertönt. Deine Stimme klingt fast wie eine Trompete, die unermesslich hohe Töne spielt. Wie kann das geschehen?«

Paolino sieht Johann nachdenklich an.

»Das ist eine lange Geschichte, Gianni.«

Dann geht ein Ruck durch den Hofsänger.

»Doch langsam überkommt mich der Hunger! Wie steht es um dich, Gianni? Wir sollten das Essen bestellen.«

»Paolino, noch eines muss ich dich fragen«, traut sich Johann hinzuzufügen. »Wie bist du von Italien hierher gelangt?«

»Ah, das ist eine andere Geschichte! Aber lass mich erst sicherstellen, dass wir hier nicht verhungern, mein Lieber!«

Paolino winkt die Bedienung heran.

»Für den jungen *signore* hier ein kühles Blondes, für mich eine *Bouteille Bourgogner*[14]. Was bietet Ihr heute zum Abendtisch an?«

Nachdem die Bedienung eine Auswahl an Gerichten aufgesagt hat, runzelt Paolino die Stirn und entscheidet sich schnell.

»Monsieur, Rührei mit Bratkartoffeln für den jungen Herrn hier, für mich Pökelkamm mit Erbsen und Sauerkohl.«

14 Flasche mit Wein aus dem Burgund

Die Bedienung entfernt sich.

»Was ist ein kühles Blondes, Paolino?«

»Ah, ja!« Paolino lächelt. »Woher solltest du das wissen? Kühles Blondes im Militärwaisenhaus zu Potsdam? *Impossibile!* Es ist ein Bier, die Berliner Weiße.«

»Im Waisenhaus tranken wir Dünnbier ...«

»*Per carità*[15], Dünnbier!« Paolino kichert. »Die Berliner Weiße hat ein spritziges Temperament und einen erfrischenden, leicht säuerlichen Geschmack! Es ist *das* Bier dieser großen Stadt! Ein Muss für meinen Gianni heute Abend! Es wird dir schmecken, davon bin ich überzeugt!«

Paolino hält kurz inne.

»Doch nun zu deiner Frage, mein Lieber: Wie kam Paolo Bedeschi von *la bella Italia* in dieses Berlin, das der kalte Winter so viel länger im Griff hat als mein geliebtes Bologna? Es ist ganz einfach – durch den König Friedrich II.«

»Durch den König?«

»Ja, du hast richtig gehört«, erwidert Paolino scheinbar gewichtig und kopfnickend. »Der König schickte seinen Königlichen Preußischen Konzertmeister Carl Heinrich Graun in offizieller Mission nach Italien, um Sänger für die Königliche Hofoper zu engagieren. Der König wollte nur die besten Stimmen in seiner Hofoper hören! Da fand der Konzertmeister – neben anderen – auch mich, und ich reiste mit ihm an den preußischen Hof. Es war mir eine Ehre.«

»Du musstest deine Freunde im *conservatorio* und deine Familie weit hinter dir lassen.«

»Ja, so war es. Doch was vor mir lag, war ein Traum, der in Erfüllung gegangen war. Der Konzertmeister Graun ist selber ein großer Sänger, er beherrscht das Cembalo und brilliert mit seinen Kompositionen. Bei ihm hatte ich weiterhin Unterricht im Gesang. Bei ihm wohnte ich die ersten Jahre, denn ich war noch sehr jung. Er hat ein angenehmes, zärtliches Wesen, einen menschenfreundlichen, sanften Charakter, er ist leutselig ...«

Paolino seufzt.

15 Um Himmels Willen!

»Er war fast wie ein Vater für mich in dieser fremden Welt. Was für ein Glück ich hatte! Wissen musst du, Gianni, Carl Heinrich Graun ist der Hofkomponist; über zwanzig Opern hat er für König Friedrich komponiert! So natürlich auch *Montezuma*. Da staunst du!«

Paolino nickt.

»Der König bestimmt den Inhalt der Oper, manchmal dichtet er selbst das Libretto, die Texte der Arien und Rezitative[16]. Der König schreibt auf Französisch. Die Übersetzung ins Italienische[17] gelangt zu Graun, der dazu die Musik komponiert.«

Die Getränke werden serviert. Paolino hebt seinen Zinnbecher und prostet Johann zu.

»Auf unseren Abend im vollen, prallen Leben, Gianni! *Alla vita*[18]!«

Johann nimmt einen großen Schluck.

»Es schmeckt! An deinen Augen sehe ich es!«, ruft Paolino belustigt. »Wie hätte es auch anders sein können!« Er lässt seinen Blick über die Assemblé schweifen.

4. Kapitel

»Wer kommt da auf uns zu?«

Paolino klingt erfreut. Drei gut gekleidete Männer, die sich rege und gestikulierend austauschen, steuern ihren Tisch an. Paolino steht auf.

»*Cari amici*, wie schön, Euch hier anzutreffen! *Salve, vi saluto*!«

Paolino reicht jedem die Hand, mit der anderen berührt er die jeweilige Schulter.

»Die Freude ist ganz unsererseits, Paolo Bedeschi!«

»Deine Arien solltest du üben, statt dich hier in der Assemblé zu vergnügen, *amico mio*!«, beginnt der zweite.

»Sei nicht so streng mit dem berühmten *cantante di corte*[19], Francesco!

16 Sprechgesänge
17 Die Texte der damaligen Opern wurden fast immer auf Italienisch gesungen.
18 Auf das Leben!
19 Hofsänger

So kurz vor der *prima assoluta*[20] kann er seine Rollen perfekt!«, ruft der dritte.

Alle lachen.

»Francesco, wenn du mich schon so ermahnst, *allora dimmi*[21], gibt es neue Ware aus Italien?«, fragt Paolino.

»Dich gelüstet nach edlen Stoffen aus roher Seide? Bravo! Ganz neue, phantastische Ware, passend zu deinem erlesenen *gusto*! Komme vorbei, *mi farebbe piacere*[22]!«, antwortet Francesco.

»Vor der Premiere müssen wir dich aufpäppeln …«, wirft der erste dazwischen.

»Domenico, was meinst du mit aufpäppeln? *Sto bene!*«, wirft Paolino ein.

»Italienische *delizie* sind Nahrung für *anima e corpo*, das dürfte dir bekannt sein …«

»Ah, *capisco*!« Paolino grinst und zieht seine Augenbrauen hoch.

»Herrliche ›italiänische Waaren‹! Domenico Bonseri, der berühmte italienische Delikatesswarenhändler, empfiehlt besonders eingelegte Sardinen und Kapern, frischen Parmesanischen Käse, Trüffel, Mandeln, Pistazien, kandierte Feigen …«

»… *Mi viene l'acquolina in bocca*[23], Domenico! Dabei habe ich armer Tropf gerade Pökelkamm mit Sauerkohl bestellt! Wie soll ich das nun essen können?«

Die vier Italiener lachen lauthals los.

»Dabei habe ich die *vermicelli*[24] gar nicht erwähnt, um dich nicht in Depressionen zu stürzen, mein lieber Hofsänger!«, fügt Domenico Bonseri hinzu.

»*Ora è troppo tardi*[25], meiner lieber Domenico! *Vermicelli*!«, ruft Paolino theatralisch. »*Vermicelli*! *Come mi mancate*[26]!«

Das Gelächter geht weiter.

20 Premiere
21 So sage mir.
22 Das würde mir Freude bereiten!
23 Mir läuft das Wasser im Mund zusammen.
24 Teigwaren
25 Jetzt ist es endgültig zu spät!
26 Wie vermisse ich euch!

»*E questo chi é*[27], Paolo?«, fragt Domenico.

»Darf ich vorstellen: Johann Melitz. Mein Ankleider für die Aufführungen von *Montezuma*.«

Paolino macht eine ausladende Geste in Richtung Johann, der zurückhaltend aufsteht und den Kopf senkt.

»*Che bel ragazzo*[28]!«, meint Domenico.

»Der Meinung bin ich auch!«, unterstreicht Francesco und wendet sich dem dritten Italiener zu, »was meinst du, Carlo?«

»An ihm ist nichts auszusetzen«, erwidert dieser.

»Gianni ist Lehrling des Posamentiermeisters Bürgenroth in Potsdam. Gianni hat an meinem neuen Kostüm für die Opernpremiere von *Montezuma* mitgearbeitet. Schaut, was er für geschickte Hände hat, das sieht man doch!«

»Der junge Mann hat nicht nur eine schöne *fisionomia*[29], sondern auch geschickte Hände! So, so!«, kommentiert Domenico augenzwinkernd.

»*Messieurs*, das Essen für den Hofsänger. Könnten Sie mir Platz machen?«, fragt die Bedienung.

Die drei Italiener setzen sich an den nächsten Tisch und wünschen lachend guten Appetit.

Johann schaut ungläubig auf seinen Teller, auf dem reichlich Rührei und Bratkartoffeln angerichtet sind. Noch nie hatte vor ihm ein so voller Teller gestanden. Er ist glücklich und genießt schweigend jeden Löffel. Dann lehnt er sich satt zurück und dankt Paolino für die üppige Mahlzeit. Der winkt wohlwollend ab.

»Sei mein Gast, Gianni. Es kommt von Herzen.«

Paolino wirft Johann einen Kuss zu.

»Paolo Bedeschi, welch' schöner Zufall, Sie hier anzutreffen!« Am Tisch steht plötzlich ein junger Offizier in einer stattlichen Uniform.

Paolino blickt auf.

27 Wen hast du da bei dir?
28 Was für ein hübscher Junge!
29 Physiognomie

»Seid gegrüßt, Graf von Göhrden. Welch' Freude, Sie zu sehen!« Paolino steht auf und verneigt sich galant.

Johann wird hellhörig. Von Göhrden, dieser Name kam ihm bekannt vor! Angestrengt denkt er nach. Konnte das der Jugendfreund des Herrn von Kaldenberg, Georgs Herrn, sein? Von Georg wusste er, dass auch von Göhrden Offizier war und der Königlichen Leibgarde angehörte. Dafür sprach die schöne und makellose Uniform. Für das Carrousel[30], das höfische Reitspektakel im vergangenen Jahr, war er Kaldenbergs Ersatzmann gewesen. Von Göhrdens Verlobte, die Baronesse Sophie von Blanckendorff, hatte versucht, von Göhrden durch einen Giftanschlag auf Kaldenberg die Teilnahme am Carrousel zu ermöglichen. Johanns Herz fängt an zu pochen. Aber vielleicht gab es mehrere Grafen von Göhrden, überlegt sich Johann. Vielleicht war Kaldenbergs Jugendfreund auch gar kein Graf! Er könnte sich leicht täuschen. Wozu die Aufregung?

»Ihr Gesang beim Hauskonzert der Familie Nicolai hat mich hoch erfreut!«, hört Johann den Graf von Göhrden sagen. »Ihre *messa di voce*[31] beeindruckte mich auf das Äußerste. Als Teil Ihres Gesangs haben Sie wahrlich die Kunst der Gestik perfektioniert. Welch' passende Begleitung hatten Sie mit Franz Benda an der Violine und mit Carl Philipp Emanuel Bach am Cembalo, eine auserlesene Runde bester Hofmusiker!«

»Seid bedankt für Ihre Komplimente, Graf von Göhrden. Es ist ein Glück, mit diesen musikalischen Talenten vor kundigen, gebildeten Zuhörern aufzutreten, die einen Sinn für Feinheiten mitbringen.«

Johann bewundert Paolino für sein galantes Auftreten.

»Meine Freude ist unermesslich, Sie demnächst bei der Premiere von *Montezuma* als kaiserlichen General Pilpatoé auf der Bühne der Königlichen Hofoper singen zu sehen!«

Paolino lächelt; fast unmerklich verneigt er sich wieder.

30 Barockes Reiterspektakel mit verschiedenen Aufführungen und Reiterspielen
31 Dynamische (lauter und leiser werdende) Gesangsverzierung auf einem besonders lang ausgehaltenen Ton

»Meine Faszination gilt der fremdländischen Welt Mexikos. Mir ist zu Ohren gekommen, dass anscheinend alle Kostüme und Bühnenbilder neu erschaffen wurden, um die ferne Welt widerzuspiegeln.«

Von Göhrden blickt Paolino neugierig an.

»Sie scheinen gut informiert zu sein, werter Graf von Göhrden.«

Sichtlich geschmeichelt fährt der Graf fort.

»Ich habe vernommen, dass Sie eine Arie über das Misstrauen singen werden. Voller Spannung erwarte ich Amadori als Montezuma und Giovanna Astrua als Eupaforice. Ein Höhepunkt wird sicherlich ihr Duett sein, das sie im dritten Akt im dunklen Kerker singen werden. *Ah sol per te, ben mio*, welch ergreifende Worte für die Bekundung ihrer Liebe!«

»Die Musik zu diesem Duett ist dem Konzertmeister Graun besonders gut gelungen, wie ich finde. Sie werden nicht enttäuscht werden!«

»Als ungewöhnlich betrachte ich die letzte Aufführung des Balletts, die am Schluss der Oper die Eroberung und Plünderung der Stadt Montezumas untermalen soll: Spanier versuchen, sich der mexikanischen Frauen zu bemächtigen! Wie wird der Ballettmeister Denis diese Szenerien darstellen wollen?«

»Lassen Sie sich überraschen, verehrter Graf.«

»Porporino scheint mir eine treffende Besetzung für das Oberhaupt der Spanier, Ferdinando Cortés. Sein großes darstellerisches Talent für herrschaftliche Persönlichkeiten wird ihm dabei zugute kommen, davon bin ich überzeugt. Tritt Cortés doch als resoluter, listiger, grausamer und zuletzt wütender Herrscher auf! Welche Charakterzüge! Porporino wird sie mit Perfektion verkörpern!«

»Und singen, Graf von Göhrden!«

»Ja, ich verehre seine Stimme sehr.«

»Wer tut dies nicht?«

»Meine kürzlich Anvertraute, die ehemalige Baronesse Sophie von Blankendorff, nun die Gräfin von Göhrden«, von Göhrden lächelt glücklich, »ist *Ihrer* Stimme sehr zugetan.«

»Oh!«

Johann ist wie vom Donner gerührt – dieser Mann war tatsächlich der Jugendfreund von Georgs Herrn! Würde er ihn erkennen? Was für ein Unsinn! Johann fällt ein, dass sie sich ja niemals begegnet waren.

»Lassen Sie mich weiterziehen, Paolo Bedeschi«, fährt von Göhrden fort. »Es war mir ein ausgesprochenes Vergnügen, mich mit Ihnen über die bevorstehende Premiere auszutauschen.«

»Das Vergnügen ist ganz meinerseits.«

Die beiden Herren nicken sich lächelnd zu.

Johann versucht, sich seine Entdeckung nicht anmerken zu lassen.

»Der Graf schien schon so viele Einzelheiten über die Oper zu wissen!«

»Ganz recht, er war bestens informiert!«

»Woher wusste er das alles?«

»Vor Opernpremieren können die Zuschauer Theaterhefte erwerben, die ausführlich auf die Details, wie die Besetzung, Handlungsabläufe, Bühnenszenerien, Gesangstexte, also das Libretto, eingehen. Interessierte und gebildete Menschen führen sich die Theaterhefte vor der Aufführung zu Gemüte, um sich vorzubereiten. Viele Opernbesucher sammeln die Theaterhefte, denn es sind schöne Erinnerungsstücke.«

Plötzlich wird Johann etwas schummrig im Kopf. Er stützt seinen Kopf auf. Dann entschließt er sich, die restliche Berliner Weiße aus seinem Zinnbecher zu trinken. Was war das nur? Warum fühlte er sich auf einmal so merkwürdig?

»Paolino, wie entzückt bin ich, Sie hier zu sehen!«

Johann blickt auf eine Dame mit einem auffälligen Hut, der mit allerlei Federn geschmückt ist. Sie wedelt leicht mit ihrem Fächer und blickt Paolino kokett an.

»Verehrte Madame!«

Paolino steht auf.

»Viel zu lange haben sich unsere Wege nicht gekreuzt«, fährt die Dame fort.

»In der Tat, Madame«, erwidert Paolino fröhlich.

»Die ganze Stadt spricht über die neue Oper ... sie soll von der fernen Welt und ihren Ureinwohnern handeln!«

Paolino nickt zustimmend.

»Wenn Sie mich fragen, ein seltsames Thema! Warum soll man der Antike, der Welt der Götter und deren Tugenden den Rücken zukehren?«

Sie schüttelt den Kopf. Dann berührt sie Paolino kurz am Arm.

»Doch wer ist dieser junge Mann an Ihrem Tisch, Paolino? Habt Ihr Euch eine neue Errungenschaft angelacht?«

»Das ist Johann Melitz, mein Ankleider für die Zeit der Opernaufführungen.«

»Ah, ich verstehe. Kostüme der fremden Welt müssen schwierig anzulegen sein.«

Die Dame nickt Johann interessiert zu.

»Vernehme ich da etwas Ironie in Ihrer verehrten Stimme, Madame?«, amüsiert sich Paolino.

»Oh nein, keineswegs! Sie müssen sich verhört haben, mein überaus geschätzter Hofsänger!«

Johann beobachtet erstaunt, wie Paolino aufsteht, seinen Arm kurz um die Schultern der Dame legt und sie an sich drückt.

Die Dame dreht sich um.

»Rosalinde, so komm! Lass mich dich dem galantesten Hofsänger Preußens bekannt machen!«

Johann erblickt eine junge Dame, die auf dem Weg zu ihnen ein feines, rotes Wolltuch von ihren kunstvoll drapierten Haaren nimmt. Sie lächelt einnehmend.

»Paolino, darf ich vorstellen, Mademoiselle Veilchenblau.«

»Es ist mir eine Ehre.« Paolinos Stimme hat einen säuselnden Klang.

Das Fräulein trägt ein äußerst eng geschnürtes Kleid mit einer üppigen Spitzenbluse. Johann fällt der tiefe Ausschnitt auf. Ein süßlicher Blumenduft strömt von ihr aus. Sie hat ein hübsches Gesicht. Johann ist überzeugt, dass sie nur wenige Jahre älter als er selbst sein kann.

»Sie versetzen mich in Entzücken, Mademoiselle!«, ruft Paolino aus. »Sind Sie beide geneigt, sich zu uns zu setzen?«

»Für einen Augenblick gerne«, räumt die Dame ein.

»Seien Sie meine Gäste, meine verehrten Damen! Was darf ich Ihnen zu trinken bestellen?«

»Oh, seid von Herzen bedankt, mein lieber Paolino! Das ist nicht nötig«, winkt die Dame ab.

»Darf ich nun offiziell vorstellen: Meine verehrten Damen, das ist Johann Melitz.«

Johann steht auf, um sich zu verneigen. Als er sich wieder aufrichtet, trifft sein Blick auf die Augen von Mademoiselle Veilchenblau, die versonnen auf ihn gerichtet sind. So einen Namen hatte Johann noch nie gehört! Plötzlich verlieren die Konturen ihrer Augen an Schärfe und Johann überkommt ein wankendes Gefühl.

»So setzen wir uns!«, fordert Paolino alle auf. »Madame, kommen Sie an meine Seite, Mademoiselle, darf ich Sie an Johanns bitten?«

»Woher kommt Ihr, Johann Melitz?«, beginnt das Fräulein, nachdem sie sich neben Johann eingerichtet hat.

»Aus Potsdam, Mademoiselle.«

»Ah, dort verweile ich des Öfteren. Es ist schade, dass ich Ihnen dort noch nicht begegnet bin. Was hält Sie dort?«

»Eine Lehre beim Posamentiermeister Bürgenroth.«

»Ein Handwerk, das ich bewundere! Ein Handwerk der Zierde, die alles mit Gold und Silber verschönert.«

»Ja, so ist es.«

Wer war diese Frau, fragt sich Johann.

»Sind sie gut aufgehoben bei Meister Bürgenroth?«

»Ja, er ist ein sehr kundiger Meister voller Wohlwollen.«

»Sie scheinen ihm zugetan zu sein.«

»Durchaus. Viel habe ich ihm zu verdanken!«

»Für dieses Handwerk müssen Sie geschickte Hände haben – sind es doch Arbeiten, die viel Präzision verlangen!«

»Gewiss.«

Warum interessierte sich diese Frau für seine Hände? Johann wundert sich. Da werden seine Augenlider schwer. Johann blinzelt kurz.

»Zeigen Sie mir Ihre Hände, Johann!«

Johann ist seltsam berührt, hält dem Fräulein dennoch seine Hände hin. Wieder scheint sein Oberkörper zu wanken. Sanft berührt Mademoiselle Veilchenblau beide Hände und führt sie unter den Tisch. Dann erfasst sie eine, legt sie zwischen ihre Handflächen und beginnt, sie zu streicheln.

»Ihre Hände sind so fein gegliedert wie die eines Künstlers, Johann Melitz«, flüstert sie. »Die Werke eines Posamentierers berühren und betören die Sinne der Frauen. Ihre Hände, lieber Johann, überraschen mich mit ihrer Sinnlichkeit.«

Johann wird schwindelig. Er weiß nicht, was er sagen soll und blickt stumm auf das Fräulein.

»Was für große, schöne, blaue Augen … Ihre Präsenz nimmt mich gefangen.«

»Mein Kopf scheint bald das Gleichgewicht zu verlieren …«, stammelt Johann.

Mademoiselle Veilchenblau lacht leise auf.

»Lassen Sie's geschehen! …«

»… nein, lieber nicht …«, Johanns Schwindelgefühle nehmen zu, »… ich kenne Sie kaum.«

»Das soll Sie nicht stören!«, amüsiert sich das Fräulein. Dann flüstert sie in Johanns Ohr: »Meine Wangen röten sich, meine Lippen brennen, meine Augen glänzen. Sie sind so schön, wie der helle Tag, Johann Melitz.«

Unwillkürlich lehnt sich Mademoiselle Veilchenblau an Johanns Schulter.

»Ihre Reize«, fährt sie sanft fort, »vereinen sich für mich zu einem Lichtstrahl.«

Johann beginnt, seine Umgebung wie durch einen Schleier wahrzunehmen: Paolinos Gesicht und der Hut der Dame wirken verschwommen, ihr Gelächter kommt und geht, ihre Gesten nimmt er nur verzerrt wahr.

Plötzlich stehen zwei galant gekleidete, stattliche Männer am Tisch. Ein Ruck geht durch beide Damen. Augenblicklich wenden sie sich den Ankömmlingen zu.

»Oh, meine verehrten Herren, Sie werden sehnsüchtig erwartet! Sie verspäten sich … Langeweile lassen wir dabei erst gar nicht aufkommen!«, äußert sich die Dame keck.

In Windeseile ist Mademoiselle Veilchenblau aufgestanden, geht verzückt auf den jüngeren der beiden Herren zu und verneigt sich.

Der ältere Herr wendet sich der Dame zu.

»Nein, Langeweile kennen Sie nicht, verehrte Madame, dazu ist Ihr mir lieb gewonnenes Temperament Ihres reizenden Wesens zu lebhaft. Das Kurzweilige will jedoch mit Bedacht gewählt sein.«

Die Dame blickt den Herrn verführerisch an.

»Kurzweiliges, Langeweile, das sei dahin gestellt! Erblicke ich Sie, so bin ich im Jetzt angelangt. Das Jetzt ist – in meinen Augen – das Wesentliche unseres Daseins! Da können Sie nicht umhin, mir zuzustimmen, mein verehrter, geliebter …«

»Was wollen Sie mit einem Mann ohne Geschlecht?«, unterbricht sie der Herr scharf. Dabei zeigt er kurz auf Paolino und sieht die Dame entrüstet an.

Augenblicklich herrscht Stillschweigen am Tisch. Johann wundert sich. Ein Mann ohne Geschlecht? Was hatte das zu bedeuten?

Da gibt ihm Paolino unter dem Tisch einen leichten Tritt. Johann schreckt auf.

»Gianni, wir überlassen den Herrschaften den Tisch«, sagt Paolino gelassen. »Morgen findet noch die Probe mit dem König in der Hofoper statt.«

Er verabschiedet sich von der Dame und steht auf. Die beiden Ankömmlinge würdigt er keines Blickes. Johann erhebt sich, ihm ist immer noch schwindelig. Doch er greift nach Hut und Tuch, nickt Mademoiselle Veilchenblau zu und versucht, Paolino möglichst gezielt in Richtung Ausgang zu folgen.

5. Kapitel

Paolino zieht seine Pelzmütze tief ins Gesicht, schlägt den Kragen des Umhangs hoch und streift die Handschuhe über. Dann greift er Johann unter den Arm.

»Damit wir sicher in meinem Zuhause ankommen, mein lieber Gianni!«

Seine Stimme klingt entschlossen.

Johann ist froh, Paolinos festen Griff an seinem Arm zu spüren, denn es fällt ihm schwer, sicher zu gehen. Immer noch wankt die Umgebung – oder sogar er selber? Das kann er nicht so genau unterscheiden. Hatte er die Kontrolle über seine Beine verloren? Wie seltsam! Ach, eigentlich war es doch unwichtig! Paolino war bei ihm. Tief atmet Johann die eiskalte Luft ein. Vielleicht würde das seinen Zustand verbessern. Doch warum überhaupt? Der Zustand hatte auch etwas Belustigendes; so hatte er sich noch nie gefühlt! Das würde er Georg erzählen müssen!

Vorsichtig dreht er seinen Kopf zu Paolino, der auffallend schweigsam neben ihm geht. Sein Blick ist auf den Schnee vor ihnen gerichtet.

»Sei bedankt für diesen schönen Abend. Ich bin so stolz auf dich, Paolino, und so froh, dein Ankleider zu sein.«

Ein Lächeln huscht über Paolinos Gesicht. Er drückt Johanns Arm ein wenig an sich, doch er erwidert nichts. Da beschließt auch Johann zu schweigen.

Johann ist erleichtert, als sie die Treppen zu Paolinos Wohnung hochgehen. Sein Wanken hat nachgelassen. Allerdings fällt ihm auf, dass Paolino seine freie Hand an den Unterleib hält und leicht gebückt die Stufen hochsteigt. Dabei wird er langsamer.

»Hier wären wir!« Paolino lässt Johanns Arm los und öffnet die Tür. Die Wohnung ist merklich kühler geworden.

»Kann ich behilflich sein?«, fragt Johann.

»Nimm bitte meine Straßenkleidung entgegen. *Grazie*! Hänge den Umhang an diesen Wandhaken; Mütze und Handschuhe lege auf die Kommode.«

»Sehr wohl.«

Paolino zündet eine Öllampe an. Johann wundert sich, wie blass Paolino geworden ist. So in sich gekehrt hatte er ihn noch nicht erlebt. Er scheut sich jedoch, Paolino darauf anzusprechen.

»Komm noch kurz in den Salon, bevor wir zu Bett gehen. Den morgigen Tag möchte ich kurz mit dir besprechen.«

Johann nickt.

»Ich werde mich beeilen.«

Während Johann seine Aufgaben erledigt, hört er, wie Paolino leise auf dem Spinett spielt; er kann die Akkorde kaum hören. Sie klingen melancholisch. Durch den Türspalt lauscht er kurz, dann tritt er besorgt ein.

»Lass uns kurz auf dem Sofa Platz nehmen, Gianni!«

Lächelnd steht Paolino auf.

»Als erstes möchte ich dich bitten, dich morgen um Holz und Wasser zu kümmern. Hierfür gehst du einfach zur Wirtin, sie wird dich einweisen. Wie immer werde ich den Vormittag lang üben, nachmittags sind die berühmte Hofsängerin, unsere Primadonna Astrua, und ich verabredet. Dir trage ich drei Botengänge auf: Für die Premiere sind meine Seidenstrümpfe, Schminke – *Blanc de Perles* und *Rouge de Portugal* – abzuholen. Dann gehst du zu Domenico, in seinen Delikatessladen an der Schleuserbrücke; dort besorgst du Sardellen, Kapern, Oliven, kandierte Feigen, *vermicelli* und Parmesanischen Käse.«

Paolino legt seinen Arm auf die Rücklehne des Sofas und blickt Johann etwas belustigt an.

»Schau mich nicht so besorgt an, lieber Gianni! Morgen werde ich dir alles nochmals genau erklären. Über Nacht musst du dir nichts merken; da kannst du erst einmal tief schlafen!«

Johann ist froh, dass Paolinos Leichtigkeit wieder zum Vorschein kommt.

»Gerade hatte ich für dich, einen der ehemaligen Chorsänger des Militärwaisenhauses zu Potsdam, eine Idee. Es ist vielleicht eine verrückte Idee, doch, wie ich finde, eine gute, die du dir verdient haben wirst nach den vielen Besorgungen!«

Gewichtig hält Paolino inne.

»Also, hör zu: Morgen probt der Chor seine beiden Opernauftritte in der Königlichen Hofoper. Der Kapellmeister Graun wird anwesend sein, so natürlich auch der Kantor. Der Chor besteht aus Gymnasiasten des Joachimsthalschen Gymnasiums und Grauen Klosters; es sind hauptsächlich Jungen. Sie sind so alt wie du – ungefähr! Deshalb solltest du zuhören! Bei der Premiere wirst du anderes zu tun haben.«

Paolino mustert den sprachlosen Johann.

»*Sì*, ich glaube, das ist eine gute Idee!«, fährt er fort »eine sehr gute Idee, ich bin *enchanté*!«

Er überlegt kurz.

»Für alle Fälle werde ich dir einen kurzen Brief mitgeben; es könnte durchaus sein, dass sich jemand über deine Anwesenheit wundert. Das Operngebäude wirst du über den Bühneneingang betreten, dann fragst du nach Wilhelm und übergibst ihm den Brief. Er wird dir ermöglichen, die Probe – am vorderen Ende eines Seitengangs zur Bühne – verfolgen zu können. *Bene!* Das wird klappen. Auf Wilhelm ist Verlass.«

»Ich, ich …«

»Ja, ich weiß, dass du dein Glück nicht fassen kannst, mein lieber Gianni!« Paolino lächelt.

»Sei bedankt, Paolino! Ich freue mich sehr!«

»Es sei dir gegönnt, Gianni. Du bist ein verlässlicher und vor allem mutiger Junge.«

»Viele Jungen sind mutig«, hebt Johann an.

»Natürlich! Doch du gehörst eben dazu, Gianni! Deswegen hast du in deinem Leben schon viel erreicht. Erzähle mir von deinen Mutproben!«

Johann wundert sich ein wenig. Warum interessierte sich Paolino für seine Mutproben? Kein Erwachsener hatte ihn je danach gefragt. Doch Paolino war eben anders …

»Gianni?« Paolino sieht ihn fragend an.

»Ja, Paolino«, sagt Johann schnell. »Ich überlege. Ja! Georg und ich arbeiteten nachmittags und abends in der Gewehrmanufaktur. Unsere

Mutprobe war, auf dem Weg dorthin immer größere Umwege zu nehmen und Potsdam zu erkunden.«

»Seid ihr unterwegs aufgegriffen worden?«

»Einige Male war es knapp; wir versteckten uns in Hofeingängen oder unter Brücken, die über den Stadtkanal führen. Wenn wir in der Gewehrmanufaktur zu spät ankamen, deckte uns der gütige Wächter vor dem Vorsteher. Auch Kreide vom Pult des Praeceptors[32] zu stehlen und sie – im schlimmsten Fall trotz der Schläge mit dem Rohrstock – nicht mehr zurückzugeben, galt als große Mutprobe«, fährt Johann fort. »Georg war ein Meister darin! Das brachte ihm viel Ruhm ein!«

»Möchtest du von meiner größten Mutprobe hören?«

Paolino schaut Johann an, dann runzelt er die Stirn. Johann nickt eifrig.

»Viele Male ging alles gut, aber einmal eben nicht. So hör zu. Als Junge – es war vor meiner Zeit im *conservatorio* – balancierte ich auf dem Dachfirst unserer Dorfkirche ...«

»Nein! Unglaublich!« Johann traut seinen Ohren kaum. »Wie kamst du dorthin? Das ist doch unmöglich!«

»Oh, doch! Ich verrate es dir: Kletterte man die Treppen im Kirchturm nach oben, kam man an eine Stelle, die aussah wie ein zugemauertes, kleines Fenster. Das war genau auf der Höhe des Dachfirsts. Wir Dorfjungen hatten entdeckt, dass die Steine in diesem Fenster leicht herausnehmbar waren! Das war unser Zugang zum Dachfirst!«

Johann lauscht gebannt.

»Mein Bruder war der erste, der es wagte, auf den Dachfirst zu gehen ...«

»Aber er konnte doch von allen Seiten gesehen werden!«

»Wir wagten es natürlich nur im Dunkeln!«

Johann stellt sich vor, wie eine kleine Bande von Dorfjungen bei Dunkelheit in einem alten Kirchturm Stufe für Stufe nach oben steigt – wie gerne wäre er dabei gewesen! Welche Spannung!

»Konntet ihr die Steine aus der Mauer lösen?«, fragt er aufgeregt.

»*Mamma mia*, das war schwere Arbeit! Wir kamen ins Schwitzen! Es dauerte eine Ewigkeit! Doch wir schafften es. Als mein Bruder das erste Mal auf den Dachfirst hinausstieg, schlug mir mein Herz bis zum Hals.«

32 Lehrer

»Wann hast *du* es gewagt?«

»Es ging dem Alter nach, daher war ich erst an dritter Stelle. Aber ich war der erste, der aufrecht bis zum Ende des Dachfirsts gegangen war. Noch heute spüre ich die Pfannen des Firsts unter meinen Füßen … und wie mein Herz klopfte!«

»Das ist mutig, so mutig, Paolino!«, sagt Johann bewundernd.

»Wie ein Held fühlte ich mich …«

»Das warst du doch auch!«

»Ja.«

»Wurdet ihr jemals entdeckt? Davor hattet ihr sicherlich Angst …«

»Italienische Dorfjungen kennen keine Angst, Gianni! Wo denkst du hin!«

Kopfschüttelnd hält Paolino inne, doch dann wird er ernst.

»Natürlich hatten wir Angst. *Naturalmente!* Aber unsere Lust auf Abenteuer trieb uns immer weiter. Wer von uns würde in dieser Nacht mehrmals über den Dachfirst balancieren können? Ich war der einzige, der sich zum dritten Mal auf den Dachfirst wagte … auf dem Rückweg stürzte ich.«

Vor Schreck hält Johann seine Hände vor den Mund; ihm stockt der Atem.

»Um nicht abzugleiten, ließ ich mich direkt auf den First fallen und konnte mich mit Mühe und Not gerade noch festhalten. Der Sturz war unendlich schmerzhaft. Am liebsten hätte ich laut geschrien, doch ich ließ mir nichts anmerken, als ich das kurze Stück zurück zum Kirchturm kletterte. Als mein Bruder mich durch das Fenster hineinzog, wurde mir schwarz vor Augen.«

Johann schweigt betroffen.

»Danach trug mich mein Bruder langsam die schmale Treppe hinunter, und ich kam wieder zu Bewusstsein. Leider hatte ich mich am Unterleib verletzt und musste deswegen operiert werden. Alles verlief gut. Ich hatte damals Glück.«

»Du hättest sterben können«, flüstert Johann.

»Aber ich sitze doch vor dir!«

»Darüber bin ich froh …«

»Ich auch!« Paolino sieht Johann wohlwollend an. »Nun gehen wir schlafen! Es ist an der Zeit!«

Beim Aufstehen beobachtet Johann, wie Paolino sich wieder an den Unterleib fasst und sein Gesicht zuckt.

»Wie kann ich behilflich sein?«, fragt er sofort.

Paolino zieht seinen Rock aus und überreicht ihn Johann.

»Der Rock gehört in den Kleiderschrank im Schlafsalon.«

Als Johann das auffällig schöne Kleidungsstück entgegennimmt, entdeckt er einen feuchten, leicht rötlichen Fleck an Paolinos Hose, genau oberhalb des Schritts. Merkwürdig. Was war das wohl? Johann hält kurz inne. Sogleich dreht sich Paolino zur Seite, um zum Spinett zu gehen.

»Ich hatte vergessen, es zu schließen«, murmelt er.

Johann begibt sich in den Schlafsalon und hängt den Rock über einen Kleiderbügel im Schrank. Sein Blick gleitet über die farbenfrohen und edlen Kleidungsstücke. Sie kamen ihm königlich vor! Wie musste dann die Garderobe eines Prinzen aussehen, wenn schon ein Hofsänger so wundervoll ausgestattet war! Johann schließt den Schrank.

»*Buonanotte, caro Gianni!*«, ruft Paolino aus dem Musiksalon.

Johann verlässt den Schlafsalon.

»Gute Nacht, Paolino.«

Johann zieht die Tür zum Schlafsalon zu und geht in seine kleine Kammer. Dort entledigt er sich im Dunkeln seiner Kleider, legt sich auf die Strohmatratze und zieht eine alte Wolldecke über sich.

Ein wenig später hört er, wie sich Paolino leise summend im Schlafsalon bettfertig macht. Paolino wusch sich! Johann staunt. Er vernimmt ein leises Stöhnen und einige italienisch klingende Worte. Dann ist es still.

Johann schließt die Augen. Was für ein Abend! Bilder ziehen an ihm vorbei. Seine erste Tasse Schokolade, ein Teller, auf dem sich Spiegeleier und Bratkartoffeln türmen, Paolino umringt von drei fröhlichen, italienischen Herren, ein kleiner Junge auf dem Dachfirst einer alten Dorfkirche, Ärzte, die sich über ein verletztes Kind beugen, die breite Fratze eines Mannes, aus dessen Mund die blechern klingenden Worte »ein Mann ohne Geschlecht« kommen. Dann ist Johann eingeschlafen.

Im heutigen Potsdam

SEHNSÜCHTE

6. Kapitel

Emma biegt in die mit alten Bäumen gesäumte Straße von Madame R. ein. Ihre Hände sind tief in den Jackentaschen vergraben, in ihrer rechten Hand bewegt sie aufgewühlt das silberne Monogramm von Johann.

›Niemals hätte ich Leonie einweihen sollen!‹, denkt sie. ›Warum hab' ich mir die Blöße gegeben? Ich hätte nie gedacht, dass meine beste Freundin so gemein sein könnte! Fast herablassend … was bildet die sich ein?‹

Mit aller Wucht kickt sie einen Stein vom Bürgersteig quer über die Straße.

›Bis jetzt hat uns die geheimnisvolle Verbindung zu Johann und Georg doch so zusammengeschweißt! Alle Gespräche waren vertraulich, darüber mussten wir nie ein Wort verlieren. Meine Gefühle waren bei Leonie sicher aufgehoben.‹

Emma schnaubt durch die Nase.

›Ja, *waren* sicher aufgehoben! *Waren*! ›Schmink' dir deine Liebe zu Johann einfach ab, Mädel!‹, hatte Leonie genervt gesagt und dabei das Wort ›Liebe‹ mit ihren Fingern in Anführungszeichen gesetzt. So ein Miststück!‹

Emma holt ihr Mobiltelefon hervor.

»… das gemeinste war:«, tippt sie als SMS an Leonie, »meine liebe zu johann in »…«! hat mich total verletzt. verzeih ich dir nie!«

Sie ist wild entschlossen, den Kontakt mit Leonie abzubrechen und schaltet ihr Handy ab.

Es ist das erste Mal, dass Emma alleine zu Madame R. geht. Zwar haben Emma und Leonie aufgehört, Madame R. regelmäßig aufzusuchen, denn die Wocheneinkäufe hat sie einem Pflegedienst übertragen. Aber mit großem Vergnügen klingeln sie immer wieder an ihrem Gartentor, um die geliebte alte Dame zu besuchen.

Emma zieht das Monogramm aus ihrer Tasche und betrachtet es auf ihrer geöffneten Hand: ein schwungvoll gezogenes ›E‹ aus stabilem Silberdraht, gerade so groß wie ihre innere Handfläche. Am oberen, linken Ende des Buchstabens hatte Johann eine Blüte aus dünnem Silberdraht befestigt. Acht Blütenblätter hatte er geformt, die Fläche jedes Blattes war durch eng ineinander verwobene Silberdrähte entstanden.

Johann hatte es ihr beim letzten Treffen der vier Freunde geschenkt; sie hatten sich in den sonnigen Innenhof unterhalb von Hauptmann Kaldenbergs Stuben zurückgezogen. Auch Leonie war mit einem ähnlich entworfenen Monogramm bedacht worden. Emma erinnert sich an Georgs erstauntes Gesicht, als er sich die beiden Kunstwerke ansah.

»Und das stammt von dir?«, hatte er ungläubig ausgerufen. »Aus deiner Hand?«

Johann hatte stolz genickt.

»Nicht zu fassen ist es!«, hatte Georg gemurmelt. »Wie kannst du so Schönes anfertigen?«

»Freude macht es mir! Vor meinen Augen entsteht es«, lächelnd hatte Johann mit seinen Fingern Blütenblätter in die Luft gezeichnet, »die Finger formen danach den Draht, fast von allein … vollendet haben es Ratschläge des Posamentiermeisters, meines guten Herrn.«

Die Posamentierwerkstatt hatten Emma und Leonie nur ein einziges Mal mit Georg besuchen können. Für Emma fühlt es sich an, als sei es erst gestern gewesen. Dort waren die üppigen Verzierungen für die Offiziersuniformen, für den prächtigen Hut der Baronesse Sophie hergestellt worden. Die Vorräte verschiedener Gold- und Silberfäden waren in einem großen Schrank verschlossen; der Schlüssel dazu hing an der Schürze des freundlichen Posamentiermeisters. Johann hatte viel Arbeit zu bewältigen, wusste Georg zu berichten. Ihm waren nur wenige

Stunden Schlaf auf einer einfachen Strohmatratze auf dem Holzboden der Werkstatt vergönnt.

Emma küsst das Monogramm in ihrer Hand, schaut kurz um sich – nein, niemand ist sonst in Madame R.s Straße unterwegs – und steckt es wieder in ihre Tasche. Sie ist etwas aufgeregt. Wie sollte sie einer sicherlich erstaunten Madame R. erklären, dass sie heute alleine vor ihrer Haustür stand? Die Wahrheit? Dass sie ihr Herz – nach einem Jahr in der Gegenwart – immer noch an einen Teenager im 18. Jahrhundert verloren hatte? An einen Waisen, der in armen Verhältnissen lebt, gerademal das Nötigste lesen und schreiben kann und das Einmaleins kaum beherrscht? Der einen Handwerksberuf erlernt, der heute gar nicht mehr gefragt ist, ja, den sogar niemand mehr kennt!

›Jetzt denkst du schon wie Mama und Papa darüber nach!‹ Emma seufzt. ›Ich weiß nicht, ob ich lachen oder weinen soll. Einerseits bin ich so verliebt, andererseits ist alles so verfahren!‹

Sie stellt sich vor, wie Johann neben ihr geht, den Arm um ihre Schultern legt und sie innig an sich heranzieht. Sie lehnt ihren Kopf an seine Schulter, dann treffen sich ihre Blicke, und sie sieht sein feines, schmales Gesicht, die blauen Augen, seine hellen, langen Wimpern vor sich. Ihre Nasenspitzen treffen sich ... wie gern würde sie ihn küssen! Es zerreißt ihr fast das Herz.

›Also, was jetzt, Emma?‹, rüttelt sie sich auf. ›Wie beginne ich das Gespräch? Was sage ich Madame R. eigentlich?‹ Ruckartig bleibt sie stehen. ›Natürlich, ich muss die Wahrheit sagen und nichts anderes!‹

Wie oft hatten Leonie und sie versucht, bei den Gesprächen in Madame R.s gemütlicher Küche mehr über ihre Vergangenheit und ihre Jugend zu erfahren. War sie die Hofdame von Prinzessin Amalie, der Schwester König Friedrichs, mit dem Namen von Rathen? Hatte sie beim Hoffest auf der Ehrentribüne des großen Reiter-Carrousels neben der Prinzessin im Mittelpunkt gestanden – mit dem berühmten Dichter Voltaire in ihrer Nähe? War sie die große Liebe von Hauptmann Kaldenberg, Georgs Herrn, die bei ihren geheimen Besuchen in Potsdam seine Kriegswunden versorgte und der er sich anvertraute?

War sie für ihre Zeitreisen und Begegnungen mit Johann und Georg verantwortlich? Solchen Fragen war Madame R. immer geschickt ausgewichen; nie hatten die Mädchen zufriedenstellende, weiterführende Antworten erhalten.

Wie Schuppen fällt es Emma von den Augen, dass die Wahrheit über ihre Liebe zu Johann ihre einzige Chance ist: Wenn Emma sich offenbarte, dann würde das der direkte Weg in Madame R.s Herz, zu ihren Geheimnissen sein! Nur so könnte es gelingen, ihre Fassade herunterzureißen! Plötzlich erscheint ihr alles so einfach. Gute Laune macht sich bemerkbar. Sie klingelt an Madame R.s Gartentor.

Madame R. öffnet die Haustür und winkt Emma zu.

»Der Türöffner fürs Gartentor funktioniert nicht, ich bin gleich bei dir!«

Sie zieht einen Schal über ihre Schultern und eilt lächelnd auf Emma zu. Die winkt zurück.

»Hallo!«, ist alles, was Emma über die Lippen kommt. Sie ist auf einmal aufgeregt. Vielleicht war alles doch nicht so einfach!

»Kommt Leonie später?« Madame R., macht das Gartentor auf und nimmt Emma in ihre Arme. »Schön ist's, dich zu sehen, meine Liebe!«

»Ja, ich freue mich auch.« Nur kurz hält Emma Madame R.s Blick stand.

»Kommst du direkt von der Schule?« Madame R. schaut auf ihre Uhr.

»Ja.« Emma gibt sich einen Ruck. »Aber Leonie kommt nicht später. Genau weiß ich es nicht … zumindest glaube ich das nicht.«

»Aha. Na dann. Komm', wir machen uns einen Tee; und für den ersten Hunger nach der Schule findet sich bestimmt etwas in meiner Küche!«

»Tee gerne, zum Essen nur was Kleines …«

»Nur was Kleines!«, unterbricht sie Madame R. fröhlich. »Was kann ich anbieten? Perlhühner mit Trüffeln, überbackenen Steinbutt, Hammelrücken mit Sardellen und Morcheln«, Madame R. zwinkert Emma zu, »oder etwa nur Spanisches Omelett mit Sardinen oder Hechtsuppe, ah, da fällt mir noch italienische Polenta mit Parmesan und Knoblauch ein …«

»Sind das alles wieder Lieblingsgerichte von König Friedrich?« Emma ist erleichtert über diese kulinarischen Eskapaden. »Solange du mir nichts mit Aal anbietest«, sie räuspert sich auffällig, »bin ich zufrieden.«

»Zum Nachtisch Feigenkompott in Zuckersoße oder Cognacmelone«, fährt Madame R. fort.

»Alkohol mitten am Tag?«

»Warum nicht? Eine halbe Flasche Sherry auf eine Wassermelone, das muss schon sein ...«

»Was?« Emma lacht.

»Natürlich! Da lassen wir uns nicht lumpen. Der König ließ sich jeden Abend – zumindest in jungen Jahren – auf dem Nachttisch je eine Flasche Champagner, Burgunder und Wasser bereitstellen.«

»Mir reicht eine Banane.«

»Exotisches Obst, ja, wie wär's mit frischer Ananas, frischen Feigen.« Mit ihren Händen formt sie die jeweiligen Früchte nach.

»Madame R.«, Emma fasst sich ein Herz, »ich muss mit dir sprechen.«

»Oh!« Madame R. hält inne. »Ja, dann vielleicht doch nur eine Banane.«

Sie sind in der Küche angekommen. Emma stellt ihre Schultasche in die Ecke und lässt sich auf die Küchenbank fallen. Madame R. setzt das Teewasser auf und entfacht eine Gasflamme am Herd.

»Was macht der Chor?«, fragt Madame R. »Ach, euer letztes Konzert war großartig! Pergolesi und Bach mit Gershwin im Programm zu kombinieren, fand ich mutig, doch ihr machtet dabei eine wirklich gute Figur, wie man damals gesagt hätte!«

»Wir proben für den nächsten Auftritt. Der soll nach den Ferien Anfang Januar stattfinden. In der Schulaula.«

»Oh! Gibt es schon ein konkretes Datum? Wo ist nur mein Kalender abgeblieben?« Madame R. blickt sich suchend in der Küche um.

»Wir treten zweimal auf, am 12. und 14. Januar.«

»Ah, hier ist dieser widerspenstige Kalender, der sich nur zu gern immer wieder von alleine zu verlegen scheint! Und der Bleistift dazu auch ... so was!«

Emma lächelt.

»Wie wär's mit einem elektronischen Kalender in deinem Telefon?«

»Um Himmels Willen, Emma, nein! Auf welchen Wagemut würde ich mich da einlassen! Da flöge mein überschaubarer Kalender irgendwo im Orbit des Internets herum! Ja, so stelle ich es mir zumindest vor; da hätte ich überhaupt keine Chance, ihn in …«, sie hält kurz inne, »in diesem Wirrwarr von magnetischen Wellen wiederzufinden!«

Emma lacht lauthals los.

»Außerdem hört man zu diesem Wirrwarr«, fährt Madame R. unbeirrt fort, »auch von abgestürzten, verschwundenen Daten! Kommt nicht infrage, meine Liebe!«

»So habe ich über einen elektronischen Kalender noch nicht nachgedacht! Was soll ich dir dazu sagen …?«

»Nichts! Für mich spielt er ja keine Rolle!« Madame R. schlägt ihren kunstvoll eingebundenen Taschenkalender auf. »Der 14. Januar passt. Was werdet ihr singen?«

»Ge-heim-nis.« Emma singt das Wort.

»Na, dann werde ich nicht weiter in dich dringen …«

»Ü-ber-rasch-ung«, singt Emma weiter.

Madame R. lächelt Emma an. Emma setzt sich aufrecht hin und atmet tief durch. Ihr ist es leichter ums Herz geworden.

»Ich weiß nicht, wie oder wo ich anfangen soll«, beginnt sie zaghaft.

»Dir habe ich doch versprochen, mich überraschen zu lassen.« Madame R. setzt sich Emma gegenüber an den Küchentisch.

»Ich weiß. Es ist zwar eine *andere* Überraschung, dass ich heute alleine, ohne Leonie, bei dir sitze…«

»… doch eine Überraschung ist es allemal«, ergänzt Madame R.

»Ja, bestimmt.«

Emma senkt kurz ihren Kopf, streicht sich dabei über die Stirn. Dann überwindet sie sich, direkt in Madame R.s neugierige Augen zu schauen.

»Ich bin sauer auf Leonie, enttäuscht von ihr. Gemeine Bemerkungen über meine Gefühle, das muss ich mir nicht gefallen lassen!«, platzt es aus ihr heraus. »Über alles konnten wir reden, vertraulich eben, doch das ist, wie eine Seifenblase, zerplatzt.«

»Das klingt dramatisch.«

»Es *ist* dramatisch! Genauso empfinde ich's … nicht dass ich jetzt eine *drama queen* wäre …«

»So würde ich dich nicht einschätzen.«

»Aber ich weiß nicht weiter.« Emma lehnt sich zurück und blickt aus dem Küchenfenster. »Ich fühle mich wie in einer Sackgasse.«

»Darf ich dich fragen, worum es zwischen euch beiden geht?«

»Es geht um Johann. Mir geht Johann nicht aus dem Kopf, besser: aus dem Herz.«

Sie holt das Monogramm aus ihrer Tasche und legt es vor Madame R. auf den Küchentisch.

»Ich habe mich in Johann verliebt; bis heute hat sich daran nichts geändert. Ich weiß, das klingt absurd, doch so ist es.«

»Was ist daran bitte absurd?«, erwidert Madame R.

Emma schaut sie konsterniert an.

»Na ja, … na ja, seit einem Jahr habe ich ihn nicht mehr gesehen, getroffen, Zeit mit ihm verbracht, …er lebt in einer anderen Zeit…«

»Ja.« Madame R.s Stimme klingt ruhig.

»Ich vermisse ihn total. Ein Wiedersehen ist völlig ausgeschlossen. Das macht mich unglücklich.«

Emma legt das Monogramm auf ihre Hand.

»Leonie weiß alles darüber, das hätte ich mal lieber lassen sollen. Die nimmt mich nicht mehr ernst, macht sich über mich lustig, ist echt gehässig, was Johann und mich angeht.«

»Ich verstehe nun, warum du alleine hier bist.«

Emma nickt.

»Leonie sagte mir ins Gesicht, dass ich mir meine Liebe zu Johann abschminken soll; und das Wort ›Liebe‹ setzte sie dabei in Anführungszeichen!« Emma ahmt die Satzzeichen mit ihren Fingern nach. »Und da platzte die Seifenblase eben! Mein Vertrauen zu ihr hat sich in Luft aufgelöst, ist wie weggeblasen, … wie soll ich's ausdrücken …«

Madame R. stützt ihre Ellenbogen auf den Tisch und legt ihren Kopf auf die gefalteten Hände.

»Ich will ganz offen zu dir sein, Madame R.: Es muss etwas passieren, ich möchte zu Johann zurück, ich vermisse ihn zu sehr. Egal wie, notfalls auch alleine, na ja, ... wenn's nicht anders, wirklich nicht anders geht, meine ich.«

Madame R. schweigt und legt ihre Hände langsam auf den Tisch.

»Wirst du mir dabei helfen?«, fragt Emma eindringlich.

Madame R. steht auf und holt eine Banane aus dem Obstkorb. Sie nimmt ein Glas Naturjoghurt aus dem Kühlschrank und stellt beides mit einer Schale, Löffel und einem Messer vor Emma auf den Tisch.

»Ich brühe noch den Tee auf, magst du dir schon mal die Joghurtspeise zubereiten? Möchtest du noch Ahornsirup oder Walnüsse dazu? Die Walnüsse sind köstlich!«

»Gerne.« Emma ist froh über die Unterbrechung. »Mmh, lecker.« Sie freut sich auf den Snack.

»Tee mit frischem Ingwer, Minze und Honig?« Mit einer kleinen Ingwerknolle in der Hand bricht Madame R. Minzeblätter von ihrer Topfpflanze ab.

»Klar. Habe nichts dagegen.«

Schnell stehen eine dampfende Teekanne mit allen Zutaten, Tassen und Teesieb auf dem Tisch.

»Ich danke dir für deine Offenheit, liebe Emma. Bist du dir deiner Gefühle sicher? Romantische Gefühle können dich in eine Traumwelt versetzen, die du selbst jedoch schnell als wahre, reale Welt erlebst.«

Madame R. lehnt sich rücklings an die Arbeitsfläche ihrer hölzernen Küchenzeile und betrachtet Emma nachdenklich.

»Meine reale Welt, mein alltägliches Leben ist hier. Ja. Doch mein Herz ist bei Johann. Ich sehne mich nach ihm, jeden Tag, das kann ich nicht ändern. Er ist ein Teil von mir geworden. Ja, so ist es. Deswegen möchte ich zu ihm. Kannst du das verstehen, Madame R.?«

Madame R. schweigt.

»Kannst du das verstehen?« Emma flüstert.

Nach einer Pause antwortet Madame R. leise:

»Ja, das kann ich.«

»Ja? Wirklich?«

»Wirklich.«

Emma reißt die Augen auf.

»Dann, dann kannst du meine Gefühle nachvollziehen?«

»Ja, ich kann deine Gefühle nachvollziehen.« Madame R. muss lächeln. »Sehr gut sogar.«

Emma spürt, wie sie Madame R.s Antwort elektrisiert. Was hatte Madame R. da soeben gesagt? Emma nimmt die ersten Löffel der Joghurtspeise zu sich. Sie muss nachdenken. Taten sich da gerade ganz neue Ebenen zwischen ihr und Madame R. auf? Sie musste vorsichtig sein, keine Grenzen überschreiten. Wenn jetzt Leonie hier in der Küche wäre, würden sie sich bedeutende Blicke zuwerfen … nein, Blödsinn! Leonie gehörte jetzt nicht hierher, die hatte sie erst einmal aus ihrem Leben verbannt, diese Ziege!

»Ich, … ich will dir nicht zu nahe treten, Madame R., möchte dir aber eine Frage stellen.«

»Fragen sind bei mir immer erlaubt, das weißt du.«

»Ja, aber gerade ist es irgendwie anders als sonst … warum, warum kannst du meine Gefühle *sogar sehr gut* nachvollziehen?«

Emma rutscht ein wenig auf der Küchenbank hin und her.

»Du musst wirklich nicht antworten, wenn du nicht willst…«, fügt sie zögerlich hinzu und beobachtet Madame R. vorsichtig. Sie erscheint ihr geistesabwesend, als ob ihre Augen durch sie hindurch und in eine andere Welt blickten. Emma wartet still. Sie fühlt deutlich, dass Worte jetzt nicht passen, vielleicht etwas unterbrechen oder sogar zerstören würden. Ihre innere Anspannung lässt sie kaum atmen.

Da beginnt Madame R. unvermittelt zu rezitieren.

»Wann doch wird nah'n die Stunde,
in der so frommen Bitten,
geben die Götter Gehör?

Mein Alles! Mein Alles!
Lass doch den Mut nicht sinken,
lass sinken nicht den Mut.

Ah, so vereint in Liebe,
vereint in Liebe
lass uns die Herrschaft teilen,
lass uns teilen den Tod.«

Emma lauscht gebannt; jedes Wort saugt sie in sich auf. Madame R. spricht langsam, ihre Stimme klingt voll und ergreifend. Sie blickt über Emmas Kopf hinweg, auch lange nachdem sie das letzte Wort gesprochen hat.

Madame R.s Antwort macht Emma sprachlos. Mit einem Gedicht hat sie nicht gerechnet. Doch die Kunst, mit der Madame R. jedes Wort vorgetragen hat, berührt sie. Ihre Gedanken wandern zu Johann. ›Lass doch den Mut nicht sinken‹, ›so vereint in Liebe‹ hallt es in ihr nach. Heimlich zwickt sie sich in den Unterarm, doch nichts ändert sich. Warum hatte Madame R. dieses Gedicht aus dem Hut gezogen?

»Woher kommt das Gedicht?«, fragt Emma nach einer Weile.

»Aus meinem Herzen.« Durch Madame R. geht ein Ruck und sie sieht Emma wieder an.

»Wer hat es geschrieben?«

»Das ist nicht wichtig; nur der Inhalt zählt.«

»Auch für dich?«, fragt Emma vorsichtig.

»Auch für mich. Natürlich.«

Die Offenheit, mit der Madame R. das Wort ›natürlich‹ ausspricht, gibt Emma den Mut, weiter zu fragen.

»Inwieweit?«

Madame R. schenkt Ingwertee aus und setzt sich an den Tisch.

»Ich will dir von mir selbst erzählen. Lange genug bin ich euren Fragen ausgewichen. Nun ist es an der Zeit, ehrlich zu sein, denn du warst es auch zu mir.«

Emma traut ihren Ohren kaum. Sie richtet sich kerzengerade auf.

»Auch wenn Leonie jetzt nicht hier ist, möchte ich dir sagen, dass ich Madame von Rathen bin, die Hofdame von Prinzessin Amalie.«

Sie nimmt Emmas Monogramm in ihre Hände.

»Im östlichen Preußen, auf unserem Gut bei Königsberg, bin ich aufgewachsen. Dort verbrachte ich eine glückliche Kindheit. Wir waren fünf Kinder: Vier Brüder habe ich, das jüngste Kind bin ich. Mein Vater war preußischer Offizier im Dienste des Königs, meine Mutter eine tüchtige Gutsherrin und fromme Christin. Für beide hatten die Erziehung und das Vertrauen ihrer Kinder höchste Priorität. Wann immer es möglich war, nahmen sie sich Zeit für uns. Das war damals höchst ungewöhnlich.«

Madame R. trinkt einen Schluck Tee.

»Meine Eltern legten größten Wert darauf, dem eigenen Herzen treu zu sein und nach Wissen zu streben. Allerdings war mir meine Mutter durch ihre Frömmigkeit, ihren Pietismus bald fremd. Wäre mein Vater nicht gewesen, so hätte ich mich von ihr und der Religion abgewandt.«

Madame R.s Augen glänzen.

»Mein Vater war redegewandt. Oft sagte er mir, dass Gott mir meine eigene Vernunft gegeben habe; sie gehöre mir, er habe sie mir gegeben, damit ich sie gebrauche! Nur denjenigen solle ich glauben, deren Begründungen die besten seien, und ich solle mir die Freiheit bewahren, anderen zu widersprechen, auch in der Ehe!«

Sie lacht kurz auf.

»Ja, das sagte er wirklich!«

Sofort wird sie wieder ernst.

»Denn die Liebe zur Wahrheit stünde an erster Stelle. Nicht sein Sohn war ich, sondern seine Tochter! Mein Vater war fortschrittlich, denn für Frauen war es zu jener Zeit revolutionär, so zu denken!«

Fasziniert hört Emma zu.

»Für ihn waren alle Stände gleich, weil Gott es genauso sah. Daher solle man allen anderen Menschen Achtung entgegenbringen, nur das sei wahrlich tugendhaft. Unter den Bauern und deren Familien, die unsere Felder bewirtschafteten, wurde mein Vater deswegen sehr geschätzt.«

Mit ihrem Zeigefinger fährt sie das ›E‹ des Monogramms nach.

»Viele Jahre lang lebten bei uns Gouvernanten und Hauslehrer. Wir Kinder, ob Junge oder Mädchen, wurden in denselben Fächern unterrichtet, wie etwa Französisch, Latein, Philosophie, der Mathematik und den Naturwissenschaften. Beim Reitunterricht war mein Vater zu allen seinen Kindern gleichermaßen streng; das Fechten durfte auch ich, als Mädchen, erlernen. Unterweisungen in Tanz und Etikette – also die Regeln für die gesellschaftlichen Umgangsformen – erhielten wir auch, denn meine Familie pflegte ein gutes Verhältnis zum preußischen Hof.«

Madame R. legt das Monogramm auf den Tisch und umfasst mit beiden Händen ihre Teetasse.

»An den Hof von Prinzessin Amalie kam ich mit 16 Jahren; der Abschied von zu Hause fiel mir schwer. Doch die Prinzessin und mich verband der Eigensinn, unseren Verstand zu bilden und dafür – bei bestmöglicher Wahrung der Etikette – auch ungewöhnliche Wege zu gehen. Sie war exzentrisch. Und sie hatte einen unerbittlichen Sinn für Gerechtigkeit.«

Madame R. schüttelt lächelnd den Kopf.

»Ja, so war sie! Gleich nach meinem Debüt am Königlichen Hof lernte ich – über einen meiner Brüder – Wichard von Kaldenberg kennen. Damals war er noch Page bei König Friedrich II. Es war, als ob unsere Seelen sich schon seit langem gekannt hätten. Für uns beide: ein *coup de foudre*. ›*Mon éclair*‹ nannte er mich. ›Vereint in Liebe‹, ja, das waren wir. Da wir uns selten sahen, schenkte ich ihm ein Medaillon mit einem gemalten Bildnis meiner selbst.«

Emma erinnert sich sofort an dieses Schmuckstück. Leonie und sie hatten es – in geheimer Mission – in Kaldenbergs Sekretär entdeckt. ›Für W.‹ und ein Stern waren auf der Rückseite des Medaillons eingraviert.

»Bald danach trat Wichard der Königlichen Leibgarde und somit dem Stand der Offiziere bei. Eine große Auszeichnung, denn König Friedrich entschied selbst, wer in die Leibgarde aufgenommen wurde und wer nicht. Er wollte auf die völlige Ergebenheit seiner Offiziere vertrauen können. Viele von ihnen waren persönliche, enge Freunde, denen er sich zugetan fühlte. Sie erhielten die beste Ausbildung und viele Privilegien. Es war die Elite, die er um sich scharte. Doch …«

Madame R. seufzt leise.

»Doch die Kehrseite der Medaille war, dass König Friedrich über ihr persönliches Leben regierte. Unerbittlich. Ledige, unverheiratete Offiziere hatten die besten Chancen auf seine Gunst. Wichard hatte das verinnerlicht. Während er mir stets beteuerte, dass ich die einzige, große Liebe seines Lebens wäre, schien ihm die Gunst des Königs, sein Fortkommen als Offizier wichtiger zu sein. Ich spürte, ich wusste, dass er mich liebte. Daran zweifelte ich nie. Doch als mir klar wurde, dass Wichard in diesem Widerspruch weiterleben würde, zog ich mich von ihm zurück.«

Sie schweigt.

»Ich flüchtete mich in meine Studien der Medizin. Das war nur durch die geheime Unterstützung von Prinzessin Amalie möglich, die den Kontakt zum Königlichen Leibarzt, Dr. Cothenius, herstellte. Dr. Cothenius staunte über meine naturwissenschaftlichen Kenntnisse und über meine Unerschrockenheit, Kranke zu behandeln. Er war ein strenger Lehrer. Das Schönste war, wenn er mich in das Hospital der Charité oder zum Königlichen Hofapotheker mitnehmen konnte – unter strengster Geheimhaltung, natürlich. Meinen Pflichten an Prinzessin Amalies Hof kam ich weiterhin nach.«

Madame R. leert ihre Teetasse, schenkt sich nach und sieht Emma fragend an.

»Nein danke, ich habe noch.«

»Du bedienst dich einfach, ja?«

Emma nickt.

»Tja, an einem Abend saß ich wieder über meinen Büchern. Bei aller Faszination für die Inhalte war mir das Herz schwer. Ich war unglücklich; nicht nur über die Perspektivlosigkeit meiner Liebe zu Wichard, sondern auch darüber, dass ich meine medizinische Ausbildung geheim halten musste.«

Sie zuckt mit den Schultern und sieht Emma an.

»Eigentlich hatte ich nichts zu beklagen: Mein Leben am Königlichen Hofe war privilegiert. Ich hätte meine große Liebe zu einem Leibgardeoffizier und meine Passion zur Medizin weiterhin im Verborgenen leben können. Das wäre leicht möglich gewesen! Doch innerlich sträubte ich mich gegen diese Geheimhaltung. Die Wahrheit wollte ich leben, sie stand für mich an erster Stelle!«

Madame R. reibt ihre Hände aneinander.

»Diese Gefühle und Überzeugungen waren in jenem Moment so stark, dass ich plötzlich den intensiven Wunsch empfand, mich aus meiner Welt zu verabschieden. Diesem Doppelleben wollte ich mich nicht mehr aussetzen; ich hatte genug davon! Es musste sich etwa verändern, ja, ich fühlte mich absolut bereit für eine Veränderung. Da geschah es: Ich landete hier, bei euch, in eurer Zeit.«

Emma ist seltsam berührt.

»Die Wahrnehmung meiner selbst, meines Wesens hatte sich nicht geändert; gefühlt schien ich dieselbe Person geblieben zu sein. Allerdings war ich viel älter und sah anders aus. Als ob ich in eine andere Haut geschlüpft wäre. Hinter mir lag ein Berufsleben als Ärztin; ich war ledig geblieben. Das Leben ging weiter. Es floss dahin, trug mich fort, als ob nichts Ungewöhnliches geschehen wäre.«

Emma wundert sich, denn Madame R. schien diesen merkwürdigen Einschnitt in ihrem Leben als etwas ganz Normales zu reflektieren. Sie versucht, sich zu sortieren.

»Dachtest du oft an dein früheres Leben zurück? Oder war es in dir irgendwie gelöscht worden?«

»Das Früher ist immer ein lebendiger Teil von mir geblieben.«

»Wie denn?«

»Durch meine Liebe zu Wichard, die mich immer noch erfüllte; daran hatte sich nichts geändert.«

»Hm. Nun ja.« Emma überlegt. »Doch ihr wart doch voneinander getrennt. Machte dich das nicht unglücklich?«

»Sehr bald habe ich begriffen«, fährt Madame R. unbeirrt fort, »dass in meinem Leben sowohl das Damals als auch das Heute existieren – eben durch das Band der intensiven und wahrhaftigen Liebe, das

Wichard und mich auf ewig verbindet. Dieses Band hat mich zu einer Grenzgängerin gemacht.«

›Durch Liebe eine Grenzgängerin…‹, taucht es in Emmas Gedanken auf.

»Ich erahnte, dass ich in der Lage sein würde, zwischen den Zeiten und Orten zu wandern; ich musste es nur üben. Was heißt hier ›nur‹!« Sie grinst.

»Das Üben ist das Schwierigste. Auf Knopfdruck passiert nichts. Die Kraft und die Spiritualität zu erlangen, die Grenzen in die andere Zeit und deren Orte zu überschreiten, das ist das Ziel des Übens, ist es bis heute.«

Emma fühlt sich überfordert. Wie sollte sie mit Madame R.s befremdlichen Beschreibungen umgehen? Sie wusste, dass Madame R. regelmäßig meditierte, wenn man es denn so bezeichnen konnte. Das hatte auf sie immer einen Reiz des Geheimnisvollen ausgeübt. Aber vielleicht begab sich Madame R. in den Zustand der Trance, der Hypnose? Was wusste Emma schon von dieser Welt? Rein gar nichts! Aber Madame R. hatte begonnen, ganz offen über ihre wahre Geschichte zu dieser Welt zu sprechen. Band der Liebe ... sie schien ihre große Liebe für Kaldenberg immer in sich zu spüren ... Grenzgängerin ... Emma hält inne. Auch Johann übte eine Art magische Anziehungskraft auf sie aus – aus der Vergangenheit direkt auf ihr Herz, ihre Gefühle, ihre Gedanken. Diese Anziehungskraft war echt, daran bestand überhaupt kein Zweifel.

»Bald danach zog König Friedrich wieder in den Krieg, den Zweiten Schlesischen Krieg, und mit ihm die Königliche Leibwache. Die Unruhen und die Gewalt dieser Zeit spürte ich deutlich in mir. Für alle, auch für Wichard, waren es bange Zeiten. An dem Tag, als er in der Schlacht bei Soor verletzt wurde, gelang es mir zum ersten Mal, mich physisch in das Damals zu versetzen. Ich wusste, dass ihm etwas zugestoßen war.«

Emma schweigt. Sie wollte Madame R. erzählen lassen und einfach nur zuhören.

»Für seine Tapferkeit hatte König Friedrich Hauptmann Wichard von Kaldenberg noch auf dem Schlachtfeld ausgezeichnet, bevor er abtransportiert wurde. Im Feldlazarett konnten nur die nötigsten Eingriffe vollzogen werden; König Friedrich veranlasste, dass Wichard die bestmögliche medizinische Versorgung erhielt. Somit kam er nach Berlin und Potsdam zurück in die Obhut des Königlichen Leibarztes Cothenius … und mir.«

Sie lächelt.

»Wichard traute seinen Augen kaum, als er mich zum ersten Mal wiedersah. ›*Mon éclair!*‹ Das waren seine einzigen Worte. Dann schüttelte er langsam den Kopf. Doch seine Augen ließen nicht von mir ab; mir war, als ob wir uns das letzte Mal am Tag zuvor gesehen hatten.«

Sie zieht ihre Augenbrauen hoch und legt ihre Hände an die Wangen.

»Im Feldlazarett war er nur notdürftig behandelt worden und die Rückreise nach Berlin hatte ihn geschwächt. Seine Flanken waren durch gezielte Schwerthiebe schwer verletzt worden, einige Rippen waren gebrochen, er hatte viel Blut verloren. Dr. Cothenius operierte ihn nochmals, denn welcher Arzt hat unmittelbar nach einer Schlacht die Zeit für eine sorgfältige Operation? Ich zögerte, als er mich aufforderte, ihn während der Operation zu unterstützen. Da wusste ich, dass Dr. Cothenius die persönliche Verbindung zwischen Wichard und mir erfasst hatte. Zuerst fürchtete ich um die Geheimhaltung unserer Liebe, die Wichard so wichtig war, doch das stellte sich als unbegründet heraus. Im Gegenteil. Durch seine *Ordre*, mich besonders um diesen Patienten zu kümmern, konnten wir uns fast täglich sehen. Seine Genesung schritt gut voran.«

Madame R. trinkt einen großen Schluck Tee.

»Ah, sehr lecker! … Die Nähe zu ihm beflügelte mich. Unsere gemeinsame Zeit war so innig und vertrauensvoll wie zuvor. Ich war glücklich und …«, sie sieht Emma unverblümt an, »bemerkte schnell, dass es mir dadurch leichter möglich war, zwischen den Zeiten und ihren Orten zu wandern. Immerhin …«, sie lächelt verschmitzt, »gab es euch, dich und Leonie. Ihr hattet Johann und Georg gerade kennengelernt.«

Als Emma zu einer Frage ansetzt, beugt sich Madame R. über den Tisch und legt ihre Hände fest auf Emmas.

»Frage mich bitte niemals etwas zu euren Zeitreisen!« Madame R.s Ton ist fast ein wenig unwirsch. »Niemals! Das sei dir ein Verbot, ein ernst gemeintes. Bitte halte dich daran, Emma. Versprichst du mir das?«

›Das sei dir ein Verbot …‹, hallt es in Emmas Ohren nach. Sie ist über diesen Ausbruch erschrocken.

»Wenn du meinst …«

»Ja, das meine ich wirklich! Bitte niemals ein ›Warum‹ oder ›Wie‹ oder, oder, oder, ja?«

Emma spürt, wie ernst es Madame R. ist.

»Ja, ich verspreche es dir, Madame R.; du hast mein Wort.«

»Ich vertraue dir, Emma.«

Madame R. lässt Emmas Hände los und lehnt sich zurück.

»Danke, Emma.«

Emma meint, Erleichterung in ihrem Gesicht zu entdecken.

»Doch eine Frage zu dir, Madame R., die habe ich noch«, traut sich Emma zu fragen.

»Ja?«

»In welcher Welt lebst du?«

»Ich lebe im Damals und Heute …«

»Man kann nicht gleichzeitig in zwei Welten leben …«

»Doch, das kann man. Schau, Emma, Liebe, die ich damals erfahren durfte, ist auch heute noch ein lebendiger Teil von mir. Mein Versuch, die damaligen Grenzen, an die ich mit meiner Vorstellung eines wahrhaftigen Lebens gestoßen bin, zu überwinden – das ist meine lebendige Verbindung zum Heute.«

»Hm. Wie soll ich mir das vorstellen? Das hat doch alles etwas Übersinnliches … und mit deinen Meditationen … oder sonst was … zu tun, oder?«

»Ja, das hat es.«

»Ich verstehe dich nicht wirklich, Madame R. Doch muss ich das?«

Madame R. zuckt lächelnd mit den Schultern.

»Eigentlich nicht, oder?«, fährt Emma für sich fort. »Was soll's! Eigentlich nicht, nein!«

Sie löffelt die Joghurtspeise aus und trinkt ihre Teetasse leer.

»Das Gedicht, warum hast du das vorgetragen?«, hakt Emma dennoch nach.

»Es passt zu mir und bedeutet mir viel. Es passt auch zu dir, Emma.«

»Ja, das stimmt. Hast du es deshalb aufgesagt?«

»Ja, natürlich.«

»Na, als natürlich empfinde ich heute gar nichts …«

Madame R. lacht.

»Das lässt sich nachvollziehen, meine Liebe! Doch das Gedicht ist nicht nur ein Gedicht, sondern der Text zu einer Melodie. Es wurde vertont. Ich kann es dir vorspielen. Warte.«

Madame R. steht auf und geht in die Bibliothek. Sie kommt mit einer Spieluhr in der Hand zurück und stellt sie vor Emma auf den Küchentisch.

»Oh, die ist ja wunderschön!« Emma ist fasziniert. »Ist das aus echtem Gold?«

Der untere Teil der Spieluhr erinnert Emma an eine goldene Dose, die auf drei kleinen Füßen steht. Der Rand der Dose ist in regelmäßigen Abständen mit blauen, runden Edelsteinen besetzt, um die – jeweils blumenförmig – kleine, weiße Edelsteine eingelassen sind. Oben auf dem Deckel der Dose sitzt vor den Resten eines Säulentempels auf einer Bank ein Paar. Mann und Frau berühren sich nicht; sie scheinen sich zu unterhalten. Figuren und Szenerie sind filigran aus Gold geformt; die Kleidungsstücke mit winzigen Edelsteinen dekoriert.

»Ja, das ist echtes Gold.«

Während Madame R. das Schmuckstück unten festhält, zieht sie die Spieluhr vorsichtig auf, indem sie den oberen Teil dreht, als ob sie die Dose öffnen wollte. Gebannt schaut Emma zu.

»Diese Spieluhr muss so unendlich wertvoll sein.«

»Unendlich wertvoll, ja, das ist sie. Jetzt höre gut zu.«

Madame R. entfernt ihre beiden Hände von der Spieluhr; sofort fängt die Szenerie an, sich zu drehen, und Emma hört eine einfache, fröhliche Melodie, die durch ihre Sprünge und Auszierungen immer vielschichtiger wird. Emma staunt über die präzise Tonfolge, den schönen Klang. Sie verfolgt das sich drehende Paar: Der Künstler hat fast jede Falte im Kleid angedeutet; die Dame stützt sich mit ihren Händen auf der Bank ab und hat ihre Beine keck übereinander geschlagen. Der Kavalier, festlich gekleidet, hält seine Hände gestikulierend in die Richtung seiner Begleiterin, als ob er sie eindringlich von etwas überzeugen wolle. Emma schmunzelt über die abwartende Haltung der Dame und den scheinbaren Redeschwall des Kavaliers. War das der Hauptmann Kaldenberg, der versuchte, Madame R. seine ewige Liebe zu garantieren, ohne seine Liebe offen leben und sie heiraten zu wollen? In ihren Gedanken ist es plötzlich Johann, der mit ihr vor dem romantischen Säulentempel sitzt und ihr seine große Zuneigung offenbart ... doch würde sie tatsächlich so kokett auf der Bank sitzen? Warum nicht? Vielleicht wäre sie in ihrem Glück dazu imstande! Es gab sicherlich noch ungeahnte Seiten in ihr, die sie noch entdecken konnte!

Auf einmal wird Emma bewusst, dass sie die Melodie der Spieluhr kaum mehr hört. Stattdessen erklingt ein Chor aus der Ferne. Noch dreht sich die Spieluhr vor ihren Augen, doch der Kavalier scheint tatsächlich seine Arme zu bewegen – merkwürdig! Der Chorgesang wird lauter, der Kavalier größer, er entpuppt sich als Dirigent, der vor einem Chor, vor *ihrem* Chor steht! Der Gesang umhüllt sie.

WIEDERSEHEN

7. Kapitel

»Iiih-oooh«, singt der Chor einstimmig, wobei das »Iiih« genau eine Oktave über dem »Oooh« liegt. Der Oktavensprung wird mehrmals wiederholt. Dann gibt der Kantor einen halben Ton höher an, und der Chor übt den Oktavensprung entsprechend. Emma ist schockiert; sie steht inmitten eines Chors! Der Chorleiter scheint sich allerdings nicht daran zu stören, dass sie hier plötzlich aufgetaucht ist. Sein Blick gleitet über die Sänger, als ob nichts geschehen wäre.

»Wir lächeln beim Singen! Wo ist die Spannung um euren Mund?«, kritisiert er streng, bevor er den nächsten Ton kurz ansingt.

Emma singt mit, doch ihre Stimme zittert. Immer höher klettern die Töne.

»Platzieret die Töne präzise!« Der Kantor hebt den Zeigefinger; er bewegt seine Lippen zum »I« und »O«.

Emma friert. Vorsichtig sieht sie an sich hinab. Ihre Kleidung fühlt sich rau und schwer an. Sie trägt einen einfachen grau-braunen Wollrock, der ihr bis zu den Knöcheln reicht. Ihre Socken sind aus kratziger Wolle, und ihre Lederschuhe drücken ihre Zehen schmerzhaft zusammen. Bluse und Weste halten sie kaum warm, und das können auch ihr Umhang und Schal kaum ausgleichen.

»Wir üben Vierklänge aufwärts und abwärts über eine Oktave«, ordnet der Kantor an. »Und zwar, so hört zu, auf mmaaah.«

Der Kantor beginnt mit einem tiefen Ton. Während er vorsingt, gibt er mit seiner rechten Hand den Takt vor.

Emma versucht, sich auf das Singen zu konzentrieren, doch sie ist zu aufgeregt. Wo war sie hier gelandet? Das war doch total verrückt!

Plötzlich klopft der Kantor mit einem Stab auf seinen Notenständer; sofort hält der Chor inne.

»Einen reinen Klang möchte ich hören; kein Hauchen darf zu vernehmen sein! Nochmals!«

Aus ihren Augenwinkeln entdeckt Emma fast nur Jungen um sich; sie mochten in ihrem Alter und jünger sein. Alle richten ihre Blicke angestrengt auf den Chorleiter. Der Junge an ihrer Seite hat ein grau-gelbliches Gesicht, müde Augen und eingefallene Wangen. Doch seine Stimme klingt wunderschön. Übungen mit Vierklängen sind Emma aus dem Schulchor geläufig. Erleichtert singt sie mit.

»Ma-a-a-a-a-a-ah … ma-a-a-a-a-a-ah …«

Vorsichtig sieht sich Emma um. Obwohl die Umgebung nur wenig ausgeleuchtet ist, merkt sie schnell, dass der Chor auf der Bühne eines großen Theaters steht. Vor ihr erahnt sie ein leeres Parkett. Im schummrigen Licht meint sie sogar Zuschauerränge zu erkennen. An der Bühnenrampe sind mehrere Öllampen aufgestellt. Über dem Orchestergraben hängen drei üppige Kronleuchter, deren Kerzen gerade nicht brennen. An den Seiten der Bühne entdeckt Emma Kulissen und weit nach oben reichende Holzplanken, an denen übereinander mehrere offene Blechlampen mit brennenden Talglichtern befestigt sind. Die Bleche schimmern im Licht. Der hintere Teil der Bühne scheint im Dunkeln zu liegen.

»Der Chor blicket nach vorne zu mir! Alle blicken nach vorne zu mir!«, mahnt der Kantor während der Chor immer höher singt.

Emma zuckt zusammen und schaut den Kantor erschrocken an; ihre Knie werden weich. Sie musste seinem strengen Blick jetzt standhalten, sonst würde sie auffallen!

»Mma-a-a-a-a-a-ah … «, singt sie tapfer.

»An der Klangfülle muss noch gearbeitet werden!«, moniert der Kantor nach einer Weile. »Wir singen auf einem Ton sooo-jaah! Die Soprani beginnen.«

Der Sopran muss den Ton oft wiederholen, bis der Chorleiter zufrieden ist.

»Nun die Alti!«

Das war Emmas Stimme! Der Alt muss zwei Töne tiefer singen und einige Kritik über sich ergehen lassen. Nacheinander werden Tenor und Bass hinzugefügt. Als alle Stimmen gleichzeitig singen, umhüllt Emma ein herrlicher Vierklang.

Da taucht ein gepflegt gekleideter Mann aus der Seitenbühne auf und geht lächelnd auf den Kantor zu. Die beiden Männer begrüßen sich freundlich. Im Hintergrund entdeckt Emma schemenhaft die Umrisse eines jungen Mannes.

»Das ist Carl Heinrich Graun!«, raunt ein Junge hinter Emma aufgeregt, »der höfische Konzertmeister!«

Fasziniert blickt Emma auf den Besucher.

»Au weih! Er hat die Oper komponieret – und nun kommt er zu unserer Probe! Wir sind verloren!«, hört Emma eine ängstliche Stimme flüstern.

»Ach, sei kein Hasenfuß! Was kann er uns schon anhaben?!«

»Zu selten konnten wir gemeinsam üben!«

»Rede nicht so dummes Zeug!«

Der Kantor klopft laut an seinen Notenständer, zieht die Augenbrauen zusammen und blickt streng den Chor an. Sofort ist es still.

»Sehr verehrter Herr Kantor«, beginnt der Hofkomponist, »mit Vergnügen habe ich beobachten können, wie Ihr Euch um die Stimm- und Klangbildung dieses Chores bemühet. Am Dresdner Hof wird dies seit langem praktizieret, hier in den preußischen Gefilden muss ich ... wie soll ich es sagen ... mich immer wieder dafür einsetzen. Mein Lob muss ich Euch aussprechen.«

Der Kantor ist sichtlich erfreut und verneigt sich.

»Schreitet fort, sehr verehrter Herr Kantor, Ihr sollt Eure Übungen beenden. Den Klängen werde ich mit Interesse lauschen.«

Der Kantor hebt beide Hände an und singt nacheinander die bekannten Töne des Vierklangs.

»Wir beginnen leise, *piano*, werden langsam lauter und enden wieder leise; wir üben das *crescendo* und *decrescendo*.«

Beharrlich lässt der Kantor diese Übung besonders häufig wiederholen. Dazwischen erteilt er jeder Stimme Anweisungen.

»Das macht er nur, weil der Konzertmeister da ist«, zischt jemand hinter Emma.

Ein anderer tritt ihm entschieden auf den Fuß.

»Au!«
»Bist du wohl stille?!«

»Wir kommen nun zum Willkommens-Chor!«, kündigt der Kantor an und singt den Stimmen ihre jeweiligen Anfangstöne vor. Seine Blicke fordern höchste Aufmerksamkeit ein. Emma ist starr vor Angst. Dann beginnt der Chor in schnellem Tempo zu singen.

Emma lauscht angestrengt auf die Töne und Worte der Sänger in ihrer unmittelbaren Nähe. Entsetzt bemerkt sie, dass der Text auf Italienisch gesungen wird. Sie schnappt *venite intrepidi*, ein wenig später *furor* auf. Sobald sie ihre Lippen danach formt, singt der Chor jedoch schon die nächsten Worte. In Emma steigt Panik auf. Um Fehler in ihrer Tonlage zu vermeiden, singt sie sehr leise. Warum war sie in der zweiten Stimme gelandet? Viel lieber würde sie die eingängige Melodie des Soprans singen! So hatte sie keinen blassen Schimmer, was sie singen sollte! Alles rauschte an ihr vorbei, sie war völlig orientierungslos – es war schrecklich! Wann würde dieser blöde Willkommens-Chor endlich aufhören? Sie fühlte sich alles andere als willkommen!

Doch schon geht es weiter und sie vernimmt die Worte *cari … nostro amabile* – oh, die wurden wiederholt! Schnell formt sie ihre Lippen entsprechend. Dann folgt *imperator*, sofort singt sie es nach. Zumindest weiß sie, was das Wort bedeutet! Herrscher! Das nutzt ihr in dem Moment gar nichts! Emma hat Schweißausbrüche.

Nach einer kleinen Pause gibt der Chorleiter den nächsten Einsatz. Hatte denn hier niemand Noten? Warum musste alles auswendig gesungen werden? Zumindest verläuft der Rhythmus der Stimmen parallel, da kann sie irgendwie mitbrummen. Dann werden die Worte *gloria* und *applausi* gesungen, danach war ihr nun gar nicht zumute! Ah, der Chor wurde langsamer – *am-mi-ra-tor* singt sie mit. Mit großer Erleichterung bemerkt sie, dass dies zum Schlussakkord führt! Dennoch wäre sie am liebsten im Boden versunken. Sie vermeidet den Blickkontakt mit dem Kantor; sicherlich würde er sie sofort hinauswerfen.

Der Kantor lässt den Text mehrmals aufsagen. Dabei unterbricht er den Chor oft, um die Sänger aufzufordern, einzelne Worte deutlich zu wiederholen. Emma atmet auf; das war ihre Chance, den Text zu lernen! Sie konzentriert sich. Der Kantor nimmt es sehr genau. In ihrem Schulchor hätte das Emma genervt, doch hier ist sie dem Chorleiter einfach nur dankbar.

»Der Willkommens-Chor singt freudig und wohlwollend!«, hebt der Kantor an. »Ihr seid die Ureinwohner des fremden Landes Mexiko, die Untertanen des dortigen Kaisers Montezuma. Ihr heißt die Spanier, die über weite Meere gesegelt sind, willkommen. Ihr singt: ›Freude und Ehre – *cari e pregevoli* – bringt ihr zu uns und unserem allgütigen Kaiser – *amabile imperator*!‹ Darauf folgt: ›Empfangt die Gaben – *benefico.*‹ Am Ende wird die Tapferkeit – *gloria* – der Seefahrer gelobt und bewundert – *ammirator.*«

Emma findet den Chorleiter immer besser: Nun hatte er den Text auch noch inhaltlich zusammengefasst!

Jetzt mischt sich Carl Heinrich Graun ein und möchte jede Stimme einzeln hören; mit Text, dann auf der Silbe -lo, und wieder mit Text. Emma kann endlich ihre Stimme separat hören und lernen! Der Konzertmeister unterbricht regelmäßig, um Kritik zu üben und Hinweise zu geben. Emma empfindet Graun als pedantisch, doch sie freut sich über jede Wiederholung, denn langsam fühlt sie sich sicherer. Sie staunt, denn bei aller Unzufriedenheit wird er niemals laut; er bleibt den Sängern zugewandt, wenn er etwas erklärt. Nacheinander fügt der Konzertmeister die vier Stimmen zusammen. Geduldig lässt er den Chor bestimme Phrasen und manchmal sogar nur einzelne Worte oder Vokale so oft wiederholen, bis er zufrieden zu sein scheint.

»Wenn wir bedenken«, Graun wendet sich dem Kantor zu, »dass dieser Chor sich nur für die Aufführungen in der Königlichen Hofoper firmiert, so habt Ihr, Herr Kantor, gute Arbeit geleistet. Diese wunderbaren Stimmen sollten regelmäßig zusammen proben!«

Der Kantor nickt zustimmend.

»Es ist bedauerlich, dass ein richtiger Opernchor in den Augen unserer Majestät immer noch ein Stiefkind zu sein scheint. Ich werde versuchen, mich für eine Änderung dieses misslichen Zustands einzusetzen. Nun, Herr Kantor, möchte ich den Schlusschor hören.«

Obwohl Emma friert und ihre Füße schmerzen, ist sie froh, dass die Chorprobe noch nicht zu Ende ist. Wo sollte sie auch hingehen? Mit niemandem hatte sie ein Wort gewechselt. Für wen sollten die anderen Sänger sie überhaupt halten? Emma aus Potsdam? Wer hieß hier schon Emma – das war völlig unglaubwürdig!

»Der Schlusschor besingt den Schreckenstag – *giorno orribile*, an dem die kaiserliche Stadt Mexiko in einem Flammenmeer versinkt«, führt der Kantor ein. »Ihr besingt das Ausmaß an Schändlichkeit – *delitti esecrabili*. Verzweifelt fleht ihr die Götter um Erbarmen und Rettung an. Singt laut, *fortissimo*!«

Laut singen? Emma fühlt sich mit dieser Aufforderung nicht unbedingt angesprochen; sie würde sich, wie zuvor, erst einmal zurückhalten. Da stößt ihr Nachbar sie an. Emma erschrickt.

»Nennst du das laut singen? Kannst du eigentlich richtig singen? Von laut singen kann keine Rede sein!«, flüstert er und blickt Emma provozierend an.

Oh Mann, das hatte jetzt gerade noch gefehlt! Emma presst ihre Lippen aufeinander und schaut auf den Kantor.

»So antworte mir, Mädchen!« Emma erhält einen Knuff in ihre Seite.

»Wer redet hier?«, fragt der Kantor streng.

Alle schweigen. Emma hält ihre Augen auf den Kantor gerichtet.

Während der Chor das Stück zum ersten Mal singt, hält Emma ihre Hand vor den Mund und täuscht leise einen Hustenanfall vor. Als sie aus den Augenwinkeln auf ihren Nachbar schielt, trifft sie ein verächtlicher Blick.

Doch Emma profitiert davon, dass Kantor und Konzertmeister den Schlusschor genauso akribisch erarbeiten, wie den Willkommens-Chor. Glücklicherweise ist der Schlusschor vergleichsweise kurz.

»Morgen erscheint der Chor zur Stellprobe am späten Nachmittag, wenn die Glocke fünf Mal schlägt. Nun geht der Chor ab durch die zweite Kulissengasse auf der linken Seite der Bühne«, befiehlt der Kantor und zeigt in die entsprechende Richtung.

Die ersten Sänger setzen sich in Bewegung. Da fragt Emmas Nachbar nach ihrem Namen, wird jedoch von jemandem hinter ihm gepackt.

»Mit Mädchen reden wir nicht, Theodor!«

Hinter sich hört Emma leises Gelächter.

»Komm mit uns, Theodor!«

Schon wird Theodor in Richtung Kulissengasse geschoben. Einige Jungen drehen sich dabei lachend nach Emma um.

Emma fühlt sich beklommen. Bis jetzt hatte sie während des Singens nur zwei weitere Mädchen entdeckt. Emma schaut sich um. Sie zieht den Schal über ihren Kopf, um nicht sofort als Fremde aufzufallen. Sollte sie überhaupt ein anderes Mädchen ansprechen? Emma zögert. Wie würde sie überhaupt ein Gespräch beginnen?

Die Sänger gehen unbekümmert an ihr vorbei; Emma setzt sich langsam in Bewegung, so dass sie unter den Letzten durch die Kulissengasse geht. Emma blickt an einem Kulissengemälde hoch, auf dem eine wunderschöne Gartenlandschaft mit Palmen abgebildet ist. Sie wird immer aufgeregter, das Herz klopft ihr bis zum Hals. Was konnte sie jetzt tun? Wo hatte Madame R. sie hingeschickt? War sie an dem richtigen Ort gelandet? Wie sollte sie jetzt Johann finden? Hatte die alte Dame sich dieses Mal geirrt? Nein! Gerade jetzt musste sie klar im Kopf bleiben. Emma beschließt, nach draußen zu gehen; die frische Luft würde ihr sicherlich gut tun. Vielleicht würde ihr dann etwas Passendes einfallen.

8. Kapitel

Als Emma in den Seitengang einbiegt, tippt sie plötzlich jemand von hinten an. Erschrocken dreht sich Emma um und blickt in das Gesicht eines Mädchens.

»Ich habe dich hier noch nie gesehen. Wer bist du?«, fragt das Mädchen forsch.

Emma schnappt nach Luft. Ihr Magen krampft sich zusammen. Verzweifelt denkt sie nach.

»Wilhelmine Melitz!«, platzt es aus ihr heraus. Ja, das war gar nicht so schlecht … zumindest gab es Wilhelmine wirklich!

»Woher kommst du?«

»Aus Potsdam. Dort bin ich im Militärwaisenhaus aufgewachsen, wurde danach für ein Jahr zu einem Bauern aufs Land verschickt ... nun habe ich eine Anstellung im Militärwaisenhaus«, fasst Emma Wilhelmines Lebensgeschichte zusammen.

»Wie kommt es, dass du im Chor mitsingst?« Das Mädchen sieht Emma neugierig an, während sie rückwärts vor Emma herläuft.

»Oh, ich habe lange im Chor des Militärwaisenhauses gesungen«, fällt es Emma ein.

»Wie merkwürdig du redest! Doch ich verstehe dich trotzdem ... das ist seltsam.«

Emma hört ihren Herzschlag in den Ohren.

»Ich rede doch so, wie ihr alle auch. Das ist die Sprache, die wir im Militärwaisenhaus gelernt haben«, stammelt sie. Um irgendetwas zu tun, nimmt sie den Schal von ihrem Kopf und wickelt ihn um ihren Hals.

»Das muss ein merkwürdiges Waisenhaus sein«, bemerkt das Mädchen. »Doch immerhin trägst du gewöhnliche Kleidung.«

Plötzlich blickt das Mädchen an Emma vorbei und stutzt.

»Und dich kenne ich auch nicht.« Ihre Stimme klingt kritisch.

Emma dreht sich unwillkürlich um. Aus dem Halbdunkel kommt eine jugendliche Gestalt mit einer Öllampe auf sie zu.

»Sei unbesorgt! Ich bin der Ankleider des Hofsängers Paolino.«

»Das meint Ihr wirklich?«, erwidert das Mädchen ehrfürchtig.

Emma traut ihren Augen kaum ... das war doch Johann! Völlig verdutzt sieht sie ihn an.

Das Mädchen blickt zwischen Emma und dem Ankömmling hin und her.

»Seid ihr einander bekannt?«, fragt das Mädchen Emma.

Emma bringt kein Wort über ihre Lippen.

»Wilhelmine, kennst du diesen Menschen?«, wiederholt das Mädchen eindringlich.

»Ja, ...«

»Das sehe ich … woher kennt ihr euch?«

»Dies ist mein Bruder, Johann Melitz!«, antwortet Emma geistesgegenwärtig.

»Stimmt das?« Das Mädchen richtet sich an Johann, der kurz zögert, dann jedoch schnell sagt:

»Ja, das stimmt.« Er lächelt. »Wir waren zusammen im Militärwaisenhaus in Potsdam, danach wurden wir zu einem Bauern in die Prignitz verschickt …«

»… Ja, und Johann ist inzwischen Lehrling bei einem Posamentiermeister in Potsdam …«, unterbricht ihn Emma.

»… Sehr wohl!«, fährt Johann fort. »In der Werkstatt meines Posamentiermeisters wurde das Kostüm für den Hofsänger Paolino verziert; ich habe sogar daran mitgearbeitet. Als Bote lieferte ich es mit der Postkutsche nach Berlin aus; nun bin ich als Paolinos Ankleider tätig für alle Aufführungen der Oper *Montezuma*.«

Das Mädchen sieht Johann mit großen Augen an. Dann sagt sie langsam:

»Was würde ich dafür geben, so einen Bruder, so einen *älteren* Bruder zu haben!«

Johann lächelt das Mädchen kurz an, dann wandert sein Blick zu Emma. Fassungslos starren Emma und Johann einander an.

»Aber, aber, … wie heißt *du*? Wir haben uns gerade erst kennengelernt«, wendet sich Emma an das Mädchen, ohne Johann aus den Augen zu lassen.

»Oh, ich bin Elisabeth!«

»Singst du schon lange in diesem Chor?«, fragt Emma weiter.

»Nein. Ich bin durch meinen Bruder hier. Er singt im Chor des Gymnasiums zum Grauen Kloster und hat schon einige Male in der Königlichen Hofoper mitgesungen.«

»Aha, ich verstehe.«

»Mein Vater ist Praeceptor der Musik am Gymnasium zum Grauen Kloster. Da viele Sänger diesen Winter krank sind, wurde ich kurzerhand mitgeschickt.«

»Bist du auch ein Chormitglied?«, will Emma wissen.

»Nein, nicht im Chor des Gymnasiums. Mein Vater erteilt mir seit vielen Jahren Gesangsunterricht.«

»Elisabeth, wo bist du? Schon lange warte ich auf dich! Wo bleibst du?«, ruft jemand mit ungeduldiger Stimme. »Der Weg nach Hause ist weit!«

»Ich muss gehen! Wenn mein Bruder so zu mir spricht, ist es besser, wenn ich ihm gehorche. Ich werde ihm erzählen, wen ich getroffen habe!«

Elisabeth wirft Johann einen ehrfürchtigen Blick zu. »Er wird staunen, wen seine kleine Schwester kennengelernt hat!«, fügt sie stolz hinzu.

Lächelnd winkt sie Johann und Emma zu und entfernt sich. Emma winkt ihr hinterher.

»So, liebe Schwester«, Johann schaut Emma schmunzelnd an, »ich … ich kann es kaum glauben, dass du es bist!«

Sein Blick gleitet über Emmas Gesicht, dann über ihre Kleider.

»Ja, du bist es, Emma. Daran zweifle ich nicht.«

Emma ist überwältigt; sie bringt kein Wort hervor. Vor kurzem war sie noch an ihrem Schicksal verzweifelt und hatte nicht weiter gewusst. Sie hatte Madame R. Irrtümer, ja schwere Fehler vorgeworfen. Nun stand sie vor Johann! War das die Wirklichkeit oder doch nur ein Traum? Warum fühlte sie sich gerade jetzt wie gelähmt? Sprachlos vor Johann zu stehen, das ging gar nicht!

»Weder in Miniaturgröße noch unsichtbar unter einer Tarnkappe bist du – du stehst vor mir … wahrlich so, wie du bist, Emma«, kommt ihr Johann zuvor.

›Wahrlich so, wie du bist, Emma‹, diese Worte lösen in Emma ein Kribbeln aus, das durch ihren ganzen Körper wandert. So gerne hätte sie etwas erwidert, doch ihr fällt nichts ein. Ihr entfährt nur ein komisch klingendes »Ja«. Mit ihren Händen streicht sie den Rock glatt; dabei entdeckt sie plötzlich zwei aufgenähte Taschen, in die sie ihre

Hände hineingleiten lässt. Fühlte sie da nicht in einer der Taschen Johanns Monogramm?

»Wie geht es dir, Johann?«, beginnt Emma. »Bist du wirklich Ankleider eines Hofsängers?«

In der Rocktasche bewegt sie das Fundstück in ihrer Hand – ja, es war tatsächlich Johanns Monogramm!

»Ja, das bin ich.« Johann lächelt Emma freundlich an.

»Schon lange?« Emma erwidert sein Lächeln schüchtern.

»Nein, seit einigen Tagen, vielleicht fast einer Woche, bin ich in Berlin. Ende Januar, wenn alle Aufführungen der Oper *Montezuma* vorbei sind, werde ich nach Potsdam zu Meister Bürgenroth zurückkehren.«

Plötzlich bemerken Johann und Emma, dass der Konzertmeister und der Kantor in den Seitengang der Bühne eingebogen sind. Im Halbdunkel können sie deren Umrisse erkennen.

»Schnell, Emma, wir verstecken uns hinter den Kulissen!«

Neben dem Seitengang sind viele Kulissen eng nebeneinander an die Wand gelehnt. Johann eilt voraus und schiebt sich rückwärts in einen Spalt zwischen einer Kulisse und der Wand. Er stellt die Öllampe hinter sich ab und bedeutet Emma, sich vor ihm hinzustellen.

»Vom Seitengang dürfen wir nicht gesehen werden«, flüstert Johann.

Schon kommen Carl Heinrich Graun und der Kantor vorbei.

»Durch vortreffliche Singübungen gewöhnen sich die Menschenstimmen daran, jeden Ton ganz und rund hervorzubringen, den Text mit äußerster Deutlichkeit und verständlich zu deklamieren«, hören sie den Konzertmeister sagen, der ganz in ihrer Nähe stehenzubleiben scheint.

Johann zieht Emma an ihrem Umhang näher zu sich heran und legt einen Arm schützend um sie. Emma hält den Atem an und schließt die Augen. Johann steht kerzengerade hinter ihr, sie spürt seine Körperspannung und jeden seiner Atemzüge.

»Wie Ihr wisst, Herr Kantor, bin ich kein Freund von üppigen Verzierungen und ausgedehnten Koloraturen. Hervorstechende Stellen sollen auch mit dem Herzen vorgetragen werden«, fährt der Konzertmeister engagiert fort.

»Da bin ich ganz Eurer Meinung, Herr Konzertmeister.«

»Dessen bin ich mir zu meiner großen Zufriedenheit bewusst, Herr Kantor.«

Beide Herren gehen weiter, und ihre Stimmen werden leiser.

»Ihre Majestät legt – nebst einer Perfektion der gesanglichen Fertigkeiten – großen Wert auf das Vortragen mit dem Herzen …«, fügt der Konzertmeister hinzu. »Nicht nur bei den Solisten, sondern auch …« Dann sind die Stimmen der beiden Musiker außer Johanns und Emmas Reichweite.

Johann löst seinen Arm von Emma, berührt ihre Schultern und schiebt sie sanft aus dem engen Spalt heraus. Dann kommt er mit der Öllampe hinterher.

»Lass uns hier zwischen den Kulissen stehenbleiben; in dem Seitengang können wir leicht entdeckt werden«, flüstert Johann.

Emma dreht sich zu Johann um.

»Wo ist Leonie?«, fragt Johann. »Du scheinst allein zu sein.«

Emma spürt einen Stich in ihrem Herzen.

»Ja, ich bin alleine.«

»Aus welchem Grund?«

»Das weiß ich nicht. Doch ich bin alleine zu dir gereist, Johann«, flunkert Emma unsicher und weicht Johanns Blick kurz aus.

Johann reicht ihr die Hand zur Begrüßung.

»Wie ich mich freue, dich wiederzusehen, Emma!«

Im Licht der Öllampe sieht Emma erleichtert sein breites Lächeln. Sie gibt Johann ihre Hand, die er lange in der seinen behält.

»Viel zu lange ist's her …«, flüstert er sehr leise, doch Emma hört jedes Wort.

Intuitiv holt sie Johanns Monogramm aus ihrer Rocktasche und hält es Johann auf ihrer offenen Handfläche hin.

»Oh!« Johann reißt seine Augen auf. »Ja, das habe ich nicht vergessen …« Er mustert das Monogramm. »Es ist noch in gutem Zustand!«

Emma nickt. Sie sucht nach passenden Worten.

»Ich habe gut darauf aufgepasst«, sagt sie betont lässig. Eigentlich hatte sie es gehütet wie ihren eigenen Augapfel, doch warum sollte sie das jetzt preisgeben?

»Ja, das sieht man.« Johann nimmt das Monogramm aus ihrer Hand und begutachtet es fachmännisch.

»Wie einfach es angefertigt ist!« Johann grinst. »Wie viel mehr ich doch inzwischen gelernt habe bei dem guten Meister Bürgenroth …«

»Es gefällt mir«, entfährt es Emma, »es ist schön, vor allem die kleine Blume aus Silberdraht am oberen Ende des ›E‹.«

»Ja, die ist mir damals in der Tat nicht übel gelungen.«

»Johann, du bist noch hier?«, fragt plötzlich eine ruhige, sonore Stimme. »Was treibst du hier? Wer ist bei dir?«

Johann zuckt zusammen.

»Das ist meine Schwester Wilhelmine. Sie singt im Chor mit. Die Chorprobe ist gerade zu Ende gegangen.«

Emma nickt einem Mann von großer, stämmiger Statur zu – Johann hatte sie als seine Schwester vorgestellt! Er hatte ihren Faden einfach aufgegriffen! An dem kräftigen Mann fallen ihr der dicke Bart und der mächtige Haarschopf auf, der zu einem einfachen Zopf zusammengebunden ist. Er trägt dicke Arbeitshosen und alte Stiefel. Über seiner Schulter hängen zusammengelegte Seile, in seinen Händen hält er Werkzeug.

»Ah, ich verstehe«, antwortet der Mann kurz angebunden. »Es gibt noch viel zu tun; ich gehe weiter. Lass Paolino nicht zu lange auf dich warten!«

9. Kapitel

»Das war Wilhelm, der Meister der Bühnenmaschinerie. Er leitet die Bühnenarbeiter an, die während der Aufführungen die Maschinerie bedienen. Er ist gut mit Paolino bekannt. Paolino veranlasste, dass Wilhelm mir alles um die Bühne zeigte: unter, neben, hinter und über der Bühne. Es ist eine Zauberwelt, Emma! So etwas hatte ich zuvor noch nie gesehen! Selbst in meinen kühnsten Träumen hätte ich mir diese Welt nicht ausdenken können!«

Emma staunt über Johanns Begeisterung.

»Was meinst du mit Bühnenmaschinerie und Zauberwelt, Johann? Hier ist doch fast alles dunkel.«

»Ich werde dir alles zeigen!«

»Jetzt?«

»Ja, jetzt!«

»Dürfen wir das?« Sofort ärgert sich Emma über ihre ängstliche Frage.

»Na, dann lass uns losziehen, Johann!«, fügt sie schnell hinzu. »Ich bin gespannt! Und, und du hast ja eine Lampe dabei …«

»Ich überlege, dir vom Bühnenrand noch eine weitere zu besorgen, Emma.«

Johann sieht sich um.

»Doch Wilhelm arbeitet auf der anderen Seite der Bühne, das würde zu sehr auffallen.«

Johann stellt sich neben Emma und hält seine Öllampe hoch. Emma erkennt, dass jede Kulisse ein riesiger, mit Leinen bespannter Holzrahmen ist. Auf dem Leinen sind verschiedene Szenerien gemalt, es sind beeindruckende Gemälde. Sie mussten mit Ölfarbe gemalt worden sein, tippt Emma.

»Die erste Szene spielt sich in einem Palmengarten ab, Emma«, beginnt Johann. »Komm, ich zeige dir die Kulissen!«

Sie schleichen durch den schmalen Seitengang ganz nach vorne an die erste Kulisse. Dort brennen noch die Talglichter der Blechlampen

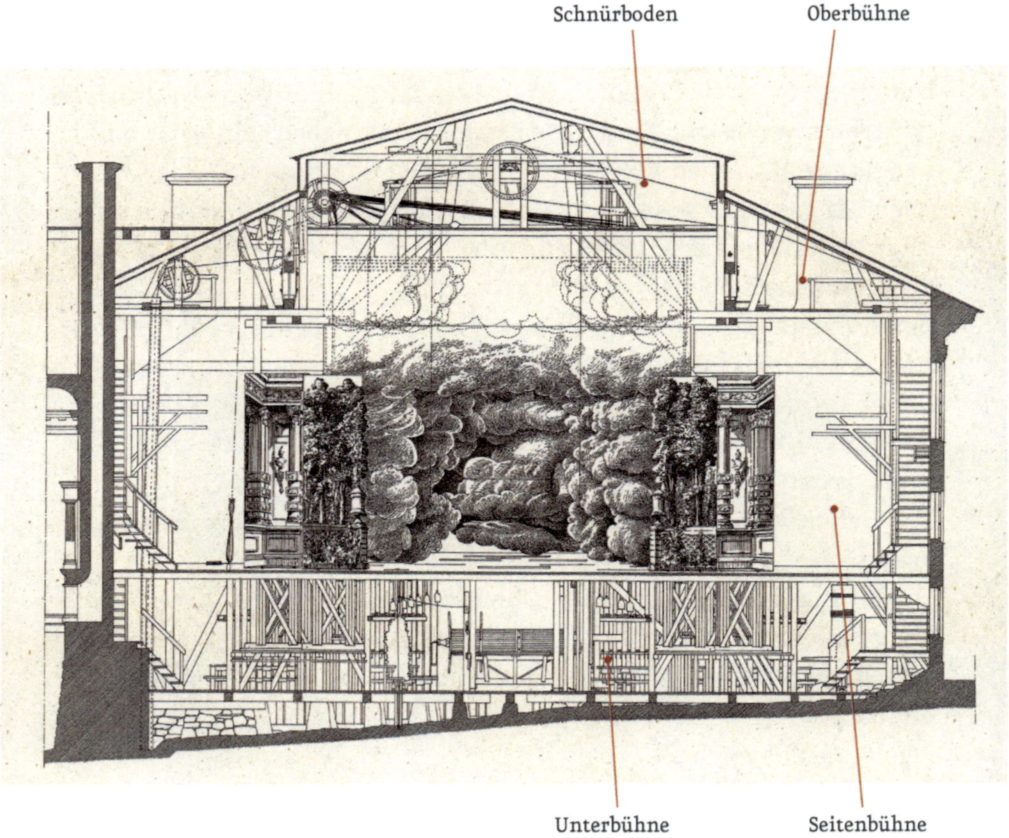

Bühnenhaus, Schlosstheater Drottningholm

an den Kulissen. Emma blickt auf eine üppige Parklandschaft. Am oberen Ende der Kulisse sind zur Bühne hin ausladende Palmenzweige hinzugefügt, die bis ins letzte Detail, teilweise sogar mit Gold, ausgemalt sind. Jeder Palmwedel sieht täuschend echt aus. Emma entdeckt dicke, reife Kokosnüsse. Am Stamm der Palme hängt ein Äffchen, das Emma verschmitzt anschaut. Hinter den Palmen erstrecken sich romantisch bewachsene Hügel, die auf eine Grotte zulaufen, vor der ein Springbrunnen mit einer goldenen Wasserfontäne und vielen Skulpturen zu bewundern sind.

»Es ist wunderschön!« Emma staunt.

»Die Szene dieser Kulisse wurde insgesamt zwölf Mal gemalt, erklärte mir Wilhelm.«

»Zwölf Mal! Warum denn?«

»Auf jeder Bühnenseite sieht das Publikum sechs gleiche Kulissen hintereinander aufgestellt. Am Bühnenende setzt sich der Palmengarten in einem übergroßen Gemälde fort. Stelle dir vor, alles ist so aufgebaut, dass die Zuschauer meinen, sie befänden sich selbst in diesem Palmengarten!«

Emma spürt Johanns Faszination. Auf der anderen Bühnenseite kann sie bis zum Bühnenende hin die Umrisse mehrerer Kulissen erkennen. Sie blickt über den dunklen Zuschauerraum und versucht, sich die Perspektive von dort vorzustellen. Für die Chorprobe waren nur die beiden ersten Kulissen durch die Blechlampen erleuchtet worden. Wie schön musste es sein, wenn auch die anderen Kulissen sichtbar wurden!

Emma dreht sich zu Johann um, der sie in sich versunken, ja, fast abwesend ansieht.

»Johann …?«

»Emma …«

»Ja?«

»Nun …«, dann geht ein Ruck durch Johann, »… nun sieh hier, Emma, gleich.« Er begibt sich in den Seitengang.

»Die nächsten drei Szenen sind hier schon vorbereitet für einen zügigen Kulissenwechsel. Nach dem Palmengarten folgen die Gemächer

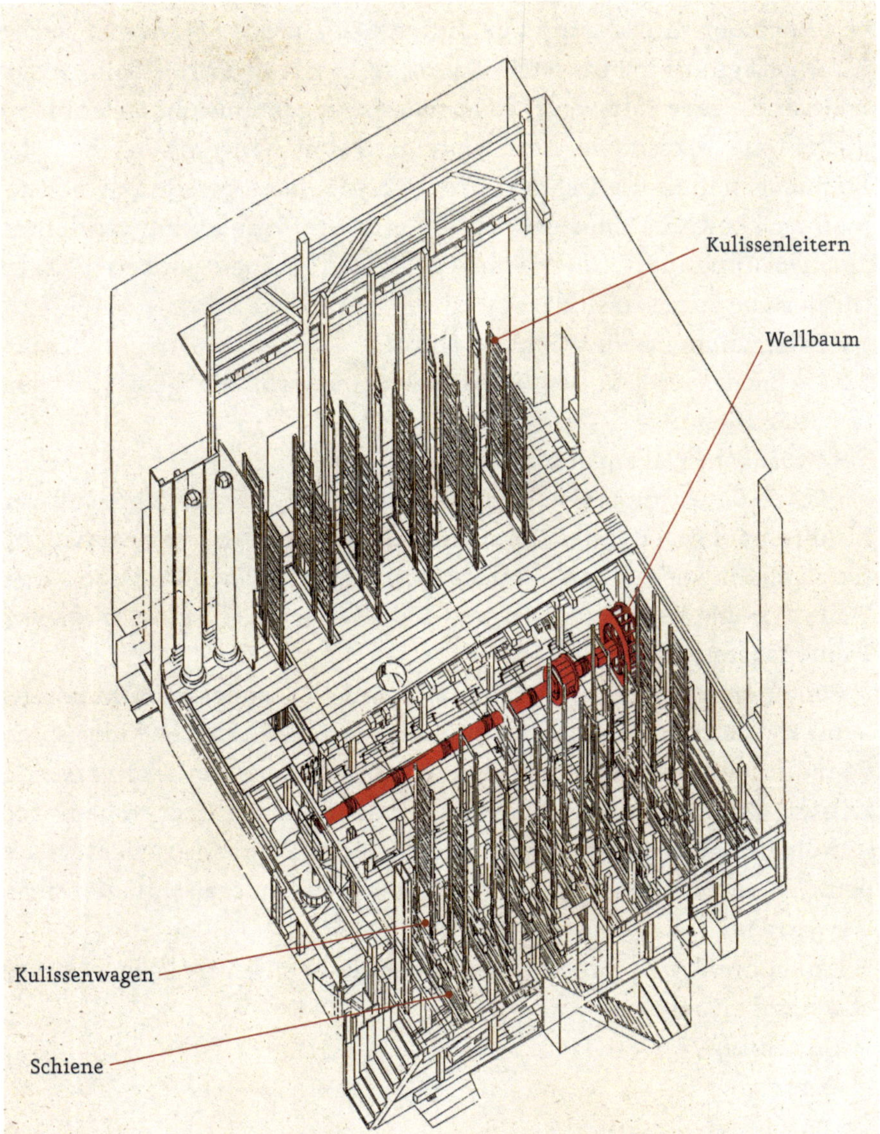

Querschnitt Bühne und Unterbühne, Ludwigsburger Schlosstheater

der Königin. Komm zu mir, dann wirst du das Geheimnis hinter einem Kulissenwechsel erahnen können!«

Emma stellt sich neben Johann.

»Jede Kulisse ist auf einer Leiter angebunden, die in Kulissenwagen in der Unterbühne stecken. Lange Schlitze im Bühnenboden führen die Leitern mit ihren Kulissen.«

Johann kniet sich nieder und hält seine Öllampe an die Öffnungen im Bühnenboden.

»Hier siehst du, was ich meine, Emma! Beuge dich zu mir hinunter!«

›Schienen, Spalten im Bühnenboden, Kulissenwagen unter der Bühne‹ … Johanns Worte fliegen über Emma hinweg, sie hört kaum zu. Ihr Gesicht ist nah an Johanns dicken, blonden Haaren, die – mit etwas Pomade geglättet – zu einem Zopf zusammengebunden sind. Johann hatte so schöne Haare! Emma schnuppert an seiner Haarpracht.

»Auf der Bühne sichtbar ist nun die Kulisse mit dem Palmengarten«, fährt Johann fort.

Emma reißt sich zusammen.

»Ja, das sehe ich.« Sie nickt.

»Bei Szenenwechsel fährt der Palmengarten zurück, gleichzeitig rollt die Kulisse mit den Gemächern der Königin hinaus auf die Bühne. Das geschieht …«, Johann dreht sich zu Emma um, »… sechs Mal auf jeder Seite der Bühne – und zwar gleichzeitig! Dabei rumpelt es kurz! Innerhalb kürzester Zeit blicken die Zuschauer auf die Gemächer der Königin!«

Johann steht auf.

»Stelle dir das Staunen in den Gesichtern der Zuschauer vor! Ja, es ist wie Zauberei!«

»So langsam verstehe ich, was du meinst, Johann …«

»Lass uns unter die Bühne gehen! Da zeige ich dir die Kulissenwagen! So komm!«

Er steuert auf einen schmalen Treppenabgang zu und hält inne.

»Ich hole doch noch eine weitere Öllampe für dich, Emma. Dort unten ist es dunkel. So warte.«

Johann schaut sich vorsichtig um, schleicht zur Bühnenrampe und kommt stolz lächelnd mit einer weiteren Öllampe zurück.

»Für dich.« Er hält Emma die Öllampe hin.

»Danke, Johann.« Emma blickt in sein feingliedriges Gesicht; da waren – zum Berühren nah – die blauen Augen, die hellen und langen Wimpern, die sie sich so oft in ihren Gedanken vorgestellt hatte!

»Gib acht, zur Unterbühne geht es steil hinab!«

Sie stehen unmittelbar vor dem Treppenabgang.

»Reiche mir deine freie Hand«, fordert Johann sie auf.

Emma stockt der Atem – nichts lieber als das! Dicht hintereinander steigen sie die Treppe hinab. Es kommt Emma stockdunkel vor. Langsam ertastet sie jede weitere Treppenstufe. Johanns Hände fühlen sich so rau an. Er dreht sich zu Emma um.

»Das ist die letzte Stufe. Sei vorsichtig!«, flüstert er. »Unsere Augen werden sich bald an die Dunkelheit gewöhnen. Halte die Lampe hoch, dann verbreitet sich mehr Licht. Wir bleiben kurz stehen.«

Emmas Blick schweift über ein scheinbares Wirrwarr von Holzkonstruktionen, von Seilen, Haken, Rollen und Schienen. Die Luft ist stickig. Der Raum fühlt sich eng und niedrig an. So könnte es im Inneren eines alten Segelschiffs ausgesehen haben, kommt es Emma in den Sinn.

»Das ist die Welt der Bühnengeheimnisse!«, hört sie Johann sagen. »Viele Veränderungen auf der Bühne haben hier ihren Ursprung.«

Langsam zieht Johann Emma in den Raum hinein, dann lässt er ihre Hand los.

»Genau über uns befindet sich jetzt der vordere Teil der Bühne.« Er blickt kurz nach oben. »Stünden wir auf der Bühne, würden wir nun auf das große Gemälde am Ende der Bühne schauen. Kannst du auf beiden Seiten der Unterbühne die vielen, hintereinander aufgestellten Kulissenwagen erkennen?«

»Nicht wirklich; es ist so dunkel …«

»… Komm, wir gehen näher heran!«

Johann berührt Emmas Schultern und schiebt sie vorsichtig zu einer Seite der Unterbühne. Emma spürt ein Flattern im Magen.

»Ah, jetzt kann ich mehr erkennen ...«

»Hier sind die ersten vier Kulissenwagen! Kannst du sie sehen?«, flüstert Johann nah an Emmas Ohr.

»Ich versuche es ... oh ja, jetzt kann ich mehr sehen!«

Emma hebt ihre Öllampe hoch und betrachtet vier schmale, nah aneinander stehende Konstruktionen aus Holz, die bis zur Decke reichen. An den unteren Enden sind Holzrollen angebracht, die über eine Schiene aus Holz gleiten können.

»Und wie werden die Kulissen nun bewegt?«, will Emma wissen.

»Indem die Kulissenwagen bewegt werden ...«

»Ja, das verstehe ich, doch ...«

»Drehe dich zur Seite, Emma. Hier, durch die Mitte der Bühne verläuft die Antriebsachse, Wilhelm nennt sie den Wellbaum. Halte deine Lampe hierher, dann wirst du mehr erkennen können.«

»Ah, ja! Der Wellbaum sieht aus wie eine riesige Rolle aus Holz ... mit ... mit so durchgehenden Holzstreben ...«

»... Das ist die Antriebsachse«, ergänzt Johann. »An ihren Enden kann sie jeweils mit einem Speichenrad gedreht werden.«

»Aber wozu sind die vielen Seile, die um diese Rolle gewickelt sind? Was für ein Durcheinander!«

»Nein, nein, Emma, wo denkst du hin?« Johann lacht leise. Emma schmilzt dahin, als sie Johanns Lachen hört. »Die Seile sind genau geordnet: Die Kulissenwagen mit dem Palmengarten sind über Umlenkrollen mit den Kulissenwagen der nächsten Szenerie verbunden. Stelle dir also vor: Kulissenwechsel.«

Emma bemerkt, wie sich Johanns Körper strafft. Aus ihren Augenwinkeln blickt sie an ihm herunter.

»Auf Kommando drehen mehrere starke Handlanger den Wellbaum – gleichzeitig an beiden Enden, versteht sich ...«

»Hmmm ...« Emma verfolgt, wie Johann mit seiner freien Hand einen Kreis beschreibt.

»Dadurch fahren alle zwölf Kulissenwagen mit den Palmengärten zurück, die mit den Gemächern der Königin vor. In kürzester Zeit ist das Bühnenbild verwandelt!«

»Hmmm.« Emma ist verwirrt. Doch egal, ihr war es jetzt wirklich nicht wichtig, diesen Mechanismus zu verstehen!

»Beim Kulissenwechsel, so erzählt es Wilhelm, ist es laut hier! Es rumpelt und ächzt! Die Hofkapelle ist angehalten, währenddessen besonders laut zu spielen. Die Bühnenarbeiter müssen ihre Arbeit stillschweigend verrichten. Das sei oberstes Gebot, meint Wilhelm.«

»Ja, aber wie werden dann die Kommandos erteilt?«

»Durch ein Handzeichen des Vorstehers …«

»Den können doch gar nicht alle sehen …

»Nein, an jedem Ende des Wellbaums muss einer der Bühnenarbeiter den Vorsteher im Auge behalten und die Kommandos weiterleiten …«

»Das wird für alle ja ganz schön eng hier!«, stellt sich Emma vor.

»Noch habe ich keine Aufführung erlebt, doch sicherlich wird es so sein, Emma.«

Johann hält inne.

»Einmal …«, er blickt Emma an, »… einmal werde ich Paolino hierher begleiten müssen, denn einer seiner Auftritte wird von der Unterbühne aus erfolgen!«

Emma schaut sich um.

»Ja? Wie denn?«

Plötzlich ist Johanns Gesicht ganz nah vor Emmas. Seine Augen funkeln sie an.

»So komm, Emma! Zur nächsten Zauberei!«

Johann geht leise zwischen den Kulissenwagen und der Antriebswelle hindurch. Beide Konstruktionen sind höher gestellt, so dass die vielen Seile über ihnen verlaufen. Glücklich bleibt Emma stehen und sieht hinter Johann her. Der dreht sich nach einer kurzen Weile um.

»Bleibe in meiner Nähe, Emma! Es ist sonst zu dunkel.«

Das lässt sich Emma nicht zweimal sagen. Johann wartet, bis sie bei ihm angekommen ist.

»Die Erlaubnis von Wilhelm, dich hier durchzuführen, habe ich nicht. Deshalb musst du bei mir bleiben, wer weiß, was geschieht. Am besten gehst du vor mir.«

»Hier ist so wenig Platz, was macht hier ein Tisch?«, sagt Emma, als sie am Ende der langen Antriebswelle angekommen sind.

»Es sieht so aus wie ein Tisch, doch in Wirklichkeit ist es ein versenkter Teil der Bühne.«

»Oh!« Emma staunt.

»Kurz vor seinem Auftritt muss ich Paolino behilflich sein, auf diesen *Tisch* …«, Johann zwinkert Emma zu, »… zu steigen.«

»Na ja …« Emma lächelt ein wenig. »Jetzt weiß ich ja, was es ist …«

»Schau nach oben, Emma! Hier öffnet sich der Bühnenboden, dann ziehen die Bühnenarbeiter Paolinos Versenkung mit durchdachten Seilkonstruktionen nach oben …«

»Während er darauf steht?«

»Ja! Paolino singt sogar, während er hochgezogen wird …«

»Oh je, das kann für ihn ja ganz schön wackelig werden!«

»Nein, eigentlich nicht, denn durch die Maschinerie kann der Bühnenausschnitt waagerecht hochgezogen werden! Paolino darf auf keinen Fall abgelenkt werden!«

»Na, da darf ja nichts schief gehen! …«

»Nein, vor allem dein Tisch, der wird nicht … schief hängen!«, lacht Johann leise.

»Ach, Johann, ich weiß doch …«

»Oh ja, ich hatte vergessen, dass du inzwischen verstanden hast«,

»… dass der Tisch ein Bühnenausschnitt ist! Sei nicht so frech!«

»Oh, nichts liegt mir ferner als das, meine liebe Emma!«

Hatte Johann da gerade ›meine liebe Emma‹ gesagt? Emma stutzt.

»Das würde mir niemals in den Sinn kommen!«, beteuert Johann schmunzelnd.

»So, so, … niemals?« Emma sieht Johann fragend an.

»Niemals!«

»Du lächelst, Johann! Das verrät dich!«

»Wie scharfsinnig du bist, Emma! Sieh mich nicht so streng an!«

Emma staunt über Johanns Schlagfertigkeit.

»Na ja, …«, überlegt sie, »alles kann ich mir ja nicht von dir gefallen lassen …«

»Ich würde dir niemals etwas zuleide tun wollen!«

Da war es wieder, das Flattern in ihrer Magengegend … am liebsten würde sie Johann einfach nur ansehen, seine Hände halten … unendlich lang.

10. Kapitel

»Es gibt noch viel zu sehen, Emma. Hier geht es wieder nach oben zur Bühne; da kommen wir am hinteren Ende, direkt am Prospekt, heraus.«

»Prospekt?«

»Das ist das übergroße Gemälde am Ende der Bühne …«

»… Ah, ich erinnere mich. Das muss doch beim Kulissenwechsel auch verändert werden, oder?«

»Ja, natürlich! Der Palmengarten wird nach oben gezogen, das Gemälde mit dem Ausblick aus den Gemächern der Königin wird herabgelassen.«

»Diese Gemälde müssen doch sehr schwer sein.«

»Ja. Doch Wilhelm erklärt, dass sie mit Hilfe von Seilkonstruktionen und Gegengewichten aus Eisen oder Sandsäcken bewegt werden können.«

Als sie am unteren Ende der Treppe zur Bühne stehen, ergreift Johann vorsichtig Emmas Hand. Dann steigen sie langsam die Stufen hoch. Sie überqueren den Seitengang und gehen eine weitere Treppe nach oben. Immer wieder hält Johann an, um sich lauschend umzusehen. Emma bemerkt, dass sie sich nun auf der anderen Seite der Bühne befinden. Am Ende der Treppe flüstert Johann:

»Wir sind auf der Oberbühne angekommen. Hier wird der Theaterhimmel in Bewegung gesetzt. Hier gibt es die Donner- und Flugmaschinen zu bewundern.«

»Meine Güte, Johann, hier ist es viel zu dunkel, um irgendetwas zu erkennen! Ich sehe nichts.«

»Sei geduldig, Emma.«

Auf Zehenspitzen gehen sie bis zum Rand der Oberbühne; die Lichter am Bühnenrand und an den ersten beiden Kulissen schimmern nur schwach nach oben. Emma glaubt, über die gesamte Breite der Bühne herabhängende Stoffbahnen zu erkennen, die hintereinander jeweils an Stangen befestigt sind.

»Was ist das?«, fragt sie leise.

»Das sind die Soffitten. Sie sind blau ... man sieht es nicht, doch sie sollen den Himmel über dem Palmengarten darstellen.«

Johann drückt Emmas Hand und zieht sie zurück.

»Geh nicht so nah an den Bühnenrand, Emma.«

Emma schließt kurz die Augen, um Johanns Händedruck zu genießen.

»Siehst du die Seile an den Stangen, Emma?«

»Ja«, antwortet Emma mit geschlossenen Augen.

»Sie führen alle zu einer mächtigen Antriebsachse hier oben, die genauso funktioniert wie der Wellbaum in der Unterbühne. Wird die Antriebsachse gedreht, verschwindet der Himmel über dem Palmengarten nach oben, gleichzeitig bewegt sich die Decke für das Gemach der Königin nach unten.«

Langsam öffnet Emma die Augen; nein, sie wollte jetzt nichts mehr über die Bühnenmaschinerie hören.

»Wie geht es Georg?«, fragt sie leise.

Johann lässt ihre Hand los und dreht sich zu ihr.

»Ich, ich wollte dich nicht unterbrechen, Johann ...«, Emma bereut ihre Frage sofort.

»Es ist zu dunkel für Erklärungen, du hast Recht, Emma ...«

»So war das nicht gemeint, Johann ...«

»Vielleicht nicht, trotzdem hast du Recht!« Johann lächelt Emma an. »Georg geht es gut! Noch immer ist er der Bursche von Hauptmann Kaldenberg, den er sehr verehrt. Stell' dir vor, Georg wird als Komparse auftreten, mit dem Bataillon seines Herrn ...«

»Wie toll ...«

»Es wird aufregend ... was meinst du mit ›toll‹?«

»Na, ... spitze, großartig, schön, aufregend! Eigentlich das Gleiche wie du!«

»Das scheint so zu sein.«

Emma nickt.

»Ich kann es kaum erwarten, Georg zu sehen«, fährt Johann fort, »denn wir sehen uns selten, viel zu selten, leider … unsere Arbeitstage sind lang.«

»Ich erinnere mich.« Emma nickt wieder und blickt Johann versonnen an. In ihren Gedanken wiederholt sich, wie Leonie, Georg und sie die Posamentierwerkstatt betreten, sie Johann an einem Tisch entdeckt … tief über seine Arbeit gebeugt. Sein Gesicht ist blass. Emma reißt sich aus ihren Gedanken.

»Und Wilhelmine?«

Johann stellt die Öllampe ab und verschränkt die Arme vor seiner Brust; ein Lächeln huscht über sein Gesicht.

»Die steht doch vor mir!«

Emma blickt auf den Holzboden; sie schmunzelt.

»Nein, nein, ich meine …«

»Emma, du bist mir einige Erklärungen schuldig.« Um Johanns Mund spielt ein Lächeln. »Dessen bist du dir hoffentlich bewusst!«

Wie schön Johann doch aussah! Emmas Herz fängt an zu klopfen.

»So denn, liebe Emma, warum bist du nach dem Carrousel in Berlin nicht wieder nach Potsdam zurückgekehrt?«

»Das ist eine lange Geschichte, Johann …« Emma schaut über die Soffitten … ›liebe Emma‹ hallt es in ihr nach.

»Keine Geschichten will ich hören, Emma, nur die Wahrheit!« Johann klingt streng.

Verdutzt dreht sich Emma zu Johann, doch sie stellt erleichtert fest, dass er sie erheitert anblickt.

»Nein, keine Geschichten, nur die Wahrheit, Johann.«

Ihre Blicke treffen sich. Wie gerne wäre Emma jetzt von Johann in den Arm genommen worden! Warum war er so zurückhaltend? Seine Augen sagten ihr doch etwas ganz anderes!

»Komm, wir setzen uns auf die Treppe hoch zum Schnürboden …«

»Wie! Da geht es nochmals nach oben?«

»Ja! Doch ich will dir zuhören und nicht eher diesen Ort verlassen, bis du mir alles erzählt hast …«

»Das kann lange dauern …«

»Dann dauert es lange …«

»Es kann ewig dauern …«

»Dann soll es ewig dauern.«

»Ewig?«, fragt Emma leise und sieht Johann an.

»Ewig.« Johann erwidert Emmas Blick nur kurz, dann bückt er sich, um seine Öllampe in die Hand zu nehmen.

Emma schließt die Augen. ›Ewig‹, denkt sie erfüllt.

Sie folgt Johann zu einer schmalen Treppe; sie setzen sich nebeneinander auf die unterste Treppenstufe und stellen ihre Öllampen auf die Seite.

Johann schweigt.

Emma fühlt sich überfordert – wo sollte sie anfangen zu erzählen? Da gab es so vieles, was Johann ihr niemals glauben würde! Wie sollte sie ihm die ganzen ungewöhnlichen, ja, unfassbaren Ereignisse vermitteln? Emma streicht sich durch das Haar. Es fühlt sich stumpf und fettig an. Sie erschrickt. Das durfte doch nicht wahr sein! Wie musste sie bloß aussehen? Das waren doch die Haare einer zerzausten Vogelscheuche!

»Als Georg wieder in Potsdam angekommen war«, hebt Johann an, »erzählte er mir, dass er nach dem Carrousel lange vergeblich auf dich und Leonie gewartet hatte.«

Aufmerksam hört Emma zu.

»Er musste sich von mir vorwerfen lassen, dass er nicht lange genug am Marstall, eurem Treffpunkt, ausgeharrt hatte, dass er euch im weiteren Umkreis hätte suchen sollen. Dabei war der gute Freund, wie du dir denken kannst, viel zu spät nach Potsdam zurückgekehrt und dadurch in Schwierigkeiten mit Hauptmann Kaldenberg geraten.«

Emma denkt zurück an die gefährlichen Minuten am Ende des Carrousels und an die Rettung durch Madame R.

»Wie soll ich dein Schweigen deuten, Emma? Willst du mich nun doch nicht in das Geheimnis um euer Verschwinden einweihen?«

»Oh, doch! Natürlich …«

»Versprichst du es mir?« Johann sieht sie erwartungsvoll an.

»Ja, Johann.«

»Hoch und heilig?«

Emma entdeckt den Schalk in seinen Augen.

»Hoch und heilig«, beteuert sie lächelnd.

Emma fängt an, von ihrem und Leonies Leichtsinn während des Carrousels zu erzählen. Sie gibt zu, dass sie beide sich unter ihrer Tarnkappe viel zu laut über die Aufführungen unterhalten hatten.

»Wir hatten einfach vergessen, dass wir uns unter Zuschauern auf der Adelstribüne befanden! Es gab so viel zu entdecken, alles war so prächtig, so anders … wir waren begeistert! Und natürlich brannten wir darauf, Hauptmann Kaldenberg unter allen Reitern des Carrousels zu finden.«

»So wurdet ihr entdeckt … ich erahne es, Emma. Übertrieben hattet ihr's!« Johann fasst sich an die Stirn.

»Ja, wir wurden entdeckt. Ein älterer Herr, ein Graf, hatte die Wache geholt und stand plötzlich vor uns. Die Wache hielt den Grafen für verrückt, denn natürlich konnten sie uns nicht sehen. Der fühlte sich beleidigt und schaffte es irgendwie, Leonie an den Schultern zu packen, hochzuheben und zu Boden zu werfen. Ich konnte ihre Hand nicht mehr festhalten …«

»… und ihr wurdet sichtbar.«

»Ja. Es war schrecklich!«

Beim Erzählen merkt Emma, wie ihr die damalige Aufregung immer noch in den Knochen steckt.

»Weitere Zuschauer wurden auf uns aufmerksam. Alle riefen durcheinander. Der Graf stand zwischen Leonie und mir. Da entdeckte die Frau des Grafen, dass Leonie ein als Offizier verkleidetes Mädchen war. Das war unsere Chance: Dadurch war der Graf kurz abgelenkt und ich konnte zu Leonie. Als wir wieder unsichtbar waren, kam es natürlich erst recht zu Unruhen.«

»Was geschah dann?«

Johann wendet sich Emma zu.

»Ab jetzt musst du mir einfach glauben, Johann, denn … denn, ich weiß nicht, wie ich's sagen soll, ab jetzt ist Magie, vielleicht sogar Zauberei im Spiel …«

»Emma, warum sollte ich dir nicht glauben?« Johann richtet sich auf und öffnet seine Hände. »Und Zauberei – zumindest auf der Bühne – durfte auch ich schon ein wenig kennenlernen! Fahre fort, neugierig bin ich!« Er grinst Emma ermutigend an.

»Prinzessin Amalie, die jüngste Schwester des Königs Friedrich, hat eine Hofdame, eine ganz besondere Hofdame. Ich … Leonie und ich, kennen diese Hofdame aus unserer Zeit … da ist sie natürlich keine Hofdame, sondern eine wunderbare ältere Dame in unserer Nachbarschaft. Wir besuchen sie oft. Sie heißt Madame R. …«

»Was für ein seltsamer Name!« Johann fängt an, leise zu lachen.

»Lach nicht, Johann, alle nennen sie Madame R., niemand stellt es infrage, so steht es sogar an ihrer Haustür, auf ihrem Briefkasten in Potsdam.«

»In merkwürdigen Zeiten lebt ihr … Madame R. …« Johann rollt das »R« besonders lange. »Und was ist ein Briefkasten? Doch erzähle erst weiter! Was hat es mit dieser Madame R. auf sich?«

»Sie hängt mit unseren Zeitreisen zusammen, ja, ich glaube sogar, dass sie diejenige ist, die unsere Zeitreisen veranlasst hat. Wie, das weiß ich nicht.«

»Was hat Madame R. mit dem Carrousel zu tun?«

»In deiner Zeit ist Madame R. Hofdame von Prinzessin Amalie …«

»Ah, so hat sie Prinzessin Amalie also bei der Aufführung begleiten können …«

»Richtig.«

»Doch woher konntet ihr das wissen?«

»Weil wir sie auf einer der Königstribünen neben Prinzessin Amalie entdeckt hatten …«

»Als alte Hofdame? «

»Nein!« Emma kichert. »Als junge Hofdame!«

»Jetzt kann ich dir nicht mehr folgen, Emma. Wie konntet ihr von eurer Tribüne aus erkennen, dass die junge Hofdame von Prinzessin Amalie eure Madame R. ist?«

Emma atmet tief durch. Es elektrisiert sie, dass Johann sich so intensiv auf ihre Erzählungen einlässt.

»Das ist kompliziert …«

»… So scheint es …«

»… Johann, unterbrich mich nicht andauernd …«

»… Ja, doch überlege es dir recht«, neckt sie Johann.

Emma verpasst ihm einen leichten Stoß mit ihrem Ellenbogen und sieht ihn streng an.

»Selbst wenn dein tadelnder Blick mich trifft, kann ich die Fortsetzung deiner Geschichte kaum erwarten, Emma.«

Ein Lächeln huscht über Johanns Gesicht.

»Bitte, Emma, erzähle weiter«, flüstert er.

Emma versucht sich zu sortieren. Johann konnte sie mit seinen Worten so aus dem Konzept bringen!

»Du erinnerst dich: Leonie und ich fanden heraus, dass Hauptmann Kaldenberg nächtlichen Besuch von einer unbekannten Dame erhielt. Sie war seine große Liebe. Sie pflegte seine Kriegswunden.«

»Ja, Georg hat mir alles erzählt.«

»Als Kaldenberg im gefährlichen Zustand der Bilsenkraut-Vergiftung war, kam die Dame wieder und besorgte Georg das richtige Medikament, um Kaldenberg zu heilen.«

»Glaubersalz war's gewesen …«

»Genau. Unter der Tarnkappe hatten wir diese Dame erlebt – sie war etwas Besonderes … und bildschön! So. Und während des Carrousels entdeckten wir diese Dame wieder.«

»Unter so vielen Zuschauern?«

»Ja.«

»Nicht zu glauben!«

Johann ist beeindruckt.

»Die Dame hatte Georg berichtet, dass sie am Königlichen Hof war. Somit kam für uns nur die Königliche Tribüne in Frage. Und: Kaldenberg blickte während der Quadrille und den Ringspielen auffallend oft in ihre Richtung.«

Emma kommt in Fahrt; sie erinnert sich genau an die prickelnde, festliche Atmosphäre während des Reiterspektakels.

»Außerdem: Prinzessin Amalie sollte die Preise überreichen und saß deshalb mit ihrer Hofdame auf einer Ehrentribüne. Bei der Preisverleihung wurde sie sogar von der Hofdame begleitet. Es hatte angefangen zu regnen, und Madame von Rathen hielt einen Schirm über die Prinzessin. Wir konnten ihr Gesicht genau wiedererkennen, ja, wir waren uns ganz sicher!«

Still hört Johann zu.

»Es war während der Preisverleihung, dass wir entdeckt wurden. Nachdem wir uns vor dem Grafen wieder unter die Tarnkappe gerettet hatten, wurden unsere Blicke ...«, Emma denkt angestrengt nach, »... ja, wie durch eine magische Kraft in die Richtung der Hofdame gezogen. Sie schien uns mit dem Schirm zuzuwinken, uns anzulächeln ... es war seltsam, denn plötzlich war unsere Angst wie weggeblasen ... wir merkten, dass wir eure Zeit gleich verlassen würden. Und so passierte es dann auch. Weg waren wir.«

Emma streicht mit den Händen über ihre Knie und lässt den dramatischen Moment des Abschieds in sich nachwirken. Da legt Johann kurz seine Hand auf die ihre und sagt – leise und schlicht:

»Doch nun bist du wieder hier.«

Emma schießt das Blut in die Wangen.

»Ja«, erwidert sie herzklopfend.

Johann richtet sich langsam auf und wendet sich Emma zu.

»Du bist eine wundervolle Erzählerin, Emma.«

Seine Hand bewegt sich in Richtung Emmas Schulter; Emma hält ihren Atem an. Kurz vor der Berührung zieht Johann seine Hand jedoch wieder zurück. Schüchtern lächelt er Emma an.

»So erzähle weiter, Emma.«

»Ja, Johann, ich erzähle weiter«, hört sich Emma sagen. Die Zeit, in der Emma krampfhaft versucht, ihre Gedanken zu sammeln, kommt ihr wie eine Ewigkeit vor.

»Kurz bevor wir wegreisten, also, vom Carrousel in unsere Zeit reisten, meine ich, … ja, genau, … da, da hörten wir, wie die Frau des Grafen, also des Grafen, der uns entdeckt hatte, von der Hofdame der Prinzessin Amalie schwärmte. Sie nannte die Hofdame dann ›die von Rathen‹ …«

»Madame R. …«, Johann zuckt zusammen, »Madame von Rathen!«

»Ja, genau! Auch wir vermuteten das sofort! Doch sicher weiß ich es erst seit kurzem.«

»So habt ihr Madame R. nicht gleich nach eurer Rückkehr in eure Zeit danach gefragt?«

»Natürlich! Mehrmals! Doch Madame R. redete immer nur sehr vage und ausweichend über deine Zeit. Wir kamen niemals an sie heran. Es war zum Verzweifeln. Wir gaben dann irgendwann auf.«

»Sicher weißt du es erst seit kurzem, sagtest du?«

»Ja.«

»Was ist der Grund, Emma?«

Emma zögert. Nein, sie konnte Johann unmöglich die Wahrheit sagen. Das ging jetzt einfach nicht.

»Ein anderes Mal … ich sage es dir ein anderes Mal, Johann.« Emma flüstert und blickt dabei in das Dunkel der Oberbühne.

Beide schweigen.

»Gut«, sagt Johann ruhig, »dann lass uns weitergehen.«

Er steht auf, greift nach seiner Öllampe und stellt sich vor Emma hin.

»Komm, Emma, nun ist es Zeit für die Donner- und Flugmaschinen. Ganz vergessen hatte ich die Wolkenmaschine! Du wirst staunen!«

Johann hatte Recht! Das Beste war es jetzt, einfach weiterzugehen. Beherzt steht Emma auf und folgt Johann in den vorderen Teil der Oberbühne.

Johann bleibt vor einem kleinen Treppchen stehen, das zu einem völlig ungesicherten Steg führt, der die beiden Seiten der Oberbühne verbindet. Genau neben dem Steg schwebt etwas, das Emma an einen kleinen Balkon erinnert, der jedoch nur mit einem, vorne verlaufenden Geländer versehen ist, und von dem mehrere Seile nach oben in die Dunkelheit verlaufen. Johann zeigt auf diese Konstruktion und flüstert feierlich:

»Eine Flugmaschine.«

Johann hält seine Öllampe hoch.

»Auf der Flugmaschine schweben die Sänger durch die Luft den Zuschauern entgegen.«

»Über diesen Steg müssen die Sänger balancieren, um auf die Flugmaschine aufzusteigen?«, fragt Emma ungläubig.

»Ja.«

»Wie gefährlich! Die müssen ja alle schwindelfrei sein ...«

»Wilhelm sagte mir, dass die Sänger von hier dem Ruhm entgegenfliegen ... ist das etwa nichts?«

»Doch, natürlich! Aber mit welchem Risiko! Deren Schicksal liegt in den Händen der Handlanger, die die Flugmaschine herablassen. Muss sich Paolino auch auf die Flugmaschine stellen?«

»Nein. Doch ich würde mit ihm auf den Steg gehen, um ihn sicher bis zur Flugmaschine zu begleiten.«

»Das glaube ich dir sofort, Johann.«

Wer war dieser Paolino, denkt Emma, für den Johann so viel Zuneigung empfand?

11. Kapitel

Plötzlich hören Emma und Johann einen lauten, durchdringenden Pfiff.

»Wer ist da oben auf der Oberbühne?«

Erschrocken sehen sich Emma und Johann an.

»Das ist Wilhelms Stimme!«, flüstert Johann aufgeregt.

»Ich bin es, Johann!«, ruft Johann laut zurück.

Emma bewundert Johanns Mut.

»Was zum Teufel treibst du da oben?«

»Die Soffitten und die Flugmaschine, ... die, die erklär' ich meiner Schwester, Wilhelm!« Unwillkürlich greift Johann nach Emmas freier Hand.

»Soffitten, Flugmaschine, Teufel noch mal, komm sogleich herunter, Johann!«

Mit zügigen Schritten geht Johann in Richtung Treppe los; Emma zieht er mit sich.

»Steige nach mir die Treppe hinab, Emma, und zwar rückwärts, denn sie ist steil.«

Johann lässt Emmas Hand los. Er wirkt gefasst; schnell klettert er die Stufen hinunter. Unten erkennt Emma Wilhelm, der beide Hände in die Hüften gestemmt hat und mit breiten Beinen am Ende der Treppe wartet. Ihr stockt das Blut in den Adern. Sie dreht sich um und konzentriert sich auf ihren Abstieg.

»Was erlaubst du dir, Johann, ohne meine Erlaubnis durch die Bühnenmaschinerie zu gehen!«, hört sie Wilhelm schimpfen.

»Verzeiht, Wilhelm, ich hätte das nicht tun sollen, dessen bin ich mir bewusst.«

»Verzeiht, verzeiht, ... was hast du dir dabei gedacht, du leichtsinniger Bursche?«

»Ich ... ich wollte meiner Schwester die ... die Zauberwelt der Bühnenmaschinerie zeigen«, Johann zwingt sich, Wilhelm direkt anzuschauen, »mehr nicht, Wilhelm.«

Emma bleibt auf der letzten Treppenstufe stehen. Wilhelm beachtet sie nicht.

»Dann scheinst du mir ja gut zugehört zu haben, Johann, als ich dich durch die Bühnenmaschinerie geführt habe.«

Johann nickt schnell.

»Das ehrt dich – zumindest ein klein wenig ... die Zauberwelt der Bühnenmaschinerie ...«, brummelt Wilhelm kopfschüttelnd, »... das klingt fast ein wenig poetisch.« Er mustert Johann eindringlich, der kerzengerade vor ihm steht.

»Du bist ein kühner Bursche, doch tue das nie wieder, Johann! Hörst du?«

Johann nickt. Immer noch hält er Wilhelms Blick stand.

»Die Zauberwelt der Bühnenmaschinerie hat auch ihre gefährlichen Tücken, vor allem wenn man sie mit brennenden Öllampen erkundet! Willst du als Brandstifter kurz vor der Premiere eines Opernspektakels bestraft werden?«

Johann schüttelt den Kopf.

»Glaube mir, mein tollkühner Bursche, ich habe schon viel erlebt – auf hoher See wie hier im Bauch der Königlichen Hofoper.« Wilhelm entfährt ein kurzer Lacher.

»Im Bauch der Königlichen Hofoper … jetzt scheine ich auf meine alten Tage hin auch noch poetisch zu werden – wegen eines verrückten, jungen Hüpfers wie dir, Johann!«

Wilhelm geht wenige Schritte zurück.

»So hilf deiner Schwester die letzten Stufen hinunter! Hast du ihr schon die Wellenmaschine gezeigt? Ich habe sie gerade instand gesetzt.«

Johann und Emma trauen ihren Ohren kaum über diese plötzliche Wendung des Gesprächs.

»Nein«, antwortet Johann. »So weit war ich noch nicht gekommen …«

»… auf deiner Reise durch die Zauberwelt der Bühnenmaschinerie!«, unterbricht ihn Wilhelm leise lachend. »So kommt mit mir am Prospekt vorbei! Dort oben hängt das entsprechende Gegengewicht, das über eine Umlenkrolle mit dem Prospekt verbunden ist. Es erleichtert die Arbeit des Bühnenarbeiters. Wird das Gegengewicht losgebunden, sinkt es in die Tiefe und zieht mit seinem Gewicht den Prospekt in die Höhe. Doch man sollte tunlichst vermeiden, unter einem herabkommenden Gewicht zu stehen …«

Wilhelm geht an dem Prospekt vorbei.

»Hier ist der Fluss, der durch die kaiserliche Stadt Mexikos fließen wird.«

Wilhelm zeigt auf eine blau angemalte, sonderbare Konstruktion: Eng hintereinander sind wellenförmige, mit Stoff umwickelte, an Schläuche erinnernde Gebilde zu sehen, die – nur etwas über dem Bühnenboden hängend – an einem Eisengestänge am Bühnenrand befestigt sind. An den jeweiligen Enden der blauen Wellenimitationen sind Kurbeln angebracht.

»Drehen die Handlanger an diesen Kurbeln, fängt das Wasser an zu fließen. Denn: Drehen sich diese Konstruktionen aus blauem Stoff, so machen sie die Bewegung des Wassers nach. Unter dem Stoff sind kurze Holzstäbe versteckt, die wellenförmig mit Weidenruten umwickelt wurden«, erklärt Wilhelm. »Das Publikum sieht eine durchgehende, sich bewegende Wasseroberfläche, weil aus seiner Perspektive die Abstände zwischen den Wellen aus Leinenstoff nicht ersichtlich sind. Eine wunderbare Erfindung! Schaut, der Flusskahn wird dabei auf dieser Schiene zwischen zwei Wellen bewegt. So scheint es, als ob der Kahn den Fluss hinabgleitet!«

Johann und Emma staunen über Wilhelms präzise Erläuterungen. Sie blicken einander an. Wilhelm hätte sie genauso gut ärgerlich auffordern können, das Opernhaus zu verlassen! Doch hier stand er nun vor ihnen und beschrieb voller Hingabe die Wellenmaschine! Johann beginnt zu verstehen, warum Paolino Wilhelm so zugetan ist. Wilhelm schien wirklich nichts aus der Ruhe zu bringen.

»So, ihr vertrautes Geschwisterpaar!«, hebt Wilhelm an, »wohin führt euer Weg denn nun?«

Er sieht sie kritisch an.

»Und Johann: warum nennst du deine Schwester Wilhelmine Emma?«

Emma rutscht das Herz in die Hose.

»Es ist ihr zweiter Name, Wilhelm«, fällt es Johann ein.

»Ja?« Wilhelm bleibt skeptisch.

»Ja. Da sie meine Lieblingsschwester ist, …«

»… Das habe ich wohl bemerkt, dass sie dein Liebling zu sein scheint. Da musste ich euch nicht lange zuhören«, unterbricht ihn Wilhelm in seinem brummelnden Ton. »Schwester hin oder her.«

Emma wird kalt vor Schreck. Wo würde das alles noch enden?

»Sie ist meine Lieblingsschwester«, sagt Johann beharrlich.

»Nun gut, dann ist sie's, Johann. Was sollte ich schon anderes glauben?« Über Wilhelms Gesicht huscht ein leichtes Lächeln.

»Doch nun macht, dass ihr das Weite sucht! Paolino wird sich wundern, wo du steckst, Johann; Chorproben dauern nicht bis in die Ewigkeit. Gib mir die Öllampe vom Bühnenrand, Johann, ich werde sie zurückbringen; die andere gibst du bei der Wache am Bühnenausgang ab.«

»Seid von Herzen bedankt!«, sagt Johann.

»Mir entgeht hier nichts!« Wilhelm sieht Johann und Emma scheinbar streng an.

Johann nickt, nimmt Emma die Öllampe ab, um sie Wilhelm zu überreichen.

»Seid von Herzen bedankt!«, wiederholt Johann.

»Wir sehen uns bald wieder, Johann.«

»Ja.«

»Nun raus mit euch!« Mit einer bestimmenden Handbewegung gibt Wilhelm ihnen die Richtung vor.

Emma und Johann schlägt die Kälte ins Gesicht, als sie das Operngebäude verlassen und vor der Tür des Künstlereingangs stehenbleiben. Schnell wickelt sich Emma den Schal um Kopf und Hals. Sie zieht den Umhang eng um ihren Körper und hält ihn vorne zu. Es ist dunkel.

»Was für ein Glück wir hatten, Johann! Einfach ein Riesenglück!«

Johann setzt seinen Filzhut auf; er hat sein Tuch so um den Kopf drapiert, dass nur seine Augen sichtbar sind.

»Hast du den Schutzengel nicht gesehen, Emma?«

»Gesehen?«

»Ja, natürlich! Gesehen!« Johanns Augen lachen sie an.

»Nein, den Schutzengel hast wahrscheinlich nur du gesehen!« Emma ist amüsiert. »Mir steckt der Schreck noch ganz schön in den Knochen, Johann. Doch ein Schutzengel war ganz bestimmt da!«

»Eben. Dann sind wir uns einig?«

»Ja, wenn du meinst.«

»Natürlich meine ich das!«

»Ich stelle mir gerade vor«, fährt Emma belustigt fort, »wie er durch die Dunkelheit der Bühnenmaschinerie fliegt.«

»Und besorgt beobachtet, wie wir beide durch die untere Bühne gehen.« Johann lacht leise.

»Was denkt sich der Schutzengel?« Emma sieht Johann mit großen Augen an.

»Ja …«, Johann wiegt den Kopf hin und her, »was denkt sich der Schutzengel …«

»… um diese beiden Irrlichter«, fällt Emma ein, »muss ich mich jetzt kümmern …«

»… sonst geschieht hier sogleich ein großes Unglück!«, ergänzt Johann mit glänzenden Augen. »Denn er weiß: Wilhelm hat uns beide schon bemerkt!«

»Oh ja!« Emmas Herz klopft. »Da beschließt er, also der Schutzengel: Wilhelms Ärger über die beiden Irrlichter soll nur kurz anhalten …«

»… dann soll er ihnen …«, Johann lacht, »auf einmal seine Wellenmaschine zeigen, die er gerade repariert hat!«

Sie gehen die Stufen vor dem Bühneneingang hinunter.

»Ich werde dich zu Paolino mitnehmen, Emma«, sagt Johann ernst. »Eine andere Möglichkeit sehe ich nicht.«

Emma schweigt. Ihr ist kalt. Sie zieht ihre Schultern hoch. Mit einer Hand hält sie ihren Umhang zusammen. Im Gehen blickt sie kurz auf das imposante Operngebäude zurück. In der Dunkelheit kann sie die Umrisse von hohen Säulen erkennen, die bis an den Dachfirst zu reichen scheinen.

»Mache dir keine Sorgen. Du bist weiterhin meine Schwester Wilhelmine, Emma.«

»Dann musst du dir schnell angewöhnen, mich auch Wilhelmine zu nennen.«

»Das ist wahr. Wilhelmine, Wilhelmine, Wilhelmine. Ich fange an zu üben, Wilhelmine.«

Sie lachen.

»Jetzt mal ehrlich, Johann. Für Paolino bin ich doch die große Überraschung! Was sagst du, wenn wir bei ihm ankommen? Du hast ihm doch nie von mir erzählt, erst recht nicht davon, dass ich im Opernchor mitsinge!«

»Mir wird schon etwas einfallen.«

Unter Emmas unerträglich engen Lederschuhen knirscht der Schnee. Sie starrt vor sich auf die Straße und überlegt. Sie ist sich nicht so sicher, dass Johann etwas einfallen wird. Aber genau das konnte sie Johann nicht sagen. Oder doch? Wie würde er reagieren? Sollte sie einfach selbst einen Vorschlag machen? Doch welchen? Sie ist sich unsicher. Da spürt sie, wie Johann nach ihrer freien Hand fasst und sie fest umschließt.

»Mir wird schon etwas einfallen, Wilhelmine … Wilhelmine, Wilhelmine, Wilhelmine.«

Emma schließt kurz die Augen.

»Lass uns überlegen, Wilhelmine. Warum könntest du plötzlich ohne mein Wissen im Chor aufgetaucht sein? Das scheint mir die entscheidende Frage zu sein.«

»Elisabeth habe ich ja schon erzählt, dass ich im Chor des Militärwaisenhauses singe«, beginnt Emma laut zu überlegen. Ja, ihnen würde schon etwas einfallen!

»Der Krankenstand, Emma, äh, Wilhelmine, … der hohe Krankenstand im Opernchor!«

»Ja, genau …«

»… Schnell mussten aus anderen Chören weitere Sänger herangezogen werden.«

»Na ja, Potsdam ist da ja nicht gerade um die Ecke«, gibt Emma zu bedenken.

»Georg und die Komparsen sind auch aus Potsdam rekrutiert.«

»Das stimmt. Doch das ist ja die Königliche Leibgarde, die Truppe von Hauptmann Kaldenberg …«

»… das Bataillon, sagt man, Wilhelmine.« Johann drückt Emmas Hand.

»Oh, entschuldige bitte! Ja, das Bataillon.« Emma erwidert den Händedruck. »Du hast Wilhelmine gesagt, Johann.«

»Ja, ich lerne dazu, Wilhelmine.«

Emma lacht leise.

»Wilhelmine, so höre bitte auf zu lachen! Mir ist es bitterernst: Ich muss weiter üben.«

Emma grinst in sich hinein.

»Mir ist gerade eingefallen, Johann …«

»… ja, Wilhelmine?«

»Hauptmann Kaldenberg …«, Emma unterdrückt ein Lachen, »Hauptmann Kaldenberg könnte erfahren haben, dass der Opernchor wegen vieler Krankheitsfälle Unterstützung braucht und sich somit an den Chor im Militärwaisenhaus gewandt hat.«

Johann bleibt abrupt stehen.

»Das ist eine gute Idee, Em … Wilhelmine!« Er strahlt Emma an. »Was für eine kluge Schwester ich habe!« Dann wird sein Gesicht wieder ernst. »Komm, wir gehen schnell weiter, dir ist kalt, deine Lippen färben sich schon blau.«

Schnell setzt Johann den Weg fort.

»Wil-hel-mi-ne, Wil-hel-mi-ne, Wil-hel-mi-ne …«, rezitiert Johann im Takt seiner Schritte.

Emma spürt ihre Füße kaum mehr; sie beginnt, erbärmlich zu frieren. Sie muss fast neben Johann herspringen, um mit ihm Schritt zu halten. Doch Emma denkt nur an Johanns festen Händedruck, durch den sie mit Leichtigkeit durch die Kälte zu schweben scheint.

12. Kapitel

Johann öffnet die Wohnungstür; er und Emma treten ein.

»Oh, Johann! Es ist gut, dich nun zu Hause zu wissen!«, ruft Paolino aus dem Salon; die Tür dorthin ist angelehnt.

»Ich habe mich schon gewundert, wo du geblieben bist! Ist es doch viel zu kalt für die armen Sänger des Opernchors, so lange bei einer Probe auszuharren! Ich habe sie schon bemitleidet, die jungen Künstler! Doch wer weiß, überlegte ich so bei mir, welche Strapazen sich der Kantor und der höfische Konzertmeister, mein geliebter Graun, ausgedacht hatten! In ihrem Perfektionismus lassen sie sich alles Mögliche – und Unmögliche – einfallen … schließlich geht es ja darum, vor Ihrer *Maestá* eine gute Figur zu machen!«

Schwungvoll wird die Tür zum Salon geöffnet.

»Oh, wen haben wir denn hier? Mein lieber Gianni, wen hast du aus der bitteren Eiseskälte mitgebracht? Die Dame scheint ja fast erfroren zu sein!«

Paolino schüttelt den Kopf und schnalzt empört mit der Zunge.

»Das ist meine Schwester Wilhelmine, Paolino.«

»Es ist immer gut, sich um seine Geschwister zu kümmern, Gianni. *Mia cara*, nimm den Schal von deinem Kopf, entledige dich dieses seltsamen Umhangs – der scheint mir viel zu dünn zu sein für diese Temperaturen. Die Schuhe gehören in die Kammer. Bitte, ihr beiden, *venite* in den Salon! In Kürze werde ich das Haus verlassen, denn ich bin mit Francesco, Domenico und Carlo verabredet. Du kennst sie, Gianni!«

»Ja, ich erinnere mich.«

»Sie sind großartig …« Paolino geht in den Salon zurück. »Doch auch ihr sollt nicht verhungern, dir – und nun auch deiner Schwester – habe ich Brot, Käse und Trockenfleisch besorgt. Alles steht hier auf dem Tisch, mein Lieber. Mein Ankleider soll versorgt sein, um beste Dienste leisten zu können.«

Johann und Emma betreten den Salon. Auf dem Tisch und an der Wand brennen Kerzen; es ist wohlig warm.

»Nein, man sollte nicht davon ausgehen, dass sich Geschwister ähnlich sehen!« Paolino sieht Emma interessiert an. »Wilhelmine, dir würde ich vorschlagen, dich direkt am Ofen zu wärmen. *Mamma mia*, so würde ich wahrscheinlich auch aussehen, wenn sich die preußische Kälte an mir festgefressen hätte! Meine Stimme wäre ruiniert!«

Emma steuert auf den Ofen zu, hält ihre Hände darüber und versucht, ihre schmerzenden Zehen zu bewegen. Wie löchrig die Wollsocken doch waren! Kein Wunder, dass sie so kalte Füße hatte!

»Danke, Paolino, dass du dich so um uns kümmerst«, sagt Johann sichtlich erleichtert.

»Ach, nicht der Rede wert.« Paolino winkt ab. »Mein Lieber, wie komme ich zu der Ehre, deine fast erfrorene, doch so reizende Schwester kennenzulernen?«

»Als ich dem Chor zuhörte«, Johann konzentriert sich auf jedes Wort, »stellte ich zu meinem eigenen Erstaunen fest, dass Wilhelmine mitsang.«

»Ach.« Paolino blickt zu Emma, die ihm und Johann schüchtern zunickt. »In welchem Chor singst du, Wilhelmine?«

»Im Chor des Militärwaisenhauses zu Potsdam.« Emma atmet kaum vor Aufregung.

»Ah, das Militärwaisenhaus ist mir durchaus ein Begriff. Von dort kommen exzellent ausgebildete Hautboisten[33], warum sollte es dort nicht einen passablen Chor geben? Doch es ist ein weiter Weg von Potsdam nach Berlin.«

Paolino mustert Emma kritisch, dann lächelt er plötzlich.

»Was für eine schöne junge Frau deine Schwester doch ist, Gianni! Du musst gut auf sie Acht geben. *Sì, sì*, viele Chorknaben werden ihre Blicke auf sie werfen, mein Lieber! *Stai attento* … pass auf!« Paolino räuspert sich. »Merkwürdig, meines Wissens nach singen doch nur Knaben und junge Männer im Chor der Königlichen Hofoper.«

Emma fasst sich ein Herz.

»Viele Sänger sind erkrankt, mein Herr …«

»Aaah, kein Wunder bei diesem Wetter! Warum Opernaufführungen hier im tiefsten Winter stattfinden, habe ich nie verstanden«, murmelt Paolino. »Und Wilhelmine«, er wendet sich Emma zu, »lass diese Unnötigkeiten mit ›mein Herr‹! Du bist die Schwester von Gianni, daher bin ich für dich Paolino. Ganz einfach *e basta!*«

Emma lächelt verhalten.

»Aaah, dieses Lächeln lässt mich dahinschmelzen! Gianni, mit ihrem Charme schwebt Wilhelmine in Lebensgefahr! Zeige mir deine Muskeln, Gianni. Bist du stark genug, um diese Prinzessin zu beschützen?«

»Natürlich, Paolino. Immer.« Die Worte kommen Johann wie aus der Pistole geschossen über die Lippen.

33 Oboisten

»Hahaaa!« Paolino hebt seine Augenbrauen und sieht Emma vielsagend an. »Alle großen Brüder lieben ihre kleinen Schwestern, Wilhelmine!« Er hält inne. »Aber … das kommt dir ja nur zugute, *mia bella!* Doch …« Paolino sieht Johann kritisch an. »Verstehe ich das richtig, dass so viele männliche Sänger erkrankt sind, dass der Kantor auf junge Sängerinnen zurückgreifen muss?«

»Ja, Paolino. Wilhelmine ist nicht die einzige Sängerin«, erklärt Johann schnell.

»Oh, *mio Dio*, dann ist der Krankenstand … wie soll ich sagen … im Zustand der Ausnahme!«

»Wahrscheinlich.« Johann nickt.

»Gianni, Wilhelmine, so esst, damit ihr auch nicht noch krank werdet! Ich werde mich zusammen mit Francesco, Domenico und Carlo an der italienischen Küche erfreuen! Ihr solltet mich beneiden!«

Paolino wendet sich Emma zu.

»Wilhelmine, für dich wird es zu gefährlich, ja, unmöglich sein, heute Abend nach Potsdam zurückzukehren …«

»Auch ich habe schon versucht, sie davon abzuhalten«, wirft Johann gleich ein. Nervös reibt er sich die Hände. »Paolino, dürfte ich dich bitten …«

»*Sì, sì*, Johann. Natürlich kann sie hier übernachten; sie soll bei dir in der Kammer schlafen. Räumt die Dinge sorgfältig beiseite, damit ihr mehr Platz habt. Irgendwo gibt es sicherlich noch eine Decke … ja, rechts unten in meinem Kleiderschrank! Da machen wir keinen *spettacolo*! *Allora*, ihr Lieben, *cari amici*, und die *vermicelli* sollen nicht zu lange auf mich warten müssen! Auf Wiedersehen! *Ciao, bella Wilhelmina!*«

Paolino verlässt den Salon und lehnt die Tür zum Empfang an. Emma und Johann hören, wie er in den Schlafsalon geht.

Emma und Johann sehen sich an.

»Jetzt kann ich verstehen, warum du Paolino in der Oper über diesen gefährlichen Steg hin zur Flugmaschine begleiten würdest, Johann!«

Johann lächelt und nickt.

»Ja, ich bin ihm sehr zugetan, nach so kurzer Zeit! Es kommt mir vor, als ob ich ihn schon viel länger kenne.«

»Ich glaube, er mag dich auch. Nein, ich bin mir sogar ganz sicher, Johann!«

»Vielleicht, wer weiß das schon, Em ... Wilhelmine, Wilhelmine, Wilhelmine. Von nun an muss ich dich immer mit Wilhelmine ansprechen, Wilhelmine, damit ich uns niemals verrate, Wilhelmine.«

Emma kichert.

»Ja, Wilhelmine«, sagt sie glücklich.

»Jetzt sei nicht so frech, Wilhelmine!«

»Nein, lieber Bruder, ich werde versuchen, mich anständig zu benehmen.«

»Lieber Bruder, das gefällt mir ...«

»Vielleicht sollte ich doch bei Johann bleiben ...«

»Oh ...«

»Ja, wirklich, Johann ...«

»Nun denn, Wilhelmine«, Johann schmunzelt, »wird dir langsam wärmer?«

»Ja.«

»Das ist gut.«

Johann begibt sich zum Tisch. Auf einem Brett liegen ein Laib Brot, ein Stück Hartkäse, dünne Scheiben Trockenfleisch und ein Messer. Das war alles nur für ihn, für Emma und ihn, gedacht? Johann kann es kaum glauben!

»Schau, Wilhelmine, was für ein üppiges Abendessen!«

»Ich bin inzwischen richtig hungrig.«

Johann beginnt, das Brot anzuschneiden.

»So viele Stapel von Notenblättern liegen hier herum!« Emma sieht sich um, während sie sich weiterhin am Ofen wärmt. »Die sind alle von Hand geschrieben, unglaublich. Ach, wie heißt nochmal dieses Instrument? Ein Klavier ist es nicht, aber ...«

»Ein Spinett, Wilhelmine!«

»Ja? Ich dachte Cembalo.«

»Nein, es ist ein Spinett. Das hat mir Paolino gesagt.«

»Ach so.«

Neugierig sieht sich Emma um.

»Wie oft übt Paolino? Hast du ihn hier schon singen hören, Johann?«

»Ja!« Johann strahlt. »Seine Stimme hat etwas Besonderes, das ich nicht beschreiben kann. Wenn er übt, dann scheint er seine Umgebung kaum wahrzunehmen.«

Emma und Johann hören, wie die Wohnungstür ins Schloss fällt.

»Lass uns essen, Emma.«

Johann holt zwei Holzstühle und stellt sie an den Tisch.

»Auf die schöne Chaiselongue sollten wir uns nicht setzen. Sie scheint mit einem neuen Stoff bezogen zu sein.«

Emma setzt sich auf einen Holzstuhl; sie nimmt einen ihrer Füße in die Hände und massiert die Zehen.

»Die tauen erst langsam auf. Wenn die Socken doch bloß nicht so große Löcher hätten!«

»Das ist ganz normal.« Sorgfältig schneidet Johann den Käse in dünne Scheiben. »Mmh, dieser Käse riecht besonders gut. Mir läuft das Wasser im Mund zusammen.«

»Johann, wie geht es eigentlich der wirklichen Wilhelmine?«

»Meiner wahren Schwester, meinst du?« Johann setzt kurz das Messer ab und schaut Emma an.

»Ja.«

»Du kennst sie kaum, nur als Kranke in der Krankenstube des Militärwaisenhauses. Das ist lange her.«

»Immer wieder haben Georg und du von ihr erzählt.«

»Doch du solltest mehr über sie erfahren ... du bist ja jetzt meine Schwester!« Johann zwinkert sie an.

»Was sollte ich über sie wissen?«

»Zu Beginn ihrer Zeit im Militärwaisenhaus war sie als Küchenmagd angestellt. Inzwischen arbeitet sie in der Obhut von Susanna ...«

»... der Krankenmagd in der Krankenstube?«

»Ja, mit der ihr für Wilhelmine Medizin gestohlen habt.«

»Was für ein Zufall!«

»Nein, es ist kein Zufall, denn Wilhelmine suchte Susanna auf, als sie ihre Arbeit in der Küche begann …«

»Das hätte ich, glaube ich, auch getan! Oder mich zumindest erkundigt, ob sie noch da ist.«

»Susanna setzte sich dafür ein, dass Wilhelmine bei ihr in der Krankenstube arbeitete. Und so kam es dann auch.«

»Ich nehme an, du siehst Wilhelmine genauso selten wie Georg.«

»Ja. Es kommt so gut wie niemals vor, dass wir uns zu dritt treffen können.«

»Das ist schade.«

»Wir sind alle sehr beschäftigt. Doch ich möchte nicht klagen, uns allen geht es gut, sehr gut sogar. Bediene dich, Emma!«

Johann dreht Emma das Brett zu; er selbst steckt sich ein Stück Trockenfleisch in den Mund. Emma legt sich Käse auf eine Scheibe Brot und beißt herzhaft davon ab.

»Johann«, sagt sie mit vollem Mund, »mmh, erzähl mir doch von Paolino.« Sie beißt gleich nochmal von ihrem Käsebrot ab und sieht Johann erwartungsvoll an.

Johann berichtet ausführlich von der Anlieferung des Kostüms, seinem ersten Treffen mit Paolino, dem anschließenden Wirbel im Hause seines Posamentiermeisters und von Hauptmann Kaldenbergs gutem Einfluss.

Emma hört in Ruhe zu und nimmt jedes Wort in sich auf. Ihr Blick gleitet über Johanns schönes, feines Gesicht.

Dann beschreibt Johann Paolinos Sängerrolle in der Oper *Montezuma*.

»Paolino singt wunderschön, Emma«, sagt er abschließend. »Als General des Kaisers Montezuma ist er der Erste, der ihn eindringlich vor den Gefahren der Spanier mahnt. Doch umsonst, denn alles wird schrecklich enden…«

»Ja, ich weiß …«

»Woher weißt du …«

»Ich singe doch im Schlusschor, der …«

»Ja, natürlich! Wie konnte ich das vergessen! Ihr singt, wenn die Stadt Mexiko niederbrennt. Schrecklich!«

»Es ist doch nur eine Opernaufführung, Johann.«

»Seitdem ich Paolino singen gehört habe, weiß ich, dass es mehr als nur eine Opernaufführung sein wird, Emma. Glaube mir! Als mich Paolino in die Assemblé mitnahm, erzählte er mir von seinem Gesangstudium – er weiß alles über die Musik. In der Assemblé sahen sich die Leute nach uns um; Paolino wird richtig verehrt!«

»Was ist eine Assemblé?«

»Ein gutes, schönes Gasthaus.«

»Dann ist er ein richtiger Star?!«

»Nun weiß ich nicht, was das bedeutet, doch Paolino soll ein Publikumsliebling sein. Einmal schickte mich Paolino hier an die Haustür, wo ich für ihn ein Geschenk einer Verehrerin entgegennahm.«

Johann erzählt von dem Flakon und dem Brief.

»Hier, Emma, sieh' mal die vielen Briefe, die auf Paolinos Sekretär liegen! Dies sind alles Briefe von Menschen, die ihn als Sänger verehren.«

»Fanpost!« Emma staunt. »Ja, Paolino scheint wirklich ein Star zu sein!«

»Fanpost?«

»Ja, so nennen wir die Post von Verehrern, Johann. Das Wort ›fan‹ kommt aus dem Englischen und heißt so viel wie Verehrer oder eben Verehrerin.«

»Aha. Aus der englischen Sprache … merkwürdig.«

»Ist nicht so wichtig, Johann. Was weißt du noch von Paolino?«

Emma hört fasziniert zu, als Johann ihr alles erzählt, was er über Paolinos Kindheit und beruflichen Werdegang erfahren hat.

»Den Abend in der Assemblé werde ich nie vergessen, Emma. Kein erwachsener Mensch hatte mir jemals so offen von sich selbst erzählt. Dabei war Paolino lustig … er erklärte mir viel! Oft wurde er von anderen Gästen angesprochen, und immer gelang es ihm, daraus eine geistreiche Konversation zu machen. Er ist so galant, Emma!«

Ja, galant, so hatte ihn Emma auch erlebt! Das konnte sie gut nachvollziehen. Doch was Paolinos Gesang anging, übertrieb Johann da nicht ein bisschen mit seiner Begeisterung? Ein bisschen war gut, Johann war ja richtig ins Schwärmen gekommen …

»An was denkst du, Emma?«

»Ähm … eigentlich …«

Da streckt ihr Johann seine geöffneten Hände entgegen.

»Sage mir, woran du denkst, meine liebe Emma.« Johann blickt in ihre Augen. »Wir sollten keine Geheimnisse voreinander haben. Es ist zu schön, wenn wir zusammen sind, meinst du nicht auch?«

Emma ist überwältigt; ihre Wangen werden warm – bestimmt wurde sie gerade knallrot, doch egal. Was passierte hier gerade? Waren Johanns Worte …

»Lege deine Hände in die meinigen«, unterbricht Johann ihre Gedanken und lächelt sie an.

Als sich ihre Hände berühren, führt Johann seine Hände langsam zueinander, um Emmas zu umschließen.

»Emma.« Johanns Blick ist auf ihre Hände gerichtet. Er atmet tief ein.

»Als mir nach dem Carrousel letztes Jahr gewahr wurde, dass du nicht wiederkommen würdest, riss es mir ein Loch ins Herz.«

Er beginnt, Emmas Hände langsam zu streicheln.

»Selbst Georg gelang es nicht, mich aufzuheitern. Ihm hatte ich mich anvertraut, dem guten Freund.«

Johann richtet sich auf.

»Mir warst du nie aus dem Sinn gegangen … nun sitzt du vor mir.«

Emma spürt ihr Herz rasend klopfen. Da steht Johann auf, greift ihr sanft unter die Arme und zieht sie zu sich heran.

»Nun stehst du vor mir …«, wieder lächelt er sie an.

Vorsichtig nimmt er Emmas Gesicht zwischen seine Hände. In Emmas Adern scheint das Blut zu stocken. Liebevoll wandert Johanns Blick über Emmas Gesicht. Plötzlich schlingt er seine Arme um sie und drückt sie an sich. Emma wird fast schwindelig. Johann löst seine Umarmung ein wenig, streicht mit einer Hand über Emmas Wange und blickt sie an.

»Als ob du ein Teil von mir wärst, Emma. Ja, so ist es.«

Emma versinkt in Johanns Augen und nickt.

Johann küsst ihre Stirn, ihre beiden Wangen; Emma lächelt und schließt die Augen. Als sie Johanns Lippen auf ihren Augenlidern spürt, lässt sie sich innerlich fallen.

»Liebste Emma ...«, hört sie Johann flüstern. Dieser Moment sollte nie vorbei gehen, wünscht sich Emma.

13. Kapitel

Emma liegt auf dem Rücken und starrt in die Dunkelheit der Kammer. Sie und Johann liegen eng nebeneinander auf der Strohmatratze. Johann hält sie fest in seinem Arm, ihr Kopf ruht auf seiner Schulter. Emma hat Paolinos Decke eng um sich gewickelt.

»Emma?« Johann flüstert.

»Ja.«

»Ah, du schläfst nicht, wie gut.«

»Nein, ich kann nicht schlafen.«

»Ich auch nicht. Wo ist deine Hand?«

»Hier, Johann.«

Mit seiner freien Hand ertastet Johann Emmas Hand und streicht über ihre Finger.

»Emma, Liebste, erzähle mir von dem Rätsel um Madame R. und der Hofdame von Rathen. Du sagtest, dass Madame R. darüber immer geschwiegen habe.«

»Ja.«

»Doch vor Kurzem wäre dir die Lösung des Rätsels klar geworden.«

»Ja.«

»Wie, meine Liebste, wie kam es dazu?«

Johann führt Emmas Hand an sein Gesicht und küsst sie sanft. Emma spürt Johanns Atem auf ihrer Haut.

»Eigentlich ist es ganz einfach. Selbst nach einem Jahr hatte ich immer noch Sehnsucht nach dir, Johann. Du fehltest mir. Jeden Tag dachte ich an dich. Ich hielt es nicht mehr aus.«

Johann drückt Emmas Handfläche an seine Wange.

»In meiner Verzweiflung ging ich eines Tages zu Madame R. und sagte ihr die Wahrheit über meine Gefühle. Das war, denke ich, der Schlüssel zu ihren Geheimnissen. Denn sie sagte mir ganz offen, dass sie wirklich Madame von Rathen sei. Endlich.«

»Du bist eine Heldin, Emma. Meine Heroine.«

Mehrmals küsst er Emmas Hand; zwischen den Küssen flüstert er immer wieder ›meine Heroine‹. Darüber fängt Emma an zu lachen.

»Wie kommst du auf das Wort ›Heroine‹, Johann?«

»Das Wort hat mir Georg beigebracht.«

»Wirklich?«

»Ja. Georg hat es von Hauptmann Kaldenberg ...«

»Ah ja?«

»Ja, denn Hauptmann Kaldenberg hat einmal zu Georg gesagt, dass es nicht nur männliche Helden, sondern auch weibliche gäbe und die nenne man Heroinen. So hat es mir Georg erzählt.«

Johann richtet sich auf.

»Damals wusste ich noch nicht, dass irgendwann auch meine Heroine auftauchen würde!«

Emma muss lachen.

»Lache nicht, Emma. Siehst du nicht, dass ich es todernst meine?«

»Hier etwas sehen? Und du todernst?« Emma kichert.

Da beugt sich Johann über Emmas Gesicht und küsst sie sacht auf den Mund.

»Ja, sehen kann man hier nichts, da gebe ich dir Recht, Emma«, sagt Johann belustigt. »Doch ...«, Johann küsst Emma noch einmal, »... doch ich meine es ernst, wenn ich dich meine Heroine nenne.«

»Johann ...« Emma spürt Johanns Gesicht ganz nah vor ihrem und wartet auf den nächsten Kuss. »... Johann ...« Emma legt ihre Arme um Johanns Hals und zieht ihn zu sich hinunter.

In dem Moment hören sie Paolino durch die Wohnungstüre kommen. Trällernd geht er in den Salon und lässt die Tür etwas geöffnet. Sofort löst Emma ihre Umarmung und Johann legt sich wieder auf den Rücken.

»Die ganze Nacht sollst du in meinen Armen liegen, Emma.«

»Musst du Paolino nicht beim An- und Ausziehen helfen?«

»Während der Aufführungen in der Oper, ja, natürlich, doch hier hat mich Paolino abends noch nicht gebeten, ihm behilflich zu sein. So komm in meine Arme.«

Johann zieht Emma nah an sich heran.

»Emma, so sage mir, hattest du Leonie in deine Gefühle eingeweiht, ich meine, in deine Gefühle mir gegenüber?«

»Ja, das hatte ich.«

Emma schweigt lange. Da hebt Johann den Kopf.

»Du bist so einsilbig. Ist etwas vorgefallen zwischen euch beiden?«

»Ja.«

Abrupt setzt sich Emma auf und seufzt.

Johann wartet. Nach einer Weile sagt Emma leise.

»Vielleicht hatte ich Leonie meinen Kummer zu oft anvertraut, das mag ja sein. Eines Tages platzte ihr jedoch der Kragen; sie schnauzte mich an: Schmink' dir deine Liebe zu Johann einfach ab, Mädel! Dabei setzte sie mit ihren Fingern die Worte ›Liebe zu Johann‹ in Anführungszeichen.«

»Was wollte sie damit sagen?«

»Na, dass meine Liebe zu dir eh nur ein Hirngespinst sei, in das ich mich hineingesteigert hatte! Oder so!«

»Dass sie somit also gar nicht existierte …«

»Ja genau, ein Hirngespinst eben!«

Johann räuspert sich und setzt sich auf.

»Dem ist wohl eindeutig nicht so, das kann ich bezeugen«, sagt er liebevoll. Emma ist berührt.

»Natürlich kann ich verstehen, dass dich diese Worte getroffen haben, meine Liebste, doch – jetzt kannst du sie hinter dir lassen, oder etwa nicht?«

Plötzlich überrollen Emma die Gefühle: Da war sie, die große Liebe, die sie für ihn empfand, doch auch die Verletzung, die Wut gegenüber Leonie und über allem die Anspannung, hier alleine und mit so viel Ungewissheit konfrontiert zu sein. Emma kommen die Tränen.

›Oh nein, jetzt nicht‹, denkt Emma. ›Ach, es ist zu spät. Was soll's, ich kann sie eh nicht aufhalten.‹

»Sag einfach ja, Emma, denn du kannst ihre Worte hinter dir lassen.« Johann dreht sie an den Schultern zu sich und streicht ihr über das Gesicht.

»Was ist mir dir? Du weinst?! ... Bitte, weine nicht, Emma. Es gibt keinen Grund dafür.« Er legt seinen Arm um ihre Schultern.

»Oh, Johann, bitte verzeih' mir.« Emma wischt sich die Tränen von den Wangen. »Ich weiß eigentlich nicht, warum ich weine«, seufzt sie und lacht ein wenig. »Es geht mir gut, glaub' mir.«

Johann drückt sie innig an sich; Emma lehnt ihren Kopf an seine Schulter.

»Georg konnte mich auch nicht verstehen, Emma. Du kennst ihn; er machte Späße, um mich aufzuheitern, doch ...«

Emma hebt ihren Kopf an.

»Ja?«

»Doch in Wirklichkeit, glaube ich, lachte er über mich. Vielleicht irre ich mich. Vielleicht«, fügt er nachdenklich hinzu.

Emma lehnt sich wieder an ihn.

Nach einer ganzen Weile des Schweigens flüstert Johann:

»Wir sollten die Nacht nicht im Sitzen verbringen, Emma.«

»Ja, ehrlich gesagt, wird mir auch langsam kalt.«

Während sie sich wieder hinlegen, sagt Johann:

»Was geschah, als Madame R. enthüllte, wer sie wirklich war? Was sagte sie? Erwähnte sie auch Hauptmann Kaldenberg? Oder etwa andere Geheimnisse? ...«

»Du bist ganz schön neugierig, Johann.«

»Immerhin geht es dabei um dich ...«

»Um mich? Was habe ich mit Hauptmann Kaldenberg zu tun?«

»Nun, wenn ich mir das recht überlege, hast du mehr mit Madame R. zu tun. Die beiden sind doch ein Paar, oder?«

»Ja, das sind sie, aber dann auch wieder nicht ...«

»Wie ist das zu verstehen? Du sprichst in Rätseln, Emma.«

Emma erzählt Johann von Madame R.s fortschrittlicher Erziehung in ihrer Kindheit, ihrer Ankunft am preußischen Hof bei Prinzessin Amalie, dem Kennenlernen ihrer großen Liebe, ihrer Faszination für die Medizin und den Grenzen, an die sie mit ihren Wünschen und Vorstellungen gestoßen war. Still hört Johann zu.

»Madame R. lebt in unserer Zeit, also meiner und Leonies, und in deiner … sie kann sich zwischen beiden bewegen. Für sie sind Kaldenberg und sie ein Paar, ja, sie redet von wahrhafter Liebe, doch in deiner Zeit sind sie offiziell natürlich kein Paar, weil Kaldenberg …«

»Warte, warte, liebe Emma, ich kann dir nicht ganz folgen. Wie gelingt es Madame R., zwischen den Welten und Zeiten zu wandern?«

»So genau weiß ich das nicht, Johann. Es muss etwas Übersinnliches sein, etwas, das mit Liebe, Überzeugung, Glaube und dem Sprengen von Grenzen zu tun hat. Doch ich verstehe es selbst nicht ganz.«

»Wie bist du wieder in meine Zeit gekommen?«

Emma beschreibt die goldene Spieluhr und deren Wirkung auf ihre Sinne.

»Plötzlich war aus dem gestikulierenden Mann auf der Bank ein Dirigent geworden, der meinen Chor anleitete. Das musst du dir mal vorstellen! Unglaublich …«

»Da hat die Magie ihre Hand im Spiel …«

»Bestimmt … was auch immer …«

»Nein, Emma, sage nicht ›was auch immer‹, alles hat seine Bestimmung im Leben. Ich liebe dich, deswegen bist du hier.«

Emma verschlägt es die Sprache; Johanns Direktheit beeindruckt sie.

Er hatte alles auf den Punkt gebracht: Sie waren füreinander bestimmt, deswegen war sie hier.

Sie hören, wie Paolino stöhnend aus dem Musikzimmer kommt und sich in das Schlafzimmer schleppt. Erschrocken steht Johann auf und verlässt die Kammer. Leise klopft er an die geschlossene Schlafzimmertür.

»Paolino?«, sagt er leise.

»Komm herein, mein lieber Gianni«, presst Paolino hervor.

Johann steckt vorsichtig den Kopf hinein. Paolino ist blass. Schweißperlen stehen auf seiner Stirn. Sein ausgezogener Rock liegt auf dem Bett. Er hält ein Döschen in der Hand, um es zu öffnen.

»Was ist mit dir, Paolino?«, fragt Johann besorgt. »Kann ich dir behilflich sein?«

»Danke dir. *Grazie!* Gleich wird es mir wieder besser gehen.« Paolino lächelt gequält.

»Solltest du den Medicus aufsuchen?«

»*No, no.*« Paolino winkt ab. »Etwas aus alten Zeiten.« Er lächelt kurz. »Der Preis, den ich für die Mutprobe zahlen muss. Für mich also nichts Neues. Mache dir keine Sorgen. Gute Nacht, Gianni.«

»Gute Nacht, Paolino. Gute Besserung.« Johann zieht die Tür zu.

Im heutigen Potsdam

ERKENNTNIS

14. Kapitel

Verschwitzt vom Basketball-Training radelt Leonie am späten Nachmittag nach Hause. Sie tritt kräftig in die Pedale. Ihre Mannschaft hat sich am Ende der letzten Spielsaison für die Landesmeisterschaften qualifiziert; am kommenden Wochenende soll das erste Spiel stattfinden. Noch hat ihr Trainer nicht die Mannschaftsaufstellung bekannt gegeben. Sie wünscht sich so sehr, mitspielen so können! Das heutige Training ist für sie okay, jedoch nicht herausragend verlaufen.

Sie will schnell unter die Dusche und wählt eine Abkürzung. Kühn fährt sie gegen die Richtung einer Einbahnstraße. Sie lächelt einen Autofahrer an, der ihr schimpfend entgegenkommt, und saust gelassen an ihm vorbei. Dem Kopfsteinpflaster der nächsten Straße weicht sie aus, indem sie auf den Bürgersteig wechselt. Ohne ihr beträchtliches Tempo zu verringern, fährt sie um eine Frau mit Kinderwagen und Kleinkind herum. Bald danach biegt sie in Madame R.s Straße ein. Sie hat nicht vor, bei Madame R. anzuhalten; nach dem Krach mit Emma war ihr jetzt nicht danach. Als sie an Madame R.s Haus vorbeikommt, schaut sie dennoch unwillkürlich über den Zaun – und stutzt. Hatte sie das richtig gesehen? Stand da nicht Madame R. auf einer hohen Leiter an der alten, hohen Buche im Vorgarten? Leonie bremst. Zwar verfolgte Madame R. immer wieder abenteuerliche Ideen, doch mit dieser Aktion schien sie etwas zu weit zu gehen. Leonie springt vom Fahrrad und schiebt es ein paar Meter zurück zu Madame R.s Gartentor.

Leonie staunt: Madame R. steht nicht nur weit oben auf der Leiter, sondern ist gerade dabei, mit einem langen Seil etwas Langes, Schmales und Glänzendes an einem Ast zu befestigen. Diesen merkwürdigen

Gegenstand entdeckt Leonie noch an zwei weiteren Ästen der Buche. Waren das Reflektoren, mit denen Madame R. Vögel fern halten wollte? Doch warum? Ihre Kirsch- und Mirabellenbäume, die alten Apfelsorten waren alle hinter dem Haus. Egal, Leonie musste Madame R. erst mal von der Leiter herunterholen.

Sie lehnt ihr Fahrrad an den Zaun und klettert über das Gartentor. Langsam geht sie die Treppenstufen in den Garten hinunter.

»Das ist ja Spiegelglas, das an den Seilen hängt«, denkt Leonie. Die Länge der Spiegel schätzt sie auf etwas mehr als einen, die Breite auf einen halben Meter.

»Die Dinger müssen schwer sein!«, stellt sie sich vor und wundert sich, mit welcher Leichtigkeit Madame R. den dritten Spiegel zu balancieren scheint. An einigen Stellen im Garten hatte Madame R. Traumfänger, Klangstäbe, an Schnüren aufgezogene Wurzelgebilde oder Tierknochen aufgehängt. Doch was war das jetzt?

»Hallo Leonie!«, ruft Madame R. ohne sich umzudrehen. »Schön, dich zu sehen ... na ja ... gleich zumindest ... warte, ich drehe mich sofort um ...«

»Bloß nicht! Lass dir Zeit, Madame R., das sieht echt halsbrecherisch aus, was du da machst.«

»Ach, alles halb so wild, Leonie!« Während Madame R. die Leiter hinuntersteigt, schaut sie zufrieden auf die sich drehenden Objekte. »So, das hängt jetzt alles auf Augenhöhe. Sehr gut.«

Leonie ist an der Leiter angekommen.

»Lass dich in den Arm nehmen, meine Gute ...«

»Nein, lieber nicht. Ich bin total verschwitzt. Komme gerade vom Basketball.«

»Oh, verstehe. Wie gefällt dir meine neue Anschaffung?«

»Willst du meine ehrliche Meinung hören?«

»Aber natürlich! Was sonst?«

»Ich finde sie eher ... naja, speziell bis merkwürdig«, erwidert Leonie trocken.

»Speziell. Das stimmt.«

»Eher merkwürdig als speziell, meine ich inzwischen.«

»Das kann ich verstehen. Wer hängt sich schon Spiegel an einen Baum im Vorgarten?«

»Was willst du eigentlich damit, Madame R.? Eine Buche hat doch keine Früchte, die dir die Vögel wegpicken könnten?«

»Nein, das hat sie nicht. Für mich sind es Kunstobjekte.«

»Aha. Na ja, Kunst muss ja nicht jeden ansprechen …«

»Keineswegs. Nein. … Jeder Spiegel ist anders, sieh' mal!«

»Mmh.«

Madame R. dreht sich um und geht zu dem Spiegel auf der anderen Seite der Buche.

»Dieses Glas ist wirklich alt. An den Rändern ist es abgeschlagen, rissig und daher kaum noch widerspiegelnd. Und schau, hier hat es schon Sprünge.«

Leonie folgt ihr zögernd.

»Hier unten ist ein kleines Stück vom Rahmen übrig geblieben und hängt da ganz unvermittelt wie ein Überbleibsel aus alten Zeiten.« Madame R. fasst den alten Holzrahmen an. »Die Farbe, schon ganz verblichen. Eine Art blau war's, denke ich.«

Leonie und Madame R.s Blicke treffen sich im Spiegel.

»Ganz neue Blickwinkel, nicht wahr?«, sagt Madame R.

Leonie berührt den Spiegel, um ihn vorsichtig wegzudrehen.

»Mmh.«

»Dieser Spiegel ist eigentlich gar kein richtiger Spiegel.« Madame R. steht vor dem nächsten. »Es ist dünnes Aluminium und daher auf beiden Seiten klar und glänzend, fast spiegelnd. Mir gefällt diese ovale Form. Und schau, die Oberfläche erinnert an eine leichte Welle.« Ohne das Aluminium zu berühren, fährt sie der Kontur der Oberfläche nach.

Doch Leonie ist schon unterwegs zum zuletzt aufgehängten Spiegel. Langsam nimmt sie die Leiter herunter.

»Damit du nicht nochmals auf die verrückte Idee kommst, so weit hoch zu klettern.«

Madame R. lacht.

»Was wäre ich ohne dich, Leonie? Einfach nur unvernünftig, nicht wahr?«

»Ja, wahrscheinlich!«, antwortet Leonie grinsend. »Übermütig und leichtsinnig! Unberechenbar. Mit Flausen im Kopf. Immer gut für Überraschungen.«

Leonie stemmt die Leiter auf ihre Schulter und zieht los.

»Na ja, was noch?«, spinnt sie weiter. »Esoterisch! Sicherlich etwas flippig, oder?«

Madame R. schaut ihr amüsiert nach.

»Manchmal ziemlich abgedreht …«, fährt Leonie unbeirrt fort, » … und merkwürdig, wie deine neue Anschaffung hier. Irgendwie nicht von dieser Welt!« Die letzten Worte ruft sie laut, denn sie ist fast schon am Gartenhäuschen hinter dem Wohnhaus angekommen.

»Legst du die Leiter eigentlich immer noch unter die Hecke hinter das Gartenhaus?«, will Leonie wissen.

»Ja, nur im Winter kommt sie in den Keller«, bemerkt Madame R., die ihr inzwischen in den Obstgarten gefolgt ist.

»Aha. Weißt du, was ich mir gerade vorstelle?«

Leonie schiebt die Leiter unter die Hecke.

»Nein.«

»Ich stelle mir gerade vor«, Leonie streckt sich ein wenig, »wie du in einer lauen Sommernacht mit Hilfe der Leiter auf einen deiner Bäume kletterst und den Vollmond anschaust.«

»Ja?« Madame R. kommt zum Gartenhaus.

»Jetzt sag nicht, dass du tatsächlich so etwas tun würdest!«

»Warum nicht?«

Leonie seufzt.

»Ich hätte es wissen müssen!«

»Was hättest du wissen müssen?«

»Na, dass du natürlich zu so etwas imstande bist!« Leonie legt ihren Arm um Madame R.s Schultern. »Ob mondsüchtig oder nicht, das spielt wahrscheinlich keine Rolle, nehme ich mal an.«

Madame R. kichert.

»Darf ich jetzt meinen Arm um deine schlanke, wenn auch verschwitzte Taille legen? Ich frage lieber …«

»Klar!« Leonie drückt Madame R. leicht an sich. Sie ist inzwischen fast einen Kopf größer als die alte Dame. »Auch wenn du manchmal ziemlich merkwürdig bist, mag ich dich trotzdem!«

»Na, da bin ich ja erleichtert!« Madame R. zwinkert Leonie zu. »Ich habe schon angefangen, mir Sorgen zu machen.«

Arm in Arm gehen sie langsam durch den Garten.

»Zwischen Emma und mir ist Funkstille; nach ihrer letzten SMS hat Emma ihr Handy ausgeschaltet. Einfach so.«

»Einfach so?«

»Ja. Na ja, eigentlich nicht einfach so, wenn ich ehrlich bin.« Leonie gibt sich einen Ruck. »Wir haben uns gestritten.«

»Das kommt unter den besten Freunden vor.«

»Nur mit dem Unterschied, dass wir uns richtig zerstritten haben.«

»Das tut mir leid, Leonie.«

»Nö, mir eigentlich nicht. Das musste jetzt mal sein; ich hatte genug von ihren Schwärmereien über Johann, der großen, tiefen, ewigen Liebe, die sie für ihn empfindet, davon, dass er in ihr weiterlebt, ihr Herz für ihn schlägt, sie ihn in Gedanken küsst und so weiter!« Mit einer ausladenden Bewegung führt sie ihre freie Hand zum Herz.

»Hach!«, stöhnt sie laut und theatralisch, »mein Johann!«

»Aber«, ihre Stimme wird wieder ernst, »ich kann das nicht mehr aushalten, diesen Blödsinn! Die hebt ab, dreht durch, was weiß ich! Dabei hat sie diesen Knallkopf seit einem Jahr nicht mehr gesehen, geschweige denn gesprochen … eigentlich ist sie ja der Knallkopf, und nicht Johann! Egal.«

Unbewusst geht Leonie etwas schneller. Madame R. passt sich ihrem Tempo an.

»Eine Zeitlang habe ich sie getröstet und mit ihr jedes ihrer Gefühle seziert. Dann ging's bei mir in ein Ohr rein und aus dem anderen wieder raus; ich hatte einfach auf Durchzug gestellt. Zuletzt – und ich hatte viele Monate durchgehalten – da hat's mich einfach nur noch genervt! Ihr war schon klar, dass ich für ihren Liebeskummer nicht mehr die ideale Gesprächspartnerin war; leider gibt es ja sonst niemanden unter unseren Freunden. Vor kurzem habe ich jedoch den Schlussstrich gezogen und ihr ganz offen gesagt, sie solle sich Johann ernsthaft aus dem Kopf schlagen. Ich sei inzwischen nicht mehr sicher, ob es sich bei ihr immer noch um die wahre Liebe handeln würde!«

Sie bleibt abrupt stehen.

»So knallhart wollte ich es ihr eigentlich gar nicht sagen, doch es ist mir einfach rausgerutscht, und dann war's zu spät. Jetzt ist ihr Handy abgestellt.«

Leonie starrt vor sich hin.

»Ja ... und jetzt bin ich alleine bei dir. Aber was soll's ... so ist es nun mal ...« Leise fügt sie hinzu: »Hätte eigentlich nie gedacht, dass Emma und ich uns einmal so streiten würden.«

Madame R. und Leonie sind wieder im Vorgarten angekommen. Leonie schaut auf die hochgewachsene, üppige Buche.

»Emma war schon hier. Heute am frühen Nachmittag.«

»Kann ich mir denken. Sie hatte wahrscheinlich Gesprächsbedarf.«

»Ja, das stimmt.«

»Und mit wem sollte sie sonst reden?«

»Wohl wahr.«

»Da ist sie über ihren eigenen Schatten gesprungen ...«

»In der Tat.«

»Hmm.« Leonie schweigt. »Und, ähm, was hat sie dir erzählt?«, fragt sie nach einer Weile langsam und sieht Madame R. von der Seite an.

»Alles.«

»Alles?«

»Ja, sie war ganz offen zu mir.«

Leonie versucht, sich das Gespräch zwischen Emma und Madame R. vorzustellen. Hatte es Emma viel Überwindung gekostet, Madame R. ihre Gefühle zu zeigen? Was hatte sie über den Streit zwischen ihnen erzählt? Und vor allem: Wie hatte Madame R. reagiert? Leonie fühlt sich auf eine seltsame Art ausgeschlossen. Sie zögert verwirrt. Was sollte sie nun sagen? In ihr brennt die Neugier, doch irgendetwas hält sie davor zurück, Madame R. über ihre Freundin auszufragen.

»Hmm. Ehrlich gesagt …«, Leonie hält inne, dann setzt sie noch einmal an. »Ehrlich gesagt …«

»Ja?«

» Wie soll ich's sagen? Eigentlich weiß ich gar nicht, was ich sagen soll …« Leonie nimmt ihren Arm von Madame R.s Schultern.

»Du musst gar nichts sagen, Leonie.«

»Und wo ist Emma jetzt?«

»Bei Johann«, erwidert Madame R. schlicht.

»Wie bitte?« Leonie schaut Madame R. ungläubig an. »Bei Johann?«

»Ja, bei Johann.«

»Ich kann's nicht fassen! … Doch: Wenn du es so sagst, dann stimmt es auch. Ich weiß es.« Leonie schüttelt den Kopf. »Echt der Hammer! Unglaublich … äh, nee, eben nicht!«

Madame R. lächelt Leonie an und sagt: »Nein, eben nicht. Du hast Recht!«

Vor lauter Anspannung verspürt Leonie ein Kribbeln in ihrem ganzen Körper.

»Wollte Emma denn wirklich zu Johann?«

»Ja, das wollte sie. Ganz offensichtlich.«

Leonie staunt über Emma.

Sie hatte es wohl ernst gemeint und war ihrem Gefühl gefolgt. Vielleicht war es doch Liebe … oder sie wollte Johann wiedersehen, um genau das herauszufinden? Dafür war sie alleine in eine ungewisse Vergangenheit aufgebrochen. Ein starkes Stück!

Leonie bewundert Emmas Mut.

Sie hatte eine Entscheidung getroffen und in Kauf genommen, alle Risiken und Konsequenzen selbst zu tragen, ohne ihre beste Freundin miteinzubeziehen. Viel mehr noch: Sie hatte das Handy abgeschaltet und damit ganz bewusst die Verbindung zu ihr gekappt, durchschnitten!

Leonie fühlt einen Stich in ihrem Herz.

Emma hatte sie aus ihrem Leben ausgeschlossen und war alleine weitergegangen. Mann! … Das war dann doch verletzend. Wie konnte sie nur? Sie hatten sich immer geschworen, einander die Wahrheit zu sagen – und genau das hatte Leonie dazu bewogen, Emma über Johann ihre ehrliche Meinung zu sagen. Sie hatte es nicht mehr ertragen, wie sich ihre beste Freundin in ihrem Liebeskummer aufrieb. Sie hatte das ehrliche Bedürfnis gehabt, sie aufzurütteln, in die Gegenwart zurückzuholen. Und Emma? Die hatte sich einfach von ihr abgewandt!

Leonie spürt, wie die Wut in ihr aufsteigt; sie schaut an Madame R. vorbei in die Ferne.

Warum schwieg Madame R. so lange? Konnte sie sich nicht mal zu der Lage äußern? Sie schwebte über allem und war so undurchschaubar!

Doch Leonie ärgert sich über ihre eigene Sprachlosigkeit.

Zu viel jagte ihr durch den Kopf. Warum konnte sie keine Frage, keinen Satz formulieren? Sonst war sie doch auch nicht auf den Mund gefallen.

»Woran denkst du, Leonie?«, fragt Madame R. sanft.

Leonie zuckt zusammen.

»Ich versuche, zu verstehen, was da heute Nachmittag passiert ist. Echt krass. Woran ich denke? Wohl eher: was ich empfinde?« Sie hält inne. »Ich bin erstaunt, sprachlos, verletzt, wütend, ratlos …« Jedes Wort kommt ihr mit Nachdruck über die Lippen. »Und du stehst hier vor mir und sagst gar nichts!«

Jetzt gelingt es Leonie, herausfordernd in Madame R.s Augen zu schauen.

»Das stimmt doch nicht«, hält Madame R. ruhig gegen.

»Doch ich stehe zu meinem Vorwurf! Du fragst mich, was mir durch den Kopf geht! Und …«, sie zögert, »und hältst dabei alle Informationen über Emma zurück! Du erzählst mir nichts über euer Gespräch, was Emma dir gesagt hat, wie du reagiert hast, wie es dazu kam, dass sie jetzt bei Johann ist, wo sie nun genau ist … immerhin ist sie da alleine! Hat sie Johann schon gefunden? Übrigens ist das Leben damals auch nicht ganz ungefährlich!«

Leonie fährt sich durch ihr kurzes Haar.

»Sie könnte in großer Gefahr sein! Vielleicht ist Johann total genervt, dass sie wieder aufgetaucht ist; er könnte ´ne Neue haben, nur mal so als Beispiel! Oder sie könnte von einer Pferdekutsche angefahren worden sein, liegt jetzt im Straßengraben und kein Mensch kümmert sich um sie ...«

»Leonie, hör' mal ...«

»... Oder sie ist bei Adeligen gelandet, die sich für was Besseres halten und sie richtig schlecht behandeln.«

»Leonie, ja, ich höre dir zu, ich verstehe dich.«

»Na, immerhin.«

Madame R. übergeht Leonies Einwurf geflissentlich.

»Ja, Emma ist ein Risiko eingegangen, und ich auch, weil ich zugelassen habe, dass sie alleine in die Vergangenheit gelangt. Doch sie ist stark, umsichtig, nicht das erste Mal in jener Welt und vor allem mit einem Ziel vor Augen. Sie ist klug ... so wie du es auch bist, denn sonst hättest du nicht sofort deinen Finger in die Wunde gelegt: das Risiko dieser Unternehmung. Du hast den Nagel auf den Kopf getroffen: Wir schauen alle der Ungewissheit ins Gesicht. So ist es.«

Mit dieser Antwort hat Leonie nicht gerechnet.

Ja, natürlich, für sie bestand die Unsicherheit darin, dass sie nicht wusste, wo die Freundschaft mit Emma hinführen würde. Und überhaupt: Was passierte gerade mit Emma? Tatenlos zusehen, das wollte sie nicht, dann würde alles in Emmas Händen liegen. Das wäre einfach zu riskant.

Der letzte Gedanke schreckt sie auf.

Ja, den Lauf, die Ereignisse der damaligen Zeit, den konnte sie eigentlich nur selber beeinflussen. Alleine geht sie um die Buche herum.

Doch sie konnte Madame R. nicht einfach ausklammern, sie musste sich mit ihr auseinandersetzen.

Leonie bleibt vor dem alten Spiegel stehen und schaut hinein.

Einzig und allein Madame R. war ihr Weg zu Emma! Das stand ihr plötzlich glasklar vor Augen.

»Madame R., wir müssen etwas tun«, sagt Leonie, während sie sich umdreht.

Madame R. steht schon hinter ihr! Leonie ist perplex. Sie hatte nicht wahrgenommen, dass sie ihr anscheinend gefolgt war.

»Wir können Emma nicht alleine lassen. Ich habe ein richtig ungutes Gefühl dabei«, sagt Leonie eindringlich. »Ich ...«

Madame R. berührt Leonies Schultern mit ihren Händen und dreht sie um. Sie sehen sich im Spiegel an.

»Lass uns aufbrechen, lass uns gehen. Was warten wir noch?« Madame R. blickt Leonie ermunternd an. Sie schiebt sie auf den Spiegel zu, der plötzlich einen enormen Sog auf Leonie ausübt. Ihre Füße heben ab; in der Schwebe überkommt sie Übermut und Fröhlichkeit. Kopfüber scheint sie in den Spiegel hineinzuspringen. Sie hält den Atem an.

IM SCHLOSS

15. Kapitel

»*Lappé*«, sagt eine junge, hübsche, stattlich gekleidete Dame an einem Spieltisch und schaut kokettierend in die Runde der Spieler. Leonie hält die Luft an; sie hört ihr Herz klopfen. Hinter der Dame entdeckt sie Madame R. als Hofdame von Rathen, die ihren Blick über den Spieltisch gleiten lässt, Leonie kurz fixiert und ihr fast unmerklich zunickt.

Leonie befindet sich neben zwei Bediensteten an der Wand eines fürstlich eingerichteten Raums. Genau neben ihr steht – kerzengerade – ein junger Mann in einer Livree[34]; er trägt ein Silbertablett, auf dem eine Porzellanschale mit Schokoladenkonfekt und kleine, bestickte Stoffservietten angeordnet sind. Bei genauer Betrachtung musste es sich um exotische Früchte handeln, die in Schokolade getunkt worden waren.

Der Spieler, vor dem Münzen auf dem Tisch liegen, winkt und schaut kurz in ihre Richtung. Meinte der Spieler etwa sie? Leonie erstarrt vor Schreck. In dem Moment steuert jedoch ihr Nachbar auf den Herrn zu, um das Konfekt mit einer leichten Verbeugung zu servieren. Nach dem Schokoladengenuss säubert sich der Spieler schnell die Hände mit einer Serviette, die er mit einer lapidaren Handbewegung wieder auf das Silbertablett fallen lässt.

»*Le talon*«, sagt er scheinbar gelangweilt.

Dann zieht er zwei Karten von einem Stapel und legt sie offen auf zwei weitere, nebeneinander liegende Haufen. Sein Blick schweift über die Karten und Einsätze, die vor den Spielern auf dem Tisch liegen.[35]

»*Double*«, sagt der Herr und sieht die Dame vor Madame R. an.

34 Uniformartige Kleidung für offizielles Schlosspersonal

35 Man spielt das Glücksspiel Pharo. Bis zu vier Pointeure spielen gegen den Bankier. Mit Lappé setzt der Spieler erneut auf dieselbe Karte und verzichtet auf die Gewinnauszahlung. Bei Gewinn erhält er das Doppelte des ursprünglichen Satzes und kann mit Double Lappé das Lappé wiederholen mit Aussicht auf das Vierfache des ursprünglichen Einsatzes.

»*Double lappé*«, kontert die Dame schnell.

In Ruhe blickt der Herr einen Spieler nach dem anderen an, um deren Reaktionen abzuwarten. Leonie kann keine der Karten erkennen, doch sie bemerkt, dass Madame R. ihre Stirn in Falten legt und der Dame besorgt über die Schulter äugt. Das musste Prinzessin Amalie sein, denkt sie elektrisiert! Keiner der anderen Spieler äußert sich.

Der Herr deckt zwei weitere Karten auf. Ein leises Raunen geht durch die Runde der Spieler.

»*Ma carte favorite!*«, ruft die Dame erfreut und lehnt sich lächelnd zurück.

»*Du chocolat!*« Theatralisch hebt sie eine ihrer Hände, mit der anderen biegt sie die Ecke einer der Karten vor ihr aufwärts.[36] Sofort geht ein weiteres Raunen durch die Mitspieler. Leonie spürt die Anspannung am Tisch. Sie beobachtet, wie Prinzessin Amalie – Leonie ist sich inzwischen sicher, dass sie es tatsächlich ist – mit glänzenden Augen in die Runde blickt und mit ihren Fingern leise auf die Tischplatte trommelt.

Der Ring an ihrem Finger, der musste wirklich wertvoll sein; ein richtiger Klunker war das! Ah, Leonies Nachbar hatte sich schon wieder in Bewegung gesetzt, um das Konfekt anzubieten.

Warum blickte Madame R. sie plötzlich so streng an? Sie schien mit dem Kopf zu schütteln. Nun drehte sie ihren Kopf zur Seite. Was hatte das zu bedeuten? Leonie lässt ihren Blick über die anderen Bediensteten streifen; dabei fällt ihr auf, dass keiner direkt auf die Runde der Spieler, sondern scheinbar unbeteiligt in andere Richtungen schaut. Ah, vielleicht war es den Bediensteten gar nicht erlaubt, das Geschehen so direkt zu verfolgen! Leonie dreht ihren Kopf weg vom Spieltisch, während sie Madame R. immer noch im Auge behält. Die nickt und Leonie meint, ein Lächeln um ihre Mundwinkel zu entdecken. Leonie ist erleichtert. Es war ein gutes Gefühl, in dieser Umgebung einen direkten Draht zu Madame R. zu haben!

36 Zeichen, dass man Paroli spielen will: vorläufiger Verzicht auf den Inkasso Gewinn; bei abermaligem Gewinn Verdreifachung des ursprünglichen Einsatzes

Leonies Kopfhaut juckt.

Nein, sie konnte sich jetzt nicht kratzen!

Erst jetzt wird ihr bewusst, dass sie lange, nach hinten gebundene Haare hat.

Oh, Mann, sie trug eine Perücke … Mensch, waren das etwa Läuse, die auf ihrem Kopf herumkrabbelten? Diese blöde Perücke! Am liebsten würde sie sich dieses Teil sofort vom Kopf reißen!

Verzweiflung und Ekel steigen in ihr auf.

Quatsch, sie musste sich jetzt benehmen! Die Perücke saß erstaunlich fest auf ihrem Kopf … oder war da eine zusätzliche Kopfbedeckung, die so drückte? Eine Art Häubchen etwa? Wie peinlich! Sie musste so dermaßen albern aussehen! Ja, wie sah sie eigentlich aus?

Leonie wirft einen kurzen Blick nach unten. Sie trägt ein Kleid aus einem steifen, dunkelblauen Stoff; ihre eng geschnürte Bluse hat halblange Ärmel. Sie kann kaum atmen. Das Kleid fühlt sich schwer an.

Warum war ihre Haut … so weiß? Komisch … nee, das war Puder … oder eine Mehlschicht! Klebten etwa auch Mehlschichten in ihrem Gesicht?

Leonie kräuselt ihre Nase und runzelt ihre Stirn. Wie gern würde sie jetzt in einen Spiegel schauen!

Leonies Nachbar ist auf dem Weg zur Tür, die ihm von einem anderen Bediensteten geöffnet wird. Leonie sieht, dass nur eine leere Porzellanschale und ein Häuflein benutzter Servietten auf dem Tablett zurückgeblieben sind.

»*Le talon*«, hört Leonie wieder.

Zwei weitere Karten werden gezogen. Da schnappen alle Spieler lautstark nach Luft.

»*Mon Dieu!*«

»*Incroyable!*«

»Welche königliche Fügung!«

Die Spieler lachen gedämpft und amüsieren sich; sie scheinen die Überraschung regelrecht zu genießen. Man tauscht sich leise aus und schüttelt dabei die Köpfe. Madame R. atmet auf.

Leonie beobachtet, wie Prinzessin Amalie glücklich ihre Hand auf die angeknickte Karte legt.

»*Une autre carte favorite!*«

Sie strahlt und blickt an die üppig bemalte Stuckdecke.

Dann sagt sie plötzlich: »*Sept et le va!*«[37]

Augenblicklich herrscht Grabesstille am Spieltisch. Madame R. reißt die Augen auf; sie wird blass im Gesicht. Sie tritt an Prinzessin Amalie heran und flüstert ihr etwas ins Ohr. Stolz und scheinbar gelassen blickt die Prinzessin in die Runde.

»Ist Eure Hoheit sich sicher?«, hört Leonie jemand fragen.

»*Absolument.*« Die Stimme der Prinzessin klingt fest überzeugt.

Wieder flüstert Madame R. in ihr Ohr, doch Prinzessin Amalie lächelt souverän.

»*Le talon.*«

Die Spieler sitzen starr am Tisch, Leonie meint, das eine oder andere ungläubige Kopfschütteln oder süffisante Lächeln zu entdecken. Ein Knistern liegt in der Luft.

Betont sorgfältig werden jetzt die nächsten beiden Karten aufgedeckt. Leonie dreht ihren Kopf zur Seite, behält die Prinzessin jedoch fest im Blick. Sie verfolgt, wie Amalies stolzer Gesichtsausdruck kurz zerfällt, doch sofort reißt sich die Prinzessin zusammen, um ihre Haltung zu bewahren. Madame R.s Mimik verrät keine Gefühle; scheinbar unberührt schaut sie auf die beiden aufgedeckten Karten. Ein Spieler räuspert sich dezent, ein anderer verändert umständlich seine Sitzstellung und blickt dabei nach oben, ein weiterer nestelt scheinbar teilnahmslos an seiner Kragenbinde.

Da hört Leonie laute Stimmen vor einer anderen Tür des Salons. Die Tür geht auf und ein junger, kostbar gekleideter Mann geht mit zielstrebigen Schritten auf die Spielerrunde zu. In seinen Händen hält er lose Blätter. Um seine Beine tänzeln zwei elegant aussehende Windspiele[38], die ihre Blicke immer wieder nach oben zu ihrem Herrchen

37 Wiederholung des Paroli mit Gewinnaussichten auf das Siebenfache des ursprünglichen Einsatzes

38 Mit den Windhunden verwandte Hunderasse

richten. Sofort stehen Prinzessin Amalie und alle anderen Spieler auf. Ein Lächeln huscht über Amalies Gesicht, die Männer verbeugen sich, die Damen machen einen tiefen Knicks. Die Prinzessin bedeutet der Spielerrunde mit einer Handbewegung, den Salon zu verlassen. Sie eilt auf den Besucher zu.

»*Mon cher Frédéric*!«, begrüßt sie ihn erfreut. »Darf ich Euch fragen, was Ihr Geheimnisvolles in Eurer Hand haltet?«

»Seid begrüßt, meine teure Schwester!«

Leonie kann es kaum glauben: Stand da König Friedrich vor ihr? War er das wirklich? Ja, das konnte nur er sein!

Die Geschwister bleiben inmitten des Salons voreinander stehen.

»Geheimnisvolles?«

König Friedrich zieht seine Augenbrauen hoch und sieht seine Schwester kritisch lächelnd an.

»Was die Musik angeht, so habe ich vor Euch keine Geheimnisse, wie Ihr wohl wisst. In den Händen halte ich meine handschriftlichen Veränderungen an den Arien der Hauptrollen – der des Montezuma und der Eupaforice. Zeigen wollte ich sie Euch, liebe Schwester, doch …«

Herausfordernd blickt Friedrich auf den Spieltisch.

»… Doch ich sehe, Ihr habt Euch in die Vergnügungen des Glücksspiels gestürzt! Das ist nichts Neues …«

»Nein, gewiss nicht, mein verehrter Bruder.« Amalie lächelt Friedrich an und deutet mit ihrer Hand auf die Notenblätter. »Ihr weckt meine Neugier.«

»Heute entschiedet Ihr Euch für Pharo, wie ich entdecken kann«, fährt Friedrich unbeirrt fort und sieht seine Schwester fragend an. »*Lappé*?«

»Ein gelungenes *Double Lappé*«, erwidert Amalie schnell.

»Oh!«

»Dann ein gewonnenes *Paroli* …«

»Mir schwant, liebe Schwester, Ihr konntet es dabei nicht belassen!«, bohrt Friedrich ironisch weiter. »Eine vermeintliche *carte favorite* verführte Euch zum *sept et le va*!«

Amalie öffnet ihren Mund, doch Friedrich wehrt ab.

»Bitte erspart mir alle weiteren Schilderungen und seltsamen Erklärungen!«

Friedrich seufzt und sieht Amalie stirnrunzelnd an.

»Verehrte Schwester, in welchen Größenordnungen schweben Eure Spielschulden? Bewusst verwende ich das Wort ›schweben‹, denn ich ahne, dass Euch der genaue Betrag vielleicht nicht bekannt sein könnte. Doch … nein …, wenn ich mich recht entsinne, in der Mathematik stelltet Ihr Euch niemals dumm an. Nun, meine teure Amalie?«

Friedrich führt eine Hand an sein Kinn. Leonie bewundert seine weißen Handschuhe, über die er mehrere mit Edelsteinen besetzte Ringe trägt. Aus den Augenwinkeln betrachtet sie seinen üppig bestickten Rock, die weißen Kniebundhosen und Seidenstrümpfe, die grünen Lederschuhe mit Absatz und einer auffälligen Schnalle.

»Ehrlich werde ich zu Euch sein, *mon cher Frédéric*.«

»Nichts anderes erwarte ich.«

»Dessen bin ich mir bewusst. Es sind 2500 Thaler.«

»Seid Ihr Euch auch bewusst, dass es sich dabei um den Jahreslohn eines guten Hofsängers oder unseres Hofkomponisten Graun handelt? So bitte ich Euch: Führet Euch diese besorgniserregenden Dimensionen Eurer Spielsucht vor! Lasst Eure Finger davon, es wird Euch noch in Teufels Küche bringen! Und wahrlich: Keine Lust verspüre ich, mich mit dem Satan persönlich anzulegen, nicht einmal für meine teure Schwester Amalie!«

»Nichts würde mich dazu veranlassen, Euch in so eine missliche Lage zu bringen!«

»Das sagt Ihr so leichtfertig daher …«

»Gewiss nicht …«

»Was ist schon gewiss?« Friedrich winkt ab.

»Meine tiefe Zuneigung zu Euch. Die hege ich gewiss!« Amalie geht einen Schritt auf ihn zu.

Friedrich hält inne.

»In Eurem entwaffnenden Blick kann ich sie lesen…«, sagt er leise.

»Ihr lest richtig …«

»Ja«, Friedrich nickt, »da ist ein Band, das uns verbindet. Aber Bänder reißen, werden zerschnitten, gehen verloren.«

Amalie sieht ihren Bruder schweigend an.

»Die Schulden begleiche ich Euch und verhänge ein vierwöchiges, absolutes Glücksspielverbot. Dieses leidige Thema soll nun hinter uns liegen!«

»Seid von tiefstem Herzen bedankt. Euer Verbot nehme ich ernst.«

»Euch wird nichts anderes übrig bleiben! Bei einmaligem Verstoß zahlt Ihr Eure grauenvollen Schulden selbst. Daran würde kein Weg vorbeiführen – dann wäre auch das immerwährende Band, das uns verbindet, eine Illusion.«

Amalie senkt kurz ihren Blick.

16. Kapitel

»In der Oper *Montezuma*«, hebt Prinzessin Amalie an, »geht es Euch, dem Librettisten[39], um Illusionen, um einen Herrscher, der Illusionen nachhängt. *Mon cher Frédéric*, Euch ist ein prachtvolles, ergreifendes Werk gelungen!«

»Grauns Musik, seine Partitur, ist ein Meisterwerk, so bin ich nur der Librettist …«

»Der Librettist schafft die Worte, die Struktur der Oper, ihre Geschichte und somit die Grundlage der Dramaturgie …«

»Ihr gebt Euch Übertreibungen hin …«

»Hier täuscht Ihr Euch! Eure Schwester weiß um die Bedeutung eines Librettisten. Die Worte Eurer lyrischen Texte berühren die Menschen und rütteln ihre Gefühle auf …«

»Dafür verfasse ich sie.« Friedrich lächelt. »Die Aufgabe des Komponisten ist es, auch durch die Musik tiefe Rührung, ja sogar Mitleid zu erregen. Das ist Graun gelungen. Seine Genialität spiegelt sich in der Partitur wider.«

39 Der Librettist schreibt die Texte einer Oper, das Libretto.

»Ihr sprecht mir aus dem Herzen. Seine Neuerungen sind gewagt, doch wundervoll: nur zwei Arien mit langen Wiederholungen. Ansonsten komponierte er durchgehend leichte, schöne Cavatinen[40] …«

»Gewiß! Gemäß den Anweisungen Eures Bruders, es solle keine Langeweile aufkommen, sondern Spannung herrschen …«

»Oh! Das bezeugen die Dialoge, die Szenen und ihre Verknüpfungen. Die Partitur habe ich genau studiert. Hoch erfreut war ich, als ich die kunstvolle Abschrift in meinen Händen hielt. Seid aufrichtig bedankt!«

»Euer musikalisches Talent, Eure Wissbegierde benötigen Futter. Dem komme ich mit Vergnügen nach! Neugierig bin ich auf Eure Meinung, teure Schwester.«

»Geleitet Ihr mich zu meinem Cembalo?«

»Keine Sekunde werde ich zögern!«

Friedrich bietet Amalie seinen Arm an, und die beiden Geschwister schreiten in Richtung Tür. Die beiden Windspiele stürmen voran. Da hebt die Prinzessin galant ihren freien Arm und ruft vergnügt:

»Aurelia von Rathen, Ihr begleitet uns!«

Aurelia! Aurelia von Rathen! Leonie ist wie vom Donner gerührt. Was für ein Name! Der klang so ungewöhnlich, so herrschaftlich! Schön war er! Doch wo sollte sie jetzt hin, wenn Madame R. sich in einen anderen Raum begab? Da standen die Bediensteten an der Wand. Worüber sollte sie mit ihnen reden? Was sollte sie tun?

Da steht – wie aus dem Nichts – Madame R. vor ihr.

»Du solltest öfters zu mir schauen und auf meine Zeichen achten!«, flüstert sie. »Das Musikzimmer ist das nächste Zimmer. Folge mir mit etwas Abstand. Im Musikzimmer bleibst du gleich neben der Tür an der Wand stehen. Du bist meine Zofe Eléonore. Halte Deinen Blick möglichst nach unten gerichtet, auf keinen Fall in die Richtung der königlichen Geschwister.«

Leonie nickt. Wie großartig sah Madame R. aus mit ihrer kunstvoll drapierten Perücke, den markant nachgezeichneten Augenbrauen und

40 Schlichtere Form einer Opernarie mit weniger Teilen

rot geschminkten Wangen. Und waren das echte Perlen am Rand ihres Kleiderausschnitts?

Doch schon geht Madame R. den königlichen Geschwistern hinterher. Leonie wundert sich über ihre kleinen Schritte – sie trippelte fast. Leonie schließt sich Madame R. an. Wie eng ihre eigenen Schuhe doch waren! Das war kaum auszuhalten. Die Kälte des Fußbodens spürt sie durch die dünnen Sohlen.

»Berührt hat mich …«, Amalie setzt sich an das Cembalo und spielt die ersten Töne einer Melodie, »… diese wunderbare Kantilene[41], die Pilpatoé anstimmt, wenn er Montezumas Verhalten beklagt.«

Amalie beginnt, zu ihrem Cembalospiel leise und verhalten, doch deutlich zu singen.

»… Ach, ein zu ed-ler Mut irrt oft in sei-ner Gü-te.«

Sie hält kurz inne, dann sagt sie:

»Ich kann mir vorstellen, wie trefflich Paolino diese Mahnung singen wird.«

»Es geht um die Gefahr des Betrugs, dem Montezuma mit seiner großen Güte ausgesetzt ist, liebe Schwester…«

»Gewiss! ›*Ingannar*‹, betrügen, heißt es hier – welche wunderbaren gesanglichen Verzierungen hat Graun zu diesem Wort komponiert!« Amalie verfolgt die Noten in der Partitur. Die nächsten Takte spielt sie in schnellem Tempo und mit beiden Händen auf dem Cembalo.

»Hier will Pilpatoé den Kaiser Montezuma aufrütteln, denn es folgt Pilpatoés wichtigster Ratschlag: ›Die allergrößte Weisheit sei es, stets misstrauisch zu sein‹ – ›*diffidar*‹! Hierfür gibt Graun dem Sänger zu Recht die Möglichkeit der Improvisation! Ich bin neugierig auf Paolinos Ausführungen.«

»Montezuma ist voller Edelmut, Güte und blinder Liebe! Sie verleiten ihn zur Treuherzigkeit, Selbstvergessenheit und Unachtsamkeit – sie führen ihn weit weg von der vernunftgeleiteten Verantwortung eines Herrschers.«

41 Liedartige Melodie

Friedrich streicht über den Kopf eines seiner Windspiele, das sich mit seiner Nase spielerisch an seinem Knie reibt.

»Lieber Bruder, Eure klaren Worte über die Weisheit des Misstrauens, die können nur aus Eurer Feder stammen, denn auch Ihr folgt dieser Weisheit. Als Eure Schwester wage ich zu behaupten, dass Misstrauen ein Teil von Euch ist.«

Friedrich zögert und nimmt den zart gegliederten Kopf des Windspiels in seine Hände. Dann richtet er sich wieder auf.

»Schwingt in Euren Worten ein Vorwurf mit«, sagt er mit fester Stimme, »so ist er nicht im Mindesten gerechtfertigt und ich muss Euch dafür tadeln …«

»Keineswegs, Ihr irrt Euch, *mon cher Frédéric*. Dafür habt Ihr mein Wort.«

Friedrich sieht seine Schwester nachdenklich an.

»Regiert ein Herrscher ohne Misstrauen, ergeht es ihm wie dem Kaiser Montezuma«, sagt er langsam.

Amalie hält dem Blick ihres Bruders stand und erwidert:

»Er wird schamlos überlistet und findet sich kampflos im Kerker wieder.«

Friedrich nickt.

»Welche Erniedrigung«, fährt Amalie fort, »da nützen seine Klage über das kurze Glück der Fürsten und seine Todessehnsucht nichts. Montezumas Arie ist ergreifend! Auch durch die musikalische Begleitung: nur das Cembalo und die gezupften Akkorde der Streicher. Das hebt seine Klagen hervor.«

»Grauns Komposition ist ein Meisterwerk, Amalie! …«

»Seine Einfälle zeugen von einer Genialität …«

»… die dem preußischen Hofe gut zu Gesicht steht«, fährt Friedrich fort. »Auf dem Parkett der europäischen Opernhäuser machen wir damit eine gute Figur. Mein ganzes Geschick, meinen Geist werde ich dafür einsetzen, dass die Königliche Hofoper weiterhin glänzen wird.«

Amalie geht die Notenblätter durch.

»Meine große Bewunderung gilt der Königin Eupaforice. Welche starke, mutige, ungewöhnliche Frau habt Ihr Euch ausgedacht! Wie neuartig habt Ihr sie in Szene gesetzt: Montezumas Auftritt im Kerker, sein lamentierender Gesang wird plötzlich unterbrochen durch Eupaforices Öffnen der Kerkertür, denn sie will Montezuma zur Flucht bewegen.«

Friedrich lächelt stolz.

»Ja, das ist der absolute Gegensatz zu den üblichen Abläufen der italienischen Opern! Mein Einfluss soll immer wieder Erneuerungen in der Dramaturgie hervorbringen!«

»Königin Eupaforice ist die Heldin«, fährt Amalie begeistert fort. »In Cortés Angesicht schleudert sie die Worte, dass Habsucht und Begierde die einzigen Götter seien, die er anbete. Zielstrebig setzt sie die Entscheidung eines Angriffs gegen die Spanier um, auch nachdem einige Untertanen zu den Gegnern übergelaufen sind. Ah, und hier habe ich ihre letzten klaren Worte an Cortés, ihren Erpresser, gefunden.«

Amalie zieht ein Blatt der Partitur hervor und liest:

»›Mit deiner Mordlust, mit deinen Ränken wirst du es nie erreichen, mich zu trennen von dem ewig Geliebten. Meine Seele schwebt zu ihm, eh' du's vermutest.‹ Dann hat sie den Mut, sich vor Cortés Augen zu erstechen.«

Amalie lässt das Blatt sinken und seufzt.

»Das Publikum wird von dieser Königin ergriffen sein, dessen könnt Ihr Euch gewiss sein, lieber Bruder.«

»Es wird auch von der Inszenierung dieser Dramatik ergriffen sein, denn gleichzeitig geht – gemäß Eupaforices Befehl – die Stadt Mexiko in Flammen auf. Der zurückgewiesene Cortés befiehlt die Plünderung der Stadt. Im abschließenden Ballett versuchen die Spanier, sich der mexikanischen Frauen zu bemächtigen, während der Chor des fliehenden Volkes die Götter um Hilfe anfleht.«

»Welche Sinneseindrücke! Sie sind kaum vorstellbar …«

»Lasst Euch hinwegtragen von meinen dramaturgischen Einfällen, liebe Amalie! Ihr werdet nicht enttäuscht sein, das verspreche ich Euch.«

Amalie greift nach einem weiteren Blatt der Partitur.

»Der Librettist, mein teurer Bruder, pflegt einen kritischen Umgang mit der katholischen Kirche«, bemerkt sie abwartend. »Als Cortés die Plünderung der Stadt befiehlt, sagt er: ›... Der Dank der Nachwelt wird uns als heilige Streiter des Glaubens feiern‹ ...«

»Cortés ist ein Tyrann. Ich kann nicht umhin, einige Raketen gegen die Barbarei der katholischen Kirche zu zünden![42] Cortés überlistet Montezuma, indem er ihn mit seinen Bemerkungen zur Religion provoziert ...«

»Ja, er prangert die Menschenopfer der Azteken an ...«

»Seine eigene Barbarei hingegen, Amalie, rechtfertigt er mit dem Gott der katholischen Kirche, dem alle dienen sollen. Er duldet keinen anderen Glauben.«

»Ihr seid mutig ...«

»Ich sehe, worauf Ihr hinauswollt, Amalie. Nichts zu befürchten habe ich, denn hier in Preußen können die katholischen Glaubensbrüder, wie alle anderen auch, ihre Religion frei ausüben! Der Librettist wendet sich gegen den Glaubensmissbrauch der katholischen Kirche, der sich in Cortés Taten manifestiert. Sei unbesorgt, Amalie, hier herrsche ich, und Rom ... Rom ist weit entfernt!« Friedrich winkt ab.

»Die Notenblätter in meiner Hand ...«, Friedrich wedelt sie lächelnd hin und her. Beide Windhunde bewegen sich übermütig um ihn herum und machen immer wieder Anstalten, an ihm hochzuspringen. Friedrich lässt sie gewähren.

»Damit habt Ihr meine Neugierde geweckt!«, erwidert Amalie. »Wollt Ihr, dass ich rate? «

»So hebt an, liebe Schwester!« Friedrich mahnt die Windspiele zur Ruhe; sofort setzen sie sich zu seinen Füßen.

»Nichts einfacher als das.« Amalie richtet sich auf und geht kokett auf ihren Bruder zu. »In Euren Augen kann ich lesen, ...«

»In meinen Augen lässt sich nichts lesen ...«

42 Bezug auf einen Brief König Friedrichs II. an Francesco Algarotti über die geplante Oper *Montezuma* im März 1753

»Warum nicht?«

»Wäre es nicht verhängnisvoll, wenn man in den Augen eines Königs alles lesen könnte?«

Amalie bleibt vor Friedrich stehen.

»Alles sollte man nicht lesen können, da gebe ich Euch Recht. Doch Eure Schwester kann in Euren Augen lesen.« Amalie hält inne. »Ihr habt eine Arie des Montezuma umgeschrieben.«

Friedrich sieht seine Schwester perplex an.

»So ist es!«

»Wie ich es liebe, Euch zu überraschen!« Amalie lächelt amüsiert.

»Doch nun erratet, um welche der Arien es sich handelt!«, ergänzt Friedrich schnell.

Amalie öffnet ihre Hände und überlegt.

»In meinen Gedanken lasse ich die Arien Revue passieren … und ich tippe auf die Arie im Kerker. *Ah, inflessibil sorte* … der Moment, in dem sich Montezuma seiner Fehler bewusst wird, der ist Euch wichtig«, antwortet Amalie.

»Ihr versetzt mich ins Staunen!« Friedrich schüttelt den Kopf. »Doch in meinen Augen lesen, das könnt Ihr nicht. Ihr habt nur gut geraten, teure Amalie!«

»Seid Euch da nicht so sicher, *mon cher Frédéric* …«

»Genug mit diesem Unfug!«

Friedrich breitet die Notenblätter auf dem Cembalo aus. »Lasst uns einen Blick auf meine kompositorischen Veränderungen werfen!«

Die Geschwister beugen sich darüber. Die Windspiele legen sich unter das Cembalo.

»Hier.« Friedrich streicht über ein Notenblatt und zeigt auf eine Stelle.

»Größe und Glanz der Menschen«, beginnt Amalie vorzulesen, »gleichen den flücht'gen Schatten, ein Hauch kann sie verwehn.« Sie richtet sich auf. »Wie ich sehe, habt Ihr an den gesanglichen Ausführungen des Wortes ›Hauch‹ gearbeitet, sie verändert.«

Amalie studiert die Noten.

»Ein Hauch kann sie verwehn«, wiederholt sie. »Diese Takte hat Graun wunderschön komponiert, und er gibt Amadori die Gelegenheit, mit seinem Gesang das Wort ›Hauch‹ frei auszugestalten.«

Amalie sieht ihren Bruder an.

»Warum, lieber Bruder, wollt Ihr Amadori genau vorschreiben, wie er diese musikalischen Verzierungen zu singen hat?«

»Das Wort soll schlicht gesungen werden«, hebt Friedrich an.

»Und das traut ihr einem Amadori nicht zu?«, fragt Amalie verwundert.

»Was ist ein Hauch? Stellt es Euch vor, *Amélie*! Ein Hauch ist kaum zu bemerken, wenig spürbar und sogleich wieder entschwunden. Ein Hauch ist etwas Flüchtiges. Amadori soll es schlicht singen ohne gewaltige gesangliche Verzierungen – höher gezogene oder tiefer werdende Triller, verdoppelte Triller, *catena di trilli* … was ihm auch immer einfallen möge! Hören will ich sie an dieser Stelle nicht!«

»Lieber Bruder, die besten italienischen Sänger habt Ihr an den preußischen Hof geholt.«

»Wohl wahr!«

»Sie sind glänzende Musiker, ausgebildet an den herausragendsten *conservatorio*, die Italien hervorgebracht hat. Sie beherrschen nicht nur die Gesangstechnik, sondern auch die Gesangskunst. Amadoris Improvisation wird Euren Worten, Eurer Inszenierung entsprechen, so glaubt mir.«

Friedrich schweigt.

»Lasst Euren Sängern den Freiraum, der einem Künstler zusteht …«

»Alle Sänger werden fürstlich bezahlt – viel davon übernehme ich aus meiner Privatschatulle!«, erwidert Friedrich aufgebracht. »Ihr wisst nur zu genau, mit welchen Künstlerallüren, ja, mit welchen übermäßigen Forderungen ich mich zu befassen habe! Mein Blut bringen sie oft genug in Wallung! Das letzte Wort soll jedoch immer noch ich selber haben.«

»Ihr benötigt eine feste Hand«, fährt Amalie unbeirrt fort, »um die vielen großartigen Sänger der Königlichen Hofoper zu führen, das verstehe ich wohl. Doch, *cher Frédéric*, legt keine starre Hand über ihre künstlerischen Fähigkeiten zur Improvisation. Glaubt mir, Ihr würdet ihnen viel Luft zum Atmen nehmen …«

»Das sind starke Worte, teure Amalie! Wie sehr geht Ihr mit mir zu Gericht! …«

»Sie entsprechen meiner festen Überzeugung und kommen aus meinem tiefsten Herzen.«

Amalie weicht Friedrichs Blick aus.

»Seht mich an, Amalie. Euren Ansichten höre ich aufgrund Eures musikalischen Talents und Verständnisses zu; sie sind immer fundiert und wohl begründet. Doch hütet Euch davor, die Grenzen zu überschreiten.«

»Verzeiht, wenn das schon geschehen sein sollte, lieber Bruder.«

»Dennoch ist es mein Wille, dass Ihr mich zur Probe in der Königlichen Hofoper begleitet.« Friedrich sieht Amalie streng an.

»Einiges wird es dort zu besichtigen geben. Meine letzten Beurteilungen stehen noch aus.«

»Wer wird zugegen sein?«, fragt Amalie.

»Selbstverständlich Graun und der Hofkapellmeister mit den wichtigsten Musikern. Galli da Bibiena habe ich für das Bühnenbild einbestellt. Mit Baron von Sweerts sollen einige der dramaturgischen Erneuerungen besprochen werden. Die Komparsen aus dem Potsdamer Leibgarde-Regiment und den Chor will ich auf der Bühne sehen.«

»Gerne begleite ich Euch dorthin. Meine Freude ist groß. Vieles scheint noch anzustehen …«

»Ist das etwas Ungewöhnliches so kurz vor einer Premiere?«, fragt Friedrich herausfordernd.

»Nein, gewiss nicht! Sonst würde es sich nicht um eine Premiere handeln!«, beteuert Amalie schnell. »Welche der Sänger werden anwesend sein?«

»Die Astrua, Amadori, Porporino und Paolino.«

»Ah, Eupaforice, Montezuma, Cortés und Pilpatoé. Die Hauptrollen, wie ungewöhnlich!" Amalie sieht ihren Bruder fragend an.

»Graun und Euer Bruder hegen Zweifel an Amadoris gesanglichen Qualitäten. Unser Wille ist es, ihn nochmals zu hören.«

Friedrich nimmt seine Notenblätter vom Cembalo.

«In zwei Stunden erwarte ich Euch in der Königlichen Hofoper – das *rendez-vous* soll auf dem *Parterre*[43] beginnen – aus der Perspektive des Publikums. Ich muss Euch jetzt verlassen. *Adieu, ma chère.*«

Der König gibt seiner Schwester zwei angedeutete Küsse auf ihre beiden Wangen, verbeugt sich leicht vor ihr, lächelt sie an und verlässt eiligen Schrittes – umringt von seinen Windspielen – das Musikzimmer.

17. Kapitel

Gebannt sieht Leonie König Friedrich hinterher. Sie kann kaum glauben, was sie soeben erlebt hat – den echten König Friedrich! Live! Er war so klein, er reichte ihr gerade mal bis zur Schulter! Was für eine Pracht er ausstrahlte ... was für eine stolze Haltung er einnahm, und dieses ausgeprägte Gestikulieren mit seinen Armen und Händen ... war das durch und durch königlich? Wohl schon. Wie gerne hätte sie König Friedrich einfach mal direkt ins Gesicht, in die Augen geschaut!

Amalie setzt sich wieder an das Cembalo und schlägt einige Akkorde an.

»Wenn mein Bruder unzufrieden mit Amadori ist«, überlegt Amalie laut, »und er die Astrua so kurz vor der Premiere in die Königliche Hofoper zitiert hat, werden die beiden Sänger das Duett von Montezuma und Eupaforice im Kerker singen. Dessen bin ich mir sicher – fast sicher. Komm an meine Seite, liebe Aurelia von Rathen. Ihr habt von dem Duett gehört?«

Amalie steht kurz auf, um gezielt einige Notenblätter aus den vielen Seiten der Partitur zu ziehen.

»Stellt Euch hinter mich!«, fordert Amalie Madame R. auf und setzt sich wieder an das Cembalo.

43 Parkett

»Ja, ich kenne das Duett«, erwidert Madame R.

»Das erstaunt mich nicht, seid Ihr doch eine große Liebhaberin der Musik. An dieser Stelle des Duetts geht mir das Herz auf.« Amalie beginnt zu spielen.

Leonie ist beeindruckt von Amalies Cembalospiel. Deutlich hört sie die Melodien der beiden Gesangsstimmen heraus, die von einzelnen Akkorden begleitet werden. Amalie schien mit Leichtigkeit vom Blatt spielen zu können. Wie beneidenswert! Wie genau Madame R. die Noten verfolgte. Dabei wirkte ihr Gesicht so verschlossen, ja, fast traurig. Leonie wundert sich. Die Musik war eigentlich schön … na ja, mit dem Cembalo hörte sich das vielleicht etwas spröde an, doch die Melodien, die hatten etwas Besonderes an sich.

Nach einer Weile bewegt sich Madame R. an Amalies Seite, um die Notenblätter zu verschieben. Amalie nickt dankend mit dem Kopf, und Madame R. begibt sich wieder hinter die Prinzessin. Voller Hingabe spielt Amalie das Duett zu Ende.

»Was für eine gelungene Symbiose zwischen Text und Musik!« Amalie legt beide Hände an ihr Herz. »Ach, spürt Ihr nicht auch die Liebe, die Montezuma und Eupaforice füreinander empfinden, diese unendlich tiefe Liebe?«

Amalie schweigt, dann dreht sie sich zu ihrer Hofdame um.

»Ich möchte Euch etwas anvertrauen, das Ihr in Eurem Herzen fest verschließen sollt, liebe Aurelia.«

Madame R. blickt die Prinzessin ernst an und sagt:

»Mein Wort habt Ihr, Eure Hoheit, so wahr ich hier vor Euch stehe.«

»Die Liebe zwischen Montezuma und Eupaforice scheint die Art von Liebe zu sein, die sich mein Bruder, als König, sehnlichst für sich gewünscht hat, doch niemals leben konnte.«

Prinzessin Amalie zuckt kaum merklich zusammen.

»Eigentlich weiß ich nicht, was mich gerade dazu bringt, diese Gedanken mit Euch zu teilen, sind sie doch so persönlich und delikat. Es sind wohl die Musik und Friedrichs passende Worte, die das Innerste aus mir hervorzaubern«, überlegt sie. »Denke ich an die Königin

Eupaforice und führe mir ihre Klugheit und Unabhängigkeit, ihren Mut und Tatendrang, ihre Eloquenz vor Augen …«

Amalie zögert.

»… Nun ja, wenig weiß ich«, gibt sie zu bedenken, »wie es um ihre umfassende Bildung bestellt ist; dies vermag ich nicht zu beurteilen.«

Amalie wiegt ihren Kopf hin und her.

»Doch Eupaforices Eigenschaften und Wesenszüge«, Amalie drückt ihre Hände fest zusammen, »die hat sich der König für eine, für *seine* Königin gewünscht und immer vergeblich in der ihm Anvertrauten gesucht. Wie sehr hätte er doch eine andere Gemahlin verdient!«, bricht es aus Prinzessin Amalie hervor.

Leonie hält den Atem an. Madame R. wirkte plötzlich angespannt … die Arme, wie sollte sie sich zu so einem Hammer, zu so einer unglaublichen Aussage äußern? Prinzessin Amalie übte da gerade vernichtende Kritik an ihrer Schwägerin! Friedrich war ja von seinem Vater gezwungen worden, diese Prinzessin zu heiraten, was hätte er schon dagegen tun können!

Madame R. räuspert sich leise.

»Über das Königspaar vermag ich als Eure bescheidene Hofdame nicht zu urteilen, nichts läge mir ferner. Euer Bruder ist ein talentierter Librettist. Seine wohl überlegten Worte sollen – verstärkt durch die Musik – das Publikum berühren.«

Amalie nickt.

»Bei allen Aufführungen«, fährt Madame R. fort, »werden an dieser Stelle Tränen fließen – vor Rührung und Mitleid.«

»Wahrscheinlich habt Ihr Recht«, bemerkt Amalie.

»Dessen bin ich mir ganz sicher, denn – erlaubt mir, wenn ich sage, dass ich die Worte Eures Bruders nicht als aufgesetzt, sondern als wahrhaftig empfinde. So werden es auch andere erleben!«

»Vielleicht, vielleicht, … obwohl mir gerade sicherlich nicht nach Tränen zumute ist!«, fügt Amalie ungehalten hinzu.

Sie steht ruckartig auf, sammelt die Notenblätter zusammen und ordnet sie sorgfältig in die gesamte Partitur ein.

»Wir nehmen die Partitur mit zur Probe. Es ist mein Wunsch, dass Ihr mich begleitet, Aurelia. Die Partitur gebe ich in Eure Obhut.«

Sie überreicht Madame R. die Noten.

»Es wird kalt sein in der Königlichen Hofoper. Sorgt dafür, Aurelia, dass wir genügend warme Stövchen für die Füße dabei haben. Dafür nehmt Ihr Eure Kammerzofe mit. Wie ich meinen Bruder kenne, werden wir dort wohl einige Zeit verbringen. Zur Oper fahren wir mit der Kutsche.«

»Eure Hoheit, wäre bei dieser Witterung ein Schlitten nicht angemessener?«, fragt Madame R. zögerlich.

»Das sollen die Leibkutscher entscheiden! Warum sollte ich mich jetzt mit solchen Nichtigkeiten befassen?« Amalie winkt belästigt ab.

»Die Zeit werde ich nutzen, um nochmals einen Blick auf meine naturwissenschaftlichen Studien zu werfen. Sie dürften Euch interessieren, Aurelia! In meinen Lexika las ich höchst erstaunt, dass Hauskatzen, Leoparden, Tiger, Panther, Luchse die jeweils gleiche Anzahl von Hals-, Rücken-, Lenden- und Kreuzbeinwirbeln haben! Die Unterschiede wären allein auf die Schwanzwirbel zurückzuführen. Der Luchs habe am wenigsten, nur 13 bis 18, eine Hauskatze mehr als 20. Diesem Sachverhalt musste ich auf den Grund gehen. Heute Morgen gelang es mir, den Schwanz eines Luchses und den einer Katze zu sezieren. Stellt Euch vor, es ist wohl wahr, was ich gelesen …«

»Teure Prinzessin, Eure Neugierde lässt Euch vor nichts zurückschrecken!« Madame R. schüttelt lächelnd den Kopf.

»Nein, warum auch? Und Ihr, meine Liebe, seid nicht anders geartet! Mich trieben meine Zweifel an dieser vermeintlichen Feststellung. Die Hofapotheke war äußerst nützlich in der Vorbereitung des Experiments – in jeglicher Hinsicht.«

Amalie sieht Madame R. vielsagend an.

»Euer naturwissenschaftlicher Wissensdrang«, bemerkt Madame R., »ist für die Hofapotheke nichts Neues …«

»In der Tat!«, erwidert Amalie schnell. »Wobei selbst den Herren Apothekern eine gewisse Experimentierfreudigkeit nicht abzusprechen ist. So sollen sie sich nicht über meine vermeintlichen Kuriositäten mokieren!« Amalie schmunzelt.

»Noch etwas Erfreuliches fällt mir ein!«, fährt Amalie fort. »In diesen Tagen könnte eine lang erwartete Erweiterung meiner Musikaliensammlung eingehen: ein Original-Manuskript von Giovanni Battista Pergolesi, ein äußerst talentierter italienischer Komponist. Die Akquisition gestaltete sich schwierig, doch über nützliche Verbindungen nach Italien sollte sich alles in Wohlgefallen auflösen, und ich werde das Original in meinen Händen halten. Zudem sollt Ihr wissen, teure Aurelia, dass ich begonnen habe, einen weiteren Choral zu komponieren. Daran habe ich großen Gefallen gefunden! Doch nun zieht es mich zu meinen naturwissenschaftlichen Forschungen.«

Amalie bewegt sich in Richtung Tür. »Holt mich dann von meinen Gemächern ab, dort erwarte ich Euch.« Mit erhobenem Kopf schreitet sie hinaus.

Madame R. bleibt in einem leichten Knicks und mit gesenktem Kopf zurück.

18. Kapitel

»So komm«, Madame R. winkt Leonie zu sich heran, »wir sollten die Zeit, die wir hier alleine sind, für uns nutzen.«

»Aurelia von Rathen, was für ein schöner Name … und ich soll mit in die Oper kommen?«

»Es ist eine glückliche Fügung, Leonie, denn sonst hätte ich dich alleine zurücklassen müssen. Dabei wäre mir nicht wohl gewesen.«

»Und mir erst recht nicht …«

»Ich nehme dich mit in mein Gemach«, unterbricht sie Madame R. konzentriert. »Davor sollte die Partitur transportsicher gemacht werden. Die Reiseöfchen müssen befeuert werden. Ob Schlitten oder Kutsche, diese Entscheidung steht noch aus. Ich werde den Oberhofmarschall und den diensthabenden Kammerherrn informieren. Wir kümmern uns dann um winterfeste Kleidung für den Ausgang.«

»Madame R., wie soll ich dich jetzt nennen?«, fragt Leonie zögerlich.

»Wenn wir unter uns sind – was sicherlich selten der Fall sein wird – bin ich für dich Madame R. und ›du‹. Wenn nicht, siezt du mich, aber niemals direkt.«

»Wie meinst du das?«

»Du verwendest das Wort »Sie« nicht, sondern sagst: ›Wünscht Madame etwas Konfekt?‹«

»Du meine Güte, so gestelzt? …«

»Was heißt hier gestelzt? Keineswegs! So spricht man sich an, meine Liebe. Gewöhne dich dran!«

»Ich werde mich bemühen …«

»Ah, fange keinen Satz mit ›ich‹ an, Leonie. Man stellt sich selbst nie in den Vordergrund.«

Leonie zieht ihre Augenbrauen zusammen.

»Sieh' mich nicht so finster an, Leonie.«

Leonie seufzt und verändert ihre Miene nicht.

Madame R. überlegt kurz.

»Leonie, die Zeit ist reif für deinen ersten Unterricht in der Etikette«, hebt sie lächelnd an. »Wie verhältst du dich gegenüber höherstehenden, ich meine, im gesellschaftlichen Rang höherstehenden Personen? Erstens: Halte dich immer mindestens fünf Schritte von ihnen entfernt. Zweitens: Gehe ihnen nur hinterher, niemals voraus, es sei denn, du wirst gebeten, sie irgendwohin zu führen. Drittens: Spreche sie niemals als Erste an; warte, bis du angesprochen wirst. Viertens: Wenn du angesprochen wirst, signalisierst du Bereitschaft zur Entgegennahme des Befehls, indem du deinen Oberkörper leicht nach vorne beugst, dabei die rechte Hand sanft an deine Brust legst, aber nur fast, die linke nach hinten ausführst … schau so, Leonie …« Madame führt die Bewegungsabläufe vor. »Währenddessen sagst du ›Sehr wohl, Madame‹ oder ›Königliche Hoheit‹ und wartest ab …«

»In dieser Haltung?«

»Ja, in dieser Haltung. Als meine Kammerzofe Eléonore musst du sie nun üben!«

»Du willst also, äh, Madame wünschen, dass sich ihre Kammerzofe Eléonore … äh … dass ihre Kammerzofe Eléonore eine perfekte Haltung übe.«

»Ja, nicht schlecht formuliert, Leonie, und deine Bewegungen sind ganz passabel.«

Madame R. berührt Leonies Oberkörper.

»Deinen Oberkörper nicht so tief halten, das Brustbein mehr nach oben, den Kopf nicht so weit nach unten senken, sondern einfach in der Verlängerung deines Rückens halten und das Kinn nicht vorstrecken.«

Madame R. führt Leonies Kinn vorsichtig nach unten.

»Den Arm mehr nach hinten, anstatt zur Seite«, korrigiert sie.

»Und jetzt muss ich das so lange aushalten, bis – du sagtest – der Befehl kommt?«, fragt Leonie ungläubig. »Der Befehl …«

»Ja, natürlich, Leonie, der Wunsch einer Höherstehenden ist wie ein Befehl.«

»Darf ich mich jetzt wieder normal hinstellen?«

»Ja, natürlich, doch nur, um den Bewegungsablauf nochmals zu üben.«

»Das wird ja immer schöner!«, murmelt Leonie. »Ich füge mich deinem Befehl … nee, wie muss ich das jetzt ohne ›ich‹ sagen? Madame, ist Madame meine Haltung so genehm?«

Leonie verbeugt sich noch einmal.

»Kinn zurück, Arm weiter nach hinten …«, sagt sie sich leise vor.

»Eléonore, du besserst dich merklich! Kopf noch etwas höher halten, ja so! Nun richte dich wieder auf.«

Madame R. lächelt.

»Wenn du den Befehl vernommen hast, erwiderst du: ›Madame, ich eile.‹ Oder: ›Sehr wohl, Madame.‹ Fünftens: Die Höhergestellte wird nie direkt gefragt, sondern du äußerst eine Vermutung. ›Weil das Gemach kühl ist, wünschen Madame vielleicht das wollene Tuch um die Schultern zu legen.‹ Oder: ›Weil die Sonne scheint, ist Madame vielleicht eine Kutschfahrt gefällig.‹«

Leonie nickt.

»Sechstens: Trage nie eigene Wünsche vor. Ranghöheren erweist du Verehrung, Demut und Respekt. Sie stehen an erster Stelle, und du hast dafür zu sorgen, dass es ihnen an nichts mangelt. Siebtens: Sei dabei immer dienstwillig, aber nicht unterwürfig. Letzteres wird am Hof nicht gern gesehen, ja, von einzelnen Mitgliedern der königlichen Familie sogar verachtet. Achtens: Wenn Fürsten und Fürstinnen zugegen sind, muss ihnen deine Brust zugewandt sein. Doch neuntens: Schaue ihnen niemals direkt in die Augen oder ins Gesicht. Dein Blick ist leicht gesenkt und ist direkt unterhalb ihrer Köpfe gerichtet. Und zehntens: Halte dich stets präsentabel. Deine Kleidung und Schuhe haben sauber zu sein und bestens zu sitzen. Die Fingernägel sind kurz und sauber. Das ist leichter gesagt als getan, denn die Gesindetreppen und -gänge sind meist schmutzig, staubig und hinterlassen ihre Spuren an dir.«

»Solange ich keine Klassenarbeit in Etikette schreiben muss, fühle ich mich eigentlich nicht gestresst, Madame R. …«

»Ja, ich weiß, da dringt gerade viel auf dich ein …«

»Aber was mir gerade klar wird – und das stresst mich total – ist die Tatsache, dass wir uns auf völlig unterschiedlichen Wegen im Schloss bewegen. Madame wandelt auf offiziellen Wegen zwischen den Sälen, Salons und Gemächern und ich, äh, ihre Kammerzofe Eléonore muss sich in dunklen, schmutzigen Gesindegängen zurechtfinden! Ich verlaufe mich, treffe auf andere Bedienstete, die mich nicht einordnen können, mich anquatschen und die ich daraufhin nur stumm anstarren kann …«

»Leonie, du bist doch sonst nicht auf den Mund gefallen …«

»Wenn ich im Dunkeln über meinen Rocksaum stolpere und die Treppen runterfalle, dann schon.«

»Meine Liebe!« Madame R. tritt an Leonie heran, legt ihren Arm um ihre Schultern, doch Leonie schiebt Madame R.s Arm beiseite.

»Ich schaffe das schon!«, zischt Leonie. Sie beginnt, sich über ihre Reaktion zu ärgern. »Mann, ich bin doch nicht doof. Du kannst dich auf mich verlassen, Madame R.«

»Das weiß ich, Leonie ...«

»Dann ist ja alles gut. Übrigens: Führst du eigentlich einen Titel oder kann ich dich auch offiziell mit Madame von Rathen ansprechen?«

»Eigentlich bin ich die Gräfin von Rathen.«

»Was meinst du mit ›eigentlich‹?«

»Dass mir dieser Titel aus der Perspektive deiner Zeit nicht wichtig ist, doch natürlich hier und jetzt schon ein Rolle spielt.«

»Verstehe. Standesgesellschaft, deine Position am Königlichen Hof und so. Soll ich dich denn mit Gräfin von Rathen ansprechen? Also anstatt ›wünschen Madame‹ eben ›wünschen die Gräfin ein Glas Wasser zu sich zu nehmen?‹«

»Nein, nein. Als vertraute Kammerzofe sprichst du mich mit Madame an. Ganz einfach.«

Leonie grinst und schüttelt den Kopf.

»Ja, ganz einfach, Madame. Aber das krieg' ich schon hin. Hast du eine Ahnung, wo Emma jetzt ist? Na, wie würde ich das jetzt sagen müssen? Warte, Madame R., nichts sagen! Also, ich muss jetzt irgendeine Vermutung äußern ... hmm ... weil Emma nicht bei uns ist ... oder besser, weil Emma nicht unter uns weilt, wünschen Madame vielleicht zu wissen, wo Emma sich zur Zeit aufhält.«

Leonie sieht Madame R. herausfordernd an.

»Ihr werdet euch treffen ...« Madame R. lächelt.

»Madame R., wo ist Emma jetzt?«, hakt Leonie nach. Sie geht nah an Madame R. heran und schaut ihr direkt in die Augen.

Ruhig hält Madame R. Leonies Blick stand.

»So nah darfst du nie vor mir stehen.«

»Oh, ich wusste, dass du jetzt so etwas Etikettenmäßiges sagen würdest!«, bricht es aus Leonie heraus. »Das ist mir gerade völlig egal! Natürlich weiß ich, dass ich eigentlich fünf Schritte Abstand halten und dir nicht direkt in die Augen blicken soll, doch es geht mir um Emma!«

»Leonie, vertraue mir, ihr werdet euch treffen.«

»Dann weißt du also auch nicht, wo sie ist, was sie gerade macht.«

»Nein! Weiß ich das während eures Schulalltags oder an euren Wochenenden?«

»Nein.«

»So ist es auch hier!«

Die Tür wird geöffnet, schnell geht Leonie einige Schritte zurück.

»Oh, der Oberhofmarschall, Ihr kommt mir sehr zupass!«

Madame R. blickt einen gepflegten Herrn in einer dunkelblauen Livree freundlich an.

»Gern, verehrte Gräfin, stehe ich Euch stets zu Diensten«, erwidert der Oberhofmarschall.

»In zwei Stunden wünscht die Prinzessin Amalie zur Königlichen Hofoper gefahren zu werden. Veranlasst das Notwendige, dann wird der Stallmeister entscheiden, ob die Kutsche oder der Schlitten vorfahren werden.«

»Sehr wohl, Frau Gräfin.«

Madame R. nimmt die Partitur in ihre Hände und reicht sie dem Oberhofmarschall, der sie mit einer leichten Verbeugung entgegennimmt.

»Die Partitur wünscht die Prinzessin mitzunehmen. Das Werk soll gemäß der winterlichen Witterung für den Transport vorbereitet werden. Zudem gedenken wir, auch noch zwei Reiseöfchen für die Oper mitzunehmen.«

»Sehr wohl, Frau Gräfin.«

»Habt Dank, Oberhofmarschall. Widmet Euch nun Euren Pflichten.« Madame R. nickt dem dienstbeflissenen Oberhofmarschall zu, der sich nochmals verbeugt und mit gesenktem Blick rückwärts in Richtung Tür geht. Da öffnet sich die Tür, und der Hofmarschall ist wieder verschwunden.

Madame R. nimmt eines ihrer Tücher von den Schultern und reicht es Leonie.

»Wir gehen nun in mein Gemach. Trage mein Tuch, indem du es über deine beiden ausgestreckten Unterarme legst, und folge mir. Richte deinen Blick auf mich und bewege dich leise.«

Als Madame R. auf die Tür zugeht, öffnet sie sich wieder. Aus den Augenwinkeln kann Leonie erkennen, wie der Lakai sie neugierig ansieht.

Zielstrebig geht Madame R. durch mehrere Räumlichkeiten des Schlosses. Wie in einem Traum schwebt Leonie über glänzende Holzböden mit eingelegten Intarsien – Blüten, Blätter, Sterne. Sie geht durch große Türen, die reichlich mit verspielten, muschelähnlichen Ornamenten versehen sind. Überall Gold – an verzierten Rahmen von meterhohen Wandspiegeln, an ausladenden Kerzenhaltern, an geschwungenen Füßen und Armlehnen von Sesseln und Sofas, an kitschig anmutenden Untersätzen von Marmortischen, an Standuhren und Türgriffen ... es schien gar nicht aufzuhören! Leonie staunt über die grellen Farben: rosafarbene Sesselpolster, grün und gelb schimmernde Wandbezüge, fast knallrote, schwere Vorhänge. Obwohl in jedem Kamin ein Feuer brennt, fröstelt Leonie; an den großen Schlossfenstern entdeckt sie kleine Eisblumen. Leonie haucht aus – nein, ihren Atem konnte sie nicht sehen ... na ja, so kalt war es dann doch nicht! Madame R. grüßt mehrere aufwendig gekleidete Personen, an denen sie vorbeikommen, macht jedoch keine Anstalten, mit Ihnen ein Gespräch zu beginnen. Immer wieder kommen sie an geschlossenen Türen vorbei, die von Lakaien bewacht werden. Da öffnet ein Lakai plötzlich eine Tür, Madame nickt ihm zu und betritt den Raum.

»Da wären wir, Eléonore!«, ruft sie aus. »Legst du mir das Tuch um die Schultern?«

Hinter Leonie geht die Tür zu.

»Sehr wohl, Madame«, sagt Leonie und entfaltet das Tuch.

»Hier ist mein kleines Reich im großen Schloss!«, flüstert Madame R. »Lakaien sind neugierig, daher spreche ich leise. Das Schlosspersonal unterliegt strengster Schweigepflicht über alle Vorkommnisse im Schloss, doch man muss vorsichtig sein ... immer vorsichtig sein, meine Liebe!«

Leonie schaut sich um.

»Wie schön du's hast, Madame R.!«, sagt Leonie leise. »Hier würde ich mich auch wohlfühlen!«

19. Kapitel

»Hocherfreut bin ich, Euch hier zu sehen, mein teurer Henning!«, ruft Wichard von Kaldenberg, als Henning von Göhrden das Schloss-Appartement betritt. »*En deux*[44] treffen wir uns viel zu selten seit der memorablen Hochzeit mit Eurer verehrten Frau!«

Die beiden Jugendfreunde berühren mit ihrer rechten Hand kurz die linke Schulter des anderen und schauen sich dabei erfreut an.

»Lasst Euch betrachten! Als erstes möchte ich begutachten, wie Euch, meinem überaus geschätzten Freund, der Ehestand zu Gesichte steht.«

Kaldenberg hält gespielt inne.

»Zufrieden bin ich!«

Er schmunzelt.

»Sehr zufrieden! Ihr seht stattlich und glücklich aus! So, wie man sich das vorstellt!«

»Mein lieber Wichard, warum diese wohlgemeinten Übertreibungen?«

»Übertreibungen?«, bemerkt Kaldenberg fröhlich. »Wohlgemeint sind sie, damit habt Ihr Recht, doch es handelt sich keineswegs um Übertreibungen. Ihr solltet wissen, aus meinem Munde vernehmt Ihr nur die Wahrheit ...«

»Ja, zu lange kenne ich Euch schon, um Euch diese Aussage streitig machen zu wollen!« Henning von Göhrden lacht.

»Wie haben sich der Graf und die Gräfin von Göhrden in Ihrem neuen Zuhause eingelebt?«

»Trefflich! Charmant ist es, in Potsdams Charlottenstraße zu wohnen und von der Nähe des Bassinplatzes zu profitieren. Meine geliebte Gräfin ist entzückt, denn aus den Fenstern unserer Räumlichkeit blickt sie direkt auf das Kommandeurhaus vom Regiment Gardes du Corps.«

»Oh, wie ehrenvoll!«

44 Zu zweit

»Das ist es gar wohl!«, sagt Henning von Göhrden stolz. »Unseren Raum hat meine Liebste gefällig eingerichtet mit wenig, doch stattlichem *meublement*[45] aus dem Hause des Barons Blanckendorff. Die kleine Küche ist durchdacht, die Haushaltsführung praktisch gelenkt mit Personal aus der Schwiegerfamilie.«

»Wie ungewöhnlich!«, staunt Kaldenberg.

»Sie war durch nichts davon abzubringen. Mein geschätzter Vater lässt von unserem Gutshof in der Prignitz regelmäßig frische Lebensmittel liefern. Unsere Mahlzeiten sind wahre Gaumenfreuden …«

»Was nach fast paradiesischen Zuständen klingt! Damit erinnert Ihr mich an Tee und etwas Gebäck, das ich mir erlaubte, anlässlich unseres *rendez-vous* kommen zu lassen. Ist Euch nach Tee, teurer Henning?«

»Ja, wunderbar, etwas Warmes wird mir jetzt wohl tun!«

Kaldenberg nickt einem Lakaien zu, der sich geflissentlich daran macht, den beiden Freunden Tee zu servieren.

»Bring' er die Tassen hierher an den wärmenden Kamin«, befiehlt Kaldenberg und wendet sich wieder seinem Freund zu.

»Das Glück der Neuvermählten stand Euch ins Gesicht geschrieben, als wir uns zuletzt anlässlich des Hauskonzerts bei der Familie Nicolai trafen.«

»Die Gräfin und mich verbindet die Passion für die Musik. Oft trällert Sophie«, von Göhrden lächelt, »nein, ich sollte wohl sagen, singt Sophie die Arien der Astrua aus der letzten Graun'schen Oper *Semiramide*. Dabei beherrscht sie jedes Wort auswendig. Sie summt sogar selbst entworfene Koloraturen[46]. Ihre Kenntnisse der italienischen Sprache sind weit gediehen und meine unternehmungslustige Gräfin perfektioniert ihre Fähigkeiten mit regelmäßigem Unterricht in italienischer Konversation.«

»Ah, das klingt in der Tat unternehmungslustig«, bemerkt Kaldenberg freundlich.

45 Möbel, Einrichtungsgegenstände
46 Passage einer Arie, die mit meist schnellen Tonläufen und -sprüngen verziert ist.

»Dafür begibt sie sich in regelmäßigen Abständen nach Berlin«, fügt von Göhrden hinzu. »Wenn sie danach wieder nach Hause zurückkehrt, ist sie stets bester Laune.«

»Für Euch und Eure Gemahlin müssten die Theaterhefte der Opern nicht in die deutsche Sprache übersetzt werden!«

»Gewiss nicht! Mit dem Theaterheft für *Montezuma* haben wir uns schon befasst…«

»Oh! …«

»Denket nicht, dass es meine teure Gattin beim einmaligen Durchblättern bewenden ließe …«

»Das ist wahrlich unvorstellbar nach all dem, was Ihr über sie erzählt …«

»Die Handlung und die Szenenfolge scheint sie schon verinnerlicht zu haben. Die Texte der Arien haben wir studiert, um die Rollen der Hofsänger zu verstehen. Dabei lausche ich mit Vergnügen ihren geistreichen Äußerungen.« Von Göhrden hält kurz inne.

»Sophie weiß zu berichten, das gesamte Libretto stamme aus der Feder des Königs. Ist das wahr?«

Kaldenberg nickt.

»Ihr müsst es wissen, mein lieber Freund. Eure Beschaffung der Komparsen beschert Euch die verdiente Nähe zum König.«

Der Lakai bringt die gefüllten Teetassen, reicht ein kleines Konfekt und entfernt sich wieder.

»So war ich davon überzeugt, meine Gräfin würde vor allem von der schönen, mutigen und treuen Königin Eupaforice hingerissen sein«, fährt von Göhrden angeregt fort. »Doch voller Inbrunst meinte sie, dass dem kaiserlichen General Pilpatoé eine viel gewichtigere Rolle zukäme: Er sei der weitsichtige Mahner, der die Gefahr kommen sieht, an seinem Herrscher verzweifelt und versucht, die Königin bei der Verteidigung ihres Volkes zu unterstützen!«

»Nun, die Gedanken Eurer klugen Frau kann ich wohl verstehen. Und denke ich an die wunderschöne Stimme Paolinos während des

Nicolai'schen Hauskonzerts zurück, so freue ich mich, ihn in der Rolle des Pilpatoé erleben zu können.«

»Ja, diese Vorfreude teile ich mit Euch, lieber Freund! Hatte ich doch das Glück, mich mit Paolino in der von Eckenberg'schen Assemblé über die anstehende Premiere auszutauschen!«

»Was für ein beneidenswerter Zufall!«, ruft Kaldenberg. »Sicherlich war er davon angetan, wie gut Ihr die Oper und seine Rolle kanntet!«

»Das kann ich nicht ausschließen«, räumt von Göhrden ein.

»Mein lieber Henning, was wären wir ohne die Musik und ohne den anregenden Austausch mit den Musikern? Es lebe die Musik!« Genüsslich trinkt Kaldenberg aus seiner Teetasse.

»Wie ergeht es Euch, lieber Wichard, mit den Komparsen? Für wie viele hat Euch der König eine *Ordre* erteilt?«

»Mehrere Schneider hatte ich mit der Herstellung betreut: welcher Aufwand bei der Koordination! Der Werkstatt Bürgenroth hatte ich alle Posamentierarbeiten aufgetragen, so dass sämtliche fertigen Kostüme von dort abgeholt werden konnten.«

»So berichtet, lieber Wichard, wann werden die Komparsen auf der Bühne erscheinen?«

»Euch werde ich verraten, dass nach Pilpatoés mahnender Arie ›*Erra quel nobil core*‹ eine Kriegsmusik ertönen wird, zu der die spanischen Soldaten auf Befehl von Cortés die kaiserliche Palastwache angreifen werden. In einer späteren Szene wird einer der spanischen Soldaten den überwältigten Kaiser Montezuma abführen; das wird Euer Sohn Georg sein. Vor dem Kerker halten zwei spanische Soldaten Wache und in der letzten Szene …«

»Im Säulenhof des Kaiserpalastes mit Blick auf Fluss und Stadt …«

»Ja, Ihr wisst es genau, dort stellen die Komparsen im Hintergrund die siegreichen spanischen Soldaten und die ihnen erlegenen Mexikaner dar.«

»Vier Auftritte! Das will wohl inszeniert sein.«

»Wie Recht Ihr habt, guter Freund! Auf einer Fläche mit den Maßen der Opernbühne hatten meine Soldaten oft zu üben, bis ich zufrieden war. Bei der heutigen Stellprobe in der Königlichen Hofoper sind alle 80 Soldaten zum ersten Mal auf der Bühne. Man wird sehen, ob sie den anwesenden König zufriedenstellen können. Allseitig wird Aufregung herrschen, die auch vor mir keinen Halt machen wird.«

»Bei allseitiger Aufregung habt Ihr schon immer Ruhe und eine robuste Konstitution bewiesen! Das bezeugt Euch ein langjähriger Freund. Seid stolz, dass diese ehrenvolle Aufgabe an die Soldaten Eures Bataillons herangetragen wurde!«

»Das bin ich wohl, mein lieber Henning!«

Kaldenberg bittet den Lakai, nochmals Tee nachzufüllen. Beide Freunde nehmen wieder etwas Gebäck zu sich.

»Als zusätzliche Aufgabe habe ich Georg in die Waffenpflege eingeführt. Er zeigt viel Geschick dafür!«

Henning von Göhrden beobachtet das Feuer im Kamin und schweigt.

»Der Wirt beanspruchte Georgs Dienste übermäßig«, fährt Kaldenberg fort, »da auch er bemerkt hatte, wie zielstrebig und gründlich er seine Aufgaben erfüllt. Deswegen sah ich mich genötigt, den Wirt zur Raison zu rufen[47] – ist Georg doch mein Bursche, der mir zu Diensten steht!«

»Hm«, erwidert Henning von Göhrden, »hat er nicht einen Freund aus dem Waisenhaus, der Junge?«

Wichard von Kaldenberg sieht seinen Freund überrascht an.

»Ja, Johann Melitz. Er ist Lehrling beim Posamentiermeister Bürgenroth, wo er reussiert[48]. Der Meister beteiligte ihn an der Erstellung der edlen Kostüme für die Hofsänger.«

Kaldenberg lacht auf.

»Stellt Euch vor, so führte Johanns Auslieferung eines Kostüms zu dem beachtlichen Zufall, dass er nun für die Zeit der Opernaufführungen Paolinos Ankleider sein wird.«

»Unglaublich! Paolinos Ankleider? Hattet Ihr da Eure Finger im Spiel, mein lieber Wichard? Mich würd' es nicht wundern!«

47 Zurechtzuweisen
48 Erfolgreich ist, vorankommt, sich gut entwickelt

Von Göhrden schmunzelt.

»Ja, mir bereitete es große Freude, den verzweifelten Meister Bürgenroth davon zu überzeugen, dass er gar keine andere Wahl habe, als der Bitte Paolinos nachzukommen, seinen besten Lehrling in dessen Dienste zu entsenden. Paolino schien so großen Gefallen an Johann gefunden zu haben, dass er ihn am liebsten übernommen hätte. Es gelang mir, einen Kompromiss auszuhandeln, dem nun alle Betroffenen etwas abgewinnen können.«

»Ja, so seid Ihr! Und das wissen viele an Euch zu schätzen, so auch ich.«

»Ihr sollt wissen, dass es Georg war, der mich auf die schwierige Lage von Meister Bürgenroth und Johann hingewiesen hatte.«

»So«, Henning von Göhrden nimmt einen weiteren Schluck aus seiner Tasse.

Kaldenberg sieht seinen Freund nachdenklich an.

»Lieber Freund, Ihr wollt wirklich nicht, dass ich Euch von Georg berichte.«

»Nein.«

»Ab heute werde ich es unterlassen.«

»Wichard, der Junge ist bei Euch in besten Händen, das stellt mich zufrieden und ehrt Euch. Doch er ist nicht Teil meines Lebens.«

»Dessen bin ich mir bewusst. Ihr werdet nichts mehr von ihm erfahren«, erwidert Kaldenberg kühl.

»Wofür ich Euch jedoch danken will«, hebt von Göhrden an, »ist Euer Großmut gegenüber Sophie nach allem, was sie Euch angetan hat. Schwer nur finde ich Zugang zu ihrer Wesensart, die sie dazu brachte, Euch bedrohlichen Schaden zuzufügen, um zu versuchen, meine Teilnahme am höfischen Reiter-Carrousel sicherzustellen.«

Die Freunde sehen einander an.

»Ihr habt sicherlich erkannt, Wichard, dass ich sie von Herzen liebe und ihr daher verziehen habe. Vor unserer Hochzeit hatte sich keine Gelegenheit ergeben, mit Euch darüber zu sprechen. Ihr hattet Euch von mir zurückgezogen – und dafür hattet Ihr natürlich mein Verständnis. Dass Ihr die Einladung zu unserer Hochzeit angenommen hattet, zeigte mir, dass unsere Freundschaft noch lebte. Auch aus diesem Grunde war das Fest für mich ein wahres Freudenfest. Mit Euch fühle ich mich tief verbunden, Wichard, Ihr seid mein innigster Freund. Daran wird sich für mich niemals etwas ändern. Das sollt Ihr wissen.«

»Ihr meint es ernst, teurer Henning, denn ich kann mich nicht daran erinnern, jemals solch' gefühlvolle Wort von Euch vernommen zu haben! …«

»Sie sollen unter uns bleiben, mein lieber Freund«, fügt von Göhrden schnell hinzu.

»Dafür gebe ich Euch mein Wort! Wem sollte ich Eure schönen Worte der Freundschaft schon erzählen?« Kaldenberg lächelt. »Seid bedankt! Ihr seid mit Eurem Heiratsentschluss auf mein völliges Unverständnis gestoßen, das werde ich Euch nicht erklären müssen.«

»Gewiss nicht.«

»Die Ungewissheit um unsere Freundschaft hat für mich nun ein Ende, mein lieber Freund!«

Die Freunde leeren ihre Teetassen und nicken sich lächelnd zu. Kaldenberg lässt die Tassen abtragen.

»Wie glücklich war ich für Euch, Wichard, als ich von den zusätzlichen Bataillonen hörte, die nun unter Eurem Befehl stehen. Nehmt zu dieser Beförderung meine Gratulationen entgegen!«

»Diese Anerkennung des Königs hat mich wohl erfreut!«

»Ihre Majestät schätzt Euch über alle Maßen!«

»Ja, das beglückt mich, Henning. Bin ich Ihrer Majestät doch sehr zugetan nach allem, was ich Ihr von Jugend an zu verdanken habe.«

»Gleich nach Eurem glänzenden Abschluss der Ritterakademie wurdet Ihr einer der königlichen Pagen an seiner Seite …«

»… den er auch auserwählte«, unterbrach Kaldenberg, »Seine Majestät in den Ersten Schlesischen Krieg zu begleiten, um ihn danach in das 1. Leibgarde-Bataillon zu befördern.«

»Dort, Wichard, erhieltet Ihr die beste militärische Ausbildung, um im Zweiten Schlesischen Krieg die königliche Auszeichnung für Tapferkeit zu erhalten – gar vom König selbst verliehen auf dem Schlachtfeld bei Soor ...

»Danach wurde ich in meinen jungen Jahren zum Hauptmann ernannt.«

»Nicht zu vergessen ist Eure erwünschte, ehrenvolle Teilnahme am Reiter-Carrousel der großen höfischen Festlichkeiten im vergangenen Jahr[49]!«, ergänzt von Göhrden fröhlich. »Ein Leben für den *métier d'honneur*[50]...«

»... und für die Gunst des Königs!«, beteuert von Kaldenberg lachend.

In ihrem Elan berühren sich die beiden Freunde kurz an ihren jeweiligen Schultern.

»Wie beglückt muss Aurelia von Rathen über Euer bewundernswertes Fortkommen im Dienste des Königs sein!«, bemerkt von Göhrden.

Sofort geht Kaldenberg einen Schritt zurück und starrt in das Feuer.

»Oh, bitte, verzeiht, geschätzter Wichard, dass ich mir erlaubte, Aurelia zu erwähnen!«

»Ihr braucht Euch nicht zu entschuldigen, guter Freund! Woher sollt Ihr wissen, dass Aurelias regelmäßige, nächtliche Besuche in Potsdam der Vergangenheit angehören, so sehr hat sie sich von mir zurückgezogen. Wenn wir uns bei Hofe sehen, halten wir freundlichst Konversation. Sie verhält sich reserviert, dennoch sehe ich die Liebe in ihren Augen. Anlässlich meiner Beförderung schickte sie mir einen Brief. In diesem las ich, dass ihr Verstand die Freude darüber begreife, in ihrem Herzen jedoch die Traurigkeit herrsche.«

Henning von Göhrden schweigt ergriffen, ja, fast entsetzt.

»Aurelias Brief habe ich nur einmal in meinen Händen gehalten, danach nie wieder«, sagt Kaldenberg monoton.

»Eure Privilegien, lieber Wichard, ermöglichen Euch jederzeit Zugang zu anderen Vergnügungen mit dem weiblichen Geschlecht.«

49 Zu Ehren des Besuchs von König Friedrichs Schwester, der Markgräfin Wilhelmine zu Bayreuth, ihrem Gemahl und Gefolge

50 Übersetzt: Ehrenberuf; Bezeichnung des Offiziersdienstes für den preußischen König

Kaldenberg schüttelt unmerklich den Kopf.

»Auf mich warten neue Aufgaben, die meine ganze Kraft, meinen ganzen Verstand erfordern. Sie beflügeln mich! Umso schöner ist es, sich nach den neuen Herausforderungen in der Nähe des Königs zu strecken!«

PROBE

20. Kapitel

Emma steht im Empfang von Paolinos Wohnung und betrachtet die löchrigen Socken an ihren Füßen. Sie bückt sich, zieht das vordere Ende einer Socke über ihre bloßen Zehen nach unten und zwängt ihren Fuß in den viel zu engen Schuh. Wie sollte sie das nur den ganzen Tag aushalten? Bei dieser Kälte? Emma graut es, doch dann überwindet sie sich, den zweiten Schuh anzuziehen. Gestern hatte sie es ja auch ausgehalten; ihre Füße würden sich schon daran gewöhnen.

Während sie die Socken zurechtzieht, denkt sie an das Aufwachen neben Johann. Er hatte ihr über den Kopf gestrichen und ihr ›Guten Morgen, meine Heroine‹ ins Ohr geflüstert. Dass sie sofort hellwach gewesen war, hatte sie sich nicht anmerken lassen, sondern scheinbar verschlafen mit den Augen geblinzelt und sich genüsslich geräkelt. Dieser Moment war einfach zu schön gewesen! Und was hätte sie schon sagen sollen?

Johann und Paolino kommen aus dem Salon, wo Johann die Reste eines spärlichen Frühstücks zusammengeräumt hat. Paolino hält seine geordneten Noten in einer Ledermappe unter dem Arm.

»So, *miei cari*, seid ihr bereit für die Probenauftritte? Meine liebe *Guglielmina*, dein dürftiger Umhang bereitet mir Sorgen. Ungern erinnere ich mich an deine dunkelblauen Lippen gestern Abend. Heute soll dir das erspart bleiben!«

Paolino legt die Notenmappe auf die Kommode im Empfang, eilt in das Schlafzimmer und kommt mit einem schwarzen Kapuzenumhang wieder heraus.

»Dieser Domino soll deine Schultern schmücken!«

Im Nu steht Paolino hinter Emma, legt den Umhang über ihre Schultern und streicht sanft über ihre beiden Oberarme.

»Ah, *che bella*!«, sagt er fast singend.

Emma freut sich über das zusätzliche Kleidungsstück. Paolinos Zuwendung schmeichelt ihr und entlockt ihr ein Lächeln, doch wie sollte sie damit umgehen? Sie fühlt sich verunsichert. Er kam ihr so nah. Sie blickt zu Johann, der sie liebevoll anlächelt. Nein, Johann schien Paolinos Verhalten nicht im Geringsten zu stören. Emma entdeckt, dass der Umhang mit Hilfe eines schwarzen Samtbands am Hals zugeschnürt wird. Sie macht einen Knoten und setzt eine Schleife darüber. Als sie wieder aufblickt, schaut sie direkt in Paolinos Gesicht. Der legt seine Stirn in Falten und mustert den Domino kritisch.

»Diese Schleife findet mein Wohlgefallen! *Bene! Sono soddisfatto!*«

Er legt seine Hände ineinander.

»Nun: Ist der Domino sauber genug für meine Chorsängerin?«, fragt er sich scheinbar streng. Mit einer kreisenden Bewegung seiner rechten Hand bedeutet er Emma, sich zu drehen.

Unschlüssig sucht Emma den Blickkontakt mit Johann, der ihr sofort ermunternd zunickt. Langsam dreht sich Emma im Kreis. Machte sich Paolino gerade über sie lustig? Nein, irgendwie schien seine Fürsorge echt zu sein ... vielleicht hatte er einfach Spaß daran, lustig zu sein, na, eben Theater zu spielen! Ja, genau, das musste es sein! Nach vollendeter Drehung lächelt sie Paolino amüsiert an.

»*Perfetto*! Das findet meine Zustimmung! Wie fühlt sich meine Chorsängerin?«, fragt er und sieht Emma direkt in die Augen.

»Es geht mir gut und mir wird warm«, erwidert Emma sofort. »Vielen Dank, dass du mir diesen schönen Mantel ausleihst, Paolino.«

Er schnalzt mit der Zunge und schüttelt den Kopf.

»Das ist nicht der Rede wert, meine Süße. Es erfreut mein Herz.«

Paolino legt beide Hände übereinander auf seine linke Brust und atmet laut ein.

»Wel-che Stim-me sing-est du im Chor?«, singt er auf einer Note. Auf das Wort »Chor« breitet er seine Arme weit aus.

Emma stockt der Atem. Sie merkt, wie ihr die Röte ins Gesicht schießt. Als sie bemerkt, dass Johann ein ausgelassenes Lachen ins Gesicht geschrieben steht, stellt sie sich gerade hin und antwortet in einer etwas tieferen Stimmlage:

»Der Chor-lei-ter hat mich in die Al-to Stim-me ge-stek-ket.«

Emma wundert sich über sich selbst. Wie war ihr das nur so schnell eingefallen?

»Ge-stek-ket!«, wiederholt Paolino und lacht.

»Ich sehe, in dir steckt ein erfreulich schauspielerisches Talent, Wilhelmine!«

»So eine Stimme wie deine habe ich noch nie gehört!«, entfährt es Emma.

»Das will ich doch sehr hoffen, meine Liebe! Als Hofsänger lebe ich davon.«

Paolino beginnt, die Melodie des Willkommens-Chors zu summen. Emma erstarrt.

»Lass uns zusammen singen, Wilhelmine! Wie lauten noch die ersten Worte? *Venite intrepidi* …, nicht wahr? Nun die Melodie …«

Paolino blickt Emma ermunternd an. Emmas Herz pocht. Nein, ihr blieb nichts anderes übrig, da musste sie jetzt durch! Emma atmet tief ein und beginnt zu singen.

»Venite intrepidi stranieri Eroi, talti al terribile furor …«

Sofort setzt Paolino leise mit ein. Während der Chorprobe hatte Emma Melodie und Text so oft gehört, dass ihr die Worte auf der Zunge zu liegen schienen. Sie ist unendlich erleichtert.

»Meine Liebe«, unterbricht Paolino plötzlich. »Es heißt *tolti al terribile furor* und nicht *talti*. Da hast du ein neues italienisches Wort geschaffen, das ich nicht kenne! *Brava*! Doch, es macht leider gar keinen Sinn und warum sollte gerade ein Willkommens-Chor Sinnloses besingen? Kein Sänger sollte Sinnloses besingen! Das wäre wahrlich sinnlos!«, sprudelt es aus Paolino heraus. »*Ancora una volta*[51], meine verehrte Chorsängerin!«

Währenddessen beobachtet Emma, wie Johanns Gesicht leuchtet. Sie kann so viel in seinem Gesicht entdecken: Staunen, Überraschung, Glück, Ausgelassenheit … er sah so schön aus! Sie liebte ihn über alles!

»Meine liebe Wilhelmine«, Paolino beugt sich zu Emma hinunter, »hörst du mich? Wollen wir noch einmal singen?«

51 Noch einmal

Paolino dreht sich kurz um.

»Hinter mir steht nur dein Bruder und amüsiert sich wie ein König! Ah!«, Paolino hält kurz inne, »wie sagte es mein Gesangslehrer im *conservatorio*? ›Halte dich in einer edlen Leibesstellung, damit der Zuhörer sich auch an einer anständigen Gestalt vergnüge! Der Mund muss eine solche Stellung einnehmen, welche mehr einem angenehmen Lächeln, als einem ernsthaften Amtsgesichte gleichet!‹[52]«

Die letzten Worte spricht Paolino fast bedrohlich aus. Dann nimmt er selbst ganz natürlich die beschriebenen Haltungen ein.

Emma muss über Paolino lächeln.

»Ja!«, ruft Paolino begeistert. »*Che sorriso*[53]! Spüre es in deinem Gesicht und erhalte es dir!«

Emma reißt sich zusammen. Schien sie jetzt plötzlich Gesangsunterricht zu haben? Konzentriert bereitet sie sich vor und stimmt die Melodie an. Sie merkt, wie ihre Anspannung langsam nachlässt. Während des Singens sieht Paolino Emma an. Sie versucht, seinem Blick Stand zu halten, doch es fällt ihr schwer. Da berührt Paolino mit einer Hand ihren Unterarm und bedeutet ihr, leiser zu singen und danach wieder lauter zu werden. Emma wird ganz warm unter dem Domino. Ihre Wangen glühen.

Da klopft es laut an der Wohnungstür.

»Eine Kutsche ist vorgefahren, Monsieur Bedeschi!«, ruft die Wirtin laut. »Man erwartet Sie ungeduldig!«

Plötzlich hat es Paolino sehr eilig. Während er sich den Umhang mit Pelzkragen umwirft, die Pelzmütze überzieht und seine dunkelroten Lederhandschuhe aus der Schublade der Kommode nimmt, sagt er fröhlich:

»Das, *miei cari*, wird die Primadonna der Königlichen Hofoper, die fabelhafte Sängerin Giovanna Astrua, sein, die uns abholt! Schnell, *avanti*, *avanti*, macht euch bereit!«

52 In Anlehnung an Pier Francesco Tosi »Anleitung zur Singekunst« mit Erläuterungen und Zusätzen von Johann Friedrich Agricola (preußischer Hofkomponist), 1757

53 Was für ein Lächeln!

Er klatscht ein paar Mal in seine Hände.

»Ah, Giovanna! Sie ist eine wundervolle Künstlerin! Seit vielen Jahren genießt sie die Gunst des preußischen Königs. Nein, eigentlich sollte ich sagen: Seine Majestät betet sie an ... *Sua Maestà l'adora!*«

Paolino nimmt die Notenmappe von der Kommode und öffnet die Wohnungstür.

»Gleich werdet ihr verstehen, warum, denn sie ist *una donna bella, affascinante e carismatica!* Ganz zu schweigen von ihrer Musikalität und ihrem Gesang. Die Rolle der Eupaforice ist ihr auf den Leib geschrieben ... dafür wird sie – wie immer – tosende *ovazioni* ernten!«

Emma und Johann treten in das Treppenhaus und warten, bis Paolino die Wohnungstür verschlossen hat. Sie stehen eng nebeneinander, ihre Hände berühren sich. Wie mochte diese berühmte Opernsängerin wohl sein? Paolino wendet sich ihnen zu.

»Der Grund, warum Giovanna uns abholt, ist die Tatsache«, Paolino räuspert sich und richtet sich auf, »dass der König *in persona* zur Probe kommen wird und sich ihre Anwesenheit erbeten hat.«

Paolino beginnt, die Treppen hinunterzugehen. Emma und Johann folgen ihm aufgeregt und lächeln sich zu. Johann streicht kurz über Emmas Wange.

»Gianni, so höre gut zu«, fährt Paolino fort. »Wenn wir an der Königlichen Hofoper ankommen, wird es dort drüber und drunter ... *sottosopra* oder wie in *un casino* ... gehen! Lass dich davon nicht beirren, *mio caro*. Deine erste Aufgabe wird es sein, deine geliebte Schwester ...«

Da bleibt Paolino mitten auf der Treppe stehen, um sich umzudrehen. Emma und Johann halten erstaunt an.

»... Besser sollte ich wohl mehr Geliebte als Schwester sagen«, sagt Paolino augenzwinkernd und geht die Treppe weiter hinunter.

Emma und Johann sehen sich verunsichert an. Sie hatten sich doch wirklich nichts anmerken lassen!

»Also, deine erste Aufgabe wird es sein, deine geliebte Schwester Wilhelmine zum Chor zu bringen! Dann begibst du dich in meine Garderobe, wo ich mich für die Probe einsingen werde. Carl Heinrich[54]

54 Gemeint ist Carl Heinrich Graun, der Hofkomponist

wünscht, einige meiner Rezitative zu hören. Klopfe bitte drei Mal kräftig an, damit ich weiß, dass du es bist!«

»Ja, Paolino, du wirst mich erkennen können«, erwidert Johann geflissentlich.

»*Bene*. Nun werdet ihr euch fragen«, plaudert Paolino weiter, »warum eine Chorsängerin und der Lehrling einer Posamentierwerkstatt in der Kutsche der am meisten umschwärmten Primadonna Preußens mitfahren können? Eine gute Frage! Die Antwort lautet: Giovanna und mich verbindet nicht nur die Passion für den Gesang und die Musik, sondern auch eine langjährige Freundschaft. Zudem hat Giovanna *una nobiltà d'animo, una magnanima*[55]!«

Schwungvoll öffnet Paolino die Haustür. Emma und Johann blicken staunend auf eine ansehnliche Kutsche, in der sie eine Dame in üppiger Pelzbekleidung entdecken. Auf dem Kutschbock sitzt ein warm angezogener Kutscher. Ein Diener öffnet die Tür der Kutsche, Paolino steigt zügig ein und setzt sich gegenüber Giovanna Astrua.

»Kommt! Schnell!«, ruft er Emma und Johann zu. »Hier sind eure Plätze! Wilhelmine, du kommst an meine Seite.«

Johann greift nach Emmas Unterarm und hilft ihr in die Kutsche. Dann steigt er selber ein.

Die beiden Musiker begrüßen sich lebhaft auf Italienisch. Aus ihren Augenwinkeln beobachtet Emma sie genau. Paolino schien sich vor Wiedersehensfreude fast zu überschlagen. Wie viel Temperament er hatte! Seine Sprechgeschwindigkeit und seine Gestik kannten keine Grenzen! Giovanna Astrua hingegen hörte Paolino zu; in ihrer Pelzmontur saß sie ihm stolz gegenüber. Sie lächelte gewinnend. Offensichtlich amüsierte sie sich über Paolinos Worte.

Da hört Emma, wie Paolino Johanns und ihren Namen erwähnt. Er öffnet seine Arme in ihre Richtung. Oh Gott, was sollte sie nun sagen? Wie sollte sie diesen Opernstar ansprechen?

»Seid gegrüßt, äh, Madame Astrua.«

Dabei senkt Emma ihren Kopf, hebt ihn wieder an und lächelt unsicher.

55 Ein großes, warmes Herz

Giovanna Astrua begrüßt Emma mit einem fast unmerklichen Kopfnicken, blickt jedoch an ihr vorbei und setzt ihre Unterhaltung mit Paolino fort. Johann beachtet sie nicht. Was für eine Diva Giovanna Astrua war! Johann und sie waren zwar völlig unbedeutende Jugendliche … doch da war sie, die Arroganz, die einer Diva so oft nachgesagt wurde!

Allerdings sah sie wundervoll aus: Sie hatte ein schmales Gesicht mit einer auffallend hohen Stirn und einer geraden Nase. Die schwungvoll nachgezeichneten Augenbrauen betonten ihre schöne Stirn. Ihre kleinen, sinnlichen Lippen waren knallrot geschminkt. Der Kragen ihres silbern glänzenden Pelzmantels reichte ihr bis über die Ohren und passte farblich zu ihrer weiß gepuderten Haarpracht. Sie trug weiße Lederstiefel mit goldenen Schnallen. Sie sah aus wie eine Eisprinzessin!

Emma sieht Johann an und holt tief Luft. Sofort erwidert Johann ihren Blick und versinkt in ihren Augen: als ob er sie sanft berührte, sie liebevoll streichelte, ihre Wangen küsste. Sie liebte das Blau seiner Augen: ein tiefes Blau, ohne dunkel zu sein, voller Intensität. Da war der Duft seiner Haut in ihrer Nase. Sie spürte die Hände, die über ihre Haare strichen, um dann ihr Gesicht zu halten. ›Nein, Emma, sage nicht ›was auch immer‹, alles hat seine Bestimmung im Leben‹, hatte Johann gesagt. ›Ich liebe dich, deswegen bist du hier.‹ Emmas Herz schmilzt dahin, und sie lächelt Johann glücklich an.

Lautes Gelächter der beiden Hofmusiker reißt sie aus ihren Tagträumen.

»Amadori!«, ruft Giovanna Astrua laut. »*Non mi piace!* Gesanglich finde ich ihn *un'offesa*. *Un errore* für Montezuma!«

Schnell schauen Emma und Johann aus dem Kutschfenster. Emma versucht jedoch, der Unterhaltung zu folgen. Paolino schien Giovanna Astrua zu beschwichtigen und Amadori zu verteidigen.

»*Esageri, mia cara!* Das ist doch alles nicht so *drammatico*, meine teure Giovanna!«

»Du musst ja nicht mit ihm singen, Páolo!«

»Oh, doch, *naturalmente!*«

»Aber nicht als seine *sposa, suo grande amore* …«

»Giovanna, sei nicht ungerecht! Du bist eine *cantante di corte*, die eine Rolle, sogar eine Hauptrolle, singt!«

»Du musst kein *duetto* mit ihm singen!«

Paolino lacht lauthals auf.

»Meine liebe, *dolcissima* Giovanna, ich liebe deine spontanen *sciocchezze!* …«

»Das sind keine Albernheiten, mein Lieber. Das ist meine ernsthafte Meinung zu Amadoris künstlerischen *abilità*!«

»Nimm es dir nicht so zu Herzen, *cara amica*!«

»Wenn die Kunst leidet, bleibt mir nichts anderes übrig, als es mir zu Herzen zu nehmen. Denn, *quando canto*, dann nur mit meinem Herzen auf der Hand …«

»… Ja, das weiß ich, *mio cuore! Tutti*, die dich singen hören, spüren das. Deshalb wirst du so verehrt …«

»Nichts wird mich von meinem Standpunkt abbringen, dass Amadori ein *errore* ist. Mich würde es nicht wundern, wenn sich seine Majestät und Carl Heinrich Graun nach den Aufführungen *Montezumas* von ihm trennten.«

»Oh je, *mamma mia, il temperamento* ist mit dir durchgegangen, *mia prediletta*[56].«

Scheinbar verzweifelt ringt Paolino mit den Händen.

»Paolo Bedeschi, *ascoltami bene*[57] …«

»… *sempre, mia cara, sempre* …«

»… Der Grund für meine Einbestellung zur Probe ist Amadori. Wann war ich das letzte Mal in meiner Karriere am Tag vor der Premiere zur Probe in der Königlichen Hofoper? *Non mi ricordo*! Das ist wirklich lächerlich! *Il colmo*! Dafür fordere ich eine zusätzliche Gage! … Selbst wenn *Sua Maestà* den Geheimen Kämmerer Fredersdorf zum diplomatischen Verhandeln schickt, werde ich dieses Mal hart bleiben!«

56 Meine Teuerste
57 Höre mit gut zu!

»*Calmati*, liebste Giovanna!«, Paolino atmet laut aus, »Aufregung ist nicht gut für deine Stimme so kurz vor *der scena*[58].«

»Wer behauptet so etwas? Das habe ich noch nie gehört!«, fragt Giovanna Astrua erstaunt.

Da fängt Paolino an zu lachen.

»Oh! Was fällt dir ein, mich auf den Arm zu nehmen, *Arlecchino*!«, erwidert die Hofsängerin amüsiert. »Keine Gelegenheit wird ausgelassen, um Witze zu machen, *amico mio*!«

»Warum auch?«

Beide Musiker lachen.

»Das liebe ich an dir, *caro* Paolo! Vor allem in dieser preußischen *freddo*, in die wir uns jetzt bald stürzen müssen!« Giovanna Astrua legt ihre Hände an den Pelzkragen und stöhnt theatralisch.

Die Kutsche wird langsamer und ist plötzlich von vielen Menschen umringt, die neugierig durch die Kutschfenster blicken. Der Kutscher ruft laut und bittet die Schaulustigen zurückzutreten. Johann und Emma sind aufgeregt. Johann richtet sich auf und sieht in die vielen, einzelnen Gesichter. So musste es sich anfühlen, stellt sich Emma vor, wenn Paparazzi ankommende Stars bestürmten! Na ja, es fehlten die Kameras und Blitzlichter … wie gerne würde sie Johann das alles jetzt schildern und erklären!

Da war das Operngebäude, dort schien das Hauptportal zu sein! Uniformierte hielten den Platz davor weiträumig frei. Weitere Soldaten standen an den Säulen oberhalb des Eingangs verteilt und hielten brennende Fackeln in ihren Händen. Was war das für ein schöner Anblick in der sich andeutenden Winterdämmerung! Emma lehnt sich nach vorne, tippt Johann an und weist ihn auf die uniformierten Fackelträger hin.

»Wie schön!«, staunt Johann. »Sei bedankt, Em … Wilhelmine.«

Erschrocken sehen sich Johann und Emma an. Dann blicken sie schnell in jeweils verschiedene Richtungen.

58 Aufführung

»*Svelti*, jeden Moment sollten wir den Künstlereingang erreichen.« Paolino wendet sich Johann zu. »Ihr wisst, was zu tun ist.«

»Sehr wohl, Paolino«, bestätigt Johann. »Auf mich ist Verlass.«

»Ah!«, ruft Paolino erfreut, »meine ich doch, die Kutsche von Porporino dort hinten zu erkennen! Ja, das ist er! *Fantastico*! Er singt den Cortés, das Oberhaupt der Spanier, müsst ihr wissen«, erklärt er Johann und Emma. »Du weißt das ja schon, Gianni, mein *vecchia volpe*[59]!« Paolino winkt ab.

»Der König schätzt den Gesang Porporinos so sehr«, führt Paolino aus, »dass Seine Majestät für dessen berühmte Alto-Stimme Arien komponiert hat.«

Paolino blickt in die Richtung von Porporinos Kutsche.

»Auch er muss sich in Geduld üben, der Gute, bis er beim Künstlereingang angekommen ist. Die Probe scheint sich unter den Leuten herumgesprochen zu haben! Oh, *vedo bene*[60]? Er hat Begleitung ... wer das wohl sein mag?«

»Hoffentlich nicht Amadori!«, wirft Giovanna Astrua scheinbar gelangweilt ein.

»Wir werden sehen.« Paolino lehnt sich genüsslich zurück.

»Wahrscheinlich fragt ihr zwei Lieben euch jetzt, was Porporino für ein komischer Name ist.« Paolino sieht Emma und Johann an. »Natürlich kann das nicht sein richtiger Name sein, denn welche Eltern sind so verrückt und nennen ihr geliebtes *bambino* Porporino? Nun ja«, plappert Paolino unbeschwert weiter, »es gibt ja die seltsamsten Kosenamen, aber ich beziehe mich auf den richtigen Namen. Poporino heißt eigentlich Antonio Uberti. Da er der Lieblingsschüler des berühmtesten italienischen Gesangslehrers, Nicola Porpora, war, eilt ihm der Künstlername Poporino voraus. Ah, der Künstlereingang ... *siamo arrivati*.«

Paolino setzt sich auf, blickt prüfend an seinem Umhang hinab und zieht ihn zu.

In dem Moment öffnet der Diener die Tür der Kutsche. Paolino steigt aus, wendet sich sofort Giovanna Astrua zu, um ihr wie ein galanter Kavalier aus der Kutsche zu helfen.

59 Alter Hase
60 Sehe ich das richtig?

Emma staunt über das Gewimmel von Menschen vor dem Künstlereingang. Letzte Kulissenteile, Holz und viele undefinierbare Pakete werden herangeschleppt. Musiker kommen mit ihren – oft in Decken eingepackten – Instrumenten an. Viele Menschen kann Emma nicht genau zuordnen: Waren das Handwerker, Kulissenarbeiter? Vielleicht hatten die anderen Hofsänger auch Hilfe in ihren Garderoben. Ganz nah fährt die Kutsche Porporinos vorbei und bleibt unmittelbar vor ihrer Kutsche stehen.

»Steig aus, Wilhelmine!«, ruft ihr Johann zu, der die Kutsche schon verlassen hat und ihr seine Hand entgegenstreckt.

»Sei vorsichtig beim Aussteigen, Wilhelmine!« Johann hält Emmas Hand fest, zwinkert ihr zu und führt sie auf die Seite.

21. Kapitel

Ein gepflegt gekleideter Herr eilt die Treppen zu den Kutschen hinunter, ordnet unterwegs eine Gasse für die Hofsänger an und geht direkt auf Giovanna Astrua zu. Er verneigt sich und begrüßt sie erfreut.

»Seid herzlichst begrüßt, Madame Astrua. Hocherfreut bin ich, Euch heute hier empfangen zu dürfen!«

»Oh, seid gegrüßt, *Le Directeur des Spectacles*! Dass Ihr Euch für meinen Empfang in diese Eiseskälte begebt, weiß ich sehr zu schätzen, Baron von Sweerts.«

»Es ist mir eine große Ehre, Madame Astrua. Dessen seid Euch gewiss.«

Nachdem der Intendant auch Paolino freundlich begrüßt hat, eilt er zur nächsten Kutsche.

»Ah, da ist Porporino!«, ruft Paolino fröhlich. »Und er hat Amadori mitgenommen, wie trefflich! So kommen alle einbestellten Hofsänger zur gleichen Zeit an!«

Nach der Begrüßung durch Baron von Sweerts eilt Porporino auf Giovanna Astrua zu, um erst sie und danach Paolino herzlich zu begrüßen. Lachend tauscht man sich aus. Während Giovanna Astrua an der Seite Porporinos die Treppen hinaufschreitet, wendet sich Paolino Amadori zu. Plaudernd schließen sie sich den anderen an. Baron von Sweerts eilt den Sängern hinterher.

Da nimmt Johann Emma an der Hand. Sie zwängen sich die Treppe nach oben in das Foyer, wo sie beobachten, dass der Intendant engagiert mit den Sängern redet. Johann zieht Emma weiter; sie bleiben mit gebührendem Abstand hinter Paolino stehen.

»Geschätzter Baron von Sweerts«, hören sie Giovanna Astrua empört sagen. »Wollt Ihr den preußischen Hofsängern erklären, dass es nicht genügend beheizte Garderoben für sie zu geben scheint, weil diese große Besetzung der Probe vor kürzester Zeit beschlossen wurde?«

Der Schauspieldirektor nickt heftig.

»Eure Garderobe, Madame Astrua, ist wohl und warm beheizt. Davon habe ich mich kurz vor Eurer Ankunft selbst überzeugt.«

»Wie können ein Alto und ein Soprano die Garderobe teilen? Warum sollen sich der spanische Tyrann Cortés und Kaiser Montezuma eine Garderobe teilen?«, fragt die Hofsängerin berechnend. »Warum sollten die beiden Kontrahenten schon vor dem Beginn der Tragödie zusammengebracht werden? Es wäre ihrer nicht würdig.«

Baron von Sweerts ist sichtlich nervös.

»Dann soll auch noch Paolino – zumindest nur für die Probe«, fährt Giovanna Astrua herablassend fort, »die Garderobe mit den Hornbläsern teilen? So etwas habe ich in meiner Laufbahn als Hofsängerin noch nie erlebt!«

»Die Hornbläser werden die Garderobe verlassen haben, wenn Paolino sie nutzt, Madame Astrua«, verteidigt sich der Intendant.

»Mein lieber Antonio, das kannst du nicht zulassen!«, setzt Giovanna Astrua nach. Entrüstet sieht sie nacheinander Porporino, Baron von Sweerts und dann Paolino an. »*Che modi sono questi?* Was sind das für Zustände?« Amadori würdigt sie keines Blickes.

»Sehr geehrter Baron von Sweerts«, beginnt Porporino ruhig, »könnt Ihr nicht eine auskömmliche Lösung herbeiführen? Über die Lage bin ich alles andere als glücklich.«

»Antonio! Wir kennen und schätzen uns schon lange.« Giovanna Astrua stellt sich scheinbar zufällig vor Amadori. »Noch immer bewundere ich deine Diplomatie, doch hier rate ich dir zur Direktheit, *caro amico*. Zögere nicht und fordere dein Recht auf eine eigene beheizte Garderobe ein!«, sagt die Hofsängerin mit Nachdruck.

Baron von Sweerts blickt gestresst zwischen Porporino und Giovanna Astrua hin und her. Beschwichtigend hebt er seine Hände.

»Meine sehr verehrten Künstler, nichts liegt mir ferner, als Ihnen die besten Bedingungen für Ihre – von allen ersehnten – Auftritte zu verweigern!«, hebt er an. »Geschätzter Porporino, eine eigene Garderobe sei Euch zugesichert.«

Stolz richtet sich Giovanna Astrua vor Amadori auf und sagt:

»Antonio, *mio caro*, lasst uns nun diese Szenerie verlassen!«

Porporino geht auf den Intendanten zu und reicht ihm dankend die Hand.

»So lange wir uns kennen, habt Ihr in diesem Hause selbst das Schwierigste souverän gemeistert, Baron von Sweerts.«

Der Baron nickt Porporino erfreut zu und erklärt ihm, um welche Garderobe es sich handelt. Giovanna Astrua räuspert sich ungeduldig.

»So können wir nun unsere beheizten Garderoben beziehen, Giovanna.« Porporino begibt sich an die Seite der Hofsängerin. Beide gehen auf die Treppe zu, die in die erste Etage führt.

Emma schaut den Hofsängern hinterher. Sofort wird den Opernstars Platz gemacht. Viele sehen sie ehrfürchtig an. Porporino trägt einen Umhang aus schwarzem Pelz und schwarze Lederstiefel. Giovanna Astrua und er waren in ihrer auffälligen Pelzbekleidung auch so schon bühnenreif! Für die Astrua schien dieser Abgang eigentlich ein Auftritt im Foyer des Künstlereingangs zu sein – perfekt für sie inszeniert! Wie sie die Aufmerksamkeit, die Bewunderung genoss! Doch auch sie, Emma, war fasziniert, das musste sie sich eingestehen. Mit viel Grandezza schwebte Giovanna Astrua durch das Foyer. Sie stellte etwas dar, ohne Zweifel. Doch was war sie nur für eine arrogante Hexe, die den armen Amadori gezielt mobbte! Unglaublich!

»Geschätzter Paolino«, hört Emma Baron von Sweerts bemüht sagen. »Dürfte meine Wenigkeit an Euch herantragen, in der heutigen Situation die beheizte, große Garderobe der Hornbläser gemeinsam mit dem verehrten Amadori zu nutzen? Wie von langer Hand geplant, werden morgen zur Premiere alle Garderoben genügend beheizt sein, damit jeder die seinige wird nutzen können. Veranlassen werden ich, dass eine spanische Wand in der Garderobe der Hornbläser aufgestellt wird, so dass für eine gewisse Privatsphäre gesorgt ist.«

»Ihre Lage findet mein Verständnis, Baron von Sweerts«, erwidert Paolino freundlich.

»*Caro* Amadori!«, ruft er Amadori zu. »Wir werden uns doch vertragen, oder etwa nicht? Nur eine Handvoll Verrückte kenne ich, die sich nicht mit mir vertragen, und die sind alle selber schuld! Doch dazu gehörst du, meine lieber Amadori, bestimmt nicht!«

Amadori lächelt erleichtert.

»Was lächelst du, *mio caro*! Willst du mir damit etwa sagen, ich hätte mich getäuscht? …«

»… nein, nein, gewiss nicht, Paolo!« Amadori lacht.

»Seht Ihr, geschätzter Baron von Sweerts, da scheine ich mich nicht getäuscht zu haben. Getrost könnt Ihr uns also gemeinsam in eine Garderobe stecken … wenn sie dann auch wirklich beheizt ist!« Paolino räuspert sich und blickt dem Intendanten schmunzelnd in die Augen. Der lächelt amüsiert.

»Welches Interesse hätte ich daran, Euch eine unterkühlte Garderobe anzubieten, *stimato*[61] Paolino?«

»Nein, das würde nur erkältete Hofsänger hervorrufen! Schon dieser Gedanke macht mich krank. Dieser preußischen Winterkälte ausgesetzt zu sein, das allein ist die schwierigste Herausforderung!« Er schüttelt sich.

»In der Garderobe der Hornbläser werdet Ihr nichts mehr von dieser preußischen Winterkälte merken, Paolino. Das kann ich Euch versichern.«

61 Geschätzter

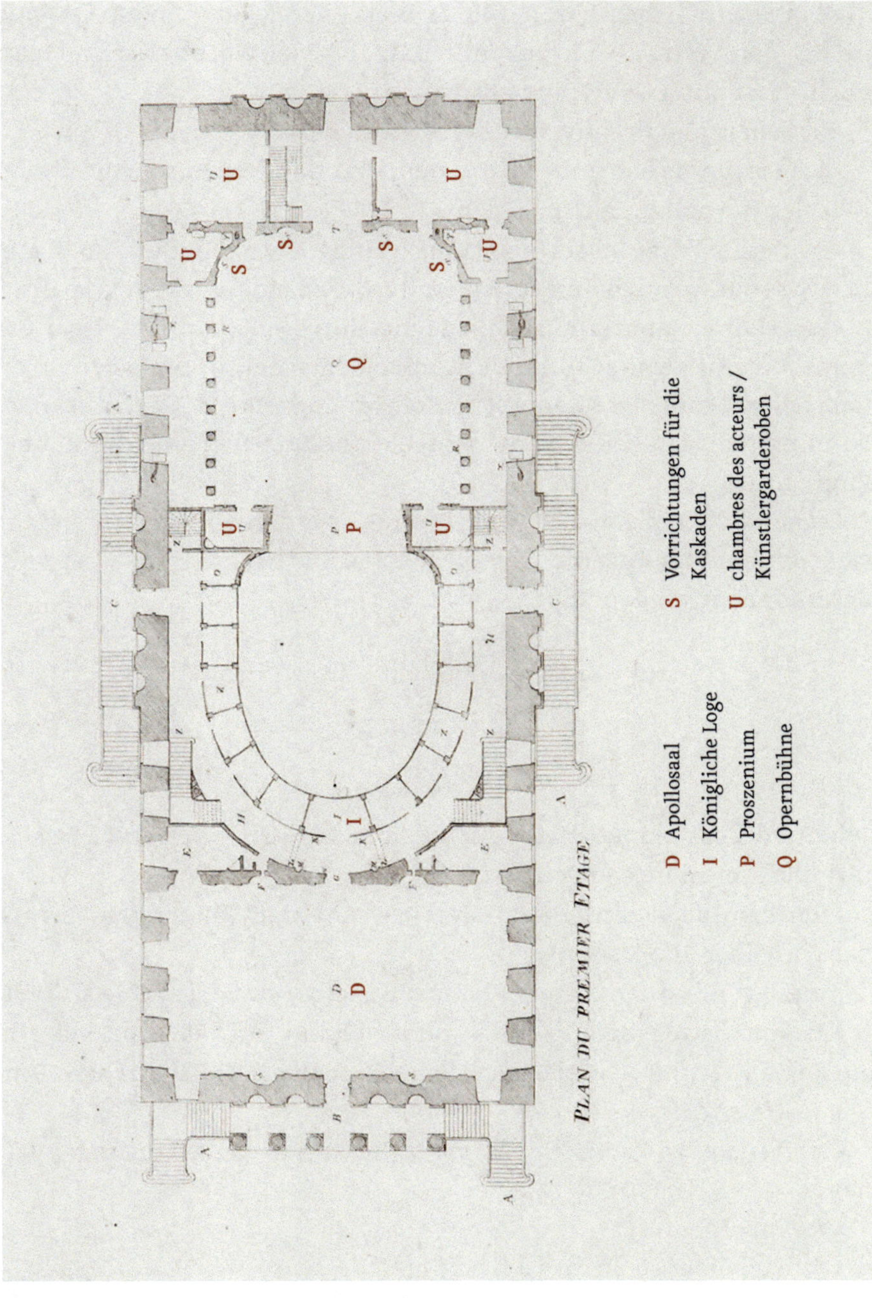

Grundriss erster Stock der Königlichen Hofoper

»Ach, mein lieber Baron von Sweerts. Versichern müsst Ihr mir nichts, denn mir ist wohl bekannt, dass Ihr Euer Wort haltet und man Euch – fast blind – vertrauen kann.«

Der Schauspieldirektor verbeugt sich lächelnd.

»Amadori, was hältst du davon, wenn wir nun gemeinsam die Garderobe der Hornbläser aufsuchen?«

»In diesem Foyer möchte ich keine weitere Zeit verlieren, Paolo. Mir liegt viel daran, mich nun vorzubereiten.« Amadori wirkt angespannt.

»Dem Kaiser Montezuma steht nichts entgegen! Sein eilfertiger General Pilpatoé geleitet ihn nun in seine Gemächer, in seine beheizten Gemächer. Wenn diese Königliche Hofoper doch nur in Mexiko stünde, dann müsste sich keine Menschenseele um die Beheizung der Räume kümmern!«

Lachend ziehen Amadori und Paolino von dannen. Der Intendant sieht ihnen schmunzelnd nach, legt erleichtert seine Hände ineinander und schüttelt den Kopf.

22. Kapitel

Johann drückt Emmas Hand und zieht sie nah zu sich heran. Begeistert blickt er in ihre Augen.

»Hat Paolino sich nicht wunderbar verhalten? Emma, ich bewundere ihn über alle Maßen!«

Kurz legt er seinen Arm um Emmas Schulter und drückt sie an sich.

»Paolino bewegt sich so frei!«, fährt Johann fort. »Er geht auf alle zu! Seine Offenheit ... seine Herzlichkeit beglückt die Menschen. Und wie lustig er ist! ...«

»Ich fand es so komisch«, Emma lacht, »als er die Astrua veräppelt hat ...«

»Veräppelt? ...«

»Na, sich über sie lustig gemacht hat! ...«

»Ja! Zu viel Aufregung würde ihrer Stimme schaden!«, wirft Johann amüsiert ein. »Sie hat ihm den Scherz jedoch nicht übel genommen, sondern mitgelacht …«

»Ja, ja, Paolino und sie sind ja gut befreundet …«

»… Das trifft sicherlich zu. Nein, ich meine, dass sie auch humorvoll zu sein scheint …«

»Pphh, neben ihrer ganzen Arroganz, die sie so raushängt …«

»Ich verstehe dich gut, Emma, doch du drückst dich etwas seltsam aus …«

»Sorry, äh, bitte entschuldige, das sagen wir in unserer Zeit einfach mal so.«

»Daran scheine ich mich gewöhnen zu müssen.«

»Ja-ha«, singt Emma fast und sieht Johann glücklich an.

»Auf zum Chor, Wilhelmine!«

»Paolino hat uns gar nicht gesagt, wo sich der Chor trifft, Johann.«

»Woher sollte Paolino das auch wissen? Hat euch der Chorleiter keinerlei Anweisungen erteilt?«

»Nein, eigentlich nicht. Er meinte nur, dass wir uns heute am späten Nachmittag zur Probe einfinden sollten. Ich verstehe sowieso noch nicht richtig, wie ihr ohne Armbanduhren oder Mobiltelefone vereinbarte Zeiten einhalten könnt! Dafür müsst ihr wahrscheinlich immer zur nächsten Kirchturmuhr springen.«

»Em … Wilhelmine, höre bitte auf, in solchen Rätseln zu sprechen … Armbanduhren und was auch immer … dafür bleibt jetzt keine Zeit!«

Johann sieht sich um.

»Da drüben«, bemerkt Emma übermütig. »Da steht doch noch der Baron von Sweerts! Den frag' ich mal!«

Sofort setzt sich Emma in Bewegung.

»Nein, Em … Wilhelmine!«, ruft Johann entsetzt, »bleib bei mir!«

Vergeblich versucht er, Emma an ihrem Arm zurückzuhalten, doch sie ist schneller als er, und ein Handwerker kommt ihm in die Quere.

»Oh Schreck! Was macht sie da!«, stöhnt Johann und bleibt resigniert stehen.

»Meine verrückte Emma …«, flüstert er und beißt sich vor Anspannung auf die Lippen.

Baron von Sweerts hält handbeschriebene Papiere in seinen Händen, die er aufmerksam studiert. Als Emma ihn erreicht hat, macht sie vor ihm einen Knicks und sagt:

»Sehr verehrter Baron von Sweerts, darf ich Sie, äh, darf ich Euch kurz stören?«

Der Opernintendant schaut erstaunt auf. Sofort macht Emma noch einen viel tieferen Knicks. Sie überlegt angestrengt.

»Dürfte ich Euch fragen, wo sich der Chor vor dem Probenauftritt zusammenfindet? Wilhelmine Melitz ist mein Name und ich singe im Chor mit.«

Der Baron blättert hektisch in den Seiten, würdigt Emma keines Blickes und sagt schnell:

»Mein liebes Kind! Geschwind, *dans les chambres des acteurs* im ersten Stockwerk. Nach den Treppen rechts.« Dann wedelt er jemandem mit den Seiten zu und ruft laut:

»Hat er dafür Sorge getragen, dass der Apollosaal von jeglicher Kulissenmalerei vollständig leer geräumt wurde? Noch heute Morgen wurden auf Wunsch Seiner Majestät die letzten Korrekturen an den vorderen Kulissen des kaiserlichen Gartens vorgenommen.« Baron von Sweerts dreht sich um und entfernt sich mit zügigen Schritten.

Emma strahlt Johann an, der kopfschüttelnd auf sie zukommt.

»Wilhelmine! Tadeln muss ich dich! Was ist das für ein unflätiges Benehmen!« Johann sieht Emma streng an, doch um seine Lippen spielt ein leichtes Lächeln.

Emma grinst.

»Ja, ich darf nicht einfach so Erwachsene ansprechen, das weiß ich doch«, winkt sie ab. »Allerdings musst du mich auch loben!« Emma stemmt die Hände in ihre Hüften und sieht Johann herausfordernd an. »Denn immerhin weiß ich jetzt von Baron von Sweerts höchstpersönlich, wo sich der Chor trifft.«

Johann schüttelt ungläubig lächelnd den Kopf.

»Wohl wahr! Dem kann ich nicht widersprechen. Doch es gleicht einem Wunder, dass der Baron dir geantwortet hat, Wilhelmine. Wo müssen wir nun hin?«

»Die Treppen hoch in den ersten Stock, danach nach rechts. Die Räume haben einen französischen Namen, der mit einem Wort endet, das wie ›Acktör‹ klang.«

»Hm. Das scheinen mir sehr allgemeine Anweisungen zu sein«, erwidert Johann.

»Ich spreche kein Französisch, Johann …«

»… Des Französischen bin auch ich nicht mächtig …«

»… Dann war da noch ein Wort, das begann mit ›sch‹ und wurde durch die Nase ausgesprochen …«

»… Ist das im Französischen nicht des Öfteren so?«

»Ach, wir werden es schon finden, Johann!«

Johann legt seine Hände auf Emmas Schultern und schiebt sie in Richtung Treppenaufgang. Emma fasst kurz nach Johanns Händen und genießt es, mit ihm zusammen die Aufregung und den Lärm im Foyer zu erleben.

In ihren Gedanken taucht Madame R.s Spieluhr, das Paar auf der Bank vor dem Säulentempel auf … damals hatte sie gleich an Johann gedacht. Damals? Nein, das war doch erst gestern gewesen! Kaum zu glauben! Und nun lief Johann hinter ihr! Unwillkürlich dreht sich Emma um. Sie musste ihm in die Augen sehen!

Da entdeckt sie in einiger Entfernung Elisabeth in Begleitung ihres Bruders. Emma winkt.

»Elisabeth!«, ruft Emma erfreut.

Elisabeth winkt zurück.

»Wilhelmine!«, sagt Johann diszipliniert. »Steige bitte die Treppen nach oben! Wir blockieren den Aufgang.«

»Elisabeth wird bestimmt wissen, wo dieser seltsame französische Raum ist, Johann.«

Zuversichtlich steigt Emma die Treppe nach oben.

»Wenn wir oben angekommen sind, warten wir einfach auf die beiden. Man muss auch mal Glück haben, Johann! Findest du nicht auch?«

»Mmh«, ist alles, was Johann von sich gibt.

»Was meinst du mit ›mmh‹, Johann?«

»Man soll nicht so viel über das Glück reden, wenn man – so wie wir – reichlich damit gesegnet ist.«

Johann hatte immer wieder so überraschende Gedanken! Emma staunt. Doch steckte da auch nicht ein wenig Aberglaube in diesem Satz? Egal. Sie waren einfach glücklich, überglücklich zusammen! Emma streckt ihre Hand nach hinten aus und lächelt, als Johann kurz darüber streicht.

»Oh, sieh' Em... Wilhelmine, wer uns auf der Treppe entgegenkommt!«, sagt Johann plötzlich.

Oh Gott, da war ja Wilhelm! Der hatte es aber eilig! Trotzdem schien er Johann und sie schon entdeckt zu haben. Hatte er etwa beobachtet, wie sie sich gerade berührt hatten? Nein, das konnte eigentlich nicht sein.

Im Vorbeigehen ruft Wilhelm lachend:

»Willkommen! Nun erlebt ihr die Königliche Hofoper von einer ganz anderen Seite!«

Emma winkt. Johann nickt ihm zu. Als er Wilhelm hinterher schaut, dreht sich dieser nochmals um. Ihre Blicke treffen sich und Johann entdeckt ein vieldeutiges Lächeln im Gesicht des Bühnenexperten.

Am oberen Ende der Treppe dreht sich Emma um und flüstert:

»Johann, glaubst du, Wilhelm hat gesehen, wie wir uns berührt haben?«

»Ach nein, Wilhelmine!«, beschwichtigt Johann sie mit betont normaler Stimme. »Hier sind zu viele Menschen unterwegs. Wie sollte er eine kurze Berührung bemerkt haben? Mache dir keine Sorgen.«

»Ich traue dem Braten nicht.«

»Wilhelm, ein Braten?« Johann grinst. »Was für ein merkwürdiger Vergleich!«

Emma lacht.

»Es ist schön, dich wiederzusehen, Wilhelmine!« Elisabeth nimmt die letzten Treppenstufen. »Und das, Max, ist Johann, Paolinos Ankleider und Wilhelmines Bruder. Wie du siehst, habe ich dir die Wahrheit erzählt!« Elisabeth wendet sich Johann und Emma zu.

»Habe ich nicht Recht?«, fragt sie und schaut aufgeregt zwischen Johann, Emma und ihrem Bruder hin und her.

»Ja, das stimmt«, beteuert Johann. Er nickt Max und Elisabeth freundlich zu.

»Seit gestern hat meine Schwester dafür gesorgt, dass alle in unserer Familie nur noch über dich redeten!« Max berührt den Arm seiner Schwester. »Lasst uns weitergehen, Elisabeth, hier drängt sich jeder. Dort rechts liegen die *chambres des acteurs*; die meisten Chorsänger werden sicherlich schon eingetroffen sein.«

»Kommt mit! Kommt mit, Wilhelmine und Johann!«, ruft Elisabeth. »Hoffentlich ist Maria schon hier. Auch sie sollte Johann und Wilhelmine kennenlernen!«

»Liebe Elisabeth, wir sind zum Singen hier!«, ermahnt sie Max. »Wahrscheinlich erwartet uns der Chorleiter schon ungeduldig. Er ist immer mehr als pünktlich, was wir heute von uns nicht behaupten können.«

Johann und Emma folgen den Geschwistern erleichtert.

»Warum bist du so streng zu mir, Max?«, hören sie Elisabeth sagen. »Noch nie haben wir den Ankleider eines Hofsängers kennengelernt, der sogar das Kostüm miterstellt hat. Zudem ist der Hofsänger Paolino der netteste und jüngste von allen! Und Johann gefällt mir gut …«

»Was meinst du mit ›gefällt mir gut‹, liebe Schwester?«, unterbricht sie Max.

»Er scheint ein wundervoller älterer Bruder zu sein …«

»Elisabeth! Was willst du damit sagen? …«

»… Dass du nicht immer so streng mit mir sein sollst, Max!«, kontert Elisabeth schnell.

»Sei nicht so frech zu deinem älteren Bruder …«

»Frech bin ich nicht, Max.«

»Oh doch.«

»Nein, nur anders als du.«

»Dem kann ich nur zustimmen!« Max seufzt.

Die Geschwister halten vor einer hohen Flügeltür an, die in dem Moment von innen geöffnet wird. Ein Mädchen steckt den Kopf heraus.

»Maria! Was für ein Zufall!« Elisabeth zieht die Tür weiter auf.

»Elisabeth!«, ruft das Mädchen erfreut und begrüßt die Geschwister.

»Ist der Chor schon vollzählig und der Chorleiter angekommen?«, will Max sofort wissen.

»Nein. Aber es fehlen nur wenige. Der Chorleiter ist schon bei uns gewesen, doch er musste zu einem *rendez-vous* mit Baron von Sweerts. Wir warten auf seine Rückkehr.«

»Maria, kennst du Wilhelmine?« Elisabeth zeigt auf Emma.

»Nein.«

»Wilhelmine kommt aus dem Chor des Potsdamer Militärwaisenhauses«, erklärt Elisabeth.

»Sei gegrüßt, Maria.« Emma lächelt. Maria war ein großes, schlankes Mädchen mit einem hübschen Gesicht. Sie sah erstaunlich jung aus! Wie alt mochte sie sein? Sicherlich nicht älter als 12, vielleicht höchstens 13.

»Wilhelmine, Marias Vater ist Franz Benda«, fügt Elisabeth hinzu. »Er ist der erste Hofviolinist, musst du wissen!« Sie nickt Emma gewichtig zu.

»Und dies, Maria«, fährt Elisabeth fort, während sie Johann einen kurzen Blick zuwirft, »dies ist Wilhelmines Bruder Johann. Stelle dir vor, er ist Posamentierlehrling und der Ankleider von Paolino! Er hat an Paolinos Kostüm gar selbst mitgearbeitet!«

»Nun lasst uns endlich zu den anderen Chorsängern gehen!«, sagt Max ungeduldig.

»Wir sind gleich hier, in der vorderen Ecke des Raumes, Maximilian«, erklärt Maria ruhig. Interessiert sieht sie Johann an.

»Der Ankleider von Paolino bist du?«, fragt Maria.

»Ja, der bin ich. Jedoch nur für die Opernaufführungen von *Montezuma*«, antwortet Johann.

»Wir sollten die Tür wieder schließen«, bemerkt Maria. »So kommt alle herein! Die Tänzer nutzen den hinteren Teil dieses *chambre des acteurs*; sie beklagen sich, sobald durch die geöffnete Tür der kleinste Luftzug entsteht.«

Emma erkennt einige Gesichter der Chorsänger wieder. Ja, da war auch der unangenehme Typ, der neben ihr gestanden hatte. Sie fühlt sich unwohl. Zusammen mit Maria, Elisabeth und Max gehen sie auf die Chorsänger zu, die ihnen erwartungsvoll entgegenblicken und vor allem Johann neugierig mustern.

»Bevor meine vorlaute Schwester Elisabeth mir zuvorkommt«, hebt Max plötzlich an, »möchte ich euch Johann vorstellen. Er ist der Ankleider von Paolino!«

Ein leises Raunen geht durch die jugendlichen Sänger.

Emma blickt sofort zu Elisabeth, die mit zusammengezogenen Augenbrauen auf den Holzboden schaut. Was war Max doch für ein blöder Bruder! Was fiel dem eigentlich ein? Emma sucht den Blickkontakt zu Johann, doch auch er starrt verständnislos auf Max.

»… Und Johann ist auch der Bruder von Wilhelmine«, ergänzt Elisabeth trotzig.

Wie mutig Elisabeth doch war! Sie ließ sich nicht die Butter vom Brot nehmen! Emma ist voller Bewunderung.

»So ist Paolino jetzt in der Königlichen Hofoper?«, fragt der unsympathische Junge zaghaft.

»Dies wird sicherlich so sein«, antwortet Max langsam, während er Johann fragend ansieht.

Johann sollte Maximilian am besten erst mal zappeln lassen! Emma beobachtet Johann aus ihren Augenwinkeln.

»Richtig«, erläutert Johann mit klarer Stimme. Ganz gerade steht er vor den Chorsängern. »Sonst wäre ich nicht hier, und meine Schwester wäre alleine zu euch gekommen.«

Johann war großartig! Seine Antwort hätte nicht besser ausfallen können! Emma würde Johann jetzt am liebsten umarmen.

»Welche Rolle wird Paolino singen?«, fragt jemand.

»Er wird die Rolle des kaiserlichen Generals Pilpatoé singen …«

»… So ist Montezuma ein Kaiser?«, wirft ein anderer erstaunt dazwischen.

»Ja, er ist der Kaiser des fernen Landes Mexiko und Pilpatoé ist sein kaiserlicher General«, führt Johann geduldig aus.

»So erzähle, wie wird sein Kostüm aussehen? Hast du es je zu Gesicht bekommen?«, traut sich ein dritter zu fragen.

»Ja, Johann kennt das Kostüm in- und auswendig!«, meldet sich Max schnell zu Wort. »Als Posamentierlehrling hat er an dessen Erstellung mitgearbeitet!«

Fasziniert schauen alle Sänger auf Johann.

Das war doch jetzt wohl der Gipfel! Emma ist empört. Max spielte sich hier als Showmaster auf! Los Johann, eine saftige Antwort!

»Ich wage nicht zu behaupten, dass ich das Kostüm in- und auswendig kenne. Es waren doch mehrere, die an dem Kostüm mitwirkten. Eines kann ich euch jedoch verraten«, Johann hält inne, »an dem Kostüm befinden sich unzählige silberne und goldene Federn, in denen sich das Licht auf der Bühne widerspiegeln wird.«

Ein leises »Oh« und »Ah« geht durch den Chor.

»Werden wir Paolino auf der Bühne sehen können?«

»Das kann ich euch nicht sagen ...«

»... Warum nicht?«, kommt es frech aus der Chorgruppe.

»Weil ich es nicht weiß, wahrlich nicht weiß«, betont Johann. Dabei zuckt er mit den Schultern.

»Wie viele Arien wird er singen?«, fragt Maria.

»Er wird zwei Arien singen.«

»Nur zwei Arien?«, hakt jemand enttäuscht nach.

»Zwei wundervolle Arien«, beteuert Johann.

»Wie oft übt Paolino?«, fragt eine hohe, fast piepsige Stimme.

»Viele Stunden jeden Tag! Dazu kommt, dass er sich immer wieder mit den anderen Hofsängern zum Proben trifft, wie etwa mit Giovanna Astrua oder Porporino. «

Die Chorsänger sind sichtlich beeindruckt.

»Ist Paolino ein guter Mensch?«, meldet sich Elisabeth.

»Er ist einer der wundervollsten Menschen, die ich kenne«, antwortet Johann.

»So erzähle uns mehr, Johann!«, fordert Elisabeth ihn auf.

»Was soll ich euch sagen? Er hat ein großes Herz, er ist mir zugewandt, er ist lustig, er ist galant ...«

»So habe ich ihn auch erleben dürfen!«, wirft Maria ein.

Alle Blicke sind plötzlich auf sie gerichtet.

»Als junger Sänger logierte Paolino einige Jahre in unserer Familie«, berichtet sie. »Wir Kinder waren Paolino über alle Maßen zugetan. Wir durften ihn Träller-Paulchen oder Monsieur Ti-ri-li nennen – diese Namen hatten wir uns für ihn ausgedacht …«

Gelächter geht durch die Chorsänger.

»Manchmal brachte er uns ungewöhnliche Geschenke mit. Aus Italien kam er einmal mit einer Art von Papiertheater für uns zurück.« Schwärmend hält Maria inne. »Es hatte einen Vorhang, die Figuren konnten wir an Stäben von der Seite auf die Bühne schieben … alles war bunt … wie im richtigen Theater!«

Maria lächelt Johann an.

»Die böhmische Küche war ihm nicht zuträglich. Doch einem selbstgebackenen Knedlik[62] meiner Mutter konnte er nicht widerstehen.«

Die Chorsänger bekommen große Augen.

»Diese Leckerei briet sie in Butter«, fährt Maria unbeirrt fort, »schnitt sie auf und bestrich sie mit Rübensirup. Das war für Paolino stets ein Fest!«

»Es ist an der Zeit, dass ich zu Paolino gehe«, hebt Johann an. »Er erwartet mich in seiner Garderobe.« Johann sieht Emma an. »Warte so lange hier oben, bis ich dich wieder abhole, Wilhelmine.«

»Aufregender ist es, wenn du unten im Foyer wartest, Wilhelmine!«, meint Elisabeth keck.

»Dort, liebe Elisabeth, wird es nach der Probe hoch her gehen …«

»Das ist doch das Schöne …«

»Wie soll ich Wilhelmine dort wiederfinden?«

»Ach, ihr werdet euch nicht verlieren!«, winkt sie lachend ab.

»Auf Wiedersehen, Wilhelmine! Ich werde im Foyer nach dir Ausschau halten!« Johann geht rückwärts in Richtung Flügeltür.

Emma winkt ihm schweigend zu. Es fällt ihr schwer, sich von ihm – wenn auch nur kurzzeitig – zu trennen. Sie blickt ihm nach, bis er durch die Tür der Künstlergarderobe verschwunden ist.

62 Semmelknödel

»Dein Bruder ist so liebevoll zu dir, Wilhelmine«, flüstert Elisabeth ihr ins Ohr. »Was gäbe ich, dass Max auch so zu mir wäre!«

»Ich kann dich verstehen, Elisabeth, so gut verstehen!« Emma konnte ihr schlecht sagen, dass er sich wie ein Ekel aufgeführt hatte. Elisabeth tat ihr leid. »Doch du hast ja Maria und mich!«, entfährt es ihr.

»Ja, das habe ich!«, erwidert Elisabeth und sieht Emma froh an.

23. Kapitel

Johann steht vor der geschlossenen Tür der Künstlergarderobe und überlegt, wie er Paolinos und Amadoris Garderobe ausfindig machen könne. Er lächelt in sich hinein: Emma hatte Baron Sweerts gefragt! Das hatte sie sich einfach getraut! Als Paolinos Ankleider konnte er sich das nicht leisten; das würde vielleicht auf Paolino zurückfallen und ihm zum Nachteil gereichen. Nein, er musste sich etwas Verantwortungsvolleres ausdenken.

Johann schaut sich um. Auf der gegenüberliegenden Seite entdeckt er eine weitere Flügeltür, aus der gerade zwei Musiker mit eingepackten Instrumenten herauskommen, um die Treppe hinunter zu gehen. Nach wenigen Treppenstufen bleibt einer von ihnen stehen.

»Warten sollten wir!«, hört Johann ihn sagen. »Das Foyer ist voller Leibgarde-Soldaten! Alle Komparsen scheinen anzukommen!«

Komparsen! Johann durchfährt es vor Aufregung. Kam da gerade Georg an? Dem musste er nachgehen! Sofort begibt sich Johann zur Treppe und nimmt zwei Stufen auf einmal, so dass er in Windeseile an den beiden verblüfften Musikern vorbeifliegt. Durch das Foyer drängen sich unzählige Soldaten in einen für sie vorgesehenen Raum. Oberhalb des Treppenabsatzes bleibt Johann stehen und lässt seinen Blick über die vielen Gesichter schweifen. Doch nirgends kann er Georg entdecken. Er bleibt stehen und wartet. Vielleicht kam er ja noch.

»Johann Melitz! Hier bin ich! So scheint er schon in Paolinos Diensten zu sein!« Die Stimme ist genau unter ihm; sie kommt ihm bekannt vor.

Johann lehnt sich über die Treppenbrüstung und schaut nach unten: Da stand Hauptmann Wichard von Kaldenberg!

»Hauptmann von Kaldenberg!«, ruft er überrascht. »Ihr seid hier? Seid gegrüßt!«

»Es dürfte ihn nicht wundern, dass ich hier bin!«, erwidert Kaldenberg vergnügt. »Sind es doch meine Bataillons-Soldaten, die hier als angeforderte Komparsen einmarschieren.«

»Dessen bin ich mir bewusst, Hauptmann Kaldenberg.« Johann wundert sich, dass Kaldenberg ihn so formal anspricht. Wo war das vertraute ›Du‹ geblieben?

»Hauptmann Kaldenberg, hat Georg diese Stelle schon passiert?«, fragt er aufgeregt.

»Nein, Georg hat den Auftrag, als Letzter durch den Künstlereingang das Foyer zu betreten und mir die genaue Anzahl der anwesenden Bataillons-Soldaten zu rapportieren. Komm' er doch herunter an meine Seite, Johann!«

Das lässt sich Johann nicht zweimal sagen. Auf dem Weg hinunter fragt sich Johann, ob die formale Ansprache vielleicht mit seiner neuen Rolle als Paolinos Ankleider zu tun hatte?

»Johann, es freut mich außerordentlich, ihn hier anzutreffen! Ist er sehr beschäftigt in Paolinos Diensten?«, will Kaldenberg wissen. »Doch zuerst muss ich ihn ansehen, den frisch auserkorenen Ankleider des berühmten Hofsängers Paolo Bedeschi! Ah, es steht ihm bestens zu Gesicht! Froh, zufrieden, gar glücklich sieht er aus!«

»Mir geht es gut, Hauptmann Kaldenberg. Es gibt viel zu tun, doch Paolino ist ein guter, mir zugewandter Mensch.«

»Das erfreut mich! Wo logiert er während der Zeit der Opernaufführungen?«

»In Paolinos Wohnung.«

»Oh!«

»Dort in einer Kammer.«

»Welche Großzügigkeit, Johann! Da hat er es gut getroffen.«

»Das habe ich Euch zu verdanken, Hauptmann Kaldenberg.«

»Nein, eigentlich hat er es auch Georg zu verdanken!« Kaldenberg lächelt.

»Ja!«, pflichtet Johann schnell bei. »Doch Ihr habt Meister Bürgenroth davon überzeugt, mich ziehen zu lassen.«

»Nun denn, das bereitete mir nicht die geringsten Schwierigkeiten!«, winkt Kaldenberg ab. »Wohin des Weges, Johann?«

Krampfhaft überlegt Johann, was er Hauptmann Kaldenberg erzählen konnte, vielmehr erzählen wollte.

»Auf dem Wege zu Paolinos Garderobe bin ich.«

»Ist ihm der Weg dorthin bekannt?«

»Nein, noch nicht, Hauptmann Kaldenberg«, erklärt Johann zögernd. »Bei unserer Ankunft verkündete Baron von Sweerts Veränderungen bei der Belegung der Sängergarderoben, da noch nicht alle vollständig beheizt sind.«

»Meint er die Ankunft von Paolino und sich selbst?«

»Stellt Euch vor, Hauptmann Kaldenberg!« Ein Lächeln gleitet über Johanns Gesicht. »Paolino wurde von Giovanna Astrua mit der Kutsche abgeholt …«

»… So saß er mit Paolino und Giovanna Astrua in einer Kutsche?«, fragt Kaldenberg ungläubig.

»So war es.«

»Er ist ein wahrer Glückspilz, Johann!«

Kaldenberg schüttelt lachend den Kopf.

»Und gleichzeitig fuhren Porporino und Amadori in einer Kutsche vor …«

»… Johann, er erzählt mir doch keine Märchen?«

Kaldenberg sieht Johann prüfend an.

»Nein, Hauptmann Kaldenberg. Es ist die Wahrheit. Alle vier Hofsänger trafen gleichzeitig am Künstlereingang ein.«

»Welcher Auftritt!«, stellt sich Kaldenberg vor.

»Das war es, Hauptmann Kaldenberg! Nun teilen sich Paolino und Amadori die Garderobe der Hornbläser – für die heutige Probe …«

»Ah, sicherlich erhielten Giovanna Astrua und Porporino ihre eigenen.«

»So ist es.«

»Wie hätte es auch anders sein können.« Kaldenberg hält inne. »Johann, erstaunt bin ich über seine Nähe zu Paolinos alltäglichem Leben! Paolino scheint ihm – in der Tat – zugetan zu sein.«

Kaldenberg mustert Johann aufmerksam, dann ruft er plötzlich: »Georg!« Er bedeutet Georg, zu ihm zu kommen. »Hier erwartet dich jemand! So komm‹!«

Als Georg seinen Freund entdeckt, strahlt er über das ganze Gesicht. Dann sagt er ernst:

»Hauptmann Kaldenberg, alle 80 Komparsen sind nun vollständig angekommen!«

Wichard von Kaldenberg nickt Georg zu.

»Nun, begrüßt euch, ihr zwei Freunde!«

Johann und Georg nehmen sich kurz in den Arm.

»Was für einen prächtigen Rock du trägst, Georg!«, sagt Johann staunend. »Lass dich ansehen, mein Freund!«

Georg lächelt stolz und stellt sich aufrecht hin.

»Soll dies dein Kostüm für den Bühnenauftritt sein?«

»Nein, Johann! Die Kostüme der Komparsen sind viel ausgefallener und noch prächtiger als diese Kleidung! Als spanischer Soldat werde ich in Rot gekleidet sein und einen schwarzen Hut tragen. Ein silberner Panzer schützt mich ... nicht zu vergessen die Waffen, die ich mitführen werde ...«

»Wie gerne würde ich dich auf der Bühne sehen ...«

»Es würde dir gefallen ...«

»Ich werde zu beschäftigt sein, Georg.«

Wichard von Kaldenberg sieht sich suchend um und geht ein paar Schritte durch das Foyer.

»Johann, wie geht es dir mit Paolino? Schnell, so erzähle!«

»Paolino ist ein wunderbarer Mensch. Viel Glück habe ich mit ihm. Doch, Georg, so höre: Emma ist mir begegnet!«

Georg fällt die Kinnlade herunter.

»Sie ist Sängerin im Chor, der zu *Montezuma* auftreten wird. Sie ist weder klein noch unsichtbar. Sie ist hier in ihrer wahren Größe!«

Georg sieht sich kurz um; Kaldenberg befand sich noch in sicherer Entfernung. »Bist du dir sicher, Johann?«

»Ja. Wir haben schon miteinander gesprochen; sie ist es wirklich, Georg!«

»Wo ist Leonie?«

»Emma ist alleine hier …«

»Alleine?«

»Ja. Emma weiß nicht, wo Leonie zurzeit ist …«

»Wie seltsam! Das verstehe ich nicht. Sind sie doch gute Freundinnen gewesen …«

»Da kommt Hauptmann Kaldenberg zurück – oh, mit Baron von Sweerts …«

»… Sag' schnell, wie geht es Emma?«

»Gut geht es ihr!«

»Wie können wir uns alle treffen?«, flüstert Georg aufgeregt.

»Wir werden sehen müssen …«

»Ja. Ich kann es nicht fassen …«

Beim Näherkommen hören Johann und Georg Baron von Sweerts sagen:

»Das östlich gelegene *chambre des ouvriers*[63] ist Euren Bataillons-Soldaten nicht nur für die gesamte Probe, sondern auch für die Premiere und alle folgenden Aufführungen zugeteilt, Hauptmann Kaldenberg.«

Die beiden bleiben unmittelbar vor den Freunden stehen.

»Im Probenablauf wird seine Majestät zuerst Ausschnitte aus den drei Hauptrollen und Paolino hören wollen. Die Komparsen sind unmittelbar nach den Auftritten der Hofsänger an der Reihe. Die Bühnenpläne mit den Aufzeichnungen zu den jeweiligen Auftritten der Komparsen habt Ihr erhalten, nehme ich an.«

»Danach wurde geprobt, Baron von Sweerts.«

»Dafür sind sie gedacht. So soll es sein, Hauptmann Kaldenberg.«

»Verehrter Baron von Sweerts, dürfte ich Euch bitten, dem mir sehr vertrauten Ankleider von Paolino, Johann Melitz, mitzuteilen«, Kal-

63 Aufenthaltsraum der Bühnenarbeiter in der Königlichen Hofoper

denberg zeigt auf Johann, »wo sich die Garderobe der Hornbläser befindet, in der sich Paolino vor seinem Probenauftritt aufhält?«

Der Schauspieldirektor blickt kurz auf Johann.

»Ah!«, sagt er knapp, »die Treppe nach oben. *Les chambres des acteurs à gauche.*«

»Seid bedankt, Baron von Sweerts.« Kaldenberg wendet sich Johann zu und übersetzt.[64]

Johann nickt Kaldenberg dankend zu, blickt kurz zu Georg und beeilt sich, in die obere Etage zurückzukehren.

Würde es Emma, Georg und ihm gelingen, sich zu sehen oder sich sogar auszutauschen? Sie waren alle unter dem Dach der Königlichen Hofoper, warum sollte das nicht möglich sein? Doch wann würden sich die Chorsänger, Komparsen und der Ankleider von Paolino über den Weg laufen? Alle waren in verschiedenen Räumlichkeiten untergebracht und würden sich zu unterschiedlichen Zeiten in Richtung Bühne bewegen. Um die Bühne waren überall Menschen beschäftigt. Wo könnten sie sich unbemerkt treffen? Johann überlegt. Doch wollte er das eigentlich? Da war er sich nicht mehr so sicher. Emma und er hatten sich gerade ihre Liebe füreinander gestanden. Alles war noch zu neu, zu frisch …

Johann wirft einen Blick hinunter in das Foyer, bevor er die Treppenwendung nimmt. Georg ist nirgends mehr zu sehen. Nein, Johann war sich sicher, noch war es zu früh, um mit seinem besten Freund diese große, kostbare Neuigkeit zu teilen.

Johann muss sein zügiges Tempo reduzieren. Ihn blockiert eine stattlich gekleidete Frau mit einer aufwendigen Perücke, die anhält, um entgegenkommende Musiker anzusprechen.

»Sehr verehrte, hoch talentierte Musiker«, beginnt sie und schaut dabei die einzelnen Musiker abwechselnd an. »Sie würden mir eine wahre Freude bereiten, wenn Sie mir mitteilten, wo sich Paolo Beschis Garderobe befindet.«

Johann stutzt. Wer war diese Dame? Auch die Musiker beäugen sie zurückhaltend.

64 Die links gelegenen Künstlergarderoben

»Mir ist wohl bewusst«, säuselt die Dame angespannt, »dass Sie mich nicht einzuordnen vermögen. Doch Paolino erwartet mich. Wir sind vor seinem Probenauftritt verabredet.«

»Gerade haben wir das *chambre des acteurs* verlassen, damit Paolino sich ungestört auf seinen Auftritt vorbereiten kann«, erklärt einer der Musiker.

»Das scheint mir«, fügt ein weiterer hinzu, »ein ungünstiger Augenblick für eine Verabredung zu sein, Madame …«

»Der Grund unserer Verabredung dürfte Ihnen unbekannt sein, verehrte Musiker«, erwidert die Dame kühl. »Doch er ist außerordentlich wichtig. Paolino erwartet mich«, wiederholt sie mit Nachdruck.

Mit seinem Arm weist der dritte Musiker die Dame auf die entsprechende Flügeltür hin. Ohne die Musiker noch eines Blickes zu würdigen oder ein Wort zu verlieren, hebt die Dame Röcke und Umhang an, um ihren Gang nach oben fortzusetzen. Empört reden die ersten beiden Musiker auf den dritten ein, während sie die Treppe weiter nach unten gehen.

Johann folgt der Dame vorsichtig. Ihr Verhalten den Musikern gegenüber verwundert, ja, irritiert ihn fast ein wenig. Mit keinem Wort hatte Paolino eine Verabredung vor der Probe erwähnt … nun, dazu war er ja nicht verpflichtet. Doch was wollte diese Dame von Paolino?

Die Dame geht geradewegs auf Paolinos Garderobe zu und klopft an die Tür. Johann hält gebührenden Abstand. Die Dame klopft nochmals an, erst dann öffnet Paolino die Tür.

Sichtlich erfreut begrüßt Paolino die Dame, tritt in das obere Foyer und schließt die Tür hinter sich. Zusammen gehen sie zum großen Fenster oberhalb des Künstlereingangs und bleiben dort stehen. Sie unterhalten sich angeregt. Paolino präsentiert sich in seiner ganzen Lebendigkeit. Johann hört die Dame oft lachen; sie fixiert Paolino mit ihren Augen und öffnet ihren Umhang. Aus einer Innentasche holt sie ein kleines rotes Samtsäckchen hervor und lässt es vor Paolinos Augen an einer goldenen Kordel hin und her baumeln. Mit ihrer anderen Hand deutet die Dame an, Paolino einen Kuss zuzuwerfen. Da streicht ihr Paolino sanft über die Wange.

Johann traut seinen Augen kaum. Was ging hier vor sich?

Als Paolino nach dem Samtsäckchen greifen will, zieht es die Dame kokett zur Seite und dreht sich langsam um. Paolino folgt ihr und berührt galant die Hand, an der das Samtsäckchen hängt. Während er lachend auf sie einredet, nimmt er ihr das Samtsäckchen ab, hebt es hoch und küsst es kurz.

Johann stockt der Atem.

Er beobachtet weiter, wie sich die Dame von Paolino den Umhang zuschnüren lässt. Ihre Gesichter sind sich so nah, sie scheinen, ununterbrochen miteinander zu reden. Plötzlich sehen sie sich schweigend an. Ohne ein weiteres Wort gehen die beiden zurück zur Treppe, wo sich ihre Wege trennen. Die Dame verschwindet nach unten und Paolino begibt sich in die Garderobe.

Aufgeregt blickt Johann den beiden nach. Er ist verwirrt. Das musste eine Verehrerin gewesen sein ... doch behandelte Paolino alle seine Verehrerinnen so ... so liebevoll? Wohl nicht ... nein, er schien die Dame wahrhaftig zu verehren ... waren die beiden ein Liebespaar? Oder hatte sich alles um das rote Samtsäckchen gedreht?

Johann seufzt. Er durfte keine Zeit mehr verlieren. Paolino wunderte sich sicherlich schon, warum er noch nicht zurückgekehrt war. Johann eilt auf die Garderobe zu und tritt ein.

24. Kapitel

Im hinteren Teil des Raumes hört er Amadori singen. Vor der spanischen Wand stehen für Paolino ein Kleiderständer, ein Garderobentisch mit Spiegel und Stuhl, ein gewöhnlicher Holztisch und ein Notenständer bereit. Paolino sitzt am Garderobentisch. Im Spiegel kann Johann sehen, dass er das Säckchen inzwischen geöffnet hat. Auf dem Tisch steht eine kleine grüne Flasche mit einem silbernen Verschluss. Mit zitternden Händen versucht Paolino, sie zu öffnen. Johann erschrickt: Paolino ist wachsbleich im Gesicht! Immer wieder fasst er sich an seinen Unterleib und presst seine Lippen aufeinander.

Schnell geht Johann näher an den Garderobentisch heran. Als Paolino ihn im Spiegel entdeckt, lächelt er ihn an, doch es ist ein müdes, erschöpftes Lächeln.

»Paolino, was ist mit dir?«, platzt es aus Johann heraus.

»*Non ti preoccupare*, mein lieber Gianni. Ich muss nur meine Medizin nehmen, dann wird alles wieder gut. Könntest du mir das Fläschchen öffnen? Doch sei vorsichtig, darin ist der ›Stein der Unsterblichkeit‹ und mehr davon habe ich nicht.«

Vorsichtig greift Johann nach der Flasche.

»Es müssen kleine Steine sein, wenn sie in diese Flaschen passen sollen, Paolino.« Johann sieht die Flasche kritisch an. »Steine sollen deine Schmerzen lindern? Von so einer Medizin habe ich noch nie gehört«, murmelt Johann und zieht den Verschluss nach oben.

»Wie ich deine Unschuld liebe, mein teurer Gianni!« Paolino lächelt etwas. Doch sofort verzerrt er sein Gesicht vor Schmerzen. »Du bist ein Geschenk des Himmels!«, presst er hervor. »Keinen einzigen Stein wirst du in dieser Flasche entdecken, *mio caro*! ›Stein der Unsterblichkeit‹, das ist der Name dieser wunderbaren Medizin …«

Paolino streckt seine Hand nach der geöffneten Flasche aus.

»… die ich Glücklicher jetzt zu mir nehmen werde! Ich danke dir, alleine wäre es mir niemals gelungen, sie zu öffnen … Gianni, *sei un dono del cielo*[65]*!* «

Paolino nimmt die Flasche entgegen, legt seinen Kopf in den Nacken und lässt eine durchsichtige Flüssigkeit in seinen Mund rinnen.

Johann ist alarmiert. Paolino befand sich in einem deutlich schlechteren Zustand, als er ihn gestern Abend in der Wohnung erlebt hatte. Was war der Grund für Paolinos Schmerzen? Wie lange litt Paolino schon unter diesen Schmerzen? Gleich würde er auf der Bühne stehen, morgen war die Premiere – würde Paolino das alles meistern können?

Johann schaut in den Spiegel, wo er unmittelbar auf Paolinos Blick trifft.

65 Du bist ein Geschenk des Himmels.

»Gianni, was für ein besorgtes Gesicht du machst! *Non mi piace* … und übrigens macht mich das unglücklich!«

Johann fasst sich ein Herz.

»Ich mache mir ernsthafte Sorgen um dich, Paolino. Was ist mit dir?«, traut er sich, den Hofsänger direkt zu fragen.

Paolino lehnt sich zurück und sieht Johann an.

»Das ist *una lunga storia*«, antwortet Paolino seufzend. »Es sind die Folgen eines neuerlichen medizinischen Eingriffs, um an meinem Leib eine Hautfistel zu entfernen. Anfänglich verlief die Heilung gut, doch seit einigen Tagen bereitet mir die Wunde wieder Schmerzen. Der ›Stein der Unsterblichkeit‹ wirkt wahre Wunder, er wird mich über meine Auftritte retten. Für ausreichende Vorräte zur Premiere habe ich schon gesorgt. Ja, Gianni, diese Medizin wird ihrem wundervollen Namen durchaus gerecht!«

»Niemand ist unsterblich«, entfährt es Johann, der sofort seine Worte bereut. »Oh, Paolino! … Bitte verzeih' … fragen will ich dich … zumal … ob diese Medizin dir die Schmerzen nimmt …«

»Nicht nur das, mein teurer Gianni, sie verleiht mir Kraft und hellt meinen Geist auf. So müssen sich die Unsterblichen fühlen!« Paolino lächelt Johann vielsagend an.

»Des Weiteren will ich dich fragen, Paolino …«, Johann gibt sich einen Ruck, »ob diese Medizin auch deine Wunde heilen kann.«

Johann beobachtet, dass Paolino zu zögern scheint.

»Der Medicus hat mir ein Medikament aus Myrteblättern … eine Art Salbe … für die Wunde verschrieben, die ich – wie anbefohlen – appliziere.«

Johann erinnert sich an das geöffnete Porzellandöschen auf dem Garderobentisch in Paolinos Schlafzimmer.

»Das Medikament wirkt, … doch nur leidlich«, fährt Paolino fort.

»Ein Arzt scheint von Nöten zu sein, Paolino.«

Unschlüssig wiegt Paolino seinen Kopf hin und her.

»*No, no*! Die Myrteblätter werden es richten.«

»Sie scheinen nur leidlich zu wirken, sagtest du soeben, Paolino.«

Johann lässt nicht locker.

»Nach dem Probenauftritt wäre genügend Zeit, um den Medicus wieder aufzusuchen. Ich würde dich dorthin begleiten … würde mich um dich kümmern … weitere Medizin aus der Hofapotheke besorgen … die Wirtin bitten, eine kräftigende Suppe zuzubereiten …«

»*Dio mio!*«, Paolino winkt ab. »Diese Suppe würde meinen Gesundheitszustand nur verschlechtern …«

»Dann gehe ich zu Domenico und kehre mit Köstlichem aus Italien zurück.«

»Das klingt schon besser … nein, *grandioso*, Gianni! Allein diese Vorstellung …«, Paolino seufzt lächelnd, »heilt mich in *questo secondo*!«

Paolino steht auf und fasst an Johanns Schultern.

»Welch' glückliche Fügung, dass gerade du es warst, der mir das Kostüm des Pilpatoé nach Berlin brachte! Mein geschätzter, über alles geschätzter Gianni, gerührt bin ich von deiner Fürsorge! Wir werden sehen, was dann zu tun sein wird. Nun ruft mich die Musik, *mio caro*!«

Paolino beginnt, sich warm zu singen. Johann bemerkt, dass ihn der Gesang von Amadori zu stören scheint. Plötzlich hält Paolino demonstrativ die Hände an seine Ohren und sieht Johann an.

»Giovanna hat Recht, zwei Hofsänger in einer Garderobe ist eine Zumutung!«, bricht es aus ihm heraus. »Warum nehme ich das auf mich? Für die Astrua, für Porporino, für den verzweifelten Baron von Sweerts, für den gepeinigten Amadori … für den allgemeinen Frieden in diesem Tollhaus vor dem Besuch Seiner Königlichen Majestät!«

Paolino zuckt mehrmals mit seinen Schultern, öffnet seine Arme und blickt Johann kopfschüttelnd an.

»Mein geliebter Gianni, du bist mir keine Antwort schuldig!«, sagt er lachend, dreht sich unvermittelt zu dem Notenständer um und beginnt, voller Hingabe zu singen.

Johann hört aufmerksam zu. Paolino schien alles um sich herum zu vergessen. Fasziniert beobachtet Johann die prägnante Gestik, die seinen Gesang begleitet. Er musste für Paolino Hilfe holen! Nichts würde ihn davon abbringen können! Georg sollte davon erfahren, denn er würde in der Lage sein, Hauptmann Kaldenberg um tatkräftige Unterstützung zu bitten. Dafür konnte er jetzt allerdings auf keinen Fall die

Garderobe verlassen, denn bald würde er Paolino zu seinem Bühnenauftritt begleiten müssen. Doch, wann dann? Er überlegt angestrengt. Da holt ihn das Bild mit Paolino und der Dame am Fenster des Foyers wieder ein: Er erinnert sich an die Nähe, die Innigkeit zwischen den beiden. Wer war sie? Vor allem: Wer war sie für Paolino?

25. Kapitel

Es klopft an der Tür. Johann öffnet sie leise und blickt in das Gesicht eines fremden jungen Mannes.

»Der Hofkonzertmeister lässt Amadori und Paolino zum Probenauftritt bitten«, sagt dieser geflissentlich.

»Seid bedankt«, antwortet Johann höflich.

Der junge Mann verneigt sich kurz und macht sich davon.

Johann wird schlagartig aufgeregt. Oh Gott, nun wurde es ernst. Mit leisen Schritten nähert er sich dem singenden Paolino und berührt sacht dessen Oberarm. Während Paolino weitersingt, nickt er Johann zu.

»Wir schrei-ten zur Tat!«, singt er plötzlich. »Auf zur Büh-ne, zu Seiner Kö-nig-lichen Ma-jes-tät!«

Johann lächelt und staunt nicht schlecht, als Paolino auf einmal seinen Gesang unterbricht, um laut durch seine Zähne zu pfeifen.

»Amadori!«, ruft Paolino. »Wir werden auf die Bühne gebeten!«

»Paolino, was musst du mich so erschrecken? Pfiffe in der Königlichen Hofoper, wo gibt es so etwas?!«, meldet sich Amadori.

»Hier und jetzt gibt es sie, mein lieber Freund! …«

»Ja, das höre ich! Für eine Überraschung bist du immer zu haben …«

»In diesem *manicomio* schon!« Paolino zwinkert Johann zu.

»Tollhaus!« Amadori lacht laut. »Das kann man wohl sagen! Doch nur unter uns, versteht sich …«

»Du kennst mich, in diesen Angelegenheiten weiß ich, wie ein Grab zu schweigen!«

»Gebe mir noch *un minuto* …«

»Selbstverständlich, mein Lieber!«, erwidert Paolino.

»Gianni!« Paolino wendet sich Johann zu. »Wir verlassen gemeinsam das *chambre des acteurs*. Amadori und ich werden vor zur Bühnenrampe schreiten, du trittst gleich in die Seitenbühne zu unserer Rechten. Gehe, wie zur Chorprobe, in den vorderen Teil des Seitengangs. Von dort wirst du das Treiben auf der Bühne verfolgen können.«

»Nach deinem Auftritt werde ich dich am hinteren Ende der Bühne erwarten, Paolino …«

»Das wird nicht nötig sein. Bleibe du im vorderen Teil der Seitenbühne, denn ich werde Wilhelm Bescheid sagen, dass du von dort die Auftritte der Komparsen und des Chors verfolgen kannst.«

Johann traut seinen Ohren kaum.

»Während der Premiere und allen weiteren Aufführungen wird das unmöglich sein. Wilhelm würde das niemals erlauben«, Paolino schmunzelt kurz, »und mir in düsterem Ton sagen: ›Nur über meine Leiche.‹ Wilhelm als Leiche während der Premiere? Allein die Vorstellung lässt mich erschaudern!«

»Ich weiß nicht, wie ich dir danken soll, Paolino!«

Johann ist überwältigt.

»Das weiß ich auch nicht, *mio caro amico*! Du sollst deinen besten Freund und deine Schwester«, er räuspert sich, »auf der Bühne erleben. Das ist alles.«

Amadori kommt hinter der spanischen Wand hervor, und die drei verlassen die Künstlergarderobe.

Als sie den hinteren Teil der Bühne betreten, klopft Johanns Herz rasend schnell. Über die Bühne kann er bis in den Zuschauerraum blicken. Die Beleuchtung verbreitet ein wundervolles Licht. Johann erkennt drei große Kronleuchter vorne an der Bühne, Öllampen an der Bühnenrampe und Talglampen an hoch hinauf reichenden Holzplanken zwischen den Kulissen. Dann biegt er rechts in die Seitenbühne ab. Seine Augen müssen sich erst an das schummrige Licht gewöhnen.

Johann geht nicht nach vorne, sondern bleibt hinten im Seitengang stehen. Er hört, wie Amadori und Paolino begrüßt werden; er erkennt die freundliche Stimme des Hofkonzertmeisters und Hofkomponisten Graun. Beide Sänger scheinen Anweisungen zu erhalten, welche Stücke vorgetragen werden sollen. Jemand beginnt auf dem Cembalo, dann setzt Amadori mit einem Sprechgesang ein.

Johann gibt sich einen Ruck und betritt hinter der letzten Kulisse die Bühne. Er schleicht sich am hintersten Bühnenrand entlang, um die Bühne so schnell wie möglich wieder zu verlassen. Dabei entdeckt er Kaskaden[66], die ihm dort zuvor noch nie aufgefallen waren. Kurz blickt er nach oben und stellt erstaunt fest, dass sie bis weit nach oben reichen.

Nun weiter zu Emma, die Zeit war knapp! Ihr musste er alles über Paolinos kritischen Gesundheitszustand erzählen. Und nicht nur das! Sie sollte auch erfahren, dass Georg und er sich inzwischen getroffen hatten.

Mit eiligen Schritten durchkreuzt er das obere Foyer und öffnet die Tür der gegenüberliegenden Künstlergarderobe. Die Chorsänger umringen den Chorleiter, der mit ruhiger Stimme auf sie einredet. Leise schließt er die Tür. Emma steht mit ihrem Rücken zu ihm, doch Max entdeckt Johann sofort. Johann winkt ihm zu.

»Herr Chorleiter, nun müsst Ihr uns glauben«, hebt Max eifrig an, »dass Wilhelmines Bruder der Ankleider von Paolino ist, denn er ist gerade hereingekommen.«

Alle drehen sich zu Johann um. Da war Emma – zwischen Elisabeth und Maria! In ihrem Gesicht entdeckt er Freude, Staunen … sie war so schön anzusehen!

»Steht Paolino schon auf der Bühne, Johann?«, will Elisabeth sofort wissen.

»Ja«, antwortet Johann schnell. »Davor hat er mich gebeten, Wilhelmine aufzusuchen, um ihr Wichtiges mitzuteilen«, flunkert er. »Dazu

66 Stufenartige Konstruktion für einen Wasserfall

bleibt mir sehr wenig Zeit. Herr Chorleiter, um Eure Erlaubnis bitte ich, mit Wilhelmine kurz vor die Tür treten zu dürfen.«

Der Chorleiter kommt auf Johann zu.

»Die Schüler haben mir schon mit größter Euphorie von allen Geheimnissen um Paolino zu erzählen gewusst!«, sagt er freundlich. »Bis jetzt hatten meine Schüler und ich noch nicht das Glück, vor der Premiere über Kostümdetails informiert zu sein!«

Johann nickt angespannt. Es musste jetzt alles schnell gehen! Er durfte keine Zeit verlieren!

»Paolino hatte mir erlaubt, meiner Schwester zu helfen, den Chor zu finden«, sagt er fast gehetzt. »Paolino hat mir für diese Benachrichtigung jedoch kaum Zeit gelassen.«

»Das verstehe ich.« Der Chorleiter dreht sich nach Emma um. »Wilhelmine, so komm‹!«

»Seid von Herzen bedankt für Eure Güte. Für den Chorauftritt wünsche ich Euch ... Gottes Segen!«, fällt Johann ein; er wundert sich über seine eigenen Worte.

Johann öffnet die Tür und lässt Emma den Vortritt. Als er dem Chorleiter und den Sängern lächelnd zunickt, trifft er Elisabeths Blick, die ihn voller Bewunderung ansieht. Dann verlässt Johann die Künstlergarderobe.

»Wilhelmine!«, beginnt Johann diszipliniert.

Über Emmas Gesicht huscht ein Lächeln.

»Paolino weiß nicht, dass ich hier bin ...«

»Das dachte ich mir schon!«

Sie sehen sich direkt in die Augen.

»Wilhelmine, so höre: Paolinos Gesundheit ist ernsthaft bedroht«, platzt es aus Johann heraus. »Er leidet unter den Folgen einer kürzlichen Operation; seine Wunde scheint nicht zu verheilen und das bereitet ihm Schmerzen. Er braucht ärztliche Hilfe.«

Unwillkürlich greift Johann nach Emmas Händen und drückt sie.

»Inzwischen bin ich Georg und Hauptmann von Kaldenberg begegnet! Beide sind hier!«

»Wirklich?« Emma reißt ihre Augen auf.

»Ja, meine Lie …! Georg und die Komparsen sind ein Stockwerk tiefer auf der anderen Seite des Künstlereingangs untergebracht. Es gelang mir, Georg zu sagen, dass du hier bist.«

Aufgeregt denkt Emma nach.

»Jetzt können wir nicht viel tun, Johann …«

»Ja, ich weiß. Aber wissen sollst du es.«

»Wer weiß, welche Gelegenheiten sich ergeben. Hauptmann Kaldenberg könnte uns helfen …«

»Das denke ich auch. Er war so freundlich zu mir … so formell …«

»… Du bist der Ankleider eines Hofsängers, Johann!«, erwidert Emma lächelnd.

Johann senkt kurz seinen Blick und lässt Emmas Hände los.

»Wie ich dich liebe!«, sagt er kaum hörbar und macht sich schnell wieder in Richtung Bühne auf.

Emma sieht ihm glücklich nach.

26. Kapitel

Zwei Windspiele stürmen über das *Parterre*[67] der Königlichen Hofoper.

»*Ma chère Amélie*, beim Ausdruck der Musik, *l'éxpression de la musique*, geht es mir doch um die Nachahmung der Natur!«, sagt König Friedrich eindringlich, als die königlichen Geschwister hinter den Windspielen über das *Parterre* zur Mitte des Orchestergrabens schreiten. Ihnen folgen Madame R. und Leonie. Leonie trägt Prinzessin Amalies Partitur.

»Daher liegt mein Augenmerk auf der Melodie, die dynamisch und kontrastreich ausgearbeitet sein soll«, führt Friedrich aus.

»Da bin ich mit Herz und Verstand ganz bei Euch, lieber Bruder. Was bedeutet Euch das für den *belcanto*?«

67 Das leere Parkett (ohne Stühle) vor dem Orchestergraben

Friedrich bleibt stehen und sieht seiner Schwester in die Augen. Madame R. und Leonie halten an. Leonie versucht, der Unterhaltung zu folgen, während sie auf die Partitur blickt.

»Die absolute Favorisierung der natürlich dahinfließenden Melodie, *Amélie*. Im Adagio[68] soll ein zarter, weicher Ausdruck spürbar werden, im Allegro[69] eine lebhafte Fröhlichkeit zum Vorschein kommen.«

»Eine natürlich dahinfließende Melodie, welch' schönes Bild, *mon cher Frédéric*!«

Friedrich lächelt kurz. Dann fährt Amalie fort.

»Die virtuosen Techniken der Sänger, ihre Kunst der rhythmischen und melodischen Verzierungen, ihre Improvisationen …«

»… haben sich dem Anspruch einer natürlich dahinfließenden Melodie unterzuordnen«, unterbricht sie Friedrich.

»Unterzuordnen? Nein, zu unterstützen, hervorzubringen, *mon cher Frédéric*! …«

»… jedoch ohne virtuose Ornamente, die unnötig und fehl am Platze sind! Darüber haben wir uns schon ausgetauscht.«

Friedrich sieht seine Schwester kritisch an.

»*Ma chère Amélie*, dieses Thema ist hiermit beendet!«

Prinzessin Amalie nickt, doch sie zieht ihre Augenbrauen hoch und um ihren Mund spielt ein leises Lächeln.

»*Amélie?*«, hakt Friedrich streng nach.

»*Oui, mon frère.*«

Als sich die Geschwister wieder in Bewegung setzen, beobachtet Leonie, wie plötzlich ein Ruck durch alle Anwesenden geht. Hofkonzertmeister Graun, der gerade noch zwei Hofsänger auf dem Cembalo begleitet hat, bedeutet den Sängern auf der Bühne innezuhalten und erhebt sich. Die Hofsänger verneigen sich. Sämtliche Musiker im Orchestergraben stehen auf und verbeugen sich. Von der anderen Seite des *Parterres* kommt schnellen Schritts ein gepflegt gekleideter Herr auf den König und die Prinzessin zu.

68 Musikalische Tempobezeichnung; entspricht »behaglich, langsam«
69 Musikalische Tempobezeichnung; entspricht »lebendig, schnell«

Während sich der König und der Hofkonzertmeister freundlich begrüßen, überreicht ihm Friedrich scheinbar beiläufig seine handgeschriebenen Notenblätter und sagt:

»Diese Inspirationen werden nicht nur Montezumas Zustand im Kerker mehr Prägnanz verschaffen, sondern auch Amadoris Stimme mehr entsprechen, werter Hofkonzertmeister.«

Graun nickt dankend und nimmt ehrfürchtig die Notenblätter entgegen.

»Mein Wunsch ist es, Amadori meine Veränderungen singen zu hören.«

»Sehr wohl, Eure Majestät«, erwidert Graun, vertieft sich sogleich in die Noten und lässt sie an einen der Sänger auf der Bühne weiterreichen.

»Baron von Sweerts«, fragt Friedrich gleich nach der Begrüßung des Schauspieldirektors, »welche Reihenfolge habt Ihr für die Probenauftritte festgelegt? Wie ich sehe, stehen Amadori und Paolino auf der Bühne.«

Aus der Ferne begrüßt der König die beiden Sänger kurz.

Ohne die Antwort des Schauspieldirektors abzuwarten, fährt der König konzentriert fort.

»Kurz das Ende des Rezitativs zwischen diesen beiden aus der 2. Szene des 1. Akts, dann Paolinos Arie *Erra quel nobil core*, jedoch nur der langsame Schluss. Die Stimme des Mahners soll erklingen!«

Friedrich bewegt seine Hände in die Richtung der beiden Sänger auf der Bühne.

»Von größter Wichtigkeit ist mir das Rezitativ zwischen Amadori und Porporino – die 7. Szene des 2. Aktes! Die Auseinandersetzung, der Disput über die Religionen. Dieses Rezitativ wünsche ich, komplett zu hören«, gibt der König vor.

»Amadori möge meine Änderungen, demnach das *da capo*[70] seiner Arie im Kerker, vortragen. Bei dem Duett mit Giovanna Astrua und Amadori wünsche ich, nur die unterschiedlichen *tempi* im letzten Teil zu hören.«

Friedrich sieht den Intendanten herausfordernd an.

70 Wiederholung

»Was hat der werte Schauspieldirektor danach in Planung?«

»Die Komparsen werden zur Kriegsmusik, der *Sinfonia Guerriera*, ihre Angriffe proben ...«

»Hauptmann Wichard von Kaldenberg möge dann hier präsent sein«, unterbricht ihn der König.

»Sehr wohl, *Sire*«, erwidert von Sweerts. »Dann tritt der Chor auf.«

Darauf reagiert Friedrich nicht, stattdessen streichelt er eines seiner Windspiele.

»Baron von Sweerts«, Friedrich richtet sich wieder auf, »anzuknüpfen wünsche ich an unserem Austausch über den Einklang zwischen den einzelnen Komponenten der Oper: Text des Libretto, Musik, Tanz, Bühnenbild und Bühneneffekte. Schluss mit dem statischen Aneinanderreihen dieser einzelnen Teile! Alle müssen aufeinander abgestimmt sein! «

Friedrich nimmt den Schauspieldirektor ins Visier.

»Sehr wohl, Eure Majestät. Unser ständig währender Austausch über diese Reformen trägt erste Früchte!«

Der Intendant lächelt angeregt.

»Meine Korrespondenz mit dem Freund und Opernkenner Francesco Algarotti hat mich in diesen Reformen nur bestärkt!«, fährt Friedrich animiert fort. »In seinen Briefen seid auch Ihr, geschätzter Baron von Sweerts, lobend und anerkennend erwähnt!«

Friedrich sieht Baron von Sweerts ermunternd an.

»Als erste unter den europäischen Opern werden wir diese Reformen konsequent zu verfolgen wissen!«

»Für die Tänzer ist Neues im Einklang mit dem Text des Libretto entstanden, Eure Majestät«, führt Baron von Sweerts aus.

»Habt Ihr die Idee eines Balletts von Schiffsleuten am Ende des ersten Aktes vertiefen können?«, erkundigt sich Friedrich und dreht sich zu Prinzessin Amalie um. »Teure Schwester! Hatte ich Euch schon davon erzählt?«

»Nein, doch nach der Ankunft der spanischen Schiffe im ersten Akt scheint dies überaus sinnvoll zu sein.« Amalie stellt sich an die Seite ihres Bruders und sieht Baron von Sweerts interessiert an.

»In der Tat, *Sire*, ist dem Ballettmeister Denis eine Komposition der Tänze gelungen, die den Mut und die Stärke der spanischen Schiffsleute widerspiegeln wird. Der zweite Akt schließt mit einem Ballett der Mexikaner, deren andersartige Bewegungen und Bekleidung Euch erfreuen werden.«

»Ein treffliches Motiv an dieser Stelle des Schauspiels!«, meint Prinzessin Amalie. »Die verzweifelte Eupaforice hat gerade beschlossen, das Volk der Mexikaner selbst anzuführen und zu bewaffnen. Die Mexikaner bäumen sich auf und zeigen ihre ganze Entschlossenheit!«, stellt sich Prinzessin Amalie schwärmend vor. »Was geschieht am Ende des dritten Aktes – zum Abschluss?«

»Verehrte Prinzessin!« Der Schauspieldirektor räuspert sich. »Das Ballett verkörpert die Grausamkeit der letzten Szene. Die Spanier versuchen, sich der mexikanischen Frauen zu bemächtigen und diese wehren sich bis zuletzt.«

»Diese Drastik, diese Brutalität soll das Publikum erleben?«, fragt Amalie erstaunt.

»Liebe Schwester, diese Drastik und Brutalität, wie Ihr so passend formuliert, steht im Einklang mit dem Text, der Handlung. Die letzte Szene soll die Zuschauer in Angst und Schrecken versetzen! Für die Mexikaner sollen sie Mitleid empfinden!«

Friedrich sieht seine Schwester intensiv an.

»Ihre Gefühle sollen nicht wie ein lieblicher Bach dahinfließen«, sagt er herablassend, »sondern in die grausamen Fluten eines tosenden Ozeans hinabgezogen werden.«

»Da stimme ich mit Euch überein, lieber Bruder.« Amalie lässt sich nicht beirren. »Doch warum wollt Ihr die Schändung der mexikanischen Frauen dargestellt wissen? Ist das ein Sujet für die Bühne? Vor aller Augen?«

»Das löst den größten Schrecken, die größte Angst aus, Amalie«, antwortet Friedrich kurz. »Baron von Sweerts, wann ist ein Probenauftritt der Tänzer vorgesehen?«, will Friedrich wissen. »Sind die Tänzer zugegen?«

»Sie halten sich in der Königlichen Hofoper auf, Eure Majestät. In Abstimmung mit Carl Heinrich Graun treten jedoch zuerst die Hofsänger auf. Porporino und Giovanna Astrua sind schon eingetroffen.«

Friedrich nickt zufrieden.

»Man schicke mir bitte Giuseppe Galli da Bibiena gleich nach den Auftritten. Die letzten Korrekturen der Szenenbilder möchte ich mit ihm inspizieren.«

»Sehr wohl, *Sire*«, antwortet der Schauspieldirektor eifrig. Dann wendet er sich Prinzessin Amalie zu.

»Wie ich sehe, führen Ihre Königliche Hoheit das Gesamtwerk der Partitur mit sich. Dafür lasse ich Euch einen angemessenen Notenständer bringen.«

Leonie beobachtet, wie sich Baron von Sweerts und Carl Heinrich Graun über Blickkontakt verständigen. Einer der Musiker springt auf und kommt kurz danach über das *Parterre* auf Prinzessin Amalie zu.

»Welche Freude, Euch zu sehen, Benda!«, begrüßt ihn die Prinzessin.

Der Musiker stellt den Notenständer ab und verneigt sich.

»Der Zugang zu Noten ist immer aufschlussreich, verehrte Prinzessin!«, sagt der Musiker höflich.

»Keine Sekunde werde ich zögern«, erwidert die Prinzessin vergnügt, »den Worten unseres hoch geschätzten Violinisten Glauben zu schenken! Wie wahr Eure Worte doch sind! Seid bedankt.«

Madame R. nimmt Leonie die Partitur ab, legt sie auf den Notenständer und öffnet sie – nach einigem Blättern – an einer bestimmten Stelle. Leonie fällt auf, wie angespannt Madame R. ist. Es war sicherlich nicht leicht, die richtige Seite zu finden; sie wollte jetzt nicht mit ihr tauschen! Und König Friedrich hatte Hauptmann von Kaldenberg erwähnt … deshalb war sie so aufgeregt und nervös! Wie lange hatten sich die beiden nicht mehr gesehen? Madame R. und sie waren erst vor wenigen Stunden in dieser vergangenen Welt angekommen. Waren sich Madame R. und Kaldenberg auch über ein Jahr lang nicht begegnet? Sie verstand das alles nicht so richtig. Doch spielte das jetzt eine Rolle?

Madame R. kehrt wieder in Leonies Nähe zurück. Zwischen den beiden steht ein kleines wärmendes Reiseöfchen, das einer der Schlosslakaien für sie in die Oper getragen hat. Da hebt Madame R. sacht den Arm zwischen ihnen an und spreizt ihre Finger über dem Öfchen. Als sie Leonie zunickt, erwidert Leonie die Geste und ihre Finger berühren sich kurz. Leonie ist erleichtert. Es würde schon alles irgendwie gut gehen. Sie denkt an Emma. Es war ein unangenehmes Gefühl, keinen blassen Schimmer zu haben, wo sie sich gerade befand. Eigentlich würde sie am liebsten losziehen, um nach ihr zu suchen. Doch König Friedrich aus nächster Nähe zu erleben, das hatte auch was! Er schien wirklich Ahnung von dieser Oper zu haben …

27. Kapitel

»Herr Hofkonzertmeister!« Friedrich stellt sich hinter Graun an den Orchestergraben. »Meine Aufmerksamkeit gehört nun den Künstlern.«
»Aurelia! So komme an meine Seite!«, fordert Prinzessin Amalie ein und vertieft sich in die Partitur. Madame R. geht hinter dem König vorbei und gesellt sich zu ihr. Friedrich setzt sich auf einen Sessel hinter den Hofkonzertmeister. Die Windspiele lassen sich zu seinen Füßen nieder. Leonie kann den König von der Seite beobachten.

Während Graun beginnt, das Cembalo zu spielen, hebt einer der Sänger zu einem Sprechgesang an. Friedrich hört konzentriert zu. Gleichzeitig versucht er, alles mit seinen Blicken zu erfassen. Immer wieder entdeckt Leonie Anzeichen von Ungeduld: ein wippender, klopfender Schuh, lautes Ausatmen, sich schnell bewegende Finger, ein Kopfschütteln. Friedrich kommuniziert direkt mit dem Hofkonzertmeister, der die Kommentare des Königs umgehend an die betroffenen Künstler weiterleitet und dadurch das Musizieren immer wieder unterbricht.

Den Sprechgesang lässt der König bald abbrechen.

»Das reicht für den ersten Eindruck Amadoris«, sagt er lapidar. Einer der Sänger verlässt die Bühne.

Dann gibt Graun den Streichern ihren Einsatz. Nach wenigen Takten müssen die Musiker aufhören, um – nach Anordnung des Königs – die Instrumente besser zu stimmen. Friedrich schien darüber völlig genervt zu sein! Leonie wundert sich, dass sich der König da einmischte.

Die Streicher beginnen und der verbliebene Sänger setzt zu einer Arie an, die sich Friedrich zufrieden, ja sogar erfreut bis zum Ende anhört. Mit Blick auf die Bühne klatscht Friedrich zweimal in seine Hände. Der Sänger verneigt sich und zieht sich zurück.

»Paolino singt mit einer gelungenen Mischung aus Kopf- und Bruststimme«, hört Leonie Prinzessin Amalie sagen. »Die dringliche Mahnung des kaiserlichen Generals wird allen präsent sein…«

»… *fu sempre il diffidar*. Sehr wahrhaftig und mit großer Präsenz gesungen, wie Ihr schon sagtet, liebe Schwester …«

»Er hat schauspielerisches Talent …«

»Es kommt ihm hier ohne Zweifel zugute.«

Der König wendet sich Graun zu.

»Wo bleiben Amadori und Porporino? Schreiten wir zum Streit zwischen den Religionen, zu dem Wendepunkt, an dem das Publikum das tragische Ende der Geschichte erahnen wird.«

Zwei Sänger kommen auf die Bühne. Einen davon erkennt Leonie als Amadori wieder. Den anderen Sänger, Porporino, begrüßt der König mit großer Herzlichkeit. Er war der klare Favorit! Mit einer schnellen Handbewegung bedeutet der König dem Hofkonzertmeister, das Cembalospiel zu beginnen. Gleich danach gibt Graun dem sichtlich angespannten Amadori den Einsatz. Wenig später führt Porporino den Sprechgesang fort.

Obwohl Leonie kein Wort versteht, wird sie von der zunehmenden Heftigkeit dieses Streitgesprächs gepackt. Amadori schien seine Anspannung zu verloren zu haben. Leonie hört fasziniert zu. Wortlos folgt der König dem gesamten Sprechgesang. Leonie fällt jedoch auf, dass er an zwei Stellen mahnend die Hand hebt. Zum Schluss kommentiert er in scharfem Ton:

»Amadori möge die Feinheiten des Libretto verlässlich erlernen. Eigenmächtige Veränderungen meines Textes dulde ich nicht! ›Doch unsere Religion ist viel *vollkommener – e perfetta appieno!*‹, lasse ich Kaiser Montezuma sagen und nicht *besser – migliore!*«

Friedrich wirkt empört.

»Montezuma lege ich die Worte der *wahrhaften Tugend – verace virtude –* in den Mund. Was muss mein Ohr erdulden? *Placata*[71] *virtude*! Welch' Widersinn!«

Der König atmet laut aus. Er bedankt sich lobend bei Porporino, der sich dann zurückzieht.

»Lasst uns sogleich fortfahren mit meinen Änderungen an Montezumas Arie im Kerker, werter Graun! *…ein Hauch kann sie verwehn, ein Hauch …*«

Der Hofkonzertmeister leitet die gewünschte Stelle an die Musiker weiter. Amadori sammelt sich und beginnt. Leonie staunt – in Windeseile schien er alle Änderungen gelernt zu haben, denn er sang auswendig! Es klang wunderschön – so melancholisch!

Während des Auftritts spricht der König seinen Hofkonzertmeister an.

»Amadoris Stimme wirkt gepresst«, hört sie ihn sagen. »Sie klingt nasal und lässt keine Weite entstehen, mein lieber Graun. In keiner Weise entspricht sie meinem Geschmack! Lassen wir ihn zu Ende singen, dann wünsche ich, sofort das Duett mit der Astrua zu hören.«

Der Hofkonzertmeister nickt und schweigt.

Leonie hat Mitleid mit dem Sänger. Der König ließ wirklich kein gutes Haar an ihm. Nachdem der Sänger die Arie beendet hatte, schien er für den König Luft zu sein.

71 Besänftigte, beruhigte

Als eine attraktive Sängerin langsam an die Bühnenrampe schreitet, steht Friedrich jedoch sofort auf, um sie überschwänglich zu begrüßen. Leonie ist hingerissen – die Sängerin war eine richtige Erscheinung! Allerdings war sie sich ihrer Wirkung durchaus bewusst! Wie arrogant sie Amadori zunickte!

Plötzlich erscheint seitlich auf dem *Parterre* eine Gruppe Tänzer in blauen Pumphosen und maritim anmutenden Westen, denen ein Herr vorauseilt. Friedrich ist überrascht, doch er begrüßt die Tänzer und den Herrn, den er als Ballettmeister anspricht, freundlich und mustert die Kostüme genau. Leonie bemerkt jedoch sofort, dass Baron von Sweerts und Graun alles andere als begeistert über diese Unterbrechung sind. Sie werfen sich verärgerte Blicke zu.

»Seine Majestät soll das Ballett der Schiffsleute in seiner Vollendung erleben«, säuselt der Ballettmeister, während sich die Tänzer galant vor dem König verneigen.

»Baron von Sweerts, eine Änderung im Probenablauf zugunsten der Tänzer wäre durchaus zu erwägen …«, hebt Friedrich an, wird jedoch von einer durchdringenden Stimme unterbrochen.

»Eure Majestät!«, ruft die Hofsängerin von der Bühne. »Es ist mir eine Ehre, Euch so kurz vor der Premiere die berührenden Höhepunkte des Duetts vortragen zu dürfen. Welch' ungewöhnliche Ehre wird mir da heute zuteil! Auf Geheiß Eures geschätzten Schauspieldirektors stehe ich nun vor Euch. Selbst Kaiser Montezuma ist bereit. «

Leonie entdeckt Ärger in ihrer Stimme. Graun und Baron von Sweerts sehen sich voller Genugtuung an. Abwartend hört Friedrich der Sängerin zu.

»Doch die Königin Eupaforice ist nicht bereit«, droht die Hofsängerin, »von *Tänzern*« – das Wort kommt ihr abwertend über die Lippen – »unterbrochen zu werden!«

»Die Tänzer waren von Eurer Majestät nicht einbestellt worden«, erklärt der Schauspieldirektor schnell. »Verständlicherweise, denn Eure Aufführungen, werter Ballettmeister«, er wendet sich den Tänzern zu, »sind vollkommen und bedürfen keiner Zeit am Tage vor der Premiere.«

»Euch, verehrter Baron von Sweerts«, erwidert der Ballettmeister spitz, »dürfte es durchaus geläufig sein, dass die Tänzer für das Proben an die Bühne gebunden sind.«

»Die Bühne wird Euch später – nach den Auftritten der Komparsen und des Chors – zur Verfügung stehen«, kontert der Baron. »Dafür habt Ihr mein Wort ...«

»Werter Schauspieldirektor, waltet Eures Amtes!«, sagt Friedrich betont gelangweilt und bedeutet den Betroffenen, sich rasch zu entfernen und die Dinge unter sich zu regeln. »Herr Hofkonzertmeister, nun das Duett!«

Intendant und Ballettmeister ziehen sich sofort zurück.

Graun gibt den Streichern den nächsten Einsatz und begleitet sie wieder auf dem Cembalo. Prinzessin Amalie stellt sich neben ihren Bruder und sieht erwartungsvoll zur Bühne. Madame R. geht leise zum Reiseöfchen zurück, um dort ihre Hände zu erwärmen. Alle lauschen gebannt. Leonie bemerkt, dass Friedrich den Stimmen still und unbewegt zuhört. Amalies Körper bewegt sich sanft im Takt der Musik. Als Leonie zu Madame R. blickt, entdeckt sie erschrocken, dass ihr Tränen über die Wangen fließen. Leonie streckt ihren Arm aus, doch Madame R. rührt sich nicht. Traurig sieht sie zur Bühne, zieht ein Tuch aus der Tasche ihres Umhangs und tupft sich damit die Tränen ab.

28. Kapitel

Johann steht im Seitengang der Bühne. Gerade ist Wilhelm an ihm vorbeigeeilt und hat ihm kurz zugenickt. Johann ist erleichtert: Wilhelm schien also zu wissen, dass er die Erlaubnis hatte, die Probenauftritte von hier zu beobachten. Auf Paolino war Verlass!

Nach den letzten Takten des Duetts von Giovanna Astrua und Amadori hört Johann eine begeisterte Stimme:

»Unendliche Anmut, feinster Geschmack und eine Beweglichkeit der Stimme, die ihresgleichen sucht, verehrte Eupaforice!«

War das etwa der König gewesen? Nun, wer hätte sich sonst erlauben können, Giovanna Astrua so laut zu loben?

Johann hat jedoch keine Zeit, darüber weiter zu spekulieren, denn plötzlich füllen sich die Seitengänge mit uniformierten Soldaten. Die Komparsen rückten an! Johann wird zur Seite geschoben und zieht sich an die Wand des Seitengangs zurück. Einige Soldaten sind bewaffnet, andere nicht. Keiner der Komparsen ist kostümiert! Johann ist enttäuscht. Jemand erteilt leise, aber strenge Anordnungen. Johann spürt, wie aufgeregt die Männer sind. Er reckt seinen Kopf, doch Georg ist nirgends zu entdecken. In dem Moment gelingt es Johann allerdings, einen kurzen Blick auf Giovanna Astrua zu werfen, die mit stolz erhobenem Haupt auf der Bühne vorbeirauscht.

Da fängt es an, um die Bühne herum zu rumpeln. ›Kulissenwechsel!‹, schießt es Johann durch den Kopf. Fasziniert verfolgt Johann, wie sich die Kulissenwagen gleichzeitig bewegen. Dann treten die unbewaffneten Soldaten auf die Bühne und verteilen sich.

Plötzlich beginnt das ganze Orchester, samt Trompeten und Hornbläsern, laut und schnell zu spielen. Johann ist fast ein wenig erschrocken. Dazu eilen die bewaffneten Soldaten auf die Bühne und greifen die dortigen Komparsen an. Ein heftiger Kampf beginnt. Was musste das für ein Spektakel auf der Bühne sein! Die ersten Soldaten fielen schon zu Boden. Wo war eigentlich Georg? Wahrscheinlich war er von der anderen Seite auf die Bühne gelangt. Wie tapfer gekämpft wurde! Wie unerbittlich die Bewaffneten ihre Gegner niederschlugen! Johann ist aufgeregt.

Hauptmann von Kaldenberg steht neben dem König und verfolgt angespannt die Geschehnisse auf der Bühne. Prinzessin Amalie unterhält sich leise mit Madame R. Von hinten sieht Leonie zwischen dem Hauptmann und Madame R. hin und her. Die beiden hatten sich zwar freundlich, doch auffallend reserviert begrüßt. Natürlich war Kaldenberg vor dem Auftritt nervös gewesen, das war klar. Doch Kaldenberg hatte Madame R. mit einer kühlen Distanz begrüßt, die Leonie an ihm fremd war. Ihr kommen seine liebevollen Worte an Madame R. in den Sinn, die sie und Emma unter ihrer Tarnkappe belauscht hatten. Ja, sie hatten sofort bemerkt, dass er bis über beiden Ohren in sie verliebt gewesen war! Wo war das jetzt geblieben? Ach, vielleicht lag sie mit ihren Interpretationen völlig daneben ... Kaldenberg befand sich wirklich in einer stressigen Situation!

Als das Gemetzel auf der Bühne beendet ist und auch die Musik aufgehört hat, richtet sich Friedrich auf.

»Werter Graun, dies ist eine Kriegs-Symphonie, die Angst und Schrecken verbreiten soll. Es droht immanente Gefahr! Die musikalische Ausführung könnte daher mehr Intensität vertragen. Etwa denke ich an die Bogenführung der Streicher oder das *crescendo*[72] der Hornbläser.«

Der König wendet sich Kaldenberg zu.

»Eure Ansätze, werter Wichard, sind wohl durchdacht. Es fehlt mir jedoch an einem klaren Kontrast zwischen der Paradeaufstellung der Palastwächter Montezumas und der Schlachtaufstellung der bewaffneten Spanier. Es dünkt mir unzureichend, dass die Spanier durch die Kulissengassen auf die Bühne stürzen. Stellt einige Spanier in Schlachtaufstellung hinten auf die Bühne, bevor die Palastwache angegriffen wird. Das erhöht das Gefühl der Bedrohung.«

»Das würde viel Platz auf der Bühne einnehmen, Eure Majestät«, gibt Kaldenberg zu bedenken.

»Entscheidet Euch für eine überschaubare Anzahl von Spaniern! Zudem ...«, bedeutungsvoll hebt Friedrich seine rechte Hand an, »... vermisse ich eine überzeugende Erbarmungslosigkeit, Brutalität und Skrupellosigkeit im Angriff der Spanier. Hätten die Preußen so die Schlesischen Kriege gewonnen? Keineswegs!«

Friedrich wirft einen kurzen Blick auf die Bühne.

»Beobachten musste ich«, fährt er fort, »dass einige Palastwächter unglaubwürdig zu Boden gefallen sind. Lasst sie nochmals üben! Zu guter Letzt: Wo bleiben die Pistolenschüsse der Spanier? Dieser Effekt darf nicht fehlen, um die Dramatik und das Chaos darzustellen!«

72 Dynamisch zunehmende Lautstärke

»Sehr wohl, Eure Majestät!« Kaldenberg nickt. »Umgehend werde ich mich um weitere Proben der Komparsen kümmern.« Er verneigt sich kurz und sieht sich nach Baron von Sweerts um, der schon an ihn herangetreten ist.

»Hauptmann Kaldenberg, nach dem Auftritt des Chors soll Euren Komparsen die Bühne für weitere Proben zur Verfügung gestellt werden«, sagt der Schauspieldirektor freundlich. »Bis dahin kann ein Teil der Soldaten hinten auf der Bühne verweilen, die anderen sollten sich in das *chambre d'ouvriers* zurückziehen. Die Tänzer können warten, bis Ihr die Veränderungen einstudiert habt, Hauptmann Kaldenberg.«

Da hatte Kaldenberg ja noch zu tun! Leonie schaut auf die Bühne, auf der die Komparsen erwartungsvoll stehen. In was der König sich alles einmischte … war er hier der Dramaturg, der das letzte Wort hatte? Dafür war doch der Schauspieldirektor, Baron von Sweerts, verantwortlich! Und Hofkonzertmeister Graun schien seine Sache auch richtig gut zu machen …

Leonie bemerkt, dass Madame R. auf sie zukommt. Sie berührt Leonies Arm und führt sie ein paar Schritte weiter.

»Georg habe ich unter den Komparsen entdeckt, Eléonore«, flüstert Madame R. »Von uns gesehen links, ganz an der Seite neben der zweiten Kulisse …«

»… Ah! Ich sehe ihn!« Leonie durchfährt es vor Aufregung. »Er ist in Uniform! Ist er inzwischen Soldat?«

»Nein. Er ist immer noch Hauptmann Kaldenbergs Bursche, soviel ich weiß …«

»Ich verstehe, er muss nur dasselbe tragen wie die anderen Komparsen.«

»So wird es sein.«

»Unglaublich!« Leonie seufzt. »Da ist Georg! Er spricht mit jemandem.« Leonie lächelt. »Er hat schon immer viel geredet!« Sie redet leise. »Er muss so stolz sein, vor dem König auf der Bühne zu stehen … und sein Herr, der ist im Gespräch mit dem König! Toll!«

Madame R. schweigt.

Vielleicht wusste ja Georg, wo Emma war! Madame R. und sie würden einen Weg finden, Georg zu treffen. Wenn Madame R. nur nicht so in sich gekehrt wäre, als ob sie ständig an etwas anderes dachte. Leonie schaut wieder zur Bühne, kann jedoch Georg nicht mehr finden, denn alle Komparsen haben sich in Bewegung gesetzt. Während sich hinten auf der Bühne einige Soldaten in exakten Reihen aufstellen, verschwinden die anderen zwischen den Kulissen. Vergeblich durchsucht Leonie die Reihen der Komparsen nach Georg. Egal. Er würde die Oper eh nicht verlassen, die Proben gingen ja weiter. Wie Georg wohl reagieren würde, wenn sie sich wiedersahen? Er war cool ... hatte immer gewusst, was zu tun war. Hauptmann Kaldenberg war sein großer Glücksfall gewesen: Wie er sich um Georg gekümmert hatte!

Leonie erinnert sich an die Geschichte über Georgs Vater. Kaldenberg wollte, dass Georg seinen leiblichen, für tot gehaltenen Vater kennenlernte. Das war nämlich Kaldenbergs bester Jugendfreund gewesen, auch ein Leibgardeoffizier, Henning von Göhrden! Doch es war ihm nicht gelungen, von Göhrden davon zu überzeugen, sich zu seinem Sohn zu bekennen. Der wollte nichts mehr mit seinen Jugendsünden zu tun haben, sie einfach hinter sich lassen, ohne die Konsequenzen zu tragen. Irre. Georg hatte dann auf ganz andere Weise erfahren, dass sein Vater noch lebte und beschlossen, ohnehin nichts mit ihm zu tun haben zu wollen! Dafür hatte sie ihn so bewundert! Und jetzt stand Georg mit den anderen Soldaten auf der Bühne ... vor dem König ... echt beeindruckend. Leonie dreht sich nach Madame R. zur Seite. Oh, sie hatte sich wieder entfernt!

Überrascht beobachtet Leonie, dass Prinzessin Amalie, Kaldenberg und Madame R. in ein Gespräch vertieft sind. Kaldenberg steht mit dem Rücken zu ihr. Über Madame R.s Gesicht huscht ein leichtes Lächeln. Ihr Blick wandert zwischen Kaldenberg und der Prinzessin hin und her. Was wohl das Thema war? Leonie ist neugierig, doch die drei reden bei Weitem nicht so laut wie der König. Da beginnt Prinzessin Amalie zu lachen und steckt die beiden anderen damit an.

Der Chor kommt auf die Bühne. Leonie ist gespannt. Wie jung die Sänger alle waren … das waren doch alles noch Schüler! Und wie klein der Chor war! Leonie zählt durch … alles Jungen, nein, da waren auch ein paar wenige Mädchen, nur drei … insgesamt waren da vielleicht dreißig Chorsänger.

Der Chorleiter und der Hofkonzertmeister verständigen sich, die Streicher setzen ein und der Chor beginnt zu singen. Der König scheint sich für diesen Probenauftritt überhaupt nicht zu interessieren, denn er wendet sich seinen Windspielen zu, spricht mit ihnen und streicht abwesend über ihre Rücken.

Leonie bewundert die schönen Stimmen. Warum waren da drei Mädchen? Das war komisch. Leonie sieht die Mädchen genau an und verliert sich in ihren Gesichtern. Ihre Gesichtszüge, waren die so anders als die der Mädchen in ihrer Klasse? Na ja, sie waren nicht geschminkt, das war schon ein Unterschied. Und ihre Haare glänzten weniger, sahen ein bisschen wie Stroh aus. Da zuckt Leonie zusammen … eines der Mädchen sah Emma ziemlich ähnlich … nein, das *war* Emma! Leonies Herz scheint stehenzubleiben! Wahnsinn! Sie hatte Emma entdeckt! Leonie kneift ihre Augen zusammen, um sich ihrer Sache ganz sicher zu sein. Doch, das war sie! Leonie muss sich beherrschen. Am liebsten würde sie laut nach Emma rufen oder vor Freude in die Luft springen. Wo war Madame R.? Sie musste ihr sofort Bescheid sagen! Sie war so aufgeregt!

Leonie stutzt. Da standen Kaldenberg und Madame R. zu zweit zusammen! Prinzessin Amalie hatte sich auf die andere Seite des königlichen Sessels begeben und unterhielt sich mit ihrem Bruder und Baron von Sweerts. Leonie ist hin und her gerissen. Warum mussten Kaldenberg und Madame R. gerade jetzt miteinander reden? Es war ja super, dass sich die beiden sprechen konnten, doch ein anderer Zeitpunkt wäre günstiger gewesen! Der Chor würde sicherlich nicht ewig singen, sie musste sich bei Madame R. bemerkbar machen. Immer wieder hebt sie ihre Hand ein wenig und winkt. Madame R. nickt ihr unmerklich zu, doch sie setzt ihr Gespräch mit Kaldenberg fort.

Leonie sieht auf die Bühne. Emma trug einfache Kleidung, wie die anderen Mädchen auch. Der Chor sang auf Italienisch, doch Emma sang sicher, sie schien jedes Wort zu kennen. Sie wirkte konzentriert, aber nicht aufgeregt oder gar verunsichert. Im Gegenteil! Sie machte einen lockeren und fröhlichen Eindruck. Bei aller Erleichterung, Emma gefunden zu haben, spürt Leonie einen kleinen Stich in ihrem Herzen. Emma hatte sich ohne sie durchgeschlagen und schien zufrieden zu sein. Was hatte sie erlebt? Wen hatte sie getroffen? Etwa Johann? Nein, das war total unwahrscheinlich! Die Werkstatt seines Posamentiermeisters war doch in Potsdam, und Johann war dort immer so beschäftigt gewesen.

Während der Chor noch singt, bittet Friedrich Baron von Sweerts zu sich.

»Wo ist Giuseppe Galli da Bibiena?«, hört Leonie den König laut sagen. »Zu den Palmengängen im kaiserlichen Garten wünsche ich die Präsentationszeichnungen, werter Baron von Sweerts. «

Wenig später kommt ein Herr mit großen, eingerollten Blättern zu Friedrich zurück, den er als Maestro des Bühnenzaubers begrüßt. Hinter ihm tragen Männer einen größeren Tisch in das *Parterre*, auf dem – mit etwas Abstand zum Orchestergraben – Galli da Bibiena die Zeichnungen aufrollt. Der König und der Bühnenbildner vertiefen sich in die Zeichnungen.

Andächtig hört Johann dem Chor zu. Vom Seitengang aus kann er Emma genau beobachten. Wie konnte er Georg nach dem Auftritt der Komparsen ausfindig machen? War er unter den Komparsen, die auf der Bühne standen? Langsam schleicht er den Seitengang entlang zum hinteren Teil der Bühne. Zwischen den Kulissen wandert sein Blick über die Reihen der Soldaten. In der letzten Reihe entdeckt er endlich Georg, der auf seiner Bühnenseite fast am Rand steht. Johann geht vorsichtig hinter der letzten Kulisse auf die Bühne. Es blieb ihm nichts anderes übrig, als stehenzubleiben und abzuwarten, bis Georg ihn vielleicht sehen würde.

Der Chor beginnt, den dramatischen Schlusschor zu singen. Johann fixiert Georg mit seinen Augen. Während er dem Gesang zuhört, stellt er sich vor, wie dazu im hinteren Teil der Bühne die Stadt der Mexikaner abbrennen würde. Das hatte Emma ihm erzählt. Wie würde Wilhelm das machen wollen? Ein Feuer auf der Bühne? Unvorstellbar!

Da! Georg sah ihn an! Mit einer kurzen Geste deutet Johann an, dass er Georg dringend sprechen müsse. Danach zieht er sich sofort in den Seitengang zurück, denn er weiß, dass der Schlusschor nicht sehr lange singt. Er eilt in den vorderen Teil des Seitengangs. Schon verneigt sich der Chor und verlässt zur anderen Seite die Bühne. Johann wartet ab.

Da erteilt Wilhelm kurze Befehle. Bühnenarbeiter kommen in den Seitengang, verteilen sich und tauschen jeweils eine der Kulissen aus. Neu aufgesetzt sind Kulissen mit großen Palmen. Die Bühnenarbeiter verschwinden, Johann hört wieder das mächtige Rumpeln um die ganze Bühne und die Kulissenwagen setzen sich in Bewegung. Immer wieder könnte er sich das anschauen!

»Die letzten Änderungen sind Euch äußerst gut gelungen, Monsieur Galli da Bibiena.«

Johann horcht auf.

»Eure Majestät, die Farbreiber habe ich veranlasst, die Farbkomponenten auf eine andere Art zu mischen. Dadurch haben die Farben nicht nur mehr Tiefe, sondern glänzen auch weniger im Licht der Beleuchtung.«

Johann zuckt zusammen. Die Stimmen und Schritte sind ganz nah. Er konnte hier nicht einfach so stehen bleiben! Johann packt eine der Kulissen an, die gegen die Wand des Seitengangs gelehnt sind, und versetzt sie etwas. Ja, er war eben ein Bühnenarbeiter, der hier aufzuräumen hatte! Als er sich umdreht, fällt sein Blick auf den König, der sich am Ende der nächsten Kulissengasse in Ruhe eine der abgebildeten Palmen ansieht. Johann stockt das Blut in den Adern, als der König ihn plötzlich mustert. Dabei treffen sich ihre Blicke – nur kurz, doch Johann ist zu Tode erschrocken. Wusste er doch, dass man den Mitglie-

dern der königlichen Familie nicht in die Augen schaute! Unwillkürlich macht Johann eine Verbeugung. Als er sich wieder aufrichtet, ist der König schon weitergegangen.

Johann bekommt eine Gänsehaut: Nur wenige Meter war der König von ihm entfernt gewesen! Wie stattlich und schön er aussah ... sein Rock mit feinsten Posamenten aus Gold und Silber geschmückt, sein Gesicht so edel ... Johann versucht, sich seine Eindrücke einzuprägen, um sie Emma beschreiben zu können. Und dann Georg.

29. Kapitel

Mussten Kaldenberg und Madame R. so lange reden? Leonie wird ungeduldig. Der Chor hatte die Bühne verlassen. Gerade war der König mit dem Bühnenbildner auf die Bühne gegangen, um sich die Kulissen aus der Nähe anzusehen. Und Kaldenberg müsste sich jetzt eigentlich um seine Komparsen kümmern, oder? Leonie blickt zu Prinzessin Amalie, die nicht nur den Schauspieldirektor, sondern auch den Hofkonzertmeister in ein angeregtes Gespräch verwickelt hat. Graun holt seine Partitur vom Cembalo, blättert darin, um dann mit seinem Zeigefinger auf eine Stelle hinzuweisen, über die sie zu dritt intensiv diskutieren. Die Prinzessin schien ihre eigene Meinung zu vertreten. Leonie lächelt. Die ließ sich nicht die Butter vom Brot nehmen ... weder von ihrem Bruder noch vom Hofkomponisten oder Schauspieldirektor!

Da verlässt Kaldenberg eilig das *Parterre* und Madame R. kommt auf Leonie zu.

»Wie kommen wir jetzt zu Emma?«, flüstert Leonie unauffällig.

»Wir gehen auf die Bühne ...«

»... einfach so?«

»Einfach so. Schau nicht so erstaunt, Eléonore!« Madame R. nickt lächelnd. »Prinzessin Amalie und der Hauptmann schwärmten in höchsten Tönen von den Kaskaden am hinteren Ende der Bühne. Es sei eine geniale Idee des Architekten von Knobelsdorff gewesen, diesen Bereich der Bühne mit Kaskaden zu schmücken. So ausladende Kaskaden auf einer Opernbühne? Das sei wohl einzigartig unter all den fürstlichen Bühnen Europas, wagten sie zu behaupten. Wir wärmen uns an dem Reiseöfchen, so komm', Eléonore!«

Während sie die Hände über das Öfchen halten, fährt Madame R. fort.

»Wohl wusste ich von diesen Kaskaden; sie sind schön anzusehen, doch mit ihren Beschreibungen schienen mir die Prinzessin und der Hauptmann zu übertreiben. Da schlugen sie mir vor, ich solle mir die Kaskaden doch aus der Nähe ansehen.«

Madame R. schmunzelt.

»Das kommt mir doch sehr zupass, dachte ich so bei mir! Ich bedankte mich für ihre wundervolle Idee und kündigte an, dass ich mich so bald wie nur möglich dorthin begeben würde! Das hatten sie nicht erwartet und sie amüsierten sich über meinen großen Tatendrang.«

Ah, deshalb das Gelächter der drei, geht es Leonie durch den Kopf.

»Diesen Plan werden wir umgehend umsetzen, meine Liebe.«

»Jetzt?« Leonie stutzt ein wenig.

»Umgehend, sagte ich.« Madame R. grinst. »Also jetzt. So komm'. Schreiten wir zur Tat!«

Leonie folgt ihr gespannt.

Als Madame R. an Prinzessin Amalie vorbeigeht, sieht diese kurz auf und fragt:

»Wohin des Weges, Aurelia?«

»Zur Besichtigung der Kaskaden, Eure Hoheit.«

»Aah!« Die Prinzessin lächelt amüsiert. »Dann werdet Ihr Hauptmann Kaldenberg und mir keine Übertreibungen mehr unterstellen! Dessen bin ich mir gewiss!« Dann setzt sie das Gespräch mit Baron von Sweerts und dem Hofkonzertmeister fort.

Am Ende des Orchestergrabens gehen Madame R. und Leonie eine Treppe hoch in Richtung Bühne. Unter ihnen packen die letzten Musiker ihre Instrumente und Noten ein. Leonie stellt sich vor, wie die Augen eines imaginären Publikums auf sie gerichtet sind. Sie ist nervös: Wie würden sie Emma ausfindig machen können? Wie würden sie feststellen, ob sich Georg auf der Bühne unter den dort verbliebenen Komparsen aufhielt? Kannte sich Madame R. im Bühnenbereich aus?

Sie betreten den schummrigen, langen Seitengang neben der Bühne. Während Madame R. durch den Seitengang vorauseilt, sieht sie durch jede Kulissengasse auf die Bühne. Leonie geht ihr langsam hinterher. Der Seitengang ist schmal und fast leer. Ein paar Bühnenarbeiter schienen an den Kulissen zugange zu sein. Leonie dreht sich zur Seite und geht an einer der Personen vorbei. Abrupt bleibt sie stehen. Moment … ihr Herz fängt an, heftig zu schlagen. War das nicht Johann? Sie dreht sich langsam um.

»Leonie? Habe ich das richtig gesehen?«, kommt ihr Johann zuvor.

Leonie schießt das Blut in die Wangen.

»Ja, das hast du!«, sagt sie konsterniert. »Was … was machst du hier? Dich hätte ich hier … jetzt nicht erwartet!«

»Ich dich auch nicht!« Johann lächelt. »Sei gegrüßt, Leonie!«

»Hallo Johann! Es ist schön, dich wiederzusehen.«

»Ja, das ist es. Wer ist diese Dame, mit der du gekommen bist?«

»Gräfin Aurelia von Rathen, die Hofdame von Prinzessin Amalie. Ich bin die Zofe der Gräfin.«

»Welch' schöne Aufgabe, Leonie!«

Johann ist sichtlich beeindruckt.

»Hast du es gut getroffen mit der Gräfin von Rathen?«, fragt er teilnahmsvoll.

»Ja, das habe ich. Und wie bist du hier gelandet? Ich dachte, du arbeitest in der Textilwerkstatt in Potsdam. Bist du dort nicht mehr tätig?«

»Oh doch! Ich bin nur für ein paar Wochen zu den Aufführungen der Oper *Montezuma* hier.«

Johann erzählt, wie er Ankleider Paolinos geworden ist.

Dabei mustert ihn Leonie genau. Wie gut er aussah! Ihr fällt seine Wortgewandtheit auf. Er war viel selbstbewusster geworden. Emma erwähnte er mit keinem einzigen Wort, obwohl sie hier in der Oper war.

Waren sie sich schon über den Weg gelaufen? Leonie ist angespannt.

»Paolino ist ein wunderbarer Mensch!«, hört sie Johann sagen. »Er kümmert sich um mich und hat mir viel von seiner Welt als Hofsänger gezeigt. Hier, um die Bühne kenne ich mich inzwischen gut aus.« Mit einem Arm macht er eine ausladende Bewegung. »Allerdings ... mache ich mir Sorgen um Paolinos Gesundheit.«

Johann hält inne und sieht Leonie an.

»Doch, Leonie, nun erzähle mir, warum ihr, die Gräfin von Rathen und du, hier seid? Findet die Premiere doch erst morgen statt.«

»Der König hat seine Schwester gebeten, ihn zur Probe zu begleiten. Prinzessin Amalie nahm ihre Hofdame mit und ihre Hofdame wollte dann ihre Zofe dabei haben ...«

»Ah, ich verstehe ...«

»Auf dem Weg hierher musste ich Prinzessin Amalies Partitur, also die Noten für die Oper, tragen ...«

»So hast du die Probe in der Nähe des Königs verfolgt?«, unterbricht sie Johann begeistert.

»Ja«, antwortet Leonie. »Dabei habe ich Emma im Chor und Georg unter den vielen Soldaten entdeckt. Seid ihr euch schon begegnet? Weißt du, wo Emma ist?«

»Zu dritt sind wir uns nicht begegnet«, antwortet Johann ausweichend. »Dazu gibt es zu viel zu tun ... mit Georg konnte ich allerdings reden! So stelle dir vor, Leonie: Ich war auf dem Weg zu Paolinos Garderobe, als ich plötzlich bemerkte, dass alle 80 Komparsen über den Künstlereingang in die Oper kamen. Schnell eilte ich die Treppe aus der ersten Etage hinunter. Da sah mich Hauptmann Kaldenberg, dessen Bataillon die Komparsen stellt, und rief mich zu sich. Georg betrat als letzter die Oper und wir konnten uns kurz austauschen.«

»Somit weiß Georg, dass Emma hier im Chor singt?«, hakt Leonie nach.

»Ja, das teilte ich ihm mit. Zu mehr blieb uns keine Zeit.«

»Gewundert hatte ich mich, liebe Eléonore«, Madame R. tritt an die beiden heran, »mit wem du dich hier unterhältst.« Erstaunt sieht sie zwischen Johann und Leonie hin und her.

»Das ist Johann Melitz, Gräfin. Der Freund von Georg Brösicke …«

»… Georg? Der Bursche von Hauptmann Wichard von Kaldenberg! Den kenne ich wohl! Mit ist zu Ohren gekommen, dass er, Johann, ein begabter Lehrling des Posamentiermeisters Bürgenroth ist.«

»So ist es, verehrte Gräfin von Rathen.« Johann nickt.

»Johann ist der Ankleider des Hofsängers Paolino – zumindest für die Aufführungen«, erklärt Leonie. »Er hat an Paolinos Kostüm mitgearbeitet und es zu ihm nach Berlin transportiert. Da wollte ihn Paolino sofort als Ankleider einstellen.«

Madame R. sieht Johann anerkennend an.

»So konnte er durch sein Talent eine neue Gelegenheit nutzen!«

»Hauptmann Kaldenberg hat seinen Teil dazu beigetragen«, räumt Johann ein, »denn er setzte sich für mich ein. Meister Bürgenroth wollte mich erst nicht ziehen lassen.«

»Da war Hauptmann Kaldenberg zur richtigen Zeit an der richtigen Stell'!« Über Madame R.s Gesicht huscht ein Lächeln. »Das ist *sein* Talent! Und er hat ein großes Herz.«

»Wohl wahr«, sagt Johann. »Das würde mein Freund Georg auch so sagen!«

Madame R. betrachtet Johann wohlwollend.

»Verehrte Gräfin von Rathen«, hebt Johann an. »Eurer Zofe Eléonore erzählte ich zuvor, dass ich mir Sorgen um Paolinos Gesundheit mache.«

»Oh! So berichte er mir, Johann! Steht doch die Premiere an!«

Johann zögert. Er würde über Paolinos private Belange sprechen. Wäre das in Paolinos Sinn? Doch es ging um dessen Gesundheit … er konnte morgen unmöglich ausfallen!

»Nun, Johann? Was kann er mir dazu sagen?«, fragt Madame R. vorsichtig. »Er bedenke, dass Paolino morgen auf der Bühne stehen muss.«

Hatte die Gräfin von Rathen seine Gedanken gelesen? Nach allem, was Emma über sie erzählt hatte, konnte das durchaus möglich sein. Johann fasst sich ein Herz.

»Die Heilung nach einer Operation, der Paolino sich vor nicht allzu langer Zeit unterziehen musste, schreitet schlecht voran. Die Wunde scheint ihm Schmerzen zu bereiten … und zu nässen.«

»Johann, was weiß er über die Operation?«

»Paolino sprach von einer Hautfistel, die der Grund für die Operation gewesen sei.«

»Weiß er, wo am Körper sich die Hautfistel befindet, Johann?«

»Dürfte ich Euch fragen, verehrte Gräfin, was eine Hautfistel ist?«

»Warum glaubt er, dass ich das wissen könnte?«

»Wenn Ihr Euch genau danach erkundigt, wo sich die Hautfistel befindet, so nehme ich an, dass Ihr mehr darüber wissen könntet.«

»Eine Hautfistel ist ein schmaler Gang unter der Haut, der sich eitrig entzündet hat«, antwortet Madame R., während sie Johann ruhig ansieht.

»Die Hautfistel befindet sich an seinem Leib«, antwortet Johann. »Am unteren Teil seines Leibes«, fügt er zögernd hinzu.

»Weiß er, ob Paolino Medikamente einnimmt?«

»Der Medicus hat Paolino eine Arznei aus Myrteblättern verschrieben; es ist eine Salbe für die Wunde. Zudem nimmt er eine Arznei gegen die Schmerzen, die den Namen ›Stein der Unsterblichkeit‹ trägt.«

»Ah, den ›Stein der Unsterblichkeit‹ … ein sehr wirksames Medikament.« Madame R. runzelt die Stirn.

»Paolino meint, diese Arznei würde ihn über die Premiere retten.«

»Hm. Ja, der ›Stein der Unsterblichkeit‹ überzeugt ihn sicherlich.« Madame R. überlegt. »Johann, woher weiß er alle diese Einzelheiten?«

»Für meine Zeit als Ankleider bin ich bei Paolino einquartiert, verehrte Gräfin«, antwortet Johann zurückhaltend.

»Ah, ich verstehe.«

»Johann, welchen Eindruck hat er von Paolinos Schmerzen? Sind sie häufiger aufgetreten? Wie heftig würde er sie einschätzen?«

»Das ist schwer zu beantworten, verehrte Gräfin. Häufig wird sich Paolino seine Schmerzen nicht anmerken lassen, fürchte ich. Doch an einem Abend wurde ich zum Beispiel durch sein Stöhnen in meiner Kammer geweckt. Schnell begab ich mich in das Schlafzimmer, wo ich Paolino in schlechtem Zustand vorfand. Er bat mich, eine kleine Porzellandose für ihn zu öffnen. Dann schickte er mich wieder weg. In der Dose war – so denke ich – die Salbe aus Myrteblättern aufbewahrt.«

»Wo befindet sich Paolino jetzt?«, erkundigt sich Madame R.
»In einer der Künstlergarderoben. Er teilt sie mit Amadori.«

Da steht Wilhelm vor ihnen und verneigt sich leicht.
»Dürfte ich Euch, Madame, bitten, den Seitengang zu verlassen«, spricht er Madame R. an. »Die Probe der Komparsen soll beginnen. Sogleich wird sich der Seitengang mit vielen Soldaten füllen und Euch wird es nicht mehr möglich sein, ihn zu verlassen. In diese missliche Lage sollt Ihr nicht geraten, Madame. Wohin wünscht Ihr, Euch zu begeben?«
»Seid bedankt für Euren Hinweis und Eure zuvorkommende Nachfrage. Dürfte ich fragen, wer Ihr seid?«
»Wilhelm Olsen. Oberster Bühnenmaschinist.«
»Oh! Welche Ehre! Gräfin Aurelia von Rathen, Hofdame der Prinzessin Amalie«, stellt sich Madame R. vor. »Den Hofsänger Paolo Bedeschi, Paolino, wollen wir aufsuchen.«
»Da seid Ihr bei Johann, Paolinos Ankleider, in den besten Händen, verehrte Gräfin.« Wilhelm zeigt auf Johann. »Er wird Euch mitnehmen können, um Euch den Weg zu weisen.«
»Sehr wohl, Monsieur Olsen. Das wird uns zur Hilfe gereichen. Wir werden uns sputen.« Madame R. nickt Wilhelm freundlich zu. »So komm', Eléonore!« Madame R. dreht sich um und geht.
Wilhelm sieht Johann schmunzelnd an.
»Geleite die Damen sicher in Paolinos *chambres d'acteurs*, lieber Johann. Ihnen darf nichts zustoßen.«
Wilhelm klopft Johann auf die Schulter.
»Und grüße deine Schwester Wilhelmine von mir!«, sagt er und entfernt sich mit großen Schritten durch die nächste Kulissengasse. Johann sieht ihm überrascht nach und kann ein Lächeln kaum unterdrücken.
»Wilhelmine ist hier, Johann?«, platzt es aus Leonie heraus.
»Äh, ja! Wilhelmine ist hier! Leonie, lass uns gehen. Gleich werden die Komparsen hereinströmen, dann wird es sehr eng werden. Da, Leonie! Am Ende des Seitengangs formieren sie sich schon!«

Das sah Wilhelm ähnlich, noch Emma kurz zu erwähnen! Natürlich hatte er sie beide schon längst durchschaut und nun machte er sich einen Spaß aus ihrem Versteckspiel. Johann grinst, während er hinter Leonie durch den Seitengang geht. Er mochte Wilhelm viel zu gerne, um ihm das übel nehmen zu können. Doch wie sollte er sich gegenüber Leonie verhalten? Sollte er Emma vor ihren Augen als Wilhelmine ansprechen?

Johann hört Hauptmann Kaldenbergs Stimme auf der Bühne. Er erteilt strenge Befehle an seine Soldaten. Nun wurde es höchste Zeit, dass sie hier wegkamen! Nach dem Seitengang gehen sie an einer langen Reihe wartender Komparsen vorbei, die Madame R., Leonie und Johann neugierig anschauen. Danach bleibt Madame R. stehen, um sich nach Leonie und Johann umzusehen.

»Gebt Ihr mir die Erlaubnis, verehrte Gräfin, vorauszugehen, um Euch und Eurer Zofe den Weg zu zeigen?« Johann verneigt sich leicht.

»Deswegen habe ich angehalten, Johann.«

Leonie staunt über die Menge von Menschen, die um sie herum in Bewegung sind. Da waren ein paar Handwerker – lief da nicht ein kostümierter Tänzer vorbei? Das dort mussten Musiker sein. Viel Platz gab es für sie alle nicht. Wie gut, dass Johann sie hier zielstrebig durchschleuste. … Wilhelmine war hier! … Was sie hier wohl zu tun hatte? Für Wilhelmine hatten Emma und sie damals den Medikamentendiebstahl begangen. Sie waren dabei gewesen, als ihr die Medizin verabreicht wurde, aber mit ihr gesprochen hatten sie nie. Sie kannten Wilhelmine nur aus Johanns und Georgs Erzählungen. Wie würde das sein, sie endlich zu treffen?

Johann schaut sich nach Madame R. und Leonie um.

»Dort, die große Tür, das ist der Zugang zu Paolinos und Amadoris Garderobe!«, ruft Johann beiden zu. Nach ein paar weiteren Schritten geht plötzlich ein Ruck durch Johann. Er bleibt kurz stehen, setzt dann aber seinen Weg fort. An Paolinos Garderobentür steht Emma. Sie winkt Johann freudestrahlend zu, als sie ihn erblickt.

30. Kapitel

Johann überlegt krampfhaft. Emma würde Wilhelmine bleiben! Offiziell war sie Wilhelmine ... daran durfte sich nichts ändern! Er hofft inständig, dass Madame R. und Leonie das Spiel mitspielen würden. Sie waren Hofdame und Zofe, Emma war eben Wilhelmine!

Madame R. sieht Emma zuerst. Ihr entfährt ein leiser Seufzer der Erleichterung. Als Leonie sie entdeckt, läuft sie – an Madame R. und Johann vorbei – direkt auf Emma zu und umarmt sie. Überwältigt erwidert Emma die Umarmung, doch sie ist völlig schockiert.

»Emma! Ich bin so froh, dich zu sehen! Wahnsinn, du bist es wirklich!« Leonie sieht Emma glücklich an.

»Eléonore, Zofe Eléonore!«, hört Leonie Johanns Stimme neben sich. »Du hältst hier Wilhelmine Melitz, meine Schwester, in deinen Armen«, sagt Johann eindringlich.

Leonie sieht Johann perplex an. Dann schaut sie ungläubig zwischen Emma und Johann hin und her.

»Wirklich?«, entfährt es ihr.

»Ja, so ist es«, erwidert Johann sofort.

Da fängt Leonie an zu lachen.

»Ich glaub's nicht!«, prustet sie los. »Doch, doch, ... natürlich glaub' ich dir, Johann! ... Jedes Wort glaube ich dir! ... Wilhelmine!« Leonie drückt Emma an sich. Sie realisiert, dass Emma und Johann sich schon begegnet sein mussten. Warum hatte Johann das verschwiegen? Ihr kommen die Tränen.

»Au Mann!«, schnieft sie in Emmas Ohr. »Jetzt bloß keine Tränen!«

»Hey, Zofe Eléonore. Tränen sind okay«, sagt Emma leise und streicht Leonie liebevoll über den Rücken.

»Du sprichst ja, Wilhelmine ...«

»Ja, ich hab' meine Worte wiedergefunden ... irgendwie ...«

»Da bin ja froh.« Leonie löst die Umarmung und wischt ihre Tränen weg. Sie steht mit dem Rücken zu Johann und lächelt Emma an.

»Wer hatte die Idee mit Wilhelmine?«, fragt sie Emma.

»Die hatte ich! Sie war mir in einer brenzligen Situation plötzlich eingefallen«, antwortet Emma. Ihre Augen funkeln. »Das hat mich gerettet – mit viel Glück.«

»Davon musst du mir erzählen«, sagt Leonie leise.

»Hm.«

»Nun wünsche auch ich, Johanns Schwester zu umarmen!«, meldet sich Madame R. und geht auf Emma zu. »Wie geht es dir?«

»Mir geht es gut ...«

»... Gräfin Aurelia von Rathen«, unterbricht sie Leonie.

»Mir geht es gut, verehrte Gräfin«, wiederholt Emma lächelnd.

»Das sehe ich.« Madame R. sieht Emma erfreut an. »Es ist unendlich schön, dich wiederzusehen, Wilhelmine.«

»Wie habt ihr euch alle getroffen?« Emma schüttelt erstaunt den Kopf. »Was für ein unglaublicher Zufall!«

»Im Seitengang neben der Bühne«, antwortet Johann. »Ich hatte die Erlaubnis Paolinos, mir von dort die Probe der Komparsen anzusehen. Plötzlich gingen Gräfin von Rathen und ihre Zofe Eléonore an mir vorbei. Eléonore und ich erkannten uns sofort.«

»Dann lernten wir Wilhelm, den obersten Bühnenmaschinisten kennen.« Madame R. klingt vergnügt. »Der begrüßte uns zwar auf das Freundlichste, doch nur, um uns sofort aus dem Seitengang hinauszukomplimentieren!«

Nach kurzem Zögern fügt Leonie hinzu: »Wilhelm lässt dir, Wilhelmine, seiner Namenscousine, sogar Grüße ausrichten.« Leonie staunt: Wie war ihr das Wort ›Namenscousine‹ nur eingefallen?

»Oh, danke«, sagt Emma. Verunsichert schaut sie ihre Freundin und Johann an.

»Wilhelm und Paolino sind gut miteinander bekannt«, hebt Johann an. »Paolino hatte Wilhelm gebeten, mich durch alle Bereiche um die Bühne zu führen; ich sollte lernen, mich hier zu orientieren. Inzwischen sind wir uns immer wieder begegnet. Wilhelm wird allseits sehr geschätzt ...«

»… Ist er doch der oberste Bühnenmaschinist!«, wirft Madame R. fröhlich ein, »eine der wichtigsten Personen während der Aufführungen!«

»Und wie hast *du* Wilhelm kennengelernt, Em … Wilhelmine?«, fragt Leonie kritisch.

»Nach der letzten Chorprobe gestern, … als alle Sänger von der Bühne abgingen.«

Emma ist unsicher.

»Übrigens ist mir da auch die Idee mit Wilhelmine Melitz eingefallen. Ein anderes Chormädchen hatte auf einmal nach meinem Namen gefragt … tja, und danach begegnete mir Wilhelm.«

Emma überlegt und sieht ihre Freundin an.

»Weißt du, Wilhelm scheint immer in der Oper zu sein, man begegnet ihm überall«, führt sie angespannt aus. »Er weiß nicht nur über seine Bühnenarbeiter Bescheid, sondern scheint auch alle Künstler und sonstige Leute zu kennen. Es kommt mir so vor, als ob er hier lebt.«

»Das stimmt – fast!« Johann schmunzelt. »Natürlich wohnt er nicht hier.«

»Mich würde es allerdings nicht wundern«, ergänzt Madame R., »wenn die Bühne der Königlichen Hofoper – und alles darum herum – sein Lieblingsort wäre!«

»Ja, aber kennt Wilhelm auch jedes Chormitglied … und sogar beim Namen?« Leonie lässt nicht locker.

»Natürlich nicht«, lenkt Emma ein. »Wilhelm hat mich über Johann kennengelernt. Nach der Chorprobe traute ich mich natürlich nicht, Wilhelm einfach anzusprechen … ich kannte ihn ja gar nicht.«

Da geht die Tür der Garderobe auf und Paolino sieht sich suchend um.

»Ah, Gianni, du stehst vor mir! Bravo! Da bleibt mir das Suchen nach dir erspart! Oh, Wilhelmine, *anche tu qui*! Wie schön! Welche *entourage*[73] hast du hier mitgebracht, Gianni? Beeindruckt bin ich! Wusste ich gar nicht, dass du über so gute Beziehungen zum Königlichen Hof verfügst!«

73 Gefolge

Paolino tritt aus der Garderobe heraus und lehnt die Tür hinter sich an.

»Seid von Herzen begrüßt, verehrte Gräfin von Rathen. Prinzessin Amalie und Euch sah ich von der Bühne aus. Ich freue mich außerordentlich, Euch hier anzutreffen.« Paolino verneigt sich.

Madame R. begrüßt Paolino herzlich und äußert sich sehr lobend über seinen Gesang.

»Wie alle anderen Zuschauer kann ich es kaum erwarten, Euch morgen auf der Bühne zu erleben! Ihr werdet brillieren, geehrter Paolino, daran hege ich nicht den geringsten Zweifel!«, schwärmt Madame R.

»Was bringt Euch zu mir, verehrte Gräfin?«, fragt Paolino galant.

»Eigentlich habe ich das *Parterre* verlassen, um mir die Kaskaden anzusehen – ein gut gemeinter Rat von Prinzessin Amalie und Hauptmann von Kaldenberg.«

Paolino nickt freundlich.

»Ein unerwarteter Zufall brachte uns, mich und meine Zofe Eléonore, zu Euch: Traf Eléonore doch auf Wilhelmine! Beide verbindet eine gemeinsame Zeit im Potsdamer Militärwaisenhaus.«

»Dieses wunderbare Opernhaus steckt immer voller Überraschungen, verehrte Gräfin! Gianni, lass dir sagen, es ist nicht das Schlechteste, über deine Schwester direkte Verbindungen zu einer leibhaftigen Zofe am Königlichen Hofe zu haben! Pflege sie gut!« Paolino lächelt. »Zumal es sich um die Zofe der sehr verehrten *Contessa* Aurelia von Rathen handelt!«

»Paolino, nun werde ich die Zeit nutzen, um mich zu den Kaskaden zu begeben. Euren formidablen Ankleider, Paolino, habt Ihr nun wieder! Sicherlich gibt es für ihn noch viel zu tun. Euch, Eléonore und Wilhelmine, würde ich etwas Zeit für ein Gespräch schenken wollen – seht ihr euch doch so selten! Dort am Fenster, das den Künstlereingang überblickt, hole ich dich, Eléonore, wieder ab, um zu Prinzessin Amalie zurückzukehren.«

»Wir werden so lange ein Auge auf Eure schöne Zofe haben, verehrte *Contessa* …«

»Oh, das wird keineswegs von Nöten sein! Seid jedoch bedankt, Paolino. Es war mir eine wahre Freude, Euch noch vor der Premiere so unverhofft sehen zu können.«

Madame R. verabschiedet sich und geht in Richtung Bühne.

»Giovanna Astrua wird uns für die Rückfahrt abholen«, informiert Paolino Johann. »Wann, das weiß man bei Giovanna nie! *Ma verrà!* Sie wird jedoch kommen! Was sie verspricht, pflegt sie einzuhalten! Aber frage mich nicht, welche Geduldsproben sie mir schon abgefordert hat, die gute Freundin!«, fügt er theatralisch hinzu.

»Wilhelmine!« Paolino lächelt Emma an. »Dich nehmen wir wieder mit! Für dich gibt es immer einen Platz! Entzückt bin ich, wie prächtig dir mein Umhang steht! Nun würde ich vorschlagen«, Paolino zwinkert Johann zu, »entlassen wir die beiden Freundinnen in ihr Gespräch, nicht wahr, Gianni?«

Paolino und Johann ziehen sich in die Garderobe zurück.

31. Kapitel

Emma und Leonie stehen am Fenster und schauen hinunter auf das bunte Treiben vor dem Künstlereingang.

»Ihr seid ein Paar, Emma, oder?«, fragt Leonie, ohne sich Emma zuzuwenden.

»Ja, das sind wir, Leo«, antwortet Emma ruhig.

»Schon ungewöhnlich … irgendwie kann ich's noch gar nicht fassen … Wahnsinn! Hm.« Leonie schüttelt langsam den Kopf und reibt ihre Hände aneinander. »Willst du, magst du erzählen, wie ihr euch getroffen habt?«

Emma zögert.

»Nicht alles, Emma. Ich will dich damit nicht bedrängen.«

»Wir sind uns nach der Chorprobe begegnet. Gerade hatte ich dem Mädchen, das nach meinem Namen gefragt hatte, mit ›Wilhelmine

Melitz‹ geantwortet und ihr erklärt, woher ich, vielmehr Wilhelmine, kommt, da entdeckte Elisabeth – so heißt das Mädchen – Johann in der Nähe der Bühne.«

Leonie schweigt.

»Johann stellte sich als Ankleider Paolinos vor. Elisabeth und ich, wir waren völlig überwältigt!« Emma kichert. »… Aber natürlich aus verschiedenen Gründen. Für Elisabeth war es eine Sensation, den Ankleider des berühmten Hofsängers vor sich zu haben! Und meinen Grund kennst du.«

Leonie schweigt weiter.

»Elisabeth merkte sofort, dass Johann und ich uns kannten und bohrte nach. Als Wilhelmine Melitz musste ich Johann natürlich als meinen Bruder vorstellen – ich sah keinen anderen Weg … aber eigentlich war mein spontaner Einfall, mich Wilhelmine zu nennen, letztendlich ein Glücksfall! Was bist du so still, Leonie?«

»Ich höre dir zu.«

»Ist das alles?«

»Das ist alles. Ich höre dir zu. Was sollte ich sonst machen?« Leonie hält ihren Blick starr aus dem Fenster gerichtet.

»Klingt nicht gerade überzeugend. Du siehst mich ja nicht einmal an, Leo.«

Leonie dreht sich Emma zu und fixiert sie mit ihren Augen.

»Ich fand's so daneben, dass du nach unserem Streit einfach dein Handy abgeschaltet hast! Da hatte ich nicht die geringste Chance, dich zu kontaktieren! Natürlich war mir klar, dass ich vielleicht zu weit gegangen war … deshalb wollte ich mit dir sprechen. Doch nein! Meine beste Freundin war einfach unerreichbar! Und nicht nur das: Sie war im heimlichen Alleingang zu Madame R. geschlichen, hatte sich von unserer Welt verabschiedet und mir dadurch sämtliche Möglichkeiten genommen, mich vielleicht doch noch bei ihr zu entschuldigen. Mir war schon klar, wie sehr du diesen Typen liebst, ja?«

»Ach ja? War dir das wirklich so klar? Den Eindruck hatte ich nicht mehr! Du warst nur noch genervt und hast die Augen verdreht, sobald ich begann, seinen Namen zu erwähnen …«

»Hey, ich habe mir Sorgen gemacht, dass du da einer großen Liebe nachhängst, die du gar nicht leben kannst, weil dieser Typ physisch eh nie da ist und um dich rumhängt …«

»… ›der Typ‹ und ›um dich rumhängt‹! An deiner Ausdrucksweise merke ich doch schon, was du von meiner Liebe zu Johann hältst!! Du kannst so ein Biest, so ein Monster sein, Leo! Mach, dass du hier wegkommst! Es war schon richtig, mein Handy abzustellen und alleine zu Madame R. zu gehen! Davon bin ich jetzt erst recht überzeugt!«

»Bitte, Emma! Raste doch nicht gleich so aus!«

»Meinst du nicht, dass ich allen Grund dazu habe?«

»Nein. Wieso? Hör dir doch auch mal meine Sichtweise an! Du denkst immer nur an dich selber, an deine Gefühle, an deinen Johann …«

»… Ja, an ›den Typen‹, der ›da so rumhängt‹!«, unterbricht sie Emma laut. »Weißt du, wie herablassend und respektlos das klingt? Und kurz vorher sagst du mir noch, dass dir klar ist, wie sehr ich Johann liebe. Ppph! Du bist so verletzend!«

Einige Leute sehen sich nach ihnen um.

»Entschuldige, Emma! Ich wollte dich mit den Worten nicht verletzen, ja? Bitte entschuldige! Aber, jetzt hör' mir mal zu: Bei unserem Streit wollte ich dir nur klar machen, wie … ja … echt verzweifelt ich mit meinen Sorgen um dich war. Johann war für dich so unerreichbar! Für mich hatte dein Liebeskummer … wie soll ich sagen … so etwas Irreales an sich! Und warum sollte sich meine beste Freundin an so etwas Irrwitzigem aufreiben … und zwar völlig aufreiben? Das war für mich so dermaßen absurd, dass … dass ich da einfach mal reinhauen musste, verstehst du?«

Leonie sucht händeringend nach Worten.

»Ja, dir fast eine schallende Ohrfeige verpassen wollte, damit du aus deinem Trancezustand aufwachst, verstehst du? Da bist du mit dem Wort ›Liebe‹ in Anführungszeichen noch richtig gut weggekommen! Ehrlich!«

»Einfach mal reinhauen? Eine schallende Ohrfeige?«, erwidert Emma fassungslos. »Die hättest du mir verpasst? Ja?« Emma kneift ihre Augen zusammen. »Ich wusste gar nicht, dass in dir so ein Gewaltpotenzial steckt, Leo! Unglaublich!« Ihre Stimme klingt hart. »Jetzt hör' du mir mal zu: Mit dem Trancezustand liegst du völlig falsch …«

»Emma, es war, als ob du mental in einer ganz anderen Welt lebtest.«

»Du sollst mir zuhören und keinen Mist dazwischen quatschen, ja?«

»Das ist kein Mist! Du lässt einfach keine andere Sichtweise zu!«

»Leo! Wenn du nicht aufpasst, dreh' ich dir gleich deinen Hals um.«

»Ach ja? Hatten wir's nicht gerade von Gewaltpotenzial?«

Emma holt tief Luft.

»Obwohl es hoffnungslos ist, versuch' ich's jetzt nochmals.«

»Sei doch nicht so pessimistisch! Nichts ist hoffnungslos …«

»Halt jetzt bitte einfach deine Klappe, Leo«, zischt Emma, »und hör' mir zu.«

»Deine Sichtweise, dass ich bei unserem Streit noch richtig gut weggekommen sein soll, kannst du dir an den Hut stecken! Darum geht es doch gar nicht! Du hast mich, … meine innere Notsituation nicht verstanden: Ich liebte Johann, das Gefühl war einfach da …«

»Da geht es schon wieder los!«, stöhnt Leonie. »Alles dreht sich nur um dich, Emma! Du denkst immer nur an dich und deine Gefühle! Es sind natürlich die anderen, die dich nicht verstehen! Du bist doch nicht der Nabel der Welt!«

»Aber du, oder wie?«

»Natürlich nicht! Habe ich das mit einem Wort behauptet? Niemand ist der Nabel der Welt!«

»Ach so. Das ist ja gut zu wissen. Weißt du was, Leo? Ich hab' keine Lust mehr, mit dir über Irreales oder Irrwitziges zu diskutieren!« Dabei setzt Emma die Worte ›Irreales‹ und ›Irrwitziges‹ in Anführungszeichen. »Das sind eh nicht mehr die richtigen Worte für das, was Johann und mich verbindet … für das, was wir beide jetzt gemeinsam leben. Bleib' doch du, wo der Pfeffer wächst!«

Emma dreht sich um und geht schnellen Schrittes auf die Garderobe des Chors zu. Ohne nochmal zurückzublicken, öffnet sie die Tür und verschwindet.

32. Kapitel

Leonie steht benommen und fassungslos da. Nein, sie verspürte nicht das geringste Bedürfnis, Emma hinterherzulaufen. Sie war wütend. Gleichzeitig kroch eine Beklommenheit in ihr hoch, die ihr Herz schwer machte. Was war da gerade passiert? Sie beißt sich auf die Lippen und schaut aus dem Fenster. Madame R. sollte mal noch ein Weilchen die Kaskaden begucken … jetzt brauchte sie erst mal Zeit zum Nachdenken.

»Leonie? Bist du es?«, hört sie eine männliche Stimme hinter sich fragen.

»Nein!«, entfährt es ihr. »Ja … doch, ja, die bin ich …«

Überrascht dreht sie sich um. Vor ihr steht Georg in Uniform.

»Was machst du denn hier?«, fragt sie ungläubig. »Die Komparsen haben doch gerade Probe!«

»Unsere Probe wurde unterbrochen«, erklärt Georg. »Die Tänzer haben jetzt die Bühne.« Georg stutzt. »Woher weißt du, dass ich als Komparse auftrete?«

Leonie muss schmunzeln.

»Weil ich die Zofe der Gräfin Aurelia von Rathen bin, der Hofdame von Prinzessin Amalie. Bei der Probe habe ich dich auf der Bühne gesehen.«

»Oh!« Georg ist sprachlos.

»Musst du nicht bei den anderen Soldaten sein?«, fragt Leonie kritisch.

»Einer fällt nicht auf, Leonie …«

»… Hauptmann Kaldenberg merkt doch sofort, wenn sein Bursche nicht dabei ist.«

Lächelnd winkt Georg ab.

»Als wir Komparsen die Bühne verließen, habe ich dich und Emma hier am Fenster entdeckt. Ich traute meinen Augen kaum! Ich wusste von Johann, dass Emma hier war, doch Leonie, du bist eine Überraschung für mich. Welche Freude, dich hier zu sehen!«

»Hallo Georg! Ja, wir haben uns lange nicht gesehen!« Leonie überlegt: Hatte Georg sie länger beobachtet? Ihr Gespräch konnte er unmöglich gehört haben. Dafür waren zu viele Leute unterwegs. Oder etwa doch?

»Als mir Johann erzählte, dass Emma als Chorsängerin hier sei, habe ich mich gewundert, warum sie wohl alleine hier war.«

»Emma und ich verstehen uns zurzeit nicht besonders gut.« Leonie weicht Georgs Blick aus.

»Kann dies nicht in jeder Freundschaft passieren?«

»Ja.« Leonie wiegt ihren Kopf hin und her.

»Welche Freundschaft ist auf immer und ewig vor schlechten Zeiten gefeit?«, fragt Georg aufmunternd. »Doch es kommen auch wieder andere.«

»Meinst du? Fühlt sich gerade nicht so an ...« Leonie sieht Georg an.

»... Leonie, so kenne ich dich gar nicht! Was ist mir dir?«

»Unser Streit lässt sich nicht so leicht wegstecken.« Leonie seufzt.

»Ja, das habe ich wohl gesehen; ihr habt euch sehr gestritten.«

»Das hast du richtig beobachtet.« Leonie senkt ihren Blick.

»Als Chorsängerin und Zofe am Königlichen Hof werdet ihr euch höchst selten begegnen, denke ich. Das wird euch den nötigen Abstand zur Besinnung verschaffen«, sagt Georg teilnahmsvoll.

»Vielleicht weißt du es schon ... Johann hat ja mit dir gesprochen«, hebt Leonie an.

»Uns blieb keine Zeit für lange Gespräche. Im Foyer des Künstlereingangs herrschte großes Gedränge, Leonie. Unser Gespräch glich eher einem Schlagabtausch, würde ich sagen!« Georg lächelt. »Doch ... seitdem hat Johann wieder versucht, mit mir zu sprechen ... es schien ihm wichtig zu sein«, überlegt Georg laut. »Bis jetzt hat sich noch keine Gelegenheit dazu ergeben.«

»Ist dir an Johann im vergangenen Jahr etwas aufgefallen?«

»Nein.« Georg runzelt erstaunt die Stirn.

»Hat er uns, doch vor allem Emma, immer wieder erwähnt?«, fragt Leonie vorsichtig.

»Ja, ich wage zu sagen, dass Johann Emma wohl zu vermissen schien … und öfters als ich über sie ins Schwärmen geraten ist … was mich doch sehr verwunderte, da Emma nicht unter uns weilte.«

Leonie horcht auf und nickt.

»Johann und Emma sind ein Paar, Georg.« Leonie betont jedes Wort.

Georg starrt Leonie ungläubig an.

»Bist du dir dessen gewiss, Leonie? Mir gegenüber verlor Johann kein einziges Wort darüber. Woher weißt du das?«

»Von Emma. Und ich habe die beiden kurz zusammen erlebt. Es stimmt.«

»Das scheint schnell vonstatten gegangen zu sein!« Johann klingt überrascht. »Nehme ich doch an, dass ihr, du und Emma, erst vor kurzem hier angekommen seid.«

Leonie nickt.

»Nun, so ist dies der Lauf der Dinge.« Johann lächelt. »Was für ein ungewöhnliches Paar!«

»Finde ich auch …«

»Sei nicht so fassungslos, liebe Leonie!« Georg berührt sie kurz am Arm. » ›Die Fassungslosigkeit ist nur dazu da, um sie schnell hinter sich zu lassen‹, hat mir Hauptmann Kaldenberg gesagt, als wir über meinen leiblichen Vater sprachen.«

Leonies Gesicht hellt sich auf.

»Freuen wir uns also, liebe Leonie, und wünschen ihnen Glück, den beiden!«

Georg stellt sich aufrecht vor Leonie hin.

»Wo geht es jetzt für dich hin? Kann ich dich begleiten?«

»Gräfin von Rathen wird mich hier abholen. Sie hat mich gebeten, auf sie zu warten. Dann geht es zurück zu Prinzessin Amalie. Doch, Georg, wie geht es dir?«

»Es könnte mir nicht besser gehen!« Georg sieht Leonie glücklich an. »Als Bursche von Hauptmann Kaldenberg habe ich immer alle Hände voll zu tun. Neue Aufgaben hat mein Herr hinzugefügt – ich kümmere mich nun auch um die Pflege seiner Waffen, und mir ist die Beschaffung aller Lebensmittel für den Wirt zugeteilt worden. Die aufregenden Proben der Komparsen-Auftritte haben mich überaus in Anspruch genommen! Viel hatte ich zu lernen. Mein Herr nahm sie zum Anlass, mir diese Montur zu verschaffen!«

Stolz sieht Georg an seiner Uniform hinunter.

»Sie steht dir richtig gut!«

Georg strahlt.

»Es kommt mir so vor, als ob das Reiter-Caroussel vor nicht allzu langer Zeit stattgefunden hätte, Leonie … als ob ihr erst vor kurzem unter dem Tisch in der Wohnstube genächtigt hättet!«

»Georg, du musst wissen, dass Gräfin Aurelia von Rathen diejenige ist, die für den vergifteten Hauptmann Kaldenberg das Glaubersalz besorgte und ihn gesund pflegte …«

»Sie war es, die des Nachts nach Potsdam kam?«, fragt Georg erstaunt.

»Ja.«

»Sie bat mich, niemals nach ihrem Namen zu fragen«, erinnert sich Georg. »Wohl erkannte ich, dass sie meinem Herrn sehr zugetan war.«

»Ja. Daran hat sich bis heute nichts geändert.«

»Seither habe ich sie nicht wieder gesehen.«

»Das wird sich gleich ändern.«

»Leonie, so erzähle schnell! Wie lebt es sich am Königlichen Hofe? Gehört habe ich von der strengen Etikette, die dort einzuhalten ist.«

»Gräfin von Rathen erteilte mir Unterricht in der Etikette.«

»Das gereicht dir sicherlich zum Vorteil.«

»Es ist eigentlich nicht so schwer, doch … mühsam und umständlich.« Leonie zieht ihre Mundwinkel nach unten.

»War es dir vergönnt, den König aus der Nähe zu erleben?«, will Georg ungeduldig wissen.

»Ja, schon.«

»Was würde ich dafür geben! So berichte!«

»Ich habe den König im Schloss mit Prinzessin Amalie und hier während der Probe erlebt. Er weiß alles über die Oper *Montezuma*, er kennt sie in- und auswendig. Über Musik und Oper kann ihm niemand etwas vormachen! Mit dem Hofkonzertmeister und Schauspieldirektor fachsimpelt er. Er mischt sich in alle Einzelheiten ein und … na ja, hat natürlich immer das letzte Wort …«

»… Leonie!«, unterbricht sie Georg. »So bitte ich dich! Höre ich da etwa Kritisches in deiner Stimme? Natürlich hat der König das letzte Wort! Er ist doch schließlich der König!?«

»Ja, ja, ich weiß! Bei uns regiert ja kein König.«

»Umso mehr musst du unserem huldigen!«

»Huldigen! Wie das schon klingt! … König Friedrich ist ja nicht mein König, sondern euer König.«

»Das macht keinen Unterschied …«

»… aber sicherlich.«

»Nein! Ein König ist mächtig, daher huldigt man ihm!« Georg wird langsam ungeduldig. »Was ist daran schwer zu verstehen?«

»Wir denken anders darüber.«

»Das merke ich. Doch nun bist du hier, und hier herrscht nun einmal König Friedrich II.«

»Das habe ich verstanden.«

»Nun denn.« Georg hält kurz inne und sieht Leonie nachdenklich an. »Leonie, ihr solltet euch aussprechen … Emma und du. Streit muss in einer Freundschaft ausgeräumt werden …«

»Welchen stattlich gekleideten jungen Mann sehe ich hier?«, hört plötzlich Leonie Madame R. sagen.

Georg dreht sich erstaunt um.

»Georg Brösicke, sei gegrüßt! Wir sind uns schon begegnet … vor einiger Zeit … unter anderen Umständen! Da bat ich ihn, nicht nach meinem Namen zu fragen.«

»Ja, Madame, ich erinnere mich.« Georg verbeugt sich. »Verehrte Gräfin«, fügt er hinzu.

»Oh, so scheint ihn meine Zofe Eléonore schon aufgeklärt zu haben!« Madame R. wirft einen Blick auf Leonie und lächelt. »Seine neue Montur steht ihm prächtig, Georg! Damit macht er eine gute Figur!«

Georg verbeugt sich nochmals kurz.

»Für die weiteren Proben – und vor allem die Aufführungen – sei ihm viel Glück gewünscht, Georg! Der König hatte einiges auszusetzen. Mache er sich jedoch keine Sorgen: Unter seinem Herrn wird das Bataillon eine glänzende Aufführung zustande bringen!«

Madame R. lächelt Georg charmant zu.

»Seid bedankt, verehrte Gräfin von Rathen. Mein Bestes werde ich zu geben wissen.«

»Dessen bin ich mir sicher. Seine Aufregung wird abfallen, sobald die Geschehnisse auf der Bühne ihren Lauf nehmen!«, fügt sie unbeschwert hinzu. »Nun lasst uns gehen, liebe Eléonore. Prinzessin Amalie soll nicht auf uns warten müssen.«

»Auf Wiedersehen, Georg!«

»Wir sehen uns wieder, Eléonore!«

»Ja, das werden wir.« Leonie lächelt Georg zu. Sie ist froh, dass Georg sie angesprochen hat. Da war sie doch, die alte Vertrautheit, auch nach längerer Zeit der Trennung.

Als Madame R. und Leonie das *Parterre* erreichen, studiert die Prinzessin die Präsentationszeichnungen und unterhält sich mit dem Bühnenarchitekten Galli da Bibiena. Der Sessel des Königs ist leer. Der Hofkonzertmeister und Baron von Sweerts sind nicht mehr zu sehen. Sie warten in gebührendem Abstand.

»Das kann dauern«, sagt Madame R. leise. »Die Prinzessin fasziniert Galli da Bibienas neue Technik der Perspektive, die Methode der ›*veduta per angelo*‹[74]. Dadurch wirkt der Bühnenraum für die Zuschauer größer, weiter ... ja, er scheint fast ins Unendliche zu gehen. Schau'!«

Madame R. dreht Leonie in Richtung Bühne, wo die Tänzer im Vorhof des Kaiserpalastes proben.

»Sieh' dir diese prächtigen Kolonnaden und Treppenanlagen an, Leonie. Kommt es dir nicht so vor, als ob sie sich am Ende der Bühne in einen fernen, unendlichen Horizont fortsetzten, als ob dahinter nur noch der Himmel wäre? Und du selbst hast dabei das Gefühl, mitten auf der Bühne zu stehen und nicht von der Szenerie getrennt zu sein, oder?

74 Etwa: Ansicht aus den Augen, der Perspektive der Engel

Das ist eine Sensation des Bühnenzauberers Guiseppe Galli da Bibiena. Seine ganze Familie ist an europäischen Höfen tätig und hütet das Geheimnis der neuen Perspektive wie ihren Augapfel.«

Abwesend betrachtet Leonie die Bühne und schweigt.

»Mir scheint, du hütest auch ein Geheimnis, Leonie«, sagt Madame R. nach einer Weile vorsichtig.

»Es ist kein Geheimnis.« Leonie hält ihren Blick auf die Bühne gerichtet.

»Emma und ich sind im Streit auseinandergegangen. Johann und Emma sind ein Paar, was dir auch schon aufgefallen sein wird, als wir uns alle sahen. Aber es war klasse, Georg wiederzusehen. Er hatte Emma und mich beobachtet. Nachdem Emma abgedampft war, kam er auf mich zu, einfach so. Er ist schon schwer in Ordnung«, erzählt Leonie nüchtern.

»Emma ist nur auf sich selbst fixiert. Und auf Johann natürlich.« Sie schüttelt den Kopf. »Andersdenkende: nicht akzeptiert. Was soll ich hier noch? Wollte eigentlich nur wissen, dass es Emma gut geht, was ja offensichtlich der Fall ist. Hätte nichts dagegen, jetzt …«

»… das Handtuch zu werfen? Eléonore …«

»Nenn' mich jetzt bitte nicht Eléonore! Das nervt!«

»Leonie!«, flüstert Madame R., »was gibst du so schnell auf? So kenne ich dich nicht!«

»Ich hab' keine Lust auf dieses Etiketten-Gedöns am Königlichen Hof. Ja, es ist spannend, den König und seine eigensinnige Schwester, die ich eigentlich irgendwie gut finde, so nah zu erleben. Die Probe, die Künstler – auch klasse. Paolino vor allem.« Leonie huscht ein Lächeln über das Gesicht.

»Leonie, ist dir an den Stimmen von Paolino und den beiden anderen Sängern etwas aufgefallen?«

»Nö.«

»Wirklich nicht?«

»Sagte ja schon, nö.«

»Stichwort Tonlage oder Tonqualität oder Lautstärke«, leitet jetzt Madame R. ein.

Leonie überlegt.

»Hm. Stimmt. Die haben echt laut gesungen, ziemlich hoch ... und der Klang war ... komisch.«

»Diese Hofsänger, Leonie, sind Sängerkastraten.«

»Sänger- ... was?« Leonie sieht Madame R. völlig konsterniert an.

»Ja, du hast richtig gehört. Sängerkastraten.«

»Im wahrsten Sinn des Wortes? Ist das dein Ernst?«

»Ja, natürlich.«

»So natürlich finde ich das jetzt nicht gerade.«

»Nein, du hast Recht.« Madame R. muss lächeln. »Natürlich ist daran gar nichts. Im Gegenteil.«

»Was hat es mit den Sängerkastraten auf sich?«

»Zur Erhaltung der hohen Stimme werden die besonders begabten Chorknaben vor dem Stimmbruch kastriert. Dadurch fällt ihr Stimmbruch weg und die Kastraten können ihre Gesangsausbildung, die sie im Kindesalter begonnen haben, ohne Unterbrechung und ohne Anpassung nach dem Stimmbruch fortsetzen. Gegenüber den anderen Sängern haben sie daher einen großen Vorteil.«

»Wahnsinn! Dabei fand ich den ›sound‹ der drei Stimmen merkwürdig ... gar nicht weich und voll, sondern eher einsilbig ... nee, wie soll ich sagen ... spröde ... ja, spröde, das trifft es besser.«

»Diese Stimmqualität der Sängerkastraten ist groß in Mode und sehr gesucht. Außerdem haben sie eine anspruchsvolle musikalische Ausbildung in Italien absolviert; sie sind wahre Virtuosen und werden dafür sehr geschätzt, ja sogar angehimmelt. Sie sind die absoluten Stars in der Musikszene! So kann ich's vielleicht beschreiben. Im Vergleich zu anderen Musikern verdienen sie Unmengen, und fast jeder europäische Hof, der etwas auf sich hält, engagiert Sängerkastraten zur Bereicherung seiner höfischen Unterhaltung.«

»Italien, sagtest du?«

»Ja, Sängerkastraten sind eigentlich fast immer Italiener, würde ich behaupten wollen. Opern und Gesang haben in der dortigen Gesellschaft seit langem einen hohen Stellenwert – sie sind ein weit verbreitetes, gelebtes Kulturgut ...«

»Ja, aber dafür Menschen, Jungen kastrieren? Was für ein Irrsinn!«

»Kastrationen sind auch in Italien illegal und stehen unter Todesstrafe, doch aufgrund des Starkults um die Sängerkastraten sind Grauzonen entstanden, in denen Kastrationen trotzdem durchgeführt werden. Viele der begabten Chorknaben kommen aus armen Familien, für die eine mögliche Starkarriere ihrer Söhne einen finanziellen Hoffnungsschimmer darstellt.«

»Und wie werden die Jungen kastriert? Die Hygiene ist doch in diesen Zeiten unter aller Kanone.«

»Es ist ein operativer Eingriff, der unterschiedlich vorgenommen wird: Durchtrennung des Samenstrangs, Entfernung der Keimdrüsen an den Hoden oder die komplette Entfernung der Hoden ...«

»Das reicht, Madame R.! Mir wird schon ganz schlecht. Der arme Paolino! Schrecklich, die Vorstellung. Kein Junge würde so was freiwillig über sich ergehen lassen! Das kann ich mir nicht vorstellen.«

»So ist es auch. Alles findet natürlich unter Narkose statt.«

»Menschenwürde, Kinderrechte ... scheint alles keine Rolle zu spielen.«

»Nein, leider nicht. Viele Operationen gelingen, doch nicht alle ...«

»Wie können diese illegalen OPs unter der Decke gehalten werden?«

»Sie werden als Unfälle der Kinder deklariert, die zur Rettung des Kindes zwingend eine Kastration zur Folge haben müssen. Jeder berühmte Sängerkastrat hat seine eigene Geschichte.«

Leonie schweigt betroffen.

»Paolinos Beschwerden, könnten ...«

»... Ja, ich kann mir vorstellen, dass sie etwas mit dieser Operation zu tun haben. Spätfolgen, die Sänger unter Umständen ihr Leben lang begleiten.«

»Wir müssen uns um Paolino kümmern, Madame R.«

»Ich werde mit Prinzessin Amalie sprechen. Sie ist Paolino zugetan, weil er in so jungem Alter von Italien nach Preußen gekommen ist. Sie hat immer ein Auge auf ihn gehabt. Ich werde ihr vorschlagen, dass Paolino morgen Vormittag in das Schloss gebeten und dort vom Königlichen Leibarzt behandelt werden soll.«

BEI PAOLINO

33. Kapitel

Paolino, Johann und Emma kommen die Treppen zu Paolinos Wohnung hinauf.

»*Quelle surprise! Che sorpresa!*«, ruft Paolino plötzlich und springt die restliche Treppe hoch – zwei Stufen auf einmal nehmend.

Ein Korb, dessen Inhalt mit einem Tuch abgedeckt ist, steht vor der Wohnungstür. Ein Umschlag liegt oben auf. Paolino greift nach dem Brief und reißt den Umschlag auf.

»Oh, Carlo! *Mio caro Carlo!*« Paolino strahlt.

»So hört, Johann und Wilhelmine, was hier geschrieben steht – ich übersetze: Labsal für den Abend vor der großen Premiere – für Dich und Deine Gäste!«

Paolino sieht auf.

»Ihr seid meine Gäste! Wer sonst? Wir werden uns einen schönen Abend machen! Lasst uns eintreten.«

Paolino schließt die Tür auf.

»Gianni, könntest du dich sogleich um den Ofen im Salon kümmern und zur Feier des Abends neue Kerzen aus der Kammer holen?«

»Wie kann ich helfen?«, fragt Emma.

»Meine Süße, wir packen die Köstlichkeiten aus und arrangieren sie auf meinem schönsten Holzbrett. Was könnte alles in dem Korb sein?« Paolino hebt das Tuch an. »Sardellen, Kapern, Oliven, Käse, Schinken, herrliches Brot, eingemachte oder sogar kandierte Früchte, Feigen, Mandeln, Pistazien, Orangen, Wein, … ah, mein Herz geht auf!«

Emma läuft das Wasser im Mund zusammen. Sie merkt, wie hungrig sie ist.

»Wilhelmine, wir legen unsere Mäntel ab und dann decken wir den Tisch im Salon!« Paolino reibt sich die Hände.

In Windeseile ist alles zubereitet. Der Ofen beginnt, den Salon zu wärmen, die Kerzen sind angezündet.

»So, nun noch drei Gläser aus dem Schrank. Euch sei heute Abend etwas Wein gegönnt! Der verfeinert den Geschmack der Delikatessen. Nun greift zu! *Servitevi!*«

Johann blickt Emma an.

»Em … Wilhelmine, könntest du mir bitte die Schale mit den Oliven reichen?«

Paolino räuspert sich.

»Gianni, was bedeutet dieses ›Em‹ vor Wilhelmine? Du musst doch sonst nicht nach Worten suchen; an Eloquenz mangelt es dir wahrlich nicht. Es ist …«, Paolino überlegt und füllt sich dabei genüsslich seinen Teller, »… als ob du dir Wilhelmines Namen immer wieder vergegenwärtigen müsstest.«

Johann fasst sich ein Herz.

»In der Tat, Paolino«, erwidert er ruhig, doch Emma spürt, wie aufgeregt er ist. »Wilhelmines Namen muss ich mir immer wieder vor Augen führen …«

»Dann fängt dein richtiger Name mit ›Em‹ an, Wilhelmine?« Paolino sieht Emma fragend an. »Hm. Lass mich raten … Emilia? Emilie? Emeralda? …«

»Emma«, antwortet Emma mit Herzklopfen.

»Emma! *Che bel nome*! Der Name passt zu dir, Wilhelmine!«

Paolino wiegt seinen Kopf hin und her.

»Emma, Wilhelmine, Emma. *Che casino*! Aber, meine Lieben«, Paolino hebt den Zeigefinger, »mein Instinkt hat mich richtig geleitet! Was steckt hinter diesem Durcheinander? So lüftet das Geheimnis!«

»Wir sind nicht Geschwister, sondern Freunde …«, hebt Johann zögerlich an.

»… Freunde!?« Paolino mustert Johann aufmerksam.

Emma hält den Atem an.

»Nein, eigentlich inzwischen mehr als das«, fügt Johann unsicher hinzu. »Wir sind uns sehr zugetan …«

»… Ah!« Paolino steckt sich eine Olive in den Mund. »*Capisco!*«

Paolino nimmt den Olivenkern aus seinem Mund.

»Wir sind ein Paar … ein Liebespaar.« Johann lächelt.

»Ja, ich weiß.« Paolino schmunzelt. »Von Anfang an hatte ich das im Gefühl! In diesen Dingen könnt ihr mir nichts vormachen! Da kenne ich mich aus! Mmh. *Sì*!«

Paolino schenkt Wein aus und trällert dabei vor sich hin.

Emma ist erleichtert. Wozu das Versteckspiel vor Paolino? Sie schaut Johann an. Das hatte nun ein Ende gefunden. Glücksgefühle breiten sich in ihr aus.

»So lasst uns anstoßen! Ich nehme an, dass ich der erste Gratulant der Frisch-Verliebten bin?«

Johann und Emma nicken.

»Was für ein prächtiges Paar ihr seid! Ich fühle mich geehrt!«

Sie heben die Gläser an.

»*All'amore*!« Paolino prostet den beiden zu und nimmt einen kräftigen Schluck zu sich.

»Auf deine gute Wahl, Gianni!«

Paolino stößt mit Johann an.

»Ein herzliches, offizielles *benvenuto* in unserer kleinen Gemeinschaft, Emma!«

Paolino hebt sein Glas auf Emma an.

»Alles Glück dieser Welt wünsche ich euch!«

Paolino trinkt einen letzten Schluck, stellt das leer getrunkene Glas ab und fragt gespannt:

»Doch wer ist nun Wilhelmine?«

»Wilhelmine ist kein erfundener Name«, hebt Emma an. »Johanns Schwester heißt wirklich so.«

»Wenn die Arme wüsste, wozu ihr Name, ihre Identität dient ... ja sogar missbraucht wird!«

Paolino schüttelt den Kopf.

»Ein wunderbarer Stoff für eine *commedia dell'arte*! Stellt euch vor«, er breitet die Arme aus und reißt seine Augen auf, »die wahre Wilhelmine käme nun zur Tür herein und ich tappte noch im Dunkeln ... hätte also von den wahren Begebenheiten keine Ahnung.«

Paolino fasst sich theatralisch an den Kopf.

»*Che confusione*! Das Publikum wäre amüsiert und die Komödianten könnten sich herrliche Szenen einfallen lassen! Doch Emma«, Paolino mustert Emma neugierig, »wer bist du wirklich und woher kommst du?«

»Aus Potsdam, doch aus dem Potsdam ... einer anderen Zeit.«

Paolino sieht Emma kritisch an. Da pocht es heftig an die Wohnungstür; Paolino fühlt sich sichtlich gestört.

»Ein Bote des Königlichen Hofes für Euch, Monsieur Bedeschi!«, ruft die Wirtin. »Ihr werdet am Hauseingang erwartet.«

»Ein königlicher Bote?« Paolino springt auf. »Madame, ich eile sofort herbei!«

Paolino blickt an sich hinab.

»Was das wohl zu bedeuten hat?«, fragt er sich und eilt aus dem Salon.

»Was für ein Abend voller Überraschungen!«, hören Emma und Johann ihn im Eingang sagen. »*Però*: Langweilig war es mir in meinem Leben noch nie!«

»Paolino wird mich für völlig verrückt erklären ...«

»Paolino darf dich in der Öffentlichkeit nicht Emma nennen«, überlegt Johann fieberhaft. »Was würde das im Chor auslösen, vor Wilhelm, Baron von Sweerts ...«

»Johann, davon werden wir ihn überzeugen können. Da bin ich mir sicher. Paolino ist nicht nur Sänger, sondern auch Schauspieler. Aber meine Zeitreise? Weiß nicht ...«

»Glaube mir, jetzt ist der Zeitpunkt gekommen, dass Paolino es erfahren sollte ...«

»Ja ....«

»Paolino hat viel Fantasie, er ist der außergewöhnlichste Mensch, den ich kenne – außer dir natürlich. Paolino mag dich, Emma, er hat dich in sein Herz geschlossen. Er wird dich zwar ungläubig anschauen, dir aber glauben!«

Johann steht auf und breitet seine Arme aus.

»Komm zu mir, Emma!«

»Nun, ihr zwei Turteltäubchen, ich habe Neuigkeiten!«

Paolino wedelt mit einem geöffneten Brief in der Hand.

»Prinzessin Amalie bittet mich morgen Vormittag in das Königliche Stadtschloss.«

»Oh!«, erwidern Emma und Johann gleichzeitig.

»Wird ein Grund genannt?«, fragt Emma zaghaft.

»Es sei dringlich. Man freue sich, mich zu empfangen. Gräfin Aurelia von Rathen wird zugegen sein, ich könne meinen Ankleider mitbringen. Wir sollten uns um 10 Uhr – wo? – einfinden.«

Nachdenklich betrachtet Paolino den Brief.

»Lasst uns weiteressen! Eigentlich mag ich es nicht, beim Essen gestört zu werden.«

Paolino legt den Brief auf seinen Sekretär und setzt sich wieder.

»Aber diese Unterbrechung ist anders.« Paolino schenkt sich Wein nach. »Ganz anders.« Er trinkt einen Schluck und hält sein Glas nachdenklich in der Hand.

»Als ich euch, die *Contessa* von Rathen, ihre Zofe und euch beide, vor der Tür der Bläsergarderobe vorfand, hatte ich den Eindruck, dass ihr vier euch schon lange kanntet.« Paolino sieht Emma und Johann aufmerksam an. »Oder täuschte mich mein Eindruck etwa?«

»Nein«, antwortet Emma. Ein leises Lächeln spielt um ihre Lippen.

»Woher kennt ihr euch? Erzählt mir die Geschichte! *Raccontatemi tutto!* Auf alles mache ich mich gefasst – zur Sicherheit. Seid ihr zwei doch zu …«, Paolino überlegt, »… ungewöhnlich!«

Paolino atmet tief ein und blickt Emma und Johann aufmunternd an.

»Paolino, ich weiß nicht, wo ich anfangen soll, weil alles so verrückt ist …«

»Eine Geschichte sollte man nicht mit einer fadenscheinigen Entschuldigung beginnen, Emma!«

Paolino schnalzt mit der Zunge und schüttelt den Kopf.

»Okay …«

»… auch nicht mit Worten, die den Zuhörern fremd sind.«

»Du machst es mir nicht einfach …«

»Warum auch? Liebe Emma, du bist mir schon längst nicht mehr gleichgültig! Ich liebe es, meine Freunde zu necken!«

Paolino wendet sich Johann zu.

»*Non è vero*, Gianni? Nun denn, Emma, ich höre … *ascolto*.«

Paolino blickt Emma an, hält die Hände hinter die Ohren und zieht seine Augenbrauen nach oben.

»Die Gräfin Aurelia von Rathen spielt eine entscheidende Rolle in der ganzen Geschichte. Ohne sie hätten Johann und ich uns niemals getroffen. Das Potsdam, in dem ich wohne, liegt in einer anderen Zeit – das sagte ich ja schon – genauer gesagt, mehr als 250 Jahre nach euch allen hier.«

Paolino hört gebannt zu. Johann atmet kaum.

»In meiner Zeit habe ich – zusammen mit meiner Freundin Leonie – die Gräfin Aurelia von Rathen als Madame R. kennengelernt. Madame R. wohnt in unserer Nachbarschaft. Leonie und ich mögen Madame R. sehr. Wir haben uns immer zu ihr hingezogen gefühlt, weil sie so anders ist. Inzwischen wissen wir, dass Madame R. nicht nur in unserer, sondern auch in eurer Zeit lebt. Sie wandert zwischen den Zeiten, sie ist eine Grenzgängerin, die Leonie und mich nun zum dritten Mal in eure Zeit mitgenommen hat. Leonie hast du als ihre Zofe Eléonore kennengelernt.«

Emma erzählt von den Abenteuern im Militärwaisenhaus und um das höfische Reiter-Carrousel.

»Miniaturgröße, Tarnkappe … es ist die magischste Geschichte, die ich jemals gehört habe! Säßest du nicht vor mir, Emma, bliebe sie für mich ein Märchen. Kein Wort würde ich dir glauben können!«

Dann schweigt Paolino und versinkt in seinen Gedanken. Johann und Emma sehen sich fragend an.

»Gräfin Aurelia von Rathen scheint ein unruhiger Geist zu sein«, sinniert Paolino. »Was sie wohl antreibt, zwischen den Zeiten zu wandern? … und dabei dich und Eléonore auf irgendeine magische Art und Weise«, Paolino bewegt dazu seine Hände in der Luft, »mitzunehmen?«

»Ihre Liebe zu Hauptmann Kaldenberg hält sie hier. Ihr unerfüllter Wunsch, sich hier als Wissenschaftlerin, als Ärztin zu verwirklichen, hat sie in unsere Zeit vertrieben.« Leise fügt Emma hinzu: »Auch ihre Verzweiflung darüber, dass die Gunst des Königs Hauptmann Kaldenberg wichtiger ist als ihre Liebe zueinander.«

»*Un cuore spezzato* …«

»Madame R. weiß um Kaldenbergs große Liebe zu ihr, doch er will sie im Verborgenen leben …«

»… Sagte ich doch, ein gebrochenes Herz, weil seine Liebe zu ihr nicht bedingungslos ist. Die wahre Liebe kennt keine Bedingungen, Emma.«

»Unter König Friedrich schon – so denkt Hauptmann Kaldenberg.«

»Auch nicht unter dem preußischen König Friedrich II.! Nicht einmal unter dem mächtigsten König ganz Europas, dieser Welt – oder wer auch immer sich dafür halten mag!«

Paolino winkt lachend ab.

»*Il vero amore* ist unabhängig von allen Zwängen! Die Liebe zu einem Menschen, zur Musik, zur Medizin … die Liebe sprengt die Grenzen … so wie eure Liebe die Grenzen der Zeit überwunden hat und meine Liebe zur Musik, zum Gesang …«

Ihr Gespräch wird von lautem Geschrei und Gezeter im Treppenhaus unterbrochen.

»Was soll ich nun davon halten?«, sagt Paolino verärgert. »Gianni, bitte geh' du und schaue nach.«

34. Kapitel

Johann springt auf und eilt zur Wohnungstür, hinter der er die erregte Stimme der Wirtin erkennt, die sich erbittert mit einer anderen Frau zu streiten scheint. Johann öffnet die Tür.

Vor ihm stehen die erboste Wirtin mit hochrotem Kopf und eine in Schwarz gehüllte Dame, die nicht nur die Kapuze ihres Umhangs hochgeschlagen hat, sondern darunter auch einen Schleier trägt. Die Dame scheint die Wirtin zu ignorieren, ja, ihre Nähe geradezu als abstoßend zu empfinden.

»Guten Abend, wen darf ich begrüßen?«, beginnt Johann.

»Keine Notwendigkeit sehe ich, mich vorzustellen!«, blafft die Dame Johann mit auffallend näselnder Stimme an. »Schaffe er mir dieses unausstehliche Weibsbild vom Leibe!«

Johann zuckt zusammen.

»Welch' unerhörtes Benehmen!«, regt sich die Wirtin auf. »Es sei mir wohl erlaubt, zu so später Stunde freundlich nach dem Namen und Ziel eines Ankömmlings zu fragen! Wurde ich doch wortlos beiseite gestoßen! Dann ist man die Treppe hoch gestiegen, ohne mich eines Blickes zu würdigen! Hier, Madame, herrschen gesittete Zustände ...«

»Man schaffe mir dieses Scheusal vom Halse!«, zischt die Dame.

Schon steht Paolino neben Johann.

»*Per favore*, so macht Euch keine Vorwürfe, dass Ihr diesen Gast vorbeigelassen habt«, versucht Paolino die Wirtin zu beruhigen.

»Was betretet Ihr auch scheinbar so stürmisch das Haus?« Paolino wendet sich an die Dame. »Hier seid Ihr immer willkommen, meine Liebe!« In Paolinos Stimme klingt Freude. »Es besteht daher nicht der geringste Grund zur Eile.« Paolino schmunzelt. »Tretet ein, lieber Gast!«

Paolino geht auf die Wirtin zu.

»Ihr sollt wissen, dass ich alles in meiner Macht Liegende tue, um für Euch kein Grund zur Aufregung zu sein.« Er greift nach ihrer Hand. »Bitte. Ihr führt ein gutes Haus, was ich sehr zu schätzen weiß.«

Paolino reicht ihr ein zu einem Säckchen gefaltetes Tuch.

»Hier, das sei *per Lei*! Es sind Gaumenfreuden aus meiner ursprünglichen Heimat.«

Die Wirtin nickt lächelnd und bedankt sich.

»Ja, in Italien scheint man wohl anders zu leben«, bemerkt sie.

»*Sì e no* ...«, Paolino wiegt seinen Kopf hin und her. »Aber gute Wirtinnen, die gibt es dort auch!«

»Meine Liebe, was kommt Euch in den Sinn, meine treue Wirtin so aufzuscheuchen? Es passt so gar nicht zu Eurem reizenden Wesen. Ihr erstaunt mich.«

Paolino streicht der Dame sanft über die Arme.

»Alle Vorsichtsmaßnahmen habt Ihr ergriffen, dass Euch niemand erkennen möge … wohl könnte man sagen, Ihr seid fast vermummt. Doch selbst durch den Schleier entdecke ich Sorgen in Euren Augen.«

»Ihr täuscht Euch nicht, mein Geliebter. Sprechen muss ich Euch … dringend … und alleine. Nun bin *ich* dein Gast.«

»Seid Euch meines Verständnisses gewiss. Soeben haben Gianni, Wilhelmine und ich das Abendessen beendet.«

»Wer sind die beiden?«, fragt die Dame skeptisch.

»Oh, macht Euch bitte nicht die geringsten Sorgen, mein Täubchen!« Paolino lächelt. »Gianni ist ein wahrhaftiger Kostüm-Künstler, wenn nicht gar -Zauberer. Ich kann mich glücklich schätzen, dass er mein Ankleider ist. Seine Schwester Wilhelmine hat eine wunderschöne Stimme und bereichert damit den Opernchor. Für die Zeit der Aufführungen biete ich ihnen *alloggio* – sie werden sich sogleich zurückziehen und der *salone* wird unser sein.«

»Gianni, *Guglielmina*, nehmt eure Weingläser mit, falls sie noch nicht leer getrunken sein sollten!«, ruft er den beiden zu. »Um alles andere kümmere ich mich. Morgen ist die Premiere, ruht euch aus und geht *a letto*!«

Johann und Emma verlassen den Salon und nicken der Dame zurückhaltend zu, die wortlos an ihnen vorbeigeht und den Salon betritt.

»Berührt und hocherfreut bin ich über Euren Wagemut, mich heute Abend aufzusuchen, *carissima mia*«, hören Johann und Emma Paolino sagen, während er hinter sich die Tür des Salons zuzieht.

»Meine Liebe, mein Täubchen!« Emma schüttelt den Kopf. »Dabei ist die Frau so arrogant, ein richtiges Ekel, herrisch bis zum Abwinken …«

»Emma, sie möchte nicht erkannt werden; sie hat offensichtlich Angst, erkannt zu werden …«

»Willst du diese Frau etwa noch in Schutz nehmen?«

»Nein, nein! Mitnichten!«

»Paolino scheint ihr völlig verfallen zu sein.« Emma seufzt. »Sie passt überhaupt nicht zu ihm! Warum ist es für sie ein Risiko gewesen, hierher zu kommen?«, überlegt Emma. »Sie hat etwas zu verbergen.«

»Da würde ich dir Recht geben wollen. Doch diese Sache kümmert mich jetzt nicht im Geringsten, Emma. Paolino wird – wie immer – die Situation galant handhaben können.«

Johann prostet Emma zu und trinkt einen Schluck Wein.

»Welch' himmlische Zustände«, Johann lächelt Emma an, »mit einem Glas Wein und meiner Liebsten schlafen zu gehen! Nein, ich sollte wohl sagen: mit meiner Liebsten und einem Glas Wein, das scheint mit die passendere Reihenfolge zu sein!«

Johann legt lachend seinen Arm um Emma und drückt sie an sich.

»Von meiner unerwarteten Begegnung mit dem König muss ich dir erzählen …«

»Wie? Du hast den König getroffen?« Emma staunt.

»Nicht getroffen! Nein! Nur kurz sah ich ihn, als er sich die Kulissen auf der Bühne anschaute. Nachdem ich mich nach meiner Verbeugung wieder aufgerichtet hatte, war er schon weitergegangen …«

»Was für ein Zufall!«

»Ja. Seine Majestät … Ihre Erscheinung beeindruckte mich ungemein«, sagt Johann leise. Er streicht Emma über den Kopf und küsst sie. Emma schließt die Augen.

»Meine Emma … wir sollten in die Kammer. Wer weiß, wann Paolino die Dame verabschieden wird.«

»Das kann dauern, schätze ich.« Emma trinkt etwas Wein und legt ihren Kopf an Johanns Schulter. »Bitte nochmals, Johann!«, sagt sie hingerissen.

Johann nimmt Emma das Glas aus der Hand und stellt ihre beiden Gläser auf den Holzboden. Bevor Emma auch nur einen weiteren Gedanken fassen kann, trägt Johann sie vor sich auf seinen Armen und dreht sich tänzelnd im Kreis. Er zieht sie zu sich heran und küsst sie inniglich.

Emma liegt bäuchlings auf Johanns Körper und streicht langsam über seine Haare. Johanns Fingerspitzen gleiten über ihren Rücken.

»Es ist eine glückliche Fügung des Schicksals, dass ich morgen Paolino in das Schloss begleiten soll.«

»Eine glückliche Fügung des Schicksals. Warum denkst du das?«

»Ich will dich nicht wieder verlieren, Emma.« Johann umschlingt Emmas Hüften. »Die Gräfin von Rathen werde ich bitten, ihre magischen Fähigkeiten für uns einzusetzen.«

Emma lässt ihren Kopf auf Johanns Schulter sinken. War das nicht die schönste Liebeserklärung, die Johann ihr machen konnte? Emma ist überwältigt.

»Johann, ich liebe dich über alles«, flüstert sie in sein Ohr.

»So willst du bei mir bleiben?«

»Ja, natürlich.«

»Das ist alles andere als natürlich.«

»Für mich schon.«

»Der Mut einer Heroine. Meiner Heroine.«

Mit aller Kraft spannt Johann seinen Körper an, greift Emma unter die Arme und hebt sanft ihren Oberkörper an.

»Gleich zerspringt mein Herz, Emma!«

Johann lässt sie auf sich niedersinken.

»Meins ist schon zersprungen.« Emma lacht leise.

»So küss' mich, mein Engel …«, haucht Johann.

»Paolino, warum nennst du mich niemals bei meinem wirklichen Namen?«, hören Johann und Emma die Dame laut vor ihrer Kammer fragen.

»Schsch«, erwidert Paolino sofort. »Überirdischem, wie meinen Empfindungen für dich, möchte ich keinen irdischen Namen geben! Nichts läge mir ferner, meine Liebste, *mia prediletta*[75].«

Emma und Johann setzen sich auf und lauschen gebannt. Emma spürt Johanns Arm um ihre Schultern.

75 Meine Auserkorene

»Ach, nur ein wahrer Künstler würde seine Gefühle auf diese Art leben wollen!«, sagt die Dame hingebungsvoll.

Es ist still.

»Paolino, deine Worte berühren meine Sinne, meine Seele. Es war dein Gesang, der mir meinen ersten musikalischen Höhepunkt, ja, fast einen musikalischen Orgasmus, bescherte«, fährt die Dame anzüglich fort, »der mein Herz wieder lebendig werden ließ.«

»Deine Worte lassen mich erröten …«

»Dazu bist du viel zu erfahren.«

»Überschätze mich nicht! Nicht jede hat meine wahren Gefühle wach geküsst …«

»Ihnen fehlte *la passione* …«

»Keine Behauptungen wage ich aufzustellen, geschweige denn Urteile zu fällen …«

»Ihnen fehlte die Bereitschaft, alles hinter sich zu lassen, alles zu riskieren.«

»Das mag so sein, doch jeder entscheidet für sich selbst.«

»Nicht nur Sänger bist du, sondern auch ein Philosoph! Wie ich für dich brenne, Paolino!«

»Genug der Schmeicheleien, meine Liebste!« Paolino lacht. »Wenn ich dir morgen einen weiteren musikalischen Hochgenuss bereiten soll, so muss ich dich bitten, mich nun zu verlassen!«

»Meinen Beitrag zu diesem musikalischen Höhepunkt habe ich geleistet«, säuselt die Dame.

»Wohl wahr. Dafür danke ich dir. Dafür gehört dir meine Liebe.«

»Wirst du nur für mich singen?«

»Für wen sonst? Welche Frage! *Solo per te!*«

Wenig später fällt die Wohnungstür ins Schloss, und Paolino geht zurück in den Salon.

»Die Dame hat Paolino völlig im Griff«, flüstert Emma bestürzt.

»Für Paolino ist sie jemand Besonderes«, sinniert Johann. »Ich wage sogar zu behaupten, dass er sie liebt.«

»Ja, das empfinde ich auch so. Trotzdem mag ich sie nicht.«

»Ihre Stimme klang soeben anders als bei ihrer Ankunft ...«

»Das stimmt!« Durch Emma geht ein Ruck. »Da hat sie so komisch durch die Nase gesprochen ...«

»Soeben war ihre Stimme unverstellt.«

»Bei diesen Gesprächsthemen war das bestimmt so.«

»Emma, ich habe ihre Stimme schon einmal gehört.«

»Was? Wann denn?«

»Heute.«

»Wirklich?«

»Ja, nachdem ich dich zum Chor gebracht hatte«, erzählt Johann leise, »und nachdem ich Hauptmann Kaldenberg und Georg im Foyer getroffen hatte, eilte ich die Treppen hoch zu Paolino. Ich war verspätet. Da wurde ich von dieser Dame aufgehalten, die sich nach Paolinos Garderobe erkundigte.«

»Bist du dir sicher?«

»Ja, überaus sicher.«

Johann beschreibt, wie es der Dame gelang, Paolino ausfindig zu machen und was er zwischen ihr und Paolino aus sicherer Entfernung beobachten konnte.

»In dem roten Säckchen befand sich der ›Stein der Unsterblichkeit‹, ein Medikament, das Paolino die Schmerzen nahm.« Johann hält inne. »Auch die Gräfin von Rathen kennt die Arznei. Sie meinte, dass sie Paolino zugutekommen würde.«

»Woher weiß Madame R., dass Paolino dieses Medikament nimmt?«, fragt Emma erstaunt.

»Von mir.«

»Von dir? Wie das?«

»Als ich im Seitengang auf die Probe der Komparsen wartete, ging plötzlich Leonie an mir vorbei. Wir erkannten uns, ich sprach sie an und nach einer kurzen Weile stieß auch die Gräfin von Rathen hinzu. Das trug sich zu, kurz bevor wir uns alle vor Paolinos Garderobe trafen. Diese Gelegenheit, die Gräfin in meine Sorgen um Paolino einzuweihen, wollte ich nicht ungenutzt lassen. Daher berichtete ich ihr von Paolinos Operation und ihren Folgen.«

»Hm.«

»Was ist mit dir?« Johann legt seine Wange an Emmas.

»Dann weiß auch Leonie alles über Paolino.« Emmas Stimme klingt monoton.

»Nur das, was ich der Gräfin über ihn erzählte.«

»Hm.«

Emma schweigt.

»Mehr bitte nicht«, fügt sie hinzu.

Johann richtet seinen Oberkörper auf.

»So darf ich annehmen, dass euer Gespräch nicht im Guten endete?«

»Nein, wir trennten uns im Streit.« Emma zögert. »Vielmehr ... ich habe den Schlussstrich gezogen.«

»Warum?«, fragt Johann ruhig.

»Sie warf mir vor, ich würde immer nur an mich selbst denken. Dabei nur etwas Irrealem, Überirdischem – also dir und unserer Liebe – nachhängen. Das wollte ich mir nicht nochmals anhören, also ließ ich sie stehen.«

»Emma, du ließest sie stehen?«, hakt Johann ungläubig nach. »Kehrtest ihr also den Rücken zu?«

»Ja.«

»Du überraschst mich.«

»Es ist konsequent.«

»Euch verbindet eine lange Freundschaft.«

»Wohl nicht mehr.«

Johann erinnert sich an Leonies freudestrahlendes Gesicht, als sie Emma heute wiedersah und in ihre Arme schloss.

»Eure Freundschaft wird euren Streit überdauern, Emma.«

»Unser Streit geht um Grundsätzliches, Johann.«

»Auch das wird eure Freundschaft überdauern ...«

»Eben nicht! Glaub' mir, Johann.«

»Doch, das glaube ich schon«, insistiert Johann. »Leonie ringt damit, dass du dich in einen jungen Mann aus einem früheren Jahrhundert verliebt hast ...«

»Sie ist eifersüchtig ...«

»Nicht unbedingt, meine Liebe …«

»Oh doch …«

»Darauf möchte ich jetzt nicht hinaus, Emma. So höre mir zu: Leonie ringt damit, dass ich einer anderen Zeit entstamme, dass ich deine Liebe erwidere und … ja … auch, dass wir uns der Liebe füreinander sicher sind.«

»Sei nicht so pathetisch, Johann!«

»Oh, willst du dich etwa auch mit mir streiten?«

»Nein, Johann!«, lenkt Emma genervt ein. »Du hast ja Recht. Ich bin nur gerade nicht in der Stimmung für so Zeugs.«

»So Zeugs? Das klingt doch ein wenig abwertend in meinen Ohren.«

»Och, Johann, bitte! Nimm es nicht so wörtlich …«

»Es sind deine Worte …«

»Ja, ja, ich weiß.«

Emma umfasst ihre Knie und legt ihren Kopf darauf ab. Johann legt sich auf den Rücken und starrt in die Dunkelheit.

»Emma.«

»Ja. Ich möchte nicht mir dir streiten, Johann. Nur … weißt du … ich fühle mich von Leonie nicht verstanden, sie will mich einfach nicht verstehen!«

»Leonie denkt an alle Unsicherheiten, die durch unsere Liebesbeziehung für dich entstehen. Schließlich bist du ihre beste Freundin.«

»Über diese Unsicherheiten kann ich alleine entscheiden – mit dir zusammen natürlich.«

»Da möchte ich dir sofort zustimmen, Emma. Doch Leonies Bedenken und Sorgen, sie zeugen nicht davon, dass sie dich nicht verstehen kann. Meinst du nicht auch?«

»Lass mich darüber nachdenken.«

Emma legt sich neben Johann hin.

»Sie hat mich jedoch so verletzt«, flüstert sie.

»Weil sie dir die Unsicherheiten vor Augen gehalten hat – als enge Freundin.«

»Diese Unsicherheiten sind für mich aber keine.«

»Nein? Bei mir zu bleiben, bedeutet für dich keine Unsicherheit?

Wie würden wir unser Leben fristen? Könntest du deine Familie jemals wiedersehen? Leonie wieder sehen? Was ist, wenn König Friedrich wieder Krieg führt?«

Johann dreht sich zu Emma.

»Werden wir unserer Liebe immer so sicher sein wie jetzt?«

Er ertastet Emmas Körper, dann ihr Gesicht. Emma lässt es mit sich geschehen und fasst nach Johanns Hand.

»Ja, Johann«, antwortet sie.

»Ich wünsche es mir, Emma.« Johann küsst Emma. »Aus tiefstem Herzen. Ein Teil meines Lebens bist du geworden; niemals habe ich so sehr geliebt. Bleib bei mir!«

»Johann, meinst du …«

»… Emma«, Johann küsst sie wieder, »bleib bei mir, auf immer und ewiglich.«

Dann verschmelzen ihre Körper in der Dunkelheit der Kammer.

IM SCHLOSS

35. Kapitel

»*Adorata Principessa Amalia*«, Paolino verbeugt sich, »was veranlasst Eure Königliche Hoheit dazu, mir ein persönliches Treffen mit dem Königlichen Leibarzt Dr. Cothenius zu verschaffen? Äußerst geehrt fühle ich mich.«

»Gestern, bei der Probe in der Königlichen Hofoper hat Euer Gesang – wie schon so oft – mein Herz entzückt.« Die Prinzessin sieht Paolino wohlwollend an. »Dennoch kamt Ihr mir äußerst blass vor. Diese Beobachtung hat mir seither keine Ruhe gelassen. Preußische Winter gehen an uns allen nicht spurlos vorbei, aber nach all den Jahren, die wir uns nun kennen, lieber Paolino, versetzte mir Euer doch fahl anmutender Gesichtsteint einen gewaltigen Schrecken. Alles in meinem Ermessen Liegende werde ich tun, damit Ihr heute bei der Premiere brillieren könnt.«

Paolino blickt verunsichert, doch auch sichtlich berührt in die kleine Runde, die sich im Musiksalon Prinzessin Amalies versammelt hat: Dr. Cothenius, der Paolino gütig und ruhig zunickt, und Gräfin Aurelia von Rathen, die an der Seite des Leibarztes steht. In der Nähe der Tür entdeckt Paolino die Zofe der Hofdame, neben ihr hat sich Johann eingefunden.

»Seid von ganzem Herzen bedankt, *Sua Altezza Reale*«, sagt Paolino überwältigt.

»Dr. Cothenius wird heute Abend nicht in der Königlichen Hofoper zugegen sein können«, fährt die Prinzessin fort, »er wird Euch erst bei einer der weiteren Aufführungen auf der Bühne erleben. Daher hat Dr. Cothenius beschlossen, Euch während der Premiere nichts weniger als seine beste Vertreterin im Fach der Medizin an die Seite zu stellen. Dies ist – sicherlich nicht aus reinem Zufall – meine hoch geschätzte Hofdame, die Gräfin Aurelia von Rathen. Wird meinen höfischen Vertrauten doch eine gewisse …«, die Prinzessin lächelt amüsiert, »… Außergewöhnlichkeit oder gar Exzentrik nachgesagt, was ohne Zweifel nicht nur ein Gerücht ist.«

Die Prinzessin lacht kurz auf.

»Dass meine teure Gräfin die Verantwortung für Eure Gesundheit tragen wird«, führt sie weiter aus, »darüber dürft Ihr Euch wundern, verehrter Paolino, doch es sei Euch nicht gestattet, es abzulehnen. Seid versichert, dass Ihr in erfahrenen Händen sein werdet, die einem klugen Kopf und einem scharfsinnigen Verstand folgen. Dafür würde ich meine königlichen Hände ins Feuer legen wollen!«

»So bitte ich Euch, Königliche Hoheit«, sagt Paolino schnell, »von Eurem zuletzt erwähnten, abschreckenden Vorhaben Abstand zu nehmen! Das würde mir in der Tat die Stimme verschlagen ...«

Die Prinzessin beginnt, lauthals zu lachen.

»Oh, welch' schauderhafte Vorstellung, verehrtester Paolino!«, ruft sie dabei aus. »Ohne Eure Stimme würde mir zu viel meines Lebensglücks fehlen! Ihr habt mein Wort, dass ich meinem Ansinnen niemals Folge leisten werde.«

»*Sua Altezza*, für Eure medizinische Fürsorge seid außerordentlich bedankt. Dürfte ich auf Eure Zustimmung hoffen, bei der Untersuchung meinen Ankleider Giovanni, Johann Melitz, bei mir zu haben? Wird er es doch sein, der mich bei allen Aufführungen begleiten wird.«

»Meiner Erlaubnis seid Euch gewiss!« Prinzessin Amalie mustert Johann kurz. »Welch' hübscher Jüngling!«

»Vor allem, verehrteste Prinzessin, ein besonders talentierter Lehrling des Posamentiergewerbes, der Entscheidendes zu meinem Kostüm beigetragen hat.«

»Ihr facht meine Neugier an.«

»Eure Hoheit wird nicht enttäuscht werden.«

»Nichts läge meinem Herzen ferner, als Euch mit Enttäuschungen in Verbindung zu bringen.«

Dann nickt Prinzessin Amalie dem Hofarzt zu.

»Nun, geschätzter Dr. Cothenius, Ihnen sei hiermit das Feld geräumt. Liebe Aurelia, Eure Zofe nehme ich derweil in meine Obhut. Scheint Ihr sie doch wie Euren eigenen Augapfel zu hüten.«

Leonie erschrickt. Sie alleine mit Prinzessin Amalie? Ihr Hirn schien sich augenblicklich zu entleeren; sie konnte sich an keine der zehn Regeln erinnern. Leonie hört ihren Herzschlag in den Ohren pochen.

»Liebe Prinzessin«, Madame R. lächelt. »Das habt Ihr richtig beobachtet …«

»Mir entgeht nichts, liebe Aurelia!«, wirft Prinzessin Amalie schmunzelnd ein.

»Wohl wahr. Alles andere würde mich verwundern.« Madame R. nickt Leonie aufmunternd zu.

Als Prinzessin Amalie auf Leonie zukommt, senkt Leonie ihren Blick. Während sie sich verbeugt, hält sie die rechte Hand vor ihre Brust, führt die linke leicht nach hinten aus und hält in dieser Stellung inne.

»Hocherfreut bin ich, denn das lang ersehnte Original-Manuskript von Giovanni Battista Pergolesi ist in den frühen Morgenstunden hier angeliefert worden. Nach einer langen, gefährlichen Reise, wie mir der Oberhofmarschall zu berichten wusste, auf der man nur knapp durchtriebenen Räubern entkommen sei. Nach einer Tasse Tee mit etwas Konfekt werde ich mir diesen Schatz genüsslich zu Gemüte führen. Eléonore, so bemühe sie sich um Tee und Konfekt!«, sagt Prinzessin Amalie, während sie an Leonie vorbeirauscht.

Hinter der spanischen Wand hört Johann die Stimme von Dr. Cothenius, der Paolino zu untersuchen scheint. Nach einführenden Fragen bittet Dr. Cothenius ihn, sich – wohl auf einen Tisch oder eine Chaiselongue – hinzulegen und ihm die Wunde zu zeigen. Zu Johanns großer Verwunderung fordert der Leibarzt die Gräfin von Rathen immer wieder auf, ihm bei der Untersuchung zu assistieren. Dabei tauschen sich die beiden leise über den Zustand der Wunde aus. Johann ist nicht nur seltsam berührt, sondern ihm ist unbehaglich zumute. Wie fühlte es sich für Paolino an, von der Gräfin untersucht zu werden, der er sonst als Hofdame von Prinzessin Amalie begegnete?

»Monsieur Bedeschi, lasst mich Euch mitteilen, dass Eurem Auftritt nichts Besorgniserregendes entgegensteht«, fasst Dr. Cothenius ruhig zusammen. »Dürfte ich Euch fragen, welche Wundsalbe Euch nach dem letzten Eingriff verschrieben worden ist?«

»In weiser Voraussicht und … in einem Moment der Geistesgegenwärtigkeit habe ich sogar daran gedacht, Euch diese besagte Salbe mitzubringen, werter Dr. Cothenius. *Eccola*!«

»Hocherfreut bin ich, Monsieur Bedeschi! Ah, Myrte und Rosenöl. Hm.« Dr. Cothenius überlegt. »Was meint Ihr, verehrte Gräfin?«

»Für eine andere Zusammensetzung der Wundsalbe würde ich plädieren. Anstatt Rosenöl würde ich reines, abgekochtes Wasser verwenden, damit die eiternde und nässende Wunde schneller austrocknet. Auf die entzündungshemmende und adstringierende[76] Wirkung von Myrtus communis würde ich auf keinen Fall verzichten wollen. Die Blätter der Myrte müssen zu besonders feinem Pulver verrieben werden, bevor sie mit Wasser für einen Breiumschlag zu vermischen sind.«

»Da stimme ich vollkommen mit Euch überein. Gleich im Anschluss werde ich in der Königlichen Hofapotheke die Zubereitung des Medikaments veranlassen. Monsieur Bedeschi, Euch soll die Arznei unmittelbar nach der Fertigstellung geliefert werden, damit Ihr sie sofort applizieren könnt.«

»*Mille grazie, dottor* Cothenius«, erwidert Paolino.

»Falls heute Abend die Wunde – entgegen unserer Erwartungen – wieder nässen und die Schmerzen wieder zunehmen sollten«, hebt Madame R. an, »denke ich an ein Dekokt[77] von Eichenrinde, das ich für den Notfall in einer Flasche mitnehmen werde, um Euch damit behandeln zu können, Paolino.«

»Ihren Vorschlag würde auch ich als passende Alternative für den abendlichen Notfall erachten wollen, verehrte Gräfin«, pflichtet Dr. Cothenius bei. »Das Eichenrinden-Dekokt erzielt die beste Wirkung in einem Sitzbad …«

76 zusammenziehend
77 Abkochung, Absud; wässriger Extrakt, der durch das Kochen von Hölzern, Rinden, Wurzeln hergestellt wird.

»… dessen ich mir vollkommen bewusst bin«, ergänzt Madame R. schnell. »Um die entsprechenden Vorbereitungen werde ich mich kümmern; lasst das nur meine Sorge sein, geschätzter Dr. Cothenius. Dürfte ich Euch bitten, auch das Dekokt in der Hofapotheke zu bestellen? Es möge mir bitte im Schloss zugestellt werden.«

»Gerne. Dem soll nichts im Wege stehen, verehrte Gräfin! Monsieur Bedeschi, wie Ihr seht, wird es Euch während der Premiere an nichts fehlen, denn nun übergebe ich Euch den Händen der Gräfin von Rathen. Sie hat – unter der Obhut von Prinzessin Amalie und unter meinen Fittichen – eine medizinische Ausbildung erhalten, der es an nichts gefehlt hat.« Dr. Cothenius räuspert sich. »Auch nicht durch die Verborgenheit, in der sie stattgefunden hat«, fügt er hinzu.

Johann lauscht gebannt. Emma hatte ihm von Madame R.s Faszination für die Medizin erzählt. Madame R. war es gewesen, die den vergifteten Hauptmann Kaldenberg gerettet hatte. Doch gerade erfuhr er, dass sie einer geheim gehaltenen medizinischen Ausbildung beim Königlichen Leibarzt nachgegangen war! Johann staunt. Seine Achtung, ja, seine Bewunderung für diese eigenwillige Frau wächst.

»Was nehmt Ihr gegen die Schmerzen ein, unter denen Ihr offensichtlich zu leiden habt, verehrter Monsieur Bedeschi?«, fragt jetzt Dr. Cothenius.

Johann zuckt zusammen.

»Oh, das Übliche, Dr. Cothenius. Pillen der Alraune. Es … ähm … scheint zu wirken«, erwidert Paolino unbekümmert.

»Es scheint zu wirken, meint Ihr? Nimmt es Ihnen nun die Schmerzen oder nicht?«, hakt der Leibarzt vorsichtig nach.

»Für eine gewisse Zeit bin ich schmerzfrei. Dann holen mich die Schmerzen jedoch wieder ein«, räumt Paolino zögernd ein.

»Euch werde ich ein Rezept für ein stärkeres Schmerzmittel ausstellen, Monsieur Bedeschi.«

»So bitte ich Euch inständig, Dr. Cothenius, dass mich diese Arznei weder müde noch apathisch werden lässt …«

»… Seid unbesorgt! Dies sind nun Wirkungen, die bei Bühnenauftritten wahrlich vermieden werden sollten.« Dr. Cothenius klingt fast ein wenig belustigt. »Möchte ich doch nicht derjenige sein, der diese Symptome zu verschulden hat, verehrter Monsieur Bedeschi. Das würde mir Prinzessin Amalie niemals verzeihen! Vertraut mir! Ihr werdet zufrieden sein.«

Johann ist unruhig. Warum schwieg die Gräfin von Rathen? Johann hatte ihr doch von dem ›Stein der Unsterblichkeit‹ erzählt!

»Eurem Auftritt blicke ich mit Zuversicht entgegen, Monsieur Bedeschi. Ihr sollt meine besten Wünsche für eine gelungene Aufführung erhalten, nach der Euch ergriffene Zuschauer stürmisch bejubeln mögen. Nun werde ich mich stracks zur Hofapotheke begeben, um alle Eure Medikamente in Auftrag zu geben. Das soll mein nächster Beitrag zu einer fulminanten Premiere sein! Euch möchte ich von Herzen raten, für die Wundheilung und Schmerzlinderung den Tag so ruhig wie möglich zu verbringen, Monsieur Bedeschi.«

»*Certo*«, beteuert Paolino. »Dem steht nichts entgegen. Mein Ankleider Giovanni wird sich hingebungsvoll um mich kümmern.«

»Sehr wohl.« Dr. Cothenius verabschiedet sich freundlich und verlässt zügigen Schritts den Musiksalon.

Nach einer kurzen Weile kommt Madame R. hinter der spanischen Wand hervor. Johann senkt den Blick. Paolino hatte dem Leibarzt nicht die ganze Wahrheit gesagt. Die Gräfin hatte den ›Stein der Unsterblichkeit‹ nicht zur Sprache gebracht. Was hatte es mit diesem Schmerzmittel auf sich? Konnte er die Gräfin darauf ansprechen? Er traut sich nicht.

»Für das Sitzbad benötigen wir eine Wanne und lauwarmes Wasser, Johann.« Mit einem feuchten Tuch reibt sich Madame R. die Hände ab. »Wilhelm wird uns damit wohl zu helfen wissen. Was meint er dazu?«

»Dessen bin ich mir sicher, Gräfin von Rathen. Die Einzelheiten für die gute Vorbereitung eines möglichen Notfalls wird nur Wilhelm überblicken können«, antwortet Johann konzentriert. »Wünscht Ihr, dass ich mich darum kümmere?«

»Darüber wäre ich ihm äußerst dankbar. Die Wanne muss in einem sauberen Zustand sein. Er erfrage, wo Wilhelm gedenke, das Wasser zu erhitzen; die Entfernung zu Paolinos Garderobe sollte überschaubar sein.«

»Gewiss«, bekräftigt Johann. Die Gräfin schien angestrengt zu überlegen.

»Die Garderobe, die Paolino sich gestern mit Amadori teilte, wird er diese auch heute belegen?«, fragt Madame R. leise.

»Nein«, flüstert Johann. »Paolino wird heute seine eigene Garderobe nutzen können. Ob der Kurzfristigkeit der gestrigen Stellprobe waren noch nicht alle Garderoben vollständig beheizt. Daher hatte Baron von Sweerts Paolino gebeten, mit Amadori die Garderobe der Hornbläser zu teilen. Die Hornbläser hatten kurz davor ihre Garderobe für die beiden Sänger geräumt.«

»Er ist prächtig informiert, Johann!« In Madame R.s Stimme klingt Anerkennung. »Wie ich sehe, werde ich mich auf ihn verlassen können.« Sie nickt ihm lächelnd zu.

Johann ist stolz. Sollte er jetzt die Gunst der Stunde nutzen, den ›Stein der Unsterblichkeit‹ zu erwähnen? Warum fiel es ihm nur so schwer, all seinen Mut zusammenzunehmen? Georg hätte schon längst gehandelt.

36. Kapitel

Da taucht Paolino gut gelaunt hinter der spanischen Wand auf.

»Sehr verehrte *Contessa*, nun kennen wir uns schon einige Jahre. Dass Ihr eine belesene, vielseitig gebildete und interessierte Person seid, die mit ihrem Wissen für Überraschungen sorgt, habe ich gar selbst des Öfteren erleben dürfen!«

Paolino gesellt sich zu Madame R. und Johann.

»Dass Ihr jedoch … wie soll ich es sagen … ein Zögling, sogar ein geheimer Zögling des großartigen Dr. Cothenius seid, verehrte Gräfin, eröffnet mir neue Dimensionen der unermesslichen Bewunderung für Euch! Keine Dame ist mir bekannt, die sich dem Studium der Naturwissenschaften, der Medizin verschrieben hat! Und Damen kenne ich«, Paolino legt eine Kunstpause ein, »nun denn … gar nicht wenige, würde ich behaupten wollen.«

Paolino sieht Madame R. staunend an.

»Dass Ihr, was die Medizin angeht, Dr. Cothenius das Wasser reichen könnt, habe ich wohl bemerkt …«

»… Nun übertreibt Ihr gewaltig, lieber Paolino!« Madame R. lächelt bescheiden.

»Der großen Erfahrung dieses Königlichen Leibarztes ist niemand so schnell gewachsen, müsst Ihr wissen.«

»*Naturalmente!*« Paolino nickt beschwichtigend. »Nur die Besten und Ruhmreichsten erlangen den nahen Zugang zu den Königlichen Hoheiten. Doch ...«, Paolino sieht Madame R. neugierig an, »... woher kommt Euer Interesse an den Naturwissenschaften, Eure Wissbegierde für die Medizin, Eure Verve[78] für …«, Paolino sucht nach Worten, »... gar eine Art Studium der Medizin? Höfische Unterhaltung für Hofdamen gibt es zu Genüge, zumal am Hofe der Prinzessin Amalie niemals Langeweile aufkommen dürfte.«

»Meine Eltern, vielmehr mein Vater, machte in der Erziehung keine Unterschiede zwischen meinen vielen Brüdern und meiner selbst«, erklärt Madame R. »So durfte auch ich die Mathematik und die Naturwissenschaften kennenlernen …«

» ... die Euch seitdem nicht mehr losgelassen haben, wie ich's – im wahrsten Sinne des Wortes – am eigenen Leibe erfahren durfte!« Um Paolinos Mund spielt ein kurzes Lächeln.

»Nehmen doch …«, Paolino denkt nach, »… Eure höfischen Verantwortlichkeiten einen nicht unbeträchtlichen Raum ein, verehrte *Contessa*. Wie fandet Ihr die Zeit für Eure Studien, zumal sie im Verborgenen stattfanden? Verzeiht meine Neugier, doch meine neuen Entdeckungen um Euch sind ein wahres Faszinosum, das mich umtreibt!«

»Unter der Obhut von Prinzessin Amalie ist vieles möglich, so auch Zeit und Raum für die wahren Interessen«, erläutert Madame R. vorsichtig.

78 Begeisterung, Schwung, Dynamik

»Ah«, sinniert Paolino. »Langsam scheint der Nebel für mich durchsichtiger zu werden. Hier die höfischen Gegebenheiten, dort die essenziellen Leidenschaften, *i veri interessi*, wie Ihr so schön formuliert.«

»Ja.« Madame R. lächelt. »Was erscheint Euch daran so besonders?«

»Wie könnt Ihr so etwas fragen, liebe Gräfin! Natürlich habt Ihr mit Eurem geheimen Studium etwas Besonderes verfolgt! Von etwas anderem werdet Ihr mich niemals überzeugen können! Und ich erlaube mir, Euch zu bitten, vor mir Euren Scheffel niemals unter das Licht zu stellen.« Paolino sieht Madame R. wohlwollend an. »*No, no*, bitte nicht!«

Madame R. schweigt lächelnd.

»Gerade versuche ich«, Paolino betrachtet Madame R. nachdenklich, »mir Euer Leben in den verschiedenen Welten vorzustellen: Patientenbesuche in der Charité an der Seite des Dr. Cothenius, verabredete Unterweisungen zur Arzneikunde in der Königlichen Hofapotheke, einsames Lesen von dicken Büchern der Anatomie … und dann …«

Theatralisch öffnet Paolino die Arme.

»Höfische Tafelrunden und Konzerte, Maskenbälle in der Königlichen Hofoper, Glücksspiele, Kutschfahrten zu königlichen Divertissements mit Picknick im Park …«, fährt Paolino schwungvoll fort und sieht Madame R. herausfordernd an.

»Meine ganze Bewunderung möchte ich Euch schenken ob Eurer inneren Stärke und Unabhängigkeit, *venerata Contessa* von Rathen!«

Paolino legt seine Hände auf die Brust.

»Jedes Wort kommt direkt aus meinem Herzen, so wahr ich hier stehe! Und keines davon wird diesen Musiksalon jemals verlassen.«

Paolino dreht sich mit scheinbar strenger Miene zu Johann.

»Keines davon, Gianni, *non una parola*! Gräfin von Rathen hat dein Wort, so wahr Du hier stehst.«

Johann nickt heftig.

»So wahr ich hier stehe«, wiederholt er schnell. Ihm wird heiß und kalt, so aufgeregt ist er. Er kann kaum glauben, was Paolino der Gräfin soeben alles gesagt hat!

»*Bene, molto bene!*« Paolino huscht ein leises Lächeln über das Gesicht.

Madame R. tritt einen Schritt zurück und sieht Paolino freundlich an.

»Meine Bewunderung komme *Euch* zuteil, lieber Paolino! Trotz Eurer Wunde, die Euch Schmerzen bereitet, strotzt Ihr vor Kraft und Übermut!«

»Es ist Eure holde Gegenwart, verehrte Gräfin, die mich alles vergessen lässt, was das Leben mühsam machen könnte! Nicht außer Acht zu lassen ist meine regelmäßige Einnahme von Alraunepillen, an die ich auch vor meiner Audienz bei Prinzessin Amalie, Dr. Cothenius und Euch gedacht hatte.«

»So staune ich, wie lange diese Arznei der Alraune bei Euch heute zu wirken scheint.«

»Ist das nicht ein Beweis dafür, welch' heilsamen Effekt Eure Präsenz auf meine Gesundheit hat?«, erwidert Paolino eilfertig.

»Ihr schmeichelt mir.« Madame R. senkt ihren Blick.

»Was mir große Freude bereitet!«

»Sind doch Alraunepillen eben nicht das hochgelobte und beliebte Allheilmittel, das die Schmerzen in Luft auflöst und die Unsterblichkeit verspricht«, fährt Madame R. scheinbar beiläufig fort.

Johann stockt augenblicklich der Atem.

»Nein, das ist es wahrlich nicht.« Paolino seufzt laut. »Was gäbe ich für eine Arznei, welche die Unsterblichkeit verspricht!«

»Sie würde Euch in den Zustand der Euphorie versetzen …«

»… wohl wahr!«, schwärmt Paolino, atmet tief ein und schließt genüsslich die Augen.

»Ihr würdet sie immer wieder nehmen wollen …«

»Auch damit möget Ihr richtig liegen!« Paolino nickt.

»… Um Euch der Unsterblichkeit Eurer Schaffenskraft gewiss zu sein«, fährt Madame R. unbehelligt fort.

»Was wäre ein Hofsänger ohne seine Schaffenskraft, verehrte Gräfin?«, fügt Paolino überschwänglich hinzu. »*Niente*! Er wäre ein Nichts!«

»Hängt ein Mensch von der Unsterblichkeit ab«, hebt Madame R. an, »dann …«

»… dann?«, unterbricht Paolino und sieht Madame R. eindringlich an. »Was wäre dann?«

»Dann würde diese Abhängigkeit von der Unsterblichkeit seine Schaffenskraft nach und nach ausradieren, seine Euphorie zerstören, ihn müde und erschöpft zurücklassen.« Die letzten Worte flüstert Madame R. fast.

»Das habt Ihr der medizinischen Literatur entnommen?«, fragt Paolino nach.

Madame R. nickt.

»Wie prägnant, fast philosophisch Ihr es wiedergeben könnt!« Wieder öffnet Paolino seine Arme. »Doch – wenn ich recht überlege – liegen die Medizin und Philosophie eng beieinander.« Paolino runzelt die Stirn. »Wie wäre ein Medicus, nein, eine Medica, die niemals über die Philosophie nachgedacht hätte?« Er hält kurz inne. »Sie wäre - wie ein Hofsänger ohne Schaffenskraft!«, fügt er schnell hinzu und beginnt, zu lachen.

Johann sucht den Blickkontakt zu Madame R., die ihn kurz nickend erwidert. Ihm ist fast schwindelig. Sein Magen krampft sich vor Anspannung zusammen.

»Wie gut es doch tut, lachen zu können, meine Lieben!«, seufzt Paolino und blickt bester Laune in die kleine Runde. »Dieser aufregende Tag geht nun weiter und unsere Wege trennen sich, bis wir uns heute Abend wiedersehen, verehrte Gräfin. Gianni, schweren Herzens werden wir uns nun aufmachen müssen, um das Schloss zu verlassen. Doch deine Liebste wird dich schon sehnsuchtsvoll erwarten und ich werde mich zu schonen wissen.«

»Paolino«, hebt Johann vorsichtig an, »erst werde ich zu Wilhelm in die Königliche Hofoper gehen, ...«

»... um sämtlich Vorkehrungen für den medizinischen Notfall – der sicherlich nicht eintreten wird – zu treffen«, unterbricht ihn Madame R. »In meiner Verantwortung für Euch, verehrter Paolino, ist mir wohler, wenn Johann sich umgehend darum kümmern würde.«

»Oh, Eurer vorausschauenden Vorsicht soll nichts im Wege stehen, hoch geschätzte Gräfin!«

Paolino wendet sich Johann zu.

»Da ich zu Hause von … ich wage zu sagen … deiner wahren Liebe empfangen werde, so werde ich dich, Gianni, wenigstens ein Weilchen entbehren können!«

»Beeilen werde ich mich, Paolino!« Johann lächelt.

Amüsiert legt Paolino seine Hand an Johanns Arm.

»Verständlicherweise! Auch dich treibt die Sehnsucht nach Wilhelmine, nein, nach Emma! Wer war es denn nun? Wilhelmine oder Emma?«

Paolino schaut Johann und Madame R. scheinbar erstaunt an.

»Oder gar beide? Sehe ich schon doppelt?« Paolino reibt sich die Augen. »Oder hat mich der Wunsch nach Unsterblichkeit gar in die geistige Verwirrung getrieben?« Er fasst sich an den Kopf.

Johanns Herz fängt an zu klopfen. Konnte Paolino diese Schauspielereien nicht lassen? Worauf wollte er hinaus? Johann wollte einfach nur seinen Botengang hinter sich bringen.

»Was heißt hier geistige Verwirrung? Ich gebe zu«, Paolino grinst, »das ist vielleicht etwas zu weit gegriffen. Doch …«, er fasst sich an sein Kinn und schiebt die Unterlippe vor, »… ist das Leben nicht ohnehin schon voller … *confusione?*«, fragt er langsam. »Ich meine, was die Liebe angeht«, fügt er schnell hinzu. »Das Wahre an einer Liebe, *il vero amore*«, sagt er gewichtig, »bleibt oft am längsten verhüllt; es macht sich rar …«

»Oh, welche philosophisch anmutenden Eskapaden Ihr aus dem Ärmel schüttelt!«, wirft Madame R. ein. »Das scheint Euch wahrlich leicht zu fallen!«

Sofort fasst sich Paolino an einen seiner Rockärmel, zieht ihn leicht hinunter, um scheinbar aufgeregt in ihn hineinzublicken. Dann schüttelt der den entsprechenden Arm aus, zuckt mit den Schultern und sagt lachend:

»Wenn Ihr meint, verehrte Gräfin …«

»Ja, das meine ich wohl …«, sagt die Gräfin lächelnd.

»Man kann nicht früh genug beginnen, für das Wahre einer Liebe zu kämpfen, vor allem«, wieder schüttelt Paolino seinen Arm aus, »wenn sich dem anderen das Wahre daran nicht zu erschließen scheint.«

»Um des Himmels Willen! Verehrter Paolino! Eure philosophischen Eskapaden nehmen an Geschwindigkeit zu!« Madame R. lacht. »Bedenklich an Geschwindigkeit zu! Mir schwirrt der Kopf!« Sie klatscht in die Hände. »Haltet inne! Hatte Euch Dr. Cothenius nicht geraten, den restlichen Tag vor der Premiere so ruhig wie möglich zu begehen?«

»Bezog er sich doch auf das Physische …«, winkt Paolino theatralisch ab.

»Oh, nein! Mitnichten, mein teurer Paolino!« Madame R. lacht weiter. »Doch eigenwillige, ungewöhnliche Patienten, zu denen Ihr zweifelsohne gehört, sind mir die liebsten!«

»Das beruhigt mich außerordentlich, *venerata Contessa* von Rathen!« Paolino schmunzelt.

Johann steht gebannt daneben und atmet kaum. All die soeben vernommenen Worte hallen in ihm nach. Paolino hatte begriffen, dass die Gräfin um den ›Stein der Unsterblichkeit‹ wusste. Was war nun dieser bedrohlich klingende ›Stein der Unsterblichkeit‹? Wie nahe Paolino der Gräfin doch mit seinen Andeutungen über die wahre Liebe gekommen war! Er ist sprachlos.

»Gianni! Wo sind deine Gedanken?«, hört er Paolino plötzlich sagen.

Johann zuckt zusammen.

»Äh, … gerade überlege ich, äh, wo ich Wilhelm in der Königlichen Hofoper antreffen könnte«, stammelt er.

»Oh, dann überlege noch ein wenig, mein Lieber! Das kann nichts schaden!« Paolino lächelt. »Mir ist nämlich soeben eingefallen, dass ich es bis jetzt versäumt habe, Euch, verehrte Gräfin, meine wichtigste Frage zu stellen.«

Paolino schnalzt kopfschüttelnd mit der Zunge.

»Ganz empört bin ich über mich selbst! Fast wäre mir diese Gelegenheit durch die Lappen gegangen!«

»Nun?« Madame R. blickt Paolino fragend an.

»Welche ist Eure liebste Arie?« Paolino mustert Madame R. gespannt.

»Keine der Arien, sondern es ist das einzige Duett, welches ich am liebsten habe, teurer Paolino«, antwortet Madame R. ruhig und zitiert:

»Wann doch wird nah'n die Stunde,
in der so frommen Bitten,
geben die Götter Gehör?

Mein Alles! Mein Alles!
Lass doch den Mut nicht sinken,
lass sinken nicht den Mut.

Ah, so vereint in Liebe,
vereint in Liebe
lass uns die Herrschaft teilen,
lass uns teilen den Tod.«

»Ihr scheint das Theaterheft genauestens zu kennen!« Paolino staunt.

»Die Worte des Librettisten sind ... wohl gewählt und ergreifend«, sagt Madame R. langsam.

»Ihr wisst, aus wessen Feder sie stammen?«

»Gar wohl! Mir ist, als ob sie aus dem tiefsten Herzen Ihrer Majestät sprächen.«

»Ihr möget Recht haben, verehrte Gräfin. Es ist ein großer Moment der innigen Berührung, den Montezuma und Eupaforice in der musikalischen Umarmung ihres Duetts darbieten. Dieser Moment wird das Publikum überwältigen.«

Paolino beginnt, die Melodie des Montezuma zu summen. Madame R. hört ihm still zu und lässt ihren Blick über die Eisblumen an den großen Fenstern gleiten. Johann, der sich traut, sie dabei in Ruhe anzusehen, kann keine Regung in ihrem plötzlich so verschlossenen Gesicht entdecken.

37. Kapitel

Madame R. genießt es, alleine im Musiksalon von Prinzessin Amalie zu sein. Gerade hat sie hinter der spanischen Wand alles aufgeräumt, was jemanden an eine medizinische Untersuchung erinnern könnte. Sie streckt ihre Arme zur Seite und öffnet ihre Hände stilvoll nach oben. Dann beginnt sie, langsam in groß gezogenen Kreisen durch den Salon zu schreiten. Je schneller sie sich bewegt, desto kleiner werden die Kreise und desto weiter führt sie ihre Arme nach oben. Als sich ihre Hände über ihrem Kopf berühren, dreht sie sich auf einer Stelle rasant um sich selbst.

»*La pirouette! J'adore la pirouette!*«, ruft sie belustigt und lässt die schnelle Drehung ausklingen.

Sie erfreut sich daran, diese Drehungen bis hin zur Pirouette mehrmals zu wiederholen. Ihre Kreise ufern immer mehr aus, ihre Pirouetten werden jedes Mal wilder. Sie fängt an, zu kichern, dann leise zu lachen. Ab und zu schließt sie ihre Augen und beschleunigt dabei übermütig ihre Bewegungen.

Abrupt hält sie inne. Ein Lakai schien von außen die Türe zu öffnen! Madame R. dreht sich um und erblickt schockiert Wichard von Kaldenberg, der lächelnd auf sie zukommt. Sofort nimmt Madame R. ihre gewöhnliche Haltung ein.

»Seid von Herzen gegrüßt, meine verehrte Gräfin Aurelia von Rathen.« Kaldenberg deutet eine leichte Verbeugung an.

»Hauptmann Wichard von Kaldenberg!« Um Madame R.s Mund spielt ein Lächeln. »Es überrascht mich, Euch hier zu dieser Stunde anzutreffen! Was bringt Euch zu mir?«

»Gerade komme ich von meiner Berichterstattung an Prinzessin Amalie zurück, die in Erfahrung bringen wollte, wie die zweite Probe der Komparsen verlaufen ist.«

»Ah.«

»Dann schickte sie mich zu Euch. Ihr würdet Euch im Musiksalon aufhalten.«

Madame R. lächelt in sich hinein.

»Ihr macht mich neugierig, Hauptmann von Kaldenberg! Seid Ihr zufrieden mit dem Verlauf der zweiten Probe? Ihr hattet mein ganzes Mitgefühl, als mir bei der Stellprobe die kritischen Bemerkungen Seiner Majestät zu Ohren kamen.«

»Kein Anspruch an die Dramaturgie einer Oper kann zu hoch gesteckt sein! Vor allem, wenn dieser Anspruch von Seiner Majestät gefordert wird. Niemals würde ich auch nur zögern, mein Äußerstes zu geben!«

»Ja, dies ist Euch in Fleisch und Blut übergegangen. Doch lasst mich nicht länger auf Eure Antwort warten! Könnt Ihr Eure Komparsen nun ruhigen Herzens auf die Bühne entsenden?«

»Nein, natürlich nicht, verehrteste Aurelia!«, bricht es aus dem lächelnden Hauptmann hervor. »Die Aufregung wird mein Herz regieren, bis der letzte Komparse die Bühne verlassen hat! Ich sage es Euch in aller Offenheit, Aurelia!« Hauptmann Kaldenberg sieht sie entwaffnend ehrlich an.

»Diese … Eure Gefühle, lassen sich leicht nachvollziehen, Wichard.« Madame R. ist sichtlich berührt und senkt ihren Blick.

»Hatte Baron von Sweerts Euch für die Probe genügend Zeit eingeräumt«, hebt sie wieder an, »bevor die Tänzer ihren Platz auf der Bühne beanspruchten?«

»Da legt Ihr Euren Finger in die Wunde, Aurelia. Ihr habt Euch jedoch gelinde ausgedrückt. Eher kam das Verhalten der Tänzer einer wilden Eroberung der Bühne gleich, das selbst den erfahrenen Baron von Sweerts zu überwältigen schien! Auch unter meinen Komparsen breitete sich Verwunderung aus.«

»Ihr hättet Baron Sweerts um Erlaubnis bitten können, die Waffen der Komparsen gegen die Tänzer anzuwenden. Die Waffen der Spanier hätten die Tänzer umgehend beeindruckt und vertrieben …«

»Mir entgeht der Schalk in Euren Augen nicht, verehrte Aurelia!«, unterbricht sie Kaldenberg schmunzelnd. »Das hätte großes Aufsehen in der Königlichen Hofoper erregt! Und wer weiß: In seiner Bedrängnis hätte der fast verzweifelte Schauspieldirektor sogar eingewilligt!«

Die beiden lachen.

»Die Kritik Seiner Majestät«, räumt Kaldenberg amüsiert ein, »bezog sich auch auf eine mangelnde Angriffslust und Erbarmungslosigkeit der Spanier …«

»… die sicherlich bei der Vertreibung der Tänzer ganz von alleine zutage getreten wäre!«, ergänzt Madame R. fröhlich.

»Vielleicht sogar ausgeufert wäre!«, wirft Kaldenberg ein. »Die Dreistigkeit der Tänzer hatte viele gegen sie aufgebracht.«

»Nein, lieber Wichard, unter Eurem Kommando wäre die Kontrolle über ›Eure Komparsen‹, wie Ihr sie nennt«, Madame R. lächelt, »niemals verloren gegangen. Dessen bin ich mir gewiss.«

»Das will ich hoffen«, bemerkt Kaldenberg ernst. »Sicher darf man sich dessen jedoch niemals sein.«

Gleich hellt sich sein Gesicht wieder auf.

»Aurelia, möget Ihr mir erzählen, ob es Euch gelungen ist, einen Blick auf die Kaskaden zu werfen?«

»Einen Blick? Eingehend studiert habe ich sie! Den überbordenden Schwärmereien von Prinzessin Amalie und Euch musste ich auf den Grund gehen!«

»Dürfte ich Euch fragen, ob Ihr inzwischen unsere Ansicht teilt? Oder wäre Euch noch etwas Bedenkzeit genehm?«

»Nun entdecke ich den Schalk in *Euren* Augen!«, sagt Madame R. schnell. »Bedenkzeit? Bedenkzeit! Dieses Wort …«

»… ist nicht Teil Eures verehrten Wortschatzes! Verzeiht meine Unterbrechung, Aurelia, doch …«

»… diese Worte lagen Euch auf der Zunge!«, kommt Madame R. dem Hauptmann zuvor und blickt ihn kokett an.

»Besser ließe sich das nicht beschreiben.« Er sieht Madame R. in die Augen, doch sie entweicht seinem Blick.

»Eure Meinung zu den Kaskaden teile ich!«, fährt sie behutsam fort. »Mit diesen Kaskaden ist dem Architekten und Maler von Knobelsdorff ein Meisterwerk gelungen! Weißer Marmor, herrlich ausgearbeitete Kelche und Rocaillen«, schwärmt sie, »Farne und Blüten, scheinbar entschwebende Nymphen, Mosaiksteine in den ungewöhnlichsten Farbtönen – und das auf beiden Seiten am hinteren Ende der Bühne! Als ich vor dieser Pracht stand, hörte ich in meinen Ohren das Wasser hinabrauschen und stellte mir den brillierenden Glanz vor, den die helle Bühnenbeleuchtung entstehen lässt!«

»Ihr beschreibt es trefflich, formuliert es gar druckreif, verehrte Aurelia! Vor meinem geistigen Auge schaue ich nun an den Kaskaden nach oben.« Er legt den Kopf in seinen Nacken und atmet tief und leise ein.

»Welch' kluge Dekoration die Kaskaden doch sind!«, überlegt Madame R. »Erste, züngelnde Flammen eines Feuers können sogleich gelöscht werden!«

»Wohl wahr«, bestätigt Kaldenberg, der nur langsam wieder seinen Kopf senkt und Madame R. ansieht.

»Aurelia, wo seid Ihr?«, fragt er leise. »Wo bist du?«

»Hier, Wichard. Bei dir«, antwortet Madame R., deren Herz anfängt, heftig zu klopfen.

»Empfindet dein Herz immer noch anders, als dein Verstand begreift, so wie ich es in deinem Brief las?«, will Kaldenberg wissen. Seine Augen bewegen sich suchend über Madame R.s Gesicht.

»Die schwierigste Frage der Welt stellst du mir, Wichard!« Madame R. hält Kaldenbergs Blick stand; sie ist hin und her gerissen. »Warum?«, haucht sie.

»Es geht um das Kostbarste, es geht um dich …«

»… liegt die Antwort doch so nah …«

»… fällt sie trotzdem bei dir und bei mir unterschiedlich aus.«

»Doch warum, liebster Wichard?«

»Dieses Warum lässt auch mich nicht los, teuerste Aurelia.«

»Ich verstehe dich nicht.« Madame R. seufzt. »Sollen wir nur fassungslos davor stehen?«

»Und nicht aufeinander zugehen, liebe Gräfin von Rathen?« Hauptmann Kaldenberg nickt und blickt an Madame R. vorbei. »Ein anderer Weg ist mir im Dienste Seiner Majestät nicht ersichtlich.«

Madame R. bringt kein einziges Wort über die Lippen und spürt, wie sich tiefe Traurigkeit um ihr Herz legt.

»Was denkt Ihr über Georg?« hebt Kaldenberg nach kurzem Innehalten an. »Ihr habt ihn lange nicht mehr gesehen.«

Madame R. reißt sich zusammen.

»Als ich ihn bei der Stellprobe unter den Komparsen entdeckte, war meine Freude groß! Er hat sich reiflich gemacht, Euer Bursche!«

»An Klugheit, Umsicht und der nötigen Härte mangelt es ihm nicht. Die Pflicht steht für ihn an erster Stell'«, führt Hauptmann Kaldenberg aus. »Ihn in meinen Diensten zu wissen, wärmt mir das Herz.«

»Eure Zuneigung lässt Georg wohl keine Sekunde an seinen leiblichen Vater denken, nehme ich an.«

Kaldenberg zuckt unmerklich zusammen.

»Nein. Seinen Vater hat Georg niemals ... auch nur erwähnt«, sagt er schnell.

»Er scheint ihn nicht zu vermissen«, sinniert Madame R.

Kaldenberg schüttelt schweigend den Kopf.

»Johann traf ich im Foyer des Künstlereingangs!«, fährt Kaldenberg fort. »Das Foyer quoll über vor Menschen, doch – wie Ihr Euch vorstellen könnt – stach sein prächtiges, schönes Gesicht hervor. Ich rief nach ihm; sollte Georg doch in Kürze die Königliche Hofoper betreten! Zu selten sehen sich die Freunde, so bereitete es mir große Freude, die beiden mit einem arrangierten *rendez-vous* zu überraschen! Nur kurz konnte mir Johann von seinen Tätigkeiten für Paolino erzählen, doch er strahlte und schien überaus glücklich zu sein.«

Madame R. lächelt und legt ihre Hände ineinander.

»Johann ist verliebt! Bis über beide Ohren und heftig verliebt ist er ... in eine der wenigen Chorsängerinnen, die wegen des hohen Krankenstandes unter den Gymnasiasten zusätzlich rekrutiert wurden!«

Hauptmann Kaldenberg stutzt.

»Woher habt Ihr diese bemerkenswerten Neuigkeiten, verehrte Aurelia?«, fragt Kaldenberg verwundert.

»Johanns Liebste zählt zu den engsten Freundinnen meiner Zofe Eléonore«, erzählt Madame R. beiläufig. »Sie kennen sich, seitdem sie denken können, aus gemeinsamen Zeiten im Militärwaisenhaus zu Potsdam.«

»Nun, durch Johann und Georg sind mir eher die dortigen Waisenjungen bekannt. Um Wilhelmine, Johanns – einmal sehr kranke – Schwester, kümmerte sich der Medicus«, erinnert sich Kaldenberg.

»Noch nie durfte ich aus nächster Nähe eine so berührende Freundschaft zwischen zwei Mädchen erleben. Es ist eine Freundschaft, die sich in andere Jahrhunderte fortzusetzen scheint, für welche die Zeit keine Relevanz zu haben scheint.«

Kaldenberg hört aufmerksam zu.

»Woher nehmt Ihr diese ... nun denn ... sonderbaren Beobachtungen?«, fragt Kaldenberg. »Doch zuerst«, er hält inne und sieht sie neugierig an, »verratet mir den Namen von Johanns Freundin, verehrte Aurelia!«

»Wilhelmine.«

»Nein, welch' Zufall! Sein leicht entflammtes Herz gehört jemandem, die den Namen seiner Schwester trägt!«, ruft Kaldenberg amüsiert aus.

»Leicht entflammt, sagt Ihr? Wahrlich nicht, verehrter Wichard!«

»Woher wollt Ihr das so genau wissen?«

»Von meiner ergebenen Zofe Eléonore erfahre ich es. Sie liest darüber in den wundervoll geschriebenen Briefen ihrer Freundin Wilhelmine.«

Hauptmann Kaldenberg legt seine Stirn in Falten.

»Wenn ein junges Herz zum ersten Mal entflammt, sollte man dies nicht als ... zu gewichtig erachten«, winkt Kaldenberg ab.

Madame R. erstarrt.

»Das meint Ihr wahrlich? Entstammen diese Worte Eurem Herzen?«, platzt es aus ihr heraus.

Kaldenberg nickt.

»Allerdings fällt mir gerade ein, verehrte Aurelia, dass Freundschaften, welche die Grenzen der Zeit und der Jahrhunderte nicht kennen, ein originelles, wunderbares Thema für ein Schäferspiel[79] wären. Eure Fantasie kennt keine Grenzen! Damit versetzt Ihr mich immer wieder in den Zustand des Staunens.«

79 Gattung höfischer Theaterstücke in der Form eines Schäfer- / Hirtenspiels. In Schäferspielen wurden musikalische Elemente mit Lyrik, Dialogen und kunstvollen Versen kombiniert. Themen waren oft die unerfüllte Liebe oder die Wehmut über eine schönere Vergangenheit.

»Ein Schäferspiel?«, reagiert Madame R. schnell. »Oh! Daran hatte ich bisher noch nicht gedacht …«

»… Euer ungewöhnlicher Inhalt für das gängige Format des Schäferspiels.«

»Welch' schöner Einfall, Wichard. Stellt Euch vor: Die befreundeten Schäferspieler trügen zu unterschiedlichen Zeiten verschiedene Namen. Was würdet Ihr davon halten? Aus Eléonore würde Leonie, aus Wilhelmine dann …«

»… Elisabeth, Henriette, Friederike, Charlotte, Gustava, Marie, …«, schlägt Kaldenberg scheinbar munter vor. »Was meint Ihr?«

»Emma.«

Kaldenberg stutzt.

»Ein seltsam klingender Name, wie ich finde.«

»Er wäre ja auch in einer anderen Zeit gebräuchlich …«

»Wohl wahr, Aurelia! Wie konnte ich das so schnell vergessen!« Kaldenberg lacht kurz und schüttelt den Kopf. »Doch – Gott sei Lob und Dank! – werden wir heute kein Schäferspiel, sondern eine fesselnde Opernpremiere erleben! Die Vorbereitungen sind in vollem Gange. Sie sind es, die mich nun von hier wegziehen.«

Galant verbeugt sich Kaldenberg vor Madame R.

»Euch werde ich heute Abend auf dem Rang der Hofgesellschaft vermuten wollen.«

»Daran wird sich auch heute Abend nichts ändern.« Madame R. nickt langsam.

»Seid Euch meines Blickes gewiss! Gehabt Euch wohl, verehrte Gräfin Aurelia von Rathen.«

Kaldenberg wiederholt seine Verbeugung.

Nachdem der Lakai die Tür zugezogen hat, bleibt Madame R. wie angewurzelt stehen. Ihr Blick ist starr auf die Tür gerichtet und Tränen laufen über ihre Wangen.

38. Kapitel

Leonie ist froh, in ihrer Kammer neben Madame R.s Gemach angekommen zu sein. Sie mag die dunklen, engen Dienstbotengänge nicht. Die Bettfrau Rieke hatte ihr die wichtigsten Verbindungen innerhalb des Schlosses erklärt, sie einmal in Ruhe durchgeführt und dabei ohne Unterbrechung auf sie eingeredet. Viel Klatsch und Tratsch war dabei gewesen!

In den Dienstbotengängen hatte Leonie – mit einer Kerze in ihrer Hand – erstaunliche Mengen Staub am Boden entdeckt. Mehrmals musste sie Spinnennetze aus ihrem Gesicht wischen. Die Wendeltreppen empfand sie als Zumutung: Nur mit Mühe war es ihr gelungen, das silberne Tablett mit Tee und Konfekt für Prinzessin Amalie die hohen, ausgetretenen Stufen von der Küche nach oben zu balancieren. Dabei war sie sich regelmäßig auf den Kleidersaum getreten! Bevor sie wieder bei Prinzessin Amalie erschienen war, hatte sie das Tablett abgestellt, um den Staub von ihrem Kleid zu entfernen. Ein älterer Lakai war sofort auf sie zugestürmt, um sie anzupflaumen, dass auf keinem der Tische unaufgefordert etwas abgestellt werden dürfe. Was hätte sie sonst machen sollen? Das Tablett auf einer Hand balancieren und sich gleichzeitig mit der anderen den Kleidersaum säubern? Wie sollte das gehen? Das nächste Mal würde sie dem Lakai ihre Meinung sagen oder ihm einfach das Tablett reichen!

Johann hatte ihr im Musiksalon einen mehrmals gefalteten Brief in die Hand gedrückt und ihr dabei freundlich zugenickt. Leonie hatte den Brief tief in ihren Kleiderausschnitt gesteckt. Nun war endlich die Zeit gekommen, ihn in Ruhe zu lesen. Er musste von Emma sein! Sie drückt die Dienstbotentür zu Madame R.s Gemach auf, um ein wenig Licht hereinzulassen. Dann setzt sie sich auf die Kante ihres schmalen Bettes und öffnet sorgfältig den Brief.

»Liebe Leo«, liest sie, »es tut mir leid, dass ich Dir nach unserem Streit einfach den Rücken zugekehrt habe. Das war unfair, ich weiß. Ich hatte jedoch das Gefühl, dass wir völlig aneinander vorbei redeten und jedes weitere Wort sinnlos war. Das ist natürlich Quatsch, jetzt sehe ich es auch. Sorry. Schade, dass Du jetzt nicht vor mir stehst, ich würde Dich jetzt gerne drücken, ob Du es glaubst oder nicht.

Es macht mir etwas aus, dass wir beide uns eigentlich nur durch Zufall treffen können. Viel geht mir zurzeit durch den Kopf und, ja – bitte jetzt nicht die Augen verdrehen – Johann ist meine große Liebe! Von ihm weiß ich, dass er sie erwidert. Es würde sich für mich völlig normal anfühlen, einfach hier bei Johann zu bleiben. So, mehr von diesem Zeugs mute ich Dir jetzt nicht zu.

Dem Chor wird auch zur Premiere wieder die Garderobe zugeordnet, in die Du mich nach unserem Streit hast reingehen sehn. So weißt du zumindest, wo du mich findest, wenn ich nicht auf der Bühne stehe. Der Chor tritt zweimal auf – das zweite Mal ganz zum Schluss. Die Chorsänger, finde ich, singen echt klasse. Wir sind nur drei Mädchen; die beiden anderen, Elisabeth und Maria, sind wirklich nett. Ich würde sie Dir gerne vorstellen. Wo wirst du eigentlich während der Premiere sein?

Hey, lass es Dir gut gehen! Wir werden uns hier schon wieder finden … es gibt ja auch Johann, Georg, Madame R., Hauptmann Kaldenberg und Paolino. Übrigens: Was ist eigentlich mit Madame R. und Hauptmann Kaldenberg? Hast du da Neuigkeiten?

Deine Emma.«

Leonie lässt ihre Hand mit dem Brief sinken. Emma hatte sich entschuldigt und der Brief war irgendwie schon … liebevoll geschrieben. Leonie ist berührt. Da kam die alte Emma, die sie so mochte, wieder durch. Doch, warte, was hatte da gestanden? Sofort nimmt sich Leonie den Brief wieder vor:

»Es würde sich für mich völlig normal anfühlen, einfach hier bei Johann zu bleiben.«

Nee, das hatte sie da gerade nicht wirklich gelesen, oder? Völlig durchgeknallt … doch, Moment … wenn Johann ihre große Liebe war, dann war das nur konsequent. Leonie überlegt. Trotzdem … nein, es war abwegig, verrückt … der Ausgang total ungewiss … na ja, ungewiss war das Leben sowieso … aber sie würde Emma für immer verlieren, außer Madame R. würde mit ihren Zeitreisen mitspielen.

Leonie grinst.

Sie könnte bei Madame R. Reiseanträge einreichen oder Madame R. würde eine Agentur für Zeitreisen ins 18. Jahrhundert gründen! Ein echter Geheimtipp … sie wäre Platinkundin mit Sonderkonditionen! Mal für ein langes Wochenende zu Emma ins 18. Jahrhundert oder gleich dort die Sommerferien verbringen? Leonie streicht mit einer Hand über die geschriebenen Zeilen.

Dabei fallen ihre Augen auf ›Wo wirst du eigentlich während der Premiere sein?‹ Gute Frage! Keine Ahnung. Madame R. hatte das noch nicht angesprochen. Wo blieb' sie nur? So lange konnte Paolinos Untersuchung doch nicht dauern. Sie hatte angekündigt, dass sie danach sofort in ihr Gemach kommen wolle, um sich für die Premiere in Schale zu werfen. Bis zur Abfahrt vom Schloss würde das zeitlich eh' schon ziemlich knapp werden.

Leonie steht auf und geht durch Madame R.s Zimmer zur Kleiderkammer. Dort sieht sie sich das festliche Courkleid an. Wie schön es doch war! Ein taubenblaues Seidenkleid … die Ärmel und der Ausschnitt waren mit silbernen Blumenranken bestickt. Hier hing der gigantische Reifrock – unglaublich, da die Korsagen, einige lange Unterröcke und weiße an Bändern zusammengebundene Strickstrümpfe, die etwas über den Knien enden würden. Und das mussten die Strumpfbänder sein! Sie nimmt die Schuhe in die Hand. Wie schmal die Schuhe doch waren! Und die Absätze verliefen so merkwürdig nach innen. Die Schuhe waren mit dem Kleiderstoff bezogen worden, der mit silbernen Schneeflocken verziert war. Passend zur Jahreszeit! Madame R. würde wunderschön aussehen. Und sie selbst? Sollte sie den Abend hier im Schloss verbringen? Darauf hatte sie nun wirklich keine Lust!

Als Zofe war sie so abhängig von ihrer Herrin! Das ging ihr echt gegen den Strich. Wie gern würde sie daraus ausbrechen! Aber wie?

Nachdenklich geht sie in Madame R.s Zimmer zurück. Da fällt ihr Blick auf die Kommode. Sie schlendert dorthin. Eine Vase mit getrockneten Blumen steht darauf. Leonie öffnet eine bemalte Porzellandose … was war das denn? Lila Blüten, mit einer Zuckerschicht überzogen … Leonie schnuppert. Es roch süßlich. Schnell nimmt sie sich ein Blütenblatt und steckt es in den Mund. Ein kandiertes Blütenkonfekt! Wahrscheinlich Veilchen. Wie lecker! Mmh!

Fasziniert sieht sie sich das handgemalte Bild eines Mannes in einem silbernen Stellrahmen an. Es ist eine Zeichnung, die teilweise mit Farbe ergänzt worden ist. Waren das Pastell- oder gar Aquarellfarben? Der Mann trägt einen edlen, mit vielen Tressen verzierten Rock und ist seitlich von der Hüfte an abgebildet. Der Kopf ist dem Betrachter zugewandt.

Leonie schaut genauer hin. Das waren doch Madame R.s Augen, die sie da aus dem Bild anschauten! War das etwa ihr Vater? Leonie stockt der Atem. Der Herr blickt sie herausfordernd und lebenslustig an. Um seinen Mund entdeckt Leonie strenge Züge. Ihr fallen die markanten Wangenknochen und die hohe Stirn auf. Eigentlich war er ein gut aussehender Mann! Er flöß ihr jedoch auch Respekt ein. Leonie hebt das Bild an, um einen Blick auf die Rückseite zu werfen. Immanuel Friedrich von Rathen stand da handschriftlich geschrieben! Immanuel. Sie dreht das Bild wieder um. Ja, dieser Name passte zu ihm! Ein schöner Name, eigentlich. Leonie betrachtet das Bild eingehend; sie findet Madame R.s Vater richtig sympathisch.

Als sie das Bild wieder auf die Kommode stellen will, entdeckt sie, dass Madame R. hinter dem Stellrahmen etwas versteckt hat. Eine Glasscherbe? Leonie schaut genauer hin. Nein, es war eher ein abgebrochenes Stück Spiegel … Leonie zuckt zusammen. War es etwa ein Stück der alten Spiegel, die an der Buche in Madame R.s Vorgarten gehangen hatten? Vorsichtig stellt Leonie das Bild wieder hin und greift nach der Spiegelscherbe. Sie war so groß wie ihre Handfläche und erstaunlich dick; sie hatte scharfe Kanten und die Spiegeloberfläche war fast matt. Schnell legt Leonie die Spiegelscherbe wieder hin und stellt den Stellrahmen davor. Sie fühlt sich schuldig, in Madame R.s Privatsphäre vorgedrungen zu sein.

Aber wo steckte sie nur? Der Hoffriseur war bestellt und bis dahin musste Madame R. angezogen und geschminkt sein. Gestern Abend und heute Morgen hatte Leonie zwar schon viel über das Anlegen von Kleidern und die tägliche Toilette gelernt, doch sie konnte nicht behaupten, dass es ihr zügig von der Hand ging. Leonie wird nervös.

Da öffnet ein Lakai die Tür und Madame R. tritt ein.

»Jetzt dürfen wir keine Zeit verlieren, liebe Eléonore! Alles hat länger gedauert als geplant.« Sie kommt schwungvoll auf Leonie zu und hält ein bedrucktes Stück Papier in ihrer Hand. »Auch hierdurch, schau her! Weißt du, was das ist?«

Ohne auf Leonies Antwort zu warten, fährt sie fort:

»Deine Eintrittskarte zur Opernpremiere heute Abend! Dritter Rang, ganz oben. Kein Stehplatz, sondern ein Sitz weit vorne, damit du etwas sehen kannst. Was sagst du?«

Madame R. lacht kurz.

»Wie ich sehe, bist du sprachlos! Das wäre ich an deiner Stelle wahrscheinlich auch. Doch bitte frage mich nicht, was ich noch vor Paolinos Untersuchung alles unternommen habe, um dir diese Karte zu besorgen. Da musste ich schon den einen oder die andere bestechen … kaltblütig … Scht!« Madame R. hält den Zeigefinger vor ihre Lippen. »Schwamm drüber!« Madame R. sieht Leonie schmunzelnd an und überreicht ihr feierlich die Eintrittskarte.

»Ja, Madame R., ich bin wirklich sprachlos. Ehrlich gesagt, hatte ich mir schon überlegt, was ich heute Abend hier alleine machen würde …«

»Zu einer zufriedenstellenden Lösung warst du wahrscheinlich noch nicht gekommen, oder?«, unterbricht sie Madame R. augenzwinkernd.

»Nein. Eigentlich nicht. Umso mehr freue ich mich jetzt über diese sensationelle Eintrittskarte!« Leonie dreht sie überwältigt in ihrer Hand. »Vielen Dank, Madame R.! Echt super … ich weiß gar nicht, wie ich dir danken soll …« Intuitiv öffnet Leonie ihre Arme. »Umarmungen finden hier ja kaum statt, na ja, auch wegen der ausladenden Kleider, Röcke und so, doch am liebsten würde ich dich jetzt umarmen …«

»Das weiß ich doch, Leonie!« Madame R. lächelt. »Deine Umarmung ist bei mir schon längst angekommen!«

»Okay.« Leonie erwidert das Lächeln. »Kann ich in diesen Kleidern in die Oper gehen?«, fragt sie.

»Ja, für den dritten Rang ist das gut genug.« Madame R. mustert Leonie kritisch. »Deine Perücke ist in gutem Zustand. Einen Domino hast du schon, Winterschuhe auch. Wir müssen uns sputen, Leonie.« Madame R. wirft einen Blick auf den Pudertisch. »Die Schminke ist bereit, wie ich sehe. Am liebsten würde ich mich waschen wollen, doch dazu ist nun keine Zeit mehr. Das macht aber nichts … die wenigsten Frauen werden gewaschen erscheinen, fürchte ich. Das ist einfach so!«

Madame R. fordert Leonie auf, ihr Kleid aufzuknöpfen.

»Oh, was liegt da auf der Kommode!«, ruft sie erstaunt.

Leonie durchfährt es. Sie hatte Emmas Brief auf der Kommode vergessen!

»Äh, es ist ein Brief …«, warum sollte sie nicht die Wahrheit sagen? »… Ein Brief von Emma. Johann hat ihn mitgebracht«, ergänzt Leonie schnell.

»Oh, wie schön! Das hatte ich nicht bemerkt.«

»Wie auch? Im Musiksalon warst du mit anderen Dingen beschäftigt.«

»Wohl wahr.« Madame R. betrachtet kritisch ihre Hände.

Beide schweigen, während Leonie die vielen kleinen Knöpfe und Häkchen mit Ösen öffnet. Jetzt wunderte sich Madame R. bestimmt, warum Emmas Brief auf der Kommode gelandet war. Warum war sie nicht vorsichtiger gewesen? Leonie ärgert sich über ihren Leichtsinn. Einfach weiterreden, das war wohl jetzt das beste Ablenkungsmanöver.

»In dem Brief hat sich Emma entschuldigt«, hebt Leonie an.

»Wofür?«

»Dafür, dass sie mich während unseres Streits einfach stehen gelassen hat.«

»Ah … wie gut. Ich bin erleichtert, Leonie.«

»Ich auch.«

»Das Gespräch muss immer eine Möglichkeit bleiben.«

»Hm.«

»Was schreibt sie noch – wenn ich dich das fragen darf?«

»Es scheint zwischen ihr und Johann so ernst zu sein«, platzt es aus Leonie heraus, »dass sie sich vorstellen kann, bei ihm in der Vergangenheit zu bleiben.«

»Wirklich?«

»So schreibt sie es zumindest. Ehrlich gesagt, war ich ganz schön schockiert, als ich's las.«

»Das glaube ich dir gern.«

»Ich will das eigentlich gar nicht«, sagt Leonie mit Nachdruck.

»Das kann ich gut nachvollziehen«, fügt Madame R. nachdenklich bei.

»Aber Emma muss das selbst entscheiden.«

»Ja, das stimmt.« Madame R. spricht leise.

»Johann ist ein guter Typ, der sich um Emma kümmern wird. Ganz sicher … ich glaube auch, dass er Emma wirklich liebt … sicherlich wird er sie auf Händen tragen.«

Leonie unterbricht ihre Tätigkeit.

»Er ist ehrlich, ein reeller Kerl und kein Träumer, hat Humor und ist auch noch attraktiv.«

Sie nimmt den nächsten Haken aus der Öse.

»Beruflich scheint er das Talent zu einem guten Posamentierer zu haben; schon jetzt darf er an Kostümen für die Königliche Hofoper mitarbeiten. Ich habe mir schon vorgestellt«, fährt Leonie fort, »wie es wohl ist, wenn ich dann immer wieder zu ihr reisen würde.« Sie hält inne. »Aber, weißt du, Madame R., eigentlich habe ich das Gefühl, dass ich mit ihr nochmals darüber sprechen muss.«

Madame R. dreht sich um und schaut Leonie mitfühlend an.

»Mit ihr ganz in Ruhe sprechen muss«, führt Leonie weiter aus. »Die Situation ist einfach zu verrückt. Die Konsequenzen zu absurd. Davor schließt sie vielleicht die Augen. Als Freundin sollte ich … muss ich sie einfach darauf ansprechen, sie wach rütteln. Dann kann sie sowieso immer noch machen, was sie will.«

Leonie sieht an Madame R. vorbei.

»Nach der Premiere werden wir sicher eine Gelegenheit dazu finden, Leonie.« Madame R. berührt Leonie an ihren Unterarmen. »Dessen bin ich mir sicher, denn, so hör' zu, heute Abend werde ich mich um Paolinos Wohlergehen zu kümmern haben. Seine Wunde ist auf dem Weg der Besserung, doch Dr. Cothenius hat mir die Verantwortung für mögliche Notfälle übertragen. Das bedeutet, dass ich während der Aufführung natürlich zu Paolino gehen werde. In dessen Garderobe werde ich Johann antreffen. Ihn werde ich bitten, Emma nach der Aufführung in Paolinos Garderobe zu holen.«

»Okay. Aber wie komme ich dorthin? Alleine lässt mich niemand hinter die Bühne«, gibt Leonie zu bedenken.

»Die Zugänge zum dritten Rang sind streng getrennt von denen zum ersten Rang, in dessen mittleren Logen die Hofgesellschaft sitzen wird. Der Eingang der Hofgesellschaft wird dir nicht entgehen; dort werde ich nach der Aufführung auf dich warten – so lange, bis du kommst. Das verspreche ich dir.«

Madame R. führt ihre Hände an den Rücken.

»Ist alles geöffnet?«

Leonie nickt.

»Nun wirst du mir helfen, mich in einer Rekordzeit für den großen Auftritt heute Abend fertig zu machen!«

Leonie holt den Hocker, stellt sich darauf, um Madame R.s Kleid nach oben hin auszuziehen. Schnell eilt sie in die Kleiderkammer, um das Kleid mit den dafür vorgesehenen Schlaufen an zwei leeren Haken aufzuhängen. Es folgen noch zwei Unterröcke, ein schlichter, wenig ausladender Reifrock und die Tagesstrümpfe, die Leonie sorgsam an den dafür vorgesehenen Plätzen aufhängt.

Leonie fällt auf, wie schweigsam Madame R. plötzlich ist. In ihren Gedanken schien sie ganz woanders zu sein; sie mied jeglichen Blickkontakt. Komisch. Vielleicht ging ihr durch den Kopf, was sie für Paolino mitzunehmen hatte. Emmas Brief auf der Kommode! Natürlich!

Ein klares Anzeichen dafür, dass Leonie herumgeschnüffelt hatte – und nun überlegte Madame R. gerade, wie sie Leonie darauf ansprechen sollte.

»Lockere mir die Korsage ein wenig, Leonie.« Madame R. zieht ihre türkisch anmutenden Pantoffeln an. »Dann den Morgenmantel, bitte.«

»Natürlich.« Leonie stellt sich hinter Madame R. und öffnet die Schleife des Schnürbands, das sie heute Morgen durch viele Ösen der Korsage durchgeführt hat. Vorsichtig lockert sie das Band an verschiedenen Stellen. Dann holt sie den geblümten Morgenrock und hilft Madame R. hinein.

Da klopft es an der Tür.

»Könntest du schauen, wer das ist, Eléonore?«, fragt Madame R. sie einsilbig.

»Ja, natürlich.« Leonie eilt zur Tür und öffnet sie einen Spalt. Vor ihr steht ein in schwarz gekleideter, älterer Mann. An seinem Hals fällt Leonie ein weißes Bäffchen[80] auf.

»Eine Lieferung von der Hofapotheke für die Gräfin Aurelia von Rathen«, sagt der Mann zuvorkommend.

Leonie nickt freundlich und erwidert: »Einen Moment, Monsieur.«

Sie lehnt die Tür an und berichtet Madame R.

»Oh, das Eichenrinden-Dekokt!«, ruft Madame R. erfreut. »Nimm es entgegen, Eléonore. Das ist Medizin für Paolino. Überbringe meinen Dank dafür!«

Leonie erhält eine kleinere, mit einem Korken versehene Flasche.

»Möge es heute Abend nicht so weit kommen, dass die Gräfin diese Medizin applizieren muss«, sagt der Apotheker leise, nachdem Leonie Madame R.s Dank ausgerichtet hat. »Rezeptur und Verabreichung sind für die Gräfin hier nochmals festgehalten.« Er zeigt auf ein am Flaschenhals befestigtes, zusammengefaltetes Papier. »Beides wird ihr jedoch schon geläufig sein. Richtet der Gräfin bitte meine größte Hochachtung aus.« In seiner Stimme schwingt viel Bewunderung mit.

80 Eine Halsbinde mit zwei auf die Brust herunterhängenden, nur wenige Zentimeter breiten Leinenstreifen. Gehörte im 18. Jahrhundert zur bürgerlichen Tracht der Männer, oft der gebildeten Männer.

Leonie merkt, wie der Lakai ihnen beiden einen kurzen, unerlaubten Blick zuwirft. Sie sieht ihn streng an. Dann nickt sie dem Apotheker lächelnd zu und zieht sich wieder zurück.

»Bitte stelle die Medizin auf die Kommode, Eléonore«, fordert Madame R. sie auf.

Auf dem Weg dorthin gibt sich Leonie einen Ruck: Sie musste Madame R. zuvorkommen, bevor Emmas Brief zum Thema wurde und sie selbst, Leonie, in Bedrängnis brachte. Das war sie Madame R. schuldig. Nachdem sie die Medizin vorsichtig auf der Kommode abgestellt hat, nimmt sie Emmas Brief in die Hand und dreht sich zu Madame R. um.

»Du wirst dich sicherlich schon gewundert haben, warum Emmas Brief auf deiner Kommode liegt, Madame R.«, beginnt Leonie. Sie ist aufgeregt.

»Eigentlich war mir das nicht wirklich aufgefallen, Leonie«, meint Madame R. erstaunt. »Doch jetzt, wenn du es ansprichst ... könnte es mich wundern, ja.«

»Ich ... ich ... nachdem ich Emmas Brief in meiner Kammer gelesen hatte«, stammelt Leonie, »ging mir ..., ging mir einfach so viel durch den Kopf, dass ich irgendwie nicht mehr auf meinem Bett sitzen bleiben konnte und dann ... ein paar Schritte durch dein Zimmer gehen musste.«

Madame R. huscht dabei ein Lächeln über das Gesicht. Sie kommt auf Leonie zu.

»Von dem Veilchenkonfekt habe ich genascht«, überwindet sich Leonie zu sagen. »Dabei habe ich das Bild angeschaut ... es kann nur dein Vater sein, oder? Ihr seht euch so ähnlich.«

»Danke für deine Ehrlichkeit, Leonie.«

Madame R. legt ihre Hände auf Leonie Schultern.

»Die weiß ich sehr zu schätzen.«

Madame R. schüttelt den Kopf. Sie ist sichtlich berührt.

»Glaube mir, ich hätte dich nicht auf deinen Brief angesprochen. Was für eine vorbildliche, vertrauenswürdige Zofe du in so kurzer Zeit geworden bist!«

»Na ja, so vorbildlich habe ich mich jetzt nicht gerade gefühlt«, gibt Leonie schulterzuckend zu. Erst jetzt fällt ihr auf, dass Madame R.s Schminke im Gesicht von kleinen Rillen durchzogen und verschmiert ist. Hatte sie etwa geweint?

Madame R. lacht.

»Und du hast richtig getippt: Der Kavalier auf dem Bild ist mein Vater!«

Madame R. nimmt ihre Hände von Leonies Schultern.

»Diesem wunderbaren Menschen habe ich viel zu verdanken, denn er glaubt an die Gleichberechtigung unter den Menschen – vor Gott sind alle Menschen gleich, ob reich oder arm, dem Adel zugehörig oder nicht, ob Mann oder Frau«, zählt sie schnell auf.

»In der Ausbildung machte er keinen Unterschied zwischen meinen vielen Brüdern und mir. Ich kenne keinen liberaleren Menschen als ihn …«, Madame R. zögert kurz, »… außer vielleicht Wichard von Kaldenberg.«

Sie legt die Hände an ihre Wangen.

»Er will es jedoch nicht wahrhaben«, fügt sie kaum hörbar hinzu, »und schreckt vor den letzten Konsequenzen zurück.«

Leonie horcht auf.

»Doch, meine Liebe«, Madame R. klatscht in die Hände, »die Zeit bleibt nicht stehen! Die Schminke muss ab! Wurde Wasser herangeschafft, Eléonore?«

»Nein, nicht dass ich wüsste.« Leonie schüttelt den Kopf.

»Dann reicht auch Eau de Toilette.« Madame R. setzt sich an den Schminktisch und nimmt sich ein helles Baumwolltuch, auf das sie Vaseline aufträgt. Mit schnellen Handbewegungen entfernt sie damit die Schminke. Im Anschluss tupft sie sich Rosenwasser über ihr Gesicht.

»Ah, Eléonore, du hast schon mitgedacht und stehst parat mit den Strümpfen!«, freut sich Madame R.

Leonie kniet neben Madame R. und hilft ihr, die weißen, eng anliegenden Strickstrümpfe anzuziehen, die jeweils mit einem Strumpfband um den Oberschenkel hoch gehalten werden. Dann stellt sich Leonie hinter Madame R., um die Korsage wieder festzuziehen. Mühevoll führt sie das Korsagenband durch die vielen Ösen und merkt, dass es Madame R. nicht schnell genug zu gehen scheint.

»Ich weiß, ich könnt's geschickter machen … ich beeile mich …«, sagt Leonie gestresst.

»Das wird schon. Übung macht den Meister«, erwidert Madame R. beruhigend.

»Na, vom Meister bin ich ja noch meilenweit entfernt!«, kommentiert Leonie lakonisch.

»Du schlägst dich wacker, Eléonore!«

»Johann sollte jetzt mit seinen geschickten Händen hinter dir stehen …«

»… was für eine Schnapsidee, Leonie!«, unterbricht sie Madame R. amüsiert. »Das kommt nicht in Frage!«

»Schnapsidee!« Leonie lacht. »Sagte man das zu deiner Zeit, also jetzt?«

»Am Königlichen Hof natürlich nicht! Doch noch skandalöser wäre es, wenn jetzt tatsächlich Johann hinter mir stünde!«

»Er ist ein geschickter, gut ausgebildeter – und vor allem gut aussehender – Posamentierlehrling!«, flachst Leonie. »Gerade stelle ich mir vor: Viele am Hof würden sich nach ihm umdrehen und ihm hinterherschauen. Und wenn sie wüssten, dass er dir die Korsage bindet, würden sie vor Eifersucht zergehen …«

»Papperlapapp! Leonie, jetzt geht deine Fantasie mit dir durch!« Madame R. schüttelt lächelnd den Kopf. »Konzentriere dich lieber darauf, dass sich das Korsagenband nicht verdreht, wenn du es durch die Ösen ziehst. Bitte noch etwas fester, das Ganze!«

»Wirklich? Drücke ich dir nicht jetzt schon die Luft ab?«

»Wie du siehst, offensichtlich nicht.«

Die fertig gebundene Korsage inspiziert Madame R. im Spiegel und nickt zufrieden.

»*Pas mal!* Nicht schlecht, Eléonore! Die abschließende Schleife ist schön und fest genug gebunden. Bravo!«

Doch Leonie ist schon auf dem Weg in die Kleiderkammer, um den großen Reifrock für das Courkleid von den Haken zu nehmen. Sie manövriert den Reifrock zu Madame R. zurück, stellt sich auf den Hocker und hebt den Reifrock so hoch, dass Madame R. sich unter den Reifrock stellen kann, um ihn überzuziehen. Mit Knopf und Band befestigt Leonie das für sie so ungewöhnliche Kleidungsstück um Madame R.s Taille. Dreimal mehr eilt sie in die Kleiderkammer zurück, um jeweils einen Unterrock zu holen. Dabei achtet sie genau auf die Reihenfolge der Unterröcke, die Madame R. ihr gestern erklärt hat. Zum Überziehen muss sie sich wieder auf ihren Hocker stellen. Regelmäßig geht sie um den Reifrock herum, um die Unterröcke schön darüber zu drapieren. Die Unterröcke sind teilweise gerüscht und am Saum mit einem Volant versehen. Der oberste Unterrock ist aus Seide, an dessen unterem Ende kleine Spitzen angenäht sind.

Dann folgt das überaus schwere, aus Rock und Oberteil bestehende Kleid, das Leonie Madame R. nur mit viel Mühe und Kraft überziehen kann. Zuerst streift sie den Rock über, dann schnürt sie das Oberteil fest zu, um die Häkchen am Rockbund sorgfältig an den jeweiligen Ösen des Oberteils zu befestigen. Es musste alles perfekt sitzen! Fielen die Rockfalten richtig? Vom Rockbund durfte nichts hervorschauen! Was für eine aufwendige, kleinteilige Arbeit! Zuletzt holt Leonie die Schuhe herbei.

»Nun schnell den Umhang zum Puderschutz! Es bleibt mir wenig Zeit zum Schminken. Ich hoffe, der Friseur verspätet sich etwas.«

Wieder saust Leonie in die Kleiderkammer und legt Madame R. einen weiten, eng um den Hals anliegenden Umhang an, der weit über ihr Kleid reicht. Am Schminktisch öffnet Madame R. vorsichtig eine ovale Puderdose und ein sorgsam zusammengefaltetes Tuch, aus dem sie eine Puderquaste hervorholt.

»Reismehlpuder mit Orangenblüten versehen«, schwärmt sie. »Er riecht wundervoll … kommt aus dem Fernen Osten … unbeschreiblich kostbar! Ein Geschenk von Prinzessin Amalie, die mir verriet, dass auch Seine Majestät diesen Puder überaus schätzt!«

Lächelnd trägt Madame R. den Puder auf. Mit einem Mullbeutel drückt sie die Puderschicht fest auf. Um den nicht haftenden Puder zu entfernen, wedelt Leonie mit einem Fächer. Immer wieder taucht

Madame R. die Puderquaste in die Puderdose ein, um das Prozedere für weitere Puderschichten zu wiederholen.

»Klopfe die Puderquaste am Rand der Puderdose vorsichtig ab.« Madame R. reicht Leonie die Puderquaste. »Wickle sie danach wieder in das Tuch und schließe die Puderdose.«

Schon öffnet Madame R. ein weiteres Döschen, aus dem sie – mit einer viel kleineren Quaste – pudriges Rouge auf ihre Wangen verteilt. Leonie erkennt, dass das Rouge viel gröber ausfällt als das feine Reismehl. Aus einer noch kleineren Schminkdose entnimmt Madame R. mit einem Pinsel eine hellbraune Farbmischung, mit der sie ihre Augenbrauen geschickt nachzeichnet und verlängert. Dann folgt das rote Lippenfett. Mit einem anderen Pinsel betont Madame R. die geschwungenen Konturen ihrer Oberlippe, ohne den Mund groß wirken zu lassen. Ein kleiner Kussmund, denkt Leonie. Madame R.s Lippen glänzen. Zufrieden wendet sich Madame R. vom Spiegel ab. Leonie schließt alle Schminkdöschen.

»Die Pinsel reinigst du mit dem Rosenparfum. Gib etwas davon auf das Baumwolltuch dort und wische damit so oft die Pinsel ab, bis keine Farbe mehr auf dem Tuch zurückbleibt. Nun noch das Poliersamt für meine Nägel.« Madame R. greift nach einem Gegenstand, der wie eine mit Samt überzogene, breite Feile aussieht und fährt damit schnell über ihre Nägel.

Da wird die Tür geöffnet und der Friseur tritt ein. Mit einem Lederkoffer in der Hand macht er eine tiefe Verbeugung.

»Verehrteste Gräfin von Rathen, seid gegrüßt! Hocherfreut bin ich, Euch für das große Ereignis heute Abend zu schmücken.«

Nachdem Madame R. den Friseur freundlich, doch zurückhaltend begrüßt hat, fordert sie Leonie auf, eine bestimmte Schublade der Kommode zu öffnen.

»Dort liegen mein Federschmuck für den heutigen Abend und die mit kleinen Perlen besetzten Haarnadeln, Eléonore. Lege sie hier auf den Schminktisch, meine Liebe.«

»Dieser Haarschmuck klingt wie eine süße Melodie in meinen Ohren, verehrte Gräfin. Die Einzigartigkeit dieses Schmucks wird an Ihnen auf das Schönste erstrahlen. Meinen Teil werde ich gewissenhaft dazu beitragen«, säuselt der Friseur und stellt seinen Koffer ab.

»Daran hege ich nicht die geringsten Zweifel, *Monsieur Le Figaro*. Eure Kunst ist hoch geschätzt. Schreiten wir nun zur Tat. So bitte ich Euch, meiner geschätzten Zofe Eléonore mitzuteilen, wo sie Euch den Hocker hinstellen soll, damit Ihr Euer Werk bestens verrichten könnt.«

Leonie stellt den Hocker vor Madame R. und eilt in die Kleiderkammer, um den kegelförmigen Gesichtsschutz für Madame R. zu holen. Leonie betrachtet ihn kurz: Er sah aus wie eine Schultüte und der Rand schien genau die Größe von Madame R.s Gesicht zu haben. Der Friseur öffnet seinen Koffer und holt eine große Puderquaste hervor. Während Madame R. in die Schultüte hineinschaut und somit ihr geschminktes Gesicht komplett bedeckt, produziert der Friseur große Puderwolken über Madame R.s Kopf, die sich in ihr Haar setzen.

»Verehrte Gräfin, ich erinnere mich wohl, dass Ihr mit Euren wunderbaren, blonden Haaren keine allzu großen Mengen an Puder wünscht«, bemerkt der Friseur.

Madame R. nickt. Keine allzu großen Mengen! Leonie schüttelt kaum merklich den Kopf. Sie staunt über die aus ihrer Sicht gigantische Puderwolke, die über Madame R. schwebt. Die Arme fing schon an zu husten! Doch der Friseur zögert nicht, noch weitere Puderwolken zu produzieren. Als er selber anfängt zu husten, packt er die Puderquaste wieder in seinen Koffer. Er bittet Leonie, den Hocker hinter Madame R. zu stellen und reicht ihr ein kleines Tablett mit Zubehör. Dann steigt er auf den Hocker und fordert Leonie auf, das Tablett in seiner Nähe hochzuhalten. Er beginnt, die Haare kunstvoll hochzustecken.

»Noch würde ich Euch raten, verehrte Gräfin, den Puderschutz weiterhin vor das Gesicht zu halten. Zur Vorsicht«, meint der Friseur. »Damit Euch nicht langweilig wird«, fährt er munter fort, »werde ich Euch zu unterhalten wissen. Mir ist zu Ohren gekommen, dass heute am Vormittag der begnadete Hofsänger Paolino bei Prinzessin Amalie vorstellig wurde. Auch der Hofarzt Dr. Cothenius ward dort gesehen –

man munkelt, dass die arme Prinzessin in der vergangenen Nacht von Koliken gebeutelt wurde oder gar schlimmen Frauenleiden ausgeliefert war.«

»Oh!«, spricht Madame R. in die Pudertüte. »Ihr scheint gut informiert zu sein.«

»Gar wohl, verehrte Gräfin! Bei Hofe komme ich durchaus herum, so dass mir vieles zugetragen wird.«

»Ja, hier am Hofe seid Ihr wie ein Fisch im Wasser«, schmeichelt ihm Madame R.

Der Friseur bricht in Gelächter aus.

»Ihr übertreibt, verehrte Gräfin!«, sagt er japsend.

»Durchaus nicht, verehrter *Monsieur Le Figaro*«, hört Leonie sie amüsiert in die Tüte sagen.

»Paolino sollte die niedergeschlagene Prinzessin Amalie durch seinen Gesang erheitern«, plaudert der Friseur fröhlich weiter. »Ein eng befreundeter Lakai, der just heute Morgen Türdienst am Musiksalon verrichtete, hat Paolino singen hören. Er wusste mir zu berichten, dass ihm hinter der Tür gar selbst die Tränen der Rührung über die Wangen geflossen seien!«

»Das ergeht vielen so, die Paolino singen hören«, meint Madame R.

»Nachdem Dr. Cothenius die Prinzessin eingehend untersucht hatte, widmete er sich – auf Bitten der Prinzessin – auch Paolino, der schon seit Jahren die Gunst der Prinzessin zu genießen scheint.«

Der Friseur nimmt sich wieder einige Haarnadeln von dem Tablett. Leonie scheint er gar nicht wahrzunehmen.

»Der Hofarzt verschrieb Paolino ein Zaubermittel aus der Königlichen Hofapotheke«, erzählt der Friseur eifrig weiter, »das Paolinos Stimmbänder für die heutige Premiere in Höchstform bringen soll. Dr. Cothenius habe keinen Aufwand gescheut, soll doch dieses Zaubermittel aus dem Fernen Osten, gar aus China, stammen! Und, so stellt Euch vor, das Zaubermittel soll Paolino wohl nach Hause geliefert werden! Welch' unerhörter Luxus!«

»So wisst Ihr doch mehr als die Hofdame der verehrten Prinzessin Amalie, *Monsieur Le Figaro*«, wirft Madame R. ein.

»Oh, das soll durchaus schon vorgekommen sein, verehrte Gräfin!«, plappert der Friseur unbehelligt weiter. »Doch nun müsstet Ihr den Puderschutz wieder abnehmen können, verehrte Gräfin.«

Konzentriert steckt er weitere Haarsträhnen hoch.

»Nun noch den Federschmuck und die Perlen. Diese Dekorationen werden die Krönung sein! Doch zuvor möchte ich Eure Zofe bitten, den Hocker vor Euch zu stellen.«

Nachdem Leonie den Hocker mehrmals hin- und hergetragen hat, ist der Friseur zufrieden und bringt zuletzt mit viel Sorgfalt den Federschmuck und die Perlen an. Madame R. betrachtet sich im Spiegel und ist von dem Ergebnis sichtlich angetan. Sie bedankt sich beim Friseur, bezahlt ihn zügig und bittet Leonie, ihn zur Tür zu begleiten.

»Nun hast auch du eine der lebendigen Gerüchteküchen an diesem Hofe hier kennengelernt, liebe Eléonore«, sagt Madame R. leise, als Leonie wieder bei ihr ist.

»Ich fand's lustig, ihm zuzuhören!«

»Ja, aus deiner Sicht ist es vielleicht lustig, für andere, die Betroffenen, kann es fatal sein, meine Liebe. Überall gibt es Ohren in diesen Gemäuern! Vorsicht!« Madame R. hebt ihren Zeigefinger.

»Wie beseitige ich nun das Puderchaos auf dem Boden?« Leonie sieht sich um. »Du ruinierst den Saum Deines Kleides, Madame R.«

»Besen und Kehrschaufel sind im hinteren Teil der Kleiderkammer. Die Bettfrau Rieke muss anlässlich des heutigen Friseurtermins einen Eimer Wasser und einen Putzlappen hinterlassen haben. Bespritze den Boden mit etwas Wasser und fege vorsichtig zusammen; somit dürfte kein Puder aufgewirbelt werden. Dann kannst du feucht wischen. Hiermit bindest du dir den Rock deines Kleides hoch, damit es für den Opernbesuch möglichst sauber bleibt.«

Madame R. reicht Leonie einen Lederriemen. Mit etwas Widerwillen macht sich Leonie an die Arbeit. Der Friseur hatte doch eine ganze Menge Schmutz hinterlassen. Sie ärgert sich; vor der Oper noch putzen? Und dann noch dieses widerliche, schmierige Puder, das sich fast überall abgesetzt hatte! Sie hatte wenig Zeit, denn sie musste Madame R. noch den Umhang abnehmen, damit sie ihren Schmuck anlegen konnte.

Als sie auf dem Hocker steht, um den Puderschutz abzunehmen, dreht sich Madame R. leicht um.

»Danke für deine aufopferungsvolle Hilfe, Leonie. Zur Belohnung sollst du noch geschminkt werden – von mir höchstpersönlich! Das ist dem dritten Rang in der Königlichen Hofoper angemessen. Alle Schminkdosen und -döschen habe ich dafür schon geöffnet.«

Leonie strahlt.

»Ich werde dich im Stehen schminken müssen. Hier ein Tuch, das du dir zum Schutz über deine Schultern legen sollst«, bittet sie Madame R.

»Asiatisches Reismehlpuder mit Orangenblütenduft?«, staunt Leonie.

»Mmh. Nur das Beste für meine Zofe!« Madame R. nickt. »Oh Gott, hoffentlich kommt jetzt niemand herein!«, fügt sie schnell hinzu.

»Wimperntusche, Lidschatten, Kajalstift ...«

»... Nein, wo denkst du hin, Leonie? Augapfel und Pupille, nichts um das Auge sollte von ihnen ablenken! Manche nehmen verdächtige Augentropfen, um die Pupillen zu vergrößern, aber das lassen wir jetzt lieber!«, erklärt Madame R. schmunzelnd.

Leonie schließt die Augen, als Madame R. ihre Augenbrauen nachzieht. Sie ist mit dem Ergebnis des Lippenrots keineswegs zufrieden – es sah regelrecht scheußlich aus! Doch sie reißt sich zusammen und schweigt.

»Schnell! Befreie mich von diesem furchtbaren Umhang!«, fordert Madame R. sie auf, nachdem sie Leonie fertig geschminkt hat. Leonie steigt auf den Hocker und entfernt den Umhang. Während sich Madame R. eine Perlenkette umlegt, Perlenohrringe hinzufügt und eine *Mouche* auf ihre linke Wange aufträgt[81], schließt Leonie sämtliche Schminkdosen und reinigt die Pinsel.

»Du siehst einfach wundervoll aus, Madame R.!«, ruft Leonie aus.

»Danke!«, erwidert Madame R. leise. Dann huscht ein Lächeln über ihr Gesicht. »Und vergiss nicht, dein Putzkleid wieder in ein Ausgehkleid zu verwandeln!« Sie streckt ihre Hand aus. »Hier, gib' mir einfach den Lederriemen wieder!«

81 Mouches waren Schönheitspflaster mit eigener Symbolik. Ein Mouche auf der linken Wange bedeutete »ich bin offen, unentschlossen«.

PREMIERE

39. Kapitel

Leonie stutzt. Da saß doch jemand auf ihrem Platz!

Nochmals vergleicht sie ihre Eintrittskarte mit den Angaben vor Ort. Sie befindet sich auf der rechten Seite des dritten Rangs – sie schaut sich um – in dem dritten Logenabschnitt von der Bühne aus gesehen. Genau in der Mitte der Seite.

Ja, so hatte es Madame R. auch beschrieben.

Nur langsam gewöhnen sich Leonies Augen an die schummrige Kerzenbeleuchtung. Zum wiederholten Mal zählt sie die Plätze in der ersten Reihe des Rangabschnitts.

Es blieb ihr nichts anderes übrig, sie musste diesen Herrn jetzt vertreiben! Auch das noch! Doch er war ein Platzräuber, versucht sie sich Mut zu machen, ein unverschämter noch dazu! Einen Platz in der ersten Reihe, den durfte sie jetzt nicht einfach aufgeben!

Sie fasst sich ein Herz und geht den kleinen Gang vor zur Brüstung.

»Monsieur, sehr geehrter Herr, Sie müssen sich bei Ihrer Platzwahl getäuscht haben.« Leonie lächelt den erstaunten Herrn an und hält ihre Eintrittskarte hoch. Zwischen ihr und dem Platzräuber sitzen ein älterer, distinguiert wirkender Herr und eine junge Dame, die Leonie interessiert anblicken.

»Kann ich Ihnen behilflich sein, verehrtes Fräulein?«, fragt der ältere Herr zuvorkommend. »Lassen Sie mich doch bitte einen Blick auf Ihr *Billet* werfen!«

Erleichtert zeigt Leonie die Eintrittskarte vor.

»Aber natürlich, Sie haben Recht, verehrtes Fräulein! Das kann ich Ihnen umgehend bestätigen. Mein werter Herr, was haben Sie zu Ihrer Verteidigung hervorzubringen?« Er beugt sich dem Herrn zu.

»Zur Verteidigung?«, erwidert der Herr empört. »Was fällt Euch ein, Monsieur, Euch in fremde Angelegenheiten einzumischen?«

»Nun denn, jungen, den Künsten zugewandten Menschen mit legitimen Eintrittskarten muss zu ihrem Recht verholfen werden, meinen Sie nicht auch?«, erklärt der ältere Herr, während er nochmals in Ruhe mit seinem Lorgnon die Eintrittskarte studiert.

»Seid Ihr etwa der Advokat der Königlichen Hofoper, dass Ihr Euch solche Anmaßungen erlauben könnt?«, fragt der Herr spitz.

»Als Advokat der Königlichen Hofoper würde ich meinen Lebensunterhalt kaum bestreiten können – dazu müssten hier viel mehr Opernaufführungen im Jahr stattfinden«, winkt der ältere Herr lächelnd ab. »Als langjähriger Hoflieferant für die Mode der Königin Mutter und ihrer Töchter ist mir das allerdings gelungen«, führt er beiläufig aus. »Doch, werter Herr, dürfte ich Euch nun freundlichst bitten, auf meine ursprüngliche Frage zurückzukommen?«

»Das würde ich tunlichst mit dem Fräulein direkt aushandeln wollen, Herr Hoflieferant.«

»Die Angelegenheit berührt nicht nur das werte Fräulein und Euch, sondern auch meine Putzmacherin[82] und mich, da wir – falls Ihr Euch nun doch getäuscht haben solltet – aufstehen werden, um Sie aus der Reihe zu entlassen und diesem Fräulein den Zugang zu ihrem Platz zu ermöglichen«, insistiert der Modehändler.

»Ihr nehmt Euch viel heraus!« Der Herr klingt verärgert. »Ihr nehmt Euch viel heraus, wenn Ihr sagt, dass ich mich in meiner Platzwahl nun doch getäuscht haben könnte.«

»Wo denkt Ihr hin?« Der Hoflieferant bleibt freundlich. »Die Höflichkeit ist mein oberstes Gebot, mein Herr, das könnt Ihr mir getrost glauben. Jeder Mensch kann sich täuschen, Monsieur. Er ist eine Herausforderung, bei diesen Lichtverhältnissen den richtigen Platz zu finden!« Der ältere Herr lacht kurz auf, dann räuspert er sich und sieht den Herrn direkt an.

»Falls Ihr Euch weiterhin weigern solltet, zur Lösung dieser offensichtlich misslichen Lage beizutragen«, sagt er etwas leiser, aber bestimmt, »könnte es mir vielleicht in den Sinn kommen, dass Ihr Euch unter Umständen mit einem gewissen Vorsatz auf den falschen Platz gesetzt haben könntet.«

82 Hutmacherin für weibliche Hüte; heute wird der Beruf als Modist oder Modistin bezeichnet.

Da springt der Herr auf. »Höflichkeit soll Euer oberstes Gebot sein, sagt Ihr? In Staunen versetzt Ihr mich, Herr Hoflieferant. So haben wir diesbezüglich wohl unterschiedliche Messlatten. Gehabt Euch wohl!«

»Über die relative Höhe von Messlatten lässt sich immer streiten.« Der Hoflieferant tritt aus der Reihe heraus, gefolgt von seiner Putzmacherin. »Am besten entscheidet dies ein unabhängiger Dritter. Es sei Euch ein wunderbares Opernerlebnis gegönnt.«

Ohne den Modehändler noch eines Blickes zu würdigen, geht der Herr an allen vorbei.

»Nun sind Sie an der Reihe, wertes Fräulein!« Der Modehändler nickt Leonie wohlwollend zu.

»Seid herzlich bedankt!«, sagt Leonie, die noch die Aufregung in ihrem ganzen Körper spürt. »Ohne Euch, Herr Hoflieferant, hätte ich's schwer gehabt.«

»Da möget Ihr richtig liegen, mein Fräulein«, meint er lächelnd. »Doch Sie hätten sich wacker geschlagen!«

Leonie geht in die Reihe und setzt sich glücklich auf ihren Platz.

»Lag ich mit meiner Vermutung doch richtig, Antoinette«, hört Leonie den Modehändler sagen. »Des Rüpels richtiger Platz ist, wie sie sieht, direkt hinter der Säule an der Brüstung verortet.« Er lacht leise. »Leider scheint es ihm nicht gelungen zu sein, jemand anderem diese Sichtbehinderung unterzujubeln!«

Leonie setzt sich auf die Kante der Holzbank und blickt über die Brüstung. Sie atmet tief ein und weiß gar nicht, wo sie zuerst hinschauen soll. Das unter ihr glich doch eher fast einem Jahrmarkt als einem geordneten Ankommen vor einer Opernpremiere! Nur mit dem Unterschied, dass die Menschen wunderschön gekleidet waren und sich sehr förmlich bewegten. Viele positionierten sich vorne an den Logenbrüstungen, um dort gesehen zu werden. Der Kopf- und Kleiderschmuck der Damen glänzte im Kerzenlicht. Viele von ihnen bewegten dezent ihre Fächer. Der Geräuschpegel war erstaunlich – man redete laut, rief sich sogar von Rang zu Rang, von Loge zu Loge zu.

Unten auf dem Parkett entdeckt Leonie – außer dem Sessel des Königs, der in der Mitte an der Brüstung des Orchestergrabens steht – keine einzige weitere Sitzgelegenheit. War das Parkett nur für hoch dekorierte Offiziere reserviert, die der König stehend um sich scharen wollte? Tatsächlich findet Leonie keine einzige Dame unter ihnen. War Kaldenberg schon eingetroffen? Leonie vermutet ihn vorne in der Nähe des königlichen Sessels. Sie sucht vergeblich. Wahrscheinlich war er noch kurz bei den Komparsen hinter der Bühne; das würde zu ihm passen.

Leonie erinnert sich an Madame R.s Beschreibungen. Die Logen am Rande des Parketts, in denen sie wieder Damen sah, waren für in- und ausländische Gesandte bestimmt. Im ersten Rang würde gleich die Hofgesellschaft ankommen, in der geräumigen Mittelloge – oh, mit Öfen – würden die Mutter des Königs und die Königin sitzen. Nach Prinzessin Amalie und Madame R. sollte Leonie auf der ihr gegenüberliegenden Seite des ersten Ranges suchen. Wer durfte nun im zweiten Rang sitzen? Ach ja, Minister und höhere Beamte mit ihren Familien.

An der Decke des Zuschauerraums entdeckt Leonie fünf, am Proszenium vor dem Hauptvorhang drei Kronleuchter, die jeweils mit unzähligen, brennenden Kerzen versehen sind. Alle Leuchter hängen erstaunlich tief. In den Logen sind goldene Kerzenleuchter an der Wand und an den jeweiligen Brüstungen angebracht. An der Bühnenrampe zündete ein livrierter Herr mit Zopf und Kniebundhosen viele Talglichter hinter vergoldeten Muscheln an. Trotz der vielen Kerzen empfindet Leonie die gesamte Beleuchtung als schwach, fast schon als düster.

Rechts und links vor dem Hauptvorhang steht jeweils ein bewaffneter Soldat, der sein Gegenüber mit stolzem, unbeweglichem Gesichtsausdruck ansieht.

Leonies Blick gleitet über den Orchestergraben. Ihr fallen die beiden Musiker in den roten Mänteln auf! Einer von ihnen steht an einem der beiden Cembalos … das musste der Konzertmeister Carl Heinrich Graun sein! Der andere, der sich bei den Geigern aufhielt, war sicherlich sein Bruder, der Kapellmeister. Madame R. hatte Leonie angekündigt, dass sie keinen Dirigenten erwarten dürfe, sondern Carl Heinrich Graun selbst Cembalo spielen und von dort auch den Musikern ihre jeweiligen Einsätze geben würde.

Leonie legt die Hände über die Brüstung und legt ihren Kopf darauf. Sie zählt: 16 Geiger, sie konnte unmöglich Violinen von Bratschen unterscheiden, fünf Cellos und zwei Kontrabässe. Die Bläser waren stark vertreten! Insgesamt zwölf Holzbläser – die Instrumente sahen anders aus, doch das mussten wohl Flöten, Oboen und Fagotte sein. Da eine Harfe. Waren da etwa auch Waldhörner? Viel Platz hatten die Musiker nicht; dicht gedrängt saßen sie an den Notenständern. Die waren teilweise von beiden Seiten verwendbar, so dass sich viele Musiker gegenüber saßen! Ungewöhnlich. An jedem Notenständer waren mehrere Kerzen angebracht, doch viel Licht hatten die Musiker nicht.

Leonie lehnt sich zurück. Wie stickig es hier war – und die Vorstellung hatte noch nicht einmal begonnen! Sie wirft einen Seitenblick auf ihre Nachbarin ... Putzmacherin des Hoflieferanten für Mode ... hm, sie war noch so jung im Vergleich zu dem Modehändler ... sie konnte eigentlich seine Tochter sein, doch dann hätte er sie als seine Tochter und nicht als seine Putzmacherin vorgestellt. Der Hoflieferant könnte verwitwet sein ... ja, und die Putzmacherin war ...

»Bist du auch zum ersten Mal in der Oper?«, fragt die Putzmacherin freundlich.

Leonie zuckt zusammen.

»Ja. Und ich bin sehr aufgeregt«, entfährt es ihr.

Ihre junge Nachbarin lacht.

»So ergeht es mir auch. Seit Monaten habe ich mich schon darauf gefreut.«

Das konnte Leonie nicht gerade von sich behaupten. Vor Monaten hätte sie sich nicht einmal vorstellen können, dass sie jemals die Premiere der Oper *Montezuma* erleben würde! Doch egal.

»Ja ... seit Monaten ... das kann ich nachvollziehen ...«, sagt sie langsam.

»Es ist eine Einladung meines Onkels; er sitzt hier neben mir.«

»Aha.«

»Vor kurzem habe ich bei ihm meine Lehre zur Putzmacherin beendet.«

»Oh!« Leonie dreht sich lächelnd zu ihrer Nachbarin. »Herzlichen Glückwunsch!«

Nein, sie konnte jetzt unmöglich nach dem Beruf einer Putzmacherin fragen! Sicherlich hatte er mit Mode zu tun.

»Ich bin am Hof von Prinzessin Amalie. Dort bin ich die Zofe ihrer Hofdame, der Gräfin Aurelia von Rathen.«

»Oh!«, staunt die Putzmacherin.

Da entsteht eine große Aufregung unter den Zuschauern. Sofort beugen sich Leonie und ihre Nachbarin über die Brüstung.

»Mein Name ist Eléonore«, fügt Leonie noch schnell hinzu.

Die Putzmacherin richtet sich kurz auf.

»Nenne mich Antoinette, Eléonore!«, erwidert sie fröhlich. »Jetzt wird es aufregend, denn nun setzt sich der Hof in Szene!«

Plötzlich ertönen Pauken und Trompeten, doch nicht nur aus dem Orchestergraben, sondern vor allem aus den Logen im dritten Rang, die direkt an der Bühne anschließen. Unwillkürlich blickt Leonie dorthin: Tatsächlich, da standen Trompeter, die die Zuschauer lautstark von oben beschallten! Die Musik klingt festlich, feierlich; Leonie bekommt eine leichte Gänsehaut. Die Kronleuchter werden nun an Seilen hochgezogen.

»Da kommen die Königin Mutter, Sophie Dorothea, und die Königin Elisabeth Christine!«, erklärt Antoinette.

Leonie beobachtet, wie sich der erste Rang füllt. Wie langsam die Damen ihre ausladenden Reifröcke durch die Türen und Gänge zu ihren Plätzen manövrierten! Wollte sie mit ihnen tauschen? Vielleicht für einen Abend? Nee, eigentlich nicht. Doch im Kerzenlicht schimmerten die opulenten Kleider in den herrlichsten Farben.

»Siehst du die mit Gold verzierte *Aigrette*[83] auf dem Kopf der Königin, Eléonore?« Antoinette berührt Leonies Arm. »Unsere Putzmacher-

83 Historischer Kopfschmuck aus (Reiher-)federn; die Federn wurden auf einem Reif aus Gold oder Silber, oft an einer Perlenschnur befestigt.

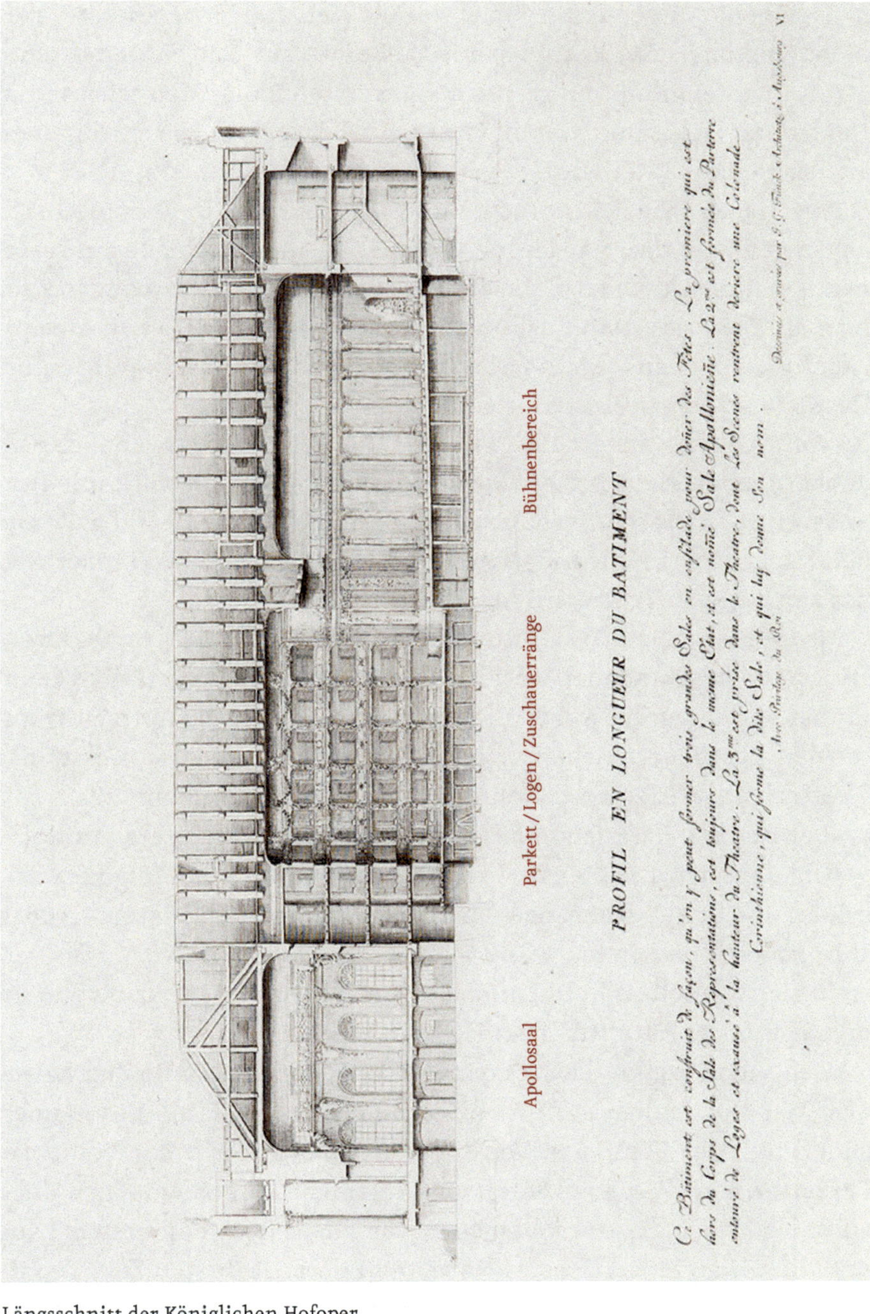

Längsschnitt der Königlichen Hofoper

Meisterin hat diesen Haarschmuck entworfen und fertiggestellt. Ist er nicht wunderschön? Es sind exotische Federn aus dem Fernen Osten.«

Alle Zuschauer blicken gespannt zum ersten Rang. Man scheint den Hof lebhaft zu kommentieren. Für Leonie hört es sich wie ein Summen an, das immer lauter wird.

Dort waren Prinzessin Amalie und Madame R.! Sie tauschten sich angeregt aus. Immer wieder hielten sie inne, um verschiedenen Personen fast unmerklich zuzunicken. Ihre Bewegungen liefen fast in Zeitlupe ab. Die Prinzessin trug nur Perlenschmuck – wie schön die aufwendig drapierten Perlen-Arrangements in ihrem Haar waren! Selbst ihr Kleid glänzte perlmuttfarben.

Leonies Blick wandert zum Sessel des Königs ... ah, da war auch Kaldenberg schon eingetroffen! Sie verfolgt, wie er sich lebhaft mit zwei anderen Offizieren unterhält. Scheinbar zufällig kehrt er der Bühne den Rücken zu. Leonie beobachtet fasziniert, wie er dabei immer wieder zur Loge von Prinzessin Amalie hochblickt.

Als Leonie sich zurücklehnt, sieht sie, wie Antoinettes Onkel intensiv in einem gebundenen Heft liest. Seine Lippen bewegen sich, kaum hörbar spricht er die Worte. Ganz versunken ist er. Die Aufregung unter den Zuschauern scheint ihn nicht zu berühren. Das musste das Theaterheft sein! War der Hoflieferant etwa ein Opernkenner?

»Der Hof hat Platz genommen.« Antoinette setzt sich gerade auf.

»Oh, dann wird es nicht mehr lange dauern, bis der König kommt«, erklärt ihr Onkel, während er weiter im Theaterheft blättert. »Doch Ihre Majestät bestimmt, wann Sie vor das Publikum tritt ... das versteht sich von selbst! ... Oh, und manchmal kann es dauern, bis man in den Genuss des Auftritts Ihrer Majestät kommt.«

Doch schon setzen die Trompeten und Pauken ein. Alle Zuschauer, auch der Hof, stehen auf und blicken nach vorne. Ein leises Raunen geht durch das Publikum. Von links kommend betritt der König das Parkett. Als er an seinem Sessel angekommen ist, lässt er seinen Blick würdevoll über die Opernbesucher, vor allem über den ersten Rang und die Offiziere in nächster Nähe, gleiten. Er lässt sich Zeit. Leonie spürt die Begeisterung im Publikum, den König so nah zu erleben. Es liegt ein Knistern in der Luft. Das Prächtigste am König, findet Leonie, ist sein Rock, dessen lindgrün glänzender Stoff mit schillernden, sternförmigen Applikationen und vielleicht sogar mit Edelsteinen bestickt ist. Leonie staunt über die Eleganz des Königs. Sie sieht, wie er auch Kaldenberg zunickt. Dann lässt er sich auf seinem Sessel nieder. Nachdem sich das Publikum gesetzt hat, blickt der König zu Carl Heinrich Graun. Unmittelbar danach beginnt das Orchester mit dem Vorspiel.

Leonie lehnt sich etwas nach vorne, um zu Madame R. sehen zu können. Die hört der Musik gebannt zu. Leonie wundert sich, wie viele der Operngäste sich noch – mehr oder weniger leise – miteinander unterhalten, ohne der Musik viel Aufmerksamkeit zu schenken.

Leonies Gedanken wandern zu Emma. Der Chor würde sich wahrscheinlich gerade einsingen. Wie wohl Elisabeth und Maria waren? Leonie berührt ihre Brust; ja, da war Emmas Brief. Worauf würde alles hinauslaufen? Die Ungewissheit macht ihr zu schaffen. Leonie fühlt sich dem Lauf der Dinge ausgeliefert. Was konnte sie in ihrer Abhängigkeit von Madame R. schon selber in die Hand nehmen? Nichts, findet sie, fast nichts. Und Emma würde bei Johann bleiben. Sie schüttelt den Kopf. Ein Plan musste her: Nach der Premiere ein letztes Gespräch mit Emma und dann würde Madame R. wieder mit ihr in die Gegenwart reisen müssen. Ja, daran führte kein Weg vorbei. Was sollte sie hier? Ewig Zofe Eléonore bleiben? Keine Schule, keine Chance auf eine berufliche Eigenständigkeit? Kein Basketball. Frauen hatten hier doch nichts zu melden. Das war nicht ihre Welt!

Oh, gerade schien Madame R. ihren Kopf zu bewegen und zu ihr hochzublicken. Leonie winkt ihr langsam mit ihrer rechten Hand zu. Trotz des schummrigen Lichts meint Leonie bei Madame R. ein langsames Nicken und ein Lächeln zu entdecken. Madame R. hatte ihr schon einen genialen Sitzplatz organisiert. Von hier konnte sie nicht nur Madame R. im Blick behalten, sondern auch in die königliche Loge einsehen und das Geschehen auf der Bühne verfolgen. Und mit Antoinette und ihrem ›Opern-Onkel‹ – Leonie grinst – schien sie es ziemlich gut getroffen zu haben. Sie wirft ihm einen kurzen Blick zu und staunt. Durch ein Opernglas betrachtete er in Ruhe die Bühnenrampe, das Orchester und ganz sicherlich auch den König mit seiner Entourage von Offizieren.

Der Vorhang geht auf. Das Publikum ist überwältigt; viele Oh's und Ah's wandern durch die Reihen. Der Blick auf den kaiserlichen Garten begeistert auch Leonie. Selbst von hier oben sahen die Kulissen, die einen dichten Palmengarten rund um Gartenmauern aus weißem Marmor darstellten, imposant aus. Vergoldete Palmwedel glänzten im Licht. Im Hintergrund waren Säulengänge zu erkennen, die auf eine romantische Grotte zuliefen. Die Kaskaden waren in das Bühnenbild eingepasst; Wasser lief an ihnen hinunter. War da etwa das Plätschern des Wassers zu hören?

»Oh, wie wunderschön Montezuma gekleidet ist!«, flüstert Antoinette. »Siehst du ihn, da, ganz vorne?«

Amadori beginnt zu singen, wobei er nur von einem Cembalo begleitet wird. In seiner Nähe steht ein vertrauter Bedienter, der ihm ergeben zuhört. Leonie erinnert sich an die kritischen Kommentare des Königs nach der Stellprobe und drückt Amadori die Daumen. Seine Stimme drang doch klar und deutlich bis in den dritten Rang! Unten würde sein Gesang sicherlich noch besser zu hören sein.

Amadori trägt eine goldene Krone, aus der unzählige, glitzernde, exotische Federn ragen. Unter einer Tunika, die in einer Schleppe endet, schauen ein mit weißen Federn besetztes Tonnelet[84] und ein goldener Brustpanzer hervor. Arm- und Beinbekleidung sind hautfarben. An den Füßen entdeckt Leonie goldene Schuhe, die mit Bändern bis zu den Knien hochgeschnürt sind. Seine Schleppe wird von einem Diener getragen.

Hinter ihnen ist das gesamte kaiserliche Gefolge aufgereiht. Ihre bunten Kostüme bilden einen schönen Kontrast zu dem grünen Garten. Um der Bühnenperspektive Rechnung zu tragen, werden die Komparsen physisch kleiner, je weiter sie von der Bühnenrampe entfernt stehen. Leonie staunt. Hier schien alles perfekt durchdacht zu sein!

Da berührt Antoinette Leonies Arm.

84 Ein knielanger Reifrock

»Bald hören wir Montezumas erste Arie. Hier ist das Theaterheft meines Onkels. Er hat uns erlaubt, den Text der Arie darin nachzulesen – oder mitzulesen, wenn er sie singt.«

»Wie nett von dir und Deinem Onkel!« Leonie freut sich über Antoinettes Zuwendung. »Gerne. Wollen wir ihn zusammen lesen?«

»Ja. Hier beginnt die Arie.« Die beiden beugen sich über das Theaterheft.

»... Väterlich fühl' ich im Herzen. Kinder sind mir meine Untertanen«, liest Leonie, »und ich lass den eitlen Hochmut, lass die Grausamkeit, die Tränen den Tyrannen ganz allein.«

Wie pathetisch der Text doch war ... Montezuma als edler, pazifistischer Herrscher ... ›Kinder sind mir meine Untertanen‹ – na ja, das ging nun etwas zu weit.

Als Leonie wieder aufblickt, ist Amadori nicht mehr auf der Bühne. Sie sieht, dass Carl Heinrich Graun den Einsatz zu einem neuen Stück gibt. Nach ein paar Takten schwebt Amadori singend auf einer mit Palmwedeln dekorierten Flugmaschine auf die Bühne herab. Hinter ihm sind die Palmwedel sternförmig arrangiert; einige davon glänzen in goldenen Farben. In majestätischem Tempo nähert sich der Kaiser seinem Gefolge. Die Zuschauer sind außer sich. Mit staunender Bewunderung verfolgen sie das Spektakel. Leonie hält den Atem an. Mit einer Hand schien sich Amadori an einer hinter Dekoration versteckten Stange festzuhalten, mit der anderen vollführte er langsame Gesten, die seinen Gesang begleiteten. Was für ein Bild! Pünktlich zur Landung auf der Bühne war die Arie zu Ende. Leonie ist beeindruckt.

Da kommt ein weiterer Sänger auf die Bühne, der ein freudiges Raunen unter den Zuschauern auslöst. Sein Kopf ist mit silbern glänzenden Federn geschmückt, die sich an seinem Kostüm fortsetzen. Er ist mit einem Speer bewaffnet. Wer war das denn nun? Leonie schaut kurz in das Theaterheft. Oh, das war ja Paolino als kaiserlicher General! Jetzt konnte sie gut nachvollziehen, warum Madame R. ihn als Publikumsliebling bezeichnet hatte. Leonie überfliegt Paolinos Text: Er klärte Montezuma über die Ankunft der Spanier auf ... er traute den Spaniern nicht ... er witterte Gefahr und warnte Montezuma gleich. Leonie blättert um. Ah, hier kam gleich seine erste Arie, in der er dem Kaiser rät, die Hochzeit mit Eupaforice abzublasen und stattdessen den Feind zu verjagen. Danach war Kulissenwechsel angesagt.

Eigentlich müsste Paolino doch seine Aufregung deutlicher in Szene setzen und viel eindringlicher auf Amadori einreden! Stattdessen stand er da so ziemlich stocksteif auf der Bühne – na ja, mit den Händen gestikulierte er, doch das sah nicht überzeugend, sondern sehr kontrolliert aus. Aber die Sänger vollzogen eigentlich immer irgendwelche Gesten während sie sangen, fällt Leonie auf. Als ob sie mit ihren Händen das erklärten, was sie gerade vortrugen.

Leonie blickt zu Madame R., die Paolino sehr konzentriert zu beobachten scheint. Prinzessin Amalie neigt sich zu ihr hin. Sofort wendet sich Madame R. der Prinzessin zu, um ihr zuzuhören. Wenn sie in deren Loge doch nur Mäuschen spielen oder unter der Tarnkappe sein könnte!

Plötzlich fängt jemand hinter Leonie an, zu seufzen und zu stöhnen. Sofort dreht sich Leonie um. Eine etwas ältere Dame fächert sich aufgeregt Luft zu. Auch der Modehändler wirft einen Blick auf die Dame, dreht sich jedoch schnell wieder zur Bühne. Als die Begleitung der Dame Leonie bedeutet, dass alles in Ordnung sei, wendet sie sich wieder den Ereignissen auf der Bühne zu.

Für seine Arie steht Paolino alleine am vorderen Bühnenrand. Montezuma entfernt sich – ihn hatte der kaiserliche General nicht von der Gefahr der Spanier überzeugen können. Das Gefolge zieht langsam ab. Mit dem Orchester setzen die Hörner ein, das Tempo ist schnell. In Paolinos Gesang entdeckt Leonie jedoch die Aufregung des Generals und die Dringlichkeit seiner Warnung. Wie viele Triller Paolino hintereinander sang! Gebannt hört Leonie zu. Sie lässt ihre Augen über die Zuschauer wandern. Vor allem die Damen hörten fasziniert zu und hatten ihre Blicke berührt auf Paolino geheftet. Die eine oder andere Hand wurde andächtig zur Brust geführt, der Kopf verträumt zur Seite gelegt.

40. Kapitel

Johann steht im Seitengang und hört gedankenverloren dem Vorspiel zu Paolinos Arie zu.

»Bist du der Ankleider des Paolo Bedeschi?«, flüstert jemand unmittelbar hinter ihm. Johann dreht sich erstaunt um.

»Ja, der bin ich. Woher weißt du das?«, antwortet Johann leise.

»Oh, das hat sich unter uns Bühnenarbeitern schnell herumgesprochen. Man munkelt, dass du ein begabter Lehrling des Posamentiergewerbes bist. Schaut man sich Paolinos Kostüm an, so wird ihm dies wohl sehr zugutekommen.«

Johann ist seltsam berührt. Der Bühnenarbeiter lächelt ihn freundlich an. Woher wusste er das alles von ihm? Er war aus dem Nichts hinter ihm aufgetaucht.

»Was machst du hier? Was ist dein Anliegen?«, fragt Johann zurückhaltend.

»Hier bin ich, um meiner Arbeit als Bühnenarbeiter nachzugehen. Nach Paolinos Arie ist Kulissenwechsel …«

»Dessen bin ich mir durchaus bewusst«, unterbricht ihn Johann spitz. »Gleich werden die Gemächer der Königin Eupaforice zu sehen sein.«

»Wie ich sehe, bist du im Bilde.«

»Wohl wahr. Das gehört zu meiner Pflicht. Doch meine Fragen hast du noch nicht beantwortet«, hakt Johann nach. »Woher ist dir bekannt, dass ich ein Posamentierlehrling bin? Und was ist dein Anliegen?«

»Unter uns Bühnenarbeitern kursieren viele Gerüchte. Fast vierzig scheinen wir zu sein – das hat uns Wilhelm einmal stolz mitgeteilt! Nun bin ich der Selige unter ihnen, der aus deinem Munde vernommen hat, dass du gar wohl ein Posamentierlehrling bist!«, freut sich der Bühnenarbeiter. »Mein Anliegen ist es, nach dem Kulissenwechsel die Kulissen des Palmengartens auszuwechseln …«

»… auszuwechseln?«, unterbricht ihn Johann skeptisch. »Diese Kulisse wird später nochmals benötigt werden, kurz bevor die Szenen im Kerker aufgeführt werden.«

»Natürlich ... wie konnte ich das vergessen? Es muss die Aufregung sein«, erklärt er sich schnell. »Ich bin nicht so gut vorbereitet, wie du.« Der Bühnenarbeiter zuckt mit den Schultern und sieht Johann unsicher an. »Wilhelm gab uns immer wieder viele Anweisungen; oft kann ich mir gar nicht alle merken. Die wichtigsten schreibt er auf eine Tafel im *chambre d'ouvriers*, doch die kann ich nicht lesen.«

»Verstehe.« Johann mustert den jungen Arbeiter genau. Er kommt ihm schüchtern und angespannt vor. Wahrscheinlich konnten auch andere Bühnenarbeiter nicht lesen, das war nicht ungewöhnlich.

»Bei jedem Kulissenwechsel sollen jedoch immer Bühnenarbeiter in den Seitengängen präsent sein«, führt der Arbeiter aus. »Für Wilhelm führt daran kein Weg vorbei.«

»Das ist sicherlich wichtig, ja.« Johann blickt auf die Bühne, kann aber Paolino, der inzwischen angefangen hat zu singen, nicht sehen.

»Es ist jedoch ein weiteres Anliegen, das mich zu dir führt«, hebt der Bühnenarbeiter leise an. »Ein Geschenk für Paolino soll ich dir überreichen.«

Verwundert wendet sich Paolino dem jungen Mann zu, der ihm eine kleine, schlichte Spanschachtel entgegenhält.

»Von wem ist dieses Geschenk?«, will Johann wissen.

»Das ist mir nicht bekannt.«

»Sprichst du die Wahrheit?«, flüstert Johann streng. »Warum sollte ich dir glauben?«

»Mir ist nicht mitgeteilt worden, von wem es ist. Glaube mir!«, fleht der Arbeiter Johann an.

Plötzlich taucht Wilhelm neben den beiden auf.

»Wetzlaff, was macht er hier?«, zischt er sichtlich erbost. »Warum steht er nicht auf der anderen Seite der Bühne? Dort ist er eingeteilt!«

»Getauscht habe ich, Wilhelm.« Schnell versteckt der Bühnenarbeiter die Spanschachtel hinter seinem Rücken.

»Ohne meine Erlaubnis wird hier keine einzige Position getauscht!«, schimpft er leise und sieht streng zwischen Johann und Wetzlaff hin und her. »Und warum wird hier während der Aufführung gesprochen? Was sind das für Zustände!«

»Ich wurde angesprochen«, verteidigt sich Johann sofort.

»Wetzlaff, er sei verwarnt! Solches Verhalten findet meine Duldung nicht!« Wilhelm entfernt sich zügig und verschwindet im nächsten Treppenabgang zur Unterbühne.

Der Bühnenarbeiter drückt Johann die Spanschachtel in die Hand und zieht sich in den vorderen Teil der Seitenbühne zurück. Kurz überlegt Johann, ob er Wetzlaff nicht folgen soll, um ihm dieses seltsame Geschenk wieder zurückzugeben, doch er entscheidet sich dagegen. Seine Schritte, das Gespräch würden Unruhe schaffen und wer weiß, wie Wetzlaff reagieren würde. Das war einfach zu unsicher.

Johann schaut voller Bewunderung auf die Kulissen, die von den vielen Talglichtern angeleuchtet werden. Fasziniert entdeckt Johann, dass um jedes zweite Talglicht ein gelblicher Glaszylinder gestellt worden ist. Da kommt Paolino durch die Kulissengasse auf ihn zu. Johann empfängt ihn freudestrahlend und klatscht demonstrativ in seine Hände. Das Orchester wird auffällig laut, um Paolino und Johann beginnt ein Ächzen, ein Rumpeln und die Kulissen setzen sich in Bewegung.

Abwesend blickt Paolino über Johann hinweg, als er an ihm vorbei geht. Paolino musste noch ganz in seiner Rolle sein, denkt sich Johann. Sicherlich klang die Arie noch in ihm nach … erst langsam würde er wieder zu sich kommen. Bevor er Paolino folgt, wirft er noch einen schnellen Blick in Richtung Wetzlaff, der ihnen scheinbar unauffällig nachschaut. Etwas an Wetzlaff war merkwürdig. Johann folgt Paolino in die Garderobe. Alle Leute, an denen Paolino vorbeigeht, drehen sich voller Bewunderung nach ihm um. Da kommt ihnen die Astrua entgegen.

»*Carissima Giovanna, affascinante* siehst du aus! Wenn ich nicht dieses überaus ungewöhnliche Kostüm voller Federn trüge, *mi getterei ai tuoi piedi.*[85] Die Hälfte des Publikums wird in Ohnmacht fallen, *quando la regina Eupaforice entrerà in scena!*« Mit einer ausladenden Handbewegung macht Paolino eine Verbeugung.

85 … würde ich mich vor dir zu Füßen werfen.

Überwältigt sieht Johann die Hofsängerin an. Ihren Kopf schmückt eine goldene Feder-Aigrette, von der exotische hellgraue und weiße Federn in die Höhe ragen. Auf der Stirn ist das goldene Band mit einem rautenförmigen, dunkelblauen Edelstein versehen. Das Kleid ist aus hellblauer Brokatseide, der enorme Reifrock mit glänzenden Stoffen aus abgestuften Blautönen drapiert. Am oberen Teil des Kleides glitzern unzählige rautenförmige, dunkelblaue Edelsteine.

Die Astrua bleibt kurz stehen, wirft Paolino lächelnd einen angedeuteten Handkuss zu und zieht weiter.

»So, wie ich hier stehe, bin ich dein glühendster Verehrer, *l'ammiratore tuo più ardente!*«, ruft ihr Paolino schmachtend hinterher.

»Oh, wie ich deine *esagerazioni* liebe, mein lieber Paolo!«, hört Johann die Astrua erwidern.

»Übertreibungen? *Ma cosa credi?*[86]«, sagt Paolino scheinbar empört.

Ohne sich umzudrehen, winkt die Astrua lachend zurück.

Kaum hat Paolino die Garderobe erreicht, setzt er sich vorsichtig auf den Stuhl vor den Schminktisch. Kritisch sieht er sich im Spiegel an.

»Nachpudern müssen wir jetzt nicht. *Basta così*. Wo ist die *bottiglia* mit dem ›Stein der Unsterblichkeit‹, Gianni? Die Schmerzen setzen wieder ein … um meine Wunde fürchte ich.« Paolino klingt angespannt. »So komm' an meine Seite, Gianni – *vieni da me!*«

»Da bin ich schon, Paolino. Was willst du mit dem ›Stein der Unsterblichkeit?‹«, fragt Johann skeptisch. »Hier habe ich das neue Schmerzmittel, das dir Dr. Cothenius heute Morgen verschrieben hat.«

»Dir sei gedankt für deine Fürsorglichkeit, *mio caro Gianni*. Dieses Schmerzmittel habe ich noch nie zu mir genommen. Woher soll ich wissen, ob es wirkt? Jetzt kann ich mich auf keine Ungewissheiten einlassen. *È la prima* – es ist Premiere.«

Johann stellt sich neben den Schminktisch und sieht Paolino eindringlich an.

»Darf ich dir eine Frage stellen, Paolino? So weiß ich wohl, dass die Zeit bis zu deinem nächsten Auftritt knapp bemessen ist – nur zwei Szenen sind es, doch die Frage liegt mir am Herzen.«

86 Wo denkst du hin?

»Für das, was dir *al cuore* liegt, habe ich immer ein offenes Ohr. *Due scene* sind mehr als *una scena*, nicht wahr?« Paolino grinst leicht. »So hebe an!«

»Was ist der ›Stein der Unsterblichkeit‹ nun wirklich?«, überwindet sich Johann zu fragen.

»Es ist ein Medikament wie jedes andere auch.« Paolino betrachtet seine Hände.

»Warum … warum sagte die Gräfin von Rathen dir dann, dass eine Abhängigkeit vom ›Stein der Unsterblichkeit‹ deine Schaffenskraft zerstöre?« Johanns Herz klopft vor Aufregung.

»Oh, *mio caro Gianni!*« Paolino lacht kurz auf. »Wenn du dich richtig erinnerst, haben die Gräfin und ich uns über die Unsterblichkeit im Allgemeinen ausgetauscht. Fiel das Wort – *la parola* ›Stein der Unsterblichkeit‹ jemals zwischen ihr und mir?«

»Nein, das Wort kam keinem von euch über die Lippen. Doch verzeih', lieber Paolino, trotzdem hatte ich den Eindruck, ja, war ich mir ganz sicher, dass ihr nur darüber spracht.«

»Nimm es als Eindruck, mehr ist es nicht, mein …«

»… Das ist mir unmöglich, Paolino!«, bricht es aus Johann heraus. »Höre ich doch die Worte der Gräfin in meinen Ohren, dass deine Abhängigkeit vom ›Stein der Unsterblichkeit‹ dich müde und erschöpft zurücklassen würde. Wer sollte so eine Arznei zu sich nehmen? Niemand.«

»Wer sollte gegen deine Hartnäckigkeit ankommen? Niemand? – *Nessuno? Oh no, ragazzo mio*, dem ist nicht so!«, kontert Paolino streng.

Johann zuckt zusammen; jetzt war er zu weit gegangen. Er hatte Paolino gegen sich aufgebracht.

»Völlig unterschätzt habe ich nicht nur deine Persistenz«, fährt Paolino mit fester Stimme fort, »sondern auch deine Auffassungsgabe, *mio caro Gianni!*«

Paolino steht auf und sieht Johann mit schmalen Augen an. Ihre Gesichter berühren sich fast. Johann hält den Atem an. Wie bedrohlich sahen Paolinos dunkel nachgezogene Augenbrauen jetzt aus! Er musste Paolinos Blick standhalten. Es kostet ihn seine ganze Kraft.

»Wer kommt gegen deine *persistenza* an?«, wiederholt Paolino leise.

»Sorgen mache ich mir. Das ist alles«, erwidert Johann tapfer.

»Das meinst du wirklich?«

»So wahr ich hier vor dir stehe.«

»*Naturalmente, lo so*. Es wäre nicht nötig gewesen, dich das zu fragen.« Paolino tritt einen Schritt zurück. Johann bemerkt, dass Paolino ein wenig in sich zusammensackt.

»Es ist Opium. Du wirst noch nicht davon gehört haben, *mio caro Gianni*. Man gewinnt dieses Zaubermittel – und das ist es wirklich, *credimi* – aus den Samenkapseln des Schlafmohns. Zaubermittel? – *Una pozione magica?* Nun denn, ein Rauschmittel ist es eher … auch bekannt als Laudanum. Doch: Die Beschaffung ist illegal und wird strengstens bestraft.«

Paolino hält inne.

»Nichtsdestotrotz: Ich habe eine sichere und bewährte Quelle, die ich wie meinen eigenen Augapfel hüte«, fügt er hinzu. »Nun reiche mir das Laudanum, Gianni, denn es ist nicht *il momento*, um Risiken einzugehen. So bitte ich dich – *Ti prego*.«

Johann zittert innerlich, als er zu dem Lederbeutel geht, den er von Paolinos Wohnung mitgebracht hat. Wortlos zieht er die Flasche mit dem Opiat heraus und reicht sie Paolino.

»Um deine Wunde fürchtest du?«, fragt Johann vorsichtig. »Sollte ich die Vorbereitungen für eine Behandlung treffen? Mit Wilhelm konnte ich alle Vorkehrungen besprechen: Die Zinkwanne steht schon gesäubert in der Ecke.«

»Oh!« Beeindruckt dreht sich Paolino um.

»Die Gräfin wird durch einen Boten benachrichtigt, zu kommen. Sie wird die Arznei mit sich bringen. Das nötige Wasser ist bald erwärmt«, zählt Johann auf.

Paolino nickt nur.

»Zu guter Letzt: Für dich wurde mir ein Geschenk gegeben, als ich im Seitengang auf dich wartete.« Johann überreicht Paolino die Spanschachtel.

Paolino öffnet sie behutsam. Zum Vorschein kommt ein kleines rotes Samtsäckchen. Über Paolinos Gesicht huscht ein freudiges Lächeln. Johann erschrickt: wieder ein rotes Samtsäckchen! Würde da mehr Laudanum zum Vorschein kommen? Er empfindet eine tiefe Abneigung gegenüber der geheimnisvollen Dame, die Paolino das Rauschmittel zu beschaffen schien. Paolino gibt Johann die leere Spanschachtel, um das Säckchen zu öffnen.

»Oh, eine goldene Kette!« Paolino zieht eine zierliche Halskette aus dem Säckchen, an dessen Ende eine in Gold gehaltene Musiknote baumelt. Entzückt legt Paolino den Anhänger auf seine Handfläche.

»*Una nota* – eine Viertelnote! So wird die Musik aufgeschrieben, Johann. Notenkopf, Notenhals und Fähnchen. Was für ein berauschender Einfall!« Paolino wirft einen Blick in das leere Säckchen. »*Ah, un messaggio*!« Paolino lässt die Kette in die leere Spanschachtel gleiten und holt ein zusammengefaltetes Papier aus dem Säckchen hervor.

»Man macht es spannend!«, amüsiert sich Paolino. »Kurz vor meinem Auftritt soll ich nun die Zeit haben, mich mit diesem kunstvoll gefalteten Etwas zu beschäftigen! *Che impertinenza! Ah, che sorpresa*!« Paolino lacht und hält Johann eine Zeichnung hin. »Es geht auch ohne Worte.«

»Was ist da abgebildet?«, will Johann wissen.

»Die Kapsel des Schlafmohns, *mio caro Gianni*! Doch nun läuft uns die Zeit davon. *Svelto.*« Paolino küsst die goldene Note, legt sich die Kette um und steckt sie behutsam unter sein Kostüm. Dann widmet er sich einigen Gesangsübungen und verlässt konzentriert die Garderobe.

»Nun den gegenüberliegenden Seitengang, dritte Kulissengasse von vorne«, ruft er übermütig.

»Niemals würde ich mir erlauben, deine Bühneneintritte zu vergessen, Paolino!«, erwidert Johann. Paolinos Fröhlichkeit konnte so ansteckend sein!

»*Sì, lo so!* Auch deshalb bist du mein Ankleider und ...«, Paolino macht einen kunstvollen Luftsprung, »... noch viel mehr als das - *molto più di questo!*« Perplex sehen sich die Leute nach ihm um. Johann läuft schmunzelnd hinter dem Hofsänger her. Für Paolino würde er durchs Feuer gehen!

Gleich im Anschluss würde er Wilhelm aufsuchen, um sicherzustellen, dass die Gräfin von Rathen informiert werden würde. Außerdem musste er den Kessel mit Wasser abholen. Wilhelm hatte Johann angewiesen, das Wasser wegen der großen Brandgefahr nur außerhalb der Königlichen Hofoper aufzuwärmen. Dafür musste er nochmals in die Garderobe zurück, um sich Umhang, Tuch und Filzhut anzuziehen.

»Viel Glück, Paolino!«, sagt Johann leise und bleibt stehen. Er blickt Paolino hinterher, der als stolzer kaiserlicher General durch die Kulissengasse auf die Bühne schreitet. Auf dem Rückweg begegnet Johann am Ende des Seitengangs Wetzlaff, der ihn – scheu auf den Holzboden blickend – vorbei lässt. Johann nickt ihm kurz zu.

Johann geht die Treppen des Künstlereingangs hinunter. In jeder Hand hält er den Henkel eines Kupferkessels, der jeweils zur Hälfte mit Wasser gefüllt ist. Wind und Schneeflocken fegen ihm entgegen. Der Platz um die Oper ist belebt. Pferdeschlitten ziehen langsam vorbei. Wachen sorgen dafür, dass möglichst wenig Passanten nah an das Operngebäude herankommen. In einiger Entfernung steht eine kleine Gruppe Soldaten um einen Feuerkorb; auf die hält Johann zu. Als die Soldaten Johann bemerken, kommt einer von ihnen auf ihn zu, um ihm einen der Kessel abzunehmen.

»Sei willkommen! Wir wussten schon, dass du uns womöglich aufsuchen würdest. Einen Kessel werden wir über dem Feuer aufhängen, den anderen wirst du auf den Rand des Feuerkorbs absetzen und dort halten können.«

Johann bedankt sich erleichtert. Wilhelm hatte ihm zum Festhalten der Henkel zwar dicken Filzstoff mitgegeben, doch er war froh, nun weniger schwer tragen zu müssen. Vorsichtig setzt er seinen Kessel auf der Kante des Feuerkorbs ab und hält ihn fest. Die Soldaten schauen ihm schweigend zu. Johann beobachtet das Feuer. Wie sehr hatte er gehofft, dass Paolino die Premiere ohne Schwierigkeiten überstehen würde. Er betet, dass die Gräfin Paolino helfen möge – zumindest erst einmal für den Rest der Vorstellung.

41. Kapitel

Was war das denn für ein Ballett! Sofort erkennt Leonie die als Schiffsleute kostümierten Tänzer wieder. Was hatte das mit dem athletischen Ballett zu tun, wie sie es kannte? Leonie erinnert die Balletteinlage am Ende des ersten Aktes eher an einen Formationstanz oder an eine Quadrille. Größter Wert scheint auf die synchrone Ausführung von Symmetrien gelegt zu werden. Dabei berühren sich Tänzer so gut wie nicht. Exakt parallel verlaufende Wellenbewegungen gehen allmählich in sich bewegende Kreise über. Oder Blumenformationen wandern über die Bühne, während alle Tänzer plötzlich gleichzeitig eine Schiffsfahne in die Höhe schwenken – zur erstaunlich großen Begeisterung des Publikums. Leonie kann verstehen, warum der Ballettmeister auf die Nutzung der Bühne gedrängt hatte: Die Tänzer benötigten wirklich den ganzen ausgedehnten Platz.

»Was siehst du so kritisch auf die Bühne, Eléonore? Ist das Ballett nicht wundervoll?«, fragt Antoinette unbefangen.

Leonie fühlt sich ein wenig ertappt. Sie konnte Antoinette ja nun schlecht vom Ballett im 21. Jahrhundert erzählen.

»Ja, doch, Antoinette«, Leonie überlegt krampfhaft, »es ist schön. Ich dachte gerade an gestern …«

»… an gestern?«, unterbricht sie Antoinette erstaunt. »Wo wir doch hier und jetzt so Wunderbares erleben!«

»Die Gräfin von Rathen hat mich gestern zur letzten Probe in der Königlichen Hofoper mitgenommen. Der König hatte seine Schwester, die Prinzessin Amalie, dorthin gebeten. Während der Probe kamen auch diese Tänzer in dem Matrosenkostüm zum König.«

»Höre ich richtig, Eléonore?« Antoinette sieht Leonie elektrisiert sieht an. »Gestern erlebtest du den König aus nächster Nähe … hier in der Königlichen Hofoper … bei einer Probe?«

Leonie nickt.

»Was für ein Glück! Was für ein unfassbares Glück!« Antoinette ist ganz aufgeregt. »So erzähle mir alles darüber, wie du den König erlebt hast. Er soll überaus galant und allwissend sein! Er soll viel Geist, Charme, ... Witz ... und Wohlwollen versprühen! Hat er wirklich diese großen blauen Augen, von denen immer berichtet wird?«

Der Vorhang fällt. Die Zuschauer unterhalten sich und man beginnt zu klatschen. Leonie holt tief Luft. Was sollte sie sagen? Wohlwollen ... Charme ... na ja, sie hatte den König auch ganz anders erlebt ... er war unerbittlich gewesen, hatte Amadori zur Schnecke gemacht und seine Favoriten in den Himmel gehoben ... war Baron von Sweerts und Graun autoritär ins Wort gefallen ... hatte sich in alles eingemischt! Und Witz? Nein, dazu hatte er viel zu angespannt gewirkt! Doch warum sollte sie Antoinette davon erzählen? Friedrich II. war ihr König. Schon Georg hatte empfindlich und zurückweisend auf ihre kritischen Worte zu Friedrich reagiert.

»König Friedrich hat mich sehr beeindruckt, Antoinette«, beginnt Leonie.

»Wohl wahr, das glaube ich dir auf der Stell'!« Antoinette sieht Leonie erwartungsvoll an.

»Seine blauen Augen sind keine Legende.«

»Sie müssen so schön anzusehen sein!«

»Natürlich hat er mich niemals direkt angesehen, doch auch aus einer gewissen Entfernung fand ich seine Augen auffallend.«

»Auffallend?«

»Also auffallend schön, meinte ich.«

»Ah!« Antoinette blickt schwärmend hinunter zum König.

»Was die Oper *Montezuma* und die Musik angeht«, fährt Leonie fort, »scheint er allwissend zu sein. Ja, zu jedem Detail konnte er etwas Geistreiches sagen. Niemand konnte ihm etwas vormachen.«

Antoinette hört gebannt zu und flüstert:

»Fest hat er das Zepter in der Hand.«

»Wenn ihm etwas nicht gefiel, war er streng und kurz angebunden.« Leonie hält kurz inne. »Vernichtend.«

»Ja, groß ist seine Macht. So soll es sein. Ein König muss mächtig sein«, sinniert Antoinette. »Unser König ist mächtig. Könnten wir sonst so ein Opernspektakel erleben?«

Leonie schweigt.

»Was schweigst du, Eléonore?«, hakt Antoinette ungläubig nach.

»Nein, so ein Opernspektakel könnten wir sonst nicht erleben«, antwortet Leonie. »Das stimmt.«

»Oh, die Wache wechselt auf der Bühne!« Antoinette schaut über die Brüstung. »Es sind Soldaten des Garde du Corps. Prächtig sehen sie aus!«

»Sie bekommen alles aus nächster Nähe mit …«

»Ja!«

»Sie sind näher dran als der König …«

»Ja!« Antoinette lacht. »Doch sie dürfen sich nicht bewegen und ihre Augen nur starr aufeinander richten.«

»Na, dann würde ich lieber nicht mit ihnen tauschen wollen.«

»Mit ihnen tauschen wollen? Was hast du nur für seltsame Gedanken, Eléonore?« Antoinette schüttelt den Kopf und lächelt. »Dann würde einer meiner Wünsche gar nicht in Erfüllung gehen können«, fügt sie leise hinzu.

»Oh, und welcher Wunsch wäre das, Antoinette?«, fragt Leonie neugierig.

Antoinette lehnt sich zurück, legt ihre Hand an ihren Hals und weicht Leonies Blick aus.

»Geheime Wünsche musst du nicht verraten«, Leonie hält kurz inne, »ich möchte dir nicht zu nahe treten.«

»Oh nein, das tust du nicht.« Antoinette beugt sich Leonie zu. »Träumst du nicht auch davon, dass ein schmucker Soldat der Garde du Corps um deine Hand anhielte?« Sie seufzt leise.

Leonie beißt sich auf die Lippen. Oh Gott, nein! Bloß nicht! Niemals! Und dennoch: Antoinettes Offenheit berührt sie.

»Ehrlich gesagt, habe ich noch nie davon geträumt«, antwortet Leonie. »Ich … ich … habe erst vor kurzer Zeit als Zofe bei Madame … äh … bei der Gräfin Aurelia von Rathen begonnen. Da habe ich keine Zeit zum Träumen, Antoinette. Meine Tage sind anstrengend und voll … und meine Augen fallen zu, bevor mein Kopf abends das Kissen berührt.«

»Aurelia, welch' schöner Name! Und: Wie sind die Kopfkissen im Königlichen Stadtschloss? Sicherlich sind sie wundervoll weich!«, stellt sich Antoinette vor.

Na ja, das konnte Leonie nun nicht bestätigen.

»Darauf habe ich bei meiner Müdigkeit noch nie geachtet«, erwidert sie zurückhaltend.

»Der Lampenputzer! Sieh, Eléonore, an der Bühnenrampe! Er wird viel zu tun haben!«

Leonie beobachtet, wie der livrierte Lampenputzer langsam jedes Talglicht kontrolliert und versorgt. So nah an den vielen Rampenlichtern musste es ziemlich heiß sein. Vielleicht war es die aufsteigende Wärme der Rampenlichter, die die Luft an der Bühnenrampe zum Flirren brachte! Oft hatte sie die Sänger nur undeutlich gesehen ... doch dieses Flirren hatte auch etwas Magisches. Wie war es wohl für die Sänger an der Bühnenrampe? Leonie denkt an das schwere, ausladende Kostüm der Königin Eupaforice oder an Paolinos üppiges Federkostüm. Ob die beiden wohl nach einer Weile anfingen zu schwitzen und ihre Schminke verschmierte? Außerdem bestand Brandgefahr – nicht nur an der Bühnenrampe, sondern an den Kulissen und eigentlich überall, wo Beleuchtung angebracht war. Die Sänger und Tänzer mussten immer aufpassen, nicht zu nah an die Talglichter zu kommen.

Oh, der nächste Akt begann! Die Bühne hatte sich in einen großen öffentlichen Platz verwandelt, der von imposanten Säulenkolonnaden umgeben war. Der Platz lag direkt an einem Fluss ... Moment ... der Fluss war gar nicht Teil des perspektivischen Hintergrundgemäldes, sondern das Wasser schien sich tatsächlich zu bewegen und da segelte sogar ein Boot den Fluss hinab! Das war schon ziemlich originell!

»Der Fluss, Eléonore!«, raunt ihr Antoinette zu. »Das Wasser bewegt sich ... er fließt ...«

»Das war mir auch gerade aufgefallen, Antoinette ...«

»Oh ja? So hatten wir dieselben Gedanken! Oh!« Antoinette lehnt sich animiert über die Brüstung. »Das müssen die Spanier sein! Sieh', wie viele es sind! Schwer bewaffnet sind sie! Ihre prächtig roten Umhänge scheinen aus Samt zu sein ... welch' beeindruckenden, schwarzen Hüte sie tragen!«, fährt sie begeistert fort. »Brustpanzer schimmern unter den Umhängen hervor!«

Da erscheint Cortés auf der Bühne. Ein Murmeln geht durch das Publikum. Leonie hört, wie einige Zuschauer ehrfürchtig ›Porporino‹ sagen. Antoinettes Onkel betrachtet den Hofsänger durch sein Opernglas.

»Auch Porporino trägt einen silbern glänzenden Brustpanzer – der scheint aus echtem Silber zu sein! Welcher Aufwand!« Ungläubig schüttelt er den Kopf. »Wunderschön ist sein Brokatumhang – mit Fell verbrämt, mit Gold und Silber verziert … eine wahre Meisterleistung des Posamentiergewerbes! Er muss wohl aus Bürgenroths Werkstatt in Potsdam stammen, würde ich annehmen.«

Dann wendet er sich seiner Nichte und Leonie zu.

»Jetzt zeigen Cortés und sein Hauptmann ihr wahres Gesicht. Gebt acht! Schaut, da stehen sie zusammen, um niederträchtig die Täuschung des Kaisers zu planen!«, flüstert er den beiden erregt zu. »Wolken ziehen auf! Das Blatt wird sich bald wenden! Gebt acht!«

Fieberhaft blättert er im Theaterheft.

»Bald wird Porporino singen, so hört: ›Ist's doch besser mit Schmeichelei'n ihn – gemeint ist der Kaiser Montezuma – jetzt zu umgarnen, denn leichter geht er ins Verderben.‹ Grausames steht uns bevor, verehrte Fräulein, Grausames!«

»Oh, wie schrecklich!« Antoinette hält ihre Hände vor den Mund und sieht ihren Onkel entsetzt an.

Leonie wundert sich: Das war doch nur die Handlung einer Oper, weiter nichts! Ob Madame R. auch so vom Verlauf der Geschichte mitgerissen wurde? Nein, wohl eher nicht, überlegt Leonie und blickt dabei hinunter zum ersten Rang. Sie stutzt. Da stand doch ein Mann neben Madame R. und schien ihr etwas mitzuteilen! Das musste jetzt genau verfolgt werden …

»Von Antoinette durfte ich vernehmen, dass Ihr gestern das Glück hattet, verehrtes Fräulein, den König bei der letzten Probe in der Königlichen Hofoper zu erleben.« Der Hoflieferant nickt Leonie anerkennend zu. »Da meine Zuständigkeit für die Königin Mutter und ihre Töchter gilt, ist es mir nur zweimal vergönnt gewesen, in der Nähe Seiner Majestät zu verweilen. Seine Majestät warf jedoch einen anerkennenden Blick auf einen meiner Seidenbrokatstoffe aus dem fernen Paris.«

Leonie nickt Antoinettes Onkel freundlich zu. Wenn er doch nur gleich wieder auf die Bühne schauen würde! Sie wollte Madame R. nicht lange aus den Augen lassen.

»Auch Prinzessin Amalie verfügt über einen erlesenen Geschmack, erlaube ich mir, an dieser Stell' anzufügen, verehrtes Fräulein«, fährt der Hoflieferant fort. »Sie liebt es, wenn die Anmutung ihrer geliebten Schmuckperlen sich in ihren Kleiderstoffen widerspiegelt.«

Oh, nee! Was musste er jetzt von Amalies Garderobe daherreden! Das interessierte sie jetzt nicht die Bohne!

»Erst seit Kurzem bin ich die Zofe der Gräfin Aurelia von Rathen, Monsieur«, antwortet Leonie dennoch höflich. »Über die Garderobe der Prinzessin ... ähm ... weiß ich daher äußerst wenig, Monsieur.«

»Das wird sich ändern, dessen seid Euch gewiss!«, erwidert Antoinettes Onkel wohlwollend. »Wir sollten dem Spektakel auf der Bühne folgen.«

Na, endlich! Schnell schaut Leonie hinab zu Madame R., doch ihr Platz ist leer. Leonie erschrickt. Da war etwas mit Paolino! Ganz sicher. Sie hat ein dumpfes Gefühl in der Magengegend. Was konnte sie tun? Nichts. Einfach nur abwarten. Und irgendwie das Beste draus machen. Doch es passte ihr nicht.

Sie blickt zur Bühne. Erschien da nicht Montezuma im hinteren Teil der Bühne umringt von Trägern eines Baldachins und von unzähligen Menschen – oh, sollten die etwa sein Volk, die Azteken, darstellen mit ihren leicht gefiederten Röcken, den eng anliegenden, hautfarbenen Oberteilen und den Bändern um den Kopf? Immer wieder ließen sie Blumen über Montezuma herabregnen. Waren die Blumen etwa echt? Mitten im Winter? Leonie ist unsicher. Sie saß einfach zu weit weg.

Plötzlich löst sich aus der Menschenmenge eine Gruppe, die sich neu formiert und anfängt zu singen. Der Chor! Das war das Willkommenslied! Auf einmal ist Leonie aufgeregt.

»Antoinette!« Intuitiv legt sie ihre Hand auf Antoinettes Unterarm. »Meine beste Freundin singt im Chor mit.«

»Ist das wahr?«, flüstert sie erstaunt.

»Ja! Sie singt im Chor des Potsdamer Militärwaisenhauses. Durch den hohen Krankenstand im Opernchor wurde von dort Ersatz angefordert.«

Sofort informiert Antoinette ihren Onkel.

»Es singen doch nur die Chorknaben des Grauen Klosters und Joachimsthalschen Gymnasiums?«, raunt er Leonie fragend zu.

»Nein, nein!«, beteuert Leonie. »Es singen auch andere Mädchen mit, wie mir meine Freundin erzählte.«

Interessiert blickt der Hoflieferant durch das Opernglas.

»Nun denn, Ihr habt Recht, mein verehrtes Fräulein«, bestätigt er. »Das wäre mir keineswegs aufgefallen, wenn Ihr mich nicht darauf hingewiesen hättet.«

Zu Leonies großer Überraschung reicht er ihr das Opernglas.

»Hiermit müsstet Ihr Eure Freundin leicht finden können«, sagt er ermunternd.

Leonie bedankt sich überwältigt und macht sich auf die Suche nach Emma. Die Gesichter des Chors rücken näher, doch die Konturen wirken unscharf. Leonie konzentriert sich; langsam gewöhnen sich ihre Augen an die Umstände. Da! Da schienen drei junge Frauen nebeneinander zu stehen! Konnte man da nichts schärfer stellen? Offenbar nicht. Sie bewegt das Opernglas und schaut sich den Chor an. Mit diesen indianisch anmutenden Kostümen hatte sie nicht gerechnet. Optisch ergab es ein schönes Gesamtbild. Mit welcher Hingabe gesungen wurde! Das Stück hörte sich schwierig an; die Mehrstimmigkeit war beeindruckend, das Orchester begleitete den Chor perfekt.

Als Leonie wieder die drei Sängerinnen im Visier hat, merkt sie, wie der Neid in ihr hochkriecht. Emma war ein Teil dieser aufwendigen Opernaufführung … sie war mittendrin … gehörte zu dieser Chorgemeinschaft … schien Freundinnen gefunden zu haben … und war außerdem bis über beide Ohren glücklich verliebt! Das konnte doch alles nicht wahr sein, oder? Und sie selbst? Emma hatte ihr gar keine andere Wahl gelassen, als ihr widerwillig in diese Welt hier zu folgen. Ja, widerwillig! So war es gewesen und daran hatte sich bis jetzt eigentlich nichts geändert! Fast nichts geändert. Emma hatte ihr zwar einen netten Brief g eschrieben … doch der war eher ein halbherziges Friedensangebot nach dem Streitgespräch. Und das Absurdeste von allem: Hier bei Johann bleiben zu wollen! Ging's noch?

»Wie heißt deine Freundin?«, reißt Antoinette sie aus ihren Gedanken.

»Em … Wilhelmine!«, platzt es unwirsch aus Leonie heraus.

»Was ist mit dir?«, fragt Antoinette sichtlich erschrocken.

»Oh, bitte entschuldige! Es tut mir wirklich leid, Antoinette! Es war nicht gegen dich gerichtet, verstehst du?« Leonie schämt sich. »Ich … gerne würde ich dir das Opernglas geben«, fällt ihr ein. »Würde dein Onkel das erlauben?«

»Gewiss! Ich durfte es schon des Öfteren benutzen, dieses Zauberwerk.«

»Hier.« Leonie reicht ihr das Opernglas und lächelt ein wenig unbeholfen. Plötzlich ist Antoinettes Gesicht unmittelbar vor ihr.

»Dann scheint ihr zerstritten zu sein, Wilhelmine und du?«, flüstert sie entwaffnend direkt.

»Ein wenig.« Leonie sieht auf den Boden.

Wortlos wendet sich Antoinette ab und blickt durch das Opernglas auf die Bühne. Beklommen wartet Leonie ab, was als nächstes auf der Bühne geschehen würde.

»Meine sehr verehrten Fräulein, nun lauschet dem Sprechgesang zwischen Montezuma und Cortés«, meldet sich der Hoflieferant, streicht erregt über die geöffneten Seiten des Theaterhefts und atmet tief ein. Konzentriert verfolgt er den Text. Die beiden Sänger werden nur von Carl Heinrich Graun am Cembalo begleitet. Ganz still ist es im Publikum. Am Ende des Dialogs trinken Montezuma und das Oberhaupt der Spanier aus einem goldenen Kelch.

»Wie töricht! Montezuma ist von Blindheit geschlagen!« In der Stimme des Hoflieferanten meint Leonie fast schon etwas Verzweiflung zu entdecken. Sie schaut zu ihm hin.

»Wie kann Montezuma einen Fremdling und dessen Gefolge zu seiner Hochzeit in den kaiserlichen Palast einladen?«, fährt der distinguierte Herr händeringend fort. »Ist das zu fassen? Ein Kaiser, der sich des Leichtsinns schuldig macht, der sich und sein Volk in Gefahr bringt, der seine so innig geliebte Anvertraute und damit auch sich selbst ins Unglück stürzt?«

»Wie Recht Ihr habt, Monsieur!«, vernimmt Leonie hinter sich. Sie dreht sich um. Die Worte stammen von der Dame, die zuvor so sehr gestöhnt hat. »Doch meint Ihr nicht auch, dass Porporino die Rolle des spanischen Oberhaupts auf den Leib geschnitten ist?«

»Ja, Madame, Porporino besitzt diese herrschaftliche Aura, die Cortés ausstrahlt. Doch wo bleibt der kaiserliche General, der Cortés in die Schranken weist, der die Hinterhältigkeit dieses berechnenden Spaniers durchschaut? Siehst du ihn schon, liebe Antoinette?«, fragt der Hoflieferant seine Nichte und sieht hinunter auf die Bühne.

»Da kommt er gerade auf die Bühne – mit dem goldenen Kelch in der Hand …«

»Ah, so erinnere dich: Den Kelch hatte der Kaiser ihm mitgegeben, nachdem er ihn mit Cortés geteilt hatte.«

Antoinette nickt.

Leonie beobachtet Paolino fasziniert. Da stand er auf der Bühne, in seiner ganzen Präsenz, mit seiner ganzen Ausstrahlung, als ob er in bester Verfassung wäre.

Zwei Mal hatte sie ihn aus nächster Nähe erlebt: vor seiner Künstlergarderobe, kurz nachdem sie Emma wiedergesehen hatte, und als Prinzessin Amalie ihn im Stadtschloss empfing. Wie vernetzt Paolino am Hof war! Erfreut hatte er Madame R. vor seiner Garderobe begrüßt. Prinzessin Amalie kümmerte sich persönlich um ihn, hatte sogar offen gesagt, dass sie sich Sorgen um seine Gesundheit mache. Alle, auch der König, verehrten seinen Gesang … sahen in ihm den virtuosen, wahren Künstler. »Euer Gesang … hat mein Herz entzückt!« O-Ton Prinzessin Amalie. Mit Wortspielen hatte Paolino die Prinzessin zum Lachen gebracht. Sie solle mal lieber nicht ihre Hand für die medizinische Kompetenz von Madame R. ins Feuer legen, erinnert sich Leonie, sonst würde er seine Stimme verlieren! Was für ein Charmeur! Ein Kommunikationstalent. Ein Star. Aber welchen Preis hatte er als Sängerkastrat dafür bezahlt! Wahnsinn! Vielleicht sah Paolino das gar nicht so … vielleicht lebte er für die Musik, den Gesang, sein Leben als berühmter Hofsänger … wer wusste das schon. Leonie überlegt. Nein, Starallüren hatte Paolino keine, findet sie. Wie entspannt sein Umgang mit Johann und Emma war; für ihn waren sie Jugendliche aus dem Waisenhaus. Er schien sie einfach zu mögen und sie in sein Leben aufgenommen zu haben. Die drei lebten da jetzt in einer Dreier-WG bei Paolino, wenn sie das richtig verstanden hatte. Was wusste Paolino inzwischen über Emmas wahren Hintergrund? »Für dich gibt es immer einen Platz«, hatte Paolino zu Emma gesagt. »Entzückt bin ich, wie prächtig dir mein Umhang steht!« Das klang doch nach großer Vertrautheit. Nein, sie durfte jetzt nicht wieder neidisch werden … sie würde ihren eigenen, ganz anderen Weg gehen.

Leonie erkennt die Arie wieder, die Paolino schon bei der Probe vorgetragen hat. Seine mahnenden Worte werden von langsamen, tragenden Orchesterklängen begleitet. Leonie beobachtet, wie sich die helle Farbe der Kulissenbeleuchtung in ein düsteres Blaugrün verwandelt. Ein Raunen der Bewunderung geht durch die Zuschauer. Am Ende der Arie hält das Orchester plötzlich inne, um Paolino den Raum für dramatisch klingende Gesangs-Improvisationen zu lassen, die auf der Bühne von herabsinkenden dunklen Wolkenformationen begleitet werden. Leonie hört viele ergriffene Oh- und Ah-Rufe. Während das Orchester die Schlussakkorde spielt, setzt Paolino sichtlich aufgewühlt den goldenen Kelch vor sich auf den Bühnenboden ab. Dann führt er beide Arme in die Höhe und beendet seinen Auftritt mit einem angewinkelten Arm und einer geballten Faust. Diese letzten Gesten lösen viele Rufe des Entsetzens unter den Zuschauern aus.

»Was bedeuten diese Gesten, Antoinette?«, fragt Leonie unwillkürlich.

»Paolino drückt damit sein Entsetzen aus …«

»Doch will der kaiserliche General sich nicht geschlagen geben«, unterbricht der Hoflieferant. »Er droht den Spaniern, deren Hinterlistigkeit und Unerbittlichkeit er schon längst durchschaut hat.« Er hält kurz inne. »Ihr beobachtet genau, meine Fräulein. Das erfreut mich.«

Dann schüttelt er ungläubig den Kopf. »Welch' bedrohliche Wolkenpracht! Welches Divertissement[87]!«

Leonie wird von einem Kulissenwechsel überrascht. Sie blickt auf den Vorhof des kaiserlichen Palastes, der im Hintergrund wie eine beeindruckende Festung abgebildet ist. Alle dunklen Wolken sind verschwunden. Die Kulissen sind wieder hell erleuchtet, als ob die Sonne scheint.

Oh, jetzt rückten die Komparsen an! Nun würde Georg auf der Bühne stehen – und der arme Kaldenberg war wahrscheinlich völlig nervös. Da stand die Palastwache in Paradeaufstellung, dort ein Teil der Spanier, die sich in einer Schlachtaufstellung formierten. Das konnte man von hier oben wunderbar überschauen! Sollte sie Antoinette jetzt sagen, dass sie mit einem der Komparsen befreundet war und sie den Hauptmann des Bataillons kannte? Leonie entschließt sich dagegen. Das würde Antoinette ihr sicherlich nicht glauben! Für Ihre Begriffe ging das zu weit. Sie würde Leonie für angeberisch bis verrückt halten. Ihr Onkel würde skeptisch reagieren und noch mehr Fragen stellen … nee, solche Schwierigkeiten brauchte sie jetzt wirklich nicht.

Nachdem Cortés den Befehl zur Besetzung des Palasts erteilt hat, setzt die wilde Musik der Kriegs-Symphonie ein. Kurz danach stürmen weitere spanische Soldaten von allen Seiten auf die Bühne. Sie zücken ihre Waffen und fallen über die Palastwache her. Leonie fällt sofort auf, dass der Kampf auf der Bühne in ein Gemetzel auszuarten scheint: Die Palastwache wird hinterrücks erstochen, Nahkämpfe sind dramatisch und lang inszeniert, einige Azteken wehren sich erbittert und fliehen über die ganze Bühne, bevor sie den Spaniern erliegen.

Das Publikum wird zunehmend unruhig. Leonie vernimmt erschrockene Ausrufe, Angstschreie und Stöhnen. Antoinette hält die Hände an ihre Wangen, dann vor ihre Augen. Ihr Onkel starrt konsterniert auf die Kampfszenen und murmelt, dass er so eine Darstellung noch nie erlebt habe. Leonie beobachtet, wie zwei Damen in den darunterliegenden Rängen ohnmächtig werden. Die Dame hinter Leonie beginnt, ununterbrochen zu seufzen und sich heftig zuzufächeln.

87 Unterhaltung, Belustigung, Bespaßung

»Was für eine unfreundliche Musik hat unser geschätzter Carl Heinrich Graun da komponiert«, sagt sie entrüstet.

»Zu diesen außerordentlichen Kampfeshandlungen scheint mir die Musik zu passen, Madame«, erklärt Antoinettes Onkel. »Doch es verschlägt mir den Atem. Welche Gewalt!«

Da werden Pistolenschüsse abgefeuert. Das Publikum ist in Aufruhr. Antoinette packt unwillkürlich Leonies Oberarm; danach klammert sie sich wimmernd an ihre Schultern.

»Antoinette, es passiert nur auf der Bühne«, versucht Leonie sie zu beruhigen.

»Dennoch ist es schrecklich anzusehen, Eléonore! Schrecklich!« Antoinette laufen die Tränen über die Wangen.

Leonie verfolgt, wie der König sich auf seinem Sessel umdreht und langsam über die Zuschauer schaut. Soweit sie es aus der Ferne erkennen konnte, wirkte er ziemlich gelassen. Majestätisch eben.

42. Kapitel

Johann schleppt die Kupferkessel die Treppen zum Künstlereingang hoch. Es ist mühsam. Am liebsten würde er sie kurz abstellen, doch er weiß, dass er dafür keine Zeit hat. Neben ihm müht sich jemand mit einem Sack voller Holz ab. Wie von selbst öffnet sich die große Tür, als die beiden davor angekommen sind. Johann lächelt dem Wärter dankbar zu und wundert sich: Stand da nicht Wetzlaff? Johann beobachtet erstaunt, wie der Wärter Wetzlaff auffordert, Johann behilflich zu sein. Schon steht Wetzlaff vor ihm und greift nach einem der Kessel. Johann bleibt stehen. Eigentlich will er Wetzlaffs Hilfe gar nicht in Anspruch nehmen, denn er empfindet ihn als aufdringlich. Doch die Kessel sind inzwischen unerträglich schwer geworden, so dass er Wetzlaff – wenn auch widerwillig – gewähren lässt. Johann geht vor und bittet Wetzlaff, sich hinter ihm zu halten. Reden wollte er mit ihm nicht. Hoffentlich würde er ihm keine Frage stellen.

»Wozu benötigt ihr das warme Wasser?«, fragt Wetzlaff jedoch schon.

Johann ärgert sich. Was sollte er antworten? Die Wahrheit ging niemanden etwas an.

»Wetzlaff, so zügele deine Neugierde!«, erwidert er barsch. »Als Ankleider eines Hofsängers bin ich zum Schweigen verpflichtet. Wo würde das sonst hinführen?«

»Vertrauen kannst du mir. War ich doch der Bote eines Geschenks für Paolino«, führt Wetzlaff an.

»Woher willst du wissen, dass in der Spanschachtel ein Geschenk war?«, will Johann sofort wissen. Er bleibt auf der Treppe zu den Künstlergarderoben stehen und dreht sich um.

»Eine Vermutung ist's.« Wetzlaff zuckt mit den Schultern.

»So, eine Vermutung also!«, kontert Johann misstrauisch.

»Sagte ich dir doch schon, dass ich die Person nicht kannte, welche mir das Geschenk überreichte …«, verteidigt sich Wetzlaff.

»Geschenk!«, wiederholt Johann. »Man könnte meinen, du scheinst dir sicher zu sein, dass es sich um ein Geschenk gehandelt hat?« Johann nimmt Wetzlaff kritisch ins Visier.

»Nein, ich vermute es«, sagt Wetzlaff stur.

Nörgelnd gehen andere an den beiden vorbei.

»Lass uns weitergehen«, schlägt Wetzlaff vor.

»Wenn du den Kessel vor Paolinos Garderobe abstellst, komme ich gut zurecht. Doch keinen Schritt weiter. Sei bedankt für deine Hilfe, Wetzlaff.«

Zügig nimmt Johann die nächsten Stufen. Er wollte Wetzlaff so schnell wie möglich loswerden.

Nach einer knappen Verabschiedung trägt Johann die Kessel nacheinander in Paolinos Garderobe. Behutsam stellt er die Zinkwanne in einer Ecke auf, schiebt einen Stuhl daneben und legt darauf die mitgebrachten Leinentücher ab. Johann arbeitet fieberhaft, denn er will alles sorgfältig vorbereitet haben.

Da klopft es an der Tür. Johann öffnet und empfindet große Erleichterung, als er die Gräfin von Rathen vor sich sieht. Wie wunderschön sie aussah! Er traut seinen Augen kaum und tritt unbeholfen ein paar Schritte zurück, um die Gräfin hereinzulassen.

»So hat er mich noch nicht erblickt, Johann!« Madame R. lächelt.

Johann schüttelt den Kopf. Dann reißt er sich zusammen.

»Wie kann ich Euch helfen, verehrte Gräfin?«, fragt er.

Madame R. schaut sich um.

»Wie ich sehe, ist für das Sitzbad alles vorzüglich vorbereitet. Sehr zufrieden bin ich, Johann.«

Vorsichtig taucht sie ihre Hand in die Wasserkessel.

»Ah, welch angenehme Temperatur! Wir lassen das warme Wasser in den Kesseln, bis Paolino eintrifft. So wird es sich länger warm halten.«

Aus ihrer Ledertasche holt sie eine Flasche, die mit einem Korken versehen ist.

»Das Eichenrinden-Dekokt. Es wird dem warmen Wasser zugefügt.«

Madame R. stellt die Flasche auf Paolinos Schminktisch.

»Wie schätzt er Paolinos Schmerzen ein, Johann?«

Johann zögert.

»Wirkt die neu verschriebene Arznei des Dr. Cothenius?«, fragt Madame R. interessiert.

»Das, was ich Euch nun sagen will, Gräfin von Rathen, fällt mir schwer, sehr schwer. So bitte ich Euch inständig, es für Euch zu behalten. Die Arznei des Dr. Cothenius liegt noch unberührt in meiner Tasche. Paolino hat sich für den ›Stein der Unsterblichkeit‹ entschieden. Inzwischen hat mir Paolino erklärt, dass es sich dabei um das Rauschmittel mit dem Namen Laudanum handelt, dessen Verbrauch per Gesetz bestraft wird.«

»Aus diesem Grund werde ich ihn auch nicht fragen, woher Paolino das Rauschmittel bezieht, Johann«, fügt Madame R. vertrauensvoll hinzu. »Denn sonst wäre ich gezwungen, Maßnahmen zu ergreifen, die Paolino in Schwierigkeiten brächten, seinen Ruhm als Hofsänger ruinierten und in einem Skandal endeten.«

Da tritt Paolino ein.

»Oh! Von wem ich hier alles empfangen werde! *Che onore!*« Paolino öffnet die Arme, lässt sie mit einem glücklich klingenden ›Aaahh‹ sinken und sieht sich um.

»So können wir sogleich zur Tat schreiten, *venerata Contessa* von Rathen. Beeindruckt bin ich von Euren Vorkehrungen!«

»Die habt Ihr auch Johann zu verdanken«, bemerkt Madame R.

»*Sì*, dessen bin ich mir völlig bewusst! Was wäre ich *senza Gianni?*«

Dann singt er beseelt die Worte ›*fu sem-pre il dif-fi-dar*‹.

»*Però!*«, fährt er theatralisch fort. »Gianni ist einer der wenigen Menschen, denen ich niemals Misstrauen gegenüber empfunden habe.«

Wieder singt er ›*fu sem-pre il dif-fi-dar*‹, doch deutlich leiser als zuvor.

»Allerdings weiß ich nicht, wie es sich mit meinem Misstrauen gegenüber *tutte queste cose* verhält.« Paolinos Hand weist auf die Zinkwanne und die Flasche auf dem Schminktisch. »Wird das Sitzbad wirken, *mia cara Contessa* und heimliche Wissenschaftlerin der Medizin? Das mutet doch alles recht ungewöhnlich an, auch wenn es Dr. Cothenius, *il geniale medico di corte*, so empfohlen hat.«

»Zuversichtlich könnt Ihr sein, Paolino«, ermuntert ihn Madame R. »Die medizinische Wirkung des Eichenrinden-Dekokts wird Euch retten. Es wird adstringierend, das heißt zusammenziehend, auf die nässende Wunde wirken. Während des Sitzbades wird Johann Euch mit diesem Umhang abschirmen. Eure heimliche Wissenschaftlerin der Medizin wird nur wenige Blicke auf Eure Wunde werfen müssen.«

»So schreiten wir denn zur Tat! Ihr habt mein Vertrauen, *adorata!*« Paolino dreht sich um. »*Aiutami*, Gianni, mich des Kostüms zu entledigen.«

Als Johann die oberste Öse des Federkostüms zu öffnen beginnt, klopft es wieder. Paolino seufzt.

»Jetzt möchte ich nicht gestört werden, Gianni. *Vai alla porta* und wende bitte den Besuch ab.«

Johann öffnet die Tür nur einen Spalt weit. Sofort wird sie von der anderen Seite vehement aufgedrückt. Erschrocken weicht Johann zurück. Die Dame! Welch' ungünstiger Zeitpunkt! Warum tauchte sie hier auf?

Geschickt und schnell manövriert die Dame ihr Courkleid in die Garderobe. Dabei nimmt sie den leichten Schleier von ihrem Gesicht.

»Mein Paolino! …« ruft sie entzückt, doch es verschlägt ihr die Stimme, als sie bemerkt, dass ihr nicht nur Paolino, sondern auch Madame R. gegenüber stehen. Paolino lächelt die Dame an und breitet seine Arme aus.

»*Mia preziosa!*« Paolino geht auf die Dame zu. »Es erfreut mein Herz, dich hier zu sehen. *Che meraviglia* dich anzusehen!«

»Seid gegrüßt, Gräfin Sophie von Göhrden«, sagt Madame R. sichtlich überrascht. Ihre Stimme klingt jedoch kühl.

Johann traut seinen Ohren kaum und starrt auf Madame R.s Gesicht. Ihre Augen haben sich fast zu Schlitzen verengt. Sie wirkt abweisend und mustert die Gräfin kritisch.

Ohne ein Wort zu erwidern, wendet sich Sophie von Göhrden demonstrativ von Madame R. ab, lächelt Paolino an und lässt sich von ihm kurz umarmen.

Johann spürt die Anspannung, die sich unter den drei ausbreitet. Wie greifbar sie doch war! Johann atmet kaum. Was würde jetzt geschehen?

»*Colombina*[88] *mia*, heute Morgen hat Dr. Cothenius – gemäß einer Anordnung Prinzessin Amalies – im Stadtschloss meine Wunde untersucht«, hebt Paolino an. »Trotz Besserung hat der Königliche Leibarzt Vorkehrungen für einen Notfall während der Aufführung getroffen. *Questa emergenza* ist nun eingetreten … hier wird sofort die Behandlung stattfinden.«

»Dr. Cothenius sehe ich hier nicht«, bemerkt die Dame spitz. »Nur er soll deine Wunde behandeln. Keinen anderen Händen hast du dich anzuvertrauen.«

»Das hat Dr. Cothenius so selbst entschieden. Zudem erhielt er den Segen, *il consenso*, von *Principessa* Amalie, die sich für diese Alternative verbürgt hat«, erklärt Paolino ruhig.

88 Täubchen

»Diese Alternative überzeugt mich keineswegs. Auch eine Prinzessin kann sich täuschen …«

»*Colombina mia*, sowohl der Königliche Leibarzt als auch die Prinzessin haben sich verbürgt. *Non ti preoccupare.*«

Paolino legt einen Arm um ihre Schultern, um sie liebevoll aus der Garderobe zu begleiten.

»Viel Zeit bleibt uns nicht, Paolino«, wirft Madame R. vorsichtig dazwischen.

»Hütet Euch, unser Gespräch zu unterbrechen!«, zischt Sophie von Göhrden, ohne sich dabei umzudrehen. »Die letzten Worte werde ich haben wollen!«

Johann tritt zurück, um den beiden Platz zu lassen. Paolino flüstert:

»*Il nostro amore* gehört der Musik und der Wahrheit, für die wir leben.« Dabei zieht er die Goldkette mit der Note ein klein wenig aus seinem Ausschnitt hervor.

Johann sieht, wie ein glückliches Lächeln über das Gesicht der Gräfin huscht.

»Ah, das Kleinod ist bei dir angelangt«, sagt sie leise, doch Johann hört jedes Wort. »Es kommt von Herzen. Meine Boten haben sehr gute Arbeit geleistet. Äußerst zufrieden bin ich, ja. Ungern verlasse ich dich, Paolino …«

»Es ist besser so.«

»Kaum kann ich es ertragen, dich den Händen der von Rathen zu überlassen. Was weiß die schon über die Medizin?«

»*Molto, mia cara*. Das zu erfahren, war auch für mich *una gran sorpresa*, doch es entspricht der Wahrheit …«

»Ich traue ihr nicht, dem Weibsbild!« Sophie von Göhrden sieht Paolino zweifelnd an.

»*Mia cara Sofia*, sowohl der Königliche Leibarzt als auch die Prinzessin haben sich verbürgt. *Non ti preoccupare*«, beteuert Paolino.

Die Gräfin lächelt Paolino an.

»Paolino, mein liebster Paolino, so hast du mich bei meinem Namen genannt!«

»*Sì*.«

»Was für ein Geschenk, Paolino.« Selig blickt Sophie von Göhrden Paolino an.

»Sorge dich nicht«, wiederholt Paolino. »Doch die Zeit drängt. *Credimi*, es ist besser, dass sich unsere Wege kurz trennen.«

»Ja, deinem nächsten Auftritt soll nichts im Wege stehen …«

»Dein Geschenk wird mich begleiten, Sophie …«

»So ist es gedacht …«

»Es ist *meraviglioso*! Sei innig bedankt – *grazie di cuore*!« Paolino öffnet die Tür und entlässt die Gräfin mit einer leichten Verbeugung.

Langsam schließt Paolino die Tür. Dann dreht er sich um und blickt Madame R. und Johann nachdenklich an.

»Darf ich davon ausgehen, dass Euer Wissen um diese Begegnung, *adorata Contessa* von Rathen, und deines, lieber Gianni, diese Garderobe niemals verlassen wird?«

Paolino hält inne.

»Gianni?« Paolino sieht Johann ernst an.

»Ja, Paolino«, antwortet Johann sofort.

Paolinos Blick wandert zu Madame R., die einmal – still und langsam – mit ihrem Kopf nickt.

»Nun denn, lasst uns flugs fortfahren!«, fährt Paolino fort.

Er lässt sich von Johann entkleiden und nimmt schweigend das Sitzbad. Madame R. und Johann tauschen nur das Nötigste aus und arbeiten konzentriert. Der Zeitdruck ist allgegenwärtig. Madame R. erkundigt sich nach Paolinos Schmerzen.

»Es geht mir *molto bene, Contessa* von Rathen«, erhält sie zur Antwort. »Wo könnte ich mich umsorgter fühlen als hier? In Gedanken bin ich schon bei meinem nächsten Auftritt; daher meine Wortkargheit.«

»Wie ich sehe, erzielt das Sitzbad eine zufriedenstellende Wirkung«, sagt Madame R. nach einer Weile.

Paolino nickt und schließt die Augen. Johann hält den Umhang hoch; seine Arme werden langsam schwer. Hoffentlich würde er Paolino schnell genug wieder anziehen können! Jeder Griff musste sitzen. Johann ist nervös.

»Die Königin Eupaforice wird mir als Nächstes den Befehl erteilen, das Volk zu bewaffnen«, hebt Paolino an. »Dafür wird sie mit der Flugmaschine in den kaiserlichen Garten herabschweben, wo ich sie empfangen werde. Gianni, *mio caro*, den Weg zu meinem Bühnenauftritt werde ich dieses Mal *da solo* beschreiten, damit du dich – nachdem du mich angekleidet hast – um unsere holde Ärztin kümmern kannst.«

Paolino lächelt Madame R. zu.

»*Carissima Contessa*, vor den Auftritten im kaiserlichen Garten müssen wir einen Kulissenwechsel über uns ergehen lassen. Den solltet Ihr am hinteren Ende des rechten Seitengangs erleben, von dem ich die Bühne betreten werde. An der Seite Giannis natürlich – *insieme a Gianni*, der dafür sorgen wird, dass Ihr danach sicher in den ersten Rang zurückkehrt. Können wir nun das Sitzbad beenden? Die Schminke, fürchte ich, muss nochmals nachgebessert werden. Dafür benötige ich zusätzliche Zeit – *più tempo*.«

In der Seitenbühne steht Johann neben Madame R. Der Kulissenwechsel steht unmittelbar bevor. In einiger Entfernung sieht Johann Paolino, der in höchster Konzentration vor sich auf den Bühnenboden blickt. Johann beobachtet Madame R. aus seinen Augenwinkeln. Sie kommt ihm auffallend verschlossen vor. Seit sie Paolinos Garderobe verlassen hatten, war noch kein Wort zwischen ihnen gefallen. Doch lag die Erklärung nicht auf der Hand? Die Gräfin von Rathen hatte die Dame ohne Zweifel als die Gräfin Sophie von Göhrden erkannt! Sie war plötzlich der Person wieder begegnet, die seinerzeit keinen Skrupel empfunden hatte, ihre große Liebe, Hauptmann Kaldenberg, mit tödlichen Mengen eines Rauschmittels zu vergiften. Und das nur, um ihrem Verlobten, Henning von Göhrden, die Teilnahme am Spektakel des Reiter-Carrousels zu ermöglichen und ihm somit Vorteile beim König zu verschaffen. Diese Widersacherin betrog nun ihren inzwischen angetrauten Mann, mit dem sie nicht einmal ein Jahr lang verheiratet war! Wie verwerflich … abscheulich! Wie grausam die Gräfin von Göhrden doch war! Ihr Mann sollte davon erfahren … aber: Warum war Paolino gerade ihr, dieser schrecklichen Person, verfallen?

Um sich herum hört Johann, wie die vielen Bühnenarbeiter leise in Bewegung sind. Man flüstert. Wilhelm flitzt fast geräuschlos an ihnen vorbei, um einen kurzen Abstecher in die Unterbühne zu machen. Als er wieder hochkommt, empfängt er die Astrua und hilft ihr geduldig, auf die Oberbühne zu gelangen. Dann kehrt er wieder zurück und entfernt sich auf die andere Bühnenseite.

»Kulissenwechsel sind für mich das Schönste«, fällt Johann ein zu sagen. Er fühlt sich unwohl. Noch nie hatte er die Gräfin so in sich gekehrt erlebt. Er ist erleichtert, als sie sich ihm freundlich lächelnd zuwendet.

»Es ist das erste Mal, dass ich einen Kulissenwechsel hinter der Bühne erleben darf«, flüstert sie. »Wie aufregend es doch ist!«

»Ja!«

»Johann!« Madame R. fasst nach Johanns Hand und drückt sie kurz. »Er hat mir ausnehmend gut zur Seite gestanden. An nichts hat es gefehlt und er konnte die Ruhe bewahren. Seid bedankt, Johann. Er kann stolz auf sich sein!«

Johann ist erfüllt von Freude.

»War es doch meine Pflicht als Ankleider, Gräfin von Rathen. Froh bin ich, dass uns die Zeit nicht davonlief! …«

»… Froh? Das ist gelinde gesagt, mein lieber Johann!« Sie lacht leise. »Unendlich erleichtert bin ich, unendlich dankbar und glücklich, denn da hatte jemand eine schützende Hand über uns gehalten!«

Da beginnt der Kulissenwechsel. Madame R. hält überwältigt inne und versucht, allen Bewegungen zu folgen.

»Nichts bleibt mehr so, wie es war!«, flüstert sie Johann begeistert zu. »Alles verändert sich … alles … wie von Zauberhand, Johann! Wer hat sich dieses Wunderwerk ausgedacht?«

Plötzlich fällt – wie aus dem Nichts – von oben eine schwere Eisenkugel herab, donnert auf Madame R.s Reifrock und fällt mit einem lauten Rums auf den Holzboden. Für eine Sekunde scheint eine Schockstarre über der ganzen Bühne zu liegen. Zutiefst erschrocken macht Madame R. einen Schritt zur Seite. Sofort kommen zwei Bühnenarbeiter und sichern leise die Kugel. Johann schaut nach oben und sieht, wie eine kleine Holzluke zugeschoben wird.

Ohne zu zögern stürmt Johann – so leise wie möglich – nach oben zur Oberbühne.

»Hier sind nur Bühnenarbeiter und Künstler zugelassen!«, zischt ihn jemand unfreundlich an und versucht Johann daran zu hindern, von den letzten Treppenstufen die Oberbühne zu betreten. Johann gelingt es jedoch, sich schnell umzudrehen, um in die Richtung der Holzluke zu schauen. Da sieht er, wie sich Wetzlaff mit einer weiteren Eisenkugel in den vorderen Teil der Bühne entfernt.

»Lasst mich hier durch!«, faucht Johann beherrscht. »Das geht nicht mit rechten Dingen zu!«

»Hier sind nur Bühnenarbeiter und Künstler zugelassen!«, hört Johann wieder.

»Könnt Ihr nur diesen einen Satz sagen?« Johann wird wütend, umfasst die Fesseln des Bühnenarbeiters, reißt ihm mit aller Kraft beide Füße weg, so dass er unmittelbar zu Boden fällt. Er huscht an ihm vorbei, um Wetzlaff zu verfolgen, der gerade die Treppe zum Schnürboden hoch eilt. Mit einem kurzen Seitenblick kann Johann erkennen, dass sich die Astrua schon auf der Flugmaschine eingerichtet hat. Schnell und leise nimmt er die Stufen hoch zum Schnürboden. Er bemerkt besorgt, dass er es jetzt nicht nur mit Wetzlaff zu tun haben würde, sondern inzwischen auch von dem anderen Bühnenarbeiter verfolgt wurde. Wie gern würde er mit lautem Rufen auf sich aufmerksam machen, doch die Vorstellung lief. Das konnte er Wilhelm nicht antun. Hier entstand schon genügend Lärm.

Auf dem Schnürboden müssen sich seine Augen an das schummrige Licht gewöhnen. Doch da … da verschwand Wetzlaff gerade in einer Abseite des Schnürbodens. Er wollte sich verstecken! Was für ein Fehler! Johann würde ihn da herauszerren und zur Rede stellen! Doch erst musste er sich um seinen Verfolger kümmern. Am Ende der Treppe entdeckt Johann einen aufgehängten Holzstab, an dessen Ende lange Stofffäden zusammengebunden sind. Davor steht ein Bottich mit Wasser. Ha, diesen Brandlöscher würde er jetzt anderweitig einsetzen!

Zielstrebig greift er nach dem Holzstab und rammt ihn dem verblüfften Bühnenarbeiter gegen die Brust, so dass dieser vergeblich versucht, sich an dem Geländer festzuhalten und rückwärts die Treppe hinunterstürzt.

Als Johann sich umdreht, kommt Wetzlaff auf ihn zu. Er schien ihn mit der Eisenkugel treffen zu wollen! Johann springt zur Seite und hält den Holzstab schützend vor sich. Schon fliegt die Eisenkugel mit aller Wucht auf ihn zu. Johann gelingt es zwar, die Geschwindigkeit der Eisenkugel mit dem Holzstab zu verringern, doch sie streift eine seiner Schultern. Das schmerzte! Jetzt steht Wetzlaff unmittelbar vor ihm, packt ihn an den Schultern, um ihn zu Boden zu werfen. Johann beißt vor Schmerz die Zähne zusammen. Mit aller Gewalt reißt er den Holzstab nach oben gegen Wetzlaffs Arme, dann drückt er ihn gegen dessen Brust. Doch Wetzlaff ist stark. Johann kann sich kaum auf den Beinen halten. Trotzdem hört Johann nicht auf, Wetzlaff mit dem Holzstab zu malträtieren. Da stürzen beide auf den Holzboden. Johann versucht, sich aufzurichten, um seinen Gegner mit dem Stab niederzuringen. Wetzlaff rammt eines seiner Knie in Johanns Bauch und greift nach dessen Hals. Verzweifelt schlägt Johann den Holzstab auf Wetzlaffs Kopf.

Plötzlich wird Johann hochgerissen. War das etwa der andere Verfolger? Johann schaut jedoch in Wilhelms finsteres Gesicht. Wetzlaff merkt sofort, mit wem er es zu tun hat und steht auf.

»Was muss ich erleben? Eine handfeste Rauferei während einer Vorstellung, gar einer Premiere? Ist man hier des Wahnsinns?«, raunt Wilhelm leise, doch er ist außer sich. »Nichts weniger als der Ruf der Königlichen Hofoper steht auf dem Spiel!« Erst jetzt lässt er Johann los. Wetzlaff zeigt er die geballte Faust.

»Wetzlaff, es ist nicht das erste Mal, dass er ungemäß auffällt! Nun scheint er auch noch einen Verbündeten zu haben. Wenn er sich nicht erklären kann, ist seine Zeit als Bühnenarbeiter endgültig vorbei«, zischt er.

Herausfordernd sieht er zwischen Johann und Wetzlaff hin und her.

»Die Wahrheit will ich hören. Auf der Stell'!«, fordert er leise. »Sonst seid ihr sofort abgeführt und keiner von euch wird jemals wieder dieses Opernhaus betreten. Johann!« Wilhelm sieht Johann grimmig an.

»Auf die Gräfin von Rathen wurde ein Anschlag verübt«, flüstert Johann erregt. »Bezeugen kann ich, dass Wetzlaff von der Oberbühne eine Eisenkugel der Donnermaschine auf die Gräfin fallen ließ. Gesehen habe ich, wie Wetzlaff mit einer zweiten Eisenkugel floh. Diese Eisenkugel liegt jetzt hier.« Johann zeigt auf die Waffe. »Wetzlaff wollte ich nicht entkommen lassen, daher kam es zur Rauferei.«

»Wetzlaff! Erkläre er sich!«, faucht Wilhelm unwirsch. »Die andere Eisenkugel der Donnermaschine wurde im rechten Seitengang gefunden. Die Gräfin von Rathen hat bestätigt, dass sie um ein Haar davon getroffen wurde.«

Wetzlaff blickt auf den Boden und schweigt.

»Wetzlaff! Hier wird keine Zeit verschenkt!« Wilhelm ergreift Wetzlaffs Unterarm und verdreht ihn blitzschnell auf dessen Rücken. »Er kann auch von der Königlichen Wache verunglimpft werden.« Wilhelm zieht den Arm hoch bis zu den Schulterblättern. »Wenn er mir die Wahrheit sagt, bleibt ihm das erspart!« Wilhelm erteilt Wetzlaff mit der anderen Hand eine heftige Kopfnuss. Wetzlaff stöhnt.

»Mach er den Mund auf, Wetzlaff!«, flüstert Wilhelm bedrohlich. »Er schadet nicht nur sich selbst, sondern allen Bühnenarbeitern hier. Sie werden ihn dafür hassen!«

»Das Geld bekomme ich vom Wärter am Künstlereingang«, presst Wetzlaff hervor.

»Weiß er, woher das Geld kommt?« Wilhelm schüttelt Wetzlaff.

»Nein.«

»Nein?« Wetzlaff wird nochmals durchgeschüttelt.

»Nein. Der Wärter sagte einmal, es sei Geld aus edlen Händen. Mehr weiß ich nicht. So bitte ich Euch, glaubt mir.«

Als Wilhelm ihn loslässt, fällt Wetzlaff auf die Knie.

»Verzeiht mir, Wilhelm. Das Geld sollte die Schulden meines Vaters schmälern. Verzeiht mir!«

»Das hätte er sich vorher überlegen sollen, Wetzlaff«, grunzt Wilhelm. »Jetzt kann ich nichts mehr tun! Den Wachen werde ich ihn übergeben müssen. Aber sie werden ihm nichts antun, da ich ihnen sagen werde, dass über seine Lippen die Wahrheit kommt. Als Nächstes werde ich mir den Wärter an der Künstlerpforte vorknöpfen!«

»Johann! Ab in Paolinos Garderobe!« Wilhelm bedeutet Johann, die Treppen zur Oberbühne herunterzugehen.

»Um die Gräfin von Rathen soll ich mich kümmern. Das hat Paolino mir aufgetragen«, sagt Johann vorsichtig.

»Die Gräfin hat gutes Geleit zurück in den ersten Rang zu Prinzessin Amalie erhalten. Dort wird sie ihre Fassung schnell wiedergewinnen!«

Johann geht zu Paolinos Garderobe. Seine Schulter schmerzt. Innerlich zittert er noch. Die Verfolgung von Wetzlaff und seinem Verbündeten hätte auch schlecht für ihn ausgehen können. Doch er hätte wieder so gehandelt, dessen war er sich sicher. Plötzlich ist da die große Wut in seinem Bauch, die er verspürte, als er entdeckte, wer hinter dem Anschlag auf die Gräfin steckte. Nun gut, Wetzlaff war angestiftet worden, doch was wäre geschehen, wenn die Eisenkugel die Gräfin tatsächlich auf den Kopf getroffen hätte?

Stürmisch öffnet er die Tür der Künstlergarderobe. Die Zinkwanne und die beiden Kessel musste er nun schnell aufräumen, bevor Paolino von der Bühne zurückkehrte. Erschrocken hält Johann inne. Er traut seinen Augen kaum. Saß da tatsächlich die Dame an Paolinos Schminktisch? Freundlich lächelnd dreht sie sich zu Johann.

»So sehe ich, dass er scheinbar nicht mit mir gerechnet hat, Johann. Das ist verständlich. Falls er nach der Behandlung hier wieder Platz schaffen möchte, so will ich ihn nicht daran hindern.«

Johann nickt wortlos. Er hatte nicht das geringste Bedürfnis, mit der Gräfin von Göhrden zu reden. Unverzüglich beginnt er, das Wasser aus der Zinkwanne in die beiden Kessel zurückzuschütten, die leere Zinkwanne in der Ecke gegen die Wand zu lehnen und die Leinentücher zusammenzufalten.

»Paolino wusste mir zu erzählen, dass er der begabteste Lehrling des Posamentiermeisters Bürgenroth sei. Blicke ich auf seine wohlgeformten Hände und schlanken Finger, so scheint das nicht verwunderlich zu sein. So hat er an Paolinos Federkostüm mitgewirkt, Johann?«

Johann richtet sich auf.

»Ja, das habe ich«, antwortet er. Warum war ihm die Gräfin plötzlich so zugewandt? War sie doch zuvor stets bedacht gewesen, nicht erkannt zu werden?

»Es muss wohl eine Freude für ihn sein, seine Schwester und seinen engsten Freund heute Abend in seiner Nähe zu wissen«, fährt die Gräfin von Göhrden fort. »Eine musikalische Chorsängerin und der verlässliche Bursche des Hauptmann von Kaldenberg, der als einer der vielen Komparsen auftritt, wie ich von Paolino erfahren durfte.«

»So ist es«, erwidert Johann unsicher.

»Paolino weiß seinen Fleiß, seine Demut und sein gutes Herz sehr zu schätzen, Johann. Das hat er mir des Öfteren beteuert.«

Betreten blickt Johann auf den Holzboden.

»Er scheint nicht sehr gesprächig zu sein!« Die Gräfin lacht kurz auf. »Doch wir kennen uns kaum. Das möchte ich ihm gerne zugestehen, Johann.«

Da hört Johann Paolinos Stimme vor der Garderobentür, die im gleichen Moment geöffnet wird.

»Gianni! *Mio stimato Gianni!*«, ruft Paolino ausgelassen. »Schon hast du die Reste des Sitzbades … oh … was sehen meine Augen? *Colombina mia!*«

Paolino reißt seine Augen auf.

»Welche Überraschung, dich hier anzutreffen, Sophie!«

Er führt seine Hände zur Brust.

»Welches Herzklopfen ich doch in mir spüre! So komm' in meine Arme – *vieni tra le mie braccia!*«

Augenblicklich wendet sich Johann weiteren Aufräumarbeiten zu. Er entfaltet eines der Leinentücher und wischt die Zinkwanne damit aus. Eigentlich schien das nicht unbedingt von Nöten zu sein, doch wie gut, dass ihm dies eingefallen war! Johann fühlt sich fehl am Platz. Sollte er etwa die Garderobe verlassen? Dann würde er seine Pflichten als Ankleider vernachlässigen. Paolino würde noch einmal auftreten müssen – nach den Szenen im Kerker: Cortès würde ihn dann zum Tode verurteilen. Wie stand es um Paolinos Wunde? Paolino sollte sich lieber ausruhen!

Plötzlich wird mehrmals heftig gegen die Tür gepocht.

»Was ist das für ein ungeheuerliches Gebaren!«, entrüstet sich Paolino. »Immerhin ist dies die Garderobe des Königlichen Hofsängers Paolo Bedeschi! *Chi è?*«

Zu Johanns Schreck poltern zwei Wachsoldaten herein, die sich vor Paolino und seiner Begleitung aufstellen und die Festnahme der Gräfin Sophie von Göhrden verkünden.

»Hierbei muss es sich um ein Missverständnis handeln, *Messieurs*[89]*!*«, erwidert Paolino fest. Er bleibt ruhig.

Unbeirrt verkündet der Wachtmeister weiter, dass die Gräfin Sophie von Göhrden der Anstiftung zum versuchten Mord beschuldigt werde und sofort abgeführt werden solle.

Johann sieht, wie die Gräfin blass wird und sich an Paolino festhält.

»Vor ihnen steht die Gräfin von Göhrden«, bestätigt Paolino gefasst. »Doch Eure Anschuldigungen sind zu ungeheuerlich, um wahr zu sein, *Messieurs*! Es liegt ein Missverständnis vor, dessen bin ich mir sicher!«

Der Wachtmeister besteht darauf, die Garderobe nicht ohne die Gräfin verlassen zu können.

Ergriffen sieht Paolino seine Geliebte an.

»So erkläre mir, *Sofia mia*…«

Sanft legt die Gräfin von Göhrden ihren Zeigefinger an Paolinos Lippen.

»Du wirst sehen, dass die Unschuld auf meiner Seite ist, mein Liebster«, flüstert sie. »Sorge dich nicht. Dein nächster Auftritt steht an.«

89 Herren (französisch)

Wie vor den Kopf gestoßen starrt Johann das Paar an. Die Gräfin Sophie von Göhrden wurde wegen der Anstiftung zum versuchten Mord festgenommen! Die Gemahlin des Königlichen Leibgardeoffiziers Henning von Göhrden, Kaldenbergs bestem Jugendfreund! Johanns Gedanken flitzen zurück zu dem Gespräch zwischen von Göhrden und Paolino in der Assemblé. Wie ahnungslos von Göhrden die Begeisterung seiner Gemahlin über Paolinos Stimme geschildert hatte! Und: Warum wehrte sich die Dame nicht, wenn sie unschuldig war? Aus Rücksicht gegenüber Paolino … aus Liebe zu ihm? Johann zögert; er hatte die Gräfin nur skrupellos erlebt.

»So lasse mich nicht in dieser schrecklichen Ungewissheit zurück, *mia prescelta*! Das ist zu grausam – *troppo crudele*!« Paolino nimmt ihr Gesicht in seine Hände.

»Sorge dich nicht, sorge dich nicht!« Die Gräfin streicht über Paolinos Stirn. »Denke an deinen nächsten Auftritt und singe für mich.«

Langsam tritt sie einen Schritt zurück. Dann geht sie erhobenen Hauptes an den Wachsoldaten vorbei und verlässt die Künstlergarderobe. Paolino sieht ihr schmerzerfüllt nach; den Abschiedsgruß der Wachsoldaten erwidert er nicht.

Nachdem die Tür ins Schloss gefallen ist, bleibt Paolino lange regungslos stehen. Johann traut sich kaum zu atmen, geschweige denn Paolino anzusehen. Er fühlt sich wie gelähmt. Da vernimmt Johann ein kurzes, jedoch deutliches Klopfen an der Tür. Fragend blickt Johann zu Paolino, doch dieser zeigt keine Reaktion. Die Tür wird geöffnet und Wilhelms Kopf kommt zum Vorschein.

»Paolino, der Zeitpunkt ist alles andere als passend – für uns alle. Doch ich muss Euch dringend sprechen«, sagt Wilhelm gefasst und tritt ein. Hinter ihm schließt Johann die Garderobentür.

Paolinos Gesicht hellt sich auf. Er kommt auf Wilhelm zu.

»Was geht hier vor sich, *mio caro Guglielmo*! Es ist nicht zu fassen – *incredibile*!«

»Es fällt mir unendlich schwer, Euch mitteilen zu müssen, verehrter Paolino, dass ich derjenige bin, der … der veranlassen musste, dass die Gräfin von Göhrden festgenommen wurde.«

Wilhelm hält inne und sieht Paolino traurig an.

»Was ist *il motivo*, Wilhelm?«, fragt Paolino ungläubig.

»Die Gräfin initiierte einen Mordanschlag auf die Gräfin von Rathen, indem sie den Wächter am Künstlereingang bestach. Der hat inzwischen ein Geständnis abgelegt«, führt Wilhelm ruhig aus.

Paolino dreht sich um und schweigt.

Wilhelm wendet sich Johann zu.

»Wetzlaff wird einer Strafe nicht entkommen«, flüstert er. »Die Königliche Hofoper wird er niemals wieder betreten. Er, Johann«, Wilhelm gibt Johann einen leichten Schlag an den Oberarm und nickt ihm zu, »er war mutig, Johann. Sehr mutig.«

»Paolino, Ihr wisst, wo Ihr mich findet!«, sagt Wilhelm knapp. Schon hat er die Garderobe verlassen.

»*Che tragedia!*«, seufzt Paolino. Er bleibt mit dem Rücken zu Johann gekehrt stehen. »Sie soll sich auf der Bühne abspielen und diese Garderobe unversehrt lassen«, fährt Paolino monoton fort. »Nun, gleich werde ich zum Tode verurteilt werden … auf der Bühne … doch welche Schwere empfinde ich auch in mir selbst – *dentro di me*.«

43. Kapitel

Wie bedrohlich der Kerker wirkte! Beeindruckt lässt Leonie das Bühnenbild auf sich wirken. Es war, als ob man von unten auf ein hohes, feuchtes Kellergewölbe blickte, das von zerrütteten Säulen, beschädigten Balustraden und vergitterten Fenstern unterbrochen wurde. In der düster gehaltenen Bühnenbeleuchtung schienen einige Mauerpartien sogar nass zu glänzen. Da war eine unvollständige Treppe, die im Nichts endete. Leonie fasziniert die trostlose Atmosphäre. Montezuma ist angekettet und singt ein schwermütiges Rezitativ.

Leonie spürt eine Beklommenheit unter den Zuschauern. Redete da wirklich niemand? Es war auffallend still. Ihr Blick wandert über das Publikum; sie kann nur ernste Gesichter entdecken. Da zuckt Leonie zusammen: Madame R.s Platz war wieder besetzt … sie war wieder zurückgekehrt! Leonie ist unendlich erleichtert. Das konnte nur Gutes für Paolino heißen! An Paolinos letztem Auftritt war ihr rein gar nichts aufgefallen. Leonie denkt an die mit Speeren und goldenen Federn geschmückte, im Bühnenlicht glitzernde Flugmaschine zurück, auf der die Königin Eupaforice zu ihrem kaiserlichen General herabgesegelt war.

Da berührt Antoinette sie am Arm. Sie hält das Theaterheft in ihrer anderen Hand.

»Mein Onkel reichte mir den Text für die nächste Arie des Montezuma. Er meint, wir sollten sie uns zu Gemüte führen, denn die Worte seien wunderbar gewählt.«

Leonie staunt, wie genau der Hoflieferant das Theaterheft schon gelesen haben musste. Es war doch irgendwie klasse, wie er versuchte, seine Nichte durch die Oper zu begleiten … und sie, die Zofe, einfach miteinbezog!

»Oh, vielen Dank!« Leonie nickt dem Hoflieferanten zu.

»Hier beginnt der Text.« Antoinette setzt ihren Finger auf eine Stelle.

»Der Sprechgesang ist zu Ende … es müsste gleich mit der Arie weitergehen …«, flüstert Leonie Antoinette zu.

Oh, Montezuma fing alleine an … dann folgte das Orchester … nur mit den Streichern … die zupften nur ganz leise … wie schön! Leonie hört hingerissen zu. Der Text konnte jetzt erst mal warten. Leonie überlegt: Das war doch die Arie, aus der Amadori während der Probe einen Ausschnitt vorsingen musste! Hatte der König daran nicht selbst einige Änderungen vorgenommen? Ja, ja, erinnert sich Leonie, da war es dem König doch um den ›verwehten Hauch‹ gegangen! Elektrisiert beugt sich Leonie über das Theaterheft, in dem sich die italienische und deutsche Textfassung jeweils gegenüberstehen. Sie überfliegt den deutschen Text. Ja, da stand tatsächlich: ›Größe und Glanz der Menschen gleichen den flücht'gen Schatten, ein Hauch kann sie verwehn.‹ Wahnsinn! Amadoris klare, volle Stimme berührt Leonie. Gebannt schaut sie auf die Bühne und hört ihm zu. Friedrich hatte doch einen Knall mit seinem vernichtenden Urteil über Amadoris Stimme! Unwillkürlich dreht sie ihren Kopf zu Antoinettes Onkel und sieht, wie ihm ein paar Tränen über die Wangen laufen.

Nach der Arie hört Leonie, wie der Riegel einer Gittertür aufgeschoben wird. Kurz danach eilt die Königin Eupaforice auf die Bühne. Aus dem Publikum kommen erstaunte, begeisterte Rufe.

»Nein! So plötzlich erscheint die Königin!«, ruft die Dame hinter Leonie. Auch Antoinettes Onkel reagiert verblüfft. Sogar der König dreht sich um; scheinbar zufrieden schaut er über das Publikum. Jetzt sollte doch das Duett kommen … und alle waren total aufmerksam … und gespannt. Sie selbst auch!

Madame R. hatte ihr gestanden, dass ihr das Duett am meisten bedeutete. Leonie blickt in den ersten Rang hinab. Da saß sie, kerzengerade und aufmerksam, die Hände vor sich übereinander gelegt. Schade, dass Leonie ihre Gesichtszüge in der Entfernung nicht deutlicher sehen konnte. Wo war Kaldenberg? Leonie lehnt sich nach vorne und durchsucht die Offiziere in der Nähe des Königs. Wenn die Beleuchtung nur nicht so schummrig wäre! Konnte sie Antoinettes Onkel nochmals nach dem Opernglas fragen? Nein, er benutzte es gerade selber. Schade. Also, nochmals versuchen … vielleicht konnte sie Kaldenberg trotzdem mit bloßem Auge entdecken. Alle Offiziere schauten zur Bühne … diese Frisuren, Perücken, Uniformen, Körperhaltungen sahen alle gleich aus. Einfach noch genauer hingucken, denkt Leonie.

Nachdem Amadori und die Astrua begonnen haben, zweistimmig zu singen, dreht sich jemand in der Entourage des Königs um und blickt hoch zum ersten Rang. Das konnte nur Kaldenberg sein! Leonie behält ihn genau im Auge. Wenn er sich dann wieder zur Bühne wendete, würde sie ihn auf alle Fälle wiederfinden. Doch zu Leonies Überraschung verändert Kaldenberg seine Position nicht. Guckte er etwa immer noch zu Madame R.? Was machte sie? Sie blickte starr in seine Richtung … und begann zu lächeln … oder bildete sie sich das nur ein? Leonie stellt fest, dass der Hoflieferant das Opernglas abgelegt hat. Jetzt oder nie! Leonie beugt sich zur Seite und fragt leise nach dem Opernglas. Ohne seine Augen von der Bühne zu lassen, reicht Antoinettes Onkel ihr das kostbare Stück. Leonie bedankt sich flüsternd.

Ja, sie hatte richtig vermutet. Immer noch schemenhaft, doch näher kann Leonie erkennen, dass Madame R. und Kaldenberg sich unentwegt ansehen. Madame R. hebt ihren Fächer und lässt ihn über ihre Wange gleiten. Kaldenberg schien ihr immer wieder zuzunicken … sich ein wenig zu verbeugen. An einigen Stellen klingt das Duett so wunderbar melodisch, dass Leonie das Opernglas kurz absetzt und einfach zuhört. Sie brauchte den Text gar nicht zu lesen, man hörte, dass sich Montezuma und Eupaforice einander versprachen – auf immer und ewiglich. Auch die Gestik zwischen den Hofsängern war diesbezüglich eindeutig. Komisch war nur, dass die beiden Liebenden sich niemals berührten … das wäre doch jetzt der Zeitpunkt! Nochmals ein kurzer Blick durchs Opernglas, das Duett könnte jeden Moment enden … oh, Madame R. legte den Fächer auf ihre Lippen … eine weitere intime Botschaft an Kaldenberg!? Leonie schwenkt schnell auf Kaldenberg, der in einer langen, angedeuteten Verbeugung verharrt. Dann gibt Leonie das Opernglas zurück an den Hoflieferanten.

Die Ereignisse auf der Bühne schienen sich zu überschlagen. Für das kaiserliche Liebespaar und ihr Volk wurde die Lage zunehmend ausweglos. Leonie ist froh, dass sie immer wieder einen kurzen Blick in das Theaterheft werfen kann, denn nun wurde es spannend. Eupaforices Hofdame erscheint im Kerker und weiß zu berichten, dass die Pläne für den Volksaufstand verraten wurden. Ein spanischer Hauptmann dringt in den Kerker ein und verkündet, dass der Volksaufstand niedergemetzelt würde. Die verzweifelte Eupaforice versucht, den zögernden Montezuma zur Flucht zu überreden.

Ein Kulissenwechsel führt in einen imposanten Vorhof mit Säulen. In der Ferne ist die Stadt der Azteken zu erkennen. Stolz und unerbittlich steht Cortés mitten auf dem Vorhof. Unter den Säulen reihen sich die siegreichen Spanier auf. Montezuma, Eupaforice und ihre Hofdame werden strengstens bewacht.

Da kam doch Paolino auf die Bühne! Er hatte also den Volksaufstand überlebt! Leonie lehnt sich begeistert über die Brüstung. Moment … jetzt ließ sie sich auch schon von der Handlung mitreißen! Sie wundert sich über sich selbst. Paolino bleibt vor Cortés stehen. Leonie hält sich die Hände an ihre Schläfen, um Paolino konzentriert zu beobachten. Wie beeindruckend er die Dramatik dieser Situation verkörperte! Furchtlos stand er vor Cortés, doch selbst von hier oben konnte Leonie erahnen, wie niedergeschlagen Paolinos Gesichtsausdruck sein musste! Er, Pilpatoé, der kaiserliche General, hatte dieses Ende kommen sehen, doch alle seine Mahnungen waren nicht ernst genommen worden. Cortés singt ihm mit rabiaten Gesten sein Todesurteil. In stolzer Haltung, doch innerlich sichtlich gebrochen, wird Pilpatoé abgeführt. Leonie bewundert Paolinos kurzen, doch gleichzeitig so ergreifenden letzten Auftritt.

Cortés Unerbittlichkeit richtet sich dann gegen Montezuma und Eupaforice. Als Montezuma sich standhaft weigert, seinem Glauben abzuschwören und auf seine Anvertraute zu verzichten, ist auch Montezuma dem Tod geweiht. Leonie fesselt die anschließende Arie der Eupaforice, in der sie die Verbrechen der grausamen Spanier anklagt. Überzeugend singt die Astrua die Abscheu und Wut, die Eupaforice den Spaniern entgegenbringt. In seiner letzten Arie besingt Montezuma seine heldenhafte Haltung vor dem Tod. Vor der händeringenden Eupaforice wird Montezuma abgeführt. Das Publikum schien zwischen Entsetzen und Mitleid hin- und hergerissen zu sein – so kommt es Leonie zumindest vor.

Was für eine beeindruckende Frauenfigur Eupaforice doch war! Im nächsten Sprechgesang macht sie Cortés bittere Vorwürfe und eröffnet ihm, dass sie den Spaniern nur eine brennende Stadt überlassen würde. Leonie packt die Verzweiflung in der Stimme der Astrua. Voller Hass und Heftigkeit schleudert sie Cortés die Worte entgegen, der immer noch glaubt, sie besitzen zu können. Als sie sich ihm endgültig verweigert, indem sie sich vor ihm erdolcht, sind nicht nur alle Zuschauer, sondern auch Leonie schockiert. Wieder beobachtet sie einige Ohnmachtsanfälle unter den Damen, die große Unruhe in deren unmittelbarer Umgebung auslösen.

Doch die Schreckensbilder reißen nicht ab! Leonie kommt aus dem Staunen nicht heraus, als die Stadt der Azteken plötzlich in Flammen aufgeht. Diese lodernden Flammen sahen täuschend echt aus ... das

Feuer prasselte sogar ... das konnte doch nicht sein! Grollender Donner ertönt, der sich wiederholt. Dunkle Rauchwolken schweben von oben herab und verfinstern den Vorhof. Das Ballett tritt auf. Der Tanz mutete anders, viel heftiger, fast gewaltsam an, findet Leonie. Ein Teil der Tänzer, deren Kostüme an die der Spanier erinnerten, griffen Tänzer an, die als aztekische Frauen verkleidet waren. Das Ballett wird von entsetztem Raunen im Publikum kommentiert. Kaum sind die Tänzer abgetreten, erscheint der Chor in den schon bekannten Aztekenkostümen, um die Schreckensszene zu besingen. Das Orchester begleitet die Sänger in schnellem, erregtem Tempo. Die brennende Stadt beherrscht immer noch den Hintergrund. Am Ende fliehen die Chorsänger panisch in verschiedene Richtungen von der Bühne und der Vorhang fällt.

Leonie atmet tief durch. Für eine Weile hängt der Schrecken über dem schweigenden Publikum. Erst als der König seine Hände zum Klatschen anhebt, fangen auch die Zuschauer an, in tosenden Applaus auszubrechen. Immer wieder müssen die Künstler – allen voran die Hofsänger und Hofsängerinnen – auf der Bühne erscheinen.

KLÄRUNG

44. Kapitel

Johann steht am Fenster über dem Künstlereingang und wartet ungeduldig auf die Rückkehr des Chors von der Bühne. Emma hatte ihm erzählt, dass alle Sänger in großer Unordnung abgehen würden. Das hatte ihn gewundert. Was das wohl für einen Eindruck bei den Zuschauern hinterlassen würde! Wo blieb der Chor bloß? Oh, da kam Emma schon! Johann geht auf sie zu. Sie bleiben voreinander stehen. Emmas Wangen sind rot vor Aufregung, ihre Augen glänzen.

»Das war eine wundervolle Aufführung, Johann! Die Stimmung auf der Bühne war düster, fast unheimlich. Die dunklen Wolken! Und die Flammen, die Flammen der brennenden Stadt … ich traute meinen Augen kaum!«, sprudelt es aus ihr heraus. »Wir sangen besser als bei den Proben, ja das haben wir…«

Johann lächelt Emma an.

»Meine Liebe, …«

»… und wir waren mehr im Einklang mit dem Orchester, fand ich! Elisabeth, Maria und ich haben uns gut geschlagen. Maria, finde ich, hat eine besonders schöne Stimme, sie ist sehr musikalisch … ihr Vater spielt ja auch die erste Geige im Orchester!«

»Meine Liebe«, hebt Johann nochmals an.

»Ja? Und wie geht es dir, Johann? Wie geht es Paolino? Ich musste so oft an euch denken.«

Johann greift nach Emmas Hand.

»Wilhelmine, Paolino hat mich geschickt, um dich in unsere Garderobe zu holen.«

»Oh, wie schön! Erst muss sich der Chor jedoch umziehen.«

»Was für ein ungewöhnliches Kostüm …«

»Natürlich! Wir sind doch das Volk von Montezuma, die Azteken … aus der fremden Welt eben!«

»Es steht dir, Em … Wilhelmine.«

»Streich mal über die wenigen Federn an meinem hellen Rock, Johann! Sind sie nicht wundervoll?«

Bevor Johann die Federn berühren kann, springt Emma in Richtung Garderobe davon.

»Wilhelmine!«, ruft ihr Johann hinterher. »Ich warte hier auf dich! Es gibt viel zu berichten, bevor wir zu Paolino zurückkehren!«

Emma winkt ihm zu.

»Ich werde mich beeilen!«

Johann blickt aus dem Fenster. Paolino hatte ihm eingeschärft, dass über die Verhaftung der Gräfin von Göhrden kein Wort in die Öffentlichkeit gelangen dürfe. Die Anschuldigungen seien zu ungeheuerlich und skandalträchtig. Johann litt mit Paolino; offensichtlich war er der Gräfin sehr zugetan, ja, vielleicht liebte er sie wirklich. Welche inneren Zweifel musste Paolino hegen! Hatte er sich menschlich in seiner Geliebten so täuschen können? Noch schien es Paolino schwer zu fallen, den Verhaftungsgründen Glauben zu schenken. Johann denkt an die vielen Kosenamen, die Paolino für sie hatte. Am Ende hatte er sie sogar bei ihrem Vornamen genannt. Doch natürlich würde Johann über diesen tragischen Vorfall schweigen wie ein Grab. Paolinos Ruf als Königlicher Hofsänger wäre ruiniert, wenn dies alles zum Gerücht werden würde. Und als Mensch, als Paolo Bedeschi, wäre er zerstört.

»Johann!« Emma steht erwartungsvoll vor ihm. »Nun erzähl' schon, lieber Johann. Ich bin gespannt.«

»Meiner Schwester möchte ich erst einmal zur gelungenen Aufführung gratulieren und sie dafür in die Arme nehmen.« Johann lächelt verschmitzt.

»Ich habe nichts dagegen, Johann, doch nicht zu lange … Geschwister umarmen sich nicht so lange, glaube ich …«

»So? Das glaubst du?« Johann nimmt Emma in die Arme und drückt sie sanft an sich. »Vielleicht ist das in deinen Zeiten so … hier gibt es darüber keine Regeln! Zumindest sind mir keine bekannt.« Er lacht leise. »Und wenn es welche gäbe, würde ich mich über sie hinwegsetzen.« Er sieht Emma an. »Für dich!«

Emmas Herz quillt über. Sie denkt an seine nächtlichen Worte zurück. »Immer und ewiglich« solle sie bei ihm bleiben … ja, das wollte sie … sie liebte ihn!

»Johann!«, sagt sie leise und legt ihren Kopf gegen Johanns Schulter.

»Uns bleibt wenig Zeit … muss ich doch anfangen zu erzählen! Mit dir in meinen Armen hätte ich es fast vergessen.«

Johann lässt Emma los.

»Paolino wartet. So hör zu!«

Er berichtet der verblüfften Emma von der Behandlung Paolinos, dem hautnah erlebten Anschlag auf die Gräfin von Rathen, von seiner Verfolgungsjagd und dem gefassten Täter. Er beschreibt, wie die Dame Paolino in der Garderobe überrascht hat, sie jedoch plötzlich wegen versuchten Mordes vor Paolinos Augen verhaftet wurde. Johann verrät der schockierten Emma, wer die Dame in Wirklichkeit ist und nimmt ihr das Versprechen ab, über diese Ereignisse kein Wort zu verlieren.

»Und nun«, schließt Johann, »gib mir deine Hand, Wilhelmine, so dass ich meine sprachlose Schwester zu Paolinos Garderobe führen kann!«

Langsam geht Leonie inmitten der Menschenmassen durch die Gänge und die Treppen nach unten. Gerade hat sie sich von Antoinette und ihrem Onkel verabschiedet. In ihrer Offenheit hatte Antoinette ihr gestanden, dass sie es bedauern würde, sich nun von ihr trennen zu müssen. Dabei hatte sie nach Leonies Händen gefasst und sie fest gedrückt. Sie sei die mutigste Frau, die ihr je begegnet sei, da sie die vielen Schreckensszenen so gelassen überstanden habe. Leonie grinst. Ja, Antoinette hatte immer wieder sehr unter der ›action‹ auf der Bühne gelitten! Bei ihrem Onkel hatte sich Leonie für die Benutzung von Opernglas und Theaterheft bedankt. Überschwänglich hatte er ihr alles erdenklich Gute für ihre Stellung als Zofe gewünscht – vielleicht würde man sich ja bei Gelegenheit im Stadtschloss begegnen. Das jedenfalls würde er sehr begrüßen wollen! Nein, so lange würde sie auf keinen Fall mehr hier sein.

Die Menschen um Leonie unterhalten sich lebhaft. Vereinzelt fallen Leonie leicht verrußte Gesichter auf ... wie kam das? Es sah jedenfalls lustig aus und niemand schien sich so richtig daran zu stören. Die Leute konnten nur zu nah an die Kerzen- oder Talglichter gekommen sein. Leonie freut sich, Madame R. in Kürze an dem vereinbarten Treffpunkt, am separaten Eingang für den Hof, zu sehen. Dann würde sie nicht mehr alleine unterwegs sein. Sie würde endlich erfahren, wie es Paolino ergangen war. Ha, und sie würde Madame R. auf Hauptmann Kaldenberg ansprechen! Das war doch alles zu verdächtig!

Voller Anspannung denkt sie an Emma. Wie das Abschiedsgespräch wohl verlaufen würde? Sie würde auf Emmas Brief aufbauen. Ja, Emma hatte ihr damit schon eine Brücke gebaut. Als Erstes würde sie ihre Entschuldigung annehmen. Das wäre schon mal ein positiver Einstieg. Und dann ... ja, und dann würde sie sagen, dass sie jetzt einen Schlussstrich unter ihren Streit ziehen könne und sich wünsche, dass Emma das auch täte. Erst dann würde sie das Thema Johann und das In-der-Vergangenheit-bleiben anschneiden. Leonie überlegt. Na ja, ermahnen wollte sie Emma eigentlich nicht mehr, das würde sowieso nichts bringen. Nein, sie würde einfach fragen, wie sie sich entschieden habe ... und dass sie als Freundin jede Entscheidung annehmen könne.

Und Georg? Würde sie ihn vor ihrem Abschied nochmals sehen? Leonie wünscht es sich. Er hatte sie nach dem Streitgespräch wieder auf die Spur gesetzt. Er war einfach ein guter Typ! Außerdem hatte sie keine Chance gehabt, ihn vom dritten Rang aus unter den Komparsen zu finden – er musste ihr von seinen Auftritten erzählen! Sicherlich würde er das ziemlich anschaulich und lustig machen.

Da war schon Madame R.! Moment! Leonie bleibt stehen. Nein, Madame R. schien sie noch nicht entdeckt zu haben. Kam da nicht Hauptmann Kaldenberg aus dem höfischen Eingang heraus? Zielstrebig lief er auf Madame R. zu. Jetzt wurde es ja interessant! Als Madame R. Kaldenberg erblickt, hellt sich ihr Gesicht auf. Der Hauptmann nimmt galant ihre Hand und verbeugt sich leicht. Leonie beobachtet, wie die beiden sich angeregt und vertraut unterhalten. Dabei kleben ihre Augen aneinander. Sie lachen ausgelassen. Gleich würden sie sich küssen! Leonie schüttelt den Kopf. Aber das ging ja in dieser steifen Gesellschaft nicht! Es wäre wahrscheinlich ein Skandal. Oh, Madame R. winkte ihr zu! Nichts wie hin!

Leonie wird als Zofe Eléonore vorgestellt und Hauptmann Kaldenberg nickt ihr freundlich zu.

»Sehr erfreut, Sie kennenzulernen, Eléonore«, sagt er knapp.

Wie gerne würde sie den Hauptmann in Ruhe ansehen, doch das war jetzt leider nicht möglich. Echt schade.

»Die Auftritte der Komparsen fanden meinen Gefallen, Wichard. Ein großer Fortschritt zu gestern war zu vermerken. Sei beglückwünscht! Georg habe ich mehrmals erkennen können; seine Verve und Hingabe waren auch bei der Prinzessin und mir im höfischen Rang zu spüren!«

Hauptmann Kaldenberg lacht.

»Was für ein grimmiges Gesicht er hatte, als er Kaiser Montezuma nach dessen Todesurteil von der Bühne abführte!«, ergänzt Madame R. beeindruckt.

»Ja, dieser Auftritt erfüllt ihn mit großem Stolz! An Aufregung mangelte es nicht, wie du dir vorstellen kannst, doch er hat sie überwunden.« Kaldenberg sieht Madame R. inniglich an. »Zu meinen Komparsen zieht es mich, meine Liebe, um ihnen großes Lob zu erteilen. Wollen wir uns bei den anschließenden Feierlichkeiten des Königs im wunderschönen Apollosaal verabreden?«

»Von ganzem Herzen, Wichard, doch lass uns die Gelegenheit nutzen, davor Georg und Johann in Paolinos Künstlergarderobe zusammenzuführen – sehen sich die Freunde doch so selten. Wundern würde es mich nicht, wenn Johann schon seine geliebte Chorsängerin bei sich hätte. So könnte Eléonore ihre beste Freundin sehen, mit der sie sonst vornehmlich über Briefe korrespondiert. Auch wir sollten diese opportune Situation nicht verpassen, uns dort zumindest kurz zu sehen.«

Madame R. lächelt kokett.

»Wenn die Gräfin von Rathen dies vorschlägt, so wäre ich die letzte Person, die es abschlüge! Hiermit verspreche ich Euch auch, Georg mitzubringen.«

Während sich die beiden zum Abschied zunicken, hält Madame R. ihren Fächer an die Wange.

»Nun, liebe Leonie, wie bist du da oben im dritten Rang zurechtgekommen?«, will Madame R. wissen, während sie sich zu Paolinos Garderobe in Bewegung setzen.

Leonie erzählt von ihrem Glück mit den Sitznachbarn.

»Für mich war es der beste Platz in der ganzen Königlichen Oper! Vielleicht ein bisschen zu weit weg von der Bühne, doch dafür hatte ich einen tollen Blick! Mir ist nicht entgangen, dass du eine Zeitlang weg warst, Madame R. Ich machte mir natürlich Sorgen um Paolino.«

»Ja, der Notfall war eingetreten, doch die Behandlung verlief reibungslos. Johann leistete Großartiges, mir dabei zu helfen …«, Madame R. zögert, »… fast reibungslos, müsste ich eigentlich sagen.«

»Warum?«

»Fast wären wir in ernsthafte zeitliche Schwierigkeiten gekommen, denn ein aufdringlicher Fan, eine Dame, die mir sogar bekannt ist, störte uns in der Garderobe. Nur Paolino gelang es, sie wieder hinauszubegleiten.«

»Du kanntest diesen Fan?«, hakt Leonie neugierig nach.

»Ja.«

»Das muss doch für die Dame total peinlich und unangenehm gewesen sein!«

»Nein, den Eindruck hatte ich nicht.«

»Und wer war sie? Jemand vom Königlichen Hof?«

Madame R. schweigt.

»Ich kenne sie bestimmt eh nicht, Madame R. Wer war es denn?«

Madame R. ziert sich.

»Weißt du, Leonie, ich schweige für Paolino.«

»Verstehe.« Leonie zuckt mit den Schultern. »Auf der Bühne war Paolino nicht das Geringste anzumerken. Dafür habe ich ihn wirklich bewundert!« Leonie hält inne. »Bewundert habe ich aber auch …«, fährt Leonie kess fort und sieht Madame R. stirnrunzelnd an, »… die anhaltende Kommunikation zwischen Euch, verehrte Gräfin von

Rathen, und dem Hauptmann Kaldenberg – obwohl ihr so weit voneinander entfernt saßt.«

»Da hatte die Musik ihre Finger im Spiel …«

»… wohl vor allem das Duett«, unterbricht sie Leonie.

»Das erschloss sich dir aus dem dritten Rang?«

»Ich habe genau aufgepasst!«

»Dir entgeht nichts.« Madame R. schmunzelt.

»Nein, nichts … fast nichts … oder sagen wir: Das Wichtigste entgeht mir nicht. Die Beleuchtung war schon eine Herausforderung.«

»Nur zu gut kann ich nachvollziehen, wovon du sprichst!« Madame R. schweigt kurz. »Gestern bei der Probe rannen noch Tränen der Trauer und Verzweiflung, heute haben sie sich in Freudentränen verwandelt …«

»Die Freudentränen habe ich vom dritten Rang aus nicht gesehen«, sagt Leonie trocken.

Madame R. lacht.

»Nein, sicher nicht, doch wen wundert das? Mich nicht!«, erwidert sie fröhlich. »Was für ein schönes Treffen wir gleich in Paolinos Garderobe erleben werden! Es gilt, eine grandiose Premiere zu feiern! Es gilt, eine Zusammenkunft von uns allen zu feiern … nach den vielen getrennten Wegen, die wir beschritten haben! Es fühlt sich an wie eine Fügung des Schicksals!«

Leonie sieht Madame R. kritisch an. Jetzt wurde ihr Madame R. zu pathetisch. Sie übertrieb völlig!

»Ja, wir feiern …«, Leonie überlegt, »… wir feiern viel … vor allem erst mal diejenigen unter uns, die auf der Bühne standen … allen voran Paolino, finde ich. Die Choraufführungen haben mir gefallen. Und Georg ist als Komparse nicht unangenehm aufgefallen, finde ich.«

»Beim Überfall der Spanier auf die Palastwache hatte ich Georg entdeckt.« Madame R. lacht auf. »Ich muss sagen, da ging er keineswegs zimperlich vor!«, amüsiert sie sich.

»Paolino muss ich unbedingt nach dem Feuer fragen. Das fand ich wirklich beeindruckend!«, wirft Leonie ein.

Als Paolinos Garderobe in Sicht ist, bleibt Leonie stehen.

»Madame R.«, beginnt sie und sieht Madame R. ruhig an, »mein Gespräch mit Emma ist mir wichtig: Ich will wissen, ob sie hier bei Johann bleiben will und ob das wirklich ihr Ernst ist. Aber, egal wie sie sich entscheidet, ich will zurück … eher früher als später.«

»Ich verstehe dich, Leonie. Du wirst zurückkehren … bald … ein günstiger Moment wird kommen, und wir werden ihn nicht verstreichen lassen. Ich verspreche es dir – von ganzem Herzen.« Diese drei Worte hatte Madame R. gerade zu Hauptmann Kaldenberg gesagt.

»Okay.« Leonie nickt.

»Lass uns zu den anderen gehen«, fordert Madame R. sie auf.

45. Kapitel

Nach dem Klopfen öffnet Johann die Tür zur Garderobe. Er strahlt Madame R. und Leonie an.

»Paolino!«, ruft er. »Die Gräfin von Rathen und ihre Zofe Eléonore statten uns einen Besuch ab.«

»So bitte sie umgehend, einzutreten, *caro Gianni*! Das Kostüm ist abgelegt, mit deiner Hilfe bin ich wieder *presentabile*.«

Madame R. und Leonie treten ein.

»Seid von Herzen begrüßt, *adorata Contessa*, samt Zofe Eléonore.« Paolino kommt auf sie zu.

»Ihr seid mir immer willkommen, doch besonders heute, nach der Tragödie auf der Bühne, wo mich mein Todesurteil ereilte.« Er macht eine bewusste Pause.

»Oder treffen wir uns hier etwa *in cielo* vor Petrus Pforte? Auch da würde Euer aller Anwesenheit *la mia vita* … nun denn, mein beendetes Leben … versüßen.« Er lacht kurz auf.

»Ob im Himmel oder nicht, kaum finde ich die richtigen Worte, um Euch angemessen zu gratulieren«, sagt Madame R. lächelnd. »Mir war, als hättet Ihr Euch selber übertroffen. Hingerissen war ich von Euren beiden Arien und Euren Auftritten – während doch hinter der Bühne einiges auf Euch einbrach. Ihr habt meine aufrichtige Bewunderung, Paolino.«

»Eure Worte, verehrte Gräfin, erfreuen mein Herz! Seid bedankt. Ohne Eure Hilfe wäre es mir schwer gefallen, wäre es gar unmöglich gewesen, bis zum Ende auszuharren.«

Paolino blickt zu Johann, Emma und Leonie.

Da fasst sich Leonie ein Herz.

»Paolino, wie entstand die brennende Stadt auf der Bühne?«, fragt sie. »War das ein echtes Feuer?«

»*Oh no, Eleonóra*! Baron von Sweerts und Wilhelm hatten sich dagegen entschieden, denn die Brandgefahr wäre dadurch ungemein groß gewesen!«

»Ja, wie denn?«

»Du erinnerst dich an die Häuser der Stadt Mexiko, die an den hinteren Kulissen zu erkennen waren?«

Leonie nickt.

»Unzählige Flammenzungen aus rotem Seidenpapier waren hinter den Häuserkulissen befestigt. Auf Wilhelms Kommando wurden diese durch einen heftigen Wind – *un vento impetuoso* – bewegt, der von großen Blasebälgen erzeugt und von Rohren umgeleitet wurde. Gleichzeitig wurden die Flammenzungen mit farbigem Licht – *luce colorata* – angeleuchtet. Das Prasseln des Feuers entstand durch die Regenmaschine, der Donner durch die Donnermaschine.«

Fasziniert hören alle zu.

»*Allora:* kein einziger Feuerfunken! Und: eine Meisterleistung der Koordination hinter der Bühne!«, ergänzt Paolino.

»Wie Recht Ihr habt, Paolino! Ein Meisterwerk!«, sagt Madame R. begeistert.

»Eléonore, Wilhelmine und Johann, meine lieben, jungen Freunde«, Paolino schaut sich um. »Ihr sollt euch nun amüsieren, statt Lektionen über den Bühnenzauber zuzuhören! Viele Sitzgelegenheiten kann ich *in questo camerino* nicht anbieten.« Er schmunzelt.

»Nun denn, es ist eben *un camerino d'artista*! Wie könnte es anders sein? Doch, neben der Zinkwanne steht noch ein Stuhl … ah, und wenn du, Gianni, die Zinkwanne kopfüber hinstellst, so ließe sich auch noch auf dem Boden dieses nützlichen Gegenstandes sitzen. So kurz vor Petrus Himmelspforte hatte ich doch noch einen guten Einfall! … Gianni, *da buon cavaliere*, stehst du bitte? *Le donzelle*, die Damen, dürfen sitzen.«

»Das versteht sich von selbst, Paolino.«

»*Bravo! Sì!*«, sagt Paolino und wendet sich Madame R. zu.

Emma setzt sich auf die umgestülpte Zinkwanne.

»Dein Kleid ist schöner und wertvoller als meins, Leo«, sagt Emma und bedeutet Leonie, sich auf den Stuhl neben sich zu setzen.

»Danke, Emma.« Leonie zieht Emmas Brief aus ihrem Ausschnitt. »Und nochmals danke für deinen Brief.«

Emma lächelt.

»Das war auch Johanns Idee«, gibt sie ganz offen zu.

Johann entfernt sich, um Paolinos Kostüm zu inspizieren.

Leonie legt ihre Unterarme auf die Oberschenkel und beugt sich zu Emma hinunter.

»Erst mal herzlichen Glückwunsch zu deinem Chorauftritt, Emma. Ich fand, dass ihr richtig schön gesungen habt …«

»Du hast die Aufführung miterlebt?«, fragt Emma erstaunt. »Ich habe mich schon über deine Frage zur brennenden Stadt gewundert.«

»Ja, Madame R. hat mir eine Karte im dritten Rang besorgt.«

»Wie toll! Dann hast du die ganze Oper gesehen! Wow!«

Leonie nickt.

»Emma«, Leonie dreht den Brief in ihren Händen, »ich möchte dir sagen, dass ich deine Entschuldigung in diesem Brief annehme und wir eigentlich gar nicht weiter über das, was hinter uns liegt, sprechen müssen. Finde ich zumindest.«

Leonie reicht Emma die Hand.

»Schlägst du ein?«

Emma nickt und gibt Leonie sichtlich erleichtert ihre Hand.

»Weißt du, in den Zeilen fand ich irgendwie die alte Emma wieder. Tschuldigung, wenn ich jetzt ›die alte‹ sage, doch …«

»Hey, ich versteh schon, was du meinst, Leo. Ich hatte mich einfach daneben benommen.«

»Liegt jetzt hinter uns.« Leonie nimmt Emmas Hand in ihre beiden Hände und drückt sie liebevoll. »Aber was liegt vor uns? Du hast geschrieben, dass du dir vorstellen kannst, bei Johann zu bleiben … du zögerst also, zurückzukehren? Ich würd's dir zutrauen, Emma … ob's klug wäre, weiß ich nicht … doch du entscheidest.«

Emma schweigt und blickt auf Leonies Hände.

»Es fühlt sich mit Johann so richtig an, Leo. Kannst du verstehen, was ich meine?«

»Na ja, ich versuch's, Emma – aber ich weiß schon, was du meinst.«

»Es würde mir einfach das Herz brechen, zu gehen …«

»Aber überleg doch mal, du würdest hier leben!«

»Madame R. könnte mir vielleicht die eine oder andere Zeitreise ermöglichen …«

»Ach, wer weiß, wie oft das noch klappen würde. Sie hat mir versprochen, dass ich sehr bald zurückkehren kann …«

»Du willst also zurück, ja?«

»Klar. Auf alle Fälle. Ich war dir ja hinterhergereist. Jetzt weiß ich, dass es dir gut geht, Emma.«

Emma seufzt und fährt fort:

»Natürlich weiß ich nicht …«

Wieder klopft es an der Garderobentür. Emma und Leonie beobachten, wie Johann übermütig zur Tür hüpft und sie aufmacht.

»So geh' du zuerst voran, Georg!«, hören die Mädchen Hauptmann Kaldenberg sagen.

Johann und Georg umarmen sich kurz und sehen sich lachend an.

Als Hauptmann Kaldenberg eintritt, ruft Paolino erfreut:

»*Oh, che onore*, Euch, Hauptmann Kaldenberg, den Häuptling aller Komparsen, hier empfangen zu dürfen!«

Kaldenberg fängt an zu lachen.

»Nur ein Künstler Eurer Güte, Paolino, würde den Einfall haben, mich so zu nennen! Der Häuptling aller Komparsen gratuliert Euch zu Euren atemberaubenden Darbietungen!«

Die beiden Männer begrüßen sich auf das Freundlichste.

»Gianni! Stelle mir deinen Freund, Giorgio, vor! Endlich habe ich das Glück, ihn kennenzulernen! Es hat lange genug gedauert!« Paolino mustert Georg. »Stattlicher Bursche! *Fa una bella figura*! Nun denn, wen wundert's, er ist ja der Bursche des Häuptlings aller Komparsen! Wollt ihr euch zu den wunderschönen jungen Damen gesellen?« Er räuspert sich. »Das solltet ihr euch nicht zweimal sagen lassen!« Dann wendet er sich Emma und Leonie zu. »Lasst euch von Georgs *avventure* als spanischer Seemann und Soldat *del feroce Cortés* berichten!«

»Paolino, von seinen Abenteuern als Komparse hätte Georg von alleine geprahlt!«, sagt Johann frech und fängt sich von Georg einen Schlag auf den Oberarm ein.

»Es geht schon los!«, neckt Johann weiter. »Georg will uns erst einmal seine unermesslichen Kräfte zeigen! Doch wollen wir uns etwa vor Emma und Leonie raufen?«

»Eine Rauferei in meinem *camerino*?«, meldet sich Paolino theatralisch. »Verehrte Gräfin von Rathen, hoch geschätzter Hauptmann von Kaldenberg, so darf ich bitten, dass wir uns gepflegteren Topoi zuwenden. Soweit ich das beurteilen kann, könnt Ihr überaus zufrieden sein mit den Auftritten Eurer Komparsen, Hauptmann Kaldenberg. *La disciplina del Vostro battaglione* war auf der ganzen Bühne präsent.«

Sichtlich erfreut kommt Georg auf Emma und Leonie zu. Johann folgt ihm. Die vier stehen sich etwas befangen gegenüber.

»Wann waren wir zum letzten Mal so zu viert zusammen?«, beginnt Johann das Gespräch.

»So wie jetzt? Niemals!« Georg grinst. »Denn entweder hatten sich die Damen in Miniaturgröße verwandelt oder sich unter einer Tarnkappe versteckt! Diese beiden Damen haben uns doch immer wieder in Schwierigkeiten gebracht, aber das scheint der bis über beide Ohren verliebte Johann«, mit seiner Schulter stößt Georg seinen erstaunten Freund an, »schon vergessen zu haben!«

»Das, mein lieber Georg, musst du mir erst einmal nachmachen!«, fasst sich Johann schnell wieder.

»Über beiden Ohren verliebt sein? Ach, jetzt noch nicht!«, winkt Georg scheinbar verächtlich ab. »Lieber bin ich Komparse und trete als spanischer Krieger in einer Oper auf.« Dabei zeigt er seine Muskeln an den Oberarmen.

»Und du meinst, die Palastwache des Kaisers Montezuma hatte wirklich Angst vor dir?« Johann sieht seinen Freund kritisch an.

»Ja, ihre Lippen zitterten, ihre Knie schlotterten, sie fielen vor mir auf die Knie und baten um Gnade …«

»… was ich aus dem Publikum jedoch nicht beobachten konnte!«, wird Georg von Leonie unterbrochen.

Johann amüsiert sich und berührt Emmas Hand.

»Wie? So saßt du unter den Zuschauern, Leonie?« Georg ist perplex. »Was für ein Glück! Deine Herrin, die Gräfin, meint es gut mit dir. So erzähl, wo war dein Platz?«

»Im dritten Rang …«

» … So begreife ich auf der Stell', warum du keine zitternden Lippen und schlotternden Knie erkennen konntest! Wäre es jemandem aus dieser Entfernung zur Bühne möglich? Das ist doch sehr zu bezweifeln.« Georg blickt fragend in die Runde.

»Vom dritten Rang hätte ich aber erkennen können, wenn jemand auf der Bühne vor dir auf die Knie gefallen wäre.« Leonie sieht Georg herausfordernd an.

»Ohoo!«, ruft Georg. »Wie scharfsinnig! Doch nun frage ich dich, Leonie: Konntest du im dritten Rang herausfinden, wo ich mich befand?«

»Nein«, gibt Leonie unumwunden zu.

»Ha! Nun musst du dich geschlagen geben!«

»Nein!«

Georg stutzt.

»Denn ich habe keinen einzigen unter der Palastwache gesehen, der sich auf die Knie fallen ließ.« Leonie schmunzelt.

»So muss ich mich wohl ergeben und vor dir die Waffen strecken, Leonie!« Georg lacht und steckt die anderen damit an.

»Doch woher kamen die Pistolenschüsse?«, will Leonie wissen. »Meine Nachbarin ist mir vor Schreck fast auf meinen Schoß gesprungen!«

»Nicht von mir!«, wehrt Georg ab. »Nein, wahrlich nicht von mir! Das bewerkstelligten die erfahrenen Soldaten des Bataillons.« Dann sieht Georg Emma an.

»Emma, als der Chor zum Willkommenslied auf die Bühne kam, hast du da nicht bemerkt, dass du ganz nah an mir vorbeigingest?«

»Nein. Ganz sicher nicht«, antwortet Emma verwundert.

»Nach wenigen Schritten hätte ich dich berühren können! Ich stand in der ersten Reihe der Spanier, die sich schon auf der Bühne aufgestellt hatten.«

»Wahrscheinlich war ich zu aufgeregt, Georg.« Emma lächelt.

»Natürlich hätte ich nach dir rufen können, doch dann hätte ich Schwierigkeiten mit Hauptmann Kaldenberg bekommen.«

Alle lachen.

»Wer waren die beiden anderen Mädchen, die mitsangen?«, interessiert sich Georg. »Hübsch und ansehnlich sind sie!«

»Wie denn? Woher kommt nun diese Frage, lieber Georg? Ich dachte, ein spanischer Krieger zu sein, stünde dir näher als das andere Geschlecht!«

»Da hast du richtig zugehört, doch warum sollte mich das daran hindern, mich für die Damen zu interessieren?«, hält Georg seinem Freund entgegen. »Zudem ich diesen beiden Chorsängerinnen bei den weiteren Aufführungen nochmals begegnen könnte. Nun, liebe Emma?« Georg blickt Emma neugierig an.

»Wir haben uns angefreundet …«

»… was umso besser ist!«, unterbricht Georg sie euphorisch. »Nun, liebe Emma?«

In dem Augenblick entsteht vor der Künstlergarderobe große Unruhe. Lautes Stimmengewirr lässt alle aufhorchen. Mit einem festen Gegenstand wird gegen die Tür geklopft.

»Euer aller Klopfen hat sich wirklich freundlicher – *più cordiale* angehört«, bemerkt Paolino und geht ruhigen Schrittes zur Tür.

»Eine Botschaft von Seiner Majestät, König Friedrich dem Großen, für den Hofsänger Paolo Bedeschi!«, verkündet jemand mit fester Stimme.

»Der steht vor Euch, *Monsieur le Coursier*[90] *Royal!*«, erwidert Paolino.

»Seine Majestät erteilt die Anweisung, dass Paolo Bedeschi die Botschaft sogleich zu lesen habe«, fährt der Königliche Bote fort. »Denn deren Inhalt sei unverzüglich in die Tat umzusetzen. Unsere strikte *Ordre* lautet, nicht ohne Johann Melitz Eure Künstlergarderobe zu verlassen.«

Die vier Freunde sehen sich schockiert an.

»Hier geschieht *niente*, ohne dass ich selbst das Schreiben *di Sua Maestà* gründlich gelesen habe!«, reagiert Paolino sofort. »Wollt Ihr mir das werte Schriftstück überreichen, *Monsieur le Coursier Royal*? Dürfte ich Euch bitten, solange hier zu warten?«

Paolino schließt die Tür, dreht sich um, bricht das Königliche Siegel, öffnet das Schreiben und überfliegt die Zeilen. Alle sehen ihm zu. Eine gespannte Stille beherrscht den Raum. Unwillkürlich legt Johann seinen Arm um Emmas Schultern und zieht sie zu sich heran. Emmas Herz klopft wild. Leonie beobachtet, wie sich Madame R. und Kaldenberg überrascht ansehen. Auch Georg machte einen überrumpelten Eindruck auf sie. Niemand schien einen blassen Schimmer davon zu haben, was hier gerade vor sich ging. Jeder hing an Paolinos Gesicht, dessen Ausdruck jedoch stoisch blieb und nichts verriet. Es war kaum auszuhalten.

Endlich schaut Paolino auf.

»Es ist eine gute Nachricht – *una buona notizia*, mein lieber Gianni«, hebt er an. »Sie bringt Folgen mit sich, mit denen wir umgehen müssen.«

Es bleibt still.

»Seine Königliche Majestät scheint offensichtlich beschlossen zu haben, dich, Gianni, als einen seiner persönlichen Pagen um sich haben zu wollen«, fährt Paolino zwar gefasst fort, doch seine Stimme verrät, dass ihn die Nachricht sehr berührt.

90 Coursier – französisches Wort für Bote

»Was *il messaggero* uns mitteilte, findet sich in diesen Zeilen wieder. Mit dem Boten sollst du diese wunderbaren Räumlichkeiten der Hofsänger, Hofmusiker und Bühnenarbeiter, diese Zauberwelt der Bühnenmaschinerie umgehend – *immediatamente* – verlassen. So wünscht es *Sua Maestà*. Als Ankleider bist du mir jedoch für alle kommenden Aufführungen von *Montezuma* versprochen.«

Paolino lässt das Schreiben sinken und blickt nachdenklich auf den Boden.

»Etwas Zeit werde ich herausschinden können! Unmöglich kann Gianni uns auf der Stell' verlassen!«, sagt er entschlossen. »*Mi verrà in mente qualcosa*[91]!«

Da geht Georg auf Johann zu und packt ihn an seinen Schultern.

»Johann! Johann Melitz wird zum Pagen Seiner Majestät auserwählt!« Begeistert schüttelt er seinen fassungslosen Freund.

»Johann! Wie ich mich freu' – für dich! Wer hätte das jemals gedacht!« Wieder rüttelt er an Johanns Schultern.

»So komm zu dir! Sag etwas! Sonst bist du auch nicht auf den Mund gefallen! Johann!« Behutsam klopft er auf Johanns Wange.

»Giorgio! So gib uns allen *un po' di tempo*, mein stürmischer Giorgio!«, moniert Paolino. »Wie ich sehe, bist auch du nicht auf den Mund gefallen!« Paolino schüttelt den Kopf.

»Nun muss ich mich jedoch erst dem *messaggero reale* widmen. Erklären werde ich ihm, dass du, Johann, deine Pflichten als Ankleider nach der heutigen Premiere noch nicht erfüllt hättest und noch unermesslich viel Arbeit anstünde. Alles Mögliche – und Unmögliche«, Paolino schmunzelt, »werde ich ihm vorgaukeln! Und …«, er schaut vielsagend in die Runde, »… Euch verspreche ich, dass ich wiederkommen werde!«

»Was bedeutet es, Page beim König zu sein?«, fragt Leonie vorsichtig.

»Es ist ein Leben im hingebungsvollen Dienst Seiner Majestät«, hebt Hauptmann Kaldenberg an.

Die vier Freunde wenden sich ihm und Madame R. zu.

91 Mir wird etwas einfallen!

»Tag und Nacht, jede Stunde sind dem König gewidmet, wo auch immer er weilt, welches Vorhaben – öffentlicher oder privater Art – er auch immer verfolgt.« Kaldenberg sieht Johann freundlich an. »Die Nähe zum König und die immerwährende Verfügbarkeit, das macht das Leben eines Pagen aus.«

Johann lächelt Hauptmann Kaldenberg an.

»So wird Er die Vorlieben, die Eigenheiten und das Wesen unserer Majestät kennenlernen. Er soll stets aufmerksam sein!«, fährt Kaldenberg fort. »Sei Er immer bereit, hinzuzulernen! Die Pagen mit einer schnellen Auffassungsgabe sind seine Favoriten. Zu ihnen will Er gehören; es lohnt sich, danach zu streben. Denn dann ist ihm die schützende, wohlwollende Hand Seiner Majestät gewiss ... fast immer gewiss.«

Hauptmann Kaldenberg war selber Page des Königs gewesen! Leonie erinnert sich an Georgs Erzählungen über den Werdegang seines Herrn. Kein Wunder, dass Kaldenberg das Leben eines Pagen so packend beschreiben konnte. Aber man war hundert Prozent abhängig vom König! Daran würde sich niemals etwas ändern! Unvorstellbar!

»Seine Pagen, vor allem die Favoriten unter ihnen, nimmt Seine Majestät wahr, denn sie sind handverlesen – nur von Seiner selbst«, adressiert Kaldenberg Johann weiter. »So stelle Er sich vor, Johann, welche Gelegenheiten sich dadurch für ihn darbieten können! In mir erkannte und förderte Seine Majestät all das, was mich in kurzer Zeit zum Hauptmann der Königlichen Leibgarde werden ließ. Als Page begleitete ich Seine Majestät in den Ersten Schlesischen Krieg. An Seiner Seite wurde ich geschult; ohn' Unterlass erteilte Sie mir schwierige Aufgaben, die mich forderten. Seine Majestät ist unerbittlich in dem, was Sie von anderen verlangt. Doch Seine Majestät ist gleichermaßen unerbittlich zu sich selbst.«

Still hören alle zu.

»Wer weiß, welche Wege Er mit seiner künstlerischen Begabung noch beschreiten wird, Johann. Eines ist gewiss: Der König ließ sich ausführlich über seine Herkunft und Werdegang kundig machen, so dass Seiner Majestät nicht entgangen sein wird, dass Er der beste Lehrling des berühmten Posamentiermeisters Bürgenroth ist! Wundern würde mich nicht, wenn Seine Majestät gar wüsste, dass Er maßgeblich am Kostüm des kaiserlichen Generals Pilpatoé mitgewirkt hat.«

In dem Moment rauscht Paolino wieder in die Künstlergarderobe.

»Was vernehmen meine Ohren? Wird in meiner Abwesenheit etwa über *il generale imperiale* Pilpatoé fabuliert? Die ergiebigste Quelle über diese wunderbare Persönlichkeit, deren Leben leider tragisch endet, bin immer noch ich!« Paolino seufzt.

»So, der Königliche Bote konnte vertröstet werden! Wenn dafür von Nöten gewesen wäre, ihm eine ganze Arie vorzusingen, hätte ich auch das getan!« Paolino breitet seine Arme aus. »*Per noi tutti presenti!* Für uns alle hier! Denn zu welcher Kostbarkeit ist die uns verbliebene Zeit an diesem wunderbaren Ort geworden!«

»Verehrter Paolino, in Eurer Abwesenheit haben wir uns nicht über Pilpatoé ausgetauscht, sondern Hauptmann Kaldenberg hat Johann – und somit auch allen anderen hier – wertvollste Einblicke in seine eigene Zeit als Königlicher Page vermittelt«, erläutert Madame R.

»Oh, welche Neuigkeit – *che novità!*« Paolino blickt Hauptmann Kaldenberg ehrfürchtig an.

»Wo wird Johann wohnen?«, traut sich Leonie zu fragen.

»Leider nicht mehr in meinen Gemächern!«, wirft Paolino ein.

»Johann wird im Schloss wohnen, da, wo der König wohnt«, antwortet Hauptmann Kaldenberg und nickt Leonie zu. »Sei es im hiesigen Stadtschloss, Schloss Sanssouci oder wohin auch immer der König ihn mitnehmen mag.«

Paolino räuspert sich, begibt sich zu Johann und Emma, stellt sich zwischen die beiden und legt seine Arme um sie.

»Leider werdet auch ihr nicht mehr zusammen wohnen können, meine lieben Turteltäubchen! Was werde ich euch vermissen – *mi mancherete molto!* Außer du, liebe Wilhelmine, entscheidest dich, weiterhin bei mir zu hausen, was ich dir stets ermöglichen würde!«

Paolino drückt Emma und Johann an sich.

»Doch lasst mich euch vor Augen führen, *cari miei*, dass sich für euch kaum eine Gelegenheit bieten wird, euch wiedersehen. Es ist grausam, dessen bin ich mir bewusst, aber es ist die Wahrheit, und ich will sie vor euch nicht verstecken. Johanns Leben gehört von nun an *la nostra Maestà affezzionata*.«

Paolino sieht Emma an.

»Wenn dir darüber die Tränen kommen, Wilhelmine, so wirst du dich immer in meinen Armen ausweinen können. *Ho un gran cuore!*«

Leonie, die neben Emma steht, berührt ihre Freundin am Arm. Was stürmte da gerade auf Emma ein! Sie empfindet Mitleid. Das waren schon heftige Aussichten! Emmas Gesicht sah so verschlossen aus, als ob sie noch unter Schock stehen würde. Leonie streicht über Emmas Unterarm. Was sollte sie ihr sagen?

Da geht ein Ruck durch Madame R., und sie bewegt sich auf Paolino zu.

»Darf ich Euch Wilhelmine aus Euren Armen entführen, Paolino? Was Ihr so wahrheitsgetreu beschrieben habt, möchte ich als Dame mit diesen beiden jungen Damen kurz alleine besprechen.«

Paolino nickt verständnisvoll. Johann wendet sich Georg zu, der ihm aufmunternd auf die Schulter klopft. Während Paolino sich zu Hauptmann Kaldenberg gesellt, nimmt Madame R. Emma und Leonie zur Seite.

»Liebste Emma, es ist, als ob ein Blitz hier eingeschlagen wäre«, beginnt Madame R. sachte, »und schreckliche Verwüstungen in deinem – und auch in Johanns – Leben angerichtet hätte. Wie ich mit dir fühle! Nichts davon war vorhersehbar!«

Emma sieht Madame R. und Leonie stumm an.

»Zum persönlichen Pagen des Königs berufen zu werden«, flüstert Madame R., »ist für Johann die größte Chance seines Lebens … in unserer Zeit natürlich.«

»Das habe ich verstanden«, erwidert Emma tränenerstickt.

»Du liebst ihn sehr, inniglich, ich weiß. Ihr seid ein wundervolles Paar, Emma. Vielleicht gäbe es nach Johanns Zeit beim König einen Hoffnungsschimmer für ein gemeinsames Leben, aber niemand, nicht einmal der König selbst, weiß jetzt, wie lange Johann Page sein wird und was ihn danach erwartet«, sagt Madame R. eindringlich. »Sei versichert, dass ich – solange ich mich hier, in dieser Zeit aufhalte – immer für dich da bin und du auf meine schützende Hand vertrauen kannst. Doch bedenke, welches Leben würdest du in der Zeit des Wartens auf ein Leben mit Johann hier fristen? Ohne Ausbildung, ohne berufliche Eigenständigkeit als junge Frau ... in ... in dieser Ständegesellschaft, ... der jegliche Durchlässigkeit fehlt.«

»Hör auf, Madame R.! Das will ich jetzt alles gar nicht hören, verstehst du?« Emma führt ihre Hände an die Ohren.

»Das ist so was von gefühlskalt und völlig fehl am Platz!« Sie beginnt zu schluchzen.

»Ich kann's nachvollziehen, liebe Emma.« Leonie umarmt Emma. »Doch ich fürchte, Madame R. hat Recht.«

Da schiebt Emma Leonie von sich. Schon steht Johann bei ihr.

»Man erlaube uns gemeinsame Zeit vor der Garderobe!«, fordert Johann ein.

»*Naturalmente*. Doch ich komme mit euch, um den Königlichen Boten in Schach zu halten.« Paolino zwinkert Johann und Emma zu. »Sonst könnte ihm schwanen, dass ihr eine gemeinsame Flucht plant und mein erhandelter Aufschub wäre dahin! *Andate alla finestra*, dann seid ihr für euch. Auch das werden wir meistern, nach all dem, was inzwischen geschehen ist!«

46. Kapitel

Das Foyer ist voller Menschen. Entschlossen greift Johann nach Emmas Hand und führt sie zum großen Fenster. Dort legt er seinen Arm um sie; die beiden drehen dem Foyer den Rücken zu und schauen hinaus in die Nacht. Das Treiben vor dem Künstlereingang nehmen sie kaum wahr.

»Emma, was geschieht hier mit uns?«, fragt Johann leise. »Es ist kaum zu begreifen.« Er wendet sich Emma zu, streicht über ihr Haar, legt seine Handflächen an ihre Wangen und lehnt seinen Kopf gegen ihre Stirn. Dann küsst er sie inniglich. Emma umarmt Johann und schließt ihre Augen. Glück durchströmt sie.

»Emma, mein Ein und Alles bist du.« Johann blickt ihr in die Augen. »Ich werde für dich sorgen können. Alles werde ich tun, um zu des Königs Favoriten unter den Pagen zu zählen. Ich werde es für uns tun, nur für uns beide. Deshalb wird es mir gelingen. Dessen bin ich mir sicher.«

Emma lächelt berührt und verliert sich in Johanns Augen.

Da löst sich Johann von ihr, kniet vor ihr nieder und fasst nach ihrer rechten Hand.

»Emma, nichts wünsche ich mir mehr, als mein Leben mit dir zusammen zu sein. Willst du dein Leben an meiner Seite verbringen … und meine Frau werden?«

Überwältigt und sprachlos blickt Emma zu Johann hinunter. Ihr Herz beginnt, wild zu klopfen. Johanns Augen sagten ihr, dass jedes seiner Worte seinen Empfindungen entsprach. Doch mit einem offiziellen Heiratsantrag hatte sie nicht gerechnet. Unsicherheit, ja Schrecken machten sich plötzlich in ihr breit. Was sollte sie tun? Sie liebte Johann, doch konnten … sollten sie sich nun einander versprechen? Johann sieht sie erwartungsvoll an. Sie musste jetzt etwas sagen! Emma kniet sich zu Johann nieder.

»Johann, ich liebe dich … über alles.«

Die Anspannung in Johanns Gesicht löst sich in ein Lächeln auf. Doch Emmas Herz beginnt zu schmerzen.

»Ich traue mich jedoch nicht, mich dir zu versprechen, Johann, aus purer Angst davor, es nicht einhalten zu können … mit allen diesen Veränderungen, die so plötzlich eingetreten sind …«

»… Emma, bitte sag' so etwas nicht!« Verzweifelt fasst Johann nach Emmas Schultern und steht mit ihr auf. »Uns verbindet eine tiefe, wahre Liebe, sonst wärst du nicht hier – vor mir, in meiner Zeit. Vergiss das nicht, liebste Emma! Deshalb werden wir alle Unsicherheiten überstehen können. Lass uns bitte nicht aufhören, daran zu glauben!«

Johann umarmt Emma und drückt sie fest an sich. Da strömen Emma die Tränen über ihre Wangen. Sie klammert sich an Johann.

»Weine nicht, mein Engel«, sagt Johann sanft und sieht Emma ruhig an. »Meine Heroine.« Behutsam wischt er ihre Tränen weg und küsst ihre Wangen.

Jemand räuspert sich hinter Johann.

»Gleich wird mich *il messaggero reale* umbringen, wenn Johann nicht sofort – *subito, per favore* – mitkommt, *cari miei* «, flüstert Paolino. »Die königliche Geduld ist nun endgültig aufgebraucht.«

Johann dreht sich um.

»Ich komme, Paolino«, sagt er mit fester Stimme, nimmt Emma beherzt an der Hand und folgt Paolino in Richtung Garderobe.

Die Ankunft des Königlichen Boten schien sich herumgesprochen zu haben. Paolino war gesehen worden, als er mit dem Königlichen Boten verhandelte und mit ihm wartete. Johann und Emma waren einigen am Fenster des Foyers aufgefallen.

Vor der Garderobe stellt Paolino Johann dem Königlichen Boten vor. Dann öffnet er die Garderobentür und Georg, Madame R. und Hauptmann Kaldenberg treten in das Foyer, um sich von Johann zu verabschieden. Emma lässt Johann keine Sekunde aus den Augen. Ihr Jawort hatte er nicht erzwungen, stattdessen hatte er ihr Mut gemacht, an ihre Liebe zu glauben. Johann war einfach wundervoll! Doch welche Hindernisse türmten sich da vor ihr auf! Wahrscheinlich würden sie ihre Liebe niemals gemeinsam leben können! Niemals! Emma schießen Tränen in die Augen. Wie gefasst Johann wirkte. Schnell wischt sie die Tränen weg.

Ein Raunen geht durch die Leute, die die Verabschiedung Johanns beobachten.

»Viel Glück, Johann!«, ruft jemand plötzlich, »wo auch immer es hingehen mag!«

»Es ist ein Bote des Königs!«, kommentiert ein anderer. »Das wird schon etwas sein!«

»Johann wird für alle kommenden Aufführungen von *Montezuma* zurückkehren!«, erklärt Paolino laut.

Der Königliche Bote drängt.

Noch einmal stehen sich Johann und Emma gegenüber. Ihre Blicke treffen sich. Johann umschließt sichtlich bewegt Emmas Hände. Schweren Herzens löst Emma ihre rechte Hand, führt sie vor ihren Mund und deutet Johann einen Luftkuss an. Dann folgt Johann dem Boten zur Treppe.

In dem Moment kommt Wilhelm die Treppen hinaufgesprungen. Ohne den Boten zu berücksichtigen, spricht er Johann an und gibt ihm herzlich die Hand. Nach kurzem Innehalten lacht Wilhelm Johann an, schüttelt den Kopf und zieht weiter.

»Meine lieben Gäste, *cari ospiti miei*, wir sollten uns nochmals versammeln nach diesen denkwürdigen Erlebnissen!« Paolino fasst sich an sein Herz. »*Sua Maestà* meint es gut mit mir, denn Johann bleibt mir für die restlichen Aufführungen als Ankleider erhalten. Wäre es mir doch unendlich schwer gefallen, ihn sofort zu verlieren!«

»Die Zusammenarbeit zwischen einem Hofsänger Eurer Qualität und seinem Ankleider hat sicherlich genau austariert zu sein«, bemerkt Hauptmann Kaldenberg, während er mit Paolino in die Garderobe zurückkehrt. Georg folgt seinem Herrn unauffällig.

»So ist es! Auf vielen Ebenen, verehrter Hauptmann Kaldenberg«, bestätigt Paolino.

Emmas Blick ist noch auf den Treppenabgang gerichtet; Johann ist schon ein Weilchen nicht mehr zu sehen. Dann geht sie auf Leonie zu, die neben Madame R. vor der Künstlergarderobe auf sie wartet. Emma bleibt schweigend vor ihr stehen und sieht ihre Freundin an.

»Ich werde mit dir zurückreisen, Leonie«, sagt sie ruhig.

Verblüfft starrt Leonie sie an.

»Ja, du hast richtig gehört.«

Leonie sucht nach Worten.

»Ehrlich gesagt, weiß ich gerade nicht, was ich dazu sagen soll, Emma.«

»Du musst gar nichts dazu sagen.« Emma seufzt leise. »Das ist mir eh am liebsten.« Sie blickt Leonie in die Augen; ein leises Lächeln huscht über ihr Gesicht.

»Emma ...« flüstert Leonie kaum hörbar. Sie streckt ihre Hand aus, zieht sie jedoch unsicher wieder zurück.

Emma nickt. Sie fühlte sie benommen, unendlich traurig, doch der Weg, den sie jetzt verfolgen würde, lag klar vor ihr.

Leonie wendet sich Madame R. zu.

»Wie ist deine Zeitplanung, Madame R.? Hauptmann Kaldenberg und du, ihr seid ja noch zu Feierlichkeiten des Königs im Apollosaal verabredet. Da wollen wir keine Spielverderber sein, doch könntest du dir vorstellen, mit uns danach wieder in unsere Zeit zu reisen? Paolino hätte bestimmt nichts dagegen, wenn Emma und ich in der Zwischenzeit hier auf dich warten würden.«

Madame R. zögert.

»Ihr könnt so lange bei der Feier bleiben, wie ihr wollt«, ergänzt Leonie sofort. »Wir wären da großzügig! Vielleicht könntet ihr uns etwas von den Leckereien mitbringen.« Leonie grinst. »Ganz zum Schluss wäre es eh am leichtesten, etwas vom Buffet mitgehen zu lassen!«

Emma sieht ihre Freundin belustigt an.

Madame R. atmet tief ein und verkündet, dass sie hier bleiben würde.

»Mein Leben ist an der Seite von Wichard von Kaldenberg, Emma und Leonie. Euch werde ich ermöglichen, alleine in Eure Zeit zu reisen. Ihr habt es nun schon des Öfteren getan. Doch meine Zeitreisen haben ein Ende gefunden.«

»Das ist nicht dein Ernst, Madame R.!«, platzt es aus Leonie heraus. Sie ist schockiert. »Nee, das darf doch jetzt nicht wahr sein! Wenn wir unterwegs verloren gehen, was dann?«

»Ihr werdet nicht verloren gehen, vertraut mir.«

»Das ist wahrscheinlich leichter gesagt als getan.« Leonie sieht Madame R. kritisch an.

»Nein, ihr habt mein Wort«, beteuert Madame R.

»Deine Zeitreisen sind zu Ende.« Emma kommt auf Madame R. zu. »Wäre unsere Zeitreise auch die letzte oder hätte zumindest ich die Möglichkeit, zu Johann zurückzukehren?« Sie sieht Madame R. herausfordernd an.

»Ich fürchte, Emma, es wird eure letzte Zeitreise sein – wenn nicht noch ein Wunder geschieht«, erwidert Madame R. vorsichtig.

Was für ein Schlag in die Magengrube! Alles in Emma schien sich plötzlich anzuspannen. Madame R. hatte ihr da gerade einen Riegel vorgeschoben: sie würde Johann niemals wiedersehen. Es war sinnlos geworden, an die Liebe zwischen Johann und ihr zu glauben!

»Wie egoistisch Ihr doch seid, Gräfin Aurelia von Rathen!«, bricht es aus Emma hervor. »Was habt Ihr gelitten unter Eurem Wichard von Kaldenberg, unter seiner kompromisslosen Königstreue! Der Hauptmann wollte Euch nie heiraten, seine Liebe nie offen bekennen, weil dies dem König missfallen hätte! Woher wollt Ihr wissen, dass er seine Einstellung nun geändert hat?«

»Ich weiß es, Emma«, antwortet Madame R. einfühlsam. »Ich kann mir seines Entschlusses, seine ursprünglichen Überzeugungen aufzugeben, sicher sein.«

»Ach ja? Wie kommt das?« Emma geht einen Schritt zurück. »Ihr seid doch sonst nicht so gefühlsduselig?«

»Diese Oper hat nur ein einziges Duett. Es ist eine Liebeserklärung zwischen Montezuma und Eupaforice.« Madame R. lässt sich nicht aus der Ruhe bringen. »Obwohl Wichard von Kaldenberg in der Nähe des Königs stand, waren seine Augen während des gesamten Duetts auf mich im ersten Rang gerichtet. Viele sahen sich verwundert nach ihm um.«

»Das klingt ja wie eine … schnulzige Romanze!« Emma kneift die Augen zusammen. »Von der Bühne kam mir die Beleuchtung im Zuschauerraum viel zu schummrig vor, als dass Ihr so etwas hättet erkennen können!«

»Emma«, meldet sich Leonie. »Ich fürchte, das stimmt. Durch das Opernglas meines netten Nachbarn konnte ich es genau verfolgen.«

»Und wenn schon!«, zischt Emma. »Ist das der Beweis dafür, dass Hauptmann Kaldenberg die Gunst des Königs in die Tonne treten wird, um in alle Ewigkeit an der Seite von Aurelia von Rathen zu leben?«

»Ich habe Madame R. und Hauptmann Kaldenberg nach der Aufführung zusammen erlebt, Emma«, beschwichtigt Leonie ihre Freundin.

»Weißt du, ich hatte das Gefühl, dass …«, Leonie wirft Madame R. einen unsicheren Blick zu, »… dass sie sich jeden Moment küssen würden, und ich eigentlich völlig fehl am Platz war.«

Madame R. unterdrückt ein Lächeln.

»Hey, Leonie, willst du die Gräfin etwa noch in Schutz nehmen?«, fragt Emma ungläubig. »Ich fasse es nicht! Warum tut sich die Gräfin so schwer damit, mir zumindest ein kleines Türchen zu Johann offen zu lassen? Sie könnte mir doch eine zukünftige Zeitreise in Aussicht stellen!«

Abrupt wendet sich Emma Madame R. zu.

»Stattdessen sagt Ihr mir einfach, dass dies Leonies und meine allerletzte Zeitreise sein wird. Fertig! Aus! Schluss! Basta!«

»Emma, so höre mir bitte zu«, hebt Madame R. an. »Ich möchte dir etwas erklären. Bitte erinnere dich an unser Gespräch in meiner Küche, kurz bevor du die Zeitreise angetreten hast.«

Sie sieht Emma eindringlich an.

»Zur Grenzgängerin zwischen den Zeiten und Orten wurde ich durch die innere Unruhe, meinen rastlosen Geist, der mich umtrieb. Denn in dieser Zeit, hier«, Madame R. zeigt auf ihre unmittelbare Umgebung, »hatte ich keinen Platz für ein erfülltes Leben gefunden. Das hat sich geändert. Alle Unruhe ist von mir abgefallen. Daher kann ich dir auch keine zukünftigen Zeitreisen versprechen.«

Emma schweigt.

»Das ist die Wahrheit, Emma.« Madame R. sieht Emma offen an.

»Ihr habt mich benutzt, um wieder in die Vergangenheit zu kommen.« Emmas Ton ist hart.

»Nein, so würde ich das nicht sagen wollen.«

Emma unterbricht Madame R. mit einem verächtlichen »Phh!«

»Auch ich reiste mit vielen Ungewissheiten zwischen den Zeiten und Orten«, fährt Madame R. unbeirrt fort. »Dein Glück mit Johann hat mich von ganzem Herzen erfreut! Woher sollte ich wissen, dass der König Johann als Page anfordern würde, dass sich so vieles zwischen Wichard und mir verändern würde?«

»Was weiß ich?« Emma zuckt mit Ihren Schultern. »Jedenfalls haben Johann und ich hier den Kürzeren gezogen.«

»Nicht einmal Wichard weiß, dass ich eine Grenzgängerin zwischen den Zeiten …«, Madame R. zögert, »nun muss ich wohl sagen … war. Er kennt eure Geschichte nicht.«

»Gräfin von Rathen, das interessiert mich nicht. Ehrlich gesagt, ist es mir so was von egal!« Emma mustert Madame R. distanziert. »Ihr, *Ihr* werdet die Gelegenheit haben, mit Hauptmann Kaldenberg darüber zu sprechen, wenn Ihr das wollt.«

Leonie ist bestürzt über den Verlauf des Gesprächs. Diese Härte hatte sie bei Emma noch niemals erlebt, sie war fast schon gemein. Doch Emma war natürlich verzweifelt. Nach Emmas letztem Kommentar hatte sich Madame R.s Gesichtsausdruck jedoch sofort verschlossen. War Emma schon zu weit gegangen?

»Hey, Emma, wir haben Madame R. doch auch vieles zu verdanken. Geh' nicht so hart mit ihr zu Gericht … so kurz vor unserer Abreise. Niemand soll nachher irgendetwas bereuen, oder?«

»Ich will einfach nur weg hier, Leo. Alles hinter mir lassen«, sagt Emma monoton.

»Noch kurz zu Georg, Paolino …?«, fragt Leonie sachte nach.

»Lange habe ich mich nicht getraut, meinen Kopf aus meinem *camerino* zu stecken, *carissime mie*. Wichtige Gespräche dürfen nicht unterbrochen werden. *Però* hegte ich auch die Sorge, von Wellen des Unmuts getroffen zu werden, wenn ich ehrlich bin.«

Paolino winkt die drei hinein.

»Georg muss dringend zu den Komparsen zurück«, fährt Paolino fort und wirft Hauptmann Kaldenberg einen vielsagenden Blick zu. »Herr Hauptmann, *Vi ringrazio*[92], dass Euer Bursche auf diese beiden Damen warten durfte. Ihr seid sehr gütig!«

Georg kommt auf Emma und Leonie zu.

»Wir sehen uns auf der Bühne wieder«, sagt er zu Emma. »Jetzt weißt du auch, wo du mich finden kannst; wir werden uns zuzwin-

92 Seid bedankt

kern.« Er hält inne. »Waren wir doch vorhin unterbrochen worden … so sag' mir, Emma, wie heißen deine beiden Freundinnen?«

Emma lächelt.

»Elisabeth und Maria«, antwortet sie. »Elisabeths Bruder singt auch mit; er ist Schüler am Gymnasium Graues Kloster. Maria ist die Tochter des berühmtem Violinisten Franz Benda.«

»Nein, was du nicht sagst!«, ruft Paolino dazwischen. »Maria singt im Chor? Ich kenne sie gut. Mit Familie Benda fühle ich mich eng verbunden, denn bei ihnen logierte ich in früheren Jahren … es war ein wunderbare Zeit!«

»Zofe Eléonore!« Georg steht vor Leonie. »Ein zweites Mal wirst du wohl kaum die Opernaufführung sehen können.«

»Nein, ich denke nicht.« Leonie schüttelt den Kopf. »Mach's gut, Georg …«

»Gut reicht Hauptmann Kaldenberg nicht«, unterbricht Georg. »Er gibt sich nur mit dem Besten zufrieden, deswegen muss ich euch jetzt verlassen.«

»Das glaube ich dir aufs Wort.« Leonie nickt.

Georg blickt in die Runde, hebt kurz die Hand und macht sich auf. Wehmütig sieht ihm Leonie hinterher.

»Bevor wir uns zu den Feierlichkeiten im Apollosaal aufmachen werden, Wichard – und ich hoffe, Ihr werdet uns begleiten, verehrter Paolino – habe ich den jungen Damen versprochen, die Kaskaden auf der Bühne zu zeigen. Das ist doch ein allzu schöner Ort!«

»Sì! Keine Bühne kenne ich«, Paolino überlegt kurz, »*nemmeno uno*, an die Kaskaden grenzen. *Che idea brillante dell'architetto*! Doch, verehrte Gräfin, habe ich es doch sträflich unterlassen, Wilhelmine, *mia cara Guglielmina*, nach der so plötzlichen Trennung von Johann zumindest einmal zu trösten. So lehne dich an meine breite Schulter!«

Emma lässt Paolino den Arm um ihre Schultern legen.

»Danke, Paolino«, sagt sie nur.

»Paolino wird dich immer aufrichten können! Wir singen zusammen – ah ja, natürlich, ich werde dir *lezioni di canto* geben! Dann amüsieren wir uns mit Carlo, Francesco und Domenico bei *ghiottonerie italiane*[93] oder verbringen einen heiteren Abend in der Assemblé des Monsieur von Eckenberg. Uns wird noch viel mehr einfallen!«

»Welch' verführerische Gelegenheiten!« Madame R. lächelt Paolino an und macht Anstalten, zu gehen. Nachdem sich Emma und Leonie förmlich von Hauptmann Kaldenberg verabschiedet haben, folgen sie Madame R.

Auf der hinteren Bühne brennen nur noch vereinzelte Talglichter. Das helle Marmorgestein der Kaskaden scheint fast ein wenig zu leuchten. Emma und Leonie sehen an den Wasserbecken und Verzierungen nach oben.

»Emma«, beginnt Madame R., »für deinen Ausbruch habe ich vollstes Verständnis. Es ist mir ein Bedürfnis, dir zu sagen, dass es mir unendlich leid tut. Ich hätte dir mehr Glück gewünscht – dir und Johann. Glaub' mir, es schmerzt mich zutiefst, dass, wie du schon sagtest, Johann und du den Kürzeren gezogen habt. Nach all den Jahren unserer schönen Freundschaft.«

Emma sieht Madame R. still an.

»Glaub' mir, jedes meiner Worte kommt aus meinem Herzen.« Madame R. breitet ihre Arme aus.

Emma nickt langsam.

»Ich weiß«, sagt sie leise. »Trotzdem ist alles noch unfassbar … und brutal.«

Madame R. legt die Hände an ihr eigenes Gesicht und erwidert Emmas Nicken traurig. Aus einer kleinen Tasche holt sie die goldene Spieluhr mit der galanten Szenerie heraus und reicht sie Emma.

»Nimm sie! Sie ist für dich bestimmt, Emma. Ein kleines Fenster für deine Erinnerungen wird diese Spieluhr immer sein. Vielleicht verbirgt sich in ihr auch ein Fenster für weitere, zeitübergreifende Überraschungen. Ich weiß es nicht.«

Emma staunt. Vorsichtig hebt sie die Spieluhr von Madame R.s Handfläche. Wie schön die Szenerie doch war! Wer konnte eine so feine Arbeit aus Gold herstellen?

93 Italienische Leckereien

Leonie zuckt zusammen, als sie auf Madame R.s Handfläche eine Spiegelscherbe erblickt. Die Spieluhr schien sie verdeckt zu haben. Leonie schaut genau hin. Es war die Spiegelscherbe, die sie hinter dem Bild von Madame R.s Vater gefunden hatte! Leonie merkt, dass Madame R. sie beobachtet und sieht auf.

»Danke, Leonie, für deine Ausdauer.« Madame R. lächelt. »Dies ist bestimmt nicht deine Zeit, dein Jahrhundert, umso mehr habe ich deine Geduld zu schätzen gewusst.«

»Danke, Madame R.« Leonie fehlen die Worte.

»Nun legt eure beiden Hände auf diese Spiegelscherbe in meiner Hand. Jede muss sie berühren. Lebt wohl! Vermissen werde ich euch!«

Emma und Leonie schließen die Augen. Die Welt beginnt, sich scheinbar zu drehen. Sie hören immer lauter werdendes Wasserrauschen. Lichter von Kerzenflammen flackern vereinzelt auf. Sie vernehmen ferne, zerrissen klingende Orchestermusik, die von Gesangsfetzen unterbrochen wird. Schneeflocken und goldene, zierliche Rocaillen[94] fliegen vorbei. Krampfhaft hält Emma die Spieluhr fest; Leonie konzentriert sich darauf, die Berührung mit Emma nicht zu verlieren. Wenn sie verloren gehen würden, dann nur gemeinsam. Da kehrt Ruhe ein, die Bewegungen haben ein Ende. Über ihnen rauschen Blätter.

Vorsichtig öffnet Leonie die Augen. Sie sieht nach oben; sie saß unter einem riesigen Baum, der ihr bekannt vorkam. Leonie sieht sich um … sie war in Madame R.s Vorgarten unter der großen Buche gelandet, an der sie nun lehnte. Emma befand sich neben ihr und hielt die Spieluhr mit ihren Händen umschlossen. Da hingen noch die Spiegel, die Madame R. an der Buche aufgehängt hatte! Es war warm und sommerlich.

Nach längerem Schweigen öffnet Emma ihre Hände und hält die Spieluhr vor ihr Gesicht.

»Am Fenster über dem Künstlereingang fiel Johann vor mir auf die Knie und machte mir einen Heiratsantrag«, sagt sie leise.

Schockiert dreht sich Leonie zu ihrer Freundin.

94 Muscheln, die in den Zeiten des Rokoko viel bei Verzierungen jeglicher Art eingesetzt wurden.

»Wirklich?«, erwidert sie behutsam.

»Ja, wirklich. Ich hatte nicht damit gerechnet, überhaupt nicht … doch ich merkte sofort, wie ernst es Johann damit war … so wie er da vor mir kniete, meine Hand nahm und mich anschaute.« Mit ihrem Zeigefinger fährt Emma über beide Figuren auf der Spieluhr.

Leonie hält sich zurück.

»Gleichzeitig verspürte ich … ja, fast Panik, denn wie sollte … konnte ich mich ihm versprechen – bei allen Unsicherheiten, die uns da wie der Blitz getroffen hatten?«

»Ein Heiratsantrag, Emma! Wahnsinn …«

»Aus Johanns Sicht nicht, weißt du. Wir lieben uns einfach …«

»Ja, damals heiratete man auch viel früher«, fügt Leonie vorsichtig hinzu. Aus ihren Augenwinkeln kann sie erkennen, dass Emma die Tränen kommen.

»Hey, Emma, ich möchte mich bei dir entschuldigen«, überwindet sich Leonie zu sagen.

»Hm? Wieso?«, schnieft Emma.

»Na ja, ich … ich bin ja diejenige, die zu Beginn nicht erkannt hat, dass es sich bei dir und Johann um … um echte Liebe handelt. Stattdessen war ich einfach grob zu dir gewesen. Das tut mir jetzt wirklich leid, verstehst du?«

»Hm.« Emma schnieft wieder. »Entschuldigung angenommen, Leo.«

Leonie atmet leise durch.

»Was hat das eigentlich mit dieser Spieluhr auf sich, Emma?«, fährt sie fort. »Was für ein unglaublich schönes Stück!«

»Am Ende des Gesprächs mit Madame R. – kurz bevor ich in die Vergangenheit reiste – holte sie diese Spieluhr aus der Bibliothek und stellte sie vor uns auf den Küchentisch …«

»Ist das echtes Gold?«

»Ja, echtes Gold. Die Frage habe ich ihr auch gestellt …«

»Wahnsinn …«

»Ja, das ist es … auch alles, was dann geschah: Es dauerte nicht lange, und ich fand mich mitten in der Probe des Königlichen Opernchors wieder.«

»Funktioniert die Spieluhr noch?«, will Leonie wissen.

Emma zuckt mit den Schultern. »Ist jetzt ja auch nicht so wichtig, oder? ...«

»Nee, stimmt. Komm, wir vertreten uns etwas die Beine!« Leonie stößt Emma leicht mit ihrer Schulter an.

Noch etwas benommen stehen beide auf.

»Die Sonne, die Wärme tun gut!« Leonie streckt sich.

»Woher kommen diese Spiegel eigentlich, Leo? Sind die neu?«

»Neu aufgehängt schon, aber ...«

»... ah ja, ich seh' schon, sie sind eher alt ...«

»... und eher merkwürdig!«, fügt Leonie schnell hinzu und erzählt Emma anschaulich von Madame R.s halsbrecherischer Aktion, die Spiegel alleine aufzuhängen. Beide schütteln lächelnd die Köpfe.

Sie gehen durch den Garten. Er kommt ihnen völlig unverändert vor. Die üppigen Blumen unter den Fenstern, die Gemüse- und Kräuterbeete, die Traumfänger in den Obstbäumen. Leonie findet die Leiter hinter dem Gartenhaus. Sie werfen einen Blick durch das Küchenfenster: Da war der Küchentisch und die Bank mit ihren vielen Kissen. Eine Teekanne stand auf dem Tisch. Die Kräuter hingen über dem Herd.

»Als ob sie nur mal kurz rausgegangen wäre – zur Post oder so«, sagt Leonie berührt. »Mein Fahrrad, ob das noch am Gartenzaun steht?«

Emma und Leonie durchqueren den Vorgarten, gehen die kurze Treppe hoch zur Straße und bleiben wie angewurzelt stehen. Eine solide Holzkonstruktion war unmittelbar neben dem Gartentor in die Erde gerammt worden; an ihr hing ein Schild mit der Aufschrift »Zu verkaufen«. Schockiert schauen Emma und Leonie auf die Worte.

»Lass uns weitergehen, Leo«, sagt Emma traurig.

Leonies Fahrrad lehnt unversehrt am Zaun, doch Leonie läuft daran vorbei. Sie legt ihren Arm um Emmas Schultern. Schweigend gehen die beiden Freundinnen die Straße entlang. Leonie wirft einen kurzen Blick auf Emma, der die Tränen über die Wangen rinnen.

»Emma«, flüstert sie.

»Schon gut, Leo.« Emma legt ihren Arm um Leonies Taille und drückt sie fest an sich.

Die Uraufführung von Montezuma fand 1755 statt.
Alle Beschreibungen sind diesem Jahr angeglichen.

Hinweise auf Hörbeispiele zur Oper *Montezuma* von *Carl Heinrich Graun* findet ihr auf der Website des Colonie Verlags.

BILDNACHWEIS

9. KAPITEL

S. 78 Gustaf Kull: Drottningholms Slottsteater, Scenmaskineriet. Picture XXV, Stockholm, 1987
S. 80 Schlossverwaltung Ludwigsburg, Emmanouil, 1991

21. KAPITEL

S. 179 Johann Georg Fünck, »Plan du Premier Etage«, Oper – Erste Etage, Berlin, 1743, Radierung a. Bütten; 36,50 cm x 52,50 cm, Inv.-Nr.: GDR 82/37,6 © Stiftung Stadtmuseum Berlin, Reproduktion: Michael Setzpfandt, Berlin

39. KAPITEL

S. 311 Johann Georg Fünck, »Profil en Longueur du Batiment«, Oper – Längsschnittdarstellung – Apollosaal, Berlin, 1743, Radierung a. Bütten; 37,20 cm x 52,50 cm, Inv.-Nr.: GDR 82/37,8 © Stiftung Stadtmuseum Berlin, Reproduktion: Michael Setzpfandt, Berlin

LITERATURNACHWEIS

16. KAPITEL

S. 139 Giebel, Wieland (Hg.), »Francesco Algarotti: Briefwechsel mit Friedrich II.«, 1. Auflage, Berlin Story Verlag, 2008, S. 112

20. KAPITEL

S. 167 Tosi, Pier Francesco; Agricola, Johann Friedrich, »Anleitungen zur Singkunst«, Faksimile-Neudruck mit Nachwort und Kommentar von Kurt Wichmann, Breitkopf & Härtel, Wiesbaden, Leipzig / Paris, 1994, S. 44

39. KAPITEL

S. 309 Henze-Döring, Sabine, »Friedrich der Große: Musiker und Monarch«; C.H.Beck Verlag, München, 2012, S. 65 ff.

Für alle Referenzen zur Partitur
Mayer-Reich, Albert (Hg.), »Carl Heinrich Graun, Montezuma: Oper in drei Akten«, in kritisch revidierter Neuauflage von Hans Joachim Moser (Hg.), Breitkopf & Härtel, Wiesbaden, 1958

DANK

Mein besonderer Dank gilt Klaus-Dieter Reus, Antonia Meiners und Kaspar von Erffa für die fundierten Einblicke in die Welt der barocken Bühnen und Künstler.

Niels Badenhop, *Barockkünstler, Berlin*
Wolfgang Cölln, *Apotheker, Potsdam*
Kaspar von Erffa, *Regisseur, Potsdam*
Dr. Ruth Freydank, *Theaterwissenschaftlerin, Berlin*
Erika Harder, *Historikerin, Stadtführerin, Potsdam*
Rita Herzog, *Musikerin, Potsdam*
Ud Joffe, *Dirigent, Potsdam*
Barbara Landers-Schultz, *Counselor, Berlin*
Antonia Meiners, *Berlin*
Annette Paul, *studierte Künstlerin, Potsdam*
Priska Schilliger, *Archivarin, Musikwissenschaftlerin, Stockholm*
Dr. Dörte Reisener, *Musikwissenschaftlerin, u.a. Goethe-Theater Bad Lauchstädt*
Klaus-Dieter Reus, *Projekt Barocke Bühnentechnik, Bayreuth*
Paul Stoop, *Berlin*
Dr. Rainer Theobald, *Theaterwissenschaftler, Berlin*
Dr. Steffen Wagnitz, *Urologe, Potsdam*
Klaus Wichmann, *Bühnentechnik und ihre Geschichte, Berlin*

Mein Dank geht auch an die engagierten Junior-Lektoren/-innen, die mich treu begleitet und kompetent beraten haben.

AUTORIN

Nach ihrem Studium in den USA, Tätigkeiten in der Textilindustrie und Entwicklungshilfe hat Caroline Flüh begonnen, für Kinder und Jugendliche zu schreiben. *Drama an der Hofoper* ist ihr drittes Buch. In Kooperation mit Museen und Schauspielern vermittelt sie die Inhalte ihrer Trilogie und das Leben im 18. Jahrhundert an ihre Zielgruppe. Sie lebt mit ihrer Familie in Potsdam.

Band 1
Diebstahl im Waisenhaus
176 Seiten
ab 8 / 9 Jahren
ISBN 978-3-9814582-0-6
Okt. 2011
2. Auflage Dez. 2011

Band 2
Geheimnisse am Hof
320 Seiten
ab 10 / 11 Jahren
ISBN 978-3-9814582-1-3
Aug. 2012

www.colonieverlag.de

Gestaltung: Schimmelpenninck.Gestaltung Berlin
Lektorat: Silke Cölln, Susanna Jamme, Adelheid Scholten
Korrektorat: Antonia Meiners
Korrektorat (italienische Textpassagen): Fabio Angelelli
Druck und Bindung: CPI – Clausen & Bosse, Leck

ISBN 978-3-9814582-2-0